DARK GRAVITY
LA GRAVITÉ OBSCURE

CHRISTIAN CLÉMENT

DARK GRAVITY
LA GRAVITÉ OBSCURE

roman

Titre : Dark gravity - La gravité obscure

ISBN : 979-10-415-1478-6
Dépôt légal : avril 2023

Retrouvez toute l'actualité de l'auteur sur :

www.christianclement.com

Un immense merci à Eva, Léonard et Lazare, sans qui rien ne serait possible. Mais aussi à Catherine pour m'avoir initié, il y a bien longtemps, à la littérature de science-fiction.
Sans eux, ce roman n'aurait jamais été écrit.

« L'objet de la recherche n'est plus la nature en soi, mais la nature livrée à l'interrogation humaine, et dans cette mesure l'homme ne rencontre ici que lui-même. »

Werner Heisenberg

Première Partie

"Un autre monde"

1.

JOUR 0
Altitude : 357 km
Température : – 139 °C
Gravité : g = 9,75 N/kg

Andrew Scott était d'une humeur détestable. Perdu dans ses pensées négatives, il assistait au travers d'un des multiples hublots de la *Coupole* au lever du soleil sur l'horizon terrestre. Depuis qu'il avait pris le commandement de la Station Spatiale Internationale, il y a cinq mois, il venait au moins une fois toutes les vingt-quatre heures contempler ce spectacle dont il ne se lassait pas. C'était son moment de détente ; mais pas aujourd'hui.

À l'extérieur, les premiers rayons finissaient de balayer la vieillissante structure de l'ISS avant de descendre vers la Terre, immense sphère sombre dont seule la fine couche atmosphérique s'illuminait d'un arc bleu vif de part et d'autre de l'astre orangé. À ce moment précis où le trait de lumière apparût, il lui revint en tête la musique d'introduction de *2001, l'odyssée de l'espace,* comme un cliché auditif incontournable. Ce passage du film l'avait marqué, même s'il n'avait pas compris grand-chose à la suite.

Isolée sur le fond des océans toujours plongés dans l'ombre de la nuit, une masse blanche fit soudain son apparition dans la clarté. Le panache immaculé du Dragon III de SpaceX ressortait encore plus clinquant que ne l'avait imaginé Scott. *Étonnant que Musk n'ait pas pensé à une version décapotable,* ironisa-t-il intérieurement, songeant à la voiture que le milliardaire avait satellisée quelques années plus tôt.

Il n'avait jamais pu supporter tous ces gars des nouvelles technologies partis à l'assaut du cosmos pour en faire la dernière destination touristique, le dernier espace publicitaire, la dernière pompe à fric.

Lorsqu'il était gamin, être astronaute signifiait quelque chose. On savait que seuls les meilleurs pouvaient espérer un jour approcher les étoiles, et ça faisait rêver tout le monde, même si ça semblait inaccessible.

Mais dans ce rêve devenu pour lui une réalité, on lui imposait l'arrivée de ce *trimbale-couillons* rempli de touristes assez vaniteux pour payer une fortune leur billet et venir faire les marioles dans la station ; *dans sa station*. Pour couronner le tout, il allait devoir faire des courbettes. La NASA avait été très claire là-dessus et Stanson avait mis l'accent sur le fait que l'équipage leur réserve un accueil chaleureux. « *Tout l'équipage* », avait-il insisté à son adresse. Il le connaissait bien. Ils avaient besoin de cette manne financière pour les programmes et il allait falloir qu'il prenne sur lui. Le coup de grâce avait été lorsqu'il ajouta qu'ils viendraient tourner une émission de télévision sur la vie dans l'espace qui aurait pour titre « Lost in space » ; *non, mais comment avaient-ils pu donner un nom de cul pareil à leur émission ?* s'énerva Scott, tentant de se reprendre aussitôt. Il devait cesser ses ruminations, évacuer ses pensées négatives, et profiter du spectacle pour les quelques minutes qui lui restaient avant la manœuvre de capture.

Sous l'ISS, la lumière avait fini par atteindre l'océan Pacifique qui s'étalait de son bleu magnifique. Seuls quelques nuages blancs défilaient lentement et venaient clairsemer le paysage grandiose d'une très belle journée sur cette partie de la planète, effaçant un peu la présence gênante du Dragon III qui dérivait au rythme de l'ISS, dans un ballet spatial à la synchronisation parfaite. L'imposante capsule paraissait presque immobile dans le vide coloré, donnant l'impression que c'était la Terre qui tournait en arrière-plan. Malgré sa réticence à accueillir ces touristes, le commandant ne pouvait s'empêcher d'admettre la beauté de l'instant.

« Le Commandant Scott est demandé à la passerelle de son vaisseau amiral. Le Commandant Scott », annonça une voix féminine douce et suave, semblable à celle d'une hôtesse d'aéroport. À travers le haut-parleur de l'intercom fixé au-dessus de sa tête, Scott reconnut aussitôt l'humour de Tracy, avec en arrière-plan les rires de l'équipage. Il relâcha un peu sa mâchoire et esquissa un sourire devant cette tentative de détendre l'atmosphère que son sale caractère avait imposée depuis plusieurs jours dans toute la station. *C'est elle qui a raison*, pensa

Scott, *mieux vaut en plaisanter.*

Le commandant appuya sur le commutateur pour répondre. Il avait décidé de jouer le jeu.

— À tout l'équipage. Ici votre Commandant. L'abordage du vaisseau ennemi en approche est imminent. Tout le monde à son poste de combat. Je me téléporte sur la passerelle de contrôle dans dix secondes, annonça Scott en forçant sa voix dans les graves.

À travers les modules ouverts de la station, il entendit les rires lui parvenir, et il se détendit un peu devant ce modeste succès. *Ça va peut-être bien se passer finalement,* se dit-il. *Tout est une manière de prendre les choses. Serguï me le répète assez souvent.*

Il jeta un dernier coup d'œil au Dragon III en approche. *Plus qu'une cinquantaine de mètres. Il est temps.*

Après avoir saisi une poignée d'aluminium sur la paroi circulaire de la « Coupole », Scott s'était extrait de son espace exigu. Il déboucha en impesanteur au milieu du module Tranquility, pivota, repris appui du pied avec la précision du geste parfaitement maîtrisé, puis s'élança en volant au milieu de la pièce. Il attrapa les unes après les autres les longues mains-courantes bleues qui parsemaient les murs, pour mieux se guider vers le module Destiny. Après une ultime rotation sur sa gauche, il aperçut ses trois coéquipiers flotter face à une rangée d'ordinateurs portables fixés devant eux. Tous tournèrent la tête et l'accueillirent avec un large sourire.

En avançant dans leur direction, il réalisa que cette mission 77 qui se terminait avait été un bon cru, même si c'était la dernière pour son vieil ami Serguï sur le point de prendre sa retraite, comme lui allait le faire dans un peu moins de deux ans. Ils avaient passé tellement de temps dans l'espace tous les deux qu'il était incapable aujourd'hui de compter le nombre de missions qu'ils avaient partagées. Sa jovialité permanente et son accent de *ruscof* allaient lui manquer, c'était certain. Scott ressentit un léger accès de nostalgie à l'idée de cette époque qui prenait fin, emportant avec elle tout un pan de la conquête spatiale devenue ringarde à l'ère du tout numérique. Son regard s'échappa un court instant sur le fatras qui encombrait les parois usées du module Destiny, et qui ressemblaient à toutes les parois usées de tous les modules de l'ISS. Les vieux appareils photo fixés par des élastiques, les câbles qui sortaient de partout, les antiques PC IBM maintenus par des morceaux de Velcro collés au plastique ; tout ce qui l'entourait lui sembla soudainement vétuste.

— Commandant en cours de matérialisation sur la passerelle, déclama Tracy en retenant un fou rire.

Le sourire et les yeux pétillants de la jeune Tracy éloignèrent doucement Scott de son spleen.

— Okay, j'avoue, c'était assez drôle, entama Scott. Merci pour ce petit interlude.

— Sir, de rien, Sir, aboya Tracy, comme si elle faisait partie des Navy Seal.

— Repos soldat, conclut Scott qui arrêta son vol à côté d'elle, puis appuya sur un bouton de l'intercom pour entendre les échanges avec le sol sur le haut-parleur.

— Rotation de la cible de un degré. L'alignement est presque opéré, annonça Fiodor dans le microphone de son casque, tout en surveillant sur son écran l'image vidéo en noir et blanc de l'approche du Dragon III. Deux repères alignés.

« Ici Mission Control Houston. Le Dragon se trouve maintenant à moins de cinquante mètres. Dernière manœuvre pour finaliser l'alignement avec la cible d'amarrage », dit la voix posée et lointaine de l'opératrice au sol.

— Vitesse d'approche, zéro deux mètres seconde, précisa Fiodor.

En regardant le jeune Russe concentré sur ses données – cheveux courts, rasé de près, combinaison de vol impeccable – pour une manœuvre qui finalement était entièrement automatisée, Scott se dit que la nouvelle génération n'était pas aussi inconséquente qu'il voulait bien le penser. Fiodor était un pro tel qu'il en avait rarement croisé dans sa carrière, même s'il passait son temps à l'emmerder avec sa « grande Russie ». Avec des éléments compétents et efficaces comme lui et Tracy, la relève était malgré tout assurée, se dit-il.

« ISS de Dragon III, ici le Capitaine Gordon, arrimage dans exactement quatre minutes et trente-quatre secondes. Tout se déroule parfaitement. Il ne reste plus qu'à préparer vos verres, nous vous apportons du Champagne : offert par SpaceX ! Du Champagne français », ajouta-t-il d'un ton jovial.

Tracy se tourna vers le commandant, le regard inquiet.

— Bon ! Il faut se dire qu'ils ne séjournent dans la station que vingt-quatre heures, dit Scott en serrant les dents. Alors, on leur fait faire leur petit tour de manège sans faire de vague et on reprend une vie normale après leur départ.

— C'est à nous que tu dis ça ? se moqua Serguï dans son dos.

— Oui, bon ! On se comprend, s'agaça Scott qui avait retrouvé d'un coup son humeur exécrable.

— Qu'est-ce que je lui réponds ? demanda Tracy.

— La vérité ! La NASA interdit toute boisson alcoolisée à bord de l'ISS !

Tracy laissa passer un peu de temps avant d'appuyer sur le commutateur.

— Le Commandant Scott vous remercie chaleureusement Capitaine, mais ce sera plutôt des pailles que des verres en ce qui nous concerne.

Scott grogna légèrement de contrariété. Tracy adorait lui donner ce genre de leçon de sociabilité sans qu'il ait rien demandé.

« Bien sûr ! En l'absence de pesanteur, c'est évident », se justifia le capitaine Gordon.

« Contact et arrimage imminent av__ l'I__ ,» entama la voix de l'opératrice au sol.

— Mission Control, je vous reçois mal. Pouvez-vous répéter votre dernier message ? demanda Fiodor qui se pencha vers la console pour quelques vérifications de routine.

« Ici Mis___ __trol __ton, il __ pas__ qu__que __ose… »

— Mission Control, je vous reçois haché. Me recevez-vous ?

Tandis que Fiodor exécutait la procédure, à la recherche d'une anomalie matérielle éventuelle, son regard s'arrêta soudain sur l'écran de contrôle.

— Dragon III, vous déviez de votre trajectoire, je n'ai plus qu'un repère aligné. Pouvez-vous vérifier vos données ? interrogea-t-il avec un parfait sang-froid.

« Tout va bien ici ISS. S'il y a un problème, je pense que ça vient plutôt de votre… »

— Dragon, un de vos RCS s'est déclenché. J'ai zéro repère aligné, coupa sèchement Fiodor.

Aussitôt, Tracy se redressa et bascula la communication sur le canal un.

— Mission Control Houston, ici ISS me recevez-vous ? Mission Control Houston pouvez-vous nous confirmer les données de vol du Dragon ? Mission Control Houston, me recevez-vous ? commença à répéter Tracy sans relâche, sans obtenir de retour.

Évidemment ! Ça ne pouvait pas bien se passer, pensa immédiatement Scott qui se décala pour voir l'écran.

Sur l'image vidéo, le nez du vaisseau dérivait rapidement hors de la croix d'alignement. Un jet de gaz triangulaire apparut furtivement à l'avant du Dragon, témoignant de l'allumage d'un second moteur d'orientation. Le commandant attrapa d'un geste vif le combiné qui flottait devant la console, au bout de son fil emmêlé.

— Capitaine, qu'est-ce que vous foutez bon sang ? Revenez tout de suite en pilote auto, pesta Scott.

« Je suis en pilote auto. Je n'ai rien touché », répondit Gordon après quelques secondes de décalage.

— Vitesse d'approche, zéro trois mètres seconde, en augmentation, annonça Fiodor, toujours avec la même rigueur froide.

Alors que Tracy cherchait à joindre le sol, Fiodor égrainait les données de vol de plus en plus anarchiques du Dragon. Concentré, Scott tentait d'analyser une situation devenue inquiétante. Il savait qu'il disposait de peu de temps et que tous attendaient désormais une décision de sa part.

— Déclenchement RCS tribord. Vitesse d'approche zéro quatre mètre seconde, en augmentation. Distance trente-huit mètres, poursuivit Fiodor.

Ce fichu vaisseau est incontrôlable. Les informations s'accumulaient, se bousculaient dans la tête de Scott. Il était convaincu que ça ne pouvait être qu'un problème technique sur la capsule de SpaceX. *Toute cette intelligence artificielle qui pilote tout, voilà le résultat. Je l'ai toujours dit : moins de pièces, moins de pannes.*

Au bout de sa courte réflexion, et en l'absence de l'assistance du « flight », Scott se décida à agir.

— Serguï, tu m'actives le Canadarm, ordonna-t-il.

Serguï quitta aussitôt le module sans discuter.

— Capitaine Gordon, passez tout de suite en manuel et ne

touchez plus à rien, annonça fermement Scott dans le combiné.

« Mais Commandant ? » entama Gordon.

— Maintenant Capitaine ! tonna Scott avec autorité.

— Fiodor, tu me donnes les infos sur le cinq aussi souvent que possible. Tracy, tu continues comme ça, lança Scott avant de quitter le module à son tour.

« Commandes manuelles activées de Dragon », annonça le capitaine Gordon.

Le commandant Scott se recroquevilla rapidement dans l'espace circulaire et étroit de la *Coupole*. Dans un geste-réflexe, il attrapa les deux boîtiers de joystick sur sa droite et commuta l'ATU sur le haut-parleur.

La voix constante de Fiodor poursuivait la diffusion des informations d'approche.

Face à Scott, à travers un des hublots périphériques, le Dragon III avançait vers l'ISS, totalement désaxé. Le nez de l'appareil était basculé sur le côté, découvrant le système de guidage circulaire qui clignotait d'un petit flash régulier.

Bordel ! C'est vraiment mal engagé. Scott actionna les joysticks pour prendre le contrôle du bras robotisé extérieur de la station. Il vérifia sur les trois écrans à cristaux liquides au-dessus de lui que le Canadarm réagissait bien.

Allez ! Allez ! Allez ! Le temps lui parut interminable avant que l'immense tube blanc aux multiples rotules ne descende et commence à se déplier dans son champ de vision. Scott s'en voulait intérieurement de n'avoir pas prévu de positionner le Canadarm avant la phase d'approche ; comme il le faisait lorsque tout n'était pas cent pour cent automatisé. *Mais qui aurait pu imaginer une merde pareille pour un simple arrimage ?* pensa-t-il.

« Distance vingt-six mètres. Vitesse d'approche, zéro quatre mètres seconde. En augmentation. »

Scott poussa les deux joysticks en butée. L'immense bras blanc robotisé se déploya et s'allongea au milieu du vide, comme une main tendue au vaisseau de SpaceX encore hors d'atteinte.

« Distance dix-neuf mètres. Vitesse d'approche, zéro quatre mètres seconde. En augmentation. »

Alors qu'il ajustait la position du bras sur la trajectoire du Dragon III, Serguï se stabilisa en silence à côté du commandant.

Sa présence redonna tout de suite un peu confiance à Scott. Il savait que Serguï ferait exactement ce qu'il faudrait au moment où il le faudrait, sans qu'il ait rien à lui demander.

Juste avant que le Dragon ne percute l'extrémité du Canadarm, Scott bascula le joystick de translation vers l'arrière. Le bras commença à reculer, accompagnant l'avancée de la capsule. Scott et Serguï ressentirent malgré tout le choc sourd et lointain de la collision parvenir jusqu'au poste de commande. De petits éclats blancs se mirent à tournoyer en silence dans le vide spatial autour de la tête de l'appareil. Scott serra les dents et tenta de jauger au mieux la résistance à opposer au vaisseau pour éviter la rupture des rotules.

« Distance dix mètres. Vitesse d'approche zéro trois mètres seconde. En baisse. Zéro repère aligné. »

Le Dragon semblait sur le point de percuter la station. Le commandant relâcha légèrement le joystick pour forcer le freinage.

« Distance six mètres. Vitesse d'approche zéro deux mètres seconde. En baisse. »

À travers le hublot trapézoïdal, Scott vit l'avant du Dragon commencer à disparaître derrière la paroi cylindrique du module Tranquility.

Ça ne va jamais tenir, se dit Scott qui libéra totalement la manette de commande, s'attendant à voir le Canadarm se briser en mille morceaux. Pour la première fois, la voix de Fiodor cessa sa litanie pour quelques secondes de silence qui ajoutèrent à l'appréhension de Scott.

« Distance trois mètres. Vitesse stabilisée. Zéro repère aligné », reprit Fiodor. « Dernière manœuvre pour réajuster l'alignement de la cible d'amarrage. »

Scott se tourna vers Serguï et soupira de soulagement. Il ressentit les quelques gouttes de sueur collées à son front.

— Ça, ça n'avait encore jamais été fait ! conclut Serguï qui souriait nerveusement.

Le commandant reprit rapidement le contrôle en surveillant ses écrans, terminant de guider le Dragon III jusqu'à son dock d'amarrage.

— Et j'espère n'avoir jamais à le refaire.

« La cible s'approche du centre de la croix. Deux repères

alignés. Rotation deux degrés. »

— En tous cas, je peux te dire que ce petit capitaine de pacotille va m'entendre, menaça Scott.

— On ne sait pas vraiment ce qui s'est produit pour le moment. Si ça se trouve, Gordon n'y est pour rien.

« Approche finale à zéro un mètre seconde. Trois repères alignés. La cible est maintenant au centre de la croix. »

— Tu parles. Tous ces astronautes du privé qui passent plus de temps sur les couvertures de magazines qu'à l'entraînement. Voilà le résultat.

— Nous aussi, nous avons fait les couvertures des magazines, je te rappelle.

« Quatre repères alignés. Contact confirmé. Capture confirmée. Le Dragon III a atteint la station. Amarrage en cours à quinze heures cinquante-huit minutes UTC moins six. Félicitations, Commandant ! », conclut la voix de Fiodor dans le haut-parleur.

— Nous n'avions pas le choix, répondit Scott.

— Peut-être ne l'a-t-il pas non plus.

— Tu crois qu'ils vont m'en vouloir d'avoir rayé la peinture ? lança Scott comme un exutoire à son stress.

Lorsqu'ils retrouvèrent Tracy et Fiodor devant la console pour le débriefing, Scott ne put que constater qu'il était toujours impossible de joindre le sol. Il eut beau insister, chercher un début d'explication, répéter les procédures maintes et maintes fois ; tout semblait fonctionner normalement.

— C'est insensé ! pesta Scott. Les communications qui se coupent et cet engin de malheur qui fait n'importe quoi ; mais qu'est-ce qui se passe ici bon sang ?

Scott attrapa le combiné devant la console.

— Capitaine Gordon, est-ce que vous avez pu vérifier votre dispositif de guidage ?

« L'outil de diagnostic n'a rien donné Commandant. Nous n'avons pas de panne détectée sur le Dragon. Je n'ai pour l'heure aucune explication du comportement incontrôlé du système », répondit Gordon.

— Bien reçu. Continuez à chercher le temps que vous puissiez entrer dans la station. Nous devons absolument comprendre ce qui s'est passé, conclut Scott.

« Commandant Scott ! », appela une voix affolée dans son dos.

Scott et les autres se retournèrent vers le fond du module et virent émerger le professeur Nakano qui avançait vers eux rapidement. Il volait au centre du profond couloir aux parois noyées d'appareils et de câbles, bientôt suivi par sa collègue climatologue qui apparut à son tour depuis l'ouverture voisine.

Scott qui connaissait le calme et la retenue dont faisait habituellement preuve le scientifique japonais y voyait un nouveau sujet d'inquiétude.

Le professeur s'arrêta avec difficulté au niveau du groupe, conséquence d'un élan mal contrôlé dans l'impesanteur de la station.

— Commandant Scott, il semble se passer quelque chose de tout à fait extraordinaire, dit-il affolé, avec son accent japonais très prononcé.

— Calmez-vous Kim, nous sommes au courant figurez-vous, tempéra Scott.

— Comment ça ? Non, je ne pense pas que nous parlions de la même chose. J'ai constaté des mesures très étranges depuis mon laboratoire, répondit Kim avant d'être interrompu par un bip strident.

Serguï traversa la largeur de la pièce et s'arrêta devant un ordinateur portable fixé un peu plus loin. Il effectua quelques saisies sur le clavier. Le son qui leur perçait les tympans cessa.

— Pourquoi l'alarme orbitale se met-elle à sonner maintenant ? demanda Scott.

— Je ne comprends pas. Nous avons rehaussé la station il y a peu de temps, s'inquiéta Serguï.

— Ça ne peut pas être lié à l'arrivée des touristes quand même ? s'interrogea Scott.

— Il se passe également quelque chose au niveau des couches atmosphériques, enchérit la climatologue qui semblait tout aussi préoccupée que le reste de l'équipage. De grands mouvements de masses d'air inédits sont en train de se produire sans raison.

— Avec tout le respect que je vous dois Docteur Blanchard, je pense que ce n'est pas le moment idéal pour nous parler de la météo, ironisa Scott, soudain agacé par son intervention qu'il jugeait déplacée.

Nicole Blanchard resta sans voix devant le sectarisme du

commandant.

— En tout cas, ça n'explique pas pourquoi nous quittons notre orbite ! lança Serguï.

— Moi, ce que j'aimerais savoir, c'est comment il est possible que nous ayons perdu autant d'altitude en si peu de temps, intervint Fiodor.

— C'est forcément une panne de l'instrumentation, rétorqua Tracy. On ne sait pas encore d'où elle vient, c'est tout !

— Ça commence à faire beaucoup de pannes tout de même ! douta Scott.

— Non ! Vous ne comprenez pas, enchaîna le professeur Nakano avec son débit de paroles lent et posé qui énervait particulièrement Scott à ce moment précis. C'est ce que je voulais vous dire. Nous n'avons pas perdu d'altitude, bien au contraire. Nous en gagnons. Nous nous éloignons de la Terre !

Tout l'équipage fixa Kim qui semblait très sérieux.

— Professeur ! Vous savez très bien que c'est physiquement impossible ! s'insurgea le commandant Scott.

2.

JOUR 1

Altitude : – 6 m
Température : 13,5 °C
Gravité : g= – 2,12 N/kg

Le froid le saisit cruellement alors qu'il reprenait conscience. Un froid qui transperça son corps immobile d'un flot glacé parcourant sa chair et provoquant de violents tremblements qu'il ne put contrôler.

Dans un réflexe de défense primitif, il chercha à regrouper ses bras et ses jambes autour de son buste, mais il ne les sentait plus.

Combien d'heures suis-je resté inconscient ? s'interrogea-t-il. Il savait qu'il avait fait un nouveau malaise, mais il ne se souvenait de rien d'autre que de son nom ; Jack Doyle. *C'est déjà ça !*

Avec le temps, Jack avait appris à gérer ses crises d'épilepsie et les courtes amnésies qui pouvaient en résulter ; mais cette fois, c'était différent.

La plupart du temps lorsqu'il se réveillait, il y avait un tas de gens autour de lui, ou bien il émergeait dans la blancheur ouatée d'une chambre d'hôpital. Mais là, rien ; enfin, pas tout à fait, malheureusement.

Il savait qu'il devait commencer par se relâcher. Ses sensations finiraient par revenir progressivement, comme à chaque fois.

En même temps qu'il commença à bouger les extrémités de ses doigts pour leur faire reprendre vie, il tenta de comprendre les bruits inhabituels et inquiétants qui l'entouraient ; des sons aquatiques résonnaient dans un espace qu'il imagina grand et vide ; des grondements sourds, étouffés, lointains, paraissaient venir de l'extérieur ; une forte odeur d'essence et de gas-oil se mélangeaient à celle de plastique brûlé, lui procurant une désagréable sensation d'écœurement.

Un craquement sec rompit tout à coup le calme relatif qui régnait dans ce lieu qu'il n'arrivait pas à identifier. Il se dit qu'il était temps pour lui de faire l'effort d'ouvrir les yeux.

Après quelques secondes, Jack fut pris de panique. Il ne savait plus si ses yeux étaient ouverts ou fermés tant le noir qui l'entourait restait total. Au néant de son coma semblaient succéder les ténèbres de la cécité.

Trouvant dans cette angoisse soudaine une nouvelle énergie, il parvint à canaliser ses forces pour enfin reprendre un peu possession de son corps. Il bascula sur le côté et se regroupa doucement en position fœtale. Il sentit aussitôt le liquide dans lequel il baignait onduler sous lui. *Pourvu que ce ne soit que de l'eau,* pensa-t-il en respirant l'odeur d'essence.

Incapable de se relever pour le moment, Jack réunit mentalement ses sensations pour tenter de comprendre ce lieu inconnu. L'eau, les bruits chaotiques à l'extérieur, l'odeur de brûlé ; la première idée qui lui traversa l'esprit fut celle de la cale d'un paquebot en train de faire naufrage, après avoir pris feu au cœur d'une tempête. *C'est absurde. Qu'est-ce que je ferais sur un paquebot ?*

Dans la confusion la plus totale, il crut entendre un appel parmi les sons inexplicables qui peuplaient les ténèbres. Il se figea pour mieux écouter, puis laissa rapidement retomber sa lourde tête dans la flaque, certain qu'il avait trop d'imagination. *Personne ne viendra me chercher dans ce trou.* Cette dernière pensée fit se profiler dans son esprit une seconde piste ; il était au fond d'un grand puits presque asséché, et un tremblement de terre avait provoqué des incendies à l'extérieur à cause des fuites de carburant ; *non ! Arrête ! C'est encore plus débile que ton histoire de bateau !*

— Romain ! appela au loin une voix de femme.

Cette fois, Jack en était certain, il y avait bien quelqu'un. Il voulut aussitôt crier à l'aide, mais aucun son ne sortit de son corps toujours transi. Il fit immédiatement une nouvelle tentative, sans plus de résultat, cependant qu'un second appel, plus proche, se fit entendre.

Comme un bref éclair, une lueur furtive traversa son champ de vision, puis disparut, avant de réapparaître quelques secondes plus tard, découpant l'embrasure d'une porte dans le noir. Il ressentit un soulagement presque euphorique en découvrant qu'il n'avait pas perdu la vue. Mais ce qui semblait être le faisceau d'une lampe torche s'éloignait déjà de l'ouverture. La lumière s'affaiblit rapidement pour replonger la pièce dans les ténèbres, emportant avec elle toute promesse d'être secouru.

Ne pas paniquer. Il décida d'attendre quelques secondes pour réunir le peu de force dont il disposait.

— Ici ! cria soudain Jack d'une voix déraillante, cassée par un silence trop prolongé.

Après de longues secondes d'espérance angoissée, il vit réapparaître le cadre de l'embrasure dans la lueur vacillante.

— Romain ? appela la voix féminine toute proche.

— Ici ! répéta-t-il faiblement.

Jack leva la tête vers l'ouverture au moment où le faisceau de la lampe pointa directement sur lui. Une vive douleur lui transperça les yeux et le cerveau, l'obligeant à reposer sa joue dans la flaque.

— Désolée ! s'excusa la voix avec une pointe de déception.

Le faisceau s'éloigna, et Jack put à nouveau regarder vers le plafond. Sous le halo blanc d'une lampe frontale, il devina une silhouette mal définie, debout, au bord du vide.

— Vous êtes seul ici ? interrogea froidement la femme avec un fort accent français.

Elle tourna la tête dans toutes les directions pour balayer l'espace.

— Je pense que oui. Je ne sais pas très bien, répondit Jack.

— Vous êtes blessé ?

— Je ne sais pas. Pas vraiment.

— Vous ne savez pas grand-chose ! s'impatienta-t-elle.

— Ça, vous pouvez le dire ! ironisa Jack, réalisant que cette femme n'avait pas l'air de ressentir beaucoup de compassion pour lui.

— Vous vous appelez comment ?

— Jack, Jack Doyle, répondit-il, alors que la lumière blanche l'éclaira à nouveau, allumant de reflets brillants la surface liquide qui ondulait devant son regard.

— Okay Jack ! On va faire vite. Moi, c'est Hélène. Est-ce que vous pouvez vous lever ? Et ne me dites pas que vous ne savez pas ; essayez !

— Ça ne rigole pas avec vous ! tenta de plaisanter Jack qui retrouvait un peu sa voix.

Le lourd silence qui suivit lui fit comprendre qu'il serait

difficile de rompre la glace.

— Oui, je crois que je peux bouger.

Jack tâcha de se redresser. Toutes ses articulations lui faisaient un mal de chien.

— Bien ! Alors, dépêchez-vous ! Je vous envoie une corde avec une grande boucle que vous allez passer sous vos bras. D'accord Jack ?

Tant bien que mal, Jack se retrouva sur ses jambes plus facilement qu'il ne l'aurait imaginé, le tissu de sa chemise trempée collé à la peau. Un nouveau tremblement irrépressible l'assaillit. Il leva péniblement la tête et tenta d'apercevoir le visage qui se cachait derrière le halo, quelques mètres plus haut. *Pour avoir une corde avec elle, cette femme doit faire partie d'une équipe de secours, ou de pompiers,* pensa-t-il.

Un second craquement résonna dans l'obscurité.

— Très bien. Maintenant, il va falloir vous dépêcher. Ça risque de ne pas tenir beaucoup plus longtemps.

— Est-ce qu'on est en train de couler ?

— Couler ? Vous êtes un marrant Jack, répondit Hélène qui semblait s'amuser à cette idée. Mais, oui, on pourrait dire ça !

Dans l'obscurité, Jack aperçut la corde se poser quelques mètres plus loin devant lui et former un petit tas au sol, au pied d'un mur de béton.

— Ça va vous paraître bizarre, mais…

— Écoutez Jack, depuis vingt-quatre heures plus rien ne peut me paraître bizarre, le coupa Hélène. On n'a vraiment pas le temps de discuter. Alors, soit vous attrapez cette corde tout de suite, soit je vous laisse là.

Soudain, un craquement phénoménal envahit l'espace alentour.

— *Et merde* ! s'alarma Hélène.

En entendant un des seuls mots qu'il connaissait dans cette langue, Jack était maintenant certain qu'elle était française. Mais alors que ce dernier constat le plongea un peu plus dans la confusion, il sentit le sol trembler sous ses pieds. Les flaques se mirent à vibrer, libérant une multitude de gouttes d'eau qui flottèrent un instant au-dessus de la surface, formant de petites billes rondes qui se déformaient mollement. Jack resta hypnotisé par ces étranges sphères liquides qui retombaient avec lenteur. Il ne comprenait pas ce qu'il voyait. Son attention fut soudain détournée par une fissure qui s'ouvrit rapidement devant lui dans le mur.

— Jack, la corde ! hurla Hélène. Attrapez la corde ! Maintenant ! C'est en train de se décrocher !

Autour de Jack, les explosions du béton qui éclatait se mêlèrent au grincement plaintif de l'arrachement du métal. S'écartant sous une contrainte extrême, la fissure devint béance, laissant pénétrer depuis l'extérieur une lumière crépusculaire bleutée qui révéla le parking sous-terrain dans lequel il se trouvait. Les nombreuses voitures qu'il pouvait apercevoir étaient posées sur leur toit, les quatre roues en l'air. La brèche s'élargit encore et encerclait désormais Jack sur le pourtour de l'immense parking, tandis qu'un vent violent et froid s'y engouffra. Lorsqu'il releva la tête vers Hélène, quémandant d'un regard pétrifié une explication, la silhouette faisait de grands gestes avec la corde pour lui faire comprendre qu'il devait l'attraper. Elle continuait de hurler, mais il ne l'entendait plus vraiment. Les sons étaient devenus sourds, distants, atténués par un sifflement strident. Tout sembla ralentir.

Jack fixa sans réaction Hélène s'éloigner de lui en même temps que le plafond, tandis que le tas de corde se débobinait rapidement depuis le sol. Cette vision lui donna l'étrange impression d'assister à la projection d'un film à l'envers.

Il avança comme un automate au milieu de ce chaos inexplicable, mais déjà, la boucle préparée par Hélène au bout de la corde quittait le sol et s'élevait devant lui, bientôt hors d'atteinte. Comme si cette dernière image replaçait d'un coup tout dans le bon sens, il comprit soudain qu'il était en train de tomber en même temps que le parking s'effondrait sous ses pieds.

Dans un ultime sursaut d'énergie, Jack jeta sa tête et ses bras dans la boucle qui s'apprêtait à lui échapper. Il sentit le lien se tendre et stopper sa chute avec beaucoup moins de violence qu'il ne s'y serait attendu. Dans une sensation de légèreté, il éprouva étrangement peu le cisaillement de la corde à travers le tissu fin de sa chemise détrempée.

À l'autre bout du filin, une quinzaine de mètres plus haut, la femme le retenait à bout de bras dans un effort impossible. Après un dernier cri plaintif d'arrachement, l'immense parking s'affaissa avec lenteur sous ses pieds, emportant avec lui les dizaines de voitures retournées sur leur toit.

Jack se retrouva pendu au milieu du vide, balancé par de terribles rafales. Sous ses jambes ballantes, l'énorme structure rectangulaire du bâtiment s'enfonça sur des centaines de mètres sans jamais sembler devoir s'arrêter, semant dans son vortex quelques véhicules qui tournoyèrent derrière elle.

Alors que le parking s'éloignait toujours plus, il dévoila aux yeux effrayés de Jack une couche nuageuse, quelques kilomètres plus bas. De part et d'autre, cette mer bouillonnante s'étalait sous lui, jusqu'à l'horizon. À travers la strate cotonneuse, une étrange lueur bleutée montait et révélait, de son ton monochrome, le néant apocalyptique qui l'entourait. Jack en eut le souffle coupé. Il leva avec appréhension le regard et découvrit le sol terrestre qui s'étendait désormais au-dessus de lui, tel un plafond invraisemblable, mais bien réel.

Tout autour, une succession infinie d'immeubles pendaient dans le vide, et des quartiers entiers étaient la proie des flammes. À travers l'enchevêtrement des canalisations sectionnées qui déversaient leurs eaux, les fers à béton tordus, les fils électriques arrachés qui se balançaient depuis les fondations encore accrochées, Jack aperçut, dans la clarté orangée des incendies qui faisaient rage, un gratte-ciel de verre toujours allumé au milieu de la nuit. Au cœur de ce décor de mort et de destruction, l'immeuble était suspendu, son sommet pointant vers les nuages tout en bas. Encerclée de ruines, sa haute silhouette lumineuse paraissait n'avoir subi aucun dommage, comme si le chaos avait voulu l'épargner.

Soudain, dans une puissante explosion de verre, les fenêtres des premiers étages volèrent en éclats. L'immense bâtiment s'éteignit d'un coup. À l'image d'une fusée au décollage, le gratte-ciel se sépara du sol et entama une chute anormalement lente, accélérant progressivement. Jack ne put quitter des yeux l'immeuble entier qui s'éloignait au cœur du vide et de la nuit, jusqu'à disparaître à son tour dans le brouillard, comme l'avait fait le parking quelques secondes plus tôt.

Plongé au centre de ce décor dantesque dont les dimensions et le sens le dépassaient totalement, Jack aperçut d'autres édifices se décrocher et tomber de loin en loin. Certains se décomposaient en gravats poussiéreux, aussitôt balayés par les rafales ; d'autres demeuraient parfaitement inaltérés jusqu'à s'évanouir silencieusement dans les nuages ; d'autres encore se brisaient en deux sous le choc d'une collision et entamaient une multitude de rotations anarchiques. Par endroit, de plus petits bâtiments restaient accrochés à un « plafond » toujours irréel aux yeux de Jack, formant quelques îlots miraculés au milieu des décombres.

Tandis qu'il ressentait les à-coups de la corde qui le tractait vers le haut, Jack leva son regard jusqu'à Hélène. Il fixa sans comprendre cette femme dans l'embrasure qui le remontait à la seule force de ses bras. *Elle ne peut pas avoir une puissance pareille !* s'étonna-t-il, finissant par conclure, devant cette accumulation d'images absurdes, qu'il ne pouvait être qu'en train de cauchemarder. Il était très certainement toujours inconscient, ou dans un sommeil profond. *Tout ça ne peut pas exister !* tenta-t-il de se convaincre.

Pourtant, lorsqu'Hélène parvint à le hisser et à l'asseoir sur le sol face à elle, il sentit bien qu'elle lui tenait la tête de ses deux mains et qu'elle hurlait quelque chose pour le faire réagir. Mais les sons restaient sourds, perdus dans les limbes apathiques de son état de choc. Le faisceau de la lampe frontale l'éblouissait, l'empêchant d'apercevoir plus que de furtifs fragments du visage d'Hélène à travers son halo : la crasse de ses joues derrière laquelle on devinait une fine peau de velours ; ses yeux d'un marron profond qui s'allumaient dans les reflets d'un regard vif de détermination ; sa lèvre inférieure fendue d'une petite coupure au sang coagulé ; ses cheveux bruns balayés par le vent dans le faible espace qui le séparait d'elle.

Dans le flot de ces images qui l'apaisaient, Jack se sentit partir agréablement, au moment où une douloureuse gifle le percuta et le tira de sa torpeur. Tous les sons revinrent d'un coup au cœur des tourbillons qui sifflaient depuis le vide abyssal juste à côté d'eux.

— Ce n'est pas le moment d'avoir vos vapeurs, cria sèchement Hélène. On doit remonter avant que tout ne s'effondre. Vous allez vous accrocher à mon sac à dos. C'est compris Jack ?

Il n'eut pas le temps de répondre que déjà Hélène se retourna et lui présenta le gros sac de montagne qu'elle portait. Il saisit sans réfléchir deux des nombreuses sangles cousues au tissu. Aussitôt rétabli sur ses pieds, il fut littéralement tracté par les bras au rythme de la course d'Hélène, à travers un long couloir où résonnaient leurs pas. Jack était frappé par cette même sensation de légèreté qu'il avait éprouvée lorsqu'il pendait dans le vide. Plus loin, ils commencèrent à gravir une pente si abrupte qu'il en perdit l'équilibre, se rattrapant au sac auquel il restait accroché. Hélène lui intima l'ordre de tenir sur ses jambes. Jack se concentra. Il était étonné de la facilité avec laquelle ils montaient la forte déclivité, même si Hélène s'aidait d'une corde d'escalade qui courait le long du mur, maintenue par des pitons plantés dans le béton. Dans ce qui ressemblait à une cage d'escalier, les étages s'enchaînaient rapidement dans le faisceau de la lampe d'Hélène. Jack remarqua alors les marches défiler au plafond. Ce détail absurde lui rappela furtivement les architectures impossibles des dessins d'Escher et lui donna presque envie de rire, tant il se sentait perdu.

Sur le sac qui lui barrait la vue, un piolet était fixé à côté d'une corde d'escalade multicolore parfaitement lovée. À l'opposé, de nombreux mousquetons s'entrechoquaient en se balançant dans un cliquetis d'aluminium. Tout le matériel était neuf et portait encore les étiquettes avec leur prix qui tournoyaient dans l'air. Devant, les talons des grosses chaussures d'alpinisme de la Française galopaient, neuves elles aussi. Jack ne chercha plus d'explication à ce qui ne pouvait pas en avoir. Il se laissa entraîner docilement dans cette ascension vers un sommet inconnu.

Trois, quatre, cinq étages. Jack perdit le compte dans ce lieu où tout paraissait à l'envers. Sur le sol, ils enjambaient des éclairages éteints, des passe-câbles qui avaient déversé leurs fils électriques, des canalisations, des panneaux indiquant la sortie ou la direction du métro, pendant qu'au plafond, les marches d'escalier continuaient à se succéder à mesure qu'ils montaient avec une facilité déconcertante.

Sur un dernier palier, Hélène s'arrêta enfin et laissa Jack souffler un peu. Après avoir posé son sac, elle rembobina la corde qui avait aidé à leur ascension. D'un geste régulier et précis, elle lova le filin en longues boucles identiques, observant

Jack en silence.

Adossé au mur, il reprenait peu à peu le contrôle de sa respiration. Les rafales glacées avaient cessé et l'air s'était réchauffé à mesure qu'ils avaient gravi les étages. Même s'il avait toujours extrêmement froid, il sentit son hypothermie refluer légèrement. Il remarqua qu'Hélène était habillée d'un blouson et d'un pantalon d'alpiniste, comme pour une expédition en haute montagne. À l'image de l'ensemble de son matériel, sa tenue rouge et grise était toute neuve, bien que crasseuse par endroit.

— C'est un sacré bon équipement que vous avez là ! lança Jack pour s'essayer à un premier contact.

— Vous vous y connaissez en matériel d'escalade ?

— Un peu. Je fais de l'artificiel le week-end avec mon club.

— Ah ! répondit Hélène, sans paraître réellement intéressée par sa tentative d'échange.

Elle finit d'accrocher la corde sur son énorme sac et l'endossa comme s'il ne pesait rien. Elle éteignit sa lampe frontale, la glissa dans une poche de son blouson, puis reprit sa marche déterminée vers l'autre bout du couloir, d'où émanait un éclairage au néon. Encore essoufflé, Jack se releva et lui emboîta le pas.

En rejoignant la lumière, Hélène se laissa tomber et disparut soudain. Jack accéléra pour la rattraper, avant de s'arrêter sur le rebord d'une pente verticale. De là où il était, il dominait un tunnel perpendiculaire, beaucoup plus grand, dont le sol en forme d'arche descendait en courbe à ses pieds. Alignées dans son prolongement, deux rangées d'éclairages illuminaient l'espace d'un blanc froid, se perdant de part et d'autre dans un long virage.

— Comment vous avez fait ? demanda-t-il devant la pente.

— Il suffit de glisser. C'est facile, l'encouragea un peu Hélène.

— Okay ? hésita Jack en s'approchant du bord.

Cette pente en courbe lui rappela son adolescence, lorsqu'il se jetait sans crainte du haut des rampes sur son skateboard, dans le skatepark de son quartier. Mais aujourd'hui, Jack préféra s'asseoir et opter pour une version luge, moins dangereuse. Il se lança et s'étonna une nouvelle fois de cette singulière sensation de légèreté à laquelle il avait du mal à s'habituer. Il glissa facilement sur le carrelage lisse et blanc qui ornait la paroi, avec cette étrange lenteur que paraissait subir tout ce qui tombait. Il s'arrêta un peu au-dessus d'Hélène, là où la faible pente ne lui permettait plus de glisser. Encore essoufflé, il resta assis.

C'est la première fois qu'il pouvait vraiment voir Hélène. Des cernes de fatigue, accentués par la lumière au néon qui venait du sol, marquaient son visage dur. Elle semblait cependant avoir de jolis traits.

— Bien ! Vous ne risquez plus de tomber ici. Enfin, pas pour le moment.

— Où sommes-nous ?

— Au niveau de l'accès au métro. C'est l'endroit le plus sûr.

— Non, je veux dire, c'est quoi cet endroit, cette ville à l'envers ?

Hélène l'observa de longues secondes en silence, comme si elle s'interrogeait sur le sérieux de la question.

— C'est New York ! lança-t-elle comme une évidence. Non, mais vous débarquez de quelle planète Jack ?

Comme KO, Jack demeura muet, sans réaction. Il se mit à scruter l'immensité du tunnel pour tenter de se raccrocher à quelque chose qu'il connaissait. Une vingtaine de mètres plus loin, dans l'alignement des néons, un panneau de signalisation montait du sol et étalait sur son fond marron des lettres blanches à l'envers : *Chambers St* jouxtant deux pastilles plus claires qui encerclaient les lettres *J.* et Z.. Pas de doute, il était bien dans le couloir d'accès qui reliait Chambers à City Hall.

Jack se souvenait maintenant. Il était venu au département des finances de New York pour un problème d'impôts. Il avait dû faire sa crise au moment où il retournait à sa voiture qu'il avait garée dans le parking souterrain. Sa voiture qui était tombée dans le ciel en bas, depuis la Terre, en haut. Jack tenta de se contenir, mais il maîtrisa mal le flux de larmes qui déborda de ses yeux. Il écarta honteusement la tête du regard de cette femme inconnue, alors qu'il fut soudain repris de tremblements.

— Vous ne savez vraiment pas ce qu'il s'est passé depuis hier ? l'interrogea Hélène d'un ton considérablement adouci, après une longue hésitation.

— Eh bien, en fait, je ne me souviens presque de rien.

— Qu'est-ce qui vous est arrivé ?

Jack préféra taire son épilepsie. Il n'avait pas de raison de se confier à propos d'une maladie qu'il avait toujours dissimulée.

— Vous avez raison, reprit Hélène après avoir attendu une réponse qui ne venait pas. Ça ne me regarde pas. Bon, écoutez ! Vous êtes en sécurité maintenant. Il faut que je reparte chercher mon fils.

— Romain ?

— C'est ça.

Dans le silence du couloir, Hélène ne quitta pas des yeux Jack qui grelottait.

— *Et puis merde* ! lança pour la seconde fois Hélène en reposant son sac sur le sol devant elle, d'un geste vif.

Jack la regarda fouiller et sortir un blouson de montagne tout neuf, comme le sien.

— Tenez ! dit-elle en le lui tendant, comme si elle voulait s'en débarrasser. Je l'avais gardé pour Romain, ça risque d'être un peu petit. Il n'a que quinze ans.

À ces mots, Jack vit que l'évocation de son fils était une souffrance qu'elle tentait de masquer du mieux qu'elle pouvait.

— J'irai en chercher un autre.

Jack enfila le blouson en Gore-tex et éprouva aussitôt sa chaleur réconfortante.

— C'est très gentil à vous. Merci !

Hélène se releva et endossa son sac.

— Bon, maintenant que vous ne risquez plus de tomber ni de mourir de froid, je vais y aller. Je vous conseille de rester le plus à distance possible de la surface, on ne sait pas ce qui se décrochera d'ici demain.

Hélène hésita avant de tourner d'un coup les talons. Elle partit en suivant les néons qui se succédaient dans la perspective du long couloir incurvé.

Jack la regarda s'éloigner avec angoisse.

— *Excuse-moi*, l'interpella Jack en français avec un très fort accent new-yorkais.

Hélène ralentit le pas, puis finit par se retourner.

— Qu'est-ce qui s'est passé ? interrogea Jack.

— Si seulement je le savais ! répondit aussitôt Hélène en reprenant son chemin.

— Hélène ?

— Quoi ? demanda-t-elle en continuant à avancer.
— *Merci.*
— *Il n'y a pas de quoi,* lança la Française qui disparut dans le virage.

3.

JOUR 0

Altitude : – 15 m
Température : 25 °C
Gravité : g= 9,81 N/kg

Le professeur Pettit contemplait son œuvre avec satisfaction. À l'intérieur d'une cloche de verre posée sur la table centrale de son laboratoire, une balle de tennis flottait au milieu du vide. Il s'en approcha et y colla sa grosse barbe blanche pour mieux admirer le résultat de ses années de recherches, le fruit de son génie. À travers l'épaisseur du verre, la sphère jaune tournait sur elle-même dans une lente rotation à l'axe vertical.

Ce n'est pas ce prétentieux de Mattis Magnusson et son laboratoire Oméga qui auraient pu réaliser une prouesse pareille, s'enorgueillit-il intérieurement. C'est lui qui avait réussi l'impossible, lui seul qui avait pris le contrôle de l'interaction gravitationnelle. À cette pensée, le professeur Pettit tenta de contenir le sentiment d'euphorie qui l'envahissait.

À côté de la balle en sustentation, les gravitons flottaient toujours à l'intérieur de leur capsule de confinement de métal et de verre. Pettit fixa un instant l'étrange liquide lumineux qui irradiait de ses rayons bleutés la surface brillante de la table. En réalisant le peu de gravitons qu'il avait utilisés pour son expérience, il se prit à rêver des grandes choses qu'il pourrait accomplir s'il disposait d'une quantité beaucoup plus importante pour ses recherches.

Mais une fois encore, c'était Mattis qui lui mettait des bâtons dans les roues. Ce jeune coq et son laboratoire Oméga étaient les seuls à avoir accès à l'unité de production de gravitons, et ils lui fournissaient les capsules au compte-gouttes pour le freiner dans ses découvertes.

Mais après l'expérience d'aujourd'hui, tout allait changer. Avec une telle découverte, il ne faisait aucun doute qu'il reprendrait les rênes du Centre aux mains de Mattis et de ses militaires. *Et ils n'auront plus qu'à prêter allégeance en reconnaissant leur amère défaite !* s'enthousiasma-t-il.

— Je me demande bien ce qui peut lui prendre autant de temps, s'impatienta le professeur Pettit, en se retournant vers ses assistants en blouse blanche qui discutaient entre eux. Ne devrions-nous pas commencer malgré tout ? suggéra -t-il.

— Ce ne serait pas très juste, étant donné le rôle qu'a joué Mademoiselle Kagami dans notre découverte. Je suis certain qu'elle ne va pas tarder, conclut Philip, au moment où la porte s'ouvrit.

Un « ah ! » collégial accueillit la jeune femme de type asiatique qui entra, une pile de serviettes en papier à la main.

— Shino, mon petit, dépêchez-vous un peu. Tout le monde vous attend ! la pressa Pettit.

— Je suis désolée ! J'ai rencontré Mark Pittman à la cafette. Il est très bavard, se justifia timidement l'assistante du professeur.

En entendant le nom d'un des scientifiques du laboratoire Oméga, Pettit se raidit d'angoisse.

— Vous ne lui avez pas parlé de notre expérimentation j'espère ?

— Bien sûr que non Professeur, rassurez-vous.

— Bon, très bien ! Allez vite réparer vos bêtises, que l'on puisse trinquer, ajouta Pettit qui chercha à détourner l'attention de sa réaction légèrement excessive.

Shino partit éponger la table à côté de sa coupe presque vide.

— Je suis tellement maladroite.

— Il paraît que renverser du champagne porte-bonheur, dédramatisa Philip.

— Bien ! Maintenant que nous sommes tous réunis, commença Pettit sans attendre que Shino ait terminé, je voudrais d'abord tous vous remercier chaleureusement pour le travail remarquable que vous avez fourni ces dernières années pour le compte de notre laboratoire Alpha. Vos efforts m'ont véritablement permis de concrétiser le rêve d'une vie de physicien. Après ma découverte du graviton, vous avez su, jour après jour, m'assister avec vos connaissances, votre talent, votre persévérance, pour que nous atteignions aujourd'hui un savoir qui bouleversera à jamais l'histoire de la physique fondamentale. Newton et Einstein n'ont qu'à bien se tenir !

Pettit sentit un semblant de gêne et de confusion dans son

auditoire devant cette dernière boutade.

— Je plaisante bien sûr ! ajouta Pettit. Je porte donc un toast à ma formidable équipe Alpha qui vient de damner le pion au laboratoire Oméga du Professeur Mattis Magnusson.

Tous levèrent leur coupe en criant des « hourras ! » victorieux.

— Je souhaiterais également porter un toast, intervint Philip.

— Mais, c'est que je n'avais pas tout à fait terminé Philip, s'agaça Pettit.

— Navré Professeur. Je voulais simplement rendre hommage à Shino en particulier.

Tout le monde se retourna vers la jeune femme qui se tenait un peu en retrait. Gênée, elle baissa légèrement la tête en souriant.

— Shino qui a fait plus que nous tous pour la réussite de cette expérience, en découvrant comment transférer et stabiliser les gravitons dans cette petite balle de tennis. À Shino !

— À Shino ! répéta sans conviction le professeur Pettit en même temps que ses assistants, un brin vexé qu'elle lui vole ainsi la vedette.

Shino leva sa coupe en souriant.

— Non, vraiment, c'est très gentil, mais c'est avant tout un travail d'équipe, tenta-t-elle de minimiser, baissant un peu plus la tête en direction de la cloche de verre.

Soudain, le visage de Shino s'assombrit. Elle s'approcha de la balle de tennis avec inquiétude.

— Professeur, regardez ! s'alarma Shino.

— Qu'avez-vous encore ? lança Pettit avec condescendance.

— La balle !

— Eh bien, quoi la balle enfin ? s'irrita-t-il.

Préoccupé par son discours qu'il aimerait bien terminer, Pettit s'avança à son tour vers la table. Il observa avec effroi la balle de tennis retomber lentement à l'intérieur de la cloche de verre.

Soudain, l'inquiétude gagna toute l'équipe qui chercha à comprendre ce changement inexplicable. Où avaient-ils fait une erreur ? Est-ce que quelque chose était susceptible de perturber le résultat de l'expérience ? N'était-ce pas une erreur de choisir une balle de tennis ? Les effets du graviton ne seraient-ils que momentanés ? Pettit se sentit tout à coup dépassé par la montagne de questionnements que ce phénomène soulevait.

— En aucun cas les propriétés du graviton ne peuvent être

limitées dans le temps ! s'insurgea le professeur. Nous nous en serions rendu compte plus tôt. Le problème est forcément ailleurs.

Pettit était effondré. Au fond de lui, il était persuadé que c'était Shino qui s'était trompée. Il en conclut intérieurement qu'il n'aurait jamais dû lui faire autant confiance.

— Est-on bien certain qu'Oméga nous a fourni des gravitons de spin trois ? demanda Philip.

— Vous savez bien que oui, rétorqua Pettit, qui par réflexe se tourna vers le liquide bleu qui flottait à l'intérieur de la capsule.

Pendant que tout le monde s'affolait, Pettit remarqua que seule Shino gardait son calme et continuait d'observer le phénomène. Sous la cloche de verre, la balle atteignit la surface métallique de la table et commença à s'aplatir, comme sous une pression invisible.

— Et si nous avions déclenché une modification de la gravité ? interrogea Shino, provoquant un silence général.

— Qu'est-ce que tu veux dire ? s'inquiéta Philip.

— Je suis d'accord avec le Professeur. Nous savons avec certitude que les propriétés du graviton ne peuvent s'amenuiser avec le temps. Elles évoluent progressivement jusqu'à se stabiliser : ensuite, elles ne changent plus. Il se passe donc quelque chose d'autre. J'ai beau réfléchir, la seule explication qui colle avec ce à quoi nous assistons doit avoir un rapport avec une modification de la gravité. Finalement, nous ignorons si une fuite, même d'une faible quantité de gravitons, ne peut pas provoquer une réaction en chaîne.

— Votre théorie est ridicule ! la rembarra Pettit. Nous nous éloignons de notre problème ! En aucun cas, une si petite quantité ne saurait affecter la gravité. C'est absurde !

4.

JOUR 0

Altitude : 423 km
Température : 121 °C
Gravité : g= 5,75 N/kg

Nicole Blanchard ruminait les dernières paroles du commandant Scott, tandis qu'elle volait en impesanteur vers le module auquel s'était amarré en catastrophe le Dragon III.

S'il avait prêté un minimum d'attention à ce qu'elle avait dit, Scott aurait pu imaginer que de tels bouleversements des couches atmosphériques pouvaient avoir un rapport avec les pannes à répétitions qu'ils avaient subies. *Mais la climatologie, ça lui passe au-dessus de la tête. Il trouve plus utile de m'envoyer jouer l'hôtesse d'accueil de l'espace !* s'agaça-t-elle.

Après trois mois passés en sa compagnie, elle ne pouvait vraiment plus supporter Scott ; ce réactionnaire, macho et climatosceptique. Avec ses muscles moulés dans ses tee-shirts arborant d'une manière ou d'une autre un drapeau américain, elle n'était pas étonnée que ce vieux beau ait toujours voté républicain. Heureusement qu'elle repartait avec les touristes dans un peu moins de vingt-quatre heures. Elle devait d'ailleurs s'occuper de préparer ses affaires, même si elle en avait peu.

En attendant, elle aurait bien aimé comprendre ce qui provoquait l'ascendance phénoménale des cumulonimbus dans la troposphère. *Aucun nuage n'a jamais atteint une telle altitude.* Elle se mit à craindre que ces perturbations atmosphériques ne retardent son retour sur Terre. Elle se réconforta en s'imaginant déjà dans sa maison de Vancouver, blottie dans les bras de William devant un bon feu de cheminée, en compagnie de leurs deux filles, Kate et Lucy.

Nicole s'arrêta devant la porte carrée du sas derrière laquelle patientaient les touristes depuis bientôt trois heures, le temps d'assurer une parfaite étanchéité entre leur vaisseau et l'ISS. Elle attrapa sa tablette numérique fixée à sa jambe par une bande Velcro et afficha les points de procédure de désengagement de l'écoutille qu'elle ne maîtrisait pas très bien.

Une fois déverrouillée, elle déplaça la porte le long du rail qui la guidait, jusqu'à la faire disparaître dans une paroi du module. Nicole s'étonnait toujours de la facilité que procurait l'impesanteur pour soulever d'un bras une masse métallique de cent cinquante kilos.

Alors qu'elle devait encore attendre l'équilibrage de pressurisation, Nicole repensa à la théorie avancée par Kim pour expliquer leur changement d'orbite. Elle ne comprenait pas comment un scientifique rigoureux tel que lui pouvait sérieusement invoquer une diminution de la gravité terrestre comme origine à leur soudaine prise d'altitude. D'ailleurs, bien qu'il affirmait que ce soit la seule hypothèse qui collait avec les observations, il admettait lui-même que cela paraissait impossible.

Nicole sentit une boule d'angoisse monter en elle à l'idée que l'ISS s'éloignait dans l'espace. *Affaiblissement de gravité ou pas, il va bien falloir trouver un moyen de se rapprocher à nouveau de la Terre.* Elle tenta de se rassurer en imaginant qu'une simple panne technique de l'instrumentation était encore une explication envisageable.

La pressurisation était maintenant équilibrée entre l'ISS et le Dragon, et Nicole put enfin déverrouiller la petite trappe circulaire qui donnait accès à la station. À peine ouverte, une jeune femme d'une trentaine d'années se propulsa dans le sas, une caméra à la main.

— Bienvenue dans la Station Spatiale Internationale, entama Nicole d'un ton jovial.

— Oui, salut, c'est gentil. Moi, c'est Scarlett Price, la *réal*. Ils sont où les autres ? C'est vous le commandant ?

— Non, pas vraiment ! Je suis la climatologue, le commandant Scott n'a pas pu se libérer, je suis…

— Quoi ? Mais, je fais comment moi pour mon plan ? Tout le monde devrait être là en train d'applaudir et tout. Les mecs de la NASA m'avaient pourtant assuré que j'aurais la participation de tout l'équipage.

Nicole observa cette fille aux cheveux courts et aux allures de garçon manqué comme une curiosité, choquée par le sans-gêne de cette réalisatrice qui se croyait manifestement sur un de ses plateaux de télévision. Elle décida cependant de prendre sur elle et de se réfugier derrière une rigueur toute protocolaire.

— Bon, on verra ça plus tard ! Je vais m'adapter, conclut Scarlett.

La réalisatrice braqua son objectif sur le sas et demanda à Nicole de se décaler un peu pour former un premier plan dans son champ. Nicole s'exécuta sans broncher.

— Surtout, vous ne regardez pas la caméra. Elle n'existe pas, okay ?

— Pas de problème, lui répondit froidement Nicole.

— C'est bon Kenny, je suis en place, hurla Scarlett. Tu peux y aller. Les autres, vous suivez juste derrière. Il faut que ça reste dynamique.

Dans l'ouverture circulaire apparut le visage souriant du capitaine Ken Gordon. Nicole se souvenait avoir vu ce même sourire charmeur sur la couverture d'un de ces magazines qui célèbrent la virilité masculine censée faire craquer toutes les femmes.

Une bouteille de Moët et Chandon à la main, le capitaine Gordon vola droit sur elle et la prit sans hésiter dans ses bras, dans une chaleureuse accolade à laquelle Nicole répondit par de timides tapes dans le dos musclé du bellâtre.

— Bienvenue dans la Station Spatiale Internationale, lança Nicole, un peu gênée par cet excès de contact corporel. Je suis Nicole Blanchard. C'est moi qui repars avec vous.

— Merci beaucoup Nicole. Nous sommes impatients de partager ces prochaines vingt-quatre heures en votre compagnie. SpaceX et moi-même sommes heureux de célébrer ce dixième voyage touristique à bord de l'ISS.

Ken Gordon présenta la bouteille de champagne à la caméra, puis la déposa dans les bras de Nicole avant de s'éloigner.

Succédant rapidement au capitaine, une femme d'origine indienne s'approcha avec grâce. Nicole connaissait Maryam Rahmani pour l'avoir vue elle aussi à la une de revues comme *Forbes* ou *The economist*. Cette physicienne surdouée avait fait fortune dans le secteur privé, ce qui pour Nicole constituait une forme de trahison. La climatologue avait toujours considéré qu'utiliser ses grandes connaissances scientifiques pour faire de l'argent au lieu de les mettre au service de la communauté allait à l'encontre de ses valeurs.

La séduisante Indienne lui tendit une main que Nicole hésita à prendre.

— Maryam Rahmani, enchantée.

— Nicole…

— Blanchard, compléta Maryam, enthousiaste. Je vous connais bien, enfin, votre travail. Je lis tout ce que vous publiez. C'est un honneur. J'espère que nous aurons l'occasion d'échanger sur vos recherches.

— Euh ! Oui, bien sûr, répondit Nicole, décontenancée par cette bienveillance inattendue qu'elle soupçonna être une mondanité convenue et préméditée pour les besoins de leur film.

À la suite des deux êtres extrêmement esthétiques qu'elle venait de croiser, Nicole fut frappée par la laideur du dernier membre d'équipage ; un jeune Asiatique malingre à la tête large et triangulaire, surmontée de cheveux noir de jais coupés au bol au-dessus de ses oreilles décollées. Nicole avait du mal à lui donner un âge, mais il ne lui paraissait pas avoir plus de quinze ans.

— Vous devez être Liang Zeng ? interrogea Nicole à l'adresse du jeune garçon qui volait vers elle, un poing en avant.

— C'est génial, je vole. C'est comme l'arrivée sur la *map,* s'enthousiasma Liang.

Nicole n'avait aucune idée de ce dont parlait Liang et décida de ne pas y prêter attention.

— Bienvenue dans la Station Spatiale Internationale, l'accueillit Nicole en le regardant passer devant elle sans la voir.

— Et coupez ! lança Scarlett.

— Non mais, c'est quoi cette odeur ? enchaîna Ken Gordon. Ça sent la vieille poubelle ici. On dirait l'haleine de ma grand-mère ! s'esclaffa-t-il.

— Tu m'étonnes, répondit Scarlett en pouffant d'un rire vulgaire. C'est une infection.

— Notre système de recyclage d'air nous permet de survivre dans l'espace, s'indigna Nicole, affligée par tant de puérilité. Nous sommes en circuit fermé dans la station. Ce n'est pas comme si nous pouvions ouvrir les fenêtres pour aérer, vous voyez ?

— Désolé Nicole, s'excusa le capitaine. Nous sommes restés enfermés tellement longtemps ; nous avons besoin de nous détendre un peu. Le commandant Scott n'est pas là ?

— Je suis navrée. Le commandant a été obligé de se réunir avec l'équipage pour tenter de comprendre les raisons de votre arrimage catastrophique, rétorqua Nicole avec un certain plaisir vengeur.

— Oh ! Ça va ! intervint Scarlett. On ne va quand même pas faire toute une histoire pour une arrivée un peu rock'n'roll ? C'est super vendeur en plus. Ça met un peu de suspense.

— Le problème est légèrement plus compliqué que ça, répondit Nicole.

— En attendant, j'ai pas ma séquence d'accueil, s'insurgea Scarlett. C'est inacceptable ! Il me faut tout le monde pour ce plan, sinon ça ne va ressembler à rien.

— Nous pouvons la refaire si tu veux, ou alors nous rejouerons notre arrivée plus tard, proposa Maryam. On ne va pas déranger l'équipage s'il est occupé.

— Non, on doit rester dans le *flow.* Je vais aller gérer ça avec Sceott, histoire que tout soit bien clair pour la suite.

— Je pense que le commandant sera ravi d'entendre vos doléances, ironisa Nicole.

— C'est par là ? demanda Scarlett en pointant vers le fond du module.

— De toute évidence, répond Nicole, sarcastique. L'équipage est dans le module Kibo.

— C'est bon, je trouverai, lança Scarlett.

— Attends-moi ! l'appella Ken. Je viens avec toi.

Consternée, Nicole regarda le capitaine s'éloigner, Liang s'élançant à sa poursuite en émettant un bruit de propulsion nucléaire avec sa bouche.

— Excusez Scarlett, entama Maryam après un silence embarrassé. Elle est tellement investie. Elle prend ce tournage bien trop à cœur, comme si sa vie en dépendait. Elle manque un peu de tact parfois.

— Visiblement !

— Sachez que pour ma part, j'entends très bien que vous ayez plus important à gérer sur l'ISS que la venue de touristes de l'espace. J'espère malgré tout que vous pourrez nous faire découvrir la station. Je veux tout connaître, particulièrement ce qui concerne vos recherches sur les couches atmosphériques.

— C'est très gentil, mais je ne vais pas avoir le temps, répondit froidement Nicole. Je dois préparer mon retour sur Terre, en plus d'aider à comprendre les anomalies que nous rencontrons sur l'ISS.

Nicole observa Scarlett tourner sur sa gauche et disparaître au bout du module. Elle se dit que la confrontation avec Scott risquait d'être mouvementée. Mais après tout, c'était lui le commandant. C'était à lui de gérer la situation.

— Quel genre d'anomalies ? interrogea Maryam.

— Je ne suis pas vraiment autorisée à partager ces informations avec vous.

— Ce n'est pas à cause de notre arrimage au moins ?

— Non ! Ça, c'est le cadet de nos soucis. Allez ! Venez. Nous allons essayer d'éviter un bain de sang.

5.

JOUR 1

Altitude : – 15 m
Température : 16,8 °C
Gravité : g= – 2,81 N/kg

Assis à même le sol sur le carrelage blanc du long tunnel d'accès au métro, Jack observait, la tête entre ses genoux, l'eau souillée s'écouler en petit ruisseau à ses pieds. Dans l'espace autour de lui, les grondements de la Terre résonnaient lugubrement.

Il tentait de recoller les morceaux de sa mémoire défaillante où se mélangeaient les images folles de ce qu'il venait d'affronter : les gratte-ciel qui tombaient dans les nuages, les flammes, le parking qui s'éloignait, le vide immense. *Qu'est-ce qui a bien pu se passer ?*

Son corps se réchauffait doucement dans l'épaisseur confortable du blouson offert par cette alpiniste française, cette Hélène qui lui avait sauvé la vie. Après les rafales de vent glacé de l'extérieur, Jack appréciait la chaleur réconfortante de l'été new-yorkais resté prisonnier pour un temps dans les profondeurs tièdes et protectrices des entrailles de la Terre. Même l'odeur, habituellement désagréable du métro qui parvenait jusqu'à lui, devenait un repère familier et rassurant dans ce monde à l'envers où tout ce qu'il connaissait semblait avoir disparu.

Où va aller toute cette eau ? se demanda Jack en imaginant le ruisseau qui passait devant lui serpenter à travers les failles et les couloirs, pour finir par tomber dans le vide, dans une chute sans fin.

« Vous avez quel niveau en escalade ? »

Jack redressa la tête. Hélène se tenait debout au-dessus de lui. Il mit un temps avant de répondre.

— Je passe difficilement du V5, pourquoi ?

— Ça fait quoi ça, du 6B ou du 6C ? Ce n'est pas trop mal.

Écoutez, je veux bien faire un bout de chemin avec vous et vous apprendre à essayer de réchapper à tout ce bordel, et en échange, vous m'aidez à chercher Romain. Qu'est-ce que vous en dites ?

Jack considéra le regard dur d'Hélène qui plongeait jusqu'à lui. Il savait qu'elle représentait probablement sa seule chance de survie dans ce monde qu'il ne connaissait plus. *Mais y a-t-il vraiment un intérêt à vivre dans un tel cauchemar ?*

— On y va ? enjoignit Hélène plus qu'elle n'interrogeait.

Après une seconde d'hésitation, Jack attrapa le bras que lui tendait la Française pour l'aider à se relever. Une fois de plus, il fut surpris d'être sur ses pieds plus vite qu'il ne l'aurait imaginé, littéralement propulsé dans son élan contre le corps de la jeune femme. Jack se retrouva pour la seconde fois tout proche de ce visage qui le fixa du regard sans sourciller, sans un mouvement de recul.

— Désolé, s'excusa Jack qui redonna une distance décente à cette proximité involontaire.

— On finit par s'y habituer au bout de quelques heures, vous verrez. Il faut y aller plus *molo* sur vos appuis, mais l'avantage, c'est que vous allez pouvoir escalader du 8C maintenant, conclut Hélène qui repartit dans le tunnel de son pas énergique.

— Où allons-nous ?

— On va commencer par la boutique. J'y repasse régulièrement pour voir si Romain n'y est pas retourné lui aussi. On en profitera pour vous trouver un blouson à votre taille.

Jack courut plus qu'il ne marcha pour revenir à la hauteur d'Hélène.

— C'est dans cette boutique que vous l'avez perdu ?

— Je préfère ne pas parler de ça.

— C'est-à-dire que, c'est pour pouvoir vous aider. Il faudrait que j'en sache un peu plus. Vous avez une photo peut-être ?

Hélène s'arrêta, légèrement exaspérée, et sortit un téléphone portable de la poche de son blouson.

— *Je ne sais pas si c'est une si bonne idée que ça,* murmura Hélène à elle-même. Et n'imaginez pas que vous allez pouvoir appeler qui que ce soit avec, ajouta-t-elle en allumant l'appareil. Il n'y a plus aucun réseau depuis le début. Il ne me sert plus qu'à écouter de la musique ou à regarder des photos ; enfin, tant qu'il a de la batterie.

Hélène parcourut rapidement les applications de son smartphone avant de le lui présenter devant les yeux. C'était un selfie d'Hélène et Romain au sommet d'une montagne ensoleillée, une belle journée d'été. Le visage d'Hélène était si radieux que Jack mit quelques secondes à la reconnaître. La jeunesse sauvage de ses traits respirait un bonheur qui contrastait avec l'expression beaucoup plus mitigée de son fils qui paraissait plus se soumettre à une obligation qu'à vraiment apprécier le moment partagé.

— Il a un peu grandi depuis. Cette photo date de l'année dernière, précisa Hélène qui éteignit son téléphone avant de le ranger pour reprendre sa marche. Il mesure environ un mètre soixante-quinze. Il portait un tee-shirt blanc de surf, avec une espèce de vague dessus, ou une montagne, ou les deux.

— Quicksilver ?

Hélène se tourna vers Jack et l'interrogea du regard.

— Je fais un peu de surf aussi, se justifia-t-il.

Depuis le sol, la lumière des néons défilait sous leurs pas et éclairait par intermittence le visage d'Hélène. Ses traits passaient de l'ombre à la clarté au rythme de sa foulée énergique et du cliquetis des mousquetons accrochés à son sac. Jack avait vraiment du mal à faire le lien entre la femme en short et tee-shirt moulant de la photo et celle qui avançait à côté de lui.

— Vous marchez toujours aussi vite ? demanda Jack.

— Désolée ! L'habitude, précisa Hélène qui ralentit légèrement la cadence.

— Vous faites de la course ?

— Je suis guide de haute montagne. J'organise des expéditions.

— En plein New York ?

Hélène sourit enfin à sa nouvelle tentative de détendre l'atmosphère.

— Je me suis équipée lorsque j'ai vu ce qui se passait. La température ne cesse de descendre depuis le début et on est confronté au vide qui s'ouvre régulièrement sous nos pieds. Un peu comme en montagne finalement. Je suis du genre prévoyante. Et vous ? À part du surf et de l'*artif* vous faites quoi dans la vie ?

— Je suis professeur de physique.

Hélène s'arrêta net et se planta face à lui.

— Un scientifique ?

Surpris de sa réaction plutôt agressive, Jack sentit tout ce que le mot scientifique avait de négatif dans sa jolie bouche.

— Enfin, j'enseigne au collège, tenta de se justifier Jack. Je ne suis pas un chercheur, si c'est ce que vous voulez dire. J'apprends les sciences physiques à des jeunes, comme Romain par exemple.

Hélène reprit sa marche sans répondre. Ils atteignirent le bout du couloir dans le nouveau froid qui s'était installé entre eux.

— Si vous vous y connaissez en physique, vous allez pouvoir m'expliquer ce cataclysme ?

— Je suis désolé, mais j'en sais bien moins que vous sur ce qui s'est passé.

— Je ne vous demande pas ce qui s'est passé. Ça, je le sais, croyez-moi ! Mais scientifiquement, vous avez bien une sorte de théorie, non ? interrogea Hélène, un peu énervée.

Jack n'osa pas répondre dans un premier temps. Les réactions d'Hélène étaient si imprévisibles.

— Disons que, ce qui est sûr, c'est qu'il y a un problème avec la gravité, et la gravité fait partie des domaines de la physique fondamentale. Mais de là à vous donner une explication. Je n'en ai pas. C'est incompréhensible. Si vous me décriviez ce qui s'est passé, la manière dont c'est arrivé, peut-être pourrais-je trouver un début de logique à tout ça.

— Plus tard ! coupa Hélène.

Elle s'arrêta et posa son sac devant un panneau fixé au sol. Jack pencha la tête pour lire ce qui y était affiché : *Chambers St.*

— Nous approchons d'une zone de regroupement, précisa Hélène.

Après avoir récupéré son piolet, elle s'engagea dans le passage sombre devant Jack. De nombreux câbles électriques tombés de leur gouttière jonchaient leur parcours tortueux à travers l'étroit couloir. Jack tentait de ne pas se tordre les chevilles sur les gaines qui roulaient sous ses pieds. Soudain, il fut assailli par l'effluve nauséabond qui submergea le passage exigu. Une odeur insoutenable d'égout, d'urine et d'excréments mélangés pénétrait ses narines. Pris d'une violente nausée, il porta une main à sa bouche.

— Ça, on ne s'y habitue pas vraiment, lança Hélène.

Depuis le fond d'une dernière ligne droite, Jack entendit les sons diffus d'une présence humaine. Il s'inquiéta de l'attitude d'Hélène qui se tendait à mesure qu'ils approchaient de la fin du couloir.

Jack franchit un panneau de signalisation éteint qui lui barrait le passage et rejoignit Hélène qui s'était arrêtée ; la station de métro Chambers Street s'étalait devant eux.

Dans l'espace surpeuplé, la puanteur atteignit son paroxysme. Sous les quais et les rails restés accrochés au-dessus de leurs têtes, des groupes de survivants crasseux s'entassaient dans un relatif silence, ponctué de toux maladives, de faibles plaintes et de gémissements. Jack eut l'impression d'être projeté au milieu de l'immense salle commune d'un hôpital de guerre, perception accentuée par les grondements qui traversaient le sol et faisaient penser aux secousses d'un bombardement. Depuis le plafond, l'eau gouttait d'un peu partout sur les rescapés allongés ou assis à même le sol. Chacun tentait de se protéger avec ce qu'il avait sous la main, mais rares étaient ceux qui parvenaient à échapper à l'humidité qui pénétrait tout.

— Bon, alors règle numéro un : vous ne faites confiance à personne, avertit Hélène. Il va falloir qu'on traverse pour rejoindre le tunnel du métro à l'autre bout de la station. Surtout, vous restez près de moi. On ne s'arrête pas, quoi qu'il se passe, quoi qu'on vous dise.

— Romain ne peut pas se trouver parmi ces gens ?

— J'ai déjà cherché ici, on n'a aucune raison de s'attarder.

Hélène s'engagea dans la station. Elle commença à enjamber les amas humains impassibles.

Jack se sentait de plus en plus fragile dans ce monde apocalyptique où le danger paraissait pouvoir surgir de partout. Il regardait avec angoisse les visages souillés et abattus défiler sur son passage. Dans l'éclairage au néon qui leur donnait des allures de morts-vivants, des femmes, des hommes, des enfants, des vieillards, tout ce qui restait de la population new-yorkaise était entassé dans ce sous-sol glauque et pestilentiel de la ville.

De rares personnes quémandaient de l'aide ; d'autres demandaient s'ils étaient des sauveteurs ; certains s'interrogeaient sur leur destination. Jack avançait sans répondre comme Hélène le lui avait ordonné, à travers des réfugiés qui lui semblaient avant tout résignés.

Parvenu au centre de la station, Jack remarqua un homme se dresser au-dessus de la foule à leur approche. Il portait un costume et paraissait très grand face à Hélène. Sa chemise blanche salie, sa cravate défaite, son attaché-case qui pendait au bout de son bras comme s'il se rendait au bureau, tout dans cet homme respirait le désespoir et l'abandon.

— Eh ! Vous allez où habillée comme ça ? interpella l'homme d'une voix puissante.

Dans l'indifférence presque générale, quelques têtes se tournèrent malgré tout vers eux. Jack sentit son cœur s'emballer, alors qu'Hélène changea de direction pour passer son chemin.

— Eh ! Je te parle ma grande, insista l'homme qui s'approcha rapidement d'Hélène, jusqu'à lui poser une main sur l'épaule pour la retenir.

Jack n'eut pas le temps de réagir qu'Hélène s'était déjà dégagée en se retournant d'un coup, avant de frapper violemment le genou de l'homme avec le plat de son piolet métallique. Un bruit de rupture écœurant précéda le hurlement suraigu de l'homme qui s'effondra.

Jack fut pris de panique. Il se tourna dans tous les sens et s'attendit à voir la foule l'engloutir pour venger cette violence aussi soudaine que disproportionnée ; mais non. L'homme continua de hurler à la mort au milieu de l'indifférence générale tandis qu'Hélène reprit sa marche comme si de rien n'était.

Au moment où elle disparut derrière l'alignement des piliers de béton de la station, Jack prit conscience qu'il ne connaissait pas du tout cette femme capable de broyer le genou d'un pauvre type sans sourciller. Perdu, il ne savait plus s'il devait la suivre ou s'enfuir, lui faire confiance ou la craindre.

Seul au milieu de la foule, il avait maintenant l'impression que tout le monde l'observait, le jugeait, le haïssait. Un sentiment d'oppression monta en lui, qui venait s'ajouter à son effarement. Rapidement, il réalisa que ne pas continuer avec Hélène, c'était rester ici, comme tous ces pauvres gens ; perspective impossible.

Jack repartit à la poursuite d'Hélène et traversa la rangée de piliers qui coupait l'espace en deux. De l'autre côté, elle avait presque déjà atteint l'entrée du tunnel au bout de la station. Sous les rails délaissés qui sortaient de la pénombre au plafond, une rame de métro gisait, posée sur son toit. Jack pressa le pas, passant plus rapidement au-dessus des survivants, comme s'ils étaient devenus d'un coup plus des dangers que des victimes. Derrière Jack, les cris de l'homme s'estompaient alors qu'il semblait souffrir désormais entre ses dents. Les bruits d'une bagarre qui éclatait vinrent prendre le relais ; *la violence appelle la violence,* pensa-t-il, au moment où il arrivait au pied de la rame de métro qui s'enfonçait dans les ténèbres du tunnel.

Hélène s'y était arrêtée pour l'attendre.

— Tenez, dit Hélène en lui tendant une lampe frontale. On va continuer par là.

Jack attrapa la lampe en silence et suivit Hélène qui se glissa dans l'étroit passage entre le mur et la rame de métro. Il avança à pas chassés le long du wagon, regardant à travers les fenêtres qui défilaient devant lui. À l'intérieur, d'autres survivants s'entassaient dans la pénombre, sous les sièges et les banquettes qui pendaient à l'envers au-dessus d'eux. Le visage collé à la vitre, une femme fixa Jack de ses yeux creux, dans une proximité angoissante. Jack accéléra. Il cherchait à tout prix à quitter le plus vite possible ce lieu maudit.

Bien qu'il progressait seul derrière Hélène, il eut l'impression de sentir des centaines de mains suppliantes prêtes à surgir du sol, des murs, de partout ; pour l'agripper, le déchirer et l'engloutir dans leur amas grouillant en décomposition. Il se colla à Hélène et aurait aimé pouvoir la pousser pour sortir de cet espace exigu qui l'oppressait, qui l'empêchait de respirer.

Quand enfin le dernier wagon le libéra de son emprise, Jack sortit en courant, dépassant Hélène. Il s'arrêta un peu plus loin, tentant de retrouver son souffle comme après une apnée trop prolongée.

Dans le faisceau de sa lampe, Hélène lui laissa un moment pour se ressaisir.

— Ne vous méprenez pas. Ce type n'aurait pas hésité à m'exploser la tête avec sa mallette pour récupérer mon blouson ou mon sac. Pour espérer survivre, il faut être le premier à réagir. C'est comme ça. Le mieux, c'est d'essayer de ne pas y penser.

— Bon sang ! Mais comment pouvez-vous ne pas y penser ? On ne peut pas accepter ça ! s'indigna Jack.

— Vous savez, il n'y a plus que deux catégories de personnes aujourd'hui : ceux qui veulent survivre et ceux qui ne le veulent pas. Beaucoup de gens ont préféré se jeter dans le vide plutôt de subsister dans ces conditions. Vous devez faire votre choix.

— À quoi bon ?

— Écoutez ! Moi, j'ai mon fils à retrouver. C'est ce qui me motive pour tenir, ce qui me donne un but. Est-ce que vous avez quelqu'un vous aussi ? Des enfants ?

— Pas vraiment.

— Comment ça, pas vraiment ?

— Je veux dire, je n'ai pas d'enfant.

— De la famille alors ?

— J'ai un frère qui vit dans le Missouri.

— Bon ! Je vous propose qu'on aille jusqu'à la boutique comme prévu. Vous déciderez ce que vous voulez faire là-bas. D'accord ?

Jack se redressa. Il avait retrouvé un peu son calme. Il sentit qu'il respirait mieux, même si la puanteur était toujours bien présente.

— Qu'est-ce qui vous est arrivé en fait ? interrogea Hélène. Comment se fait-il que vous ne sachiez rien de ce qui s'est passé ?

Jack qui avait compris que la loi du plus fort régnait en maître dans ce Nouveau Monde préféra mentir et continuer à taire son épilepsie.

— Je ne sais pas quoi vous dire. Je me suis juste réveillé dans ce parking quand vous m'avez trouvé. Je ne me souviens de rien d'autre.

— Vous êtes amnésique ?

— Un truc comme ça.

— Okay ! Bon, on y va ? demanda Hélène.

— On y va.

Jack enfila sa lampe frontale et ajouta son faisceau à celui d'Hélène pour éclairer l'obscurité dans laquelle ils s'engouffrèrent.

— Alors, règle numéro deux, au cas où vous choisiriez l'option survie, on se déplace de préférence dans les tunnels. Les gens s'aventurent peu dans le noir et on y progresse plus vite. Malheureusement, il y a toujours un moment où on doit traverser une zone de regroupement : en gros les stations.

— Elle est dans quel coin votre boutique ? demanda Jack.

— C'est sur Lafayette Street.
— Ce ne serait pas *Rei* par hasard ?
— Vous connaissez ?
— C'est là-bas que j'achète mon matériel de varappe. Mais attendez ! Si nous allons à *Lafayette,* nous ne sommes pas sur la bonne ligne. Il vaut mieux passer par la *quatre* et *Spring* ; c'est plus direct.
— La station *Spring* s'est décrochée en partie ce matin. On gagnera du temps en prenant *Bowery* et *Essex* pour rattraper la *F.* C'est le chemin que j'ai emprunté pour descendre jusqu'au *Lower East Side.* Maintenant, je ne peux pas affirmer que ça passe toujours.

6.

JOUR 0

Altitude : – 25 m
Température : 25 °C
Gravité : g= 9,81 N/kg

Devant le distributeur de boissons du Centre, Mark Pittman attendait patiemment que son gobelet en plastique termine de se remplir. Le bourdonnement de l'appareil s'accompagna bientôt du parfum d'un mauvais café soluble qui allait certainement lui provoquer une tachycardie. C'était le troisième qu'il prenait ce matin et il considérait comme indécent d'être obligé de payer ses boissons alors que le ministère de la Défense dépensait des milliards de dollars pour équiper le laboratoire Oméga.

« Ah ! Bonjour Mark », dit une voix pressée derrière lui.

Mark reconnut aussitôt le timbre apaisant de Shino Kagami, l'adorable collaboratrice du professeur Pettit.

— Salut Shino ! répondit Mark.

Elle s'arrêta à sa hauteur, un peu affolée, puis ouvrit rapidement le placard à côté de lui.

Mark avait toujours eu un faible pour les Asiatiques et pour Shino en particulier. Bien qu'elle fasse partie de l'équipe Alpha, il appréciait leurs courtes conversations lorsqu'ils se retrouvaient par hasard à la cafétéria, comme aujourd'hui. Elle était gentille et prévenante avec lui, et elle évitait tant qu'elle le pouvait d'attiser la concurrence qui faisait rage entre leurs deux laboratoires.

Mark parcourut du regard ses cheveux noirs et soyeux coupés au carré ; ses doigts délicats fouiller le meuble ; ses jambes fines dépasser de sa blouse blanche ; ses petits pieds dans ses baskets roses.

— Un problème ? demanda Mark.

Shino ressortit une pile de serviettes en papier du placard.

— J'ai renversé ma coupe de champagne. Il y en a partout.

— Du champagne ? Est-ce qu'il y aurait quelque chose à fêter au labo Alpha ?

— Tu sais bien que je ne peux rien te dire. Mais, il se pourrait qu'on annonce du nouveau dans les prochains jours.

— Ah ! Là, tu piques ma curiosité. Tu vas bien me donner un petit indice.

— Tout ce que je peux te dire, c'est que la dernière capsule de gravitons que vous nous avez fournie a été mise à profit.

— Oui, donc tu ne me dis rien quoi.

— C'est ça ! Bon, il faut que j'y aille. Tout le monde m'attend.

— Tu sais que le professeur Magnusson m'a remis les clés d'Oméga aujourd'hui. C'est moi qui dirige l'équipe, annonça fièrement Mark. Du coup, moi aussi tout le monde m'attend.

— Félicitations, Mark !

— Et, il se pourrait qu'on ait également du nouveau bientôt. Je suis en charge des préparatifs d'une expérience capitale.

— C'est génial Mark, mais il faut vraiment que j'y retourne là.

— Oh ! Bien sûr ! Désolé. Je comprends.

— Et puis, ton café va refroidir. On se voit plus tard, d'accord ?

— Certainement ! À plus tard.

À regret, Mark regarda s'éloigner Shino d'un pas rapide dans le long couloir qui menait au laboratoire Alpha.

Après avoir attrapé son gobelet de café, Mark repartit heureux comme à chaque fois qu'il croisait Shino. Cette rencontre complétait à merveille une belle journée où Mattis Magnusson lui avait enfin fait confiance.

À l'aide de sa carte magnétique, il ouvrit la porte d'accès et pénétra dans le secteur sécurisé Oméga. En ce jour particulier pour lui, il vit d'un œil neuf toute l'infrastructure du laboratoire à laquelle il ne faisait plus attention après des années de routine à travailler ici. Gonflé par la fierté d'être responsable du lieu, il en réalisa un peu mieux toute la démesure.

Il entra dans un immense tunnel dont le sol plat était répliqué au plafond dans une parfaite symétrie. Au centre des murs en courbe, deux rangées d'éclairages se faisaient face et se prolongeaient en s'étirant à l'infini, baignant l'espace blanc d'une lumière vive et crue. Mark admira chaque détail de ce couloir futuriste qui débouchait sur une coursive ronde d'où partaient trois nouveaux tunnels. Il emprunta celui du milieu et progressa jusqu'au cœur du laboratoire Oméga.

Mark s'arrêta à l'entrée pour mieux contempler ce qu'il considérait triomphalement comme sa propriété. Prenant une gorgée de café trop chaud, il balaya du regard la vaste coupole à la charpente métallique qui chapeautait l'immense espace circulaire du laboratoire. Sur sa circonférence, une montagne impensable d'appareils, de cuves, d'écrans, encerclait le centre de la pièce. Sur le sol clair lustré, d'innombrables câbles couraient et cheminaient en étoile jusqu'à un avion de chasse *F35 Lightning* bardé de capteurs qui trônait sur son train d'atterrissage. Autour du fuselage gris sombre au profil racé, une dizaine de scientifiques en blouse blanche s'affairaient afin que tout soit prêt pour le début de l'expérience prévue dans deux heures. Le regard de Mark s'arrêta pour finir sur ce qui faisait réellement sa fierté : la quantité inédite de gravitons que contenait l'énorme module près de l'aile du jet. Sur la console numérique du module, un de ses collègues tapa une commande sur l'écran tactile lumineux. En tant que responsable de la production, il savait qu'il avait réussi un véritable exploit ; jamais ils n'avaient réuni une telle quantité du précieux boson, et c'était précisément pour cette raison que le professeur Magnusson lui avait finalement accordé sa confiance. Mark se délecta un instant, conscient d'être l'acteur et le témoin d'un probable tournant dans l'histoire de la physique moderne.

Satisfait de lui-même, il traversa la pièce, savourant chaque seconde de son heure de gloire.

« Attention ! » Surpris, Mark recula d'un pas et manqua de renverser son café. Il leva la tête pour voir passer un second module de gravitons qui le frôla, glissant sans bruit sur sa plateforme à coussin d'air. À travers la transparence, il admira le liquide en suspension qui irradiait de sa lueur bleutée son regard brillant.

— Bon sang, Pittman ! Fais un peu attention où tu mets les pieds, dit un homme qui poussait sans effort la masse imposante de métal et de verre renfermant les gravitons.

— Désolé Franck, s'excusa-t-il en baissant légèrement les yeux.

Mark libéra le passage au module qui s'éloigna en glissant sans peine par-dessus les câbles. Il commença à le suivre, lorsque la sonnerie de son téléphone retentit à travers la poche de sa blouse. Mark savait que ça ne pouvait être que le professeur

Magnusson. Il laissa sonner le temps de réfréner la soudaine nervosité qui le gagnait. Il ne supportait pas cette perte de confiance qu'il ressentait à la seule pensée du professeur. Il détestait cette angoisse de bafouiller, cette incapacité qu'il avait à raisonner sereinement en sa présence. Il haïssait se sentir d'un coup idiot.

Mark avança vers ses collègues. Il avait l'impression que tout le monde le regardait. Il les voyait sourire entre eux, se moquer de lui parce qu'il n'osait pas répondre. Il s'agrippa au téléphone et décrocha, fébrile.

Marchant machinalement vers le centre du laboratoire, Mark répondit aux questions du professeur qui l'assaillirent ; bien sûr que tout serait prêt à temps ; non il n'y avait eu aucun problème ; oui tout se passait parfaitement bien ; assurément il décrochera plus vite la prochaine fois ; il allait sans dire que les deux modules étaient en place pour l'expérience.

Soudain, Mark se prit les pieds dans un câble qu'un de ses collègues tira à lui. Il s'étala douloureusement de tout son long, envoyant loin devant son café et le téléphone qui glissa sur le sol lustré jusque sous le train avant de l'avion de chasse.

Mark se redressa. Toutes les têtes étaient tournées vers lui dans un silence glaçant. Il parcourut les regards hostiles qui le toisaient, jusqu'à s'arrêter sur Franck qui tenait, comme figé dans son mouvement, un gros câble noir à la main. Sa blouse blanche couverte de café, il resta un instant immobile devant le module de gravitons qu'il venait d'acheminer. Sur son visage, son cou, ses lunettes, le café gouttait de partout.

— Pittman espèce de connard, je vais te tuer, lança Franck en terminant le geste qu'il avait entamé avant d'être douché.

Toujours étalé au sol, Mark le vit déverrouiller le boîtier de connexion sécurisé du module, puis enclencher son câble d'alimentation dans un choc sec et métallique.

— Non ! Arrête ! hurla soudain Mark, au moment où Franck actionna la mise en circuit.

Aussitôt, une petite fumée noire s'échappa de la grosse prise circulaire et chromée. L'écran multicolore de la console de commande s'éteignit instantanément, en même temps qu'un son grave de décélération envahit le silence. La matière liquide bleutée qui flottait au milieu du module fut comme lâchée d'un coup dans le vide. La masse des gravitons s'affaissa et traversa la paroi de verre et de métal comme si elle n'existait plus.

Allongé sur le ventre, Mark regarda impuissant, ses précieux bosons disparaître sans laisser une trace sur la plateforme lustrée du laboratoire Oméga, conscient que désormais, la moitié de son stock de gravitons avait pénétré le sol terrestre.

7.

JOUR 0
Altitude : 425 km
Température : 146 C°
Gravité : g = 5,54 N/kg

Face à son équipage réuni dans le module Kibo, le commandant Scott écoutait attentivement l'analyse de Serguï sur la situation. Il savait qu'il pouvait compter sur l'expérience de son ami russe, mais il voyait bien qu'il avait autant de mal que lui à trouver une raison à la prise d'altitude de l'ISS en direction de l'espace.

— Avec Fiodor, nous avons tout vérifié. Aucun système de propulsion ne s'est déclenché seul, à part le RCS du Dragon lors de son approche, conclut Serguï. Nous n'avons donc pas d'explication à notre changement d'orbite de ce côté-là.

— Et l'impact du Dragon ? demanda Tracy. Ça ne pourrait pas nous avoir fait dévier ?

— Étant donnée la masse de l'ISS, la poussée a été bien trop faible pour provoquer une remontée d'altitude comme nous la connaissons, rétorqua Serguï. Non, focalisons-nous avant tout sur ce que nous savons. Nous n'avons aucune procédure pour faire face à cette situation inédite, il va donc falloir en inventer une.

— Ce dont nous sommes sûrs, c'est que les appareils de mesure ou de communication qui ne nécessitent pas de relais extérieur ont l'air de fonctionner normalement, précisa Fiodor.

— Et pourtant, nous ne parvenons à joindre aucun des centres de contrôle, rappela le commandant.

— Moi, je pense que nous perdons notre temps à chercher une cause en nous focalisant sur la station. De mon point de vue, le problème vient plutôt du sol, intervint le professeur Nakano.

— C'est-à-dire ? interrogea Scott.

— Comme l'a dit Serguï, et c'est la base de toute démarche scientifique, nous devons raisonner en ne prenant en compte que les faits avérés. Or, j'ai bien analysé toutes les informations à ma disposition, la seule théorie qui collerait avec l'ensemble de nos observations serait une baisse de la gravité terrestre.

— Quoi ? Mais c'est n'importe quoi ! s'insurgea Tracy.

— Professeur Nakano, avec tout le respect que je vous dois, vous ne pouvez pas avancer un truc pareil : c'est insensé, ajouta Scott calmement.

— Et pourtant, nous nous éloignons bien de la Terre sans aucune propulsion. Nous sommes donc moins attirés par elle ; en toute logique, l'interaction gravitationnelle décroît.

— Kim, enchaîna Serguï. Si nous suivons votre raisonnement, nous devrions abaisser notre orbite pour contrer un affaiblissement de la gravité ?

— En partant de ma théorie, oui, c'est ce qu'il conviendrait de faire, acquiesça Kim.

— Je ne peux pas adhérer à ça, conclut Scott.

— Est-ce que nous ne devrions pas plutôt envisager une évacuation ? interrogea Fiodor.

— Ce serait très risqué, répondit le professeur. Si la gravité continue de baisser, et c'est ce qu'elle semble faire, nous ne pourrons probablement jamais atteindre le sol à bord des Soyouz. Sans une masse suffisante, nous ne pouvons que rebondir sur la résistance atmosphérique.

— Professeur, vous devez vérifier à nouveau…

« Commandant Scott ? » appela une voix aiguë qui s'approchait. « Commandant Scott ? »

— Il ne manquait plus que ceux-là ! s'agaça Scott. Bon ! Pas un mot de la situation aux touristes. Ça pourrait les faire paniquer et on a assez de problèmes à gérer comme ça.

Le commandant se retourna vers l'entrée carrée du module Kibo d'où apparut ce qui lui sembla être une gamine, une caméra à la main.

— Ah ! Vous voilà !

Le commandant regarda avec étonnement cette jeune femme habillée d'un polo rose manche courte et pantalon à pinces beige débarquer comme une harpie, manifestement peu satisfaite de son accueil dans la station. Lorsqu'elle prit énergiquement appui sur la paroi pour s'élancer vers le groupe, Scott vit aussitôt qu'elle avait mis trop de force dans sa poussée. *Ça lui servira de leçon,* se réjouit-il.

L'image de cette espèce de furie qui volait en vociférant lui fit aussitôt penser à une de ces sorcières de Disney créée pour faire peur aux enfants.

L'équipage la regarda s'approcher rapidement et s'écarta comme un seul homme pour la laisser passer.

Surprise, Scarlett réalisa que rien ne pourrait plus stopper sa course. Elle traversa le groupe et tenta au passage d'attraper une tête, un bras, quelque chose.

— Mais merde, aidez-moi ! Je peux pas m'arrêter !

Scott se délecta de la voir poursuivre son chemin en moulinant dans le vide vers le fond du module, entamant une rotation involontaire vers l'avant et parsemant sa trajectoire inéluctable de « merde ! Putain ! Chier ! »

« Eh ! Papillon, ça fait plaisir de te revoir, » lança une voix dans le dos de Scott.

En se retournant, le commandant découvrit un jeune homme au physique parfait et au large sourire pavé de dents blanches, habillé de la même tenue rose et beige. Il s'avança directement vers Tracy pour lui donner une chaleureuse accolade à laquelle elle consentit, un peu gênée.

— Papillon ? s'étonna Scott. Vous vous connaissez ?

— C'est une vieille histoire, se justifia Tracy.

— On a fait quelques mois ensemble à West Point, avant que je me fasse virer.

— Et pourquoi Papillon ? demanda froidement Fiodor.

— Oh ! Ça. C'est parce qu'elle a un tatouage près de...

— Ken ? l'arrêta Tracy. Laisse-moi te présenter le commandant...

— Andrew Scott ! compléta Ken. Ken Gordon, Capitaine de la flotte SpaceX. C'est un honneur, Monsieur. Sachez que vous êtes pour moi un véritable monument du patrimoine de la conquête spatiale.

— Oui, bon, je ne suis pas encore au musée Tussauds non plus, plaisanta faussement Scott, un peu vexé de faire déjà partie de l'histoire.

Du coin de l'œil, Scott vit Serguï lui faire des signes de tête et rouler des yeux, comme pour l'encourager à se rappeler les mots de Stanton concernant l'accueil qu'il devait réserver aux touristes.

— J'ai suivi tous vos exploits depuis que je suis gamin, s'enthousiasma Ken. Je connais toute votre carrière par cœur.

— C'est… gentil, finit par lâcher Scott.

— Oh, je n'arrive pas à le croire. Andrew Scott !

— Vous voulez peut-être un autographe ?

Serguï leva les yeux au ciel, affligé.

Déstabilisé, Ken Gordon ne savait pas trop comment réagir à l'ironie du commandant.

« C'est vous le Pacha ? » demanda Scarlett qui revenait à la charge dans son dos.

Scott considéra ce petit bout de femme agressif qui se cramponnait à présent des deux mains à la rampe fixée sur la paroi, sa caméra flottant dans le vide au bout de la courroie entourant son poignet.

— Pour vous ce sera Commandant Scott, répondit-il, alors qu'il vit entrer dans le module Nicole et une nouvelle touriste habillée elle aussi de la même tenue.

— Eh bien ! Commandant ! Sachez qu'une émission comme *Lost in space* ne se tourne pas toute seule.

— Et vous êtes ? menaça Scott plus qu'il ne questionna.

— Scarlett Price, la réal. Mais ne changez pas de sujet. La NASA m'a assurée que j'aurais votre entière collaboration sur mon tournage, et vous, vous m'envoyez miss météo pour mon plan d'arrivée dans la station. Non mais, qu'est-ce que vous voulez que je fasse avec ça ? C'est inacceptable ! s'insurgea la réalisatrice.

— Écoutez espèce de petite conne sans cervelle, éructa Scott, la mâchoire serrée. D'abord « ça » s'appelle professeur Nicole Blanchard, et « ça » est une grande climatologue reconnue dans le monde entier. Alors votre plan, vous pouvez vous le carrer où je pense, et votre caméra avec. Quant à vous Capitaine Gordon, sachez qu'à mon âge préhistorique, je suis encore Commandant de la plus grande station spatiale jamais construite par l'homme, et si j'en crois votre accostage plus qu'approximatif, c'est un honneur que vous ne connaîtrez jamais. À l'air du tout automatique, vos compétences de pilote sont peut-être valables dans la bande dessinée pour ados décérébrés de laquelle votre nom est tiré, mais elles sont loin d'être suffisantes pour survivre plus de cinq minutes dans l'espace. Maintenant, si vous voulez bien nous excuser, nous avons un grave problème de désorbitation à régler, que votre seule présence complique un peu plus. Le mieux est donc que vous alliez tous sagement vous isoler dans « la tente » en attendant qu'on vous dise à quel moment vous pourrez repartir. Est-ce que c'est bien clair ?

Dans le lourd silence qu'il avait provoqué, Scott vit Serguï mimer discrètement un applaudissement de congratulation ironique.

Scott grogna légèrement, conscient de s'être un peu laissé emporté.

— Nous avons un problème de désorbitation ? demanda calmement la femme qui venait d'arriver avec Nicole. Peut-être pourrions-nous vous aider ?

— Mais bien sûr ma petite dame. Justement, nous vous attendions pour nous éclairer sur la meilleure manière de contrer les effets d'une hypothétique force gravitationnelle qui aurait chuté à cinq cinquante-quatre Newton par kilo, en utilisant l'entrée d'Allen comme alternative au changement de trajectoire de l'ISS.

Scott attendit quelques secondes une réponse dans le silence qui se prolongeait.

— C'est bien ce que je pensais, conclut Scott. Non mais, vous vous croyez où tous, dans votre tenue d'équipe de la Rider's Cup ? Ce n'est pas le cirque ici !

— D'abord, il serait plus exact de parler de vitesse orbitale plutôt que de trajectoire, rétorqua la touriste, piquée au vif. Et si votre idée est de profiter des couches peu denses de la thermosphère pour décélérer et adapter la vitesse orbitale de l'ISS à une gravité plus faible que la normale, l'entrée de Chapman me paraîtrait plus appropriée en termes d'angle de chute que l'entrée d'Allen. Dans le cadre d'une aérocapture de l'ISS, nos chances de survie seraient bien plus grandes. Donc, je résume pour que vous compreniez bien ce que je viens de dire : si vous voulez ralentir la vitesse de votre station pour la faire descendre, vous devez y aller molo !

Scott réalisa au sourire en coin de Nicole que la touriste avait marqué un point dans le camp de la solidarité féminine.

— Vous êtes qui vous d'abord ? s'indigna Scott.

La femme se planta avec autorité face à Scott qui se demandait si sa main tendue était un acte de défi délibéré ou une invitation à faire la paix.

— Maryam Rahmani, se présenta-t-elle. Je débarque de la navette à touristes qui s'est incrustée sur votre station.

— Andrew Scott, répondit-il en attrapant la main de Maryam, un peu troublé par son regard profond qui le transperçait.

— Écoutez, entama Serguï. Je crois que nous sommes partis du mauvais pied. Nous devrions nous détendre et commencer à réunir nos compétences pour résoudre une situation qui nous dépasse tous.

— Vous savez ! enchaîna Maryam sans quitter Scott des yeux. Ce n'est pas parce que je suis une femme qui peut se payer un voyage dans l'espace à 25 millions de dollars que je ne connais rien à rien ! La dynamique des fluides est ma spécialité et la recherche spatiale ma passion. C'est ce qui m'a permis de faire fortune. Aussi, quand je vous dis que je peux peut-être vous aider, ce ne sont pas des paroles en l'air ! Si ce que vous nous avancez sur la décélération de la pesanteur est vérifié, nous devons revoir entièrement notre vitesse orbitale. Je maîtrise très bien les lois de Kepler, entre autres. Donc, si vous le souhaitez, je peux faire ces calculs.

— Notre vitesse orbitale ? interrogea Scott.

— Oui, enfin, la vôtre si vous préférez ! ironisa Maryam.

Scott aperçut Scarlett passer avec sa caméra pour filmer leur face-à-face, profitant de l'impesanteur pour réaliser un travelling sur leurs visages. Au fond du module, derrière Maryam, apparut un jeune Asiatique habillé toujours de la même tenue rose et beige, fixant son téléphone qu'il tenait à deux mains. Il flottait lentement la tête en bas, le regard vissé sur l'appareil, prenant des poses grimaçantes pour quelques selfies.

— Quelqu'un sait si on a Internet ici ? demanda-t-il.

8.

JOUR 0

Altitude : 8 m
Température : 27 °C
Gravité : g= 9,81 N/kg

Le major Rebecca Houston avança rapidement vers la double porte qu'ouvrit le caporal Cooper à son passage, pour déboucher sur le perron de l'immeuble. Après la fraîcheur de la climatisation, elle prit de plein fouet la chaleur estivale déjà accablante d'une matinée ensoleillée au cœur de Manhattan. Elle attendit en haut des marches qui dominaient *Thomas Street* que le professeur Mattis Magnusson sorte enfin.

— On est là dans une demi-heure, alors vous vous magnez pour que tout soit prêt à mon arrivée ! lança le professeur à son téléphone portable. Arrêtez de promettre : faites-le !

Le major le laissa dévaler devant elle les escaliers en bas desquels était garé, toutes portières ouvertes, un gros 4X4 Chevrolet aux vitres teintées. À son poste, près du véhicule, le caporal Bridges surveillait la rue de part et d'autre, derrière ses lunettes de soleil.

— C'est ça, et une fois que les modules sont alimentés vous ne touchez plus à rien. C'est compris ? menaça le professeur.

Lorsque Cooper ouvrit la portière du véhicule, Mattis s'engouffra le premier dans l'habitacle sans se soucier du major, fidèle à son absence totale de galanterie.

Les portières se refermèrent sur eux et le tumulte de New York s'estompa aussitôt, remplacé par un silence feutré. Houston avait toujours aimé le luxe, et elle appréciait pleinement le doux contact du cuir souple et odorant, particulièrement après l'inconfort de la salle de réunion qu'ils venaient de quitter.

Le caporal Bridges démarra sans hésiter à couper la circulation, sûr de son autorité.

— Caporal ? Pouvez-vous monter un peu la climatisation s'il vous plaît ? demanda Houston.

— Allo ? Allo ? Allo ? Je crois que ce crétin de Pittman m'a raccroché au nez, s'indigna le professeur. Je vous préviens, si votre petit protégé a encore fait une connerie, je refuse de bosser avec lui plus longtemps.

Houston avait de plus en plus de mal à supporter Mattis, ce petit-gros vulgaire aux cheveux blond-roux filasses qui ne respectait personne autant que lui-même.

— Ce n'est pas mon petit protégé, répondit calmement Houston qui regardait défiler la rue à travers le verre fumé. Et cessez de me menacer ! Vous ne m'impressionnez pas.

— Si l'armée ne me l'avait pas mis dans les pattes, il n'aurait jamais intégré mon équipe. C'est un incapable !

— Ce n'est pas ce que disent ses diplômes. Et puis, lui au moins, il exécute les ordres.

— C'est sûr que pour ça, il est parfait. Un vrai toutou à sa mémère qui fait où on lui dit de faire. Mais question compétences, j'aurais largement préféré l'assistante de Pettit, au lieu de ce mâle castré.

— Peut-être que si vous ne le traitiez pas comme votre larbin, votre collaboration serait plus féconde.

Houston avait cessé depuis longtemps de s'offusquer des provocations permanentes de Mattis. Elle refusait d'entrer dans son jeu. Étant donnée l'importance de leur programme de recherche, obtenir des résultats était son seul objectif. Elle devait se résigner à le supporter.

— Pittman ne répond pas, s'exaspéra Mattis en lâchant son téléphone sur la banquette. Je me demande bien ce que je fous là au lieu d'être à mon labo. Quelle perte de temps !

— Vu les sommes allouées à Oméga, il paraît normal que vous ayez des comptes à rendre de temps à autre.

— Et vous pensez vraiment que discuter avec ces ronds de cuir de sujets qui les dépassent complètement fait avancer quoi que ce soit ?

— Est-ce que vous avez au moins écouté ce qu'on vous a dit, au lieu de reluquer sous les jupes du lieutenant Harris ?

— Bien sûr que j'ai entendu la commission ! Je ne suis pas sourd ! Les recherches de Pettit ne coûtent peut-être pas aussi cher que les miennes, mais il n'est pas génial comme moi. Et vous le savez parfaitement.

— C'est quand même lui qui a découvert le graviton.

— Ça, c'est ce qu'il dit. Ce vieil arriviste ne trouverait pas un atome de merde au fond de son cul !

— Charmante image. Mais, l'académie Nobel ne sera peut-être pas de cet avis.

— Ouais ! En attendant, je vais prouver que le maître de la gravité, c'est bibi !

Houston leva les yeux au ciel.

Au ralenti dans les embouteillages de la matinée, leur voiture avançait désormais pare-chocs contre pare-chocs.

— En même temps, ils l'avaient placée juste en face de moi, enchaîna Mattis.

— Quoi donc ?

— La lieutenante Harris. C'était difficile de ne pas regarder. Vous avez vu ses jambes ? Je suis certain que vous l'avez repérée vous aussi. Je me suis demandé durant toute la réunion quelle était la couleur de sa petite culotte. Je parie qu'elle est rouge. Elle avait l'air bien vicieuse celle-là. Du genre menottes et fessées.

Mattis était manifestement heureux de son effet sur les deux caporaux à l'avant qui se lancèrent des regards complices en souriant.

— Vous êtes puérils, lâcha Houston sans préciser si cette remarque s'adressait aussi à Bridges et Cooper.

Le major constata qu'ils étaient à l'arrêt. Autour d'eux, la circulation était paralysée.

— C'est toujours embouteillé à cette heure-ci ? interrogea Houston.

— Non Major, répondit Bridges. D'habitude, c'est assez fluide.

— Vous ne pouvez pas mettre votre gyrophare et doubler tous ces cons ? On est un peu pressé là ! lança Mattis.

— Ça ne servirait à rien Professeur, dit Cooper, l'avenue est bloquée des deux côtés. Il n'y a nulle part où se faufiler.

Houston regarda, sans vraiment les voir, les passants qui marchaient plus loin sur le trottoir. Après un moment, elle remarqua qu'ils avaient un comportement inhabituel. Certains s'arrêtaient et sautillaient sur place en riant, d'autres faisaient de grandes enjambées, d'autres encore se retournaient en tous sens, inquiets. Le major se redressa légèrement et entre-ouvrit sa fenêtre pour écouter les bruits de la rue. Étonnamment, la foule émettait un joyeux brouhaha d'excitation.

— Vous avez vos vapeurs, se moqua Mattis.

— La ferme ! le cingla-t-elle. Il se passe quelque chose dehors. Vous feriez mieux d'appeler Oméga pour les prévenir de notre retard, au lieu d'essayer de placer votre humour de mauvais goût.

— Quelle rabat-joie vous faites Houston !

— Cooper, allez voir ce qui se passe, ordonna Houston.

— Bien Major.

Cooper sortit aussitôt, laissant entrer un souffle d'air chaud dans l'habitacle. Il avança sur l'avenue et disparut au milieu des voitures à l'arrêt.

Le major continua d'observer les passants dont les comportements inexplicables lui paraissaient de plus en plus inquiétants. Soudain, son corps fut traversé d'une étrange sensation qu'elle n'arrivait pas à clairement définir.

— Vous ne sentez rien ? Quelque chose dans le corps.

— Oui, je sens plein de choses dans mon corps, s'amusa Mattis.

— Mattis ! Cessez ça immédiatement ! menaça Houston. Quelque chose d'anormal est en train de se passer !

Mattis posa une nouvelle fois son téléphone.

— Maintenant que vous le dites, j'ai une espèce de sensation de légèreté.

— Exactement. Et vous, Caporal ?

— C'est la même chose, répondit froidement Bridges.

Cooper réapparut en courant entre les voitures et ouvrit sa portière.

— Major ! Je pense qu'il va falloir évacuer, lança Cooper sans affolement, mais d'un ton martial qui inquiéta Houston.

— Que se passe-t-il ? Vous avez vu quelque chose ?

— C'est difficile à expliquer, mais c'est très préoccupant. La rue est totalement bloquée et les gens se comportent bizarrement. Nous devrions quitter la zone.

Houston décida de sortir pour mieux comprendre ce dont parlait son caporal. Debout sur le marchepied, elle dominait les voitures. La chaleur montait au-dessus du flot immobile des véhicules à l'arrêt en plein soleil. Depuis leurs toits multicolores, des volutes d'air chaud faisaient onduler le lointain. Alentour, les nombreux passants riaient et effectuaient des bonds sur le trottoir dans une joyeuse clameur, tandis qu'au loin, des alarmes se mirent à résonner de leurs avertissements monotones.

Depuis l'intérieur de la Chevrolet, Houston entendit Mattis converser avec le laboratoire.

« Oui, c'est Magnusson. Passez-moi Pittman. Oh là ! Oh là ! On se calme ma petite. Vous êtes qui d'abord ? Okay, Kathy, plus lentement s'il vous plaît. »

Soudain, le major aperçut un homme en costume cravate s'élever au-dessus des voitures et retomber après un saut d'une longueur impossible.

« Vous avez vu ça ? » cria Mattis depuis l'intérieur du 4X4. « C'était qui ce type ? Superman ? »

— Bridges ! Cooper ! On évacue Magnusson : maintenant ! ordonna Houston.

Les caporaux contournèrent le véhicule et extrairent sans ménagement le professeur en le prenant par les bras.

— Deux secondes, protesta Mattis. Je suis en ligne avec le labo.

— Pas le temps, répondit Houston qui les rejoignit entre les files de voitures. Cooper, où se trouve la station de métro la plus proche ?

— C'est *Canal Street*, à une centaine de mètres.

— On vous suit.

Le groupe compact abandonna le 4X4 noir et s'engagea au milieu de la circulation à l'arrêt. Encadré des deux caporaux qui l'aidaient à progresser, Mattis restait accroché à son téléphone.

— Kathy, calmez-vous et passez-moi tout de suite Pittman ! Comment ça vous ne savez pas où il est ? Mais dites-moi ce qui s'est passé bon sang ! Il a fait quoi ? Allo ? Allo ?

Progressant derrière Mattis, Houston sentit clairement qu'elle devenait de plus en plus légère. Elle pouvait lire la même inquiétude que la sienne sur le visage de ses hommes à mesure qu'ils progressaient vers la station de métro. Mais ce qui la préoccupait le plus était la mine blanche et décomposée de Mattis qui se laissait désormais entraîner comme un pantin mou.

Sur les trottoirs, la douce euphorie des premiers instants s'était transformée en une stupeur plus silencieuse. Quelques inconscients bondissaient encore — atteignant parfois le premier étage des bâtiments — avant de retomber de plus en plus lentement, alors que la plupart des passants s'agrippaient à tout ce qu'ils pouvaient, figés d'incompréhension.

L'impression qu'elle pouvait quitter le sol à tout moment gagna Houston.

— Mattis ! Que s'est-il passé au labo ? cria-t-elle.

Mattis avançait tête baissée sans répondre. C'est à cet instant que Houston arrêta son regard sur une jeune femme en tenue de sport qui effectua un bond phénoménal par-dessus la foule. Au lieu de retomber, la femme s'immobilisa dans les airs à une dizaine de mètres au-dessus des visages effarés des passants. Elle se mit à gesticuler en hurlant à l'aide, comme si nager dans le vide pouvait la ramener au sol. Cette vision, annonciatrice de la catastrophe à venir, provoqua une véritable panique. Ceux qui n'étaient pas encore sortis de leur voiture n'osaient plus la quitter. Des silhouettes terrifiées apparaissaient aux fenêtres de tous les bâtiments, à tous les étages. Des ouvriers en tenues de chantier tentaient de redescendre d'un échafaudage, s'agrippant aux barres métalliques de la structure qui commençait à se disloquer. Dans le tumulte grouillant qui submergea tout, les cris d'épouvante semblèrent envahir New York.

Le cœur de Houston battait la chamade, mais son instruction militaire lui permettait de garder ses moyens et de fixer son attention sur le seul objectif qui comptait désormais : atteindre la station de métro *Canal Street* sous le panneau de signalisation qu'elle apercevait, une vingtaine de mètres plus loin.

À l'instar de ses hommes qui entraînaient Mattis vers un hypothétique refuge, Houston commença à s'accrocher dès qu'elle le pouvait, à une poignée de portière, une carrosserie, une jante, un pneu, retardant le plus possible le moment, qu'elle savait inéluctable, où ses pieds allaient quitter le sol.

Cooper attrapa enfin la rampe d'escalier qui descendait dans la station de métro, au moment où Houston se sentit décoller lentement. Dans le flot humain en panique qui s'engouffrait avec eux, des mains anonymes s'agrippaient à elle, comme elle-même s'agrippait au dos du caporal Bridges qui la tractait en s'aidant de la rampe. Le major se débattit violemment pour se libérer. Derrière elle, quelques personnes se décrochèrent en hurlant, puis s'élevèrent dans le ciel bleu constellé de silhouettes gesticulantes.

Tant bien que mal, ils parvinrent à atteindre les premiers couloirs au plafond salvateur.

En quasi-apesanteur, Houston attrapa Mattis par les épaules. Il semblait toujours en état de choc.

— Mattis, qu'est-ce qui s'est passé au labo ? demanda une nouvelle fois Houston en criant.

Elle le secoua violemment dans l'espoir qu'il reprenne ses esprits.

— Mattis ? Merde, répondez !

Le professeur Magnusson leva lentement le regard sur Houston.

— Pittman a renversé son café ! lâcha Mattis, hagard.

9.

JOUR 1

Altitude : – 25 m
Température : 15 °C
Gravité : g= – 3,08 N/kg

Shino et son collègue Philip avançaient avec difficulté dans le couloir dévasté qui menait à l'entrée du laboratoire Oméga. Ils enjambaient tant bien que mal la structure métallique du faux plafond qui constituait désormais un damier de carrés d'aluminium à franchir sur le sol.

Après que la balle de tennis avait commencé à redescendre sous la cloche de verre, tout était allé très vite. Shino avait rapidement suggéré une modification de la gravité — certainement confinée à un périmètre proche de l'expérience — mais Pettit s'était obstiné à réfuter cette possibilité, jusqu'à ce que l'évidence s'impose à tous, lorsqu'ils avaient quitté le sol.

Shino s'était très vite sentie responsable de cette catastrophe. Si elle n'était pas intervenue sur la manière de transférer les gravitons, peut-être l'éphémère succès de leur expérimentation ne se serait pas conclu par ce cataclysme. D'ailleurs, le professeur ne lui avait par la suite plus adressé la parole, absorbé avec ses collègues dans la recherche d'une explication au changement de gravité. Seul Philip l'avait défendue lorsqu'elle avait suggéré d'aller voir Magnusson au laboratoire Oméga, afin d'unir leurs connaissances face à ce phénomène dévastateur. Refusant d'évoquer une collaboration avec Mattis Magnusson, Pettit lui avait répondu qu'elle pouvait bien faire ce qu'elle voulait, ça lui était égal.

Shino en était encore anéantie.

Une nouvelle fois bloquée par sa jupe alors qu'elle essayait d'enjamber ces maudits cadres de métal qui leur barraient le passage, Shino regrettait amèrement de s'être habillée ainsi pour venir travailler. N'y tenant plus, elle écarta sa blouse blanche, attrapa le tissu le long de sa cuisse, puis tira un grand coup pour le déchirer. Elle constata aussitôt qu'elle y était allée un peu fort.

Dans les couloirs, la température n'avait cessé de baisser et Shino tenta de se figurer le froid qui régnait désormais à l'extérieur. Face au chaos dans lequel ils avançaient depuis qu'ils avaient quitté l'équipe, Shino se demandait à quelle distance avait pu se propager le phénomène. *Et si ça avait dépassé le périmètre du Centre ?* se mit-elle à craindre. *Si ça s'était répercuté jusqu'aux zones habitées ? Mon Dieu ! Qu'avons-nous fait ?*

— Tu crois que Magnusson va accepter de collaborer ? interrogea Philip.

— Il faut espérer qu'il ne sera pas aussi borné que Pettit. Nous devons absolument trouver un moyen d'arrêter ça, et il est le plus à même de nous aider à chercher une solution.

Shino aperçut un peu plus loin le distributeur de boissons devant lequel elle avait croisé Mark Pittman quelques heures plus tôt ; *un temps où rien encore n'était arrivé,* pensa-t-elle. L'appareil gisait au sol, au milieu des meubles vidés de leur contenu et de l'eau chaude fumante qui se répandait, diffusant des odeurs de chocolat, de thé et de café mélangées. Les vestiges de ce dernier moment de normalité échoués sur ce qui fut le plafond lui donnèrent envie de pleurer. Elle voudrait pouvoir retourner en arrière, revivre ce simple échange avec Mark et se dire que rien de tout ça n'était arrivé.

— Il ne faut pas te sentir coupable tu sais, tenta de la rassurer Philip. Tu n'y es pour rien.

— J'ai insisté pour qu'on fasse cet essai, sans me soucier des conséquences. Je n'y ai vu que l'opportunité de prouver que j'avais raison. Rien ne serait arrivé sans ma vanité stupide.

— Mais, tu avais raison !

— Peu importe ! Nous n'aurions jamais dû prendre ce risque !

— Nous y voilà, dit Philip apercevant la porte d'accès au laboratoire Oméga qui descendait depuis le plafond. Une chance que ce ne soit pas trop haut. Il ne reste plus qu'à trouver comment entrer là-dedans sans badge d'identification.

— Aide-moi à décrocher un de ces montants, demanda Shino qui attrapa une des barres métalliques du faux plafond.

Shino et Philip forcèrent sur leur pied-de-biche improvisé. La serrure vola en éclats. Ils enjambèrent l'imposte et traversèrent un sas qui menait au laboratoire.

Shino fut aussitôt surprise par le diamètre hors norme du tunnel futuriste qui s'étirait devant eux. Tout le chaos du couloir qu'ils venaient de quitter avait disparu, remplacé par le blanc aseptisé de murs vivement éclairés. Ici, tout paraissait immense, immaculé.

— Qu'est-ce que c'est que cet endroit ? s'étonna Philip.

— Je dirais que c'est à l'échelle de la mégalomanie de Magnusson, rétorqua Shino.

Ils progressaient désormais aisément sur le sol plat du tunnel parfaitement symétrique. Cependant, Shino ressentait une certaine oppression, perdue au milieu de ce lieu inconnu et désert, à la dimension intimidante. Arrivés à l'extrémité du tunnel, ils débouchèrent dans une coursive circulaire, immense elle aussi. Depuis un des trois nouveaux passages qui démarraient ici, Shino entendit des bruits de martèlements qui résonnaient.

Elle proposa à Philip de suivre le son, et ils empruntèrent le tunnel central. En traversant ces larges couloirs d'accès identiques, ils avaient l'impression d'avancer dans un labyrinthe sans fin.

Lorsqu'ils atteignirent enfin la salle d'expérimentation du laboratoire Oméga, Shino resta abasourdie par le gigantisme du lieu qui s'ouvrait à eux. À leurs pieds, une immense coupole descendait d'une vingtaine de mètres au centre d'une pièce circulaire. Tout en bas, au creux de la cavité, elle aperçut quelques scientifiques de l'équipe Oméga qui s'affairaient autour d'un avion de chasse retourné sur le dos. Depuis le fuselage du jet, de multiples câbles s'élevaient dans toutes les directions à travers l'espace. Shino eut l'impression de culminer au dernier rang d'un large amphithéâtre dévasté. Sur la structure métallique de la coupole, de nombreux éclairages parsemaient des nervures qui convergeaient vers le centre, illuminant un colossal plafond circulaire blanc. Shino essaya d'imaginer à quoi pouvait ressembler le laboratoire avant que l'inversion de gravité change la notion de haut et de bas.

— Merde ! Mais qu'est-ce qu'ils pouvaient fabriquer dans un

endroit pareil ? interrogea Philip.

Au fond de la coupole, un des hommes en blouse blanche frappa sur un poteau que ses collègues tentaient de maintenir sous une des ailes du jet. Derrière eux, une lueur bleutée que Shino connaissait bien illuminait l'obscurité.

— Je crois qu'on ne va pas tarder à le savoir, répondit Shino qui commença à descendre.

« Qu'est-ce que vous faites là ? » demanda une voix derrière eux.

Sortant de nulle part, Mark Pittman s'approcha, affolé et nerveux.

— Vous ne pouvez pas rester ici ! dit-il en se tordant les mains. Ce n'est pas possible !

— Mark, je suis contente de voir que tu vas bien. Nous cherchons le professeur Magnusson. On a besoin de son aide.

— On a tous besoin de lui ! rétorqua Mark. Mais, il n'est pas là. Il était en ville au moment où…

Le regard de Mark partit dans le vide à l'instant où il s'apprêtait à évoquer le cataclysme.

— Mais, vous faites quoi au juste ici ? demanda Philip.

— Ça, je n'ai pas le droit d'en parler. Secret défense.

— Bon, écoute ! On n'a pas le temps de discuter. Il faut réunir nos connaissances pour trouver comment remettre cette gravité en place. Vu les moyens que vous avez, on peut certainement faire quelque chose ensemble.

Bien décidée à demander de l'aide à l'équipe Oméga, Shino descendit avec Philip vers le centre de la coupole, suivis de Mark qui tenta de les convaincre qu'ils ne pouvaient pas faire ça. Au fur et à mesure qu'elle s'approcha, Shino eut la confirmation que la lueur bleue qui irradiait dans l'ombre était bien celle de gravitons. Cependant, elle mit quelques secondes à réaliser la dimension invraisemblable du piège de Penning géant coincé sous l'aile de l'avion qui renfermait les bosons lumineux. *Ce module fait cent fois la taille de la capsule que nous avons utilisée pour notre expérience* ! s'effraya Shino.

— Tu vois ce que je vois ? lança Philip qui partit aussitôt rejoindre le groupe de scientifiques.

Shino était sidérée par la masse inouïe de gravitons confinés au centre du champ magnétique, lorsqu'elle aperçut, au milieu du fatras d'appareillages, un second module parfaitement identique, mais vide. Le sang de Shino se glaça soudain à l'idée que la même quantité de gravitons qu'elle contemplait avait pu s'échapper. Elle prit alors conscience que leur expérience insignifiante sur la balle de tennis n'était pour rien dans cette catastrophe : *c'est Mattis Magnusson le responsable* !

Shino se tourna vers Mark.

— Comment avez-vous pu ? s'alarma-t-elle.

Hébété, Mark resta muet. Sans plus attendre de réponse, elle pensa à la quantité phénoménale de gravitons répandue dans le sol, et elle réalisa pourquoi toute l'équipe Oméga tentait de dégager le module encore plein : *ils en ont besoin pour avoir une chance d'inverser à nouveau la gravité.*

Shino décida aussitôt de rejoindre Philip pour apporter son aide, lorsqu'elle fut stoppée net par la main de Mark qui la retint par le bras. Shino se retourna, étonnée de cette soudaine autorité physique.

— Désolé ! s'excusa-t-il en la relâchant. Je peux tout t'expliquer.

— Nous n'en sommes plus à l'heure des explications Mark. Nous devons récupérer ce module, c'est tout ce qui importe !

— Mais, tu ne comprends pas ! Ça ne sert à rien ! Il n'y a plus rien que l'on puisse faire.

— Tu penses ce que tu veux, moi je ne baisse pas les bras, et tes collègues non plus apparemment, conclut Shino, au moment où tout se mit à trembler.

Tout le monde se figea. Une brèche s'ouvrit soudain entre Mark et Shino, se prolongeant en une interminable déchirure qui courut le long de la structure. Shino sentit le sol se dérober sous ses pieds. Devant elle, Mark recula en panique pour échapper à la crevasse qui se formait, tandis que l'œil de la coupole s'affaissait et basculait dans un long grincement métallique. Sous la béance du toit éventré, un abîme sans fond engloutit Philip et tous les scientifiques de l'équipe Oméga, petites formes blanches qui disparurent dans la nuit en se tordant d'effroi.

À l'extrémité d'une poutrelle arrachée à la structure, Shino était suspendue au-dessus du vide. Une odeur de vase putride, portée par de violentes rafales glacées venues de l'extérieur, lui donna un peu plus l'impression que le gouffre de l'enfer s'était ouvert sous ses pieds. Grâce à la gravité encore réduite, elle parvint miraculeusement à rester cramponnée au métal, alors que les câbles qui retenaient l'avion de chasse se tendirent jusqu'à se rompre un à un, fouettant l'air. Le jet bascula à son tour dans le vide, libérant le module de son emprise. Shino regarda les gravitons briller comme jamais au milieu des ténèbres dans lesquelles ils s'engouffraient ; elle suivit leur chute infinie vers les nuages bouillonnants d'une tempête qui faisait rage. Après de longues secondes, la lueur bleutée s'évanouit, laissant place à la seule nuit.

Terrorisée et anéantie à la fois, Shino se laissa pendre, incapable de décider si elle devait lâcher l'acier froid qui la retenait à la vie, ou s'il lui fallait lutter et croire jusqu'au bout à un retour de la gravité. Mais que pouvait-elle espérer à présent ? Sans le stock de gravitons, impossible de revenir en arrière. Elle repensa à Pettit et à ses collègues qui cherchaient en vain les causes d'une telle catastrophe. *Ils sont loin d'imaginer la vérité* ! S'ils étaient au courant, ils sauraient peut-être quoi faire : surtout Pettit. Tout à coup, Shino réalisa qu'elle devait les prévenir. Elle ne pouvait pas égoïstement les abandonner : *ils doivent savoir !*

Sans plus jamais regarder vers le bas, elle se cramponna, se balança, attrapa la poutrelle entre ses pieds, progressa vers le rebord de la coupole qu'elle voyait désormais s'approcher comme une rive salutaire. Escaladant les enchevêtrements de métal, elle se hissa sur l'épaisse surface du toit encore intact et continua à ramper sur plusieurs mètres avant d'oser se relever. Tremblante, elle se retourna vers l'abîme. Seuls quelques appareils s'accrochaient toujours à la structure arrachée qui s'effilochait dans la nuit, jusqu'à l'anéantissement. Shino aperçut alors le second module vidé de ses gravitons. Il se balançait au bout de son cordon d'alimentation, balayé par le vent : *lui aussi finira par tomber !*

10.

JOUR 0
Altitude : 457 km
Température : – 112 °C
Gravité : g= 5,26 N/kg

Scott s'installa rapidement dans l'étroit espace de la *Coupole* où il avait demandé à Serguï de venir s'isoler avec lui. À travers les hublots, le soleil déclinait sur la couche de nuages qui recouvraient entièrement la surface terrestre d'un manteau blanc virant à l'orangé. Émergeant de l'horizon cotonneux, d'innombrables cumulonimbus se dressaient et étiraient leurs sommets en enclume jusqu'à des altitudes inédites.

Adossé à la paroi, face à Serguï, Scott savait qu'il avait peu de temps pour prendre sa décision, et l'expérience de son ami lui serait précieuse pour affronter une situation dans laquelle, pour la première fois de sa vie, il se sentait dépassé. Et l'arrivée bruyante et désordonnée des touristes n'avait fait qu'amplifier la confusion et les doutes qui n'avaient cessé d'assaillir la citadelle qu'il pensait imprenable de ses certitudes.

— Tu ne vas quand même pas me dire que tu crois à cette baisse de gravité toi aussi ? s'indigna Scott.

— Écoute Andrew, je ne crois pas aux extra-terrestres, mais si j'en vois un, au minimum, je me pose des questions. Et je pense qu'on en est exactement là.

— Tu as vu un extra-terrestre ?

Serguï fixa Scott, impassible.

— Désolé ! Pourtant, Tracy et même Fiodor s'entendent avec moi pour privilégier une panne au sol. Une panne majeure et inconnue, certes, mais une panne.

— Ils sont jeunes, ils n'ont pas notre expérience. Ils ne jurent que par le manuel de procédures. Ce n'est pas à toi que je vais rappeler combien il est parfois nécessaire de l'oublier pour mieux s'adapter à une situation inédite. Ça t'a assez souvent sauvé la vie.

— Là, c'est différent. On n'est pas en train de piloter un jet. Alors, il se passe quelque chose qu'on ne peut expliquer, okay ! Personne ne conteste ce point. Ça peut être une éruption solaire géante, une perturbation magnétique majeure ou quelque chose dans le genre. Une guerre nucléaire même, si tu veux. Mais un changement de gravité ? Il y a des limites !

— Je ne pense pas qu'on puisse dire que Kim soit un farfelu, et c'est lui le spécialiste. Il n'a fait qu'étudier ça toute sa vie.

— Quand bien même ! Il peut se tromper.

— C'est possible, mais tu sais comme moi qu'on ne peut pas rester sans rien faire. Parce que s'il y a une chose dont on est certain, c'est que nous nous éloignons de la Terre. Dans moins d'une heure, nous dépasserons les cinq cents kilomètres d'altitude, et nous ne cessons d'accélérer. Nous avons encore de la marge, mais en continuant comme ça, nous finirons à coup sûr par atteindre l'équivalent d'une vitesse de libération ; et tu sais ce que ça implique.

Scott se sentait coincé. Il avait beau prendre toutes les données en considération, à chaque fois qu'il poussait son raisonnement — et même s'il ne voulait pas l'accepter — la théorie du professeur Nakano s'imposait à lui comme la moins mauvaise explication.

— Admettons que la solution soit d'abaisser notre orbite. Tu imagines si jamais on se trompe ? Si on descend trop bas et que la gravité n'est pas aussi faible que Kim le dit. On va se désintégrer.

— Pas si la gravité terrestre a changé.

Scott se détourna sèchement de son face-à-face avec Serguï, comme pour mieux se débarrasser de cette idée encombrante. Il laissa s'échapper son regard à travers le hublot central et resta silencieux devant l'obscurité de la nuit qui avançait lentement sur les nuages. Dominant la surface au gris sombre inquiétant, seules les enclumes géantes des cumulonimbus demeuraient baignées de la lumière du couchant pour quelques minutes supplémentaires.

Scott tenta de se projeter, de modéliser la manœuvre avec une station spatiale de deux cent quatre-vingts tonnes : *c'est insensé !* Il s'obligea, malgré toutes ses réticences, à raisonner avec pragmatisme. Dans la mesure où ils avaient plusieurs centaines de kilomètres à descendre, ils auraient la possibilité de constater assez rapidement s'ils s'étaient trompés. Si jamais ils chutaient plus vite que prévu, c'était que cette histoire de baisse de gravité ne tenait pas. Ils pourraient toujours à ce moment-là rehausser leur orbite comme ils le faisaient régulièrement en temps normal. Tout le monde se concentrerait alors pour trouver la vraie raison à leur désorbitation.

En bas, les dernières enclumes s'éteignaient une à une, plongeant définitivement le paysage dans la nuit. La structure blanche de l'ISS resta éclairée quelques secondes supplémentaires avant d'être abandonnée par les ultimes rayons d'un soleil qui s'évanouit derrière l'horizon terrestre.

— Et la touriste, tu en penses quoi ? demanda Scott.

— Maryam Rahmani ? C'est une très jolie femme.

— Je ne parle pas de ça ! s'agaça Scott.

— Je plaisante Andrew ! Cela dit, j'ai bien vu qu'elle ne te laissait pas indifférent, le taquina Serguï.

— Ça n'est vraiment pas le moment ! Tu penses qu'elle est compétente ?

— Manifestement, elle connaît les problèmes d'aérocapture mieux que nous tous. En l'absence du soutien de l'équipe au sol, elle peut nous être d'un grand secours pour établir une nouvelle orbite où nous stabiliser.

— C'est complètement dingue ! On est en train de parler d'aller effleurer l'atmosphère avec la station. On ne peut pas se lancer dans un truc pareil sans être certain que la situation est bien ce qu'elle semble être.

— Je suis d'accord. C'est pour ça qu'il faut passer la main aux scientifiques. Il n'y a que Kim et Nicole et Madame Rahmani qui peuvent répondre à nos questions pour le moment. Après, ça peut être délicat de faire intervenir une civile. Certains risquent de ne pas aimer.

— Fiodor ?

— Entre autres. Mais à mon avis ça ne va pas plaire à Tracy et Nicole non plus.

11.

JOUR 1

Altitude : – 18 m
Température : 14,5 °C
Gravité : g= – 4,47 N/kg

Jack quitta l'obscurité du tunnel pour entrer dans la lumière blafarde des néons. Bien qu'il tentait de ne rien laisser paraître, Hélène avait conscience qu'il était épuisé après les quatre stations qu'ils avaient traversées pour atteindre *Broadway-Lafayette*, et ses traits étaient un peu plus creusés par l'éclairage cru diffusé depuis le sol. Même si elle se forçait à ne pas trop y penser, l'absence de son fils lui tordait le ventre et lui donnait trop souvent envie de pleurer. Elle ne savait plus réellement où le chercher, mais se refusait cependant à accepter sa disparition. En regardant Jack, elle imagina toutes les difficultés que Romain devait surmonter seul, et une nouvelle vague d'émotion l'assaillit. Hélène résista, consciente qu'elle devait rester en possession de tous ses moyens si elle voulait avoir une chance de revoir son fils.

— Nous allons bientôt pouvoir nous arrêter, dit-elle. On fait un dernier crochet vers la liaison pour *Bleeker Street*, puis on descendra jusqu'au magasin faire une pause.

— Ce n'est pas de refus.

— Vous vous êtes bien débrouillé tout à l'heure sur Essex. Vous grimpez mieux que vous voulez bien le dire.

— C'est gentil, mais ça allait. Il y avait de bonnes prises, minimisa Jack. Quand je vous vois escalader, j'ai vraiment l'impression d'être un gros sac ; même dans cette gravité atténuée.

Sous les quais et les rails, une nouvelle foule de survivants s'entassait, leitmotiv désolant qui se répétait, station après station. Devant eux, des dizaines de piliers d'acier reliaient le sol au plafond, dans une parfaite symétrie, et la faible hauteur du lieu accentuait un peu plus le sentiment d'oppression qui y régnait.

Hélène et Jack enjambèrent ensemble les poutrelles qui jonchaient leur parcours, prenant bien soin de rester dans l'ombre, sous les voies centrales, loin des néons qui illuminaient les quais. Comme par réflexe, la plupart des voyageurs se tenaient éloignés des rails, leur laissant un passage relativement confortable pour avancer jusqu'à un des deux escaliers qui descendaient depuis le plafond et ouvraient leur trémie dans le sol en direction de *Bleeker Street*. Derrière les colonnes, Hélène et Jack pouvaient voir défiler les femmes, les hommes et les enfants qui attendaient, résignés, assis entre des tubes de néons alignés semblables à des cloisons lumineuses. Le long du mur aux petits carreaux de faïence blanc et bleu s'étalait le nom de la station à l'envers qu'Hélène commençait à lire couramment, sans plus avoir à pencher la tête.

Elle remarqua que Jack n'était déjà plus aussi sensible, même si son regard plein de compassion trahissait son incapacité à se détacher totalement de la détresse silencieuse qui accablait tous ces naufragés involontaires.

— Vous aimez votre métier de prof ? demanda Hélène. Je veux dire, avec tous ces ados, ça ne doit pas être facile tous les jours.

— Je dirais que c'est un peu comme tous les sommets que vous avez escaladés. Quand on est devant, c'est intimidant, difficile à dompter, mais lorsqu'on trouve la bonne voie pour aller jusqu'à eux, la récompense est au bout. Ils ont de telles ressources. Après des années d'enseignement, je suis toujours surpris par ce qu'ils sont capables de réaliser. Cependant, ça reste quand même plus simple que de gravir l'Everest.

— Ça dépend pour qui, s'assombrit Hélène qui repensa à ses conflits incessants avec Romain ces derniers temps.

— J'imagine que vous emmenez de temps en temps votre fils dans vos expéditions.

— Il est plutôt mer que montagne en ce moment, répondit Hélène avec une pointe de regret. Mais, je préfère ne pas parler de Romain tant qu'on ne l'a pas retrouvé.

— Je comprends. Désolé !

Arrivée à la hauteur des escaliers, Hélène rejoignit le quai sur sa droite et sauta sans hésiter à travers la trémie ouverte dans le sol, pour atterrir en douceur un étage plus bas.

Après quelques secondes, Jack apparut, deux mètres cinquante au-dessus d'elle.

— Vous pouvez y aller, ça passe tranquille, l'encouragea Hélène.

— J'ai un peu de mal à m'y faire quand même, répondit Jack qui s'assit au bord du vide et descendit jusqu'à Hélène en se pendant par les bras.

— Vous n'avez vraiment pas le goût du risque ! se moqua-t-elle.

Alors qu'elle le regardait arriver prudemment à son niveau, Hélène réalisa le réconfort que la présence de Jack lui apportait. Même s'il ne lui était pas d'une grande utilité pour retrouver Romain, elle sentait que ne plus être seule l'aidait à éviter de se laisser aller au désespoir.

— Disons que, je prends doucement mes marques.

— Mouais ! répliqua-t-elle, affichant une moue dubitative.

Hélène commença à scruter les survivants entassés un peu partout dans le grand hall où ils venaient d'arriver. Tout autour, la même puanteur, la même foule toujours plus nombreuse qui s'accrochait à chaque mètre carré du sous-sol pour ne pas finir engloutie dans la nuit. Elle espérait encore, sans trop y croire, apercevoir le visage de Romain émerger de la multitude anonyme. *Il faut bien qu'il soit quelque part*, pensa Hélène.

« Maman ? » appela une voix dans son dos.

Hélène sentit un frisson traverser tout son corps.

— Romain ?

Hélène se retourna. Romain était là, à une dizaine de mètres, debout au milieu de la masse assise à même le sol. Il se précipita vers elle, contournant les gens qui le regardaient passer avec indifférence ou exaspération, lorsqu'il les bousculait en s'excusant. Elle n'avait pas fait deux pas qu'il était déjà blotti dans ses bras, dans une communion de larmes, affirmant qu'il savait qu'elle reviendrait le chercher. Elle le toucha, le dévisagea, le serra, l'examina, l'embrassa, l'écrasa, comme pour mieux s'imprégner de ce contact physique qu'elle pensait perdu à jamais.

Ils restèrent ainsi agrippés l'un à l'autre, et, pendant de longues secondes, des minutes peut-être, Hélène n'eut pas le courage de relâcher son étreinte. Elle aurait voulu ne plus jamais quitter cette bulle de bonheur dans laquelle elle était à présent réfugiée avec son fils. Mais, la réalité revint la frapper de plein fouet lorsque Romain lui annonça que son ami Julien était tombé sans qu'il ait rien pu faire. La bulle éclata. Elle tenta de le rassurer, de lui faire comprendre que ce n'était pas de sa faute, qu'il ne pouvait rien faire. Elle pensa aux parents de Julien qui lui avaient confié leur fils. Elle était effondrée. Cependant, l'idée qu'elle devrait désormais lutter pour la survie de Romain estompa rapidement le chagrin. Essuyant ses larmes d'un revers de main, elle le prit par les épaules avec autorité.

— *Écoute, il faut oublier tout ça* ! lança Hélène en français, avec un ton un peu plus ferme qu'elle ne l'aurait voulu. *On ne peut plus rien faire pour Julien. Ça ne servirait à rien de s'apitoyer éternellement.*

Hélène réalisait qu'elle déstabilisait son fils, mais elle savait aussi qu'il devait s'endurcir pour rester en vie dans ce Nouveau Monde sans règle ni morale.

— *On va commencer par quitter New York, c'est bien trop dangereux ici. Il faut qu'on s'éloigne des zones de regroupement, qu'on aille un peu plus vers la surface pour éviter les foules, d'accord ? D'accord Romain ?*

— *D'accord. Tu connais ce type ?* demanda Romain qui regardait derrière Hélène.

Jack se tenait à proximité, souriant dans son blouson aux manches trop courtes, comme un petit garçon timide qui n'osait pas déranger une conversation en français qu'il ne comprenait pas. Dans le regard de son fils, Hélène trouva Jack encore plus touchant.

— Romain, je te présente Jack. Un professeur de physique qui ne se souvient de rien, et que j'ai sauvé du vide il y a quelques heures en partant à ta recherche.

— Content de faire ta connaissance, lança Jack en même temps qu'il le salua de la main.

— Salut, répondit Romain, un peu indifférent. *Viens ! Moi aussi j'ai quelqu'un à te présenter !* ajouta-t-il.

Il l'entraîna à travers la foule. Hélène se retourna vers Jack qui restait planté là, semblant ne pas savoir quoi faire.

— Eh bien ? Vous venez ? lâcha Hélène comme une évidence.

— Ah ! Okay ! répondit Jack qui leur emboîta le pas.

Hélène se laissa guider, portée par le bonheur d'avoir retrouvé son fils. Ils arrivèrent à un embranchement qui desservait plusieurs couloirs d'accès et il la mena jusqu'à un petit groupe de trois personnes qui se tenait un peu à l'écart.

Un homme d'une quarantaine d'années était assis sur le sol, encadré de part et d'autre par une grande blonde et un homme noir debouts, tous les deux en costume sombre et chemise blanche. Cette vision d'un type accompagné par ce qui ressemblait à deux gardes du corps déplut tout de suite à Hélène. *Qu'est-ce que Romain fait avec ces gens-là ?*

À leur approche, l'homme assis se releva avec difficulté. Il était petit et épais, avec une tête un peu trop grosse pour sa taille. Son visage rond, au front dégarni et aux cheveux blond-roux clairsemés, laissa une impression désagréable à Hélène.

Il remonta d'un geste habituel la longue mèche filasse qui tombait sur son large front, avant de s'arrêter devant elle, paré d'un sourire mielleux.

— *Madame, c'est un honneur de vous rencontrer enfin*, commença-t-il en français avant de poursuivre. Romain nous a tellement vanté vos mérites que nous étions impatients de vous connaître.

Hélène hésita à prendre la main tendue de cet inconnu dont la tête ne lui revenait pas.

— Et vous êtes ? interrogea froidement Hélène.

— Maman, je te présente…

— Professeur Mattis Magnusson ! le coupa Jack en s'avançant pour attraper la main tendue à Hélène.

Derrière le professeur, Hélène remarqua le mouvement des deux gardes du corps dans leur direction. Leur réaction défensive la rendit un peu plus méfiante à leur égard.

— Ne me dites pas que vous ne connaissez pas notre plus grand physicien ! s'étonna Jack qui secoua de ses deux mains celle du professeur. C'est un honneur pour moi de vous rencontrer. Je suis un fervent admirateur de vos travaux. Je suis moi-même professeur de physique. Pas comme vous, bien sûr !

— C'est très gentil, répondit poliment Mattis.

— Jamais entendu parler, lâcha sèchement Hélène. Et eux, c'est qui ? ajouta-t-elle, désignant d'un coup de menton les deux gardes du corps.

— Houston et Cooper ? Ils sont avec Mattis, précisa Romain.

Ils m'ont aidé à revenir jusqu'ici, tu sais. Je n'y serais pas arrivé sans leur protection. On n'aurait jamais pu se retrouver.

— Mattis ? s'étonna Hélène, lançant un regard réprobateur à son fils.

— Oui, enfin, le professeur Magnusson. Ils attendent depuis hier pour te rencontrer.

— *Romain ? Qu'est-ce que c'est que cette histoire ?* s'agaça Hélène.

— Chère madame, si vous me permettez, je vais m'efforcer de vous expliquer la situation. Dans ce chaos que nous subissons tous, le hasard a fait que nous avons fait la connaissance de votre fils qui nous a affirmé que vous pouviez nous aider. Et si j'en crois l'équipement que vous portez sur vous, il n'a rien exagéré.

— Qu'est-ce que vous voulez ? s'impatienta Hélène.

— Bien. Je sens que, comme moi, vous n'aimez pas qu'on vous fasse perdre votre temps, je vais donc aller droit au but.

Derrière ses phrases manifestement appliquées, Hélène décela dans l'attitude du professeur une certaine exaspération qu'il dissimulait avec difficulté.

— Nous avons besoin de regagner notre centre de recherches qui se trouve en dehors de la ville.

— Et pourquoi je devrais me sentir concernée ?

— *Maman* ! intervint Romain. Tu es la meilleure pour organiser des expéditions. Mattis peut tout remettre en place. Il faut absolument que tu les aides !

— Écoutez ! Je vous remercie beaucoup de m'avoir permis de retrouver mon fils, mais je ne vais certainement pas vous servir de guide.

— *Mais maman* !

— *Romain, ça suffit* ! coupa Hélène, haussant le ton. *Tu ne connais pas ces gens. Je ne sais pas ce que tu leur as raconté ou ce qu'ils t'ont mis dans le crâne, mais je ne peux rien faire pour eux.*

Hélène vit alors avancer les deux chiens de garde dans leur direction.

— Et puis, qu'est-ce qui me dit que ce n'est pas vous le responsable de tout ce bordel finalement, Monsieur le Grand Scientifique ?

— *Oh ! Maman, tu ne vas pas commencer avec ça !* s'indigna Romain.

— Calmez-vous, tempéra Mattis, devenu nerveux. Je peux

vous affirmer que je n'ai pas provoqué cette catastrophe. La meilleure preuve, c'est que je suis ici, avec vous. Une victime parmi tant d'autres. En revanche, avec votre aide pour regagner le Centre, nous pouvons tenter de comprendre ce qui s'y est passé.

— Foutaises ! Et puis, qu'est-ce que c'est que ce Centre d'abord ?

Hélène sentit la poigne ferme de la grande blonde se refermer sur son avant-bras. Elle croisa son regard froid et comprit tout de suite qu'elle était la responsable du groupe.

— Madame, je vais vous demander de baisser d'un ton.

Hélène se dégagea d'un coup, son autre main déjà prête à dégainer son piolet.

— Je ne vais rien baisser du tout, rétorqua Hélène, un peu plus énervée.

« Mais je vous reconnais ! » dit une voix sur leur droite.

Un homme en jogging crasseux se tenait debout au milieu des regards de la foule qui convergeaient, attirés par l'agitation qu'avait provoquée Hélène.

— C'est vous le scientifique qu'on voit à la télé.

À ces mots, les gardes du corps se rapprochèrent du professeur, tandis qu'une seconde personne se leva et confirma qu'elle se souvenait elle aussi du physicien. D'abord assailli de questions sur les raisons de ce cataclysme, Mattis fut rapidement pris à partie par une foule qui se dressa et finit par rapidement le désigner comme responsable de l'apocalypse. Dans le dos de ses protecteurs, Mattis avait peur. Au début, Hélène se sentit solidaire de la contestation qu'elle considérait comme légitime, mais la situation s'envenima et tout alla alors très vite. Les invectives se firent plus virulentes, les regards devinrent agressifs, les mots haineux. Les gens s'avancèrent, se regroupèrent, se resserrèrent. Un premier projectile atteignit le front de Romain qui attrapa sa tête de douleur. Protégeant son fils en sang, Hélène eut beau crier qu'ils n'avaient rien à voir avec le scientifique, elle comprit que la foule aveugle ne faisait plus aucune distinction. Jack s'interposa courageusement à son tour, évitant une bouteille qui explosa sur le mur derrière eux. De la masse compacte, les objets se mirent à pleuvoir et Hélène avait maintenant la certitude qu'ils allaient se faire lyncher, tous autant qu'ils étaient.

Alors que l'espace se restreignait un peu plus autour d'eux, un coup de feu retentit dans le hall et imposa son silence pesant à une foule recroquevillée comme un seul homme. Hélène découvrit un troisième garde du corps, un révolver au bout de son bras tendu vers le plafond. Sortant de l'amas figé d'une stupeur éphémère, l'homme athlétique vint s'ajouter au rempart humain qui s'interposait devant Mattis.

— Vous étiez où bordel ! l'invectiva sa chef.

Hélène profita de cet instant de flottement pour tenter d'éloigner Romain de la foule.

— Venez ! dit-elle discrètement à l'adresse de Jack.

La blonde repéra aussitôt la manœuvre d'Hélène et ordonna à Mattis de la suivre, tout en tenant en joue la multitude qui se refermait déjà derrière eux. Hélène savait qu'elle ne pourrait pas se débarrasser facilement du professeur et de ses sbires, et qu'ils allaient entraîner à leur trousse un flot de haine meurtrière, mais elle décida pour le moment de se concentrer sur le seul objectif qui leur permettrait de mettre de la distance entre eux et cette foule sauvage : redescendre le plus vite possible vers la surface.

12.

JOUR 1

Altitude : – 15 m
Température : 13 °C
Gravité : g= – 3,56 N/kg

Shino avait froid et se pressa pour tourner dans le couloir qui menait à son laboratoire. Malgré les protestations de Mark derrière elle, elle voulait annoncer le plus vite possible au professeur Pettit qu'elle connaissait la cause de la catastrophe, et qu'Alpha n'était en rien responsable.

Depuis qu'elle avait assisté, impuissante, à l'effondrement de la coupole, emportant avec elle Philip et les scientifiques de l'équipe Oméga, Mark n'avait cessé de se plaindre. Il affirmait qu'il n'y avait plus rien que l'on puisse faire sans Mattis et le dernier module de gravitons perdu. *Mais, il n'a pas idée de ce que le professeur Pettit est capable de réaliser,* pensa Shino. *Avec les moyens incroyables du laboratoire Oméga, il trouvera certainement une solution pour inverser la réaction en chaîne que Mattis et son équipe ont provoquée.*

— Pourquoi étiez-vous si peu nombreux à tenter de dégager le module ? interrogea Shino.

— La plupart ont évacué juste après l'accident. Ils ont paniqué. Tu sais, je crois vraiment que ce n'est pas prudent de rester à ce niveau. On devrait aller se réfugier dans les sous-sols du Centre.

— Je ne vois pas l'intérêt d'aller se réfugier si on ne parvient pas à inverser la situation. On ne pourra pas survivre bien longtemps dans ces conditions : sous-sol ou pas.

Lorsque Shino tourna dans le dernier couloir, un vent glacé vint cingler ses jambes. Elle repensa au moment où elle était suspendue au-dessus du vide, après l'effondrement. Une boule d'angoisse monta en elle. Elle avançait désormais prudemment, le temps que sa vision s'adapte à l'obscurité qui avait envahi l'extrémité du couloir. Shino eut du mal à distinguer un décor qu'elle ne reconnaissait plus. Accompagnée dans sa lente progression par des bruits de craquement, elle aperçut des murs arrachés quelques mètres plus loin.

— Ce n'est pas possible !

— Shino ! N'avance plus ! Tout risque de s'effondrer !

Derrière elle, Mark était resté en retrait. Sous le choc, elle découvrit qu'un gouffre encombré de câbles et de béton avait remplacé le laboratoire Alpha, encore là à peine une heure plus tôt. Baignée de la faible lumière émanant de l'extérieur, la béance paraissait s'agrandir à mesure qu'elle approchait du vide. Mark ne cessait de l'appeler, mais Shino avança jusqu'à l'extrême rebord.

Devant elle, toute une partie du Centre s'était effondrée. Par la brèche sinistre qui s'ouvrait sur la nuit, la mer de nuages diffusait sa pâle lueur. En bas, de fréquents éclairs traversaient la lointaine surface cotonneuse, illuminant l'espace, jusqu'au visage de Shino.

Prise d'une profonde détresse, elle pensa à Pettit et à ses collègues disparus sans connaître la vérité. Au bord du précipice, elle parcourut du regard ce qui subsistait du laboratoire ; quelques appareils se balançaient dans les rafales, au bout de leur cordon d'alimentation ; le grand tableau noir où s'étalaient encore quelques formules mathématiques écrites à la craie par Pettit ; l'écran allumé d'un ordinateur portable coincé dans sa chute ; une foule d'objets familiers défilaient devant sa vue brouillée de larmes, et constituaient tout ce qui restait de ses cinq années à travailler ici. Au plafond, sur le carrelage intact, la table métallique était encore là, comme accrochée à l'envers sur ses quatre pieds. Sur sa surface brillante, la cloche de verre et la capsule avaient disparu. Seule subsistait, ultime vestige de leur expérimentation, la balle de tennis autour de laquelle ils s'étaient tous un moment émerveillés, dans l'ignorance totale de ce qui allait arriver. En fixant la petite sphère jaune suspendue au-dessus du vide, elle se souvenait de l'importance qu'elle avait donnée à son insignifiante maladresse, lorsqu'elle avait renversé son champagne. Tout ça lui semblait si futile à présent.

Sans plus sentir le froid, Shino resta là, ne prêtant plus attention aux nombreuses mises en garde de Mark derrière elle. Accablée d'une infinie tristesse, elle laissa voguer son esprit, tentant de se raccrocher à une pensée qui pourrait la libérer d'un sentiment de complète impuissance. En songeant à sa découverte des infrastructures démesurées du secteur Oméga, Shino s'interrogea sur ce que Magnusson avait bien pu leur cacher d'autre toutes ces années. Depuis qu'il avait quitté Pettit pour créer Oméga, c'était son laboratoire qui leur fournissait les gravitons pour leurs expérimentations, dans ces capsules que Shino percevait à présent comme minuscules. En comparaison, l'invraisemblable quantité contenue dans les modules énormes d'Oméga prouvait que Magnusson leur avait menti lorsqu'il disait qu'il était incapable d'en produire plus.

À travers ses doutes et ses questionnements, Shino sortit peu à peu de son abattement. Elle en vint progressivement à soupçonner Magnusson d'avoir prévu d'autres modules, comme une sorte de réserve. *Mais, comment pourrait-il créer autant de gravitons sans une unité de production colossale ?*

Shino empoigna cette dernière possibilité pour se convaincre qu'il était encore trop tôt pour baisser définitivement les bras. Gonflée d'une nouvelle détermination, elle recula lentement vers l'intérieur du couloir avant de se retourner, abandonnant le néant derrière elle.

— Sais-tu si vous avez d'autres modules de gravitons en réserve ? interrogea Shino, dès qu'elle rejoignit Mark.

— Quoi ? Mais, non ! Pourquoi tu me demandes ça ? Tu sais, j'ai cru que tu allais tomber là-bas.

— Tu m'as bien dit que les gravitons avaient disparu dans le sol ? poursuivit-elle.

— Oui, il y a eu une panne du champ magnétique de confinement. C'était impossible à prévoir, je t'assure, se justifia Mark.

— Ce n'est pas le problème. Si le fait qu'ils soient passés dans la surface terrestre a provoqué une réaction en chaîne, il est vraisemblable qu'en reproduisant l'opération, on inverse à nouveau cette sorte de « polarité gravitationnelle ».

— Quoi, comme sur un aimant ?

— Absolument ! Enfin, c'est une théorie. C'est pour ça que nous avons besoin d'un autre module.

— Le problème, c'est que nous n'avons pas de réserve ! Le seul qui restait… tu l'as vu tomber comme moi.

— Bon ! Mais, est-ce qu'au moins tu sais où vous produisez les gravitons ?

— Évidemment ! répondit fièrement Mark. C'est moi le responsable de l'unité de production.

— Parfait ! Tu penses qu'elle peut être toujours opérationnelle ?

Shino sentit tout de suite Mark sur la défensive.

— C'est que... je n'ai pas réellement le droit d'en parler avec toi. L'unité de production est secret-défense.

— Au diable le secret-défense, s'agaça-t-elle. Nous ne sommes plus que tous les deux ici. Qui va venir nous arrêter ? Mark, il n'y a que nous qui puissions encore tenter quelque chose, et tu sens bien comme moi que la gravité nous repousse de plus en plus depuis hier. On n'a aucune idée de la manière dont ça va évoluer. Nous devons agir le plus vite possible !

— Mais, ce n'est pas si simple. Le secteur de production est à une centaine de mètres... dans le sol.

— C'est bien toi qui voulais que nous allions nous réfugier dans les sous-sols du Centre non ? Et bien, c'est l'occasion !

— Sans les ascenseurs, ça va être compliqué.

— On trouvera bien une solution ! Allons-y ! Je te suis !

13.

JOUR 0

Altitude : 523 km
Température : – 166 C°
Gravité : g = 4,75 N/kg

Maryam attendait avec impatience le retour de la climatologue, partie chercher les derniers relevés connus de la densité des couches atmosphériques. Dans un silence gênant qui s'éternisait, le module Destiny lui paraissait immense et le vide alentour accentuait encore son embarras d'être abandonnée seule en tête à tête avec le commandant Scott.

À l'autre bout du laboratoire américain, Tracy flottait devant la radio et répétait inlassablement la litanie de ses appels sans réponse en direction de toutes les stations au sol.

Maryam voyait bien que Scott était aussi mal à l'aise qu'elle, accroché à la même main-courante fixée à la paroi. Elle se sentait comme bloquée dans un ascenseur qui n'atteindrait jamais son étage. *Il ne manque plus que la petite musique de supermarché,* ironisa-t-elle intérieurement. Mais le plus insupportable pour elle était cette paralysie cérébrale que lui provoquait la seule présence de Scott, et qui l'empêchait de réfléchir normalement pour se sortir de cette situation. Elle aimerait trouver une excuse, dire qu'elle devait aller prendre ses affaires dans le Dragon, qu'elle aimerait changer cette tenue rose ridicule que SpaceX leur avait imposé de porter, qu'elle avait un besoin urgent, n'importe quoi. Mais non. Elle n'osait rien dire tant elle avait peur d'être maladroite. Ça ne lui ressemblait pas et elle détestait être dans cet état. Cette sensation la replongeait des années en arrière, lorsqu'elle était encore une petite fille timide dans son école de Bombay. Ce jour-là, ses camarades l'avaient enfermée dans une classe avec celui dont ils savaient tous qu'elle était amoureuse. Elle n'avait pas pu sortir plus de deux mots face au jeune garçon dont elle ne se souvenait même plus du prénom. Il avait dû alors la prendre pour une idiote, comme devait le faire actuellement le commandant ; en plus de la trouver hostile. Il faut dire qu'elle y était allée un peu fort en le remettant à sa place juste après son arrivée sur la station ; devant son équipage qui plus est. Elle aurait dû mieux se contrôler.

Maryam observa discrètement le visage anguleux du commandant, aux faux airs de Clint Eastwood ; Scott semblait vraiment furieux contre elle. Cela rendait encore plus surprenant le fait qu'il soit revenu lui demander de travailler sur un modèle d'aérocapture de l'ISS. Pour être capable de lui témoigner ainsi sa confiance après leur mauvais départ, Scott devait être beaucoup moins primitif qu'il en avait l'air. Il imposait à tous un respect évident qui ne collait pas à l'image de militaire intolérant, misogyne et obtus qu'il se donnait. Ce type était une vraie énigme pour elle.

N'y tenant plus, elle décida de se lancer. Comme elle le craignait, le commandant entama sa phrase en même temps qu'elle, la percutant verbalement. Elle l'invita à commencer, mais il insista pour que ce soit elle. *Cette situation est ridicule.*

— Non, je... je voulais m'excuser pour tout à l'heure. Je cherche juste à aider, vous savez. Ça ne doit pas être facile pour vous.

Maryam sentit tout de suite qu'elle n'était pas aussi précise que d'habitude dans sa façon de s'exprimer. Elle n'aurait jamais dû dire ça comme ça. C'est trop ambigu. *Oublie la petite fille, bon sang* !

— Qu'est-ce qui n'est pas facile pour moi ? répondit Scott, piqué au vif.

Et voilà !

— Non, mais... eh bien !... décider. Enfin, ce genre de décision. Quand on n'a jamais été confronté à pareille situation.

Mais ce n'est pas possible, je le fais exprès ou quoi ?

— Je n'ai aucun problème pour prendre mes décisions, ajouta-t-il sèchement.

— Non, bien évidemment ! Ce n'est pas ce que je voulais dire. Vous n'avez pas de problème. Enfin, de prise de décision.

Oh non !

— Et qu'elles sont mes autres problèmes selon vous ?

— Comment ? Mais, vous n'avez pas d'autre problème.

— Exactement.

— C'est ce que je dis.

— Bien.

— Bien.

Dans l'encadrement du sas qui les séparait du module voisin, Scarlett apparut, à reculons, sa caméra à la main. Liang, suivait son objectif en direction d'une occupation imaginaire. La réalisatrice se contorsionnait pour obtenir une prise de vue sophistiquée grâce à l'impesanteur qui régnait dans la station.

Maryam aperçut Scott fixer la scène avec le regard d'un prédateur sur une proie méprisable. Cette fois, elle ne pouvait pas lui donner tort. Scarlett était en train de transformer leur venue sur l'ISS en mascarade. Maryam avait souhaité faire ce voyage dans l'espace pour assouvir sa passion, et communiquer dans le même temps une image de jeunesse et de modernité à sa multinationale ; elle n'avait pas prévu d'aller jusqu'à faire le clown pour satisfaire les ambitions d'une petite réalisatrice de télévision. Elle refusait d'être assimilée à ça.

Alors que Scarlett et Liang poursuivaient leur vol vers le module Kibo, parfaitement indifférents à la situation, la climatologue apparut à leur suite, une tablette porte-documents à la main. Maryam se sentit aussitôt soulagée que cesse ce tête-à-tête gênant.

— Vous avez ce qu'il vous faut ? interrogea Scott.

— Idéalement, je devrais faire les calculs de masse volumique de l'air en partant de la pression atmosphérique standard ISA — et en tenant compte des formules de nivellement barométrique — pour obtenir une modélisation correcte. Mais nous manquons de données et de temps pour ça.

— Ça nous fournit quoi comme base de travail ? demanda le commandant.

— Pour faire vite et simple, une bonne approximation, vu le contexte actuel, serait que la diminution de la pression et de la masse volumique de l'air s'opère de moitié tous les cinq milles mètres.

— Et vous avez un résultat pour la tranche d'altitude qui nous concerne ? questionna Maryam.

Nicole consulta son porte-document.

— On peut estimer qu'une densité volumique de l'air entre cent et quatre cents kilomètres d'altitude varierait dans une fourchette comprise entre moins huit et moins onze kilogrammes par mètre cube. Mais étant donnée la quantité de paramètres susceptibles d'influencer cette projection, on ne peut pas affirmer qu'on ne va pas un peu jouer aux dés quant au résultat. Il y a forcément une part d'aléatoire. Une modélisation de l'atmosphère ne peut être parfaite.

— Je ne suis pas très joueur quand il s'agit de sauver notre peau, rétorqua Scott. Pouvez-vous me dire clairement si une telle densité nous permettrait d'envisager une aérocapture de l'ISS ou pas ?

— Ce sera plutôt à Madame Rahmani de répondre à cette question. Ça sort totalement de mon champ de compétence, lança Nicole.

Scott se tourna vers Maryam.

— Madame Rahmani ?

— La difficulté reste l'inconnue concernant la gravité. Ce genre de calcul se fait à partir d'un modèle mathématique dans lequel l'accélération de la pesanteur est supposée constante. Si on accepte qu'elle soit variable, comme le suggère le professeur Nakano, il faut nous baser sur la projection d'un taux d'accélération à venir pour déterminer à quelle altitude nous devons placer l'ISS, ainsi que sa vitesse.

— Dans tous les cas, nous ne pourrons pas dépasser la ligne de Kármán, précisa Scott. La station n'y résisterait pas.

Le commandant attrapa le combiné de l'ATU sur la paroi, puis sélectionna le canal cinq.

— Kim ? vous en êtes où concernant la gravité ? interrogea Scott.

Après quelques secondes, la voix du professeur se fit entendre depuis le haut-parleur de la console.

« Commandant, malheureusement, mes relevés confirment une décélération de la pesanteur. La gravité est actuellement à quatre virgule soixante-quinze Newton par kilo. J'ai établi une courbe d'évolution depuis le début du phénomène. Si mes chiffres sont exacts, et qu'ils continuent de décroître selon cette même courbe, nous atteindrons très rapidement une apesanteur autour de la Terre. »

— Merci Kim, dit Scott qui enchaîna aussitôt. Serguï ? Où en est notre altitude ?

« D'après les données télémétriques, nous nous sommes encore éloignés d'une centaine de kilomètres », répondit Serguï.

— Et avec le Lira, ça donne quoi côté russe ?

Maryam observa Scott tenter de garder son sang-froid malgré la succession de mauvaises nouvelles. Elle se dit qu'elle n'aimerait pas être à sa place.

« Toujours rien Commandant », précisa la voix de Fiodor. « Aucun contact avec Roscosmos. »

— Bon sang ! pesta Scott entre ses dents serrées à faire exploser sa mâchoire.

Il se tourna alors vers Tracy à l'autre bout du module et l'appela par l'intercom pour qu'elle l'entende à travers son casque.

— Tracy ? Des nouvelles d'une quelconque station ?

« Aucune, Commandant », répondit sa voix dans l'enceinte murale. « J'ai vérifié les transpondeurs et je n'ai trouvé aucune panne pour le moment. Les deux satellites de communication sont certainement désynchronisés. Je passe par le Ham depuis tout à l'heure. »

— Capitaine Gordon ? Quelque chose de votre côté ?

« Désolé Commandant ! Silence radio pour SpaceX également. »

Scott fixa sans le voir l'espace devant lui. Maryam comprenait tout le dilemme qui l'accablait dans cette prise de décision impossible. Attendre un hypothétique changement de situation qui viendrait tout seul, comme par miracle, ou tenter une plongée dans l'inconnu en n'ayant aucune idée des conséquences ; elle n'arrivait pas à se figurer le courage nécessaire pour faire un tel choix.

— Madame Rahmani, avec le concours des ressources que nous avons à bord, êtes-vous réellement capable de calculer un modèle de descente pour l'ISS ? demanda soudain Scott.

La question lui fit remonter une bouffée d'angoisse. Son désir d'écraser le machisme de Scott sous le poids de ses compétences et de son argent lors de leur première confrontation lui revint comme un boomerang. Elle comprit qu'il comptait désormais sur elle pour la suite, et la pression de cette responsabilité la paralysait. Dans cette tempête d'inconnues et de contradictions, c'était à elle de faire un choix qui impliquait tout le monde ; elle trouvait cette situation injuste.

— Il ne faut pas que cela vous pose de problème, précisa Scott. Étant donné le contexte, personne ne vous en voudra de ne pas y arriver, de vous tromper, ou encore de renoncer. Et pour ce qui est de la responsabilité ; ce sera la mienne, quoiqu'il se passe : pas la vôtre.

Maryam fixa Scott. Elle ne voyait tout à coup plus tout à fait le même homme. Son regard semblait moins dur, et elle se rendit compte qu'il lisait en elle à livre ouvert. À moins que ce ne soit un hasard, mais elle ne le pensait pas. *C'est ainsi qu'il gagne le respect,* se dit-elle. *Il comprend les gens et les aide à offrir le meilleur d'eux-mêmes.*

Tout l'équipage attendait maintenant sa réponse dans un silence pesant. Elle savait qu'elle ne pouvait se permettre d'hésiter, de semer le doute.

— Avec la projection du professeur Nakano, le modèle atmosphérique et les données physiques de la station, je peux vous faire ce calcul, affirma Maryam dans une confiance affichée.

— Bien, conclut Scott. Madame Rahmani…

— Maryam. S'il vous plaît ! demanda-t-elle, comme une volonté de faire la paix.

— Maryam. Nicole va vous montrer où se trouve la partie russe. Serguï vous fournira toutes les informations techniques dont vous pourrez avoir besoin.

— C'est très gentil de votre part, mais je connais le plan de la station par cœur. Zvezda et Zaria sont tout au bout, après le nœud d'amarrage Unity. Vous voyez ! J'ai bien appris ma leçon. Je pense que le professeur Blanchard sera plus utile à peaufiner son modèle atmosphérique qu'à jouer les guides touristiques.

— Très bien, comme vous voudrez, répondit Scott.

Alors qu'elle volait à travers la longue succession de modules qui la menait au secteur le plus ancien de l'ISS, Maryam regarda défiler le matériel de plus en plus vétuste qui ornait les parois. Par l'intercom, elle entendit la voix de Scott lancer un dernier message à l'ensemble de l'équipage. Il demandait à chacun de poursuivre les appels radio jusqu'à ce que le calcul de Maryam soit prêt, coupant court aux doutes de Tracy sur l'intervention d'une touriste dans leurs affaires. Une fois le modèle finalisé, s'ils s'éloignaient toujours de la Terre, et sans autre nouvelle des stations au sol : ils entameraient leur descente.

14.

JOUR 1

Altitude : – 7 m
Température : 9,2 °C
Gravité : g= – 4,58 N/kg

Romain saigne toujours, mais c'est superficiel, pensa Hélène. Avec l'aide de Jack, elle le guidait, parcourant rapidement le dédale de couloirs entre les stations *Broadway-Lafayette* et *Bleecker St*, pour atteindre le plus vite possible les étages inférieurs, vers la surface, seul endroit où la foule déchaînée lancée à leur poursuite n'oserait certainement pas les suivre.

Hélène constata qu'elle avait réussi à mettre un peu de distance entre eux et le petit gros qui ralentissait son groupe de porte-flingues. *Pourvu qu'on les sème ceux-là aussi !* Les fréquentations de Romain avaient souvent été un peu douteuses, mais là, il avait battu tous les records. Ce Mattis lui faisait l'effet d'un type dangereux sous ses airs faussement gentils. En plus, il lui mentait ; elle en était certaine.

Ils continuaient à courir tous les trois dans un long couloir, évitant les nombreux câbles, panneaux et éclairages qui jonchaient le sol. Ils s'engagèrent dans un nouveau passage plus étroit ; tournèrent encore une fois ; sautèrent vers l'étage inférieur qui donnait sur un dernier corridor.

Tout au bout, une rangée de tourniquets s'alignait au plafond et leur barrait en partie l'accès. Ils se glissèrent sous les portillons tandis que la rumeur de la foule se rapprochait derrière eux. La peur de redescendre à la surface n'avait manifestement pas eu l'effet dissuasif escompté.

À l'autre bout du corridor, Hélène vit atterrir à leur étage le professeur et les trois gardes du corps. Elle savait maintenant qu'elle ne pourrait plus se débarrasser d'eux avant d'arriver à son refuge.

Tournant dans un dernier couloir sombre, Hélène devança Jack et Romain pour préparer leur descente dans l'urgence de leur fuite. Elle enleva son sac à dos et s'agenouilla rapidement dans l'eau qui ruisselait au sol, en direction de l'unique sortie vers l'extérieur. Elle vérifia d'un coup d'œil que les pitons et la corde qu'elle avait mis en place il y a vingt-quatre heures étaient toujours fixés au mur. Sous l'escalier suspendu au plafond, le filin rouge courait le long de la pente lisse sur quelques mètres, puis disparaissait plus bas dans les ténèbres. Des rafales froides s'engouffraient depuis la bouche de métro en sifflant, transportant avec elles cette désagréable odeur de plastique brûlé. Hélène sortit de son sac trois baudriers.

— Vous enfilez ça tous les deux le plus vite possible ! ordonna Hélène. On va évacuer par là.

— Il y a quoi là-dessous ? s'inquiéta Jack.

— Votre magasin favori ! rétorqua sèchement Hélène. Ne perdons pas de temps !

Tandis qu'ils s'exécutaient, elle expliqua avoir installé cette corde pour remonter les clients restés bloqués chez *REI Cooper* après l'inversion. Elle l'avait laissée en place pour revenir plus facilement se ravitailler, s'équiper et se reposer, loin des dangers des sous-sols de New York. Elle n'avait pas prévu que ça devienne un ultime refuge.

— On va s'en servir comme tyrolienne, ajouta Hélène. *Ça va aller mon chéri ?*

Elle examina le front ensanglanté de Romain.

— *Ça va ! J'ai déjà moins mal.*

— *On soignera ça une fois en bas. Il y a tout ce qu'il faut.*

— *Où sont Mattis et les autres ?* demanda Romain.

— *Juste derrière. Ne t'inquiète pas, ils ne vont pas nous lâcher comme ça !* Jack ! vous allez descendre en premier pour réceptionner tout le monde. Moi, je reste pour les préparer et vous les envoyer.

Hélène comprit à la crainte de son fils qu'elle ne pourrait pas abandonner Mattis et ses gardes du corps ici. Romain ne lui pardonnerait pas. Il allait falloir qu'elle les évacue, eux aussi.

Jack s'assit sans hésitation en haut de la pente en forme de toboggan qui plongeait vers le vide. Il accrocha le mousqueton de son harnais à la corde. Hélène vit une nouvelle fois, à ses gestes techniques, qu'il pourrait faire un second de cordée tout à fait honorable, mieux que certains touristes mal préparés qu'elle avait dû trop souvent traîner comme des boulets jusqu'au sommet.

Elle termina d'amarrer un « Grigri » à son baudrier au moment où la grande blonde arriva à sa hauteur, accompagnée d'un Mattis très essoufflé.

— Mais, on est dans un cul-de-sac ! Pourquoi vous nous avez amenés ici ?

— Je ne vous ai amenés nulle part ! Vous m'avez suivie ! rétorqua Hélène. Vous êtes prêt Jack ?

— Prêt !

— Alors on y va !

Jack glissa dans la pente, retenu par la corde de rappel qu'Hélène assurait avec son bloqueur. Arrivé au bout, il resta assis devant les ténèbres un court instant, puis sauta avant de disparaître dans la nuit. Le filin rouge se tendit. Hélène laissa filer un peu plus le lien entre ses doigts pour accélérer sa descente.

— Ça va où là ? demanda Houston, une lueur d'effroi dans le regard.

— Vous verrez bien ! À moins que vous ne préfériez que je vous abandonne en tête à tête avec vos nouveaux copains ?

Dans un défi mutuel, les deux femmes se toisèrent.

— Bon, que devons-nous faire ? lâcha Houston.

— Vous pouvez les retenir combien de temps ?

— Difficile à dire, ils sont complètement déchaînés. Cooper et Bridges les ralentissent au niveau des tourniquets pour le moment.

— Contenez-les le plus longtemps possible. Je dois pouvoir faire descendre Romain et le professeur avant vous.

Hélène remarqua que Houston hésitait. Elle devait certainement être en train de penser que son professeur était plus important que Romain, qu'il fallait le mettre en sécurité le premier. Aussi, lorsqu'elle la vit repartir pour prêter main-forte à ses hommes, elle en conclut qu'elle n'avait pas osé aller sur ce terrain ; *elle a bien fait !* pensa-t-elle.

La corde mollit d'un coup. Jack était arrivé. Hélène remonta hâtivement le baudrier vide jusqu'à elle, le décrocha, et desserra ses sangles afin que Mattis ait une chance d'entrer dedans.

— Je suppose que vous n'avez jamais fait d'escalade ?

— C'est si évident que ça ? ironisa Mattis qui reprenait péniblement son souffle.

— Tenez, vous commencez à le mettre ; une jambe dans chaque trou et ça autour de la taille. Pour le reste, je vais vous guider. *Romain, on y va mon chéri !*

Depuis qu'il était enfant, Romain faisait de l'escalade avec elle, aussi, elle ne s'étonna pas de le voir sauter dans le vide sans hésiter, malgré sa blessure, dans une confiance totale.

Après avoir ajusté la sangle autour de la taille épaisse de Mattis, Hélène lui demanda de s'asseoir en attendant qu'elle remonte l'assurage. Malgré la crainte qu'elle pouvait lire dans son regard, il se mettait en place, exécutant minutieusement tout ce qu'elle lui disait. *Au moins, celui-là est docile,* pensa Hélène.

Soudain, deux nouveaux coups de feu la firent sursauter. Elle avait horreur des armes. La grande blonde apparut à reculons au bout du couloir, son révolver pointé devant elle.

— Il faut vous dépêcher, ça dégénère ! cria-t-elle à Hélène.

— *Et merde* ! Bon, Professeur, vous ne touchez surtout pas la corde qui retient le mousqueton, d'accord ? Vous gardez vos deux mains sur les sangles, quoi qu'il arrive, sinon, plus de doigts.

Mattis acquiesça en silence, fixant avec angoisse le vide devant lui.

Une fois l'équipement de Romain remonté, Hélène amarra le professeur et s'apprêta à le lancer à son tour.

— Comment s'appelle votre garde du corps là-bas ? demanda Hélène, désignant la grande blonde d'un signe de tête.

— Pourquoi, elle vous plaît ? lança Mattis.

Hélène resta interdite devant ce personnage qui lui infligeait son humour de mauvais goût dans un moment pareil.

— Vous êtes sérieux là ?

— Désolé ! Elle s'appelle Houston. Rebecca Houston.

Sans ménagement, elle poussa alors Mattis comme pour se débarrasser de lui. Il descendit les yeux fermés et le visage crispé, comme s'il s'attendait à recevoir une gifle. Hélène prit un malin plaisir à le laisser tomber presque en chute libre ; *ça lui servira de leçon.*

— Houston ! C'est votre tour, appela Hélène.

Houston et ses hommes faisaient face à une foule qu'Hélène ne voyait pas encore, mais dont elle pouvait entendre les cris de haine parvenir jusqu'à elle. Ce fut finalement son collègue noir qui avança vers elle en courant. Hélène n'avait pas l'habitude qu'on discute ses ordres sur ses expéditions ; cette Houston commençait à vraiment lui porter sur le système.

— C'est quoi votre nom ? interrogea Hélène lorsqu'il arriva à sa hauteur.

— Cooper !

— Bien, Cooper vous enfilez ça. Vous savez faire ?

— Pas de problème.

Il s'équipa promptement et glissa vers le vide sans un mot, laissant penser à Hélène qu'il devait être du genre à faire des entraînements commando.

— Houston ! Vous venez ! Maintenant ! cria Hélène.

Au bout du couloir, les projectiles pleuvaient sur Houston et Bridges qui tirèrent une nouvelle fois vers le plafond. Mais la menace de l'arme ne semblait plus faire le même effet sur la foule. Dans le grondement inquiétant qui ne cessait plus, Hélène vit Houston invectiver son collègue, sans qu'elle parvienne à entendre ce qu'ils se disaient. *Ce n'est vraiment pas le moment de discuter.*

Houston finit par se replier, laissant seul son homme face à la masse qui tournait maintenant dans le couloir.

— Bridges veut rester pour couvrir nos arrières. Alors pas la peine de l'attendre ! Vous descendez derrière moi ; on a absolument besoin de vous. Lui préfère jouer les héros, ça le regarde ! Il a dit qu'il se débrouillerait.

Rapidement équipée de son baudrier, Houston s'assit et avança avec prudence sur les fesses, jusqu'au bord de la pente. Hélène reconnut tout de suite sur son visage la frayeur irraisonnée des personnes qui souffrent de vertige. Dans un réflexe tout professionnel, elle décida de prendre son temps pour chercher à la rassurer, consciente qu'elle n'obtiendrait rien tant qu'elle serait figée de terreur. Pour contourner son blocage, elle lui demanda de se positionner dos à la sortie, sans la quitter des yeux. Elle la fit alors descendre lentement, sans cesser de lui parler calmement : Jack allait la réceptionner en bas ; tout allait bien se passer ; elle n'avait rien à craindre. Derrière, une nouvelle détonation poussa Hélène à accélérer un peu le mouvement. Enfin, Houston bascula dans le vide en émettant un petit cri qu'Hélène entendit à peine, masqué par les sommations toujours plus menaçantes de Bridges à la foule. Le temps lui parut interminable avant que le rappel se détende. Le dernier coup de feu imposa soudain un silence angoissant. Hélène se retourna. Un homme gisait au sol, devant le garde du corps qui reculait en visant successivement ses poursuivants immobiles. Alors qu'ils recommençaient à avancer, le cliquetis sec et métallique du percuteur de l'arme sans munition résonna lugubrement dans le couloir. Libérée de toute menace, la foule déchaînée se rua à la poursuite du garde du corps.

— Allez-y ! Tout de suite ! cria Bridges qui fuyait vers elle.

Hélène paniqua à la vue de la masse hurlante. Fébrile, elle s'y reprit à plusieurs fois pour enclencher son mousqueton sur le rappel. Elle attrapa son sac au passage et partit en courant dans la pente, n'hésitant pas à sauter dans le vide pour échapper à la haine qui la pourchassait, sans se soucier de freiner sa glissade le long de la tyrolienne.

Au milieu de sa descente quasi en chute libre, Hélène fut stoppée nette par la corde de rappel. Dans la force du choc, elle manqua de lâcher son sac à dos qu'elle retenait à bout de bras. Alors qu'elle surplombait la nuit, balancée par le vent glacé et le poids de Bridges qui dévalait à mains nues sous le filin, Hélène se retrouva bloquée entre la bouche de métro et la façade en briques rouges vers laquelle la guidait la tyrolienne. Autour, les feux projetaient leurs ombres et leurs lumières saccadées, sur les quelques façades en ruine encore cramponnées à la Terre. Des cascades d'eau sortaient du sol, un peu partout, pulvérisées par les rafales. Quelques mètres plus bas, sur la devanture de la boutique, les deux piolets croisés de son logo s'encadraient des lettres argentées de l'enseigne à l'envers : *REI CO-OP SINCE 1938*.

En se retournant vers la bouche de métro, Hélène constata avec effroi que deux hommes s'étaient lancés à la poursuite de Bridges sur la corde. Comme lui, ils descendaient à mains nues, sans paraître se soucier de risquer leurs vies, dans leur désir de violence irrépressible. Leurs visages de déments étaient rendus plus terrifiants encore par la lueur des flammes. *Sans la faible gravité, les pitons auraient lâché depuis longtemps,* réalisa Hélène.

Au moment où un troisième forcené se jeta à son tour sur la tyrolienne, Hélène attrapa le couteau qu'elle portait toujours à sa ceinture. Elle sectionna sans hésiter le rappel. Elle fut aussitôt emportée en chute libre le long du filin, traversant la grande vitrine brisée en forme d'ogive romane, pour finir par foncer vers le plafond du magasin. Jack et Cooper tentèrent de la freiner de leurs bras, et tous les trois roulèrent au sol, au milieu des articles du rayon textiles étalés en vrac.

Hélène se releva précipitamment et décrocha son mousqueton.

— Il faut aller aider votre gars ! lança Hélène à Houston. Ces tarés descendent sur lui !

Dans l'encadrement de la devanture, ils découvrirent Bridges qui se cramponnait pour ne pas tomber. Deux des hommes lui assenaient de violents coups de pied aux mains et au visage pour le faire lâcher, tandis que le troisième restait pendu à proximité de la bouche de métro.

— Mais, c'est pas vrai ! cria Houston, incrédule.

Dans le même réflexe que Cooper, elle sortit son arme et visa en direction de la cordée qui se balançait amplement dans la tempête. Aucun d'eux n'osa tirer tant les deux forcenés étaient proches de leur collègue.

Soudain, un des assaillants glissa et se rattrapa in extremis à Bridges. Il s'accrocha à ses vêtements, à ses bras, à son visage. Le garde du corps poussa une plainte de douleur, tentant de supporter leurs poids à bout de bras, pendant que le second poursuivant ne cessait de le frapper. N'y tenant plus, dans un geste désespéré, il agrippa d'une main le blouson de son agresseur et l'emporta avec lui dans sa chute.

Sous le regard incrédule d'Hélène, les trois hommes tombèrent à la vitesse étrangement lente qu'imposait la nouvelle gravité. Ils quittèrent progressivement la lumière orangée des flammes pour s'éteindre doucement dans la nuit, tournoyant sans fin vers la couche de nuages.

Elle aperçut alors le dernier poursuivant commencer à descendre vers eux le long de la corde, Hélène n'hésita pas une seconde ; elle attrapa son couteau et coupa le filin qui les reliait à la station de métro.

Dans un réflexe de vengeance, Cooper braqua son arme sur

l'homme qui se balançait dans le vide, aussitôt arrêté par le bras de Houston.

— Cooper non ! Ça ne servirait à rien.

Frustré, il baissa son révolver et le replaça sèchement dans son holster.

La menace enfin écartée, Hélène laissa sa colère l'envahir, réalisant à quel point la présence de Mattis les avait mis en péril. Elle savait qu'elle devait filer le plus loin possible de ce type qui inspirait tant de haine.

— *Allez viens Romain, on dégage ! C'est trop dangereux de rester avec eux !* lança Hélène en partant récupérer nerveusement son sac au milieu des vêtements étalés au sol.

— *Mais, maman !* protesta Romain qui suivit sa mère vers le centre de la pièce. *On ne peut pas faire ça !*

— *Tu ne discutes pas ! Il est hors de question qu'on revive un truc pareil ! Il faut quitter cette putain de ville avant qu'ils se transforment tous en zombies. Et, plus on sera loin de ces trois-là, plus on sera en sécurité !*

— *Mais, tu ne comprends pas ! Il n'y a que Mattis qui puisse remettre le monde à l'endroit.*

Devant cette espérance qui lui paraissait absurde, Hélène se dit que son fils était à bout, choqué de tout ce qu'il avait vu depuis vingt-quatre heures. Mais elle ne pouvait pas le laisser ainsi rêver à un miracle qui n'arriverait pas. Elle devait avant tout penser à leur survie.

— *Comment peux-tu imaginer une seconde qu'on puisse revenir en arrière ? C'est trop tard ! La planète se débarrasse de son parasite et il n'y a rien qu'on puisse faire contre ça.*

— *Oh, s'il te plaît ! Tu ne vas pas commencer avec ça !*

— *Parce que tu crois peut-être que ce type te dit la vérité ? Qu'il peut sauver le monde ? Mon pauvre garçon, comment peux-tu être aussi naïf ?*

— *Je suis peut-être naïf, mais moi au moins, je ne baisse pas les bras.*

— *C'est à moi que tu dis ça ?*

— *Justement ! Pourquoi c'est aujourd'hui que tu décides de laisser tomber ?* s'énerva Romain. *C'est quoi ton plan ? Aller nous cacher dans un coin et attendre que ça s'améliore tout seul. On a une chance, une toute petite chance d'aider pour tenter quelque chose, et toi tu veux te barrer ? Fuir, comme tu l'as fait avec papa ?*

Hélène encaissa ce reproche qui couvait depuis trop longtemps, source de leurs conflits permanents depuis des mois. Elle décida de garder son sang-froid.

— *Mais regarde autour de toi Romain. C'est fini ! Tu sais très bien que rien ne redeviendra plus jamais comme avant,* conclut tristement Hélène.

— *Et comment peux-tu être aussi certaine de ça ?*

— Si je peux me permettre, intervint timidement Mattis.

— Non, vous ne pouvez pas ! lui rétorqua sèchement Hélène, d'un ton définitif.

— *Écoutez* ! *Je sais ce qui a provoqué ce désastre* ! s'agaça Mattis.

Houston jeta un regard furieux au professeur.

— *Oui ! Je parle un petit peu du français aussi,* ajouta-t-il, doucereux.

— On vous écoute ! lança froidement Hélène.

— Tout d'abord, et pour éviter toute nouvelle polémique, comme je vous l'ai déjà dit, ce n'est pas moi qui ai causé cette catastrophe. Si vous me laissez un instant, je vais vous expliquer ce que je sais afin que vous compreniez bien la situation.

— Continuez.

— Professeur, intervint Houston, j'aimerais vous parler en privé.

— Ce ne sera pas nécessaire Houston, je vous assure, répondit Mattis.

Hélène repéra une certaine frustration chez Houston dans son refus d'obtempérer. Elle avait des doutes sur la position réelle qu'occupait cette femme vis-à-vis du professeur. Elle sentait que quelque chose ne collait pas avec cette histoire de garde du corps.

— Bien ! J'ai découvert, il y a quelques années, le dernier des quatre bosons de jauge dont la communauté scientifique pensait l'existence infiniment improbable, le boson responsable de l'interaction gravitationnel : le graviton.

— Déjà ! On ne comprend rien de ce que vous dites, se plaignit Hélène.

— Mais vous ne vous rendez pas compte de ce que ça veut dire ! s'enthousiasma Jack. On peut enfin relier l'interaction gravitationnelle au modèle standard. C'est une véritable révolution !

— Exactement ! ajouta Mattis, manifestement satisfait de la lueur d'admiration dans les yeux de Jack.

— Je ne vois pas en quoi ça va nous aider de savoir ça, minimisa Hélène. On n'est pas plus éclairé.

— Laissez-moi finir ! Après cette découverte qui bouleverse notre compréhension de la gravité, nous avons trouvé le moyen de produire des gravitons de spin impair en grande quantité. Avec suffisamment de gravitons, nous pensions, entre autres, révolutionner les transports. Nous stockons ces particules dans notre Centre de recherches, et nous n'avons pu joindre personne depuis la catastrophe. Nous ne savons donc pas ce qui s'est réellement passé, mais il y a certainement eu un problème avec les gravitons.

— Un problème ? Non, mais vous avez regardé un peu autour de vous ? Je n'appellerais pas ça un problème ! C'est ça l'ennui avec vous, les scientifiques. Vous testez des trucs sans savoir ce que ça va donner, mais vous le faites quand même. On voit le résultat !

— *Maman ! Tu n'aides pas là.*

— Écoutez, je comprends parfaitement votre position, enchaîna Mattis. Et si j'étais à votre place, je chercherais avant tout à protéger mon fils. Mais, si je ne regagne pas mon laboratoire, je ne peux pas savoir ce qui s'y est passé, et je ne peux donc rien faire pour arranger les choses. C'est là que Romain a raison ; si nous ne faisons rien, nous allons tous tomber à un moment ou à un autre. Vous avez dû comme moi remarquer que la gravité répulsive augmente d'heure en heure. Une fois l'inversion réalisée, qui sait ce qui nous attend ?

— Il est difficile d'imaginer que l'humanité finisse comme ça sans qu'on fasse rien, dit Jack.

— Dans ce contexte, il n'y a que quelqu'un comme vous, Hélène, qui puissiez nous aider à atteindre le Centre, ajouta Houston.

Hélène ne savait plus quoi penser. Si tout cela était vrai, à quoi bon s'accrocher ? Autant sauter tout de suite.

— *C'est toi qui m'as appris à ne jamais laisser tomber,* intervint Romain. *Tu as passé ta vie à escalader les voies les plus difficiles. Tu n'as qu'à voir ça comme un nouveau défi.*

Hélène haussa les épaules.

— *Parce que tu trouves que ça ressemble à la montagne ?* s'insurgea Hélène. *Là-haut c'est pur, c'est brut, c'est sauvage, tout le contraire de cette apocalypse créée de toutes pièces par l'homme.* Et il est où votre Centre d'abord ?

— C'est à l'ouest de New York, dans *Dekorte Park,* précisa Houston. À une dizaine de kilomètres. Vous comprenez pourquoi nous avons impérativement besoin de vous pour l'atteindre.

— Je ne savais pas qu'il y avait un laboratoire dans ce coin-là ? C'est une zone protégée, non ? interrogea Jack.

— C'est assez confidentiel, intervint Houston, un peu tendue. Ces recherches sont très convoitées.

— Oui, nous ne faisons pas de publicité, si vous voyez ce que je veux dire, ironisa Mattis.

— J'ignore où se trouve *Dekorte Park,* mais de toutes les manières, si ce n'est pas déjà le cas, votre Centre finira par tomber certainement bien avant qu'on puisse l'atteindre.

— C'est un laboratoire souterrain. Dieu merci ! précisa Mattis.

— Donc, si je résume, poursuivit Hélène. Vous avez un laboratoire dans un centre de recherches souterrain, à un endroit où il n'est pas censé y en avoir, et dont un prof de physique comme Jack ne connaît même pas l'existence ? Ça a tout l'air d'un laboratoire secret votre truc, ou je me trompe ?

— Est-ce vraiment si important ? interrogea Mattis.

— J'aime savoir à qui j'ai affaire lorsque je monte une expédition.

— Alors, tu es d'accord ? s'enthousiasma Romain. Tu vas les aider ?

Face à l'excitation de Romain et au sérieux de la demande de Mattis, Hélène commença à réfléchir à la faisabilité d'une telle expédition. Elle savait déjà que Jack pouvait l'épauler comme second de cordée, et qu'ils avaient tout le matériel dont on pouvait rêver dans la boutique. Romain aussi grimpait bien. Restait tout ce que Mattis et Houston cherchaient encore à dissimuler. Elle était certaine qu'ils en savaient beaucoup plus qu'ils ne voulaient bien le dire, mais elle décida de laisser cette question pour plus tard. *Tout connaître de leurs secrets scientifiques ne changera rien à la situation.*

— Que ce soit bien clair ! enchaîna Hélène avec autorité. Ce n'est pas pour vous que je fais ça. Et c'est moi qui pose les conditions de cette expédition !

— Il n'y a pas de problème, acquiesça Mattis. Nous vous faisons confiance.

— Alors premièrement : comme sur un bateau, il ne peut y avoir qu'un seul maître à bord après Dieu, et c'est moi.

Hélène toisa Houston pour bien se faire comprendre.

— Vous devez faire exactement ce que je vous dis, au moment où je le dis, sinon, je laisse tomber. Tout le monde est d'accord avec ça ?

— Ça va pour moi, dit sèchement Houston.

— Cooper ?

— Je suis habitué à suivre les ordres. Ça ne change rien pour moi.

— Professeur ?

— Je vous en prie, vraiment, appelez-moi Mattis. Vos conditions seront les miennes. Tout ce qui m'importe, c'est d'avoir une chance de réparer cette erreur terrifiante.

— Va pour Mattis ! Et puisque nous n'avons pas eu le temps de faire les présentations, moi c'est Hélène.

— Et du coup ? Je viens avec vous ? demanda Jack.

Elle se tourna vers lui.

— Tu fais comme tu veux, mais j'ai pensé que tu pourrais être le second de cordée. Tu es à l'aise avec le matériel et à deux, ce sera plus simple. Mais, c'est ton choix. Rien ne t'oblige à le faire, c'est vrai.

— Ce n'est pas vraiment ce que je voulais dire. Je suis un peu une pièce rapportée ici.

— Mais, comme on nous l'a bien fait comprendre, nous sommes tous dans le même bateau mon cher, intervint Mattis. Et si notre capitaine dit qu'elle a besoin de vous, c'est que nous avons tous besoin de vous. Par ailleurs, j'aurai quelqu'un avec qui parler. La physique n'intéresse pas grand monde à part nous, ajouta-t-il, séducteur.

Au centre de l'étage plongé dans l'obscurité, les flammes éclairaient depuis l'extérieur le groupe réuni autour d'Hélène. Elle expliqua à chacun ce qu'il devait chercher dans les rayons renversés du magasin pour s'équiper ; un sous-vêtement chaud, une polaire, un ensemble blouson-pantalon en Gore-Tex. La température ne cessait de baisser et il fallait s'attendre à ce que cela continue. Ils devaient prévoir également une tenue « civile » pour attirer au minimum l'attention ; le costume sombre et chemise blanche, style FBI, était à proscrire, précisa-t-elle à l'adresse de Houston et Cooper. Avec Jack, elle allait s'occuper de la partie matériel d'escalade et de l'avitaillement qu'elle répartirait dans les sacs à dos de chacun. Puis, elle leur donna rendez-vous deux heures plus tard pour préparer leur itinéraire et leur laisser le temps de se reposer un peu.

15.

JOUR 1
Altitude : – 25 m
Température : 17,5 °C
Gravité : g= – 3,98 N/kg

— Je pense que c'est là ! s'encouragea Shino.

À l'instant où elle ouvrit la porte en partie dissimulée dans le mur, un flux d'air tiède à l'odeur de moisi se déversa sur elle, comme une haleine chaude descendant des entrailles de la Terre. Malgré cette sensation désagréable, elle était soulagée d'avoir enfin trouvé l'issue de secours qui allait leur permettre de remonter dans les sous-sols du Centre. En l'absence des monte-charge du laboratoire Oméga, désormais inutilisables, c'était leur seul moyen d'atteindre l'unité de production.

— Personne n'a dû passer par ici depuis longtemps, lança Shino.

Dans l'air humide à la douceur moite, elle avança prudemment, tâtant du pied une surface grillagée qui la maintenait au-dessus du vide.

— À mon avis, personne n'est jamais passé par là, s'inquiéta Mark.

À travers les fils de métal rouillés qui se croisaient sous ses baskets roses salies, Shino ne parvenait pas à apercevoir le fond du puits à l'intérieur duquel elle s'engageait. Face à elle, en partie rouillée elle aussi, une échelle était fixée verticalement à la paroi. Elle alluma sa lampe torche récupérée dans la réserve du laboratoire et la braqua vers le plafond, révélant les poussières en suspension dans l'air. Le vrai palier de l'issue de secours se trouvait au-dessus d'elle, percé d'une trouée circulaire. Shino se pencha légèrement et fit courir son faisceau sur les échelons qui s'élevaient dans un long tube de béton brut. Sécurisée par une rambarde en forme de tunnel, l'échelle se perdait dans l'obscurité à une hauteur vertigineuse. De l'eau s'écoulait le long du mur jusqu'à provoquer un clapotis qui résonnait dans le silence. Shino abaissa sa lampe sur la surface liquide quelques mètres plus bas, renvoyant des reflets aquatiques sur son visage.

— L'eau ne doit pas pouvoir s'évacuer. Il y a une véritable piscine là-dessous.

— Sois prudente ! Tout est vieux ici.

— On n'a pas vraiment le choix.

Shino traversa lentement la grille, jusqu'à atteindre son rebord, face à l'échelle. Elle hésitait à faire le pas qui lui permettrait d'attraper les échelons pourtant à sa portée. Elle relativisa, consciente que lorsqu'elle serait tout en haut, il lui serait beaucoup plus difficile de sauter. Sans l'éteindre, elle plaça sa lampe dans la poche de sa blouse pour libérer ses mains.

— Je ne sais pas si c'est une si bonne idée que ça ! s'inquiéta-t-elle.

Après quelques profondes respirations, Shino s'élança et se retrouva debout sur l'échelle, tenant fermement de ses deux mains le barreau devant ses yeux. Elle sentit un léger flux d'adrénaline la traverser. Son cœur battit plus fort.

— C'est bon, j'y suis ! Tu peux venir !

Elle monta de quelques mètres, passant la trouée du palier, puis attendit Mark qui entra à son tour dans le puits. À travers le grillage, elle le vit redoubler de précaution pour accéder à l'échelle, balayant l'espace du faisceau de sa lampe. Au moment où il éclaira Shino, elle prit soudain conscience qu'elle n'aurait jamais dû passer en premier, habillée de sa jupe. Elle avait beau trouver sa pudeur ridicule au milieu du cataclysme qu'ils vivaient, elle ne put s'empêcher de se sentir mal à l'aise lorsque Mark atteignit l'échelle. Maintenant qu'elle le savait sous elle, Shino démarra sans attendre son ascension pour tenter de mettre tout de suite de la distance entre eux. Heureusement, la faible gravité lui permettait de grimper sans trop d'effort, à un rythme soutenu.

— Tu devrais aller moins vite, la prévint Mark. Nous devons descendre, ou plutôt monter d'une bonne centaine de mètres, peut-être plus. Tu vas t'épuiser avant d'arriver.

— Ça va aller ! répondit Shino qui accéléra encore.

Elle n'osait pas regarder en bas, mais la voix de Mark résonnait sur le béton et lui donnait la désagréable impression qu'il était tout proche. Elle en oubliait presque qu'elle avait déjà atteint une hauteur à laquelle toute chute risquait d'être mortelle.

L'échelle s'étirait devant Shino jusqu'aux tréfonds d'un sous-sol dont elle n'apercevait toujours pas les limites. Cette ascension lui semblait interminable. À mesure qu'elle s'enfonçait dans les profondeurs du Centre, elle rejoignait une chaleur estivale encore prisonnière qui contrastait avec les rafales glacées qu'elle avait dû affronter dans les laboratoires éventrés.

Elle se décida finalement à regarder en bas. Loin derrière Mark, l'ouverture d'où ils étaient partis n'était plus qu'un point de lumière blanche perdu dans le noir. À l'angoisse du vertige s'ajouta la douleur musculaire qui augmentait. Elle fut obligée de ralentir pour éviter la crampe, laissant Mark gagner du terrain. Après avoir gravi quelques échelons supplémentaires, elle distingua enfin dans l'obscurité un nouveau palier métallique. Shino redoubla d'efforts.

Sans penser à la hauteur vertigineuse, elle se retourna et n'hésita pas à sauter sur un grillage beaucoup plus accueillant que ne l'étaient les étroits barreaux. Aussitôt, dans un réflexe qu'elle ne put réprimer, elle resserra les pans de sa blouse autour de sa jupe déchirée, s'éloignant de l'échelle où Mark terminait son ascension.

— C'est solide où tu es ? s'inquiéta Mark.

— Ça a l'air. Mais je vais rester sur le côté, histoire que nos poids soient un peu répartis. On ne sait jamais.

D'une large enjambée, Mark monta prudemment sur la grille.

— Tu penses que nous sommes au bon niveau ? demanda Shino.

— Je n'ai jamais utilisé l'accès de secours, mais je crois, oui. Regarde, la porte est récente par rapport au reste.

Dans un renfoncement du mur, Shino éclaira de sa lampe une écoutille métallique aux angles arrondis, semblable à celle que l'on trouve sur les bateaux ou les sous-marins. Contrastant avec la vétusté du lieu, sa surface paraissait neuve, tout comme la peinture rouge qui recouvrait la roue placée en son centre.

— Ce puits est antérieur à la construction de votre unité de production ?

— Largement ! Il doit dater de l'ancien accélérateur de particules qui est bien plus bas.

Shino réalisa que, dans sa hâte de rejoindre le palier, elle n'avait pas remarqué l'échelle qui s'enfonçait toujours plus loin dans le sous-sol. Même à leur niveau, le faisceau de sa lampe n'atteignait toujours pas le fond.

— Il y a un accélérateur de particules au Centre ?

— Il y avait. Il est réformé depuis longtemps. Je ne l'ai pas connu en fonctionnement. Il nous sert de lieu de stockage aujourd'hui.

— Je n'en avais jamais entendu parler.

— C'est normal. C'était déjà assez secret, je crois, à l'époque. En plus, on ne peut y accéder que par les monte-charge du laboratoire Oméga, ou par cette issue de secours.

— J'ai l'impression que j'ignore encore beaucoup de choses à propos du Centre.

Mark s'avança jusqu'à la porte et tourna sans difficulté la roue dans le sens inverse des aiguilles d'une montre. Les quatre points de verrouillage reculèrent en même temps. Il tira d'un coup à lui l'écoutille qui pivota sur ses gros gonds. L'ouverture laissa soudain entrer sur le palier un faisceau rouge qui balaya l'espace de son tournoiement régulier.

— C'est bon ! C'est bien là ! confirma-t-il. L'alarme a dû se déclencher.

Mark enjamba le chambranle. Sa silhouette disparut dans le contre-jour écarlate.

Shino fit quelques pas derrière l'écoutille et se figea de stupeur. Du haut d'une avancée qui dominait le lieu, elle déboucha au cœur d'une sorte d'immense pipeline de béton d'une vingtaine de mètres de diamètre qui s'étendait de part et d'autre. À ses pieds, un étroit escalier descendait vers une large plateforme. Seuls quelques gyrophares balayaient l'espace de leurs faisceaux carmins, qui l'empêchaient de distinguer clairement ce qui ressemblait dans l'obscurité à un gigantesque laboratoire. Le silence qui accompagnait l'éclairage rouge sang oppressa Shino, comme si la sirène qui devait retentir ne s'était pas encore déclenchée, présageant d'un danger à venir.

En contrebas, elle discerna la silhouette sombre de Mark qui atteignait déjà une grande plateforme, rejoignant d'un pas déterminé un long alignement d'écrans restés allumés devant une console. Il s'y arrêta et tapa quelque chose sur un des claviers. Tous les gyrophares s'éteignirent en même temps, plongeant le lieu dans le noir. Un son de turbine qui redémarrait précéda une vive lumière blanche qui irradia soudain l'espace, éblouissant Shino.

L'immensité du site se dévoila progressivement, à mesure que sa vue s'adaptait à l'intense luminosité. Sur sa gauche, une seconde console aux multiples écrans faisait étrangement face à un colossal mur de béton cerclé de métal qui fermait le tunnel.

Stupéfaite, Shino descendit les marches moulées dans la courbure de la paroi. Levant les yeux pour embrasser toute la démesure du lieu, elle remarqua qu'un second escalier montait au-dessus d'elle jusqu'au plafond, dans une symétrie parfaite. Sur sa droite, tout un appareillage technique qu'elle ne connaissait pas, ou en tout cas, pas à cette échelle. Devant les tonnes de cuves, de câbles, d'écrans, de gaines, Mark l'attendait, les bras croisés, l'air satisfait de lui-même.

En s'arrêtant sur la plateforme, Shino se disait que quelque chose n'allait pas dans cet endroit, elle ressentait comme une gêne qu'elle ne pouvait définir. Soudain, elle réalisa que les appareillages, les ordinateurs, les bureaux étaient tous à l'endroit ; comme si le changement de gravité n'avait eu aucun effet ici.

— Comment est-ce possible ? murmura Shino pour elle-même.

Elle scruta en détail le lieu et remarqua de nombreux rails métalliques encastrés dans la paroi du tunnel, qui couraient sur toute sa circonférence. Les rails encerclaient la grande plateforme sur laquelle reposait le laboratoire. *Certainement des rails à sustentation magnétique,* pensa-t-elle. *Ce n'est pas que le laboratoire n'est pas affecté par le changement de gravité, c'est qu'il s'est retourné. Tout ici a été conçu pour qu'il puisse pivoter à trois cent soixante degrés.*

Shino avança en direction de Mark.

— Vous saviez ! commença-t-elle. Vous aviez tout prévu depuis le début.

— Comment ? répondit Mark, déstabilisé. Mais, de quoi tu parles ?

— La gravité. Vous saviez qu'elle allait s'inverser. Vous êtes des monstres !

— Mais pas du tout ! Qu'est-ce qui te prend ?

Shino fonça sur Mark qui se mit à reculer.

— Menteur ! cria-t-elle, levant sur lui deux poings rageurs.

Elle sentit les mains de Mark se refermer sur ses poignets, arrêtant net ses bras dans les airs. Surprise par la pression qui comprimait ses fines articulations, elle chercha aussitôt à se dégager, consciente soudain d'un rapport de force inégal. Mais il continuait à la maintenir sans effort, sans qu'elle puisse bouger d'un millimètre, pendant de longues secondes. Elle se débattit, éprouvant la douleur sur ses os.

— Mark ! tu me fais mal !

Mark la libéra d'un coup de son emprise. Shino recula, tenant ses poignets endoloris.

— Oh ! Désolé Shino. Je ne me suis pas rendu compte, s'excusa Mark en s'avançant vers elle, tout penaud.

Elle eut un mouvement de recul qui surprit Mark. Il s'arrêta et sembla la questionner du regard. Shino eut la désagréable impression qu'il prenait conscience lui aussi de sa faiblesse, qu'il devinait qu'elle se sentait à sa merci, enfermée sous terre dans ce lieu désert et inconnu.

— Tu peux me croire, nous n'avions rien prévu de ce qui s'est passé.

— Alors pourquoi tout a été conçu ici pour s'adapter à un changement de gravité ? interrogea-t-elle, tentant de conserver une agressivité défensive pour lui prouver qu'elle pouvait lui tenir tête.

— On devait pouvoir la confiner, la contrôler. C'était le but de l'expérimentation sur le F35 que tu as vu au labo.

Shino repensa à leur propre essai sur la balle de tennis. Elle comprenait parfaitement de quoi il parlait, s'interrogeant sur ce qu'aurait fait Pettit s'il avait eu lui-même accès à une telle quantité de gravitons : *aurait-il fait les mêmes erreurs que Magnusson ?*

— Que s'est-il passé alors, pour qu'autant de gravitons s'échappent de leur confinement ?

Mark devint nerveux, son regard se fit fuyant.

— Je te l'ai dit, nous avons subi une panne soudaine sur un des modules. Ça ne serait jamais arrivé sans… sans Magnusson. C'est ça, c'est lui le vrai problème, c'est Magnusson. Sans lui, une telle réaction en chaîne n'aurait pas pu se produire. Mais, rien n'est jamais assez grand pour lui et son soi-disant génie. J'ai tenté de le mettre en garde, mais tu te souviens quand il travaillait encore avec Pettit, il ne veut jamais écouter personne. Il n'y a que lui ; l'immense Mattis Magnusson.

Shino observa Mark s'emporter tout seul et emprunter un cheminement de pensée qu'elle ne parvenait pas bien à suivre. Il passait de l'énervement, lorsqu'il accusait Mattis de tous les maux, au calme, quand il proposait, magnanime, de laisser derrière eux les querelles de clocher entre leurs deux laboratoires. Il se faisait lyrique pour affirmer qu'aucun secret ne devait plus jamais venir entraver la collaboration de deux chercheurs que le hasard avait réunis ici pour sauver le monde.

Inquiète, Shino chercha prudemment à faire sortir Mark de son monologue décousu, convaincue qu'il craquait nerveusement devant la responsabilité de son laboratoire dans la catastrophe.

— Tu sais, je suis d'accord. Nous aurions tous dû collaborer depuis le départ sur ces recherches, au lieu de nous faire une concurrence qui n'avait pas de sens. Mais est-ce que tu ne crois pas que c'est un peu tard ? Quand je regarde votre unité de production, je ne vois pas bien ce que l'on va pouvoir faire sans Magnusson et Pettit.

— Eh bien ! Je vais te montrer que nous pouvons parfaitement nous passer d'eux pour créer de nouveaux gravitons, lança Mark comme un défi.

En maître des lieux, il croisa Shino et traversa la plateforme en direction de la console isolée aux pieds de l'immense mur circulaire.

— Viens avec moi.

Shino le suivit, minuscule dans le vaste pipeline à la hauteur intimidante. Sur sa droite, elle aperçut une rangée de dizaines de modules et de capsules vides, attendant d'être remplie pour de futures expériences. Elle prit un peu plus la mesure du projet de Magnusson. *Comment a-t-il pu imaginer utiliser de telles quantités de gravitons ?*

Au moment où Mark s'assit devant les huit écrans de la console esseulée sur la plateforme, elle remarqua au centre du mur un grand bas-relief circulaire figurant une tête bifrons, moulée dans un métal argenté.

— Pourquoi Janus ? demanda Shino.

— Magnusson adore les symboles, lui répondit Mark qui se mit à taper sur le clavier.

Le cliquetis rapide des touches qu'enfonçaient ses doigts résonna dans le silence.

— Ici, plus question de temps, avec un Janus qui regarde vers le passé et l'avenir. Comme tu le vois, les visages sont tournés vers le haut et vers le bas. La maîtrise de la gravité en quelque sorte, version Mattis. Tu sais à quel point il est mégalo !

D'un mouvement volontairement emphatique, il frappa de son index la touche de validation sur le clavier.

Aussitôt, les gyrophares rouges illuminèrent la pièce, en même temps que retentit une alarme stridente et régulière. Une légère vibration au sol accompagna un grondement sourd de tremblement de terre. Shino leva la tête vers le bas-relief et commença à reculer, incrédule. L'immense mur circulaire bascula lentement vers elle. Alors que son sommet titanesque descendait en avançant au-dessus de la console, sa partie inférieure reculait vers l'intérieur du tunnel, se détachant du sol. Au pied de la grande plateforme de béton, une ouverture en forme de croissant s'élargit progressivement, jusqu'au moment où la porte colossale s'immobilisa sur un axe horizontal invisible. Les gyrophares s'éteignirent, l'alarme se tut.

— Bienvenue dans le secteur Janus ! lança triomphalement Mark.

Shino contempla la masse gigantesque en sustentation au-dessus d'elle. Devant, l'entrée béante lui révélait un tunnel qui se prolongeait encore, jusqu'à une énorme forme sombre, loin dans l'obscurité.

Debout devant la console, Mark observa Shino, fier de son effet, avant de s'éloigner vers le stock de modules vides. Elle le suivit sans un mot, écrasée par la découverte de l'existence d'une telle infrastructure tenue secrète toutes ces années.

Mark mit en marche un plateau sur coussin d'air qui s'éleva lentement au-dessus du sol, à mesure que sa jupe en caoutchouc se gonflait sous la pression. Shino sentit le souffle de la turbine passer sur ses jambes. Il poussa le plateau jusqu'à s'arrêter devant le premier module vide de la rangée fixée à la paroi. À l'aide d'un bras robotisé, il attrapa puis déposa le module sur la surface parfaitement moulée à sa forme cylindrique, puis il débrancha le gros câble d'alimentation noir qui le reliait au mur.

Shino observa la gestuelle impeccablement rodée de Mark. Pour une fois, il ne semblait pas avoir exagéré sa connaissance de l'unité de production. Un mélange de fascination et d'optimisme gagna Shino. Avec une telle technologie à leur disposition et les compétences de Mark, serait-il possible qu'ils réussissent ? se prit-elle à espérer.

— Viens m'aider, on va le mettre en place.

Debout à côté du module, encadré d'un rectangle aux bandes jaune et noir tracé sur le sol de la plateforme d'un monte-charge, Shino et Mark s'enfonçaient dans le béton pour rejoindre la base du tunnel, en contrebas de la console. Deux rangées d'éclairages s'allumèrent progressivement dans la profondeur d'une perspective démesurée.

Alors que Mark poussait sans effort le module vide, Shino examinait l'énorme machinerie vers laquelle ils avançaient. Fixée par quatre bras métalliques qui la reliaient à la paroi circulaire, la machine semblait flotter au centre du pipeline, laissant deviner qu'il se prolongeait encore derrière elle. À l'instar de la plateforme du laboratoire, ses bras reposaient sur des rails qui lui permettaient de pivoter en fonction de la gravité. À la base de la machine, la lueur bleutée d'une capsule de gravitons irradiait l'espace alentour.

— Je te présente Janus !

Shino leva la tête vers la machinerie écrasante. Formée d'un assemblage phénoménal de câbles et d'acier luisants qui s'élevait majestueusement dans une remarquable symétrie, sa masse pharaonique imposait une esthétique à la perfection inquiétante.

Mark activa aussitôt l'alimentation du module. Le grand cylindre de verre et de titane s'illumina de l'intérieur.

— Tu vois, nous avions presque terminé de préparer les gravitons pour vous, dit Mark en allant récupérer la capsule connectée à Janus.

— Quelle générosité ! ironisa Shino.

— Ce n'est pas moi qui décide de ça, tu sais. Magnusson a toujours tout fait pour ralentir vos recherches. Là-dessus non plus nous n'étions pas d'accord.

Après avoir connecté la capsule au module, Mark initialisa le transfert de gravitons depuis l'écran tactile multicolore de la console numérique. Shino observa le petit cylindre se vider de sa précieuse matière bleue. Dans un flux continu, les gravitons pénétrèrent dans le vaste module, guidés par le champ magnétique qui les concentrait. Le transfert terminé, une petite boule luminescente oscillait derrière la paroi de verre, au centre du vide.

— C'est toujours ça que nous n'aurons pas à produire, positiva Mark. Reste maintenant à le remplir complètement.

— Ça va prendre combien de temps ?

— Plusieurs jours, si tout va bien, répondit Mark.

16.

JOUR 2

Altitude : 5 m
Température : 7,3 °C
Gravité : g = – 5,26 N/kg

À travers les vitrines en partie brisées, les flammes vacillantes allumaient d'un clair-obscur le premier étage sens dessus dessous du magasin *REI CO-OP*. Mattis observait Hélène et Jack exposer au groupe réuni autour d'une carte de la région les itinéraires possibles pour se déplacer en direction de *Dekorte Park*.

Ils se sont bien trouvés ces deux-là, se dit Mattis, repensant au moment où il les avait surpris à faire leur shopping en gloussant comme de véritables ados en rut au milieu d'une boutique de bonbons. Ils étaient bien les seuls à tirer du plaisir de cette situation.

Houston précisa, son index sur la carte, l'emplacement du Centre à l'extérieur de New York. C'était la première fois qu'il la voyait habillée autrement qu'avec son costume noir réglementaire. Il se dit qu'elle avait un sacré petit cul dans son jean moulant, et avec sa chemise à carreaux de bûcheron canadien, elle était vraiment canon. Elle paraissait dix ans de moins.

Depuis qu'ils s'étaient changés et qu'ils avaient eu un peu le temps de se reposer, loin des foules menaçantes, il avait maintenant moins froid, malgré la chute constante de la température. Même s'il se sentait mieux, il restait hanté par les cris de haine qui les avaient poursuivis dans les couloirs, et qui résonnaient toujours en lui de leur violente clameur. L'idée de remonter dans le métro le terrifiait. Il comprenait cependant, en écoutant Hélène, qu'il ne pourrait pas y couper. Malgré leurs dangers, les sous-sols demeuraient le moyen le plus sûr et le plus rapide pour se déplacer dans ce monde à l'envers.

Il se mit à parcourir les formes de la petite alpiniste, moulée dans sa polaire ajustée. Elle non plus n'était pas mal, il avait d'ailleurs l'impression que ça n'avait pas échappé à Houston. Tout en se délectant de ses courbes féminines, il se dit qu'elle allait les faire chier jusqu'au bout. Tant qu'ils ne seraient pas arrivés au Centre, il allait être obligé de supporter sans l'ouvrir son autorité et ses idées moralisatrices à la con. Heureusement, ils avaient eu le temps de se mettre d'accord avec Houston pour en révéler le moins possible sur leurs activités, et pour gérer les « civils » une fois sur place. Le plus important, au bout du compte, c'était qu'il récupère le second module de gravitons, ou qu'il relance une production pour en avoir de nouveaux. Mattis n'avait pas de doute sur le fait qu'il pourrait alors réparer les conneries de Pittman, en provoquant une réaction en chaîne inverse. À partir de ce moment-là, Houston et lui devraient faire en sorte qu'il ne puisse plus être rendu responsable des conséquences de cette catastrophe. Il s'arrangerait pour que ça se retourne contre cet idiot de Mark. Finalement, c'était lui le vrai fautif.

— Nous devrions passer par *Holland*, c'est beaucoup plus court, lança Houston qui s'impatientait.

— Et moi, je vous dis que ce sera beaucoup plus sûr en passant par la ligne du *Path*, comme le suggère Jack, rétorqua Hélène avec autorité. Même si ça représente un détour de remonter jusqu'à *14th Street*.

— Vous êtes française, vous ne connaissez pas cette ville aussi bien que moi, insista Houston.

— Mais Jack la connaît parfaitement et c'est moi qui décide ; que ça vous plaise ou non !

Mattis observa les deux femmes se défier du regard en silence. Lui n'aurait jamais osé parler comme ça à Houston, aussi, lorsqu'il la vit faire machine arrière et plier devant l'autorité d'Hélène, il se dit que les temps avaient définitivement changé.

— Le *Path* nous mènera directement jusqu'à la gare d'Hoboken, enchaîna Jack. C'est le point le plus éloigné que nous puissions atteindre par les tunnels. À partir de là, nous devrons progresser autrement.

— Nous n'en sommes pas encore là, reprit Hélène. Le plus risqué pour le moment va certainement être de traverser à nouveau le hall où Mattis s'est fait repérer. Il y a toutes les chances que nos poursuivants soient retournés s'y réfugier. Mais, nous n'avons pas le choix, c'est notre seul accès pour atteindre les tunnels qui remontent vers *4W Street*. Nous devons nous faire les plus discrets possible. Pour ça, nous allons commencer par salir ces beaux vêtements tout neufs que nous portons. Ils sont beaucoup trop repérables.

— Quel gâchis ! se désola Cooper, qui semblait déjà regretter la douceur immaculée de son blouson clair.

— Mais, il va surtout falloir camoufler Mattis, ajouta Hélène en se tournant face à lui.

***

— ... amen, conclut Cooper.

Alors qu'ils terminaient au bord du vide tumultueux une prière demandée par Cooper, à la mémoire de Bridges, Mattis n'avait pas encore digéré qu'on ait passé sa barbe et ses cheveux au cirage noir pour le grimer. Il ne pensait pas aller jusqu'à accepter de subir une telle humiliation pour regagner son laboratoire. Et pour couronner le tout, ça avait fait marrer tout le monde, surtout Houston. Elle avait pris un malin plaisir à en rajouter en lui choisissant cette casquette ridicule, comme s'il était une poupée qu'on habille. Il était furieux.

Avant d'attaquer leur remontée, Hélène précisa une dernière fois à chacun ses instructions pour l'expédition, en particulier pour ce qui concernait le sac à dos qu'ils devraient porter et dont ils seraient responsables.

— Tout ce qu'il contient est vital pour vous, mais aussi pour les autres, vous ne pouvez pas vous permettre de le perdre, insista Hélène. Jusqu'au Centre, c'est votre meilleur ami.

À travers l'arche de la devanture, Hélène avait mis en place une nouvelle corde en escaladant jusqu'à l'entrée de la station *Bleecker St*, où elle avait pu constater que leurs poursuivants avaient déserté le lieu. Mais cette absence ne suffisait pas à Mattis, au moment où il commençait son ascension le long de la tyrolienne, pour prévenir sa crainte obsédante d'être mis en pièces par les centaines de mains qui l'attendaient aux tournants des couloirs. Malgré cette image dont il ne parvenait pas à se débarrasser, il appliqua rigoureusement ce que lui avait montré Hélène. Dès que le rappel qui tractait son harnais se raidissait, il remontait la poignée bloquante et son étrier, puis poussait sur sa jambe pour s'élever un peu plus vers Hélène qui l'assurait là-haut. Répétant inlassablement le mouvement, il se dit qu'il n'aurait jamais dû arrêter le sport à l'université, tant il était essoufflé. Et encore, il avait pleinement conscience que la faible gravité lui épargnait une bonne partie de son surpoids. Il repensa à Hélène grimpant à mains nues jusqu'à la bouche de métro : *ça avait l'air si facile pour elle.* Pendant sa longue ascension, Mattis fut obligé de faire plusieurs pauses pour reprendre son souffle. Il arrêtait alors son regard sur le paysage chaotique qui l'entourait de son décor de désolation. *Comment a-t-on pu en arriver là ?*

Jack se hissa en dernier, remontant le long de la pente le cours d'eau qui s'écoulait vers l'extérieur.

Hélène récupéra son matériel sur le mur de faïence, abandonnant quelques pitons dans le carrelage fissuré, seules traces qui resteraient de leur passage. Alors qu'elle lovait sa corde dans une gestuelle parfaite, elle demanda à chacun d'enfiler son sac à dos et de le couvrir du grand poncho de pluie, comme l'avait suggéré Cooper, pour mieux substituer leur équipement aux regards prédateurs. Mattis fut obligé d'obtenir de l'aide pour hisser l'énorme masse sur ses épaules. Il avait beau savoir qu'on lui avait préparé le packetage le plus léger du groupe, c'était encore trop lourd pour lui.

Nerveux, il se retournait régulièrement, avec appréhension, vers le virage à l'autre bout du couloir abandonné, là où ils avaient été assaillis quelques heures plus tôt.

Ensemble, ils refirent prudemment le chemin inverse qui les menait au grand hall tant redouté. À chaque intersection, Cooper partait en éclaireur, vérifier s'il n'y avait pas de danger immédiat.

Les espaces déserts s'enchaînaient. Personne ne semblait oser rester longtemps si proche de la surface, tant la crainte d'être happé d'un coup dans un effondrement était omniprésente.

Au deuxième niveau, Mattis commença à ressentir la douceur de l'air qui régnait dans les sous-sols et il en fut un peu réconforté. À cet étage, seuls quelques rescapés disparates les regardèrent passer avec indifférence, comme parés d'une résignation macabre.

Lorsqu'ils gravirent les rampes d'escalier métalliques pour atteindre le troisième niveau, l'angoisse de Mattis était à son comble. Il savait que tout allait se jouer ici.

Pour préparer la traversée du grand hall, Hélène avait confié à Houston la charge de trouver la meilleure manière d'infiltrer la foule sans se faire repérer, et Mattis s'en était senti un peu rassuré : non seulement la petite alpiniste avait l'intelligence de passer la main lorsqu'elle pensait qu'on pouvait faire mieux qu'elle, mais Houston était une militaire aguerrie qui s'était toujours montrée très efficace.

Maintenant qu'il marchait seul au milieu de la masse, tête baissée sous sa casquette, il n'était plus aussi sûr des compétences tactiques du major Houston. La stratégie de se séparer et de se répartir dans le hall lui avait paru bonne sur le papier, mais dans la pratique, il trouvait que c'était une idée à la con. Dans la vaste salle où tous les couloirs se rejoignaient, la foule s'entassait dans sa torpeur désespérante à la paix si fragile. Il savait que tout pouvait basculer à chaque instant.

S'obligeant à conserver un rythme lent et sans but comme on le lui avait demandé, Mattis se redressait légèrement de temps en temps, cherchant du regard la présence rassurante de ses compagnons qui progressaient en même temps que lui en direction de la ligne F. Un peu à l'écart, Cooper était adossé au mur et reprenait son discret déplacement pour s'asseoir au sol, quelques mètres plus loin. Jack et Romain le précédaient, telles deux âmes confondues parmi les autres. Houston, sur sa droite, le surveillait du coin de l'œil, longeant des panneaux publicitaires aux messages à l'envers illisibles. Il devinait, sans la voir, Hélène fermer la marche.

Derrière la visière de la casquette qui le coiffait, Mattis observait défiler les visages apathiques des survivants assis à même le sol. Il s'angoissait à l'idée que de cette multitude anonyme et crasseuse pouvait surgir à tout moment un taré prêt à foncer sur lui, sous prétexte qu'il avait fait de moins bonnes études que lui. Mais, à mesure qu'il approchait de la sortie du hall, ces visages se faisaient moins durs à ses yeux. À force de les regarder passer, l'appréhension de les voir se transformer en monstres s'estompa doucement pour laisser place à une triste réalité, presque plus cruelle encore. Il ne percevait plus que des victimes désespérées, privées de leur vie en un instant, pour une raison qu'ils ignoraient et qui les dépassait totalement. *Tous ces gens vont mourir sans même savoir pourquoi.*

Mattis apercevait déjà le panneau métallique affichant la direction de la ligne F se dresser depuis le sol, comme une frontière indiquant la fin du danger. À cet instant, il croisa le regard d'un de leurs poursuivants qu'il reconnut aussitôt. Tel un flot de douleur, la peur envahit tout son corps qui se raidit. Il n'arrivait plus à penser. Sa panique intérieure le fit s'arrêter au milieu de la foule. Il ne parvenait plus à faire un pas tant il était figé de terreur. Il chercha désespérément un soutien du regard, mais Houston ne lui renvoya qu'une expression de surprise et de questionnement, tandis que Cooper lui faisait sèchement comprendre, d'un bref coup de menton, qu'il devait continuer à avancer. L'homme inspecta le visage de Mattis qui ne savait plus quoi faire. Dans un réflexe défensif visant à se donner l'air malade, il se mit à tousser dans sa main, espérant ainsi se changer en une proie faible et sans intérêt. À son grand soulagement, l'homme se détourna avec indifférence vers les personnes assises en face de lui, poursuivant sa conversation.

Mattis reprit sa route et adora soudain l'odeur de cirage diffusée par sa barbe. Sans presser le pas, gardant son sang-froid, il contourna le panneau au sol et s'engagea dans l'étroit couloir, rassuré de quitter cette « zone de regroupement », comme les appelait Hélène. Autour de lui, un à un, Mattis vit les membres de l'expédition se rapprocher discrètement. Marchant à leur côté en silence pour rejoindre la station *Broadway-Lafayette*, il se sentit d'un coup plus vivant.

17.

JOUR 0
Altitude : 133 km
Température : – 154 °C
Gravité : g = 3,11 N/kg

L'écran de l'ordinateur portable vibrait devant Scott, au point qu'il avait du mal à lire les courbes et les chiffres vertigineux de leur descente. Sanglé à la paroi, il subissait comme le reste de l'équipage les « g » qu'imposait la décélération de l'ISS dans les premières couches peu denses de l'atmosphère terrestre. *Nous y sommes.* Ce qu'il pensait impossible était en train de se réaliser.

Depuis deux heures trente-huit minutes qu'ils fonçaient vers la Terre à quarante-sept mètres par seconde, le commandant n'espérait plus que les chiffres contredisent la théorie de Kim d'une baisse de gravité.

Quelques heures plus tôt, il avait dû se battre face aux objections de Tracy et Fiodor pour faire accepter sa décision. C'était d'autant plus dur pour Scott qu'il n'y croyait pas lui-même.

— Mais, c'est de la folie ! s'était insurgée Tracy.

Depuis qu'il avait fait sa connaissance au centre de formation de la NASA, peu de temps avant leur décollage pour rejoindre l'ISS, une véritable complicité s'était installée entre lui et Tracy Whitman. Malgré leur grande différence d'âge, elle ne l'avait jamais considéré comme un vétéran acariâtre, à l'instar des autres jeunes de sa promotion. Ayant vite compris sa personnalité, elle ne s'était pas laissée impressionner par son caractère de cochon, accueillant ses défauts avec humour, sans chercher à s'y opposer.

Durant toute la formation, Tracy n'avait cessé de montrer son avidité d'en savoir toujours plus sur sa longue expérience dans l'espace, et il avait pleinement conscience que ça flattait son ego. Cependant, il n'imaginait pas une seconde que cet intérêt insatiable, qui s'était rapidement transformé en connivence, cachait une quelconque arrière-pensée. Tracy était une fille intègre et honnête. C'est ce qu'il avait tout de suite compris chez elle, c'est ce qu'il avait aussitôt aimé aussi.

Mais dans le contexte de crise qu'ils abordaient aujourd'hui, ils vivaient leur premier véritable conflit.

— C'est peut-être de la folie, mais nous n'avons pas d'autre choix ! avait rétorqué Scott. J'avais dit qu'en l'absence de contact avec le sol, nous étudierions une descente de la station. Il n'est plus envisageable de continuer à nous éloigner de la Terre à cette vitesse sans rien faire.

— On n'a qu'à se replacer sur une orbite basse, à deux ou trois cents kilomètres, mais pas à quatre-vingt-dix kilomètres comme le suggère madame ! s'était emportée Tracy, désignant Maryam sans la nommer.

Scott avait compris qu'elle ne supportait pas l'intervention d'une civile dans leur gestion de vol, mais c'était la première fois qu'elle discutait ses ordres.

— Et tu crois vraiment que je n'y ai pas pensé ? Nous devons économiser notre carburant, et si nous ne nous replaçons pas suffisamment bas, il faudra descendre encore et encore, jusqu'à ce que nous soyons à sec d'ergols. C'est ça ta solution ?

— C'est toujours mieux que de finir désintégrés en entrant dans l'atmosphère ! avait insisté Tracy. Et puis, il y a bien un moment où on parviendra à joindre le sol, non ?

— Nous n'entrerons pas vraiment dans l'atmosphère, avait précisé Nicole. Autour de cent kilomètres d'altitude, c'est encore la thermosphère, à la limite de la mésosphère, la densité atmosphérique y est suffisamment faible pour éviter un frottement trop important.

— L'aérocapture est la meilleure option que nous ayons pour réduire notre vitesse orbitale sans utiliser nos moyens de propulsion, avait ajouté Serguï.

— Et si nous descendons trop bas ?

— Nous pourrions toujours rallumer les fusées.

— Pas si nous retournons l'ISS comme c'est prévu, avait contredit Fiodor.

— Écoutez ! était intervenu Scott. C'est la seule possibilité pour nous de comprendre pourquoi nous nous éloignons. Dans le cas où la gravité ne serait pas en baisse comme nous l'a annoncé Kim — et je suis le premier à le souhaiter — le calcul de Maryam mettra en évidence que ce changement n'a pas eu lieu. Il sera toujours temps de repositionner l'ISS à l'endroit, puis de reprendre de l'altitude pour chercher une autre explication.

— Je ne vois pas pourquoi nous devrions nous fier à des calculs qui ont toutes les chances d'être complètement faux.

— Tracy, tu es injuste. Maryam a de grandes compétences qui s'avèrent bien utiles dans notre situation.

— Ah ça ! C'est vrai que question physique, elle a de très belles compétences, avait-elle ironisé.

— Tracy, étant donné les difficultés que nous traversons, je vais faire comme si je n'avais ni entendu ni compris ton petit jeu de mots, avait répondu Scott avec tout le sang-froid possible, et je mettrai ça sur le compte du stress que nous subissons tous. En attendant, ma décision est prise, et tu vas à ton poste comme tout le monde. Je suis encore le Commandant. À moins que tu ne veuilles remettre en cause mes compétences à moi aussi ?

Tracy avait fini par obtempérer et s'était sanglée, comme lui, Fiodor et Serguï à la paroi du module Svezda, mais elle ne lui avait plus adressé la parole depuis leur altercation, à part des « Oui Commandant ! Bien Commandant ! », et il en était affecté. Cette absurde histoire de gravité foutait tout en l'air.

Afin de les mettre le plus en sécurité possible, Scott avait demandé aux touristes, à Nicole et à Kim de s'amarrer dans le dortoir américain du module Harmony, après avoir verrouillé tous les sas de communication. Seule Maryam était restée à portée de voix du poste de commande, derrière le rideau de la cabine tribord, là où se reposait habituellement Fiodor. Scott tenait à ce qu'elle puisse intervenir pendant toute la manœuvre, au cas où ils auraient besoin de recalculer leur trajectoire.

Alors que les vibrations ne cessaient de s'intensifier sur toute la structure de la station, Scott savait qu'en ce moment même, seule dans sa cabine, Maryam avait les yeux rivés sur son écran. Cette femme l'intimidait incroyablement et l'impressionnait aussi. Elle avait su prendre ses responsabilités malgré les nombreuses oppositions, dont la sienne. Passer sous la ligne de Karman n'était pas envisageable pour lui, pourtant, elle avait réussi à le convaincre en douceur, arguant que s'il décidait d'adopter la théorie de Kim comme point de départ, il se devait d'aller jusqu'au bout de la logique.

Le commandant savait à présent qu'ils avaient atteint le bout de cette logique. Sur l'écran, la barrière fatidique des cent kilomètres n'était plus qu'à un peu plus de deux minutes, et leur trajectoire de descente était toujours parfaitement en phase avec le modèle établi par Maryam. Il y avait donc bien une baisse de gravité sur Terre. Jamais ils n'auraient pu regagner une altitude aussi basse sans cela. Il devait se faire à cette idée inconcevable. Kim avait raison depuis le début.

Avant même d'essayer de comprendre comment un tel phénomène était possible, il allait devoir prendre en compte ce paramètre et en déduire toutes les conséquences que cela impliquait pour l'avenir de la station et de son équipage. Mais pour affronter cette nouvelle crise, il savait qu'il aurait besoin de tout le monde.

Scott sentit la pression de la sangle l'écraser encore un peu plus. Dans le vacarme infernal des secousses vibratoires, une troisième alarme se déclencha, aussitôt coupée par Fiodor. *Tous les systèmes de sécurité s'affolent,* pensa Scott en croisant le regard inquiet de Serguï qui s'était tourné vers lui.

— Ça ne va pas tenir beaucoup plus longtemps, lança Serguï.

« Je crois que l'atmosphère est plus dense que prévu », annonça la voix de Maryam derrière le rideau, forçant pour couvrir les bruits de frottement sur la station. « Il faut réduire le tangage. »

Scott acquiesça. Serguï diminua la surface de l'ISS opposée à l'atmosphère qu'elle traversait, en fonction des chiffres que lui fournissait Maryam. Les vibrations se calmèrent légèrement.

Encore deux minutes, pouvait-il lire sur son écran.

Dans l'ambiance tendue qui régnait, chacun restait concentré, mais Scott percevait toute l'inquiétude dissimulée derrière cette attention extrême, alors que les secousses repartaient de plus belle.

« Commandant ! La densité atmosphérique augmente trop rapidement. Il va falloir ralentir la station plus que prévu », informa la voix de Maryam.

— Fiodor, combien de carburant avons-nous en réserve ?

demanda Scott.

— Un peu moins de trois tonnes.

Scott pesta intérieurement. S'ils n'avaient pas rehaussé récemment leur orbite, ils disposeraient de presque deux tonnes d'ergols supplémentaires pour les manœuvres à venir. Il ne pouvait pas se permettre de tout griller maintenant, conscient qu'il devait préserver une quantité suffisante de carburant pour l'évacuation d'urgence qu'il anticipait.

— Qu'est-ce que je fais ? s'inquiéta Serguï.

— On attend encore, ordonna Scott.

— Mais, Commandant ! s'insurgea Tracy.

— J'ai dit on attend !

À l'extérieur, l'atmosphère accentuait sa pression sur la structure qui résonnait de son métal éprouvé. Scott savait que l'ISS devait ralentir encore un peu s'il voulait sauver assez de carburant. Faisant habituellement confiance à son instinct, il se prit à espérer que ce ne serait pas aujourd'hui qu'il lui ferait faux-bond. Il attendit avant de lancer son ordre.

— Serguï, on remet la station dans l'axe X en gardant trois degrés de traînée. Dès qu'on est en position, tu allumes la propulsion.

— Pour quelle durée ? demanda Serguï, avant de s'adresser en russe à son compatriote pour entamer la manœuvre d'alignement.

— Maryam, vous avez une nouvelle vitesse de satellisation à nous communiquer ? interrogea Scott.

« Je suis dessus. Il me faut plus de temps. »

— Nous n'en avons pas ! rétorqua Scott.

Soudain, une plainte métallique étira son cri aigu depuis le compartiment voisin. Dans un réflexe inutile, tous se tournèrent vers la porte verrouillée du sas qui menait au module Zarya, attendant, fatalistes, les conséquences probablement dramatiques de ce bruit alarmant ; rien de plus ne se passa.

— Ce n'est pas bon signe ça ! s'inquiéta Tracy.

— Tu me fais un check-up et tu me dis ce que tu trouves.

Tracy plongea aussitôt sur l'écran du portable qu'elle avait fixé à ses cuisses avec de larges bandes de scotch argenté.

« Quinze mille neuf cent quatre-vingt-quatre kilomètres-heure ! », annonça la voix de Maryam.

Le commandant prit soudain conscience de l'extrême lenteur que cela représentait en comparaison des vingt-huit mille kilomètres-heure habituels. Il se faisait à présent une idée bien plus concrète de ce que signifiait la baisse de gravité.

Scott ordonna aussitôt l'allumage pour plusieurs minutes des moteurs de propulsion. Positionnées vers l'avant depuis qu'ils avaient retourné la station en préparant la descente, les quatre fusées freinèrent l'ISS pour l'aider à atteindre sa nouvelle vitesse orbitale.

Durant de longues minutes, ils attendirent dans un silence angoissé, accueillant avec soulagement les premiers signes de stabilisation qui se manifestèrent.

Le commandant ordonna de couper les moteurs. La pression des sangles se fit sentir encore un temps, pour se relâcher complètement à l'instant où l'ISS rejoignit sa vitesse de satellisation.

Dans l'impesanteur retrouvée, Scott regarda les chiffres. Ils tournaient à quatre-vingt-quinze kilomètres d'altitude, à un peu plus de seize mille kilomètres-heure. Il réalisait maintenant que se stabiliser aussi bas impliquait qu'il avait dû se passer quelque chose d'extrêmement grave sur Terre, quelque chose qui allait peut-être rendre leur retour impossible. Il allait falloir rapidement qu'il trouve une solution pour savoir comment survivre à dix dans une station prévue pour six membres d'équipage.

18.

JOUR 2
Altitude : – 38 m
Température : 12,5 °C
Gravité : g = – 6,75 N/kg

« Par-dessus le meuble du rayon accessoires, je surveillais un peu plus loin les deux adolescentes au ventre à l'air qui ne cessaient de lancer des regards aguicheurs à Julien et Romain. Ces deux idiots ricanaient bêtement afin de participer au mieux à cette parade nuptiale ridicule. J'avais beau essayer de les intéresser à la randonnée dans les Rocheuses que nous étions venus préparer, ils ne m'écoutaient plus.

Depuis mon divorce, plus de deux ans auparavant, mes rapports n'avaient cessé de se dégrader avec Romain. Il vivait désormais chez son père et je ne le voyais que pour de courts séjours lorsque je n'étais pas en voyage au bout du monde pour diriger une expédition. Cette distance nous a progressivement déconnectés l'un de l'autre, et il avait fini par m'avouer qu'il ne voulait plus entendre parler d'escalade en montagne, moment que nous partagions pourtant avec bonheur lorsqu'il était plus petit. C'est à partir de ce moment-là que je ne l'ai plus du tout compris et que notre relation n'a plus été qu'une source perpétuelle de conflits.

Quand je lui ai proposé un voyage à New York suivi d'une randonnée dans les Rocheuses — avec la promesse qu'il n'y aurait pas d'escalade —, il en avait tout de suite profité pour conditionner sa venue à celle de Julien, son meilleur copain du moment. Il savait que je n'aurais pas d'autre choix que d'accepter si je voulais avoir une chance de recoller les morceaux avec lui. Je m'y étais résignée, un peu déçue de ne pas partager ce voyage seule avec mon fils.

Pour ne pas commencer ce périple en lui offrant un nouveau prétexte de dispute, j'avais donc décidé de faire comme si je ne voyais pas leur petit manège de séduction à travers les rayons du magasin. Aussi, au moment où les deux petites minettes sont sorties — non sans jeter un dernier appel du regard aux deux garçons surexcités — je n'avais pas eu le courage de refuser à Romain sa demande d'aller faire un tour dans le parc un peu plus loin ; comme si je ne savais pas qu'ils allaient suivre à la trace les deux petits derrières qui se dandinaient déjà sur le trottoir, devant la vitrine. Mais, c'était une belle journée d'été et je voulais que Romain soit heureux de son séjour. Alors, j'ai joué le jeu en leur donnant rendez-vous une demi-heure plus tard pour essayer les chaussures. J'ai fait une timide tentative de mise en garde contre les dangers d'une ville qu'ils ne connaissaient pas, mais Romain s'était éloigné avec Julien en se moquant de mon côté mère surprotectrice, affirmant qu'il n'était plus un bébé. En réalité, il se fichait totalement de ce que je lui disais. Dès qu'ils eurent poussé la porte de REI, je les vis courir à la poursuite des filles qui avaient déjà disparu.

J'ai donc continué mon shopping, avec néanmoins la petite boule au ventre que doivent ressentir toutes les mamans qui laissent partir leur enfant seul dans les rues d'une ville comme New York.

Lorsque j'ai éprouvé les premières sensations du changement de gravité, j'ai d'abord cru que j'étais en train d'exagérer mon angoisse de savoir Romain et Julien livrés à eux-mêmes. Mais, dès que j'ai vu l'étrange euphorie s'afficher sur tous les visages des clients du magasin, j'ai senti que quelque chose ne tournait pas rond. J'ai foncé dans la rue, espérant pouvoir encore rattraper les enfants, et je me suis retrouvée plongée au milieu de la foule dense et anonyme qui venait de les engloutir.

Sur les trottoirs, les gens s'étaient arrêtés et parlaient entre eux en riant bruyamment. C'est à ce moment précis que j'ai eu l'impression qu'une force était en train d'essayer de me repousser du sol. Je suis aussitôt retournée dans la boutique pour avoir quelque chose à quoi m'accrocher. Rapidement, j'ai commencé à m'élever, comme tout ce qui m'entourait. C'était la panique totale. Je ne parvenais plus à penser à ce que je pouvais faire pour récupérer Romain. À un moment, on s'est tous retrouvés à flotter dans les airs, comme en apesanteur à bord d'un vaisseau spatial. C'était complètement dingue.

Et puis, j'ai fini collée au plafond avec les articles étalés en vrac, à pleurer au milieu de gens qui criaient, qui appelaient à l'aide. J'étais, comme eux, totalement désemparée. À force d'épuiser mes larmes, je me suis rappelée les discours que j'ai pu tenir lors de mes expéditions sur le thème de « la peur n'évite pas le danger », et ça m'a calmée. Progressivement, j'ai repris le contrôle et j'ai proposé d'aider le gérant de REI que je connaissais bien, à organiser l'évacuation de ses clients vers la bouche de métro la plus proche. C'est lorsque nous avons brisé la vitrine pour créer un passage que j'ai vu l'horreur à nos pieds.

Dans la chaleur de l'été, le ciel d'azur était parsemé d'un nombre infini de silhouettes gesticulantes ou immobiles qui avaient déjà largement dépassé les sommets des plus hauts gratte-ciel. Je n'arrivais plus à distinguer s'il s'agissait d'hommes, de femmes ou d'enfants, sachant pertinemment que les trois étaient mélangés sans distinction, arrachés au sol dans une incompréhension commune à la cruauté sans nom. C'était atroce. Tous ces pauvres gens hurlaient d'une terreur indicible, et leurs cris lointains parvenaient jusqu'à nous dans une résonance dont l'unisson envahissait le ciel et glaçait le sang. Cette clameur effrayante m'a replongée dans le désespoir de la disparition de Romain que j'ai imaginé quelques secondes flotter parmi ces petits points informes perdus à jamais. J'ai aussitôt lutté, m'interdisant cette dernière pensée ; Romain était vivant et j'allais le retrouver ! »

Hélène arrêta son récit au cœur des ténèbres qui les encerclaient. Dans le faisceau de sa lampe frontale, elle fixait sans les voir les petites ondes avancer et troubler la surface miroir de l'eau stagnante dans laquelle elle progressait à côté de Jack. Leurs pas résonnait en vagues régulières dans un silence pesant. Hélène évacua lentement les images terrifiantes qui n'avaient de cesse de la hanter depuis deux jours.

— Tu sais, je t'envie de n'avoir rien vécu de tout ça, conclut-elle tristement. On peut dire que dans ton cas, ce coma a été une chance.

— Comme le fait de t'avoir croisé au fond de ce parking.

— Oui, peut-être.

Hélène leva la tête pour éclairer devant elle, espérant voir enfin apparaître un signe de la fin de leur traversée de l'Hudson.

Les rails couraient en ligne droite au plafond et disparaissaient au loin en se rejoignant dans l'obscurité. Entre les traverses, l'eau coulait d'un peu partout et s'accumulait au creux de l'arche au sol.

Lorsqu'ils étaient remontés jusqu'au *Path,* à la hauteur de *6 th Avenue,* il n'y avait qu'un petit filet qui courait au sol, parmi les câbles, mais le niveau était monté rapidement, les obligeant à marcher sur le côté du tunnel, en travers de la pente. Ils n'avaient pas tenu bien longtemps avant de se résigner à progresser au milieu de ce qui avait fini par ressembler au cœur d'un égout, trébuchant sur des obstacles qu'ils ne voyaient plus à travers l'eau boueuse.

Hélène avait toujours eu horreur de patauger, mais à présent, elle était surtout inquiète de cette eau qui finirait par peser sur la structure du tunnel, favorisant son effondrement.

— Il faut qu'on se presse un peu, lança Hélène en se retournant vers le reste du groupe.

Elle décida cependant de les attendre, aussitôt imitée par Jack. Loin derrière, les quatre faisceaux anarchiques des lampes frontales balayaient l'espace au rythme désynchronisé des pas du reste du groupe.

— Mais, je suis crevé moi ! répondit Mattis au loin. Et vous voulez qu'on aille encore plus vite ? Et puis, ce sac, j'en peux plus de le porter.

— Cessez de vous plaindre Mattis, lança Houston, votre sac ne pèse rien.

— Évidemment, c'est facile pour vous. Vous passez votre temps à faire du sport.

— Je vous arrête tout de suite. Ce n'est pas facile pour moi. C'est juste que, contrairement à vous, j'ai appris à serrer les dents.

— Oh ! Ça va les leçons de morale !

Romain arriva le premier à leur niveau, protégé sous son poncho comme Hélène et Jack.

— *Continue d'avancer mon chéri, on te rattrapera.*

— *Il y a un problème ?*

— *Non, c'est juste que toute cette eau, ça ne me rassure pas. Plus vite on sort d'ici, mieux c'est, tu comprends ?*

— *Je comprends.*

Romain reprit sa marche au moment où Cooper entra dans la lumière.

— Vous pensez que c'est encore loin ? demanda-t-il.

— Pas évident de se repérer, répondit Jack. Mais, pour moi, on doit être à peu près au milieu du tunnel.

— C'est ce que j'imaginais aussi, dit Cooper.

Tous les trois attendirent l'arrivée de Houston qui piétinait derrière Mattis. Visés par la lumière crue, leurs ponchos trempés brillaient dans le noir.

— Ce putain de tunnel n'en finira jamais ! pesta Mattis en atteignant le groupe. Je ne suis pas contre une petite pause, il faut que je boive un coup.

— Nous n'avons pas le temps, rétorqua sèchement Hélène. Il y a de plus en plus d'eau ici.

— Ça, on avait remarqué ma jolie, ironisa Mattis.

— Ce qu'Hélène veut dire, poursuivit Houston, c'est que le tunnel pourrait s'effondrer. Elle a raison, il ne faut pas traîner.

Exaspéré, Mattis passa le groupe et reprit son chemin.

— J'ai compris ! Pas la peine de faire un dessin. On serre les dents et on avance dans cette eau de merde ! s'emporta Mattis qui donna de violents coups de pied, éclaboussant tout sur son passage.

— Il est toujours comme ça ? interrogea Hélène.

— Pour être franche, oui, répondit Houston.

Un peu plus loin, dans une longue courbe du tunnel, ils croisèrent une rame à la carrosserie argentée, posée sur son toit. Sur le premier wagon, le logo du *Path* ressortait sur le large fond bleu vif qui entourait la porte d'accès. À travers les vitres qui défilaient, Hélène aperçut flotter, au plafond des wagons désertés, quelques objets insignifiants abandonnés par les passagers.

— Et vous ? Vous étiez où quand c'est arrivé ? demanda Jack.

Devant le silence de Houston, Cooper répondit après quelques secondes d'hésitation.

— Nous étions en route pour le Centre, bloqués au milieu de la circulation. Il nous a fallu réagir très vite et nous nous sommes réfugiés dans le métro le plus proche. J'imagine que nous avons vécu quelque chose de similaire à ce que vous a décrit Hélène. C'est bien de ça dont vous parliez tout à l'heure ?

— À la différence près que vous saviez ce qui était en train de se passer, rétorqua Hélène.

— Oui et non. On s'est douté que ça venait du labo, mais personne ne pouvait prévoir une apocalypse pareille, à part Dieu peut-être.

— Quand on parle de l'œuvre de Mattis, Dieu n'est jamais bien loin, ironisa Houston.

— Je vous entends, lança Mattis qui marchait toujours devant, s'efforçant de garder le rythme.

— Vous êtes croyant Cooper ? interrogea Jack.

— Disons que, lorsque je vois la nuit recouvrir ainsi l'humanité, j'ai du mal à penser que son accomplissement est la faute d'un seul homme. Il y a forcément une raison plus grande à tout ça.

— J'avoue que j'étais à mille lieues de vous imaginer mystique Cooper, s'étonna Houston.

— Je me pose des questions, voilà tout.

Un peu après avoir passé la rame, le niveau de l'eau commença à baisser, ce qui rassura Hélène. Il dépassait à peine sa cheville lorsqu'elle aperçut enfin, au bout d'un nouveau virage, les lumières de la station.

Jack avait tout de suite exprimé son soulagement d'atteindre *Hoboken Path Station,* expliquant à Hélène, dans un enthousiasme communicatif, qu'il avait toujours aimé *Hoboken Terminal,* plus que la gare de *Grand Central,* lui préférant sa taille humaine et son style pur dix-neuvième. Alors qu'il enchaînait, s'attristant d'imaginer qu'en toute logique ce bijou d'architecture avait dû se décrocher à l'heure qu'il était, Hélène observa Jack lui parler d'un temps qui n'existait plus avec exaltation. Elle se dit qu'un homme comme lui devait être facile à vivre, qu'elle aurait bien aimé faire sa connaissance dans d'autres circonstances.

— Éteignez vos frontales, demanda Hélène. Nous devons économiser au maximum nos piles.

Tous s'exécutèrent alors qu'ils entrèrent dans la lumière au néon de la station.

Dans l'espace qui s'ouvrait au groupe, deux quais les surplombaient et séparaient, de part et d'autre, trois voies ferrées désertes. Depuis les plates-formes bordant les rails, de longs alignements de colonnes bleues reposaient sur de gros chapiteaux sculptés couleur outremer. Fièrement rehaussée de blanc, une lettre H cerclée était moulée sur chacune des quatre faces des chapiteaux. Dans une succession de courbes à la symétrie parfaite, de profondes voûtes blanches incurvaient le sol depuis leurs impostes et reliaient toutes les colonnes entre elles. La lumière qui sortait du fond des arches donnait à Hélène l'impression d'être devant quelque monument historique dont l'éclairage sophistiqué aurait été étudié pour le mettre en valeur. L'absence de train en gare accentuait un peu plus l'aspect mise en scène du lieu.

Ils suivirent les longs câbles qui se prolongeaient au sol jusqu'à l'autre bout de la station. Seuls quelques rescapés disparates étaient adossés aux voûtes et les fixaient, le regard vague. Encore accrochés au bitume des quais, des bancs métalliques esseulés succédaient à des caissons publicitaires lumineux vantant les mérites d'une crème pour le visage bio, ou le sérieux irréprochable d'une agence immobilière. Un peu plus loin, un panneau d'information faisait défiler horizontalement ses messages orange pixellisés ; « *Ce quai sert uniquement pour la sortie. Prochain départ pour 6th Avenue — 14th Street dans vingt minutes.* »

Hélène observa les « H » qui se répétaient sur les chapiteaux des colonnes dans toute la station. Elle réalisa que cette lettre se lisait aussi bien à l'envers qu'à l'endroit, comme un pied de nez au changement de gravité, un symbole d'adaptation, ou de résistance.

Un peu plus loin, elle passa le cœur serré devant une jeune femme blonde qui tenait deux enfants endormis dans ses bras. Son tailleur bleu marine et sa chemise blanche lui firent penser qu'elle accompagnait peut-être ses enfants à l'école avant de partir travailler dans Manhattan.

— Où allez-vous comme ça ? interrogea la femme sur un ton neutre.

— À la plage, répondit Mattis avec un naturel déconcertant, il fait un temps magnifique aujourd'hui.

La jeune femme fixa Mattis dans une totale incompréhension.

— Combien de fois on va nous poser cette question ? bougonna-t-il en s'éloignant. C'est vrai, c'est agaçant à la fin !

— Mattis, vous n'êtes vraiment qu'un gros connard, éructa Hélène. Si vous vous moquez encore une fois d'une de ces victimes, je vous plante mon piolet dans le genou.

— Pourquoi le genou ? demanda Mattis sans se démonter.

Après une seconde de stupeur immobile, pendant laquelle elle se demanda si elle n'allait pas passer à l'acte, Hélène reprit son chemin en exorcisant son envie de meurtre dans un cri de rage.

— Vous êtes vraiment insupportable, vous savez ? lança Houston.

— Et vous, vous êtes tous des rabat-joie, se défendit Mattis.

Hélène pressa le pas vers les tourniquets qui pendaient depuis le plafond, au bout de la station. Furieuse, elle ne comprenait décidément pas comment un homme grossier et sans cœur comme Mattis pouvait être un grand scientifique. *C'est juste un sale gamin pourri gâté.*

Aux pieds du double escalier qui descendait vers la surface, un panneau sur fond blanc pointait une flèche bleue en direction du sol ; *Exit to NJT : trains.*

— NJT, c'est la direction de la gare ? demanda Hélène.

— Oui, c'est le New Jersey Transit ; les trains de banlieue, répondit Jack.

Hélène sentit un puissant courant d'air tiède et nauséabond en provenance des tunnels s'engouffrer à travers la large trémie ouverte dans le sol. Cette odeur à laquelle elle s'était presque habituée se mélangeait maintenant à un air plus pur et plus froid venu de l'extérieur. En partie soulagée d'avoir quitté les dangereux couloirs du métro, elle appréhendait à présent ce qui les attendait en dessous.

Tous se regroupèrent autour d'Hélène qui avait posé son sac au sol.

— Nous allons profiter d'être en relative sécurité pour faire une pause d'une heure, nous restaurer un peu et nous changer.

— Ce n'est pas trop tôt, lâcha Mattis qui laissa tomber son sac sans ménagement depuis ses épaules.

Hélène s'apprêta à lui assener ses directives habituellement strictes sur le respect que l'on doit à son matériel, mais elle renonça, sachant à l'avance qu'il allait s'en moquer comme de tout le reste. Elle préféra s'éviter une de ses vannes de mauvais goût qu'il avait toujours en réserve, pour toutes les situations.

— Vous allez mettre les vêtements que vous avez prévus pour le froid. La température a dû certainement encore chuter dehors, et ce sera plus compliqué de le faire plus tard.

— On doit se changer ici ? s'inquiéta Houston, désignant du regard l'espace ouvert autour d'eux.

— De quoi avez-vous peur Houston ? Je vous jure que je ne regarderai pas, s'amusa Mattis.

— Chacun peut se trouver un coin tranquille, la gare est assez grande, précisa Hélène, décidée à ignorer Mattis. On se regroupe dans une heure.

Alors que Houston et Cooper s'éloignaient déjà chacun de leur côté, Mattis s'approcha d'Hélène au moment où elle attrapait une barre de céréales dans la poche latérale de son sac.

— Écoutez, je suis désolé, démarra timidement Mattis. Je n'aurais pas dû me moquer de cette femme. Mais, c'est plus fort que moi. Ça sort tout seul, comme un réflexe.

— Eh bien, il faut vous faire soigner ! Parce que c'est inhumain de faire ça ! rétorqua Hélène. On ne peut pas rire de tout. Je ne comprends pas que vous ne vous sentiez pas un peu plus responsable de ce qui arrive. Ce sont quand même vos saletés de protons, d'électrons ou je ne sais pas quoi, qui ont provoqué tout ça !

— Gravitons, ce sont des gravitons.

— On s'en fout ! Tout ce qu'on vous demande, c'est de réparer vos conneries.

— Ce ne sont pas mes…

Mattis arrêta sa phrase. Il fit un effort manifeste pour se contrôler.

— Je vous promets que je vais faire ce que je peux, poursuivit-il.

— Bien.

Au même moment, un grondement lointain leur parvint depuis les profondeurs du tunnel qu'ils avaient emprunté. Quelques secondes plus tard, un souffle glacé traversa *Hoboken station* ; le plafond de la ligne du *Path* venait de s'effondrer, provoquant une nouvelle ouverture sur le vide.

19.

JOUR 0
Altitude : 95 km
Température : – 98 °C
Gravité : g= 1,48 N/kg

Inquiet, Serguï tira sur la paille de son sachet de café et le plastique argenté se rétracta sous l'effet de son aspiration. Malgré leur situation dramatique, il appréciait le breuvage chaud et réconfortant.

Après les innombrables missions qu'il avait effectuées sur l'ISS, il pensait avoir tout vécu. Du largage en urgence de son Soyouz peu après le décollage, à la fuite d'ammoniac dans le système de refroidissement, en passant par la réparation risquée de l'antenne de navigation, il espérait avoir gagné le droit de vivre une dernière mission paisible avant de prendre une retraite bien méritée. Andrew l'avait même invité à venir partager un peu de temps avec lui dans son ranch texan, et l'idée qu'il pourrait retrouver son ami sur Terre pour parler du bon vieux temps, une bière à la main, observant les étoiles, avait un peu adouci sa tristesse de savoir qu'il ne volerait plus. Il avait fini par se faire à cette idée de laisser le cosmos définitivement derrière lui, mais la gravité terrestre en avait décidé autrement, et le vide intersidéral ne semblait pas prêt à vouloir le lâcher si facilement.

Dans leur nouvelle orbite stabilisée à moins de cent kilomètres d'altitude, ils avaient provisoirement éloigné la perspective de partir à la dérive dans l'espace, mais ils avaient aussi perdu en chemin une partie de leurs panneaux solaires et surtout un de leurs deux Soyouz.

— Et il n'y a aucun moyen de les réparer en faisant une EVA ? murmura le commandant.

Réunis avec Fiodor et Scott autour de la petite table bleue anodisée attachée à la paroi du module Unity, Serguï observa leurs visages sombres devant la longue litanie des problèmes qu'il leur restait à affronter.

— Non, les panneaux ont été totalement arrachés, répondit discrètement Fiodor. On va devoir composer avec une production d'énergie réduite.

— Bon sang ! s'agaça Scott. Combien de temps avant que l'Electron et l'OGS ne fournissent plus assez d'oxygène ?

— C'est une question d'heures, s'inquiéta Fiodor. Vingt-quatre, quarante-huit heures peut-être. Ça dépendra de ce qu'on pourra économiser comme source électrique. On sait que le système n'est pas prévu pour dix personnes à la base, alors avec des panneaux solaires en moins !

— Bon ! Commençons par ne rien dire aux touristes, histoire qu'ils n'augmentent pas leur consommation d'oxygène en s'angoissant. Pas un mot à Nicole et Kim non plus, ils ne peuvent pas nous être d'un grand secours pour ces problèmes techniques, donc, pas la peine de les inquiéter.

— Et Tracy ? interrogea Fiodor.

— Je la tiendrai informée. Nous allons déjà couper discrètement tout ce qui consomme et qui n'est pas indispensable à notre survie. On verra le temps supplémentaire que ça nous donne pour trouver une solution.

Serguï ne se sentait pas à l'aise à l'idée de cacher la vérité à une partie de l'équipage, mais le sujet qui le préoccupait le plus — et que Scott ne semblait pas vouloir aborder — c'était leur évacuation vers la Terre.

— Qu'a dit « le bleu » pour son Dragon ? demanda Fiodor.

— Il n'a pas subi de dégât apparemment. Il devrait être opérationnel, conclut Scott.

— Avec le Soyouz endommagé, ça ne nous fait quand même plus que sept sièges retour pour dix personnes, releva Serguï.

— Chaque chose en son temps. Pour le moment, il n'est pas question d'évacuation. On ne sait toujours pas ce qui se passe en bas.

— Mais, il vaudrait mieux s'y préparer, insista-t-il.

— Écoute Serguï, on verra ce qu'on peut faire avec « le Bleu », mais pour le…

« C'est Ken que vous appelez « le Bleu » ? » demanda la voix de Maryam dans le dos du commandant.

Serguï vit aussitôt Scott se raidir, sa mâchoire se serrer. Maryam et Liang entrèrent dans le module et volèrent dans leur direction.

— Ne vous arrêtez pas pour nous. Nous voulions juste venir prendre notre thé avec vous, précisa Maryam, présentant devant elle le même petit sachet argenté qu'ils tenaient tous à la main.

— Nicole nous a montré comment le faire chauffer dans une valise de James Bond comme celle-là, compléta Liang avec son fort accent.

Il désigna la grosse mallette en aluminium fixée à la paroi, sous une série d'auto-collants figurant les écussons des missions précédentes sur la station.

— D'ailleurs, je me demande quel esprit tordu a pu avoir l'idée de faire chauffer les plats dans une valise, c'est complètement débile, termina-t-il en ricanant.

Serguï vit Scott se crisper un peu plus et décida d'intervenir.

— J'avoue que je n'avais jamais pensé à ce détail, enchaîna-t-il, s'efforçant d'apporter une certaine légèreté. Mais oui, venez. Vous faites partie de l'équipage maintenant que vous nous avez sauvé la vie. N'est-ce pas Commandant ?

Scott tenta de sourire comme il put et se décala pour laisser de la place autour de la petite table.

— Bien sûr, marmonna Scott.

— C'est gentil, mais je n'ai fait que quelques calculs, c'est à vous que revient tout le mérite de ce succès.

Serguï repéra un tic nerveux sur le visage de Scott au moment où Maryam aborda comme un succès la situation actuelle.

— Nous avons fait un petit tour à la *Coupole*, c'est vraiment dommage que tous ces nuages nous empêchent de voir la Terre. Pouvoir observer le bleu des océans doit être merveilleux.

— Je voulais vous demander, comment faites-vous pour avoir toujours de l'eau ? enchaîna Liang. Vous avez des packs de recharge quelque part ?

— Nous ne sommes pas vraiment dans un de vos… jeux vidéos, avec des bonus à ramasser un peu partout, répondit Scott le plus calmement qu'il lui était possible. C'est simple. Nous avons un système de recyclage très sophistiqué.

Liang et Maryam écoutaient avec attention le commandant en tirant sur leur paille.

— Toute l'eau produite dans la station, sous quelque forme que ce soit — humidité de l'air, transpiration, urine — est récupérée, filtrée et réutilisée à l'infini ; pour vos boissons par exemple.

Serguï observa Scott et Maryam se regarder droit dans les yeux. Elle continua à aspirer sans sourciller, tandis que Liang s'était arrêté net aux mots de Scott. Devenu pâle, il réprima un premier spasme en portant la main à sa bouche.

— C'est à droite, la cabine… commença Serguï, alors que le jeune Chinois s'éloignait déjà dans la bonne direction, abandonnant son sachet qui tournoya dans le vide à la place qu'il venait de quitter. Quelques perles de thé se retrouvèrent satellisées autour du plastique argenté.

Maryam tira ostensiblement sur sa paille et vida jusqu'à la dernière goutte de son thé, sans détacher son regard de celui de Scott. Elle libéra ensuite le tube, en le laissant glisser lentement le long de ses lèvres volontairement pulpeuses, esquissant un sourire parfaitement naturel.

— Ce n'est pas très gentil ça, releva sereinement Maryam. Lui qui commençait à peine à être à l'aise dans la station.

— C'est lui qui a posé la question, se justifia Scott.

— Vous saviez que c'est à cause de sa grand-mère qu'il est ici ?

— Non, j'ignorais ce détail passionnant.

— Eh bien, figurez-vous qu'elle l'a inscrit sans rien lui demander à une loterie organisée par l'État pour envoyer un Chinois dans l'espace, continua Maryam sans se préoccuper des sarcasmes de Scott. Lui passait son temps dans sa cave à jouer à Fortnite et sa grand-mère a trouvé que ce serait un bon moyen de le faire sortir. Oui, pour tout vous dire, il se prépare pour le Championnat du monde de Fortnite, il n'y a que ça qui l'intéresse.

— Vraiment ?

Maryam attrapa d'un coup le sachet abandonné par Liang et l'accrocha sur le rebord de la table à une bande Velcro rouge.

Amusés par l'affrontement qui venait de se mettre en place, Serguï et Fiodor fixèrent le commandant dans l'attente de ses réactions.

— Oui, vraiment ! insista Maryam. Il n'avait aucune envie d'aller dans l'espace, mais son gouvernement ne lui a pas laissé le choix.

— C'est trop bête ! ironisa Scott.

— J'imagine que vous n'avez aucune idée de ce qu'est Fortnite ?

Serguï suivit la main de Maryam qui accrocha son sachet à côté de celui de Liang. Il jeta un coup d'œil à Fiodor. Lui aussi tentait de contenir un fou rire devant la rigidité de Scott.

— Bien, je vais aller voir si Tracy a réussi à joindre le sol, lança Scott, sans se soucier de répondre à la question.

Visiblement agacé par l'attitude de ses équipiers, le commandant quitta la table et s'éloigna en direction de la partie russe de la station.

Maryam se tourna vers Serguï.

— Quoi ? demanda Maryam avec un sourire. J'ai dit une bêtise ?

— Ne le prenez pas mal Maryam, c'est Andrew qui nous fait rire. On ne l'a jamais connu comme ça.

— Il ne m'aime vraiment pas, c'est ça ?

— Au contraire, il vous gratifie d'un traitement d'exception, plaisanta Fiodor.

— Ce n'est pas flagrant !

— Écoutez, nous vous devons une explication, se justifia Serguï. Vous savez que nous fixons nos divers objets du quotidien aux bandes Velcro réparties un peu partout sur les parois de la station, afin d'éviter qu'ils ne volent n'importe où en impesanteur. Mais vous n'avez peut-être pas remarqué que certains de ces Velcros sont rouges, comme la bande où vous avez accroché vos boissons. Eh bien, ces Velcros rouges sont la propriété privée du commandant.

— Sérieusement ? s'étonna Maryam.

— Oui, interdiction absolue de s'en servir sous peine de subir le courroux du propriétaire, s'amusa Fiodor.

— Vous voyez, Scott est aussi un vieux garçon aux habitudes parfois un peu rigides, compléta Serguï. Mais dans votre cas, il n'a rien dit ; c'est la preuve qu'il vous aime bien.

— Intéressant. Notez que je ne cherche pas particulièrement à lui plaire. Ce serait seulement plus simple si nous arrivions à communiquer normalement.

— Je suis certain que ça va finir par s'arranger. Il faut lui laisser un peu de temps.

— Je comprends. Sinon, vous avez une idée de ce qui va se

passer maintenant que notre orbite est stabilisée ?

— C'est compliqué, répondit Serguï, embarrassé.

« Commandant Scott, pourriez-vous venir tout de suite au laboratoire Kibo, c'est très urgent, lança la voix un peu affolée de Kim Nakano à travers tous les haut-parleurs de la station. »

— Mais, j'ai l'impression que nous allons bientôt en savoir plus ! s'inquiéta Serguï.

20.

JOUR 2
Altitude : – 10 m
Température : 5,9 °C
Gravité : g= – 7,09 N/kg

Maintenant qu'Hélène se retrouvait face au groupe aligné sous la rangée de tourniquets d'*Hoboken Station*, elle n'était plus très sûre d'avoir donné les bonnes instructions concernant le choix des tenues pour affronter le froid à l'extérieur.

Dans l'air glacé qui envahissait le lieu depuis l'effondrement du tunnel, elle observait sur le côté Jack et Romain échanger avec enthousiasme. Jack simulait d'une main une grande trajectoire courbe dans l'espace à laquelle Romain répondit par un pivot savant de ses deux mains, chacun vantant ses exploits de surfeurs des neiges dont ils portaient tous les deux la parfaite panoplie à la dernière mode adolescente. Devant son comportement, très similaire à celui de son fils, Hélène se demanda si Jack ne manquait pas un peu de maturité. Mais, elle se souvint qu'en tant que professeur, il avait l'habitude de fréquenter au quotidien des jeunes comme Romain, avec qui il se sentait manifestement à son aise. Les voir ainsi nouer une forme de complicité au milieu de ce cataclysme lui donnait l'impression d'assister à une scène dans une bulle hors du temps, une parenthèse au milieu du chaos.

Accroupie juste à côté de Jack, habillée d'un blouson et d'un pantalon aux motifs camouflage, Houston refermait son sac qu'elle s'apprêtait à enfiler. Ses cheveux blonds attachés sous son bonnet noir ajusté, elle avait vraiment l'air d'une membre de quelque commando des forces spéciales américaines parée pour passer à l'action. Au moment où elle se redressa, Hélène croisa son regard bleu glaçant derrière lequel elle ne savait toujours pas ce qui se cachait.

Debout à côté de Houston, son sac déjà sur le dos, Cooper attendait dans une tenue d'un blanc immaculé de la tête aux pieds, donnant l'impression qu'il sortait d'une caserne de chasseurs alpins, prêt à disparaître dans les montagnes enneigées. Hélène se demanda quelle idée lui avait traversé l'esprit pour adopter un déguisement pareil.

Le regard incrédule d'Hélène arrêta son vagabondage sur Mattis. Le ventre moulé dans une combinaison jaune canari, ses cheveux roux effilés encore légèrement noircis dépassant d'un bonnet à gros pompon vert fluorescent, il était au firmament du ringard. *Il a dû trouver ces vêtements dans un vieux rayon d'articles en soldes des années quatre-vingt-dix. Il a peur qu'on le perde, ce n'est pas possible !*

— Je crois que j'aurais dû plus m'impliquer dans le choix de vos équipements. On a vraiment l'air d'un bon groupe de... de je ne sais quoi d'ailleurs ! démissionna Hélène.

— Tout le monde n'est pas obligé de ressembler à un guide de haute montagne, rétorqua Mattis. Moi, j'ai toujours aimé le jaune.

— On s'en serait douté ! Mais question discrétion, avec Cooper, vous faites la paire, ironisa Houston.

— Je ne vois pas le rapport entre nos deux tenues, se vexa Cooper.

— Tout ça n'est pas très important, tempéra Hélène. Il n'y aura certainement pas grand monde pour nous juger en chemin. Gardez bien vos gants accessibles, vous en aurez rapidement besoin.

Hélène endossa son sac et ressentit tout de suite qu'il s'était encore un peu alourdi. Elle se retourna vers Mattis, mais Romain l'aidait déjà à soulever le sien.

— Il faut peut-être que nous allégions votre sac, avança Hélène.

— Je ferai ma part, ne vous en faites pas pour moi, assura Mattis. On y va ?

Hélène voyait bien qu'il était trop chargé. Cependant, elle sentait chez lui cette volonté de ne pas être lui-même un fardeau pour le groupe, et elle ne voulait pas saper cette détermination inattendue.

— On y va !

À travers un grand hall faiblement éclairé, Jack guida

l'expédition en direction de la gare. Ils furent obligés d'enjamber péniblement les innombrables obstacles qui jonchaient leur parcours aux creux des arches au sol. Suivant les panneaux qui affichaient « *NJT trains* », ils descendirent dans un long et large couloir lumineux. Des poutres moulées se succédaient dans sa profondeur et remontaient sur les murs, telles les membrures apparentes d'une coque de navire en béton. Une double ligne de néons illuminait, tout au long de leur passage, deux rangées d'affiches publicitaires qui diffusaient leurs messages obsolètes, comme autant de vestiges futiles d'une civilisation en voie de disparition.

Au bout du couloir, Jack s'arrêta devant un dernier escalier plus étroit dont la pente rejoignait l'obscurité.

— Voilà, c'est l'accès à la gare, annonça-t-il.

Le froid cinglant de l'extérieur tourbillonnait en lames glacées sur le visage d'Hélène qui se pencha pour évaluer le passage. Bien que l'atmosphère soit encore un peu chargée de l'odeur de fumée des incendies, elle n'était pas mécontente de respirer enfin un peu d'air frais.

Le faisceau de sa lampe s'arrêta quelques mètres plus bas sur un nouveau plafond encombré de tuyaux et de câbles.

— Bien, je vais descendre pour voir comment ça se présente, annonça Hélène. Jack et Romain vous aideront à me rejoindre en rappel dès que j'aurai sécurisé l'arrivée. À partir de maintenant, nous allons devoir nous déplacer à l'extérieur. D'après nos repérages, nous aurons très peu d'abris avant d'atteindre le Centre et il va falloir commencer à gérer la température qui ne cesse de chuter. Vous devez faire attention de transpirer le moins possible pour ne pas vous refroidir.

— Qu'est-ce qu'on vient faire dans une gare ? interrogea Houston.

— On va prendre le train pardi ! s'amusa Mattis.

— Comment allons-nous progresser s'il n'y a plus de tunnel ? demanda Cooper.

— Ne vous inquiétez pas pour ça, ma mère a toujours une solution, assura Romain.

— Vous verrez bien, conclut Hélène. On va déjà commencer par descendre. Là-dessous, c'est le toit de la gare, autrement dit le dernier rempart avant le vide, alors on fait attention où on met les pieds.

Hélène termina de sécuriser son rappel et se laissa glisser le long de la corde, jusqu'à disparaître dans le noir.

***

— Il est hors de question que je monte là-dessus ! se révolta Houston, levant la tête vers les rails de la voie numéro cinq qui démarrait au plafond devant un gros buttoir.

Partant d'un des six petits chariots à roulettes fixés sur le « T » inversé des deux rails, une corde descendait jusque dans la main d'Hélène. Sous chacun des chariots, leurs six sacs pendaient au bout de leur lien, tournant lentement dans des rotations anarchiques. Depuis qu'elle avait annoncé qu'il allait falloir s'accrocher à ces mini-trains bricolés par Jack pour avancer au plafond comme des araignées, Houston ne voulait rien entendre.

Debout sur une des poutrelles métalliques qui composaient la charpente du toit extérieur de la gare d'Hoboken, Hélène perdait intérieurement patience et laissait courir son regard sur le décor qui l'entourait, tentant de garder son sang-froid.

Au sol, de longues arches de Plexiglas faisaient entrer une faible lueur bleutée qui baignait la vaste architecture d'acier riveté. De multiples alignements de colonnes retenaient l'immense structure à la Terre, au-dessus de laquelle les nombreuses voies ferrées s'alignaient, en partance pour le New Jersey. Les rails disparaissaient au loin dans les ténèbres, quittant la présence rassurante du bâtiment qui occultait sous leurs pieds le vide prêt à les engloutir. Par endroit, l'ossature de la charpente avait été arrachée sous le poids de trains qui avaient emporté avec eux quelques parties du toit, laissant apparaître la couche de nuages tout en bas. Jack avait raison ; de l'ancienne gare, il ne restait plus que trois longs bancs en bois sculpté dans la grande salle d'attente, toujours suspendus au marbre clair et luisant du sol qui dominait le néant. Encadrées de piliers de pierre blanche fracassés, quelques hautes fenêtres art déco au verre dépoli pendaient mollement, dans l'attente de se décrocher. À travers l'espace libéré par l'absence du bâtiment, le regard d'Hélène pouvait atteindre la rive de l'autre côté de l'Hudson où, dans un jeu d'ombres et de lumières, les feux agitaient de leurs flammes fébriles les ruines de Manhattan.

— Écoutez, vous n'avez pas le choix, s'agaça Hélène. Nous n'avons pas trouvé d'autre moyen de nous déplacer à partir d'ici. Mais peut-être que quelqu'un a une meilleure idée ?

Elle ne laissa qu'un court silence avant de poursuivre.

— C'est bien ce que je pensais ! Alors on va faire comme prévu. Je vous assure que les roues sont bien bloquées à l'intérieur des rails ; ça ne peut pas se décrocher.

— Et les rails ? Ils ne peuvent pas se décrocher eux ? lança Houston agacée.

— Bien sûr qu'ils peuvent se décrocher ! répondit Hélène, comme une évidence. Comme le toit de cette gare, et comme tout le reste. Alors, soit vous grimpez, soit on vous laisse ici tous les trois ; parce que nous, on quitte la ville.

— C'est de la folie, murmura Cooper.

— Je suis d'accord, répliqua Hélène, mais si on ne se dépêche pas de rejoindre votre fichu Centre avant que la gravité ne soit trop forte, autant se jeter dans le vide tout de suite.

— Très bien, je vais y aller ! annonça Houston.

— Ah ! Vous voyez quand vous voulez, ironisa Mattis.

— Vous, pas un mot ! imposa Houston. C'est à cause de vous si on en est là ; alors je ne veux pas vous entendre.

— On ne va pas remettre ça ! s'indigna Mattis.

— Bon, ça suffit ! On y va maintenant ! lança Hélène. Vous montez le long du pilier et vous accrochez votre mousqueton à celui du chariot. On vous rejoint.

— Pourquoi je dois passer en premier au fait ? hésita Houston.

— Parce que c'est vous qui flippez le plus Houston, s'amusa Mattis.

Elle lança un regard de tueuse au professeur.

— Mais c'est pas vrai ! s'énerva Hélène, tirant d'un coup ferme sur la corde.

Houston fut pratiquement soulevée du sol par son baudrier.

— D'accord, d'accord ! J'y vais, se résigna Houston.

Elle attrapa le rebord du pilier et commença à monter, largement aidée par Hélène et Jack qui la hissèrent sans difficulté. Houston accrocha son mousqueton sous le chariot. Elle se retrouva assise dans son baudrier, face au rail.

Rapidement, Romain escalada à son tour, avec l'efficacité d'un grimpeur. Il s'amarra derrière Houston, sous le rail gauche de la voie. Mattis se laissa hisser comme un poids mort sous le rail droit, satisfait de s'élever sans avoir rien à faire. Cooper le rejoignit et fermait la marche derrière lui. Hélène et Jack grimpèrent en dernier pour prendre chacun la tête d'une des deux cordées sous lesquelles pendaient les sacs.

Hélène pivota sur sa corde pour faire face à Houston derrière elle.

— Tout va bien se passer, lui dit Hélène avec douceur. Vous n'êtes pas obligée de regarder en bas, au contraire. En marchant, vous fixez la voie. Vous n'avez pas de raison d'avoir peur.

Dos à Hélène, Houston resta figée en silence.

— Bien ! Comme vous le sentez certainement déjà, ce n'est pas très confortable d'être pendu dans un baudrier lorsqu'on n'y est pas habitué, enchaîna Hélène. Et encore, nous ne pesons toujours pas notre poids réel. Nous avons normalement un peu moins de deux kilomètres à parcourir avant de rejoindre un nouveau tunnel où nous pourrons retrouver le sol. Donc, plus nous irons vite, moins longtemps nous resterons dans cette position inconfortable. Si nous avons bien fait notre repérage avec Jack, la voie montait jusqu'au tunnel, ce qui veut dire qu'aujourd'hui, elle descend. La pente devrait nous permettre d'avancer sans trop avoir à faire d'effort. Bien, c'est maintenant que vous devez basculer en arrière pour poser vos pieds au sol, enfin, au plafond.

Tant bien que mal, chacun parvint à planter ses chaussures de randonnée de chaque côté du rail. Ils commencèrent à marcher, la tête en bas. Les deux étranges cordées s'ébranlèrent et roulèrent au cœur de la gare, l'une à côté de l'autre. Seul Mattis retombait régulièrement au bout de sa corde, et Jack pestait d'avoir à le tracter la plupart du temps par le lien qui les reliait entre eux.

Hélène regarda au-devant s'approcher la frontière de la charpente et sa proximité rassurante qui s'effaçait pour laisser place au vide. Dehors, le froid se fit plus mordant, mais les rafales semblaient s'être un peu calmées. La tempête qui sévissait au moment où ils avaient rejoint la boutique paraissait s'apaiser. Tête en bas dans la nuit d'encre, de grands pylônes portaient des éclairages de service qui révélaient un paysage désolé. Autour des hangars techniques détruits, des dizaines de voies ferrées dépouillées de leurs trains s'accrochaient encore au sol. Par endroit, les caténaires arrachées par la chute des rames pendaient loin dans le vide, retenant des portiques de fer qui provoquaient d'énormes étincelles. Leurs flashs illuminaient les masses sombres et déchiquetées de la ville en ruine, dévoilant de leur lumière crue le rouge des briques de ce qui restait des bâtiments.

Hélène se retourna pour jeter un coup d'œil à Houston. Les yeux fermés, elle marchait avec la détermination de quelqu'un qui veut atteindre son objectif le plus vite possible. Derrière, elle ne parvenait pas à apercevoir Romain, mais elle imaginait aisément qu'il devait être terrifié à la vue du paysage apocalyptique qu'ils traversaient. Fermant la marche sur l'autre rail, Cooper avançait dans sa tenue blanche encore immaculée. Pour un type comme lui, l'exercice n'avait l'air que d'un parcours du combattant de plus. Mattis, quant à lui, fixait le rail devant lui. Hélène constata qu'il souffrait physiquement. En temps normal, elle ne l'aurait jamais accepté dans son expédition ; il ne pouvait pas assumer un tel périple.

— Vous saviez que Frank Sinatra était né à Hoboken ? lança soudain Mattis en soufflant. Ma mère a toujours été fan. Quand j'étais gamin, elle me traînait le week-end dans un petit musée minable où il y avait une pièce entièrement dédiée…

— La ferme Mattis, le coupa Houston qui tentait de ne pas perdre sa concentration.

— Houston, vous êtes un vrai éteignoir vous savez, répondit Mattis.

Hélène était stupéfaite de la capacité de Mattis à emmerder le monde en toutes circonstances et à se moquer de tout, même de marcher au plafond la tête en bas. Rien ne semblait pouvoir l'atteindre.

Lorsqu'elle remonta à Jack qui avançait à côté d'elle, Hélène fut surprise de découvrir qu'il était déjà en train de la regarder. Il lui sourit, d'un sourire rassurant, au moment où elle sentit qu'il devenait plus facile de progresser. Elle comprit qu'ils avaient rejoint le début de la pente qui les mènerait jusqu'au tunnel.

— Nous abordons la descente, annonça Hélène au groupe. Dès que ça commence à rouler tout seul, vous vous asseyez dans le harnais et vous éloignez vos mains du rail. Quelle que soit la vitesse que nous atteignons, vous n'essayez surtout pas de freiner.

Progressivement, entraînées par leur poids, les deux cordées accélérèrent sur la légère pente qui les emmenait vers l'ouest. Dans le silence de la nuit, les roulements de leurs chariots montèrent doucement dans les aigus tandis qu'ils traversaient un décor de désolation.

Lentement, la cordée de Jack commença à dépasser celle d'Hélène.

— Je crois qu'on va arriver avant vous ! lança Jack.

Hélène sourit. *Il a raison, autant en rire. De toute façon, on n'y arrivera jamais. Il suffit qu'un rail se soit décroché devant, et c'est terminé.* Elle se prit à regretter de ne pas avoir eu l'idée de placer Romain sur l'autre rail. Si leur côté chutait, au moins il survivrait. Puis elle se dit immédiatement que ce serait encore pire de le voir tomber, alors qu'elle resterait suspendue sans pouvoir rien faire. Hélène fut soudain surprise par le bruit métallique de leur roulement qui lui revint violemment dans les oreilles, la faisant sursauter. Réfléchie par la proximité des parois d'un pont qu'ils traversaient à toute vitesse, l'amplification sonore cessa aussitôt après leur passage.

— Qu'est-ce que c'était ? paniqua Houston qui se crispa sur son harnais.

— Ne vous inquiétez pas, c'était juste un pont, répondit Hélène qui tentait elle-même de se rassurer. Il va y en avoir d'autres. Pour le moment, tout se passe comme prévu. Nous sommes sur la grande ligne droite qui mène directement au tunnel.

Derrière, la large masse sombre du toit de la gare continuait de s'éloigner, illuminée de temps à autre par les vifs éclats des arcs électriques. Plus loin, avec le recul, les ruines de New York apparaissaient plus que jamais dans leur immensité. Aucun building ne s'élevait plus depuis le sol de Manhattan, et seuls quelques bâtiments de petite taille s'accrochaient encore à la Terre, embrasés par les incendies qui touchaient de leurs lueurs orangées la couche de nuages étendue à l'infini sous l'horizon dévasté.

Que pouvaient-ils espérer face à un tel cataclysme ? pensa Hélène. Comment imaginer un retour en arrière ? Avec Jack, ils n'avaient pas trouvé de réelle solution pour regagner le Centre, sachant que les voies ferrées bifurquaient trop au sud pour l'atteindre. Afin de ne démotiver personne, ils avaient préféré garder ça pour eux, se disant devant la carte de la région qu'ils improviseraient une fois sur place. Hélène se rendait compte à présent que la réalité n'était pas aussi simple, et la gravité qui les repoussait toujours plus n'allait faire que rendre plus difficile encore la traversée qui pourrait les mener à leur objectif.

Hélène perdait espoir tandis que les deux cordées s'enfonçaient dans la résonance soudaine du tunnel obscur qu'elles avaient rejoint, ralentissant leur course. Progressivement, à travers l'ouverture en arche qui se découpait dans le noir, le paysage apocalyptique s'amenuisait alors que les ténèbres se refermaient sur eux.

21.

JOUR 1

Altitude : 112 km
Température : – 137 °C
Gravité : g = – 0,15 N/kg

Sur l'écran déporté de la caméra de Scarlett, le visage en gros plan du professeur Nakano se rapprochait à mesure que la réalisatrice zoomait sur lui pour mieux rendre la tension qu'elle voulait donner à la scène.

Scarlett était finalement ravie de cette virée sur l'ISS. Elle qui pensait faire une énième émission lénifiante sur le tourisme dans l'espace en plein essor ces dernières années, se retrouvait aux premières loges d'un évènement historique inédit. Avec l'exclusivité sur ses images au cœur de l'action, elle savait qu'elle allait se faire une petite fortune, en plus d'une réputation de grand reporter auprès de sa chaîne.

Tandis que Kim Nakano s'exprimait devant l'ensemble de l'équipage, elle se remémorait tout ce qu'elle avait réussi à filmer dans le dortoir où elle était confinée pendant la descente ; *du pur direct*. D'un côté, il y avait le beau Ken Gordon sans peur et sans reproche qui cherchait à rassurer tout le monde, méprisant la situation dans un sang-froid héroïque ; de l'autre, Liang qui faisait dans son froc, en maudissant certainement sa grand-mère en chinois pour l'avoir fait sortir de sa cave ; et enfin, la pudibonde « Miss super-chiante météo » qui priait tous les Saints pour qu'on ne se désintègre pas, le tout dans un bruit de carcasse métallique infernal sur le point de se rompre ; tout était parfait.

Même si elle n'avait pas eu le temps de regarder les rushs, elle était convaincue d'avoir déjà effectué un premier pas vers le Pulitzer. *Et ça ne fait que commencer !* s'enthousiasma-t-elle.

— Comment ça une gravité négative ? s'insurgea le commandant Scott. C'est n'importe quoi !

— Je suis désolé Commandant, les chiffres sont formels. J'ai revérifié plusieurs fois toutes les données. La gravité n'a cessé de chuter et nous atteignons maintenant une force « moins g » qui nous repousse vers l'espace ; et cette force est en augmentation constante.

Scarlett tenta de réaliser un champ-contrechamp pour capter les expressions, tournant le plus rapidement possible son objectif pour ne rien rater de la confrontation qui se profilait entre Kim et Scott.

— Eh bien, les chiffres se trompent ! tempêta Scott.

— Avec tout le respect que je vous dois Commandant, je vous rappelle que c'est déjà ce que vous aviez dit pour la chute de gravité qui a fini par être avérée.

— Professeur Nakano, pourriez-vous préciser ce que vous entendez par force « moins g » pour que nos téléspectateurs comprennent bien ce qui est en train de se passer ? demanda Scarlett.

— Ah ! Vous, ce n'est pas le moment de nous emmerder avec votre film à la con ! s'emporta Scott.

Scarlett fit comme si elle n'avait rien entendu.

— Professeur Nakano ?

La tête de Kim exécuta des allers-retours entre l'objectif de la caméra et le commandant, ne sachant pas s'il devait répondre à la journaliste.

— Allez-y ! abdiqua Scott. Nous avons tous besoin d'une explication claire de toute façon, qu'elle soit filmée ou non.

— Bien ! Apparemment, la Terre engendre actuellement autour d'elle un champ d'antigravitation qui a pour effet de soumettre tout objet se trouvant à proximité à une force répulsive. Vous devez imaginer un ballon de baudruche que vous gonflez. Plus vous le gonflez, plus sa surface va être en expansion et repousser ce qui s'y trouve. Dans le cas de la gravité, plus vous allez vous rapprocher du cœur du ballon, plus la force de répulsion sera élevée.

Scarlett décida de passer en plan américain pour poser les explications du professeur dans une image plus classique et plus stable qui exprimera mieux le sérieux de sa théorie.

— Il se trouve que l'ISS est positionnée actuellement au niveau de la surface de ce ballon qui nous repousse de plus en plus loin de la Terre. Voilà ce que je peux vous dire de la force que nous subissons à partir de mes observations.

— Est-ce que vous savez ce qui peut provoquer un tel phénomène ? interrogea Scarlett.

— Non, je n'en ai aucune idée. Dans l'état actuel des connaissances scientifiques, une « moins g » n'est même pas censée exister. Sans parler du fait que cela remet en cause jusqu'au principe de symétrie. Sauf bien sûr, à imaginer qu'elle cesse d'augmenter, pour finir par atteindre moins neuf virgule quatre-vingt-un Newton par kilo, soit l'exact opposé de la gravité normale. Ce serait purement catastrophique.

— On vous a perdu là professeur ! Ça avait bien commencé avec le ballon, mais on ne comprend à nouveau plus rien, reprocha Scarlett.

— Qu'est-il censé se passer à la surface de la Terre alors ? s'alarma Nicole.

— Théoriquement, comme je l'ai dit, la force répulsive devrait y être beaucoup plus élevée qu'à notre altitude. Si mes projections sont exactes, tout ce qui n'est pas fixé au sol devrait maintenant… tomber vers le haut.

Un lourd silence s'installa dans le module Destiny. Scarlett ne savait plus quel visage cadrer tant leurs expressions de désarroi étaient poignantes.

— Oh ! Mon Dieu ! craqua Nicole qui tenta de contenir ses larmes.

La réalisatrice braqua aussitôt son objectif sur la climatologue. *Un insert sur les yeux sera parfait !* Puis, lentement, les mots du professeur firent leur chemin jusque dans l'esprit concentré de Scarlett, pour y prendre tout leur sens. Elle abaissa doucement sa caméra et oublia un instant son tournage, prenant conscience de ce qui était en train de se passer.

— Mais alors, tout le monde est mort ? lança Scarlett, abasourdie.

— Bien, nous allons cesser immédiatement de tirer des conclusions hâtives, tempéra Serguï. Pour le moment, nous n'avons aucune certitude de ce qui se passe sur Terre. Nous ne pouvons qu'émettre des hypothèses.

— Je suis bien d'accord, ajouta Fiodor. Nous devrions plutôt nous concentrer sur notre survie.

— Justement, à ce propos, intervint Ken, je porte la responsabilité de mes passagers et je souhaiterais préparer notre retour le plus vite possible, avant que les choses ne s'aggravent davantage.

— Capitaine, bien que ce soit un de mes vœux les plus chers, je ne peux pas vous laisser quitter la station tant que nous ne comprenons pas parfaitement la situation dans laquelle nous nous trouvons, rétorqua le commandant.

— Je vous rappelle que je ne dépends pas de vous ou de la NASA, mais de SpaceX. La dernière version du Dragon que je pilote a ses propres moyens de propulsion. Je peux très bien regagner le sol si je le veux, gravité ou non.

— Pour le moment, et je le regrette, vous êtes comme nous dans l'incapacité de joindre votre patron, et je serais très étonné qu'il accepte de vous laisser faire vos cabrioles avec un de ses joujoux sans sa permission.

— Vous ! Vous vous pensez tellement…

— Ken, s'interposa Maryam. Nous diviser n'est certainement pas le meilleur moyen d'affronter nos difficultés, tu ne crois pas ?

— Tout ce que je sais, c'est que plus vite on quittera ce tas de ferraille, plus on aura de chance de s'en sortir, poursuivit-il.

— Vous êtes bien content de profiter de ce tas de ferraille pour faire votre business, s'offusqua Serguï. La Russie assemblait déjà l'ISS alors que vous n'étiez pas encore à votre premier biberon.

— C'est bien ce que je dis ! ironisa Ken.

— Bon, ça suffit ! coupa Scott, autoritaire. Notre unique problème pour l'instant, c'est de savoir ce qu'on fait avec cette nouvelle sortie d'orbite vers l'espace. On ne peut pas raisonnablement descendre plus bas dans l'atmosphère.

— On pourrait encore réduire notre vitesse, proposa Fiodor.

— J'ai bien peur que nous manquions de carburant pour ça, s'inquiéta Serguï.

— Il faut croire que « Lost in space » était le bon titre pour l'émission après tout, ironisa Scarlett.

Devant tous les regards de tueurs qui convergèrent, elle comprit que ce n'était pas le moment de faire de l'humour noir.

— Désolée !

— Nous allons devoir prendre en compte un autre problème, intervint Nicole, la voix chevrotante. Si la théorie de Kim se confirme, une gravité négative va avoir également un impact sur l'atmosphère. C'est la gravitation qui permet de confiner les couches atmosphériques autour de la Terre. Repoussées, elles aussi vont partir se disloquer dans le cosmos. Ça expliquerait d'ailleurs la présence de cette couche de nuages géants qui recouvre entièrement la planète depuis le début du phénomène.

— Il faut que vous arrêtiez avec vos théories fantaisistes, s'agaça Fiodor.

« Il y a quelque chose qui ne colle pas avec le dernier relevé télémétrique », annonça la voix de Tracy derrière Scott.

Scarlett décida de rester professionnelle jusqu'au bout, quelle que soit la situation. Elle braqua son objectif sur l'arrivée de Tracy qui volait vers eux depuis le module voisin.

— Qu'est-ce qu'il y a encore ? s'exaspéra le commandant.

— Les données de l'altimètre radar ont changé depuis que nous sommes descendus sur notre nouvelle orbite. Au lieu de montrer que nous nous éloignons, comme nous l'a annoncé Kim, mon relevé affiche une altitude d'une dizaine de kilomètres en moins.

— Je vous avais dit qu'on ne pouvait pas se fier aux instruments, rappela Fiodor. Nous devons absolument repenser la situation différemment.

« Eh, les gars ! Je crois que vous devriez venir voir ça ! » appela la voix angoissée de Liang, depuis le module Tranquility.

— Ne vous interrompez pas, intervint aussitôt Maryam. Je vais aller voir ce qu'il veut, ça ne doit pas être grand-chose.

Suivant son instinct de journaliste toujours à l'affût d'un nouveau scoop, Scarlett vola à la suite de Maryam vers le module voisin.

22.

JOUR 2
Altitude : 22 m
Température : 2,1 °C
Gravité : g = – 7,23 N/kg

— Je suis heureux que vous trouviez ma théorie intéressante. Mais vous savez, je vous ai plusieurs fois envoyé des courriers pour vous faire part de ces recherches. Je n'ai jamais eu aucune réponse. Du professeur Pettit non plus d'ailleurs.

— Pettit est bien trop imbu de lui-même pour répondre à un gars comme vous. Sans vouloir vous offenser Jack, tempéra Mattis. Vous ne pouvez pas imaginer la quantité de petits physiciens qui pensent avoir réunifié la Théorie Quantique des Champs et la Relativité Générale, et qui veulent absolument partager avec le monde entier la médiocrité de leur échec.

— Je vous remercie, se vexa Jack.

— Je ne parle pas de vous bien entendu. Personnellement, je ne lis plus ce genre de courriers depuis longtemps. Mais, maintenant que vous me l'avez exposée, votre histoire d'univers jumeaux avec leurs masses positives et négatives vivant dans des métriques conjuguées sur une seule variété n'est pas inintéressante. Et, pour tout vous dire, elle n'est pas si éloignée de ce sur quoi nous travaillons au Centre. Sauf que vous, c'est une théorie un peu fantaisiste à l'échelle du cosmos, nous, nous œuvrons directement sur son application.

— Si je peux me permettre, ce n'est peut-être pas ce que vous avez fait de mieux. Sans vouloir vous offenser.

Dans l'obscurité du tunnel qu'ils traversaient, Jack se demanda soudain s'il n'avait pas commis une erreur avec cette dernière provocation. Depuis le début de leur conversation, il avait tenté de comprendre davantage cet étrange personnage qu'était Mattis Magnusson. Décidé à passer au-delà de son tempérament détestable, il avait souhaité profiter de l'opportunité qui lui était donnée de dialoguer avec un des plus grands scientifiques contemporains. Mais il avait été déçu. Mattis avait un cerveau brillant pour ce qui était du domaine de la physique, mais l'homme se révélait un être bourré de complexes, misanthrope, et lâche. Cependant, Jack reconnaissait que son franc parlé, parfois difficile à accepter, finissait par le rendre par moment sympathique, voire drôle. Revenant rapidement sur des sujets scientifiques, il avait réussi à en savoir un peu plus sur ce mystérieux graviton qu'ils avaient découvert avec le professeur Pettit, mais Mattis était resté très évasif dès qu'il s'était agi du Centre et de ce qu'ils y faisaient réellement.

Mattis marchait à côté de Jack en silence, fixant le faisceau de sa lampe frontale qui se reflétait sur le sol trempé.

— Vous avez raison, finit par lâcher Mattis. Ce n'est pas ce que j'ai fait de mieux.

Le professeur n'ajouta plus rien. Il resta perdu dans ses pensées. Jack comprit que leur conversation ne reprendrait pas. Il leva la tête un instant et éclaira le dos d'Hélène qui avançait avec Romain un peu plus loin. Reliés chacun par une corde qui montait jusqu'au plafond où s'étirait la voie ferrée, ils tractaient les chariots qui leur avaient permis d'arriver jusqu'au tunnel dans lequel ils marchaient. Sous les chariots, leurs sacs pendaient toujours en se balançant. Devant, Jack aperçut enfin le bout du tunnel qui se découpait dans le noir.

Avec Mattis, ils rejoignirent Hélène et Romain, debout au creux de l'arche qui dominait le vide. Dans un réflexe devenu presque routinier, ils éteignirent leur lampe frontale pour économiser les batteries, comme Hélène le leur avait demandé.

Lentement, la vision de Jack s'adapta à l'obscurité. Le paysage se révéla baigné de son gris bleuté. Au-dessus, quatre voies ferrées sortaient des deux tunnels ouverts à flanc de colline et s'éloignaient vers l'horizon. Tout autour du groupe, la pente qui s'effaçait en surplomb était recouverte d'une végétation dense qui se prolongeait de chaque côté des rails. À une centaine de mètres, un peu plus bas, une bretelle d'autoroute suspendue sous de gros piliers de béton faisait un long virage vers la droite et disparaissait derrière la canopée. Tout en bas, la surface cotonneuse s'étalait toujours, semblable à celle que l'on observe depuis le hublot d'un avion lors d'un vol de nuit. Jack remarqua que les nuages avaient nettement ralenti leur course, que les éclairs se faisaient plus rares aussi. Les cimes des arbres, balayées par de larges risées, se couchaient successivement en de grandes vagues qui ondulaient dans l'obscurité alentour. Dans l'air sans cesse plus glacé, le bruissement des feuilles dans le vent apaisé créait un environnement sonore réconfortant qui rappelait qu'ils étaient au cœur de l'été, il y a peu de temps encore.

— Vous entendez ? interrogea Hélène.

— Oui, ça fait du bien un peu de nature, répondit Cooper qui arrivait à leur hauteur.

— Non, ce n'est pas ça ! Vous ne remarquez rien ? insista-t-elle.

Tous tendirent l'oreille en silence.

— Eh bien quoi ? Il y a moins de vent, c'est ça ? s'impatienta Mattis.

— Il n'y a aucun chant d'oiseaux. Vous ne trouvez pas ça étrange ? s'interrogea Hélène.

— C'est carrément angoissant, ajouta Houston. Où est-ce qu'ils ont bien pu passer ?

— Ils se taisent peut-être parce qu'il fait nuit ? dit Cooper.

— Qu'est-ce qu'on s'en fout ! lâcha Mattis. Moi, votre petit coin de nature, ça me donne envie d'aller aux toilettes. Je vais profiter de l'obscurité du tunnel, le temps que vous finissiez de vous extasier.

— Vous êtes vraiment un con Mattis ! lança Houston.

— Je sais. Moi aussi je vous aime bien Houston ! répondit-il en disparaissant dans le noir.

— Tu penses comme moi ? interrogea Jack qui vit Hélène fixer la bretelle d'autoroute.

— Oui, ça peut nous permettre d'avancer plus rapidement. Il faut qu'on regarde où ça nous mène.

Hélène sortit une carte de la poche latérale de son pantalon et l'étala au sol en rallumant sa lampe frontale. Jack identifia leur position. L'autoroute s'arrêtait juste après le virage.

— *Merde !* C'était trop beau, lança Hélène.

— Attends ! Il y a *Pulaski Skyway* juste là, dit Jack qui désigna une longue ligne droite presque collée à l'autoroute.

— Et ?

— C'est une route suspendue sur plusieurs kilomètres. Ça, ça va nous aider à avancer plus rapidement.

— Le seul problème, c'est qu'elle descend beaucoup trop au sud pour nous permettre d'atteindre le Centre, intervint Houston, penchée sur la carte.

— Ça nous rapproche malgré tout, rétorqua Hélène. Il y a bien la voie ferrée qui reste plus au nord, mais, sans pente pour nous soulager, je ne crois pas que ce soit physiquement possible de progresser sur des kilomètres pendus au plafond ; pour Mattis en tout cas, c'est impensable.

— Vous êtes bien sûrs d'où vous nous emmenez ? s'inquiéta Houston. Parce que, j'ai comme le sentiment que votre repérage est très approximatif.

— Nous ne sommes sûrs de rien du tout ! s'agaça Hélène. Vous avez l'impression qu'on est en train de faire une balade de santé là ? Qu'est-ce que je connais moi de ce monde pourri dans lequel vous nous avez plongés ?

— *Maman, t'énerve pas. On est tous inquiets, tu sais,* s'interposa Romain. *Il faut qu'on reste soudés, sinon on n'y arrivera pas. C'est ce que tu m'as appris non ?*

— *Tu as raison mon chéri, c'est juste que… c'est vraiment difficile.*

— *Tu t'en sors très bien. Regarde jusqu'où tu nous as menés déjà. Je suis sûr que ça va aller.*

Jack les observa dialoguer et devina, à l'expression de son visage, qu'Hélène avait besoin de soutien.

— Écoutez Houston ! reprit calmement Jack. Vous voyez bien que nous sommes obligés de nous adapter à la situation. Nous n'avons aucun moyen d'avancer en ligne droite jusqu'au Centre. *Pulaski* est notre meilleure option pour le moment. Hélène fait du mieux qu'elle peut.

— Vous avez raison, je n'ai pas à juger de vos choix, je suis désolée. Je crois que nous sommes tous un peu sur les nerfs.

— Je comprends votre appréhension, reprit Hélène, mais, que nous le voulions ou non, nous ne pouvons pas prévoir ce vers quoi nous nous dirigeons ; ni y échapper. Nous devons tous composer avec ça.

— Est-ce qu'on sait ce qu'on fait maintenant ? interrogea Mattis qui ressortait de l'obscurité du tunnel en refermant la fermeture éclair de sa combinaison. En tout cas, vous faites comme vous voulez, mais moi je ne remonte pas sur ces rails.

Hélène regarda Houston.

— Vous voyez, on évite déjà un problème sans avoir rien à faire. Ça commence plutôt pas mal, non ?

— De quoi parlez-vous ?

— Ne vous en faites pas Mattis, on ne vous envoie pas là-haut, le rassura Hélène. C'est moi qui vais y aller pour rejoindre la bretelle d'autoroute. On va vous faire descendre par une tyrolienne.

***

Jack arriva le dernier sur la longue plateforme de béton, sa course rapide freinée dans les bras d'Hélène et Cooper.

Après avoir récupéré tout le matériel sur les rails, ils s'étaient lancés au-dessus du vide avec plus de facilité que les fois précédentes, Houston faisant toujours exception. En l'absence de l'expérience d'Hélène qui attendait sur la bretelle d'autoroute, Jack avait eu tout le mal du monde à la convaincre qu'elle n'allait pas chuter comme son collègue quarante-huit heures plus tôt. Pour une fois, Mattis n'avait pas dégainé une des vannes dont il avait le secret dans les pires situations, et il était même allé jusqu'à aider à la rassurer, à la grande surprise de Cooper.

Tandis qu'il décrochait le mousqueton de son harnais, Jack découvrit ce qui était jusqu'alors masqué par la cime des arbres. Sur la droite, la surface de béton lisse se prolongeait dans un immense virage qui allait leur permettre de marcher confortablement. Plus loin sur la gauche, des dizaines de carcasses de véhicules inertes et abandonnés s'entassaient sur l'envers de la bretelle d'autoroute. Des voitures reposaient sur leur toit, d'autres sur leur flanc, d'autres encore se retrouvaient étrangement sur leurs roues et semblaient attendre leur conducteur. Jack tenta d'imaginer la panique des automobilistes qui avaient senti qu'ils quittaient le sol, tournant impuissants leur volant dans le vide. Pour ceux qui avaient eu la chance de passer sous le pont à ce moment-là, l'envol s'était arrêté en douceur, quelques mètres plus haut. Pour les autres, l'épouvante d'une chute sans fin.

Derrière la succession de véhicules, Jack repéra la lueur d'un feu projetée sur le pilier de béton.

— On dirait qu'il y a quelqu'un là-bas.

— Oui, ce sont certainement les automobilistes qui se sont fait piéger ici, répondit Hélène.

— Il faudrait peut-être les prévenir que ce n'est pas prudent de rester sous ce pont, proposa Jack.

— Ce n'est pas notre affaire, lança Houston. Et puis, on ne sait pas sur qui on peut tomber ; c'est trop risqué.

— Elle a raison, nous devons avancer, ajouta Hélène.

— Mais maman !

— Romain ! On ne peut pas sauver tout le monde. Le meilleur moyen de les aider, c'est d'atteindre notre but. Allons-y !

— Et la corde ? Tu la laisses ? demanda Jack.

— J'ai horreur d'abandonner du matériel, mais on ne peut pas la récupérer, la distance est trop grande.

Le groupe se mit en marche en silence dans le long virage, alors que des craquements inquiétants se firent entendre dans sa structure. De temps à autre, ils contournaient une voiture ou un camion échoués là. Sur les côtés, les ruines de ce qui devait être une zone industrielle se composaient désormais de hangars de tôles éventrées par le poids de ce qu'ils contenaient. Jack regarda passer une enseigne fixée à deux fins mâts qui descendaient jusqu'à leur niveau. Il inclina la tête afin de mieux lire le texte à l'envers ; *Uhaul - self-storage*. Alors qu'ils quittaient le virage, le dos de l'autoroute montait devant eux pour rejoindre progressivement le sol.

— On ne sera pas allé bien loin ! ironisa Mattis.

Jack se tourna vers la route suspendue qui se poursuivait en parallèle, à une trentaine de mètres, de l'autre côté d'un grand carrefour. Il reconnut aussitôt l'architecture des années trente, faite d'arches en poutrelles métalliques, sous laquelle pendaient en se succédant, de fins lampadaires qui éclairaient régulièrement les voies d'un jaune chaleureux.

— C'est *Pulaski Skyway* là-bas ! Vous voyez ? La structure est plus légère que celle sur laquelle nous nous trouvons. Elle a beaucoup moins de chance de se décrocher.

— Il faut juste pouvoir l'atteindre ! lança Mattis.

— Ne vous inquiétez pas pour ça, ça va prendre du temps, c'est tout. En revanche, je ne vois pas grand-chose du terrain pour préparer la traversée.

— *Attends ! Bouge pas, j'ai une idée !* s'enthousiasma Romain.

Jack suivit du regard le jeune garçon qui revint sur ses pas jusqu'à atteindre un gros 4X4 blanc retourné. Il ouvrit la portière et entra à quatre pattes à l'intérieur de l'habitacle. Quelques secondes plus tard, les puissants phares de la voiture s'allumèrent, obligeant Jack à lever le bras pour se protéger les yeux. Derrière le halo blanchâtre qui masquait en partie sa vue, Romain ressortit et fit pivoter le véhicule sur son toit, dirigeant le faisceau vers le carrefour qui les séparait de *Pulaski*.

— Comme on dit ! Les chiens ne font pas des chats ! lança Jack à l'adresse d'Hélène. Il est aussi débrouillard que sa mère.

Hélène lui sourit.

— *C'est parfait Romain* !

Elle redescendit la pente de quelques mètres pour avoir une meilleure vue d'ensemble et parcourut du regard les routes et les rails de sécurité étalés au sol entre la bretelle d'autoroute et *Pulaski*.

— Bien, je vais équiper une voie pour vous faire traverser. Jack, tu m'assureras.

— Et c'est reparti ! lança Mattis.

— À ce rythme-là, on n'arrivera pas avant plusieurs jours, ajouta Cooper.

— Désolé, je ne peux pas faire plus vite, mais vous en revanche vous pouvez accélérer notre progression en ne discutant pas mes décisions.

D'un signe de tête, Houston fit taire Cooper.

— Bien, vous allez traverser avec un système à deux mousquetons. Vous avez déjà fait de l'accrobranche ?

— C'est quoi ça ? dit Mattis.

— J'ai fait ça une fois avec mes enfants, annonça Cooper.

— Vous avez des enfants Cooper ? demanda Houston.

— Ça vous étonne ?

— Non, pas du tout. Mais, c'est juste que vous n'en avez jamais parlé.

— Je préfère ne pas mélanger travail et famille.

— Je comprends.

— Donc, Cooper si vous vous souvenez comment on fait, vous allez briefer Houston et Mattis pendant que je traverse. Romain vous aidera à vous équiper.

Hélène planta un premier piton dans le béton pour s'assurer, puis s'avança jusqu'au bord du pont, entraînant depuis son baudrier la corde que Jack dévidait devant lui. Elle glissa une main dans la fissure qui courait sur la route en surplomb, puis se jeta au-dessus du vide. Le ventre de Jack se serra d'angoisse en la regardant pendre au bout de son bras. Malgré le froid, Hélène n'avait pas hésité à se débarrasser plus tôt de son blouson et de son épais pantalon pour s'alléger au maximum et libérer ses mouvements. À travers sa tenue ajustée, Jack devinait aisément le dessin des muscles secs qui lui permettaient de s'élancer pour plonger sa seconde main un peu plus loin dans la fissure. Il était stupéfait de la voir progresser ainsi, s'éloignant à bout de bras, au rythme de balancier qu'elle imposait à son corps. Il laissa filer la corde, impressionné de constater à quel point les mains d'Hélène étaient plantées dans le sol avec une fermeté qui effaçait tout doute sur un risque de chute.

— Elle est balaise hein ? lui lança Romain.

— Ça, tu peux le dire, répondit Jack. Je n'ai jamais vu quelqu'un grimper comme elle.

— Et encore, elle a déjà fait des trucs bien plus durs. Là, elle a de bonnes prises, et puis elle est aidée par la gravité. Il faut la voir tenir sur des grattons minuscules au sommet d'une verticale toute lisse.

En observant les yeux brillants d'admiration de Romain pour sa mère, il se dit que les conflits dont Hélène lui avait parlé ne devaient être que très superficiels.

— Tu es souvent allé en montagne avec elle ?

— Aussi loin que je me souvienne, elle m'a toujours emmené faire de l'escalade. Mais, pas ces derniers temps. C'est plus trop mon truc maintenant. Je préfère le surf. On n'arrête pas avec mon père.

— Je comprends, c'est bien aussi.

Hélène avait atteint un rail de sécurité en métal auquel elle s'amarra pour planter un second piton dans l'asphalte. Elle y ajouta un mousqueton à travers lequel elle passa son rappel. Aidée des bonnes prises sur l'acier profilé, elle traversa rapidement le carrefour en direction de la route suspendue. Dans la lumière blanche des phares qui baignait la scène, Jack eut l'impression d'assister au tournage nocturne de quelque film d'action hollywoodien. Il la regarda progresser ainsi jusqu'à ce qu'elle atteigne *Pulaski Skyway,* fixant régulièrement sur son passage de nombreux pitons qui retenaient la corde le long du sol entre elle et lui.

Après avoir fait traverser les sacs, Jack et Hélène avaient aidé le groupe à rejoindre *Pulaski* sans encombre et Jack fermait une nouvelle fois la route.

Alors qu'il était au milieu du carrefour, confiant dans sa technique d'escalade qui se perfectionnait d'heure en heure, Jack entendit un bruit de craquement parcourir le béton du pont qu'il avait quitté quelques minutes plus tôt. Il sentit aussitôt la corde sous laquelle il pendait se détendre. Derrière lui, le piton bougea dans la fissure qui s'était élargie.

— Ça va lâcher ! cria Jack.

À l'autre bout de la corde qui le tractait le long du rappel, tous se précipitèrent pour aider Hélène, mais c'était déjà trop tard. Le piton finit de pivoter et se décrocha d'un coup, libérant la tension qui le maintenait à la Terre. Jack tomba en chute libre, arrachant un à un les pitons alignés derrière lui. Il vit s'éloigner les routes du carrefour illuminées dans les faisceaux des phares, tandis qu'il fut entraîné dans un grand mouvement de balancier, au bout de la seconde corde que tout le groupe s'efforçait de retenir. Par réflexe, il s'accrocha de ses mains au mousqueton de son baudrier, écrasé par la force centrifuge que provoqua l'immense courbe qu'il dessina dans le ciel. Jack paniqua. Il entendit sa respiration s'accélérer, devenir saccadée. Ses battements cardiaques résonnèrent dans ses tempes et des secousses incontrôlées se mirent à agiter ses bras et ses jambes, prémisses qu'il ne connaissait que trop bien d'une nouvelle crise d'épilepsie. Tout son corps se raidit pendant que son regard figé vit passer, comme au ralenti, *Pulaski Skyway.* L'interminable ruban d'asphalte illuminé et désert s'étirait loin dans le paysage sombre qui tournait devant lui, alors qu'une longue cheminée d'usine se décrochait au loin avant de s'évaporer lentement dans les nuages. Cette vision surréaliste lui laissa une impression de déjà-vu au moment où elle s'évanouit dans les ténèbres de son inconscience.

Lorsqu'il revint à lui, Jack découvrit le visage inquiet d'Hélène penché sur lui, tout proche. Elle lui parlait, mais il ne l'entendait pas, perdu dans les brumes doucereuses de sa semi-léthargie. Debout autour d'elle, Romain, Houston, Cooper et Mattis le fixaient dans des expressions qui allaient de la préoccupation à l'indifférence. Progressivement, il recouvrit ses esprits, sans avoir aucune idée de la manière dont il était arrivé sur l'envers de ce pont métallique.

— Tu nous as fait tellement peur, finit-il par entendre de la bouche d'Hélène.

— C'était un putain de saut que tu as fait là Jack, ajouta Romain.

— En attendant, vous êtes plus lourd que vous n'en avez l'air, se plaignit Mattis. Nous avons eu un mal fou à vous remonter jusqu'ici.

— Me remonter ? s'interrogea Jack, en se redressant difficilement. Que s'est-il passé exactement ?

— Quoi ? Ne me dis pas que tu as encore oublié ce qui t'est arrivé ?

— Je n'en ai pas la moindre idée.

— C'est dingue, lança Romain.

— Il ne faudrait pas que ça devienne une habitude, se moqua Hélène. Bon ! Écoute ! Ce n'est pas très grave. L'essentiel, c'est que tu sois là. Au cas où tu ne t'en souviendrais pas non plus, nous sommes sur *Pulaski Skyway* et nous devons reprendre notre route le plus vite possible. On te laisse récupérer un peu pendant qu'on réunit le matos avec Romain, d'accord ? Tu n'as qu'à manger une barre énergétique pour te requinquer.

— D'accord.

— Que tout le monde en profite aussi pour faire une petite pause, lança Hélène.

Jack se redressa et reconnut autour de lui la structure métallique caractéristique de la vieille route suspendue. Épuisé, il s'assit sur une des poutres rivetées qui la composaient. Au bord du vide, dans le contre-jour des phares du 4X4 qui donnaient des signes de faiblesse, Hélène et Romain lovaient de leurs gestes réguliers les deux longues cordes qui avaient servi à la périlleuse traversée dont il n'avait plus qu'un vague souvenir.

— Vous faites souvent ce genre de crise ? l'interrogea Houston.

— De quelle crise parlez-vous exactement ? tenta-t-il de se défendre.

— Pas à moi Jack. Je sais reconnaître une crise d'épilepsie.

— Non, pas si souvent, mentit Jack.

— Je vous demande ça parce que, comme second de cordée, nos vies sont un peu entre vos mains en ce moment.

— Qu'est-ce que vous voulez que je fasse ?

— Ne le prenez pas mal Jack, c'est juste qu'il ne faudrait pas que ce soit un problème pour la suite.

— Ne vous en faites pas, je sais me maîtriser. Sans le choc de cette chute, rien ne se serait passé.

— C'est tout ce que je souhaitais entendre. Tenez, vous n'avez qu'à manger ma barre, conclut Houston, lui tendant un sachet aux couleurs criardes. Ça vous fera plus de bien qu'à moi.

— Merci de m'avoir remonté, lâcha-t-il après un silence.

— Il n'y a pas de quoi Jack. On a tous besoin de vous, vous savez.

***

Depuis bientôt une heure qu'ils marchaient sur l'envers de *Pulaski Skyway*, leur progression s'était nettement améliorée grâce à l'absence d'obstacle sur leur chemin. Dans la succession régulière et monotone des piliers et des poutres qu'ils longeaient, les zones industrielles défilaient, étalant leur immensité déserte et déchiquetée, de part et d'autre de la route suspendue.

Au centre du pont, alignant ses pas sur une large bande d'acier, Jack se sentait encore faible, mais il faisait l'effort de ne rien laisser paraître. Il admirait l'architecture de *Pulaski* et ses entretoises aux laçages zigzaguant qui reliaient sa structure, et qui lui rappelaient celles de la tour Eiffel.

— Tu es déjà allée à Paris ? demanda-t-il à Hélène qui marchait à côté de lui.

— Je suis française, je te signale.

— Tous les Français sont allés à Paris ?

— À quelques exceptions près, je pense que oui. Et toi, tu connais ?

— *Oui madame !* répondit-il avec son fort accent. J'ai fait un voyage en Europe lorsque j'étais encore étudiant. Mais, je n'y ai pas séjourné suffisamment longtemps pour parler ta langue. Je n'ai pu apprendre que quelques mots que j'ai oubliés depuis.

— Alors, laisse-moi deviner ; *je vous aime, s'il vous plaît, Champs-Élysées, merci, voulez-vous coucher avec moi ?*

— Euh ! En fait, l'ordre était un peu différent.

Entendre rire Hélène lui fit du bien. Il se rendait compte qu'elle était une véritable bouée sans laquelle il aurait sombré depuis longtemps, préférant plonger dans le vide plutôt qu'assister impuissant à la fin de l'humanité.

— En tout cas, c'est une ville magnifique.

— C'est vrai, mais la ville, ce n'est pas trop mon truc.

Jack regarda le groupe dispersé devant eux. En contrebas, Mattis avait décidé de marcher entre les poutres pour ne pas risquer de trébucher ; Romain et Cooper, en tête, passaient déjà entre les deux piliers suivants ; Houston, isolée, semblait perdue dans ses pensées.

— Pourquoi m'as-tu caché ton épilepsie, lorsque je t'ai demandé ce qui t'était arrivé dans le parking ?

— Je ne sais pas. J'avais peur que tu me laisses, je crois. À ce moment-là, tu n'avais pas l'air de vouloir t'encombrer de qui que ce soit ; alors d'un inconnu diminué !

— Tu as probablement raison. Heureusement que tu n'as rien dit.

Jack sentit ses chevilles se fatiguer à force d'être tordues par les rivets bombés qui se succédaient tous les dix centimètres sous ses semelles. Il décida de descendre pour marcher comme Mattis sans avoir à regarder où il mettait les pieds, sur une surface plus plane.

Trois piliers plus loin, ils abordèrent une partie du pont en travaux, et Jack et Mattis furent obligés de remonter sur les poutres pour attaquer cette nouvelle section entièrement recouverte de tôles ondulées. Par prudence, Hélène frappa du pied les plaques de métal pour en tester la stabilité. Les chocs résonnèrent sur l'ensemble des tôles qui s'étalaient devant eux.

— Ça a l'air bon. Essayez quand même de ne pas marcher entre deux poutres, on ne sait jamais.

Alors qu'ils s'engageaient sur l'étendue striée, leurs chaussures de randonnée firent trembler le sol, comblant le silence d'un grondement proche de celui d'un orage. Sur la gauche, quelques petits hangars aux enseignes multicolores étaient presque intacts. *Wilson's Carpet - plus de trois mille références en stock,* pouvait lire Jack. Devant les bâtiments, les pieds solidement coulés dans un bloc de béton, la statue géante d'un ouvrier barbu portant dans ses bras un rouleau de moquette verte descendait depuis le sol jusqu'à leur hauteur. Sa grosse tête de carnaval au sourire angoissant semblait les regarder passer. De ses mains pendait une banderole cerclée d'étoiles aux couleurs du drapeau américain qui battait mollement au vent.

« S'il vous plaît, s'il vous plaît, nous sommes là ! » appela la voix cassée d'un homme qui tentait de couvrir le brouhaha des tôles.

Surpris, le groupe s'arrêta aussitôt de marcher.

Dans le calme revenu, la voix perça le silence.

« Ici, s'il vous plaît ! »

Hélène fut la première à allumer sa lampe frontale et à braquer son faisceau sur le buste d'un homme qui dépassait de l'espace libéré par une tôle déplacée, à quelques mètres d'elle.

— Nous sommes là. Dieu vous bénisse ! Vous voilà enfin !

Dans la lumière blanche qui l'éblouit, les cernes profonds de son visage témoignaient de son épuisement. Comme affolé par une urgence, il sortit sur les tôles et se pencha aussitôt dans le trou d'où il venait.

— Les filles, les secours sont arrivés. Je vous avais dit qu'ils viendraient, pas vrai ?

— Monsieur ! Monsieur ! tenta de l'interpeller Hélène.

Jack vit dans son regard que, pour la première fois, Hélène était totalement désemparée et se laissait submerger par l'émotion face à la confusion dramatique de cet homme désespéré.

— Monsieur, vous vous trompez, nous ne sommes pas les secours, enchaîna Jack.

Mais l'homme sembla ne rien entendre et aida deux jeunes filles à sortir à leur tour. Dans le feu des lampes, elles avaient selon Jack environ douze et quinze ans, tandis que l'homme, qui avait vraisemblablement moins de quarante ans, en paraissait vingt de plus. Tous les trois étaient habillés légèrement d'un tee-shirt et d'un jeans. Ils tenaient leurs bras croisés contre leurs poitrines. Leurs lèvres étaient desséchées et sombres. Les filles avaient l'air terrorisées et tremblaient de froid. Devant cette apparition presque soudaine, aucun d'eux ne savait plus comment réagir et Jack resta comme les autres, silencieux, le cœur serré.

L'homme s'avança d'un coup jusqu'à Hélène qui était la plus proche.

— Ma femme est tombée, je n'ai rien pu faire. On était venu choisir la nouvelle moquette pour notre salon avec les filles, vu qu'ils faisaient des promotions. Mais Dieu merci, c'est terminé. Vous allez nous ramener à la maison ? Qu'est-ce qui s'est passé avec la lumière ? Il fait nuit tout le temps.

Hélène ne pouvait pas sortir un mot devant l'homme qui la tenait maintenant par les deux bras. Devant le mutisme d'Hélène, il la délaissa pour aller se planter devant Cooper.

— Qu'est-ce qui s'est passé ? Vous devez savoir vous ? Ça fait deux jours qu'on attend. Mes filles ont faim.

Le tourbillon incessant de ses paroles finit par faire réagir Jack.

— Monsieur ! cria-t-il plus fort qu'il ne l'aurait voulu.

L'homme visiblement en état de choc se retourna vers Jack, comme s'il venait de se réveiller.

— Je suis désolé, lui dit-il doucement. Mais, nous ne sommes pas les secours. Nous ne sommes pas les secours.

Les deux filles collées l'une contre l'autre se mirent à pleurer.

— Mais vous êtes qui bon Dieu ? Vous sortez d'où habillés comme ça ?

— Nous venons de Manhattan, précisa Romain sans quitter des yeux la jeune fille de son âge. Et…

— Et nous ne faisons que passer, enchaîna Houston en imposant implicitement le silence. Nous ne pouvons pas vous aider !

L'homme resta muet d'incompréhension pendant plusieurs secondes, braquant son regard successivement vers chaque membre du groupe.

— Non ! Vous n'allez pas nous laisser là, commença-t-il à paniquer. Vous ne pouvez pas faire ça !

— Écoutez, vous êtes loin d'être les seuls dans cette situation, lança Houston. Réfugiez-vous encore un ou deux jours. Les choses s'amélioreront peut-être.

— Mais vous ne comprenez pas, nous ne tiendrons jamais un ou deux jours.

L'homme s'avança vers Mattis comme son dernier recours.

— Emmenez mes filles avec vous. Emmenez au moins mes filles, supplia-t-il.

Tandis que Mattis restait muet, tête baissée vers le sol, Jack aperçut Hélène fondre en larmes. Abattu devant l'absence de réaction de Mattis, l'homme se rapprocha doucement de ses filles toujours en pleurs. Il les encercla de ses bras.

— Allez, venez ! Ça va aller ! On va se remettre à l'abri d'accord ? Il fait trop froid ici.

Jack se sentit dévasté de regarder cette famille retourner dans son trou de métal glacé. Il se revit, trempé et gelé dans le parking.

— Attendez ! lança-t-il soudain.

Jack s'avança vers l'homme. Il posa son sac au sol et l'ouvrit rapidement pour en sortir une doudoune, des barres de céréales et une gourde d'eau.

— Tenez ! Je sais que ce n'est pas grand-chose, mais ça va vous permettre de tenir un peu plus longtemps.

— Jack ! Il faut garder ça pour le personnel du Centre, l'interpella Houston, sans conviction.

— Pour le moment, ce sont eux qui en ont besoin. Eux ne sont pas au chaud dans un sous-sol que je sache.

Romain vint se placer à côté de Jack, aussitôt suivi d'Hélène. Ils sortirent à leur tour des vêtements et de la nourriture.

— Dieu vous bénisse ! s'émut l'homme. Dieu vous bénisse !

Il habilla ses filles grelottantes avant d'enfiler lui-même son blouson, tandis qu'Hélène lui tendit un briquet.

— Tenez, vous pouvez essayer de faire du feu avec ce que vous trouverez. Et regroupez-vous bien les uns contre les autres pour conserver votre chaleur. Je suis désolée, mais nous ne pouvons pas faire mieux.

Hélène se leva soudainement et s'éloigna rapidement sans se retourner, incapable de supporter plus longtemps la vue de ces visages implorants.

En silence, l'homme aida ses filles à redescendre dans leur abri de fortune. La plus grande jeta un dernier regard à Romain avant de disparaître sous la tôle qui se referma sur eux.

Après quelques secondes, Jack posa une main sur l'épaule de Romain.

— Allez, viens. On ne peut rien faire de plus.

***

Dans le froid qui se faisait toujours plus mordant, Jack avait fini par enfiler ses gants, et il replaça son bonnet sur ses oreilles légèrement découvertes. De la vapeur d'eau sortait en fumée à chacune de ses respirations qui se faisaient plus difficiles. Il se demanda jusqu'où la température allait continuer de chuter. Il repensa aux grandes extinctions qui avaient parsemé l'histoire de la Terre, et se résigna à l'idée que celle-ci serait la dernière et mettrait fin à tout. La différence, c'est que cette fois, pour la première fois, sa cause serait exclusivement humaine. Comment Mattis avait-il pu permettre une telle monstruosité ? Au fond de lui, il n'arrivait pas à accepter cette idée que la science, qu'il s'efforçait de transmettre aux générations futures depuis des années, était responsable d'un tel cataclysme. Il y avait forcément une autre explication. S'ils ne réussissaient pas à inverser le processus — et comment pouvait-il croire que cela était encore possible ? — la Terre entière allait finir par se disloquer dans l'espace, lâchant chaque seconde quelques morceaux d'elle-même, jusqu'au néant. Cette image de mort le révoltait. Il ne pouvait se résoudre à accepter que la vie puisse se terminer ainsi.

Depuis qu'ils avaient laissé derrière eux l'homme et ses filles, Jack n'avait pas réussi à rattraper Hélène. Il la cherchait régulièrement du regard, loin devant dans l'obscurité, sans parvenir à l'apercevoir. Après cette rencontre déchirante, une chape de silence s'était abattue sur le groupe, comme si tout à coup, chacun avait pris un peu mieux conscience du drame humain qui se jouait. Ils étaient repartis chacun de leur côté, dans un besoin commun de solitude. Ils avançaient sans un mot, dispersés sur la structure métallique.

Tandis qu'il marchait à proximité du vide, Jack leva le regard sur le bitume sombre d'un immense parking totalement désert qui s'étalait et se prolongeait jusqu'à de nouveaux hangars en ruines. En bas, la couche de nuages s'était nettement rapprochée, et Jack s'imaginait presque pouvoir la toucher. Plus loin vers le nord, les restes d'un pont levant disloqué pendaient sous le lit boueux et luisant d'un fleuve sans eau, retenus miraculeusement par la finesse d'un câble qui laissait une impression de légèreté à l'ensemble, tel un mobile aérien monumental.

Cherchant une nouvelle fois Hélène dans l'obscurité, Jack aperçut au loin l'alignement des poutres de *Pulaski Skyway* commencer à descendre au centre d'une structure beaucoup plus imposante. Arrêtée au bord du vide, près d'un des épais piliers, Hélène était là, observant l'horizon à la jumelle. Lorsqu'il s'approcha, Jack découvrit devant elle un grand pont toujours intact qui enjambait un large fleuve asséché. Énergique, Hélène sortit sa carte et l'étala sur le sol en allumant sa lampe.

— Est-ce que tu peux me dire où nous nous trouvons ?

Jack se mit à genoux à côté d'elle, jetant furtivement un coup d'œil à son visage dur et fermé.

— Voyons ! *Pulaski* est là. Ça, c'est la ligne droite et voilà le pont. On est devant l'*Hackensack River*.

— Okay !

Hélène se releva et retourna au bord du vide pour scruter une nouvelle fois la rive d'en face avec attention.

— *Je pense que ça peut le faire !* se dit-elle à elle-même.

— Qu'est-ce que tu regardes ?

— Tu t'y connais en électricité ? demanda Hélène, éludant totalement la question.

— C'est au programme de mes cours, pourquoi ?

— Parfait ! On va commencer par traverser ce pont.

23.

JOUR 2
Altitude : – 97 m
Température : 15 °C
Gravité : g = – 7,28 N/kg

Debout sur la plateforme du laboratoire souterrain, Shino contemplait Janus travailler à la naissance des gravitons. À travers le large hublot horizontal découpé dans le gigantesque mur circulaire, une intense lumière froide, semblable à celle d'un arc électrique, traversait le verre épais et venait éclairer son visage.

Depuis que Mark avait ouvert fièrement le panneau qui dissimulait le poste d'observation, Shino passait le plus clair de son temps à fixer, fascinée, la colossale machine à l'œuvre depuis vingt-quatre heures. Dans les premiers temps, elle n'avait cessé de l'assaillir de questions sur l'unité de production, et il avait répondu de bon cœur, avec cependant l'intention trop évidente de l'impressionner ; mais elle l'avait laissé faire. Elle s'était résolue à ne pas aborder les rivalités entre Alpha et Oméga, pour se concentrer sur tout ce que pourrait lui apprendre Mark sur les objectifs et les avancées du professeur Magnusson. Elle avait très tôt compris qu'il avait tendance à beaucoup mettre en avant son propre rôle dans leurs progrès, tout en minimisant systématiquement son implication dans l'accident qui avait mené au cataclysme. Malgré cette tendance un peu agaçante chez lui, elle avait fini par considérer que c'était finalement assez humain, et les premières heures étaient passées aussi vite que son excitation de la découverte était grande.

Mais une fois les questions épuisées, le temps avait alors commencé à s'allonger à mesure que l'ennui d'être désœuvrés s'installait au cœur du vaste tunnel où ils étaient enfermés tous les deux. Seul Mark semblait se complaire de cette situation d'attente qui leur était imposée, insatiable dans sa volonté d'en savoir toujours plus sur elle. Il dérivait sans cesse de leur intérêt commun pour la science vers des interrogations plus personnelles, ce qui avait fini par mettre Shino mal à l'aise. Et puis, il avait ce petit côté mielleux, satisfait de lui-même, qu'elle commençait à avoir du mal à supporter. C'est alors qu'elle avait remarqué qu'il n'avait de cesse de chercher à se rapprocher d'elle physiquement, à multiplier les contacts anodins, et il lui était de plus en plus difficile de trouver une manière discrète de l'esquiver.

Elle avait parfaitement conscience qu'en ce moment même, il était en train de la considérer de la tête aux pieds. Elle pouvait presque sentir son regard sur sa nuque, alors qu'elle ne parvenait pas à réprimer un geste de la main sur son cou, comme pour se débarrasser d'une démangeaison.

— C'est fascinant n'est-ce pas ?

Shino sursauta en entendant la voix de Mark murmurer à proximité dans son oreille.

— Mark ! Tu m'as fait peur !

Elle pivota rapidement et s'éloigna vers la console de commande.

— De quoi as-tu peur ? Nous ne sommes que tous les deux ici.

— Je n'ai pas dit que j'avais peur. Tu m'as surprise, c'est tout.

Devant les écrans, son regard s'arrêta sur la barre de progression bleu-turquoise de remplissage du module. *Sept pour cent, ça n'avance pas*, pensa Shino.

— À ce rythme-là, il va falloir encore quatre jours de production.

— Nous avons tout notre temps, on ne risque rien ici.

— Ce n'est pas le problème, s'agaça Shino. Tu vois bien que le phénomène ne cesse de s'amplifier.

Shino se tourna vers l'affichage du gravimètre numérique.

— Moins sept virgule vingt-huit Newton, et ça descend toujours.

— Oui, mais tu as remarqué comme moi que c'est en train de ralentir. Peut-être que ça va finir par s'arrêter, ou même s'inverser à nouveau. Shino sentit Mark se rapprocher une nouvelle fois derrière elle.

— C'est possible, mais on ne peut pas compter là-dessus. Que va-t-il se passer si on atteint l'inversion complète ? Que restera-t-il sur Terre qui ne soit pas tombé, ou monté, comme tu veux ? Et qui nous dit que la gravité va s'arrêter là ? Et si elle continuait à chuter au-delà ?

— Shino, je pense que tu dramatises. Nous avons seulement à patienter quelques jours et nous aurons peut-être la possibilité de sauver le monde, ensemble. Tu devrais avoir plus conscience de la chance que tu as d'être ici grâce à moi. Je te trouve un peu ingrate. Contrairement à bien des survivants, tu es parfaitement en sécurité.

L'évocation de l'existence de survivants provoqua comme un électrochoc dans la tête de Shino. Elle se rendit compte qu'elle s'était focalisée uniquement sur le Centre, sans même imaginer la possibilité qu'il y ait des rescapés à l'extérieur. Soudain, cette pensée la ramena à sa propre situation. Elle réalisa qu'elle n'était même pas sûre de la portée du phénomène au-delà du Centre.

— Et tu n'es pas seule, conclut Mark en lui posant une main sur l'épaule.

À ce contact, Shino se leva brusquement de sa chaise pour lui faire face. Elle tenta de maîtriser son émotion pour user des bons mots.

— Écoute Mark, commença-t-elle calmement. Tu vas me trouver un peu ridicule, mais tu sais, je ne suis pas trop du genre tactile, si tu vois ce que je veux dire. C'est véritablement de ma faute, c'est un vrai toc chez moi. Je n'aime pas trop le contact physique. Alors, si tu peux ?

— Oh ! Je suis terriblement navré. Je ne voulais pas. Moi, c'est tout le contraire, j'ai besoin de toucher. C'est totalement inconscient. J'espère que tu ne crois pas que… excuse-moi ! Je ferai plus attention. Ne t'en fais pas. Désolé ! Tu désires préserver ton espace vital, c'est normal. Après tout, nous n'avons pas choisi d'être enfermés ici tous les deux, et le temps paraît bien long. Ma présence doit commencer à te taper sur les nerfs.

— Non ! Ce n'est pas ça… en tous les cas, c'est gentil d'être aussi compréhensif Mark, je te remercie.

— C'est bien normal ! On doit pouvoir se dire ce genre de chose. C'est ce que font les gens vraiment proches, non ?

— Oui, certainement, répondit-elle, légèrement déstabilisée.

Malgré les propos rassurants de Mark, elle ne parvenait pas à se détendre totalement. Elle voulait à tout prix faire cesser ce face-à-face gênant.

— Bon, je vais aller me rafraîchir un peu.

— Okay ! Pendant ce temps, je vois ce qu'on peut trouver d'autre à manger dans la réserve.

Shino s'éloigna de la console, traversant la vaste plateforme de béton jusqu'à la partie technique du laboratoire. Elle passa le long de la rangée d'écrans, au cœur de la montagne de câbles et de cuves d'aluminium qui envahissaient l'espace, pour atteindre une porte isolée. De l'autre côté, elle s'avança vers un des quatre lavabos alignés au mur des sanitaires qui constituaient un refuge dans lequel elle venait régulièrement se reclure.

L'eau sur son visage lui procura la sensation de fraîcheur attendue. Dans le large miroir où se reflétait la succession de portes fermées des toilettes, elle examina ses cernes creuser sa peau perlée de gouttes, ses longs cheveux noirs en bataille, sa blouse blanche crasseuse et sa jupe déchirée à la hâte décidément trop courte ; elle avait envie de pleurer.

Elle repensa à ce que lui avait dit Mark. Serait-elle injuste avec lui ? Était-elle trop paranoïaque ? Elle savait qu'elle avait cette tendance à souvent broder des histoires tordues à partir d'un rien, cependant, si elle souhaitait rester objective, et mise à part sa lâcheté devant le danger, elle ne pouvait pas lui reprocher grand-chose. Malgré cela, ce fatalisme de Mark, cette quasi-acceptation de la situation la dérangeait. Il avait l'air un peu trop dans son monde ici. Shino repensa à ce que l'évocation des survivants avait provoqué en elle, et elle revit soudain le moment où, alors qu'ils étaient encore à la surface, il lui a annoncé que le couloir menant à l'extérieur du Centre s'était effondré, qu'ils ne pouvaient plus sortir. Elle l'avait cru sur parole, sans se poser de question. Mais comment pouvait-il le savoir ? Elle était restée tout le temps avec lui après la chute du module. Et s'il lui avait menti ? Cette issue vers l'extérieur serait-elle toujours praticable ? Elle se rendit compte qu'elle ne connaissait pas Mark Pittman. Hormis quelques conversations insipides devant le distributeur de boissons, elle ne savait rien de lui. Elle prit pleinement conscience pour la première fois de sa situation ; elle était isolée seule avec un inconnu à cent mètres sous terre, enfermée au fond d'un trou. Sa petite voix intérieure lui dit qu'elle devait absolument sortir d'ici.

Shino ressentit un nouveau flux d'angoisse l'envahir, lui tordre le ventre, au moment où elle vit son reflet disparaître dans le noir complet.

Elle s'imagina aussitôt que Mark avait éteint la lumière et l'attendait quelque part dans les ténèbres. Prise de panique, elle chercha à tâtons la sortie dans un espace qu'elle ne connaissait pas. Elle se cogna douloureusement à l'émail froid d'un des lavabos, effleura de sa cuisse une matière molle et humide non identifiée, avant d'enfin sentir la poignée sous ses doigts tremblants. Elle tira prudemment la porte qui s'ouvrit sur une obscurité presque aussi profonde. Seule source lumineuse, la lueur bleutée qui traversait le large hublot éclairait faiblement les appareils depuis l'autre côté de la plateforme. Semblant lui faire face, la silhouette sombre de Mark se découpait devant elle.

— Mark ? Que se passe-t-il ? demanda doucement Shino, au bord des larmes.

— On n'a plus de courant ! C'est une catastrophe !

À ces mots, l'angoisse de Shino s'évanouit, remplacée par une vague de soulagement. Une fois de plus, elle se dit qu'elle avait imaginé le pire pour rien.

— Ce n'est pas possible, il faut qu'ils démarrent, paniquait Mark.

— Tu sais, c'est plutôt étonnant que l'électricité ne se soit pas coupée plus tôt.

— Tu ne comprends pas, ça va le détruire.

— Quoi ? De quoi parles-tu ?

— Janus, il ne peut pas rester sans alimentation. Il y a des piles à combustible censées prendre le relais. Pourquoi est-ce si long bon sang ? Allez, démarre ! Démarre !

Après quelques secondes, l'éclairage revint par vagues successives, jusqu'à illuminer à nouveau l'espace démesuré du laboratoire souterrain.

Shino s'avança alors que la lumière rouge des gyrophares envahit la plateforme, accompagnée d'une alarme aux hurlements stridents et réguliers.

L'immense porte circulaire du sarcophage bascula lentement dans son grondement vibratoire.

— Non, non, non, ce n'est pas possible, paniqua Mark, se

précipitant devant la console.

Shino le rejoignit rapidement et découvrit sur les écrans s'afficher un unique message qui se répétait : « Power failure ».

— C'est ce que je craignais depuis le début, nous n'avons plus assez de puissance pour la production, annonça Mark, tentant de couvrir de sa voix le cri perçant de l'alarme.

— Comment ça ? Mais ce n'est pas possible ! Mark, c'est notre seul espoir ! s'affola Shino.

— Je sais. Mais, les groupes ne servent qu'à préserver Janus d'un défaut d'alimentation prolongé, ce qui le détruirait. Leur puissance est insuffisante pour fournir une production.

Mark tapa sur le clavier pour faire réapparaître les informations à l'écran. La jauge de remplissage du module s'afficha.

— Sept pour cent. On est loin du compte, lança Mark.

L'immense porte se figea, inclinée au-dessus de leurs têtes. L'alarme et les gyrophares s'éteignirent aussitôt, plongeant l'espace dans un silence accablant.

— C'est terminé Shino, on ne peut plus rien faire cette fois.

Shino sentit remonter en elle son angoisse claustrophobe. Elle ne pouvait pas rester enterrée ici une seconde de plus.

24.

JOUR 2
Altitude : 10 m
Température : 1,9 °C
Gravité : g = – 7,28 N/kg

Pendu à son baudrier, les nuages tout proches sous ses pieds, Jack fixait l'inquiétant triangle jaune et noir placardé au milieu de la porte de l'armoire métallique. Il sentait une difficulté à s'oxygéner depuis plus d'une heure, un léger essoufflement qu'il attribuait au stress. Maintenant qu'il avait réussi à forcer les serrures avec son piolet, il hésitait à ouvrir. Dans le faisceau de sa lampe frontale, la fumée que provoquait sa respiration dans le froid glacial roulait en volutes jusqu'à l'éclair dessiné au centre du triangle. Au-dessus, l'inscription « Danger de mort », même à l'envers, ne lui donnait aucune envie d'aller mettre ses doigts là-dedans. Pourtant, ce qui lui tordait le plus le ventre à cet instant n'était pas la peur de mourir électrocuté — depuis presque trois jours qu'il avait croisé la route d'Hélène, il avait presque pris l'habitude du danger — mais plutôt un sentiment d'abandon.

Quelques heures plus tôt, au moment de remonter jusqu'à cette centrale électrique repérée par Hélène depuis l'autre côté de l'*Hackensack River*, elle avait pris la décision de laisser désormais à Romain la responsabilité de l'assurage du groupe. Jack avait parfaitement compris qu'elle ne veuille pas risquer de remettre la vie de tout le monde entre les mains d'un épileptique qui pouvait faire une crise à n'importe quel moment, mais elle avait eu beau s'efforcer de justifier ce choix de la manière la plus douce possible, il s'était malgré tout senti blessé, rabaissé. Quelque chose s'était brisé. Cette soudaine mise à l'écart lui avait cruellement rappelé une des raisons pour lesquelles il avait toujours cherché à cacher sa maladie.

Depuis qu'ils avaient atteint les premiers alignements de transformateurs de la centrale, un bourdonnement inquiétant n'avait cessé de vibrer autour d'eux, les plongeant dans une crainte quasi permanente de finir électrocutés. Hélène semblait pour la première fois être la plus stressée du groupe.

Face aux questionnements de Houston sur le motif de leur présence au cœur d'un lieu aussi dangereux, Hélène avait confirmé ce que Jack supposait déjà ; bien que cela ne l'enchantait pas, ils allaient emprunter les lignes à haute tension pour progresser au-dessus du vide en direction du nord. Devant les protestations, Hélène s'était justifiée en précisant qu'il ne leur restait environ que cinq kilomètres à parcourir — avant de les convertir avantageusement en deux miles pour que tout le monde comprenne — et qu'il y avait toutes les chances que les lignes les rapprochent rapidement du Centre, même si en réalité, elle n'en savait rien. Elle avait ajouté qu'il leur suffirait de se laisser glisser sur ces longues tyroliennes, avec des pauses à chaque pylône, ce qui avait fini de convaincre Mattis qui trouvait que ça n'allait pas assez vite ; subsistait le problème des cent mille volts qui couraient peut-être encore dans les câbles.

C'est ainsi que, devant la nécessité de couper l'arrivée électrique des lignes à haute tension, Jack s'était vu attribué par Hélène la tâche de repérer puis d'actionner le disjoncteur pour rendre ces lignes inoffensives, prétextant que la matière était au programme de ses cours de physique. Il avait eu beau rétorquer qu'il ne voyait pas le rapport entre les notions de base qu'il enseignait et cette énorme centrale électrique, tous étaient d'accord cette fois pour le penser tout à fait capable de déconnecter l'alimentation de tout le New Jersey, épilepsie ou pas. Jack avait alors ironisé sur l'aspect escamotable de sa maladie en fonction de ce qui les arrangeait, blessant à son tour Hélène par des mots injustes qu'il regretta aussitôt, sans pour autant chercher à s'excuser.

Jack regarda une dernière fois en direction du groupe aligné sur l'étroite structure métallique d'un portique qui pendait depuis le sol, maintenue une dizaine de mètres plus bas par deux piliers ajourés. Tous levaient vers lui leurs regards pleins d'appréhension à l'instant où il décidait d'ouvrir prudemment la porte de l'armoire.

Finalement, la peur d'être électrocuté avait pris le dessus sur son sentiment de mise à l'écart, et il cherchait maintenant à se convaincre qu'il n'avait pas fait d'erreur en suivant le cheminement des câbles jusqu'au tableau électrique qui apparaissait devant lui.

À côté d'un alignement de plusieurs colonnes de boîtiers blancs, un schéma en forme de fourche affichait la connexion des trois phases de la ligne. En haut, sur la gauche, un bouton rouge et un vert attendaient sans indice une prise de décision.

— Je ne suis pas certain que ce soit une si bonne idée que ça ! s'inquiéta Jack. Nous allons peut-être priver d'électricité des milliers de personnes.

— On s'en fout. Il faut qu'on avance, s'impatienta Mattis.

— Jack a raison, ajouta Cooper. Il va tout faire cramer, et nous avec.

— La ferme Cooper ! lança Houston, accrochée de ses deux bras à un des piliers.

— Allez-y mon vieux, encouragea Mattis. On ne va pas y passer la nuit. On vous fait confiance.

Pour une raison qu'il ignorait lui-même, Jack choisit le bouton rouge et l'enfonça du bout de son gant de ski, plissant les yeux par crainte du résultat. Rien ne se passa.

Jack se retourna vers le groupe au moment où le bruit d'un mécanisme qui se déclenchait se fit entendre. Sous les gros blocs alignés à côté de lui, trois longues tiges descendirent dans le prolongement de leurs isolateurs de verre. Dans une synchronisation parfaite, elles se redressèrent et se séparèrent rapidement d'une seconde rangée d'isolateurs circulaires. Trois arcs électriques gigantesques se formèrent et se courbèrent en claquant violemment dans la nuit, illuminant de flammes violettes aussi intenses qu'éphémères l'immense centrale qui les entourait.

— *Vous avez vu ça* ? cria Romain. *La vache, trop flippant !*

— Je crois que ça a marché, tu as réussi Jack ! s'écria Hélène, soulagée. Ne bouge pas, je vais venir assurer ta descente.

— Ça ne sera pas nécessaire, rétorqua froidement Jack. Je peux très bien me débrouiller tout seul, ajouta-t-il, le cœur serré.

Lorsqu'il finit par rejoindre le groupe assis sur la large poutre qui dominait le vide, Jack accepta sans enthousiasme les félicitations tandis qu'Hélène se tenait debout un peu à l'écart, déjà tournée vers les nombreux câbles qui descendaient et s'étiraient jusqu'à la couche de nuages, longs traits courbes qui disparaissaient dans la brume en flottant délicatement au-dessus du néant. Loin devant elle, Jack devinait la silhouette sombre et inquiétante d'un grand pylône qui pendait la tête en bas, et qu'ils allaient devoir atteindre.

— Rebecca, vous descendrez après moi. Vous ne serez pas obligée d'ouvrir les yeux.

— Ça va aller, répondit Houston.

— Très bien. Romain, tu t'occupes de l'assurage. On garde le même ordre de passage pour la suite.

Hélène s'assit à son tour sur la poutre et prépara ses mousquetons pour s'accrocher au câble électrique.

— Ça devrait être plus facile que sur les rails. Nous allons déjà nous laisser descendre jusqu'au premier pylône, puis nous utiliserons la courbure des lignes pour glisser tranquillement avec nos chariots.

— Je sens que ça va plaire à Houston, ironisa Mattis.

— Je vous dis que ça va aller, s'agaça Houston, agrippée à son poteau.

Jack observa Hélène avoir une légère hésitation au moment de fixer son premier mousqueton à la ligne à haute tension. Lorsqu'elle se décida enfin, Mattis imita soudainement un bruit d'électrocution. Hélène poussa un cri aigu et bondit en arrière.

Mais ce que vous pouvez être con ! hurla Hélène. *Je n'ai jamais vu un débile pareil !*

— Tu peux y aller, il n'y a aucun risque, la rassura Jack, amusé.

— J'ai horreur de l'électricité, d'accord ? s'agaça-t-elle, vexée.

— Je confirme, ajouta Romain.

— Enfin quelque chose qui fait peur à l'intrépide Hélène Leprince ! Je commençais à désespérer ! plaisanta Mattis.

— *Ah ah ! Il est content !*

Le groupe se mit à rire de bon cœur devant la réaction d'Hélène.

— *Oh ! Eh puis, vous êtes tous trop cons ! Démerdez-vous* !

Hélène crocheta énergiquement ses deux mousquetons sur le câble avant de se jeter dans le vide sans hésitation.

Jack la regarda s'éloigner. La friction du métal sur la ligne à haute tension monta dans les aigus à mesure qu'Hélène accélérait. Le son s'estompa tandis que sa silhouette s'évanouit progressivement dans la couche de nuages qui ne tarderait plus à atteindre la Terre.

25.

JOUR 1
Altitude : 112 km
Température : 137 °C
Gravité : g = – 0,15 N/kg

« Je crois effectivement que vous devriez venir tout de suite ! »

Alors qu'il volait rapidement en direction de la *Coupole,* la voix inquiète de Maryam résonnait encore dans la tête du commandant Scott comme un mauvais présage. Il se dit que cette femme n'était vraiment pas du genre à exagérer une situation, et son appel l'alarmait beaucoup plus que celui de Liang.

Lorsque le jeune Chinois les avait interpellés, il s'était imaginé qu'il cherchait une nouvelle fois à leur montrer quelque chose qui ressemblait trait pour trait à son jeu vidéo débile, et le fait que Maryam prenne les devants pour aller voir ce qu'il voulait prouvait qu'elle pensait la même chose que lui.

Depuis qu'il était entré dans la station, ce geek décérébré n'avait cessé de leur rebattre les oreilles avec son *Fortnite* dont il rêvait de devenir Champion du Monde. *Comme si on en avait quelque chose à faire !* Comment peut-on rêver de rester assis dans un fauteuil jour et nuit à taper bêtement sur un clavier ? se demanda Scott. Décidément, entre Liang et Ken, il ne comprenait pas grand-chose aux aspirations des nouvelles générations.

Lorsqu'il aperçut Maryam et Liang attendre, côte à côte, au bout du module Tranquility, il savait déjà que ce qu'il allait découvrir n'allait pas lui plaire. La mine grave de Maryam annonçait clairement un gros problème qui lui ferait presque oublier l'omniprésence de Scarlett et de sa caméra.

— Que se passe-t-il ?

— C'est à l'extérieur, répondit Maryam en désignant l'entrée de la *Coupole.*

Sans demander plus de précision, Scott plongea dans le passage circulaire en direction des larges hublots ouvrant leur transparence vertigineuse sur la courbure de la Terre.

Il se sentit tout de suite rassuré. La couche blanche de nuages s'étalait devant lui et recouvrait entièrement la surface terrestre comme depuis le début du phénomène. Il se dit que, finalement, rien de bien grave ne semblait s'être produit en comparaison de ce qu'ils avaient déjà subit.

— Eh bien quoi ? Quel est le problème ?

Collé au hublot central, Scott observa plus en détail le panorama. Un frisson d'angoisse lui traversa tout le corps.

— Nom de Dieu ! articula-t-il lentement, pour lui-même.

Il réalisa d'un coup que quelque chose n'allait pas dans la forme de ces nuages qui lui parurent plus proches que jamais. À perte de vue, leur bouillonnement chaotique s'était comme figé. Ce qui fut une succession infinie de renflements bombés et joufflus, rondeurs rassurantes en expansion, s'était transformé en une multitude de gigantesques cristaux pointus qui s'élevaient comme autant de dents acérées qui auraient poussé en toutes directions. Dans l'éblouissante blancheur de la réverbération d'un soleil haut dans l'espace étoilé, Scott avait mis quelques secondes à identifier leurs longs angles saillants, séparant leurs interminables facettes planes sur lesquelles étincelait la lumière en millions d'éclats, sur tout l'hémisphère terrestre. Sous l'ISS, une partie plus sombre, d'un bleu minéral, se déchira soudain, ouvrant une crevasse abyssale d'où se déversa un océan liquide qui se figea aussitôt dans le froid extrême, prenant de l'altitude en se hérissant de paillettes aux têtes taillées telles des diamants. Sur l'horizon, ces jaillissements façonnaient de nouveaux pics qui ne cessaient de se dresser en montagnes de glace, sommets émergeant de mouvements tectoniques démesurés à la suite d'irruptions titanesques.

Aussi loin que pouvait porter son regard, le commandant ne vit plus qu'une banquise à la surface aiguisée, barrière de glace érigée à jamais entre l'équipage de l'ISS et le reste de l'humanité.

« Est-ce que ça veut dire qu'on est enfermés dehors ? » lança la voix inquiète de Liang derrière Scott.

26.

JOUR 3
Altitude : 5 m
Température : – 0,9 °C
Gravité : g = – 7,58 N/kg

Dans la cabine de pilotage de son Airbus, le commandant était en nage. Fermement cramponné à son manche à balai depuis un temps infini, il tentait de compenser les énormes embardées de son appareil, au milieu des turbulences invraisemblables qu'ils rencontraient depuis le début du phénomène.

À l'extérieur, les nuages bouillonnaient et s'illuminaient d'éclairs terrifiants tandis qu'il cherchait désespérément à retrouver en visuel l'axe de leur descente vers New York. Sur le tableau de bord, tous les instruments couverts de givre affichaient des données incohérentes qui ne lui permettaient plus de s'orienter.

Bien qu'il transpirait de tout le reste de son corps, le commandant sentait un froid glacial sur son visage, figeant douloureusement ses pommettes. Il aurait voulu les réchauffer, mais ses mains demeuraient collées aux commandes de l'avion de ligne perdu dans la tempête au milieu de la nuit. Faisant un effort pour respirer dans un air qui se faisait rare, il se tourna vers son copilote pour trouver de l'aide. Figé sur son siège dans une raideur cadavérique, le visage scintillant et bleu, l'homme pointait au ciel son index au bout de son bras plié. Cherchant à comprendre ce qu'il désignait, le commandant se pencha avec appréhension vers le pare-brise de la cabine. À travers la couche de nuages qui se disloquait, il aperçut alors les feux éblouissants de la ville qui s'étalaient au-dessus de l'appareil, comme un plafond lumineux dont l'intense lueur atteignait jusqu'à l'intérieur du cockpit.

Le ciel redevenu pur dévoila au commandant une mégapole en proie aux flammes et à la destruction. Il ressentit comme un vertige accompagné de nausées, le temps que son oreille interne transmette l'information à son cerveau, lui faisant prendre conscience qu'il volait sur le dos.

Soudain, alors qu'il se recalait dans son siège pour redresser son Airbus, une énorme masse noire s'approcha lentement. À travers le pare-brise, l'Empire State Building descendait tel un vaisseau de pierres anachronique, son toit pointu avançant irrémédiablement en direction de la trajectoire de l'avion. Figé de stupeur, il resta sans réaction devant le gratte-ciel décroché du sol qui tombait et se plaçait en travers de sa route. Sa façade s'approchait et il pouvait voir maintenant clairement les rangées de fenêtres éteintes qui défilaient vers le bas et lui barraient le passage. Au milieu de la masse sombre, une lumière attira son attention. Derrière la vitre vers laquelle il se précipitait, il aperçut distinctement la silhouette à contre-jour d'une femme qui se tenait droite, la tête en bas. Elle semblait attendre le crash, impassible. Juste avant l'impact, alors qu'il laissa échapper un hurlement de terreur muet, le commandant la reconnut ; c'était Hélène.

Poussant un cri à travers le calme de la nuit, Hélène se réveilla en sursaut dans son sac de couchage, cocon suspendu au-dessus du vide. Avec le froid qui piquait son visage et sa difficulté à respirer, elle s'imagina une fraction de seconde dans un bivouac au cœur d'une montagne himalayenne lors d'une de ses ascensions, avant que la réalité ne s'impose à elle implacablement.

Couchée à l'horizontale, elle faisait face à la masse sombre de la Terre qui étalait sa surface depuis maintenant trois jours au-dessus de leur tête, comme un plafond improbable. Elle resta là, emmitouflée dans la chaleur de son sac sarcophage pendu à la structure du pylône.

Après des heures à glisser à travers le brouillard sur les longs câbles des lignes à haute tension, enchaînant pylône après pylône une procédure d'escalade devenue presque routinière, Hélène avait décidé de leur accorder une pause d'une heure au cœur de ce périple qui semblait sans fin. L'épuisement discret de Mattis qui avait fini par cesser d'imposer son humour douteux à un groupe toujours plus silencieux avait été un signe déterminant. Elle les avait fait remonter le plus près possible du sol pour se protéger au mieux d'un froid qui commençait à poser problème, consciente qu'aucun d'eux n'était aguerri comme elle à ce genre de température.

Laissant courir son regard sur les sacs à dos suspendus aux traverses métalliques, elle passa d'un cocon à un autre, imaginant qu'aucun d'eux ne devait pouvoir dormir dans de telles conditions, hormis Mattis dont elle put entendre les ronflements porcins rompre le silence nocturne. Elle se dit que ce professeur était vraiment un drôle de type.

Au moment où elle atteignit le dernier couchage, celui-ci pendait mollement, vidé de son contenu. Hélène se redressa aussitôt. Elle pensa immédiatement à Romain, mais savait déjà que c'était Jack qui était tombé. Par réflexe, elle se tourna vers le bas, comme si son regard pouvait encore le rattraper. C'est alors qu'elle fut pour la première fois confrontée à la réalité du vide ouvert sous leurs pieds.

Les nuages s'étaient totalement disloqués dans un air devenu calme et pur comme le cristal, lui laissant pleinement appréhender l'immensité vertigineuse qu'elle dominait. Tout en bas, à plusieurs kilomètres, une inexplicable surface obscure, tâchée de parties plus lumineuses, s'étalait de part et d'autre de ce qui aurait dû être le ciel d'une nuit étoilée. Soudain, son regard s'arrêta sur le corps inerte de Jack, suspendu à l'extrémité de la silhouette structurée et sombre du pylône. Découpé sur le fond étrange, il reposait en travers du dernier montant qui le retenait au-dessus du néant.

Hélène sauta de son couchage, aussitôt saisie par le froid mordant qui termina de la réveiller. Sans prendre le temps d'enfiler son blouson, au mépris du danger, elle dévala la structure d'acier en direction du corps immobile, sautant de traverse en traverse en faisant résonner le métal.

Alors qu'elle s'approchait rapidement de la tête du pylône, la silhouette de Jack se tourna pour la regarder arriver, attirée par le bruit de sa descente. Elle finit par s'arrêter à son niveau, debout sur le bras suspendu.

— Jack ! Tu m'as fait tellement peur ! J'ai cru que tu étais tombé. *Merde !*

Lorsqu'elle le vit se retourner à nouveau vers le vide, son baudrier amarré à une poutrelle, elle se sentit tout de suite rassurée.

— Tu as pensé que j'avais fait une nouvelle crise, j'imagine.

— Je suis sérieuse, tu m'as vraiment fait très peur ! Qu'est-ce que tu fais là ?

— Désolé ! Je croyais que tout le monde dormait. J'ai essayé de ne pas faire de bruit. Je n'arrivais pas à trouver le sommeil de toute façon.

Hélène marcha sur la poutrelle jusqu'à Jack. Elle s'allongea à ses côtés.

— Et tu t'es naturellement dit ; tiens, je descendrais bien au bord du vide profiter de quelques minutes de détente !

— Dixit la fille qui vient de dévaler un pylône sans même prendre le temps d'enfiler son baudrier.

— Oui, mais moi ce n'est pas pareil ! Je suis une professionnelle, rétorqua Hélène, feignant l'immodestie. Tu sais, je voudrais te dire que… je suis désolée !

— Ne le sois pas. Tu as eu raison de prendre cette décision. C'était ta responsabilité. Je n'aurais pas dû me braquer. C'est juste que, c'est dur pour moi d'être mis à l'écart à cause de ma maladie. Ça m'est arrivé trop souvent. Je m'étais juré de ne plus me laisser faire. J'avais tort. Et puis, au final, Romain est un bien meilleur second de cordée que moi.

— Alors, on fait la paix ?

— On fait la paix.

— N'empêche que tu ne m'as toujours pas dit ce que tu faisais perché ici.

— Il fallait que je contemple ce paysage extraordinaire sans le pylône pour me masquer la vue. Tu ne trouves pas ça incroyable ?

Hélène se pencha vers l'étonnant panorama qui s'étalait tout en bas. Elle avait l'impression d'observer une planète inconnue dont la surface sombre envahissait tout son champ de vision. Par endroit, des tâches plus ou moins claires, légèrement bleutées, semblaient diffuser le peu de lumière qui parvenait faiblement jusqu'à eux. À certains moments, de vifs traits ardents et irréguliers apparaissaient, avant de s'évanouir soudainement dans l'obscurité.

— Tu as une idée de ce que c'est ? interrogea Hélène.

— Je me pose la question depuis tout à l'heure. La seule

explication qui me vient, c'est que ce sont les océans qui se sont figés en atteignant les températures négatives en altitude.

— Quoi ? Tu plaisantes ?

— C'est ma théorie. Ça justifierait aussi qu'il fasse nuit depuis plusieurs jours. On est en permanence à l'ombre de ce… de ce mur de glace.

— Tu veux dire que ce que nous voyons là est comme une énorme banquise qui fait le tour de la Terre ?

— En quelques sortes, oui. Tu distingues les parties plus claires, un peu partout ? Ce sont probablement des endroits où la couche est plus fine ou plus transparente, et qui laissent passer la lumière du soleil. En fait, c'est vraisemblablement le jour en ce moment, sinon tout serait noir.

— Donc, en gros, on est enfermés dans une grosse boule de glace ?

— C'est une façon de voir les choses, répondit Jack en souriant. Je n'arrête pas d'essayer d'imaginer ce qui s'est passé. Les océans ont dû s'élever en formant de gigantesques sphères liquides qui se sont ensuite étalées en gelant en altitude, jusqu'à se rejoindre pour constituer cette unique paroi de glace. Étant donnée la proportion d'eau sur Terre, il y a largement ce qu'il faut pour recouvrir la planète.

Hélène fixa le visage de Jack penché sur le vide. Ses traits dessinés dans la pénombre s'animaient d'un enthousiasme improbable, alors qu'il cherchait à comprendre et à se représenter l'indicible. Dans une sorte de candeur poético-scientifique, il tentait de lui conter en détail les phénomènes les plus extraordinaires qui avaient dû se produire pendant qu'il était dans le coma.

— J'ai conscience que je ne devrais pas dire ça, mais si on tâche d'occulter les conséquences dramatiques de l'existence d'un tel paysage, on y trouve une certaine esthétique, tu ne crois pas ? Tu sais, ça me fait penser à cette éclipse solaire en août, lorsque j'étais à Paris. Il y avait cette lumière étrange, cette fausse nuit qui recouvrait tout, et ce silence soudain dans la ville où tout parut figé pendant de longues minutes. Tous les Parisiens étaient arrêtés sur les trottoirs, sur les routes, tournés vers le soleil ; et moi je les regardais. Je trouvais cette sorte de communion plus intéressante que l'éclipse elle-même. Je me souviens, ils portaient tous les mêmes lunettes blanches pour se protéger des dangers des rayons ; on aurait dit une secte. Ça avait un côté magique, comme si tout le monde à part moi avait été hypnotisé. Ça m'a donné un sentiment d'être unique, un peu comme lorsque je suis descendu ici.

Jack enchaîna. Dans sa capacité à trouver de la beauté jusqu'au cœur du chaos, Hélène avait l'impression qu'elle pourrait l'écouter parler des heures.

— En fait, depuis trois jours qu'on crapahute ensemble, je me rends compte que je ne te connais pas du tout.

— Il n'y a rien de très original. Tu sais déjà que je suis prof de physique. Je peux ajouter, célibataire par choix, divorcé, pas d'enfant. Une petite vie de physicien médiocre comme me l'a gentiment rappelé Mattis hier.

— Il t'a dit ça ? s'amusa Hélène.

— Plus ou moins. Mais ça n'a pas d'importance, il a raison.

— Sauf qu'il oublie juste la part sensible du poète qui vit en toi. Mais, je ne suis pas étonnée qu'il ne l'ait pas remarquée.

— Moi aussi, il y a un truc que j'aimerais savoir.

— Quoi ?

— Dans le métro, pourquoi es-tu revenue me chercher ?

— Je te l'ai déjà expliqué. Tu m'as dit que tu grimpais bien. Ça pouvait m'aider à retrouver Romain.

— Tu sais aussi bien que moi que tu n'avais pas réellement besoin de moi pour ça. Et tu as assez répété que tu ne pouvais pas sauver tout le monde ; alors pourquoi moi ?

Hélène resta silencieuse un moment avant de répondre.

— Je ne sais pas, tu avais l'air si fragile. Peut-être aussi le fait que j'avais l'impression que tu découvrais le monde. Tu avais cette innocence dans le regard, perdu comme un enfant. Je m'étais fait cette carapace pour me protéger de la détresse humaine, mais toi, tu l'as traversée d'un coup.

— Oui, donc en gros tu as eu pitié de moi.

— Ça n'a rien à voir avec de la pitié. Et puis, je vais te dire ce qui m'a définitivement décidé à te garder avec moi ; tu ne m'as rien demandé.

— Comment ça ?

— Lorsqu'il s'agit de survivre, tout le monde veut quelque chose ; de l'aide, à manger, du réconfort. Il y a ceux qui veulent ton blouson, ton eau ; ceux qui veulent regagner leur labo secret. Même Romain indirectement m'a demandé d'organiser cette expédition. Mais toi, non ! Tu ne m'as rien demandé. Tu m'as simplement dit merci ; et en français en plus ! ironisa Hélène pour masquer ses sentiments.

— Tu m'as sauvé la vie, je ne vois pas ce que je pouvais te demander de plus.

— Tu vois ! C'est exactement ce que je dis.

Allongée à côté de Jack, Hélène rencontra son regard bienveillant alors qu'il esquissait un sourire sur son visage barbu et crasseux. Oubliant le vide, elle resta ainsi, immobile, jusqu'au moment où elle crut percevoir un léger rapprochement physique entre eux. En pleine confusion, elle se redressa d'un coup, gênée et mal à l'aise.

— Bien ! La pause est terminée, lâcha-t-elle en se relevant soudainement. Et puis, je commence à avoir froid sans blouson. Je vais aller chercher les autres.

— Tu as raison, répondit Jack qui semblait tout aussi embarrassé qu'elle. Il est temps qu'on atteigne ce fichu Centre.

Elle se dit qu'elle avait réagi un peu trop rapidement. Elle se sentait ridicule.

— Tu veux que je t'assure pour la montée ?

— T'inquiète ! Avec des prises comme ça, pas de risque que je tombe, rétorqua Hélène en s'élançant à l'assaut de l'enchevêtrement de poutrelles métalliques du pylône. Tu n'as qu'à rester ici, pour les récupérer. Je te les envoie dès qu'ils sont prêts.

— Ça marche !

Hélène remonta rapidement le long de la structure vers les cocons multicolores qui pendaient tout en haut, près du sol. Elle se sentit particulièrement légère dans son ascension.

27.

JOUR 3

Altitude : 77 m
Température : – 2,2 °C
Gravité : g = – 7,82 N/kg

Le professeur Mattis Magnusson glissait à grande vitesse sur le long câble à haute tension qui traversait le vide. Depuis la Terre, l'eau qui coulait inlassablement commençait à tomber en neige mouillée et pénétrait sa combinaison, transformant le tissu en une couche cartonnée humide et inconfortable. Devant lui, le système de roulement auquel il s'agrippait sifflait dans le vent glacé qui l'obligea à poser une main gantée sur son visage pour se protéger de la morsure du froid, comme il le faisait lors de ses séjours au ski dans les Rocheuses, lorsqu'il était gamin.

Il avait déjà horreur du froid à cette époque, et du sport aussi. Mais sa mère était certaine que ça lui faisait du bien de prendre le grand air une fois par an, comme ça se faisait dans les bonnes familles. Et tous les ans, c'était le même cirque ; elle le quittait en larmes devant le bus en lui enfonçant son bonnet jusqu'au nez, l'abandonnant à une horde de morveux qui allaient se moquer de lui une semaine entière. Heureusement, il avait fini par se casser une jambe, et s'en était enfin terminé de ces séjours que sa mère considérait dorénavant comme beaucoup trop dangereux pour son petit génie.

Maintenant que le brouillard s'était dissipé, Mattis était beaucoup plus impressionné de se déplacer sur ce fil qui paraissait si fragile au-dessus d'un vide désormais ouvert sur plusieurs kilomètres. Il se demandait comment Houston n'était pas encore morte d'une crise cardiaque. Ils avaient d'ailleurs eu le plus grand mal à la faire sortir de son sac de couchage suspendu, avant de reprendre leur progression vers le Centre.

Bien qu'il n'avait pas une peur panique du vide, la vue de ce *continent de glace* — comme l'avait appelé Jack — avait fait monter en lui un sentiment, une angoisse qu'il ne s'expliquait pas. Aussi, pour mieux occulter cette sorte de malaise qui le dérangeait, il préférait fixer le sol terrestre.

Tout autour de lui défilait un paysage désert de marais et de lacs asséchés ; ils avaient enfin atteint *Dekorte Park* et le Centre ne devait plus être bien loin, se prit-il à espérer. Découpées dans la pénombre, des ruines avançaient lentement à l'horizon, et il se demandait si l'absence totale d'éclairage était due à l'intervention de Jack sur la ligne, ou au fait que le réseau avait finalement rendu l'âme.

Alors qu'il passait le point d'inflexion de la courbe du câble, Mattis entama sa longue remontée vers le pylône où l'attendaient Hélène, Houston et Jack. Il savait qu'il devait maintenant rester concentré.

Sa course ralentit progressivement sur la pente qui ne cessait de s'accentuer, et il apercevait déjà la navette qu'Hélène retenait du bout de sa corde. Son mousqueton à la main, il ne quittait pas des yeux la boucle qu'il ne devait surtout pas rater comme la dernière fois, sous peine de repartir en marche arrière. Hélène avait alors été obligée de venir le chercher au centre du câble et l'avait engueulé comme du poisson pourri. Il avait eu beau lui expliquer que c'était de sa faute, qu'elle n'avait pas fait redescendre suffisamment la navette pour qu'il puisse l'atteindre, elle n'avait rien voulu entendre. Et même si au fond de lui, il n'en avait rien à foutre, il n'avait aucune envie que ça recommence.

De toute façon, elle peut gueuler tant qu'elle le veut, une fois arrivé au Centre, elle apprendra que le vrai patron : c'est Bibi !

— Yes ! exulta Mattis.

Cette fois, il parvint à clipser parfaitement son mousqueton, provoquant chez lui un sentiment de fierté qu'il réfréna aussitôt. Habitué à mépriser ce genre de réflexe — satisfaction d'êtres médiocres autocélébrant l'accomplissement d'un acte insignifiant — il se refusa à se laisser aller à une réaction aussi ridicule.

Maintenant qu'il était accroché, il se sentit tracté le long du câble, aidé par Jack qui faisait contrepoids à l'autre bout de la corde. Mattis le regarda descendre dans le vide sous le pylône à mesure que lui avançait vers Hélène qui le tirait à elle. Un peu plus haut, il aperçut Houston agrippée à la structure métallique.

Hélène l'aida à passer les gros disques de verre de la chaîne d'isolateurs qui reliait le câble au pylône, pour lui permettre de la rejoindre sur les poutrelles d'acier enchevêtrées.

— Faites bien attention ! L'eau commence à geler et il peut y avoir de la glace par endroit, l'avertit Hélène.

Les derniers efforts qu'il avait fournis pour cette nouvelle traversée avaient fini d'essouffler Mattis qui se mit à tousser.

— Ça va aller. C'est le manque d'oxygène qui se fait sentir. Jack dit que c'est son poids qui…

— Qui l'éloigne de la surface parce qu'il est plus lourd que l'air, je sais ! Il n'y a pas que lui qui soit physicien ! s'agaça Mattis.

— Oh ! Mais il s'est levé du mauvais pied ce matin ? ironisa Hélène. Ah ! Non ! J'oubliais : il est toujours comme ça !

— Très drôle ! bougonna-t-il.

Tandis qu'Hélène l'aidait à remonter jusqu'à Houston, Mattis remarqua que le major fixait quelque chose dans le paysage. *Pour une fois qu'elle n'a pas les yeux fermés !* Suivant son regard, il aperçut au loin se dessiner les bâtiments du Centre.

Découvert au fond d'une profonde cavité laissée par le grand lac asséché sous lequel il était dissimulé, il identifia aussitôt l'immense toiture hémisphérique de son laboratoire. De ce ventre rond qui pendait au-dessus du néant, émergeant d'une vase à l'odeur de putréfaction organique, dégoulinait depuis la déchirure béante ouverte dans son nombril un amas de câbles et de morceaux de métal tordus et enchevêtrés. Depuis l'intérieur du bâtiment émanait une lumière blanche qui faisait luire un liquide coulant comme du sang noir le long des entrailles du laboratoire qui s'étiraient, comme autant de viscères arrachés par un prédateur oophage.

En fixant l'œuvre de sa vie ainsi éventrée, Mattis tempéra son abattement en se focalisant sur le seul aspect positif qu'il en retenait : il y avait encore de l'électricité dans le bâtiment.

— C'est votre laboratoire secret là-haut ? demanda Hélène, tandis qu'elle sécurisait Mattis sur un montant du pylône.

— Je le crains ! répond-il.

— Il l'est beaucoup moins, maintenant qu'il n'y a plus d'eau.

Secret ! ajouta-t-elle, après un temps.

— J'avais compris.

Mattis attendait à présent qu'Hélène soit redescendue pour réceptionner Cooper avant de s'adresser à Houston.

— Je ne sais pas ce que votre abruti de Pittman a fait dans mon laboratoire, mais ce que je vois n'est pas très encourageant.

— D'abord, ce n'est pas mon Pittman, et surtout, ce n'est pas votre laboratoire. Tout ça appartient au gouvernement des États-Unis.

— Ouais ! Enfin, en attendant, votre petit protégé a tout pété.

— Ce n'est pas mon petit protégé ! s'énerva-t-elle, poussant sa voix plus fort qu'elle ne l'aurait voulu.

Tous les deux baissèrent la tête vers Hélène qui faisait redescendre la navette sur le câble. Elle ne semblait pas les avoir entendus.

— Je ne le supporte pas plus que vous si vous voulez savoir, chuchota Houston. Il y a une hiérarchie et des ordres à respecter, c'est tout. Mais, je crois que ça, vous ne l'avez toujours pas compris. Bref, nous avons plus important à régler pour le moment, à commencer par ce qu'on fait une fois au Centre.

— Il faut espérer que les deux modules de gravitons soient encore au labo. C'est notre seule chance d'inverser le processus.

— Je veux parler des civils. Qu'est-ce qu'on fait d'eux ?

— Qu'est-ce que j'en sais moi ? La sûreté nationale, c'est votre putain de problème.

— J'en ai plus qu'assez de subir votre vulgarité. On est tous dans le même bateau au cas où vous ne l'auriez pas remarqué. Ils ne doivent en aucun cas accéder aux informations sensibles, et j'ai besoin de votre collaboration pour ça.

— Eh bien ! Je ne vois qu'une solution. On les flingue dès qu'ils posent un pied au Centre.

— Ne soyez pas ridicule !

— Je plaisante Rebecca. Je suis un scientifique, pas un assassin.

— Allez donc dire ça aux millions de gens qui ont fini dans les océans gelés en bas !

— Ah ! Ne me mettez pas ça encore sur le dos, je vous préviens !

— Sinon quoi ? Vous allez m'assommer avec une formule

mathématique ? À partir de maintenant, vous allez marcher droit et faire pour une fois ce que je vous dis. Sinon, c'est vous que je flingue ! C'est compris ? Et ne m'appelez plus jamais Rebecca !

— Ouououh ! J'ai trop peur, se moqua Mattis. Le Major Houston va me mettre une fessée. Vous savez très bien que sans moi, vous êtes coincée avec tout le monde dans ce monde à l'envers de merde, comme une ficelle de string dans une paire de fesses. Alors, arrêtez de me faire chier !

— Pfff ! Vous êtes puéril.

Au loin, le sifflement aigu de la tyrolienne qui emmenait Cooper se rapprocha et rompit le lourd silence qui s'était installé entre Houston et Mattis.

— Et si les deux modules sont tombés, on fait quoi ? interrogea froidement Houston.

— Dans ce cas, il nous reste toujours Janus, assura Mattis, confiant.

28.

JOUR 3

Altitude : – 15 m
Température : – 2,5 °C
Gravité : g = – 7,85 N/kg

Agrippé aux câbles entremêlés et dégoulinants d'eau, Jack arrêta quelques secondes son ascension pour lever la tête et observer le trou béant ouvert dans la vaste toiture en forme d'œuf. Se découpant dans la lumière blanche diffusée depuis l'intérieur du bâtiment, la silhouette à contre-jour d'Hélène maintenait fermement la corde qui descendait jusqu'à lui et l'assurait. Tout autour d'elle, sur le pourtour de la brèche de métal déchiqueté, d'innombrables stalactites avaient commencé à se former sur les zones où se concentraient les écoulements incessants. *Encore une quinzaine de mètres,* s'encouragea-t-il.

Le liquide glacial s'infiltrait maintenant dans ses gants et dans une partie de ses manches, courant en filets froids jusqu'à ses épaules, à chaque fois qu'il levait un bras. L'effort lui paraissait plus intense que jamais et il était obligé de forcer sa respiration pour s'oxygéner. Mais l'idée d'arriver enfin à leur destination lui donnait une énergie qui l'aidait à grimper, porté par le mince espoir que Mattis parviendrait peut-être à changer le cours dramatique des évènements.

Dans sa pénible remontée pour atteindre le Centre, il s'appuyait parfois sur du matériel qui pendait près de lui. Il identifia quelques appareils de mesure, mais arrêtait son regard la plupart du temps sur des équipements sophistiqués dont il ignorait tout. Il fut particulièrement intrigué par un long cylindre de métal et de verre qui tournait lentement dans le vide, à l'extrémité d'un câble fin. Il pensa d'abord à un conteneur destiné à enfermer les particules, avant de réfuter l'idée : *un piège de Penning de cette dimension, ça n'existe pas !* conclut-il, à l'instant où le câble céda. Jack regarda tomber le cylindre qui disparut rapidement dans la nuit.

Sur les derniers mètres, Jack s'accrochait plus facilement à l'amas d'acier toujours plus dense, proposant des prises plus franches. Au moment où il attrapa l'avant-bras d'Hélène pour se hisser jusqu'à elle, il sentit un flux d'air tiède descendre depuis l'intérieur du Centre. Transportant une légère odeur de moisi, le courant d'air se déversait dans le trou béant, d'où remontait la puanteur de vase stagnante du lac asséché.

Il avait l'impression d'être propulsé d'un coup au fond de cette large coupole renversée, ressentant l'immensité du lieu comme une soudaine oppression. Les nombreux éclairages échoués sur sa structure métallique allumaient le gigantesque plateau circulaire blanc qui les surplombait, baignant le vaste volume du laboratoire d'une douche de lumière indirecte et diffuse. À quelques mètres, Romain lovait la corde qui avait servi à son escalade, tandis que Mattis, Houston et Cooper atteignaient déjà, en ordre dispersé, le bord de ce cratère géant qui les dominait.

Pour la première fois hors de la pénombre depuis Hoboken Station, Jack redécouvrit le visage crasseux et épuisé d'Hélène qui lui souriait sous son bonnet trempé.

— Nous y voilà. On a réussi ! s'exclama-t-elle, manifestement soulagée d'avoir mené tout le monde à bon port.

— Tu as réussi, rétorqua Jack, essoufflé. Rien n'aurait été possible sans toi ; tu le sais. Et c'est grâce à toi aussi, Romain.

— Merci Jack ! Je crois qu'on a tous été bons sur ce coup-là !

— Tu as vu cet endroit ? interrogea Hélène. C'est dingue, non ?

— Incroyable !

— Qu'est-ce qu'on va faire maintenant ? s'inquiéta Hélène.

— Il faut qu'on leur demande si on peut être encore utiles à quelque chose. Ils ont l'air pressés d'avancer en tout cas.

Jack leva la tête vers Mattis qui enjambait difficilement les derniers montants d'acier qui le séparaient du sommet. Il l'observa comme un homme perdu au cœur d'un décor trop grand pour lui, scrutant alentour les ruines désolantes de son laboratoire. Sa petite silhouette jaune canari accéda à un large tunnel ouvert dans la haute paroi qui faisait le tour de la coupole.

— Mais, je poserais bien d'abord quelques questions à notre Professeur, pour en savoir un peu plus sur ce qu'il fabriquait ici. Il est temps qu'on ait quelques explications sur ce qui a pu se

passer. Tu ne crois pas ?
— Tout à fait d'accord, répondit Hélène.

Après avoir remonté à leur tour l'immense structure de la coupole d'acier, Hélène, Jack et Romain rejoignirent Mattis, encadré de Houston et Cooper qui les attendaient, la mine grave, à l'entrée d'un haut et profond couloir cylindrique blanc.
— Je me demande bien comment vous avez réussi à dissimuler un endroit pareil aux yeux du monde, entama Jack.
— On sait se faire discret lorsque c'est nécessaire, répondit Mattis.
— Quand je pense que je suis venu plusieurs fois avec mes classes au Meadowlands Environment Center sans imaginer ce qu'il y avait sous nos pieds.
— En fait, c'est le Meadowlands qui nous sert de... commença Mattis.
— Professeur, ils n'ont pas besoin de connaître ce genre de détail, le coupa Houston.
— Moi, ce que j'aimerais savoir, c'est comment vous comptez changer quoi que ce soit avec ce laboratoire en ruines ? s'inquiéta Hélène.
— Et aussi, maintenant que vous avez pu retrouver votre Centre, est-ce que vous avez enfin une idée de ce qui a pu s'y passer ? compléta Jack.
— Ça fait deux grosses questions ça, posa Mattis. Pour ce qui est de ce qui s'est passé. Eh bien, c'est...
— Secret défense, le coupa une nouvelle fois froidement Houston.
— Quoi ? Non, mais vous rigolez ou quoi ? s'énerva aussitôt Hélène. On n'a pas pris tous ces risques pour vous amener jusqu'ici pour entendre ça ! Nous voulons des réponses à nos questions, maintenant ! Nous étions d'accord.
— Nous n'étions d'accord sur rien du tout ! contesta Houston. Pas sur ça en tout cas !
— Mattis, vous aviez promis que vous pourriez changer les choses en regagnant votre laboratoire, lança Romain.
— Et c'est ce que nous allons tenter de faire mon garçon, répondit calmement Mattis.
— Comment ? demanda Hélène avec autorité.

— Sauf votre respect Major, je crois qu'ils ont le droit de connaître la vérité, ajouta Cooper. Et moi également, par la même occasion.

— Caporal, quand on aura besoin de votre opinion, vous serez le premier informé ! le recadra sèchement Houston.

— Caporal ? Major ? Vous êtes des militaires ? En fait, vous travaillez pour l'armée ? lâcha Hélène.

— C'est ma mère qui avait raison depuis le début, vous êtes un menteur, vos recherches, c'est pour fabriquer des armes, s'insurgea Romain.

— Oh là ! Oh là ! On redescend tout de suite, tempéra Mattis. Je ne travaille pas pour, mais avec le Département de la Défense. Et pour une raison très simple et vieille comme l'humanité : ils ont de très gros moyens. Et en ce qui concerne mes recherches, elles portent sur de nouvelles technologies de sustentation, certainement pas sur des armes.

— Encore un mensonge ! s'agaça Hélène.

— On ne vous a pas menti, se défendit Mattis. Nous gardons les informations sensibles. Ce n'est pas la même chose. Écoutez ! Ça fait des années que nous travaillons dans des conditions de sécurité drastiques afin de protéger mes découvertes. On ne va quand même pas tout vous déballer, sous prétexte que vous nous avez trimbalés au bout d'une corde pendant trois jours ?

— Que vous le vouliez ou non, nous sommes tous impliqués maintenant, affirma Jack. Et puis, qu'est-ce que vous risquez à nous dire ce qui s'est réellement passé ? À qui voulez-vous que l'on révèle vos terribles secrets ? Il n'y a plus personne. En plus, vous aurez encore certainement besoin de nous. Alors, pas de réponse, plus d'aide !

Dans le silence qui s'installa, Mattis sembla réfléchir. Jack repensa à l'idée qu'il se faisait du grand professeur Magnusson qu'il admirait tant, avant de le rencontrer. Maintenant qu'il avait devant lui ce petit bonhomme trempé dans sa combinaison jaune crasseuse, qui avait fini par vendre son âme au diable, il se sentait comme trahi. Ce type vulgaire et insupportable ne pouvait pas être celui qui sauverait l'humanité de son extinction, il aurait dû voir ça depuis le début, au lieu d'espérer innocemment un miracle de sa part.

— Et puis merde ! lança Mattis.

— Professeur, ne dites rien que vous pourriez regretter ! menaça Houston.

— Il a raison, s'impatienta Mattis. Sans les monte-charge, Hélène peut nous aider à atteindre l'unité de production. Alors, autant leur dire que…

— Nous vous sommes très reconnaissants de nous avoir permis de regagner le Centre sains et saufs, le coupa encore Houston. Mais avant toute chose, nous devons savoir s'il reste des survivants ici. Nous avons besoin de personnel scientifique, à commencer par le professeur Pettit qui peut grandement contribuer à solutionner notre problème.

— Hubert Pettit fait ses recherches au Centre ? s'étonna Jack.

— Dans un autre secteur, oui, dit Houston.

— Il est hors de question que je retravaille avec ce vieux chnoque libidineux ! s'insurgea Mattis.

— On ne vous demande pas votre avis ! le moucha Houston. Nous allons commencer par nous rendre au laboratoire Alpha. Nous verrons ensuite s'il y a lieu de donner plus d'information aux civils.

— C'est parfait ! ironisa Hélène. Nous sommes « les civils » maintenant !

— Il y a un second laboratoire ? interrogea Jack, incrédule.

— Oui, mais, celui-là, il est tout petit, lança fièrement Mattis en riant, content de son jeu de mots qu'il semblait être le seul à comprendre.

— Nous n'avons pas de temps à perdre en questions ou en remarques inutiles. Hélène, dans les airs, c'est vous qui commandiez, et nous nous sommes pliés à toutes vos exigences pour la réussite de l'expédition. Et vous pouvez me croire, ça n'a pas été facile. Étant donné le résultat, il est évident que nous avons eu raison de vous faire confiance. Je vous demande de vous conformer à votre tour à mes ordres, avec la même confiance et la même abnégation.

Sans attendre de réponse, Houston s'éloigna dans le long couloir blanc vivement éclairé.

— C'est ça le vrai problème avec elle ; on ne peut jamais se marrer ! se moqua Mattis.

— Je vous entends Professeur, lança Houston, blasée.

Hélène et Jack tournèrent les derniers dans la jonction circulaire qui reliait quatre nouveaux passages baignés de lumière. Plus loin devant, Romain avançait en tête, avide de découvrir les moindres recoins de ce véritable décor de science-fiction. Derrière lui, Cooper précédait Mattis et Houston qui discutaient discrètement.

— J'ai l'impression que cet endroit est sans fin, lança Hélène. Un vrai labyrinthe.

— Et tu as vu ces couloirs ? À quoi ça peut bien leur servir ? s'interrogea Jack.

— Tu y crois toi, au fait qu'ils puissent changer quelque chose ?

— J'ai un peu de mal à l'imaginer. Mais, tu as remarqué comme moi, ils ne semblent pas du tout désespérés et Mattis a l'air de savoir ce qu'il fait.

— En même temps, avec lui, on n'est jamais sûr de rien.

« Il y a quelqu'un ? » lança une voix féminine au-devant du groupe. Dans un réflexe commun, tous s'arrêtèrent pour faire le silence.

C'est alors que Jack vit apparaître au bout du tunnel une silhouette en blouse blanche, bientôt suivie par une seconde. *Il y a donc des survivants !*

Jack et Hélène pressèrent le pas.

— Professeur ? Professeur Magnusson ?

C'était une femme asiatique dont les jambes nues et les baskets roses dépassaient de sa blouse crasseuse qu'elle tenait refermée autour de son corps, manifestement pour se protéger du froid. Elle se mit à courir, passant devant Romain sans s'arrêter, pour atteindre Mattis. Derrière elle, un homme, également en blouse, restait en retrait sur le côté du couloir, dans une attitude craintive.

La jeune femme se jeta littéralement de bonheur dans les bras de Mattis, dévoilant sa jupe déchirée qui découvrait jusqu'au haut de ses cuisses.

— Professeur ! Vous êtes vivant ! s'enthousiasma-t-elle.

— Shino, mon petit ! Oui, je suis bien vivant, et je suis comblé que ça vous fasse autant plaisir.

Shino recula soudainement. Son visage changea totalement d'expression et elle décrocha à Mattis une gifle monumentale. Jack fut aussi surpris que les autres, mais remarqua que personne ne vint au secours du professeur, pensant certainement comme lui que celle-là, il ne l'avait pas volée.

— Vous étiez où espèce de salaud ? éructa Shino. Tout ça est votre faute. Vous et votre arrogance qui avez provoqué cette apocalypse. Vous êtes un monstre !

Mattis accusa le coup et se redressa doucement vers Shino avec un petit sourire en coin qui la déstabilisa aussitôt.

— C'est Pittman qui vous a raconté tout ça ? répondit calmement Mattis, presque menaçant.

Il se pencha pour mieux voir l'homme derrière elle, figé au bout du couloir.

— Dites-moi Pittman ? Il ne vous resterait pas un peu de café pour moi par hasard ?

— De quoi parlez-vous ? s'impatienta Shino. Je n'ai pas besoin que Mark me dise quoi que ce soit. Il suffit de regarder votre laboratoire pour comprendre ce que vous y faites. Les couloirs parfaitement symétriques, le secteur Janus ; tout ici est fait pour s'adapter à un changement de gravité. Vous aviez tout planifié depuis le début.

— Certainement pas pour ça ! Et vous le savez très bien ! se défendit Mattis. Vous me connaissez assez.

Houston se tourna vers Mark Pittman qui se tordait les doigts nerveusement.

— Vous lui avez montré le secteur Janus ? interrogea Houston, menaçante.

— C'est-à-dire, je… il fallait bien prendre une décision, hésita Mark. Je pensais que…

— On se fout totalement de ce que vous pensez Pittman ! le coupa Mattis. En êtes-vous seulement capable ? Dans la mesure où on sait déjà parfaitement ce que vous avez fait du premier module, dites-nous plutôt ce que vous avez fait du second.

Jack remarqua que Mark Pittman piétinait nerveusement. Son regard désespéré passait de Shino à Mattis.

— J'ai fait tout ce que j'ai pu ! lança Mark avec une certaine agressivité. Tout allait très bien, j'avais les choses en main jusqu'à… jusqu'à ce que vous appeliez.

— Voilà que ça va être de ma faute maintenant ! se moqua Mattis, prenant tout le monde à témoin. Et donc ?

— Il y avait tous ces câbles, j'ai toujours dit qu'il fallait mieux les organiser…

— Pittman ! Je ne vous ai pas demandé de nous raconter votre vie minable ! Je veux juste savoir où est ce putain de second module ? Ce n'est pas assez simple pour vous comme question ?

— J'ai tout fait pour les sauver, pour les empêcher de tomber, craqua Mark. Mais le plafond a cédé d'un coup sous le poids du F35. Ils ont tous disparu, le module aussi.

— Je vous laisse une fois, une seule putain de fois les clés de la maison et…

— C'était votre responsabilité, le défendit Shino. Mark n'a fait qu'exécuter vos ordres.

— Ce qui se passe au laboratoire Oméga n'est pas votre problème, mademoiselle Kagami, intervint Houston. Dites-nous plutôt où se trouvent le professeur Pettit et le reste de votre équipe. Il est plus que jamais nécessaire d'unir nos forces au lieu de chercher à nous diviser.

À l'évocation du professeur Pettit, Shino se recroquevilla et referma sa blouse autour de son corps, au bord des larmes.

— Alpha s'est effondré. Ils étaient tous là-bas en train d'essayer de comprendre notre erreur. Le professeur s'en voulait d'avoir lancé l'expérience sans être sûr du résultat que nous allions obtenir. Parce que, oui, Mattis ! monta d'un ton Shino, nous avons tous cru que c'était notre faute si le monde tombait en ruine, tous !

Shino fondit en larmes alors que Cooper s'approcha d'elle avec une doudoune qu'il avait sortie de son sac et qu'il lui posa sur les épaules.

— Tenez, mettez ça.

— Merci.

— De quelle expérience parlez-vous ? interrogea Houston.

— Ce qui se passe au laboratoire Alpha ne regarde pas les militaires, rétorqua Shino, comme un défi.

— Bon. Peu importe, balaya Houston. Il n'y a plus que vous dans tout le…

— Écoutez ! la coupa soudain Cooper. Vous n'avez rien entendu ?

— Non, Caporal ! répondit Houston exaspérée. Nous n'avons rien entendu. Qu'est-ce qui vous prend ?

— Chut ! insista-t-il, sans se soucier de la réaction du major.

Dans le silence imposé par Cooper, Jack distingua un bruit sourd et lointain.

— Là ! Vous avez entendu ?

Aussitôt, un troisième grondement, plus proche, fit vibrer légèrement le sol, puis un quatrième, tout près cette fois. Tous restèrent tétanisés dans l'immense couloir blanc, tels des réfugiés dans un abri, espérant que la prochaine bombe ne s'abattrait pas sur eux.

Soudain, rompant le silence angoissant de l'attente, un craquement écœurant accompagna l'éclatement du béton qui les entourait. La Terre s'ouvrit d'un coup sous leurs pieds, ne laissant aucune chance à Mattis, Cooper et Houston qui tombèrent dans le vide ténébreux, leurs visages pétrifiés de terreur et d'incompréhension.

Pour Jack, le temps parut s'allonger, les sons s'estompèrent. Comme s'il était devenu un observateur extérieur dans un cauchemar au ralenti, il regarda l'abîme s'élargir et l'avaler lui aussi. Masquant en partie la surface de glace qui s'étendait quelques kilomètres plus bas, l'ombre du pylône qui venait d'arracher la paroi du couloir se découpait au cœur des câbles qui se disloquaient. Tandis que le sol du Centre montait devant ses yeux, bientôt hors de portée, il vit Romain, retenu par Shino, tendre en hurlant un bras vers sa mère. Dans un dernier réflexe, un ultime instinct de survie, Jack attrapa successivement la main d'Hélène et un fer qui dépassait du béton brisé. Sous le choc de l'afflux d'adrénaline, il subit un violent retour à la réalité. Écartelé par l'arrêt soudain de la chute d'Hélène, une vive douleur lui traversa l'épaule, alors qu'il la retenait dans une lutte désespérée pour la vie, lâchant un cri de souffrance et d'effort mélangés. Accrochée de ses deux mains au bout de son bras, Hélène pendait au-dessus du néant. Elle le fixait, muette de terreur.

— Maman ! hurla Romain. Jack, tu tiens bon. Je descends vous chercher !

— Romain, non ! cria Hélène. Tu ne bouges pas !

Jack vit Hélène se pencher vers le bas.

— Jack, écoute-moi bien. Tu ne vas pas pouvoir nous soutenir tous les deux. Il va falloir que tu me lâches.

— Pas question, répondit Jack, serrant les dents de douleur. Tu peux remonter le long de mon bras. Tu as le temps de le faire.

— Jack, tu sais que c'est impossible. Dès que je vais bouger, je te ferai tomber avec moi.

— Maman, non ! Tu tiens ! Je vais vous envoyer une corde.

— Romain, c'est moi qui ai la dernière corde chéri, répondit calmement Hélène, au bord des larmes.

— C'est la seule chose à faire Jack. Promets-moi que tu t'occuperas de Romain.

Jack sentit son gant glisser sur le fer à béton. Il réalisa froidement que lui non plus ne pourrait pas remonter. Il se tourna vers Hélène qui le fixait toujours.

— Je ne vais pas pouvoir tenir.

— Je sais, répondit Hélène. Ce n'est pas grave.

Jack vit les larmes couler sur son visage qui tentait un sourire.

— Tu ne t'en fais pas Romain, cria Hélène. Ça va aller. Tu vas très bien t'en sortir, conclut-elle d'une voix chevrotante.

— Non, non ! Jack, tu ne la lâches pas ! S'il te plaît, tu ne lâches pas ! On va trouver un moyen, ne lâche pas ! s'effondra Romain.

— Je suis désolé Romain. Je ne peux pas.

Les doigts de Jack s'écartèrent sans qu'il ne les contrôle plus, soulageant aussitôt la douleur qui traversait son corps. Une sensation de calme et de plénitude le submergea alors qu'il était entraîné dans sa chute avec Hélène par une gravité qui avait fini par les vaincre. Il la retint fermement de sa main, sachant qu'il ne la lâcherait plus, jusqu'à la fin. Au-dessus, le tunnel éventré s'éloignait irrémédiablement, dernier point lumineux au cœur des ténèbres glaciales qui les engloutissaient.

29.

JOUR 2

Altitude : 152 km
Température : 156 °C
Gravité : g = – 1,05 N/kg

L'image de ses deux enfants et de son mari, leurs visages plaqués à la vitre qui séparait les astronautes du public avant le décollage, lui revint une nouvelle fois, accompagnée d'une vague d'émotion qu'elle ne put contenir.

Depuis la découverte de la sphère de glace qui enfermait une humanité probablement déjà éteinte, elle avait beau faire tous les efforts du monde, Nicole n'arrivait pas à s'empêcher de revoir en boucle ces instants d'adieux précédant son installation au sommet du lanceur russe, sur la base de Roscosmos. C'était la dernière fois qu'elle les voyait tous les trois souriants et fiers de la voir partir rejoindre la Station Spatiale Internationale. Ils l'avaient accompagnée de leurs regards pleins d'admiration jusqu'au dernier moment possible. Ces ultimes souvenirs de sa famille encore bien vivante étaient trop douloureux pour qu'elle ne craquât pas devant tout l'équipage inquiet réuni face à elle, interrompant pour la troisième fois son exposé sur la situation.

Ses pieds calés dans les sangles qui la maintenaient à la paroi du module Kibo, Nicole fondit en larmes.

— Je suis désolée, je n'y arrive pas !

— Nicole, reprenez-vous bon Dieu ! s'agaça le commandant Scott. Nous devons tous garder notre sang-froid ici. Si nous ne parvenons pas à poser le problème correctement, nous ne pouvons pas rechercher de solution. Nous avons besoin de vous.

— Mais vous ne comprenez pas ? Ils sont morts ! Tout le monde est mort.

— Ça va aller Nicole, tempéra Serguï. Pour le moment, nous ne savons rien de ce qui se cache derrière cette glace, alors n'imaginons pas le pire. Prend le temps qu'il te faut, mais le Commandant a raison, nous avons besoin de toi pour nous expliquer ce qui se passe, et décider de ce qu'il y a lieu de faire.

Dans le relatif silence du module japonais, Nicole tenta de recouvrer ses moyens en laissant courir son regard, jusqu'au sas d'entrée. À travers ses yeux embués, elle longea son pourtour carré bleu ciel, où étaient placardés des drapeaux japonais aux côtés du logo « Jaxa » de l'agence spatiale japonaise. Tout autour s'accumulaient les nombreux auto-collants des missions ayant accueilli un membre japonais. Leurs multiples formes et leurs couleurs vives lui rappelaient toutes ces personnes merveilleuses, ces scientifiques venus travailler ici, comme Kim et les autres, et qui n'étaient plus. Avec difficulté, son esprit cartésien finit malgré tout par reprendre le dessus. Elle admettait intérieurement que le commandant, malgré son sale caractère, avait raison de la secouer un peu. En tant que membre de cette Mission 77, elle ne pouvait pas se permettre de laisser tomber ses coéquipiers au moment où ils avaient le plus besoin d'elle. Elle devait se concentrer sur les faits, rien que les faits. Se libérer de tout affect ; un recul froid et distant, indispensable à l'objectivité de l'analyse.

— Excusez-moi ! chevrota Nicole. Ça va aller mieux maintenant.

Elle déglutit un grand coup devant tous les visages tournés vers elle.

— Vous l'avez tous compris, on ne peut plus remettre en cause ce que le professeur Nakano, Kim, a présenté depuis le début du phénomène comme une baisse, puis une inversion de la gravité. Toutes nos observations vont dans ce sens et confirment cette théorie. Maintenant, nous devons comprendre ce qu'est cette sphère de glace et ce qu'elle implique pour nous et pour les personnes restées sur Terre. D'abord, je ne pense pas me tromper en affirmant que ce qui a mené à la formation de cette véritable planète de glace sont les océans qui ont subi la force de répulsion de la nouvelle gravité. Ils ont progressivement quitté le sol pour venir se figer dans les couches plus froides de l'atmosphère ; très certainement vers dix, quinze kilomètres d'altitude.

Cette sphère pose un premier problème aux survivants. En l'absence du réchauffement solaire, les températures vont chuter, plongeant le monde dans le début d'une nouvelle ère glaciaire. Mais il y a deux conséquences beaucoup plus graves. D'abord l'oxygène. Plus lourd que l'air, il va tomber dans les couches hautes de l'atmosphère, jusqu'à être retenu fort heureusement par le mur de glace. Je dis fort heureusement, car s'il n'y avait pas cette coquille qui les enferme, les couches atmosphériques s'éloigneraient dans l'espace, comme nous le faisons en ce moment même.

— Est-ce qu'il y a une chance qu'il y ait une brèche quelque part dans la sphère ? demanda le capitaine Gordon.

— C'est très peu probable. Les océans recouvraient autour de soixante-dix pour cent de la surface du globe. Ils se sont forcément étalés en gelant. Ils ont certainement fini par se rejoindre tout autour du globe.

— Mais c'est possible ! insista Ken.

— Capitaine, dans un contexte où l'impossible s'est déjà produit, il m'est très difficile de vous affirmer quoi que ce soit. Pour finir sur l'oxygène, reprit Nicole, étant donné qu'il tombe, donc, il va se raréfier et les hypothétiques survivants vont avoir de plus en plus de mal à respirer sur Terre. Cependant, ce processus a un second aspect dont je voulais parler. Avec l'inversion, les couches atmosphériques vont aussi changer leur ordre. Le froid qui était en altitude va progressivement gagner le sol terrestre, faisant rapidement descendre le thermomètre à moins trente, moins quarante degrés Celsius. Inversement, les températures nettement plus chaudes vont monter jusqu'à la couche de glace, provoquant un réchauffement à sa surface.

— Malgré tout, restera-t-il suffisamment d'oxygène pour que les survivants puissent respirer ? interrogea Tracy.

— Ça va dépendre surtout de la gravité inversée. Tout ce que je peux dire, c'est que, plus elle sera forte, moins il y aura d'oxygène sur Terre. Mais je vais laisser Kim nous donner plus de précisions pour ce qui concerne l'évolution de la gravité et ses conséquences.

— Et que va-t-il se passer pour les couches au-delà de la sphère ? Celles qui ne sont pas contenues à l'intérieur.

— À partir de la stratosphère ; les mésosphère, thermosphère et exosphère vont être repoussées dans le vide spatial. Mais, là encore, ça va dépendre de la force de la gravité.

— Donc, pour résumer, sur Terre, ils sont tous gelés ou asphyxiés, ou les deux ! lança Scarlett.

Dans le silence qu'avait provoqué son intervention, Nicole quitta les cale-pieds pour laisser sa place à Kim qui s'installa.

— Ben quoi ? Vous avez bien dit qu'il fallait poser le problème correctement, non ? se défendit Scarlett. Il faut bien appeler un chat un chat.

— Mademoiselle Price ! Je vous serais reconnaissant de ne plus intervenir, menaça Scott. On vous écoute, Kim.

Le professeur Nakano colla sur un Velcro de la paroi son ordinateur portable afin que tout le monde puisse lire son écran où s'affichait une courbe descendante.

— Bien. J'ai préparé un graphe de l'évolution gravitationnelle pour que nous nous figurions mieux ce qui est en train de se passer, et où nous en sommes exactement. Comme vous pouvez le voir, mon dernier relevé, ici, fait état d'une gravité de plus ou moins – 1 N/kg, en augmentation constante. Ceci veut dire qu'en ce qui concerne notre stratégie de survie, l'idée d'utiliser les rehausseurs d'orbite pour nous approcher de la Terre était bonne tant que la gravité était encore positive. Je vais repartir de l'analogie du ballon si vous le voulez bien. Cette gravité négative en expansion est, pour nous, l'équivalent d'une surface élastique. Plus nous allons essayer de nous rapprocher de la Terre — le cœur du ballon — plus nous en serons repoussés en subissant une force inversement proportionnelle à celle que nous aurons opposée. Ce sera comme si nous prenions un élan pour mieux nous propulser dans l'espace ; un peu comme une fronde gravitationnelle.

— Donc, il ne faut plus entrer dans le ballon ? résuma Scarlett.

— C'est ça ! répondit Kim.

— Que suggérez-vous ? interrogea Scott.

— De mon point de vue, la moins mauvaise des solutions consisterait à rester à l'écart de l'influence de la gravité négative pour éviter cet effet de fronde, en effectuant régulièrement des rectifications de trajectoire pour ne pas trop nous éloigner de la Terre. Ça nous laisserait un peu plus de temps.

— Du temps ? Et pour en faire quoi ? s'agaça Ken. Alors votre idée c'est d'attendre sans rien faire, à regarder le temps qui passe ?

— Je n'ai pas dit ça, s'indigna Kim. Cependant, je me dois d'aborder un autre aspect plus que fâcheux de l'évolution à venir.

— On vous écoute.

— Si comme je le prévois sur cette courbe de projection, l'inversion continue d'évoluer en augmentant, la pression exercée sur la sphère de glace va très certainement la faire se disloquer à un moment ou à un autre. Je ne sais pas combien de temps cela peut prendre, mais ça finira par arriver si la gravité ne s'inverse pas à nouveau. Et ceci risque de se produire d'autant plus vite que, comme nous l'a démontré Nicole, la température augmente à sa surface avec l'inversion des couches atmosphériques à l'intérieur de la sphère. Or, si cette glace cède, cela provoquera sans aucun doute la fin du vivant sur Terre.

30.

JOUR 3

Altitude : 2550 m
Température : – 18,2 °C
Gravité : g = – 6,26 N/kg

Les corps unis d'Hélène et Jack traversaient l'immensité limpide de la nuit, petits points perdus au cœur du vide, chutant sans fin en direction du continent de glace qui s'étalait à perte de vue. Prisonniers d'une trajectoire implacable, ils tombaient en silence, pendant qu'en fond, montait lentement un horizon crépusculaire. Accrochés l'un à l'autre, ils tournoyaient au ralenti dans le vent violent que provoquait leur chute libre.

Après avoir lâché prise, Jack avait tout de suite attiré Hélène à lui, pour la prendre dans ses bras. Elle s'était aussitôt agrippée à son corps, l'encerclant fermement de ses jambes, dans une volonté commune de ne faire qu'un. Ils avaient ainsi rapidement accéléré dans l'air glacé, et sa pression, toujours plus forte, avait fini par donner l'impression à Hélène qu'il s'était presque solidifié autour d'eux. Le vent avait arraché d'un coup son bonnet, et ses longs cheveux noirs libérés tourbillonnaient maintenant devant leurs yeux qui ne se quittaient plus. *Serre-moi fort, ne me lâche plus jamais.*

Le paysage tournait autour de Jack comme si lui était immobile, passant successivement du noir complet au clair-obscur bleuté qui laissait à peine apparaître ses traits réconfortants. Sur les premières centaines de mètres, l'air était resté saisissant, comme il l'était à la surface. Mais maintenant qu'ils avaient pris de l'altitude, ils devaient affronter un froid beaucoup plus intense. Hélène comprit très vite qu'ils allaient certainement mourir avant même de toucher la glace tant la baisse de température était brutale. Leurs vêtements trempés se figèrent en quelques secondes, se transformant en coques rigides scintillantes, véritables carcans de givre qui cessèrent aussitôt de claquer bruyamment au vent, laissant la place au simple sifflement continu de leur passage dans l'air. Dans le même temps, la barbe et les cheveux de Jack se couvrirent d'une fine couche blanche qui le vieillit soudainement. Hélène sentit la peau de son visage se rétracter sous la morsure, comme un feu qui lui craquelait les joues. Elle savait qu'elle ne pourrait bientôt plus respirer sans faire geler ses poumons. *Il fallait bien que tu tombes un jour,* pensa-t-elle. *Tu le savais.* Cependant, la conscience qu'elle allait mourir n'était rien en comparaison du supplice de se savoir définitivement séparée de Romain. L'abandonner seul dans ce monde en déliquescence lui était insupportable, et elle en éprouvait une véritable souffrance physique, comme si on lui arrachait une part d'elle-même. L'idée lui était tellement insoutenable qu'elle se débattit dans les bras de Jack, imaginant pendant quelques secondes d'efforts désespérés qu'elle pouvait encore changer le cours irrémédiable des choses par la seule force de sa volonté.

Dans la longueur infinie de leur chute, elle finit par progressivement s'apaiser ; accepter. Comme en état de choc, elle n'avait envie de penser à rien d'autre qu'à ce visage serein qui l'accompagnait, à ces yeux encore pleins de vie qui la regardaient comme pour la première fois ; la dernière fois. La glace qui se rapprochait, la Terre qui s'éloignait, lui enlevant Romain. Tout ce qui faisait sa vie semblait déjà s'évanouir dans ce tourbillon enivrant dans lequel elle s'abandonna pleinement. À l'intérieur de la bulle de sensations intenses dans laquelle elle s'enfermait, le temps de leur chute qui se prolongeait lui parut s'étirer encore. Hélène se prit à rêver qu'elle pourrait durer pour toujours. Elle laissa glisser son esprit qui se détacha un peu plus du sort qui les attendait. Consciente que c'était une illusion, un mirage fabriqué par un cerveau incapable de concevoir sa propre mort, elle observait une nouvelle réalité se matérialiser autour d'elle. *Ça y est ! Cette fois, c'est la fin.*

Hélène se sentit légère, elle avait l'impression de flotter plus que de tomber. Dans les bras de Jack, elle virevoltait comme une plume dans la douceur d'une brise qui caressait agréablement son visage et réchauffait ses joues. Le vent avait cessé d'exercer sa pression violente sur leurs corps et elle relâcha doucement l'étreinte de ses jambes sur le buste de Jack. Dans son désir impossible de vivre, elle emplit sans crainte ses poumons, et l'afflux d'oxygène qui soulagea la brûlure l'enivra un peu plus. Des flocons de neige commencèrent à se mélanger à ses mèches de cheveux qui ondulaient et vinrent délicatement effleurer le visage de Jack. Les flocons se firent plus gros, plus nombreux, plus légers ; ils ralentirent leurs courses anarchiques et finirent par s'arrêter, flottant dans le vide au centre de l'espace qui séparait Hélène et Jack, dans une apesanteur commune.

Hélène avait presque envie de rire, transportée par l'euphorie de l'ivresse qui la submergeait. Elle approcha avec douceur sa bouche de celle de Jack et l'embrassa sensuellement. *Une fois. Une dernière fois.* Elle sentit les bras de Jack se resserrer autour de son buste et, comme lui, elle ferma les yeux, s'abandonnant pleinement au contact d'un baiser tendre et fusionnel qui finit de l'apaiser.

La violence de l'impact lui rappela soudainement les nombreuses fois où elle avait tenté de se figurer ce que cela faisait de mourir écrasé au sol. Elle se souvenait d'une chute d'une quinzaine de mètres qu'elle avait faite depuis une corniche. Elle était tombée dans une épaisse neige poudreuse qui avait amorti le choc. Elle éprouvait à peu de choses près la même sensation physique à cet instant. Elle aurait pensé que ça faisait plus mal. Ce qui l'étonna le plus fut la percussion des dents de Jack sur les siennes, dans leur premier baiser brutalement interrompu. Le choc résonnait encore dans sa tête. *Est-ce une douleur qu'on est censé ressentir ?*

« Ça, c'est ce que j'appelle tomber amoureux ! »

Entendre la voix enjouée de Mattis s'inviter jusque dans sa mort fit à Hélène l'effet d'une gifle monumentale. Elle ouvrit d'un coup les yeux.

Allongée sur le côté, en pleine confusion, elle aperçut, dans la lueur réfléchie d'une lampe électrique en approche, du sang couler depuis la lèvre inférieure de Jack. Le liquide rouge s'étalait sur la blancheur immaculée. Jack paraissait aussi désorienté qu'elle. Hélène se tourna vers le haut de la cavité de neige qu'ils avaient creusé dans leur chute. L'ouverture se découpait sur la nuit, alors qu'une multitude de gros flocons descendaient jusqu'à venir se poser sur son visage. Elle laissa retomber sa tête sur la coque de poudreuse où leurs corps étaient encastrés.

« Heureusement que vous n'avez pas chuté plus longtemps, sinon, on vous aurait retrouvés à poil ! », s'amusa Mattis.

Lorsque, dans le nuage de sa respiration vaporeuse, elle aperçut le professeur habillé de sa combinaison jaune canari apparaître dans la trouée, Hélène se dit qu'elle était carrément plongée dans un cauchemar psychédélique.

— La bonne nouvelle, ou pas d'ailleurs, c'est que, contrairement à ce que vous pensez, vous n'êtes pas morts. La mauvaise, c'est que vous allez devoir me supporter plus longtemps que prévu.

Moulés dans la neige, Hélène et Jack eurent tout le mal du monde à se désincarcérer d'une position qui, dans le regard de Mattis, devenait un peu embarrassante. Sa jambe droite coincée sous le buste de Jack, son bras gauche sous celui d'Hélène, ils se contorsionnèrent pour quitter cette situation inconfortable.

Enfin séparés, ils se redressèrent et s'assirent au fond du trou. Hélène sentit tout son corps douloureux. *Sans doute un mélange d'acide lactique et d'adrénaline. Comment tout ça est seulement possible ?*

Mattis se pencha vers eux en tendant une main pour les aider à remonter.

— J'aurais bien proposé à Rebecca le même genre de descente, mais elle m'aurait certainement répondu fort à propos ; plutôt mourir !

« Je vous ai demandé d'arrêter de m'appeler Rebecca ! » lança la voix exaspérée de Houston derrière lui.

Hélène attrapa le bras de Mattis et se redressa sur ses jambes. Elle sentit aussitôt que la gravité avait changé. À nouveau légère comme dans les premières heures du phénomène, elle en oubliait presque qu'elle avait toujours son gros sac rempli de matériel sur le dos.

Debout dans le trou, sa tête au raz du sol, Hélène vit s'étaler dans les trois faisceaux des lampes frontales de Mattis, Houston et Cooper, une couche de neige qui se prolongeait dans la nuit. Elle lança un regard vers la Terre, immense masse sombre envahissant le ciel. Entre les flocons clairsemés qui piquaient ses yeux, elle aperçut les faibles lueurs orangées des feux qui brûlaient toujours sur New York. Prenant une profonde inspiration, elle constata que contrairement à leurs derniers moments au laboratoire, elle pouvait respirer normalement, dans une température à peine négative.

— Sacré saut hein ? sourit Mattis.

— Comment peut-on être encore en vie après une chute pareille ? interrogea Hélène.

— Je crois qu'on se pose tous la même question, répondit Cooper.

Les bras appuyés sur ses cuisses, Cooper était assis plus loin sur une petite bute, à côté de Houston. Bien que ce monde soit totalement inconnu, le fait d'avoir à nouveau les pieds sur le sol, de ressentir le calme mat de cette surface enneigée procura à Hélène comme un sentiment rassurant. La température, les flocons qui tombaient au ralenti, le tassement de la neige sous ses chaussures formaient une partie de quelque chose qui ressemblait un peu à la montagne qu'elle aimait et qu'elle connaissait si bien. Elle repensa à la Vallée Blanche où elle avait si souvent laissé l'empreinte de ses pas, et elle se sentit plus vivante que jamais.

***

— … Car l'interaction gravitationnelle entre deux corps est, dans le modèle standard, inversement proportionnelle au carré de la distance les séparant ; manifestement, aujourd'hui, ce n'est plus le cas. Nous assistons à une rupture de symétrie. Les lois physiques deviennent totalement inédites, s'enthousiasma Mattis.

— C'est parfaitement fascinant, s'exalta Jack qui tenait un morceau de neige sur sa lèvre pour faire cesser le saignement.

— Je ne sais pas si je suis la seule, mais je ne comprends rien de ce que vous racontez tous les deux, lança Hélène.

— Pareil, se solidarisa Cooper.

— C'est très simple, et je ne vois pas d'autre explication, ajouta Mattis. Habituellement, la gravité faiblit beaucoup moins vite. Il fallait s'éloigner de la Terre de centaines de kilomètres pour ne plus être sous son influence. Dans le cas de la gravité inversée provoquée par les gravitons, ce n'est plus le cas. Elle décroît à priori extrêmement rapidement à mesure qu'on s'éloigne de sa source, et c'est ce que nous avons fait en tombant. Notre chute a été ralentie, car nous avons été repoussés de moins en moins fort. Là où nous nous trouvons, la gravité est l'équivalent de ce qu'elle serait sur la lune ou peut-être plus faible encore. Nous sommes maintenant comme qui dirait ; collés au plafond — et n'y voyez aucune allusion sexuelle. Après, nous avons eu quand même beaucoup de chance d'atterrir sur cette épaisse couche de neige. Même après avoir ralenti, ça ne se serait pas aussi bien terminé si nous étions tombés sur les pylônes qui nous ont précédés.

— Okay ! C'est plus clair. Et donc, nous ne sommes pas morts, confirma Hélène. Mais qu'est-ce que ça change ? Nous sommes là, la Terre est là-haut ; nous allons finir ici quoi qu'il arrive.

— Pas nécessairement, ajouta Mattis. Si nous avons pu chuter sans nous écraser comme des merdes…

— Parlez pour vous ! le coupa Houston.

— Elle est bien celle-là ! sourit Mattis. Vous voyez, quand vous voulez Houston, vous pouvez être drôle vous aussi.

Houston, fatiguée, leva les yeux au ciel.

— Tiens ! Ça aussi c'est marrant ! Vous venez de lever les yeux à la Terre ! Même le sens des mots a changé. Et si on faisait un jeu ? s'excita Mattis. On a déjà *tomber amoureux ; lever les yeux à la Terre* ; je suis sûr qu'on peut en trouver plein d'autres.

— Non, mais, vous ne vous arrêtez jamais, ce n'est pas possible ! s'exaspéra Houston. Vous êtes épuisant !

— Bref ! se reprit-il. Si, je ne me suis pas écrasé comme une merde, donc, il est probable que le second module de gravitons qui est tombé trois jours avant nous soit toujours intact. Il a certainement chuté beaucoup plus lentement que nous d'ailleurs. Nous pouvons peut-être le retrouver. Non ! Nous devons le retrouver. C'est la seule chance qui nous reste.

— Et que voulez-vous qu'on en fasse de votre module ? lança Houston, agressive.

— Ça, on verra dans un deuxième temps. On doit prendre les problèmes les uns après les autres, sinon on n'avance pas. On gravit un premier petit monticule de neige, puis le petit monticule suivant, puis le suivant, puis le…

— Ça va ! On a compris le concept, l'arrêta Houston.

— Ah ! Vous l'avez vu aussi ?

— Quoi ? Mais, qu'est-ce que vous racontez ? s'impatienta Houston.

— Ce film où deux alpinistes se cassent la gueule d'une grosse montagne, et un des deux doit couper la corde de son copain pour sauver sa...

— *La mort suspendue,* l'interrompit Hélène. Et la grosse montagne, c'est la Siula Grande au Pérou.

— C'est ça ! Un super film. Bref, quand le type se retrouve avec les jambes en mille morceaux au fond d'un grand trou, on imagine qu'il est déjà comme mort. Un peu comme nous, selon votre point de vue.

— Est-ce vraiment le bon moment pour faire de l'analyse de film ? demanda Jack.

— Eh bien non ! enchaîna Mattis. Le type, il se dit « je vais atteindre ce petit monticule de neige là-bas, et après, on verra ». Eh bien, le gars ! Il rampe en traînant ses jambes pendant des heures et des heures, dans d'atroces souffrances, et il finit par atteindre son petit monticule. Derrière le petit monticule, il en voit un autre, plus gros, plus loin, qu'il décide d'atteindre à son tour. Et cetera, et cetera. Au final, alors que ça paraissait parfaitement impossible, eh bien, le type s'en est sorti. Vous voyez Houston, notre petit monticule à nous, c'est le module. Et en plus, nous, on n'a même pas les jambes cassées.

— Vous m'emmerdez avec vos analogies, rétorqua Houston.

— Comment voulez-vous qu'on retrouve quoi que ce soit là-dedans ? interrogea Cooper, désignant le noir autour d'eux. On n'a aucune idée d'où chercher !

Devant cette évidence, le groupe resta silencieux.

— Nous avons plus de chance en allant vers l'ouest, finit par lâcher Jack après quelques secondes.

— Et pourquoi l'ouest ? demanda Mattis, intrigué.

— Ce n'est qu'une supposition, mais si on se réfère à la direction que prenaient les courants de masses d'air en altitude avant la catastrophe — c'est-à-dire un flux est-ouest — on peut imaginer qu'ils ont favorisé un décalage vers l'ouest de tout ce qui est tombé. Nous aussi avons chuté depuis le Centre, mais sans le même décalage, car les courants d'altitudes ont certainement été modifiés.

— En toute logique, le module a plus de chance de se trouver à l'ouest, complète Mattis. Ce n'est pas bête ça, Jack ! Pas bête du tout !

Hélène remarqua que pour la première fois depuis qu'ils s'étaient rencontrés, Mattis répondait à une théorie de Jack sans ironie.

— Ce n'est qu'une hypothèse, mais ça nous donne une direction, ajouta modestement Jack.

— Et comment est-on censé savoir où se trouve l'ouest ? intervint Houston. Je ne pense pas qu'on puisse encore se fier au nord magnétique, étant donnés les bouleversements que nous connaissons.

— On peut se repérer à la Terre, proposa Hélène.

Elle leva les yeux vers la surface qui s'étalait comme un plafond sans fin. Cette Terre qui retenait Romain loin d'elle.

— Vous voyez le petit point blanc qui brille comme une étoile, juste au-dessus de nous ? Je crois qu'il s'agit de la lumière du laboratoire ; là d'où nous sommes tombés. Et là-bas, la concentration de zones oranges, ce sont les incendies de New York. On remarque clairement qu'après, c'est le noir le plus complet, donc, certainement là où se trouvait l'océan atlantique.

— C'est parfait, conclut Mattis. Il suffit de laisser New York dans notre dos. Allons-y !

— Attendez ! l'arrêta Houston. Nous n'avons aucune idée des dangers qui nous menacent sur cette couche de glace.

— D'abord le vide, maintenant la neige, mais vous avez peur de tout ma parole ? se moqua Mattis.

— La peur n'a rien à voir là-dedans, se défendit-elle. Je ne me jette pas les yeux fermés sans savoir où je mets les pieds. Je pense que nous allons avoir à nouveau besoin de vous Hélène. C'est vous la spécialiste pour tout ce qui est montagne, glacier…

— Je ne vois pas le rapport entre un glacier qui est le résultat d'un processus vieux de milliers d'années, essentiel à l'équilibre écologique de la planète, et cette banquise créée artificiellement il y a trois jours par des cinglés qui jouent à Dieu, répondit froidement Hélène. Et puis d'ailleurs, vous ne nous avez toujours pas dit comment vous avez provoqué cette catastrophe.

Hélène toisa Houston du regard pour bien lui faire comprendre qu'elle ne ferait plus rien sans obtenir de réponse.

— Écoutez Hélène, soyez raisonnable, commença Mattis. De

toute façon, tout ça est bien trop compliqué. Vous ne pourriez pas…

— Très bien ! C'était un accident ! lança Houston.

— Houston, qu'est-ce que vous faites ? s'inquiéta Mattis.

— C'est terminé Professeur. Il va falloir nous y faire. Nous devons faire équipe, ou nous n'avons aucune chance.

Malgré tout, Hélène vit Houston hésiter à entamer son explication.

— Écoutez, vous n'allez pas me croire, démarra Houston.

— Essayez toujours.

— Eh bien ! Il y a trois jours, nous nous préparions à réaliser une première expérimentation à grande échelle. Le but était de confiner une antigravité à un objet de grande taille dans le cadre de nos recherches sur de nouvelles manières de voler.

— On peut dire que jusque là, c'est assez réussi ! ironisa Hélène.

— Mark Pittman, l'homme que nous avons croisé dans les couloirs du laboratoire, eh bien… il a apparemment renversé un liquide sur le circuit d'alimentation d'un des deux modules. C'est en tout cas ce qui nous a été rapporté avant que les communications ne soient coupées. La rupture soudaine d'alimentation a fait cesser le confinement des gravitons dans le champ magnétique du module.

— Ils sont alors tombés dans le sol, provoquant une réaction en chaîne incontrôlable. La suite, vous la connaissez, compléta Mattis.

— L'énorme cylindre que j'ai vu se décrocher du toit de votre labo, c'est ça votre module ?

— Exactement, confirma Mattis.

— Comment une telle chose a-t-elle pu arriver ? Vous n'avez pas de protocole de sécurité dans votre Centre ? s'insurgea Hélène.

— Disons qu'il y avait une minuscule faille à laquelle nous ne pouvions pas penser, et Pittman s'est empressé de se jeter dedans, précisa Mattis.

— Écoutez ! J'ai bien conscience de ce que nous avons provoqué, ajouta Houston. Et si c'était à refaire, nous ferions différemment. Mais aujourd'hui, je veux que vous nous fassiez confiance alors, plus de secret entre nous.

— Comment fabriquez-vous les gravitons ? demanda aussitôt Jack.

— Ah non ! Pas ça. Houston, je vous interdis, s'insurgea Mattis.

— Nous avons une unité de production que nous appelons Janus. Elle est enterrée à une centaine de mètres sous la surface. Il y a toutes les chances pour qu'elle soit encore opérationnelle. Nous comptions l'utiliser pour inverser le phénomène, c'est en partie pour ça que nous devions rejoindre le Centre.

— Il faudra la détruire, lança Hélène.

— Je suis d'accord, répondit froidement Houston.

— Et merde ! Merde ! Merde ! s'énerva tout seul Mattis.

Un claquement sec traversa soudain le sol et imposa au groupe un silence angoissé.

— Qu'est-ce que c'était que ça ? s'inquiéta Houston.

— Ne vous en faites pas, la rassura Hélène. C'est la glace qui fait ce bruit, comme dans la formation des séracs. Ça, ce n'est pas dangereux.

— C'est quoi un sérac ? interrogea Cooper.

— Je vous expliquerai en route. Si nous voulons retrouver votre module, il ne faut pas que nous perdions trop de temps. Nous devons commencer par nous encorder.

Hélène posa son sac à dos dans la neige et en sortit leur ultime corde.

— Je prends la tête de la cordée, Jack, tu fermeras la marche. Tu as déjà fait ça ?

— Pas vraiment, mais j'apprends vite, répondit-il en jetant la boule de neige ensanglantée qu'il tenait sur sa lèvre.

Appréciant la chaleur douce et sèche de son bonnet de rechange, Hélène donna ses instructions alors qu'elle accrochait Cooper, Houston puis Mattis, le long de la cordée.

— Les cinq mètres de cordes qui nous séparent doivent rester tendus. Vous devez faire en sorte qu'elle touche le moins possible la neige. Au début, ça va vous paraître un peu compliqué, mais nos pas vont finir par se synchroniser, ne vous inquiétez pas.

Au moment de vérifier l'accrochage de Houston, Hélène la fixa droit dans les yeux.

— Je décide de vous faire confiance Rebecca. J'espère que vous jouez franc-jeu cette fois. Ne me décevez pas.

Houston la regarde en silence, mais sans agressivité.

— Dites donc Houston, lâcha Mattis depuis l'arrière de la cordée. Vous vous étiez bien foutu de la gueule de Cooper pour le choix de sa tenue blanche. Finalement, c'est vous qui vous êtes plantée avec votre camouflage kaki caca.

Pour la première fois, Houston et Hélène sourirent de concert à la remarque de Mattis.

Après avoir lancé un dernier regard à la Terre qui leur servait de guide, la cordée se mit en marche vers l'ouest, laissant sur son passage une tranchée dans la surface de neige immaculée. Devant, la lampe d'Hélène éclairait sur quelques mètres la nuit dans laquelle ils s'engouffraient.

— Avoir les pieds dans les étoiles ! lança Cooper au milieu du silence.

— Ah ! C'est bon ça, Cooper, se réjouit Mattis. Il y en a au moins un qui a conservé un peu de son âme d'enfant dans cette cordée.

— Garder les pieds sur la banquise ! ajoute Jack comme pour le contredire.

— C'est bien ça aussi, Jack. Alors les filles ? On attend plus que vous !

— La ferme Mattis ! rétorqua Houston.

En première ligne face à ce Nouveau Monde, Hélène refoula la pensée de son baiser échangé avec Jack ; pulsion instinctive ou sentiment plus profond ? Elle se dit que ce n'était vraiment pas le moment de se préoccuper de ça, alors qu'elle plantait son piolet dans la neige vierge devant elle, sondant avec application la solidité de cette surface inconnue.

31.

JOUR 3

Altitude : – 15 m
Température : – 3,8 °C
Gravité : g = – 7,86 N/kg

En larmes, Shino retenait de ses bras le jeune Romain qui ne pouvait se résigner à accepter la mort de ses parents, disparus avec le professeur Magnusson et les autres dans le gouffre qui s'était soudain ouvert sous leurs pieds, quelques minutes plus tôt.

L'optimisme qu'avait suscité chez elle la présence de Mattis au Centre s'était volatilisé d'un coup, arraché cruellement au moment où elle s'était remise à espérer, prête à croire à l'impossible. Mais la réalité était tout autre à présent.

Au bord du vide, la morsure du froid extérieur sur ses jambes nues commençait à être dure à supporter. Mais elle ne voulait pas brusquer le pauvre garçon visiblement en état de choc, et le blouson que cet homme lui avait offert avant de tomber l'aidait à résister. Agrippée à Romain qui ne cessait de se pencher au-dessus du néant, elle crut apercevoir à travers la large et ténébreuse brèche, une étrange surface sombre qui s'étalait en bas. Cependant, la vive lumière à l'intérieur du Centre l'empêchait de distinguer clairement dans l'obscurité, et elle conclut finalement que ce n'étaient certainement que des nuages dans la nuit.

Derrière elle, Mark lui intima de revenir se mettre en sécurité à l'intérieur du couloir. Ce trouillard n'avait même pas le courage de venir l'aider, se dit Shino.

Depuis qu'ils avaient fini par redescendre du secteur Janus, en quête d'une hypothétique source électrique qui leur permettrait de réalimenter la production, elle ne pouvait plus le supporter. Elle avait dû se battre pour lui faire admettre qu'ils n'avaient pas d'autre choix que de retourner à la surface, mais Mark avait tout fait pour rester dans le confort de son trou à rat, ne se décidant que parce qu'elle l'avait menacé d'y aller seule s'il le fallait.

Finalement, ils n'avaient rien trouvé d'utile dans les décombres des laboratoires, et l'espoir de produire de nouveaux gravitons semblait s'éloigner, au moment où elle avait accueilli l'arrivée de Mattis comme un véritable miracle.

Maintenant qu'elle se retrouvait à nouveau seule avec Mark et ce gamin, elle était plus que jamais résolue à quitter le Centre et ses secrets profondément enterrés. Mark avait beau lui répéter à l'envie que l'unique sortie vers l'extérieur était condamnée, elle se méfiait de plus en plus de lui. Elle avait besoin à présent de le constater par elle-même.

— Tu t'appelles Romain, c'est ça ? demanda doucement Shino.

Le garçon acquiesça en silence, contenant ses larmes.

— Bon ! Écoute Romain, je sais que c'est difficile, mais on ne peut pas rester là. C'est trop dangereux. Il faut qu'on se mette à l'abri. Tu es d'accord ?

Romain acquiesça une nouvelle fois et Shino le tira lentement en arrière, l'éloignant du vide qu'il ne quittait pas des yeux.

Enfin en sécurité, elle l'aida à se relever doucement, tandis que Mark la pressait pour qu'ils se dépêchent, apeuré à l'idée qu'une autre partie du couloir s'effondre. Sans prêter attention à lui, Shino accompagna Romain, prenant la direction du laboratoire Alpha.

— Où vas-tu ? Le secteur Janus n'est pas par là ! s'inquiéta Mark.

— Nous allons essayer de sortir d'ici. En l'absence de puissance électrique supplémentaire, nous n'avons plus rien à faire au Centre de toute façon.

— Je te l'ai déjà dit. La sortie est condamnée, ça ne sert à rien d'aller là-bas.

— On verra bien sur place s'il y a une solution.

— Mais, nous perdons du temps pour rien !

— Mark ! Tu fais ce que tu veux, moi, j'essaie de quitter cet endroit.

Devant sa détermination, Shino s'aperçut qu'il devenait nerveux. Mark finit cependant par la suivre, cherchant tous les prétextes pour la convaincre de ne pas aller jusqu'au couloir de sortie. L'insistance de Mark ne faisait qu'augmenter les doutes de Shino, et elle commençait à croire très sérieusement qu'il ne voulait plus la laisser partir.

Une angoisse sourde monta lentement en elle au moment où ils allaient aborder le dernier virage. Elle se mit soudain à craindre sa réaction dans le cas où le passage serait finalement intact. Confrontée alors à l'évidence implacable de son mensonge, elle se demandait jusqu'où il serait prêt à aller pour la retenir.

Au moment où l'accès vers la sortie du Centre apparut, juste derrière l'angle du mur, Shino ne put que se rendre à l'évidence ; Mark n'avait pas menti. Au premier coup d'œil, elle réalisa que le sol totalement effondré ne leur laissait aucune chance de passage.

— Tu vois, je te l'avais bien dit, lança Mark, satisfait.

Shino se sentait comme prise au piège. Elle chercha du regard, espérant apercevoir une ouverture, une gaine d'aération, un tuyau sur lequel s'accrocher, n'importe quoi qui lui permettrait de traverser. Le béton lisse et blanc lui ôtait toute promesse de liberté.

Elle en était presque certaine maintenant, Mark lui avait précisé que le couloir était bouché, pas effondré ; *à moins que je ne me fasse encore des idées*. Tout ce stress accumulé la rendait définitivement trop paranoïaque, pensa-t-elle.

— On devrait retourner se mettre au chaud, tu ne crois pas ? Même avec ce blouson, tu dois avoir froid aux jambes, habillée comme ça, lança mielleusement Mark.

Dans un geste pudique, Shino referma un peu plus les pans de sa blouse sur ses cuisses fines qui dépassaient sous sa doudoune trop grande.

— De toute façon, même si on pouvait sortir du Centre, où voudrais-tu aller ? lança Mark.

— N'importe où ! Retrouver les autres survivants.

Shino réalisa soudain que Romain venait de l'extérieur avec tout le groupe. Elle se mit à le questionner ; d'où venaient-ils exactement ? Est-ce qu'il y avait beaucoup de gens dehors ? Comment s'organisait la survie ? Jusqu'où se propageait l'antigravité ? Elle voulut en savoir le plus possible sur ce monde qu'elle ne pouvait qu'imaginer depuis ce Centre sans fond qui l'oppressait.

Après un long moment sans réponse, Romain confirma d'une voix tremblante qu'il était inutile d'espérer quoi que ce soit de l'extérieur. Depuis New York, ils n'avaient croisé que mort et désolation, ajoutant que les sous-sols constituaient les seuls refuges où s'entassent des gens qui n'hésitaient plus à tuer pour leur survie.

— Si vous avez des endroits sous-terrain dans votre Centre, c'est là qu'il faut aller. Mais à quoi bon ? conclut Romain.

— Je ne suis pas d'accord jeune homme. En remontant dans le secteur Janus, nous pouvons nous organiser et réfléchir à tout ce qui est en notre pouvoir pour faire fonctionner notre unité de production. Il n'est pas question pour moi de baisser les bras. Nous sommes les seuls à encore pouvoir tenter quelque chose. Nous ne pouvons pas nous défiler. Nous avons une responsabilité.

Devant le regain d'altruisme de Mark, Shino se retrouva à nouveau en plein doute. *Et si c'était lui qui avait raison ?*

— Et puis, il y a une radio en bas, enfin, en haut. Nous pouvons peut-être joindre des gens de l'extérieur. Ça peut nous aider.

— Une radio ? Pourquoi tu ne m'en as pas parlé avant ?

— Je ne sais pas, je n'en voyais pas l'intérêt. Il n'y a que les militaires qui s'en servaient pour leurs communications. Je ne l'ai jamais utilisée ; j'avais oublié qu'elle était là.

La possibilité de joindre l'extérieur ouvrit comme une porte de liberté à Shino qui se convainc, malgré sa réticence, de remonter dans la tanière de Mark, consciente que leurs espoirs s'y concentraient désormais.

— C'est quoi le secteur Janus ? demanda Romain.

Deuxième Partie

"Un monde de glace"

32.

JOUR 3
Altitude : 12,7 km
Température : – 5,1 °C
Gravité : g = – 3,39 N/kg

L'angoissante réalité qu'ils foulaient à présent la surface d'un monde totalement inconnu avait progressivement remplacé l'éphémère sentiment d'euphorie qui avait suivi leur chute impossible, et la surprise de n'être pas morts écrasés contre cet océan de glace.

Dans une nuit d'encre, Jack fixait le faisceau de la lampe d'Hélène en tête de cordée, et les silhouettes sombres de Houston, Cooper et Mattis se découpaient et oscillaient diversement sur le fond blanc, seule surface visible de l'immensité ténébreuse qui les encerclait. Devant elle, de gros flocons épars entraient dans la lumière et tombaient lentement à ses pieds, ajoutant délicatement toujours plus d'épaisseur à une neige déjà profonde. À chacun de leur pas, dans un rythme régulier, Hélène lançait au bout de son bras son piolet, avalé aussitôt par la poudreuse dans un bruit mat et sec. Malgré les mots rassurants de leur guide, les claquements qui rompaient soudainement le silence accentuaient encore l'anxiété croissante du groupe. Plus rarement, une masse qui restait invisible à leurs yeux tombait non loin, faisant surgir de la nuit un son aussi bref qu'inquiétant. À plusieurs reprises, ils avaient dû contourner des pentes de glace vive qui se dressaient sur leur route, sans toutefois pouvoir en distinguer le sommet perdu dans la pénombre.

Depuis des heures qu'ils marchaient vers l'hypothétique zone d'atterrissage du module de Mattis, l'idée de le retrouver dans cette obscurité sans limite s'éloignait progressivement, et Jack remettait sérieusement en cause sa proposition de se diriger vers l'ouest. Il se retourna une nouvelle fois pour tenter d'apercevoir les feux orangés qui brûlaient encore sur New York. Derrière la cordée, les masses sombres et fantomatiques des pylônes disloqués dans la neige avaient depuis longtemps disparu, alors que sa lèvre douloureuse rappelait à son souvenir les images de sa chute dans les bras d'Hélène, ravivant ses doutes.

Habitué depuis son difficile divorce à ne pas se créer d'attache, il s'interrogeait sur les sentiments profonds et inattendus qu'il ressentait pour cette Française apparue dans sa vie sans crier gare. Depuis son premier sauvetage, jusqu'au moment où ils avaient été arrachés ensemble au sol terrestre, il n'avait cessé de se sentir toujours plus attiré par elle, sans jamais savoir si cette attirance était réciproque. Et le baiser qu'elle lui avait offert pendant leur descente vertigineuse n'y changeait rien. Ce geste tendre et désespéré face à une mort alors certaine, cette dernière volonté sans lendemain, ne signifiait en rien qu'elle partageait ses sentiments, maintenant qu'ils avaient survécu. La légère gêne qui s'était installée entre eux, les amenant à se comporter comme s'il ne s'était rien passé, ajoutait encore à ses doutes.

Au moment où Jack ruminait ses incertitudes, conscient qu'Hélène restait plus que jamais un mystère pour lui, il perçut un faible changement dans l'obscurité qui les entourait. Hélène avait dû le ressentir aussi, car elle leva le bras pour stopper la cordée.

Face au noir jusqu'alors insondable, Jack discerna une forme massive se découper dans la pénombre, tandis qu'Hélène éteignit sa lampe frontale pour mieux observer le phénomène.

Une lueur à peine perceptible fit apparaître, dans sa transparence, une immense paroi sombre qui se dressait au-dessus de la neige, une dizaine de mètres devant eux. Rapidement, la lueur s'intensifia et illumina de l'intérieur ce qui se révéla être un pan de glace bleutée. Chapeautant ce mur figé, un vaste sommet bombé était recouvert d'une couche de poudreuse immaculée dont l'épaisseur retenait la lumière vers le sol. À travers la pureté cristalline de la paroi qui semblait tourner autour de cette gigantesque colline, Jack observa la lueur gagner encore en intensité, étendant son faible halo sans cesse plus loin sur la blancheur scintillante qui se teinta de reflets bleus. Rapidement, à quelques centaines de mètres, un kilomètre peut-être, un second dôme apparut et s'illumina à son tour, repoussant un peu plus la nuit devant la cordée immobile. Au moment où un troisième dôme s'alluma, toujours plus à l'ouest, Jack réalisa que le soleil était en train de se lever sous leurs pieds, de l'autre côté de cette banquise qui se révélait à leurs yeux, ses rayons atteignant et traversant progressivement de prodigieux puits de lumière formés dans l'épaisse couche de glace. De loin en loin, de nouveaux dômes apparurent, repoussant encore les limites d'un décor qu'ils embrassaient dans son immensité pour la première fois ; un monde infini qui montait à l'horizon, au cœur duquel ils se savaient plus que jamais perdus.

Subjugué devant ce paysage inconnu, Jack comprit mieux les tâches plus claires qu'il avait observées depuis la Terre, suspendu aux côtés d'Hélène au pylône qui s'était depuis effondré. Mais, ce qui attira particulièrement son attention, furent les formes identiques de ces collines lumineuses. Bien que de tailles très différentes, certaines montant à plusieurs centaines de mètres au-dessus de la neige, leurs pourtours hémisphériques lui faisaient penser au toit arrondi du laboratoire de Mattis. Il prit alors conscience que ces dômes qui se succédaient étaient certainement les parties émergées des gigantesques sphères liquides qu'avaient formées, dans l'apesanteur, toutes les eaux venues de la Terre. Les sommets visibles de ces billes de glace colossales solidifiées dans la banquise, illuminaient à présent de leurs faibles halos, la surface d'un monde sans fin, rendant plus hypothétique encore leur objectif de retrouver le module de gravitons. Ces dômes aux formes presque rassurantes contrastaient avec le chaos acéré qui régnait par ailleurs. Au loin, des stalactites géantes lançaient leurs pics menaçants en tous sens, comme nées d'une explosion titanesque restée figée au-dessus du paysage. Des cristaux isolés, certains droits tels des obélisques monumentaux, se dressaient dans leur rectitude improbable, pointant en direction de la masse sombre de la Terre. Ailleurs, recouvertes d'un manteau neigeux, des immensités désertiques parfaitement planes s'étalaient aussi, plus accueillantes.

Devant ce paysage paisible et cataclysmique à la fois, Jack réalisa un peu mieux la chance qu'ils avaient eue de tomber dans cette poudreuse qui avait amorti leur chute. Sans un mot, Hélène entraîna la cordée vers la paroi allumée.

Ils s'approchèrent tous de la surface luisante et translucide qui teinta leurs visages de bleu, plongeant leurs regards dans sa transparence.

— Qu'est-ce que c'est ? demanda Hélène en touchant la glace lisse de son gant.

— Je crois que c'est ce que nous allons pouvoir désormais appeler le jour, lança Mattis. Le soleil vient de se lever sur le Nouveau Monde.

— C'est incroyable ! s'étonna Hélène.

— En tous cas, ça nous arrange, enchaîna Houston. On va mieux voir où on met les pieds.

— Le vrai problème reste de trouver les gravitons dans ce bordel : tout est bleu maintenant ! s'agaça Mattis. Autant chercher du foin dans une botte de foin. Sans parler du fait que le module a certainement été englouti dans cette glace de merde !

— Qu'est devenue votre histoire de petit monticule Professeur ? Nous n'avons pas encore atteint le premier et vous renoncez déjà ? ironisa Houston.

— Oh ! Vous ça va !

— Il nous reste la nuit pour le repérer plus facilement, ajouta Cooper.

— Nous allons quand même profiter de cette lumière pour avancer, précisa Hélène. Elle va grandement nous aider à localiser les zones où il est possible de chercher. Pour le moment, nous n'avons probablement pas encore parcouru la distance qui nous sépare de ce qui est tombé du labo. Nous n'avons fait que deux ou trois kilomètres, tout au plus.

Jack écouta Hélène énumérer les nouveaux dangers qu'ils risquaient de rencontrer maintenant qu'elle appréhendait un peu mieux le monde qui les entourait, rappelant que, plus que jamais, ils ne devaient pas s'écarter de la voie qu'elle traçait devant eux. Il regarda ses lèvres bouger dans la lueur bleutée, ses yeux perçants briller du reflet de la glace qui éclairait son visage ; il ne l'avait jamais trouvée aussi belle.

Hélène guida la cordée le long de la paroi lumineuse qu'ils contournèrent pour retrouver leur route vers l'ouest. Quittant la rondeur de la colline, ils s'engagèrent dans un étroit dédale de feuilles de glace dressées à la verticale, sculptées par les rafales d'une tempête désormais évanouie. Semblables à des drapés hauts de plusieurs mètres flottant avec violence dans le lit du vent, leur finesse laissait passer en partie le regard et faisait onduler de leur diffraction la source lumineuse qui s'éloignait d'eux, créant des formes dansantes et fantomatiques qui laissaient cours à toutes les imaginations. Après de longues minutes de marche à travers ces cloisons de cristal, ils ressortirent enfin dans une zone plus dégagée. Jack remarqua cependant que la visibilité n'était plus aussi bonne qu'elle l'était au moment du lever du jour. Maintenant qu'ils cheminaient plus librement sur ce qui pourrait être la surface d'un lac gelé, une brume montait du sol en longues volutes, plongeant progressivement le paysage dans un brouillard de plus en plus dense. Après une demi-heure, Jack vit disparaître définitivement le plafond terrestre qui les guidait, abandonnant une cordée redevenue aveugle.

L'air et le sol neigeux terminèrent de se confondre parfaitement, dans ce qu'il convenait d'appeler, d'après Mattis, un jour bleu ; en référence au jour blanc qu'il détestait lors de ses désastreux séjours au ski. Sans plus aucun repère visuel, Jack sentit sa perte d'équilibre s'accompagner d'un léger mal de cœur.

Ils marchèrent ainsi des heures, et Mattis tombait régulièrement en pestant, ralentissant sans cesse leur progression qui finit par devenir aux yeux de tous inutile. Devant l'évidence qu'il ne servait plus à rien de chercher quoi que ce soit dans ces conditions, Hélène décida d'établir un campement, espérant une amélioration pour continuer leur route.

— Il y a quelque chose là-bas !

La voix de Cooper réveilla Jack en sursaut.

Adossé au muret de neige qu'Hélène avait demandé à chacun de façonner, il ouvrit les yeux sur la lumière crépusculaire qui les entourait et se dit qu'il avait dormi plus longtemps qu'il ne l'avait imaginé.

La nuit avançait déjà et s'apprêtait à les engloutir une nouvelle fois, alors que le brouillard commençait à se dissiper. Jack aperçut la grande masse sombre vers laquelle ils étaient tous tournés. S'élevant au-dessus de la surface immaculée, cette ombre lugubre à la forme indistincte se dressait au loin, à travers la brume qui s'étiolait.

33.

JOUR 3

Altitude : 12,7 km
Température : – 4,8 °C
Gravité : g = – 3,47 N/kg

Mattis n'imaginait pas la distance aussi grande. Depuis une demi-heure que la cordée avançait en direction de la haute silhouette noire qui s'élevait à l'horizon, des bancs de brume résiduelle s'amusaient à la faire disparaître, donnant le sentiment décourageant qu'elle serait à jamais hors d'atteinte. Sur la surface plane et immaculée de l'immense lac gelé, la traversée n'en finissait pas.

Lentement, la masse sombre réapparut, et cette fois, Mattis eut l'impression qu'elle s'était rapprochée d'un coup après s'être déplacée là où il ne l'attendait pas. Dans ce jeu de cache-cache qui l'agaçait, il vit s'évanouir une nouvelle fois cette forme énigmatique qui semblait pourtant si proche.

Alors que le crépuscule plongeait toujours un peu plus le paysage monochrome dans l'obscurité, Mattis eut le sentiment qu'ils n'atteindraient jamais leur objectif avant la nuit.

Doucement, la brume se disloqua une dernière fois, étirant ses filaments vaporeux qui se déchirèrent en révélant, par fragments, une montagne d'acier qui se dressait au-dessus de la cordée.

Émergeant de la glace dans leur direction, l'imposante poupe d'un paquebot géant s'élevait loin au-dessus de la couche de neige où le groupe était resté à l'arrêt. À une trentaine de mètres dans les airs, une coque rouge retenait au bout de bulbes géants, les énormes pales de quatre hélices couvertes de longues stalactites tordues dans le sens de leur rotation. Comme si le temps s'était figé, les projections d'eau en courbes simulaient encore un mouvement stoppé depuis des jours. Mattis éleva son regard au-delà de la ligne de flottaison, jusqu'à atteindre l'immense poupe noire bombée au centre de laquelle il était inscrit sur deux lignes :

Queen Mary 2
Southampton

Un peu plus haut, dépassant du large bastingage arrondi, solidifié sur sa longue hampe blanche, un pavillon rouge aux couleurs de l'Angleterre paraissait toujours flotter au vent dans sa raideur de givre.

La cordée resta muette de stupeur devant cette apparition, puis contourna en silence la masse fantomatique du paquebot figée en plein naufrage par les glaces emprisonnant sa coque. Tous découvrirent alors, dans leur perspective, les innombrables hublots et balcons qui s'alignaient et plongeaient dans la banquise en direction de la proue engloutie. Depuis les ouvertures les plus basses, une lumière chaude se diffusait sur le sol enneigé.

— Regardez ! lança Hélène. Il doit y avoir des survivants à l'intérieur.

Sans attendre, elle décrocha son mousqueton et s'apprêta à s'élancer vers l'écoutille d'où ils pouvaient observer le départ de nombreuses traces de pas dans la neige.

— Attendez ! l'arrêta Houston. Il faut peut-être y aller prudemment. On a vu de quoi étaient capables les gens dans le métro.

— Avancez prudemment tant que vous voulez. Moi, je vais me mettre au chaud ! rétorqua Hélène qui s'éloignait déjà.

— Je viens avec toi ! ajouta Jack qui la rattrapa en courant.

— Venez Cooper, mieux vaut les couvrir, on ne sait jamais. Professeur ?

— Partez devant ! Je vous suis ! lança Mattis qui n'était pas pressé de croiser d'autres survivants d'une catastrophe que tout le monde l'accusait d'avoir provoquée.

Tandis qu'il regardait Houston et Cooper s'éloigner le long de la coque, Mattis prit son temps pour se décrocher de la corde qu'il laissa tomber dans la neige. Il observa les alentours et remarqua plusieurs chemins tracés dans la poudreuse. Il en suivit un premier du regard qui le mena à un alignement de tumulus, mis en relief par la lumière rasante provenant des hublots. Des centaines de tombes dépassaient du sol, surmontées de plaques funéraires hétéroclites, chacune composée avec toutes sortes d'effets personnels récupérés et disposés avec soin. Devant ce cimetière improvisé, aux sépultures de tailles inégales, Mattis devina que la mort avait frappé sans distinction, et il ressentit un certain malaise à affronter les rangées implacables de nouvelles victimes anonymes de cette tragédie. Il détourna le regard.

Dans l'atmosphère presque entièrement débarrassée de son brouillard, il aperçut une sorte de campement de fortune installé au milieu du paysage, non loin du navire de croisière. Il remarqua aussitôt une lumière bleue qui persistait à projeter sa lueur dans une obscurité bientôt totale. La lueur éclairait, depuis le sol, des toiles tendues sur des poteaux qui faisaient office de toit. Le tissu ployait sous le poids de la neige : *si seulement ça pouvait être ça !* se prit à espérer Mattis.

Sans plus prêter attention au reste du groupe sur le point de disparaître dans la coque du Queen Mary, Mattis pressa le pas et traça un sillon dans la neige vierge en direction de la source lumineuse. À l'approche du campement, il entendit des coups secs et répétitifs qu'on donnait sur la glace. Lorsqu'il pénétra sous la tente, les coups se firent plus présents. Au centre de l'espace abrité, il trouva un puits creusé dans le sol de trois à quatre mètres de diamètre, illuminé d'un bleu intense. Autour, trois longues barres s'élevaient et se rejoignaient au-dessus du trou pour maintenir une grosse poulie d'où descendait une corde. Le cœur de Mattis s'emballa. Il retarda volontairement sa découverte, ralentissant son approche du rebord, comme pour savourer plus longtemps le plaisir d'une quête qu'il savait victorieuse.

À cet instant, un choc soudain endolorit son flanc droit et il se retrouva violemment projeté au sol. Mattis s'écrasa, face contre terre, dans une neige glacée qui pénétra ses oreilles et ses narines. Il sentit aussitôt le poids de son assaillant s'étaler sur lui.

« Mattis espèce de crotte infâme ! »

À travers les doigts de la main qui maintenait son visage dans la neige, il pouvait apercevoir la barbe et les longs cheveux blancs de l'homme qui s'était jeté sur lui. D'abord paniqué,

Mattis se dégagea assez facilement de l'emprise de ce vieil homme qui tentait de le frapper. Il se redressa et para des coups sans force, se protégeant de ses avant-bras. À genoux dans la neige face à lui, engoncé dans une grosse épaisseur de vêtements hétéroclites, l'homme portait un pull enturbanné sur la tête en guise de bonnet. Dans la pénombre bleutée, Mattis peina à distinguer son agresseur, mais il se sentit tout de suite hors de danger lorsqu'il reconnut son rival de toujours : le professeur Pettit.

— Hubert ? C'est bien vous ? s'étonna Mattis en souriant.

— Évidemment que c'est moi, espèce de petit salaud, répondit Hubert Pettit, persistant à vouloir frapper Mattis.

— Vous êtes vivant, c'est incroyable ! s'enthousiasma Mattis qui retenait les coups sans effort.

— Et ce n'est certainement pas grâce à vous ! Pauvre fou inconscient que vous êtes.

— Mais, arrêtez de chercher à me taper à la fin, vous êtes ridicule ! Et puis, pourquoi m'insultez-vous comme ça ?

— Pourquoi ? Vous plaisantez, je suppose ! Comme toujours !

— Pas du tout !

— Tout ça est de votre faute espèce de psychopathe ! C'est vous l'unique responsable de la Gravité Obscure.

— La Gravité Obscure ? Qu'est-ce que c'est que ce nom à la con ?

Déjà debout, Mattis proposa sa main pour aider Pettit à se relever.

— C'est votre petit cerveau qui a trouvé ça tout seul ? se moqua Mattis.

Pettit se redressa avec difficulté, sans accepter la main tendue de Mattis.

— Oui, eh bien ! C'est ainsi que j'ai appelé cette singularité, se vexa-t-il. Il faut bien nommer les choses afin de pouvoir en parler non ? En attendant, ce cataclysme, c'est le vôtre !

— Décidément, tout le monde a juré de me faire chier avec ça ! Jusque sur cette putain de planète de glace. Et puis, depuis le temps que vous revendiquez la découverte du graviton, vous avez beau jeu de tout me mettre sur le dos. C'est trop facile ! Cette catastrophe est autant la vôtre que la mienne.

— Jamais de la vie ! s'insurgea Pettit. Je n'ai rien à voir là-dedans ! Si vous n'aviez pas décidé de vendre votre âme au diable, nous n'en serions pas là !

— Je n'ai rien vendu du tout ! Vous êtes jaloux, voilà tout !

— Jaloux de vous ? C'est la meilleure ! C'est moi qui vous ai tout appris !

— Mais, c'est moi qui vous fournis vos gravitons ! Et ça, vous ne pouvez pas l'encaisser, Hubert.

— Comment pourrais-je être jaloux d'un petit employé qui ne sait que provoquer des catastrophes grosses comme lui ?

— Espèce de vieux schnock ! Tu vas voir si je suis un petit employé !

Mattis attrapa Pettit par le col de sa veste et se mit à le secouer violemment.

— Exactement, vous ne serez jamais qu'un petit employé, petit employé, petit employé !

Derrière le professeur Pettit, Houston et Cooper arrivèrent en courant.

— Mattis ? Mais qu'est-ce que vous faites ? Arrêtez d'agresser ce monsieur tout de suite, lança Houston.

Avec l'aide de Cooper, ils séparèrent les deux hommes sans difficulté.

— Qu'est-ce qui vous prend, vous avez perdu la… Professeur Pettit ? s'étonna Houston. Vous êtes vivant ?

— Oui, Major ! J'ai eu cette chance de réchapper à la folie de votre petit employé, insista Pettit à l'adresse de Mattis.

— Lâchez-moi Cooper ! Que j'écrase sa face de père Noël !

— Ça suffit ! Ce n'est pas dans cette ambiance de cours de récréation que nous allons faire avancer la situation. Les laboratoires Alpha et Oméga, c'est fini tout ça ! Vous réglerez vos querelles de clocher plus tard si vous voulez ; nous devons avant tout retrouver le module.

— Il est là votre satané module ! lança dédaigneusement Pettit, désignant le trou dans la glace d'un coup de menton.

Sans le lâcher, Cooper accompagna Mattis vers le puits et se pencha avec lui au-dessus du vide, leurs visages entrant dans la lueur bleutée. Trois mètres plus bas, deux hommes munis de pioches à incendie avaient cessé de creuser et levaient leurs regards vers eux.

— Tout va bien Professeur ? demanda l'homme à la carrure la

plus imposante.

— Ah ! Mike. Je voudrais vous présenter le Professeur Magnusson dont je vous ai parlé, responsable de la fin du monde et concepteur de cette monstruosité que nous tentons d'extraire.

Mattis n'entendait plus les sarcasmes de Pettit, il ne faisait pas plus attention au regard menaçant que lui lançait Mike ; il n'avait d'yeux que pour son module qu'il découvrait intact, et dont les gravitons brillaient à travers la pureté de la glace. Bien qu'il soit profondément prisonnier de la banquise, une bouffée d'espoir traversa Mattis ; ils avaient atteint leur premier objectif.

— Comment avez-vous osé accumuler une telle quantité de gravitons ? Avez-vous complètement perdu la tête ? lança Pettit.

— Ne dites pas n'importe quoi ! Si vous aviez pu, vous en auriez produit autant, certainement plus même ! rétorqua Mattis. Si j'ai bonne mémoire, c'est vous qui m'avez inculqué que rien ne doit arrêter la science. Alors, vos leçons de morale, vous pouvez vous les mettre où je pense !

— Je n'ai pas votre goût de la démesure mon cher, et je n'aurais jamais fait les mêmes erreurs. Je sais ce que je fais, moi.

— Tout ça n'a plus aucune importance, coupa Houston. L'erreur est faite, et tout ce qui compte aujourd'hui, c'est de nous allier pour tenter de la réparer. Maintenant, est-ce qu'on peut arrêter de vous surveiller tous les deux ? Vous n'allez pas vous sauter à la gorge ?

— Je suis le premier à vouloir arranger les choses, affirma Pettit. C'est la raison pour laquelle nous tâchons de dégager ce module.

— Mon module ! précisa Mattis.

— Peut-être, mais c'est mon chantier !

— Est-ce que vous avez une idée de la profondeur à laquelle il se trouve ? demanda Houston.

— Je dirais dix ou quinze mètres, répondit Pettit. Il va nous falloir plusieurs jours pour l'atteindre.

— On ne peut pas creuser plus vite ? s'inquiéta Houston.

— On n'attendait plus que vous ma p'tite dame, ironisa Mike depuis le fond du puits.

— La glace est extrêmement dure et nous n'avons que des pioches dont l'impact est encore réduit par la faible gravité. Nous progressons très lentement.

— Et, vous comptiez en faire quoi de mon module une fois extrait ? interrogea Mattis.

— J'ai ma petite idée, mais il est hors de question que je partage ça avec vous.

— C'est du bluff ! Il n'a pas la moindre notion de ce qu'il pourrait en foutre. Tout ce qui l'intéresse c'est de voir de plus près mon gros module. Avouez que vous ne débandez pas d'envie depuis que vous l'avez découvert.

— Toujours votre vulgarité indécente. Je ne rentrerai pas dans votre petit jeu. J'ai mieux à faire. Ce qui me préoccupe pour le moment, ce sont les batteries. Combien de temps vont-elles encore alimenter le champ magnétique de confinement ?

— Elles ont été développées spécialement par l'équipe du B.N.L.[1] pour renforcer la sécurité, précisa Houston. Elles peuvent tenir plus de dix jours. Maintenant, dans la glace, c'est une autre affaire. On doit pouvoir quand même compter sur une semaine.

— Ce qui ne nous laisse plus que quatre jours maximum pour le sortir de ce trou, conclut Cooper.

(1) Brookhaven National Laboratory

34.

JOUR 4
Altitude : – 97 m
Température : 9,2 °C
Gravité : g = – 8,42 N/kg

— Est-ce que quelqu'un me reçoit ? Ici le centre de recherches du New Jersey, est-ce que vous me recevez ?

Shino reposa le combiné de la station radio allumée devant elle pour en changer la fréquence d'émission. Elle prit quelques secondes pour faire disparaître les fourmis dans son bras, puis porta une nouvelle fois l'appareil à sa bouche.

— Ici Shino Kagami du centre de recherches du New Jersey, est-ce que vous me recevez ?

— Tu ne voudrais pas faire une pause ? s'agaça légèrement Mark depuis l'autre bout de la plateforme. Ça fait des heures que tu ne cesses de répéter ce message.

De dos, basculé en arrière dans le fauteuil qui faisait face à la console de commande, Mark tenait ses mains croisées derrière la tête, les pieds posés sur le pupitre. Shino avait l'impression qu'il fixait la représentation de Janus trônant au centre de la gigantesque porte circulaire penchée au-dessus de lui.

— On ferait mieux de chercher une solution pour relancer la production, ajouta-t-il.

Face à la radio qui ne lui renvoyait depuis le début de ses appels qu'un faible grésillement monocorde et sans vie, Shino sentait ses derniers espoirs s'évanouir. Elle prit une longue inspiration pour tenter de compenser le manque d'oxygène qu'elle ressentait de plus en plus nettement. *À quoi bon ? Quand bien même j'arriverais à joindre un survivant, qu'est-ce que ça changerait ? On ne peut plus sortir du Centre et d'ici quelques jours, nous ne pourrons plus respirer. Tout ça n'a aucun sens !*

— Tu as raison. Je réessaierai peut-être plus tard, lâcha Shino, refusant de perdre totalement espoir.

Alors qu'elle traversait la plateforme de béton, elle sentit que l'immense volume du secteur Janus s'était encore refroidi et elle remonta un peu plus haut la fermeture éclair de son blouson.

— Mais, nous avons déjà passé en revue toutes les possibilités, non ? Tu as eu une nouvelle idée ? demanda Shino.

À son approche, Mark reposa les pieds au sol et fit pivoter son fauteuil pour lui faire face.

— Non ! Mais ça ne veut pas dire qu'on ne peut pas en trouver une, répondit-il avec un certain entrain. Il faut qu'on y réfléchisse ensemble.

L'attitude de Mark déconcertait Shino depuis qu'ils étaient remontés dans le secteur Janus. Elle avait le sentiment qu'il était une nouvelle fois peu affecté par la situation et qu'il se complaisait à organiser leur petite vie dans ce sous-sol hors du temps : *à moins qu'il ne soit dans une sorte de déni de réalité ? C'est peut-être sa manière d'affronter la proximité d'une mort certaine ?*

— Tu as vu Romain ? demanda-t-elle.

— Il doit être encore en train de bouder dans le tunnel, j'imagine ! J'espère d'ailleurs qu'il ne touche à rien.

— Je te trouve dur avec lui. Après ce qu'il a vécu. Je ne sais pas comment j'aurais réagi à sa place.

— En attendant, il ne nous est pas d'une grande utilité. On ne peut pas dire qu'il soit très coopératif. Je pense qu'il devrait être plus conscient de la chance qu'il a d'être vivant et à l'abri.

La froideur de Mark glaça un peu plus le sang de Shino qui, même si elle se voyait trop jeune pour être sa mère, sentit monter en elle une sorte d'instinct maternel qui la poussa à défendre un enfant qu'elle n'aurait jamais.

— Qu'est-ce que tu racontes ? s'énerva Shino. Il est terré au fond d'un trou, avec des gens qu'il ne connaît pas, et qui plus est, ont une responsabilité dans la catastrophe qui a tué ses parents ; et tu voudrais qu'il nous soit reconnaissant ?

— Ce n'est pas ça ! se défendit Mark. Mais avoue qu'il n'est pas très bavard.

— Il faut lui laisser un peu de temps, tempéra Shino.

— Ça fait quand même presque une journée ! conclut-il.

Dans un silence un peu pesant, Shino fit glisser son regard sur les voyants lumineux qui clignotaient sur la console : toujours le même message qui se répétait sur les écrans. Toute cette technologie qui ne leur était d'aucune utilité la frustrait terriblement. Mark avait beau affirmer le contraire, sans Mattis, elle était certaine qu'ils ne pourraient pas relancer de production.

— À propos, c'était quoi cette allusion au café dont a parlé Mattis, demanda Shino après un moment.

— Ah, ça ! Non, ce n'est rien ! répondit nerveusement Mark. Tu sais comme il est ! Toujours à lancer des vannes ! C'est une sorte de blague entre nous. Il trouve que j'en bois un peu trop, tu vois ce que je veux dire.

— Pas vraiment.

« C'est Mattis qui a fait construire cet endroit ? » interrogea la voix de Romain derrière eux.

— Tiens, te revoilà toi, lança Mark. Tu as retrouvé ta langue ?

Le jeune garçon, debout sur la plateforme du monte-charge, ne répondit pas. Son sac à dos posé sur une épaule, il scruta l'espace autour de lui, dans sa tenue de ski salie et déchirée. Shino observa quelques secondes son visage dur et fermé, nettoyé en partie de sa crasse par les larmes essuyées et désormais sèches. Elle s'avança aussitôt vers lui, lançant un regard réprobateur à Mark.

— Romain ! Comment te sens-tu ?

— C'est lui qui dirige tout ça ? poursuivit Romain.

— En réalité, c'est moi le responsable du secteur Janus, répondit fièrement Mark.

— Alors, c'est vous qui avez provoqué cette catastrophe ? répliqua Romain sans émotion.

— Quoi ? Mais pas du tout, s'offusqua Mark qui se leva de son fauteuil. Qu'est-ce que c'est que ces accusations ? Je ne m'occupe que de la production de gravitons ! C'est le Professeur Magnusson qui décide de l'ensemble des opérations. C'est lui le véritable responsable.

— C'était une simple question, répondit calmement Romain.

— Est-ce que tu as soif ? Tu veux manger quelque chose ? demanda Shino.

— Je veux bien. Merci.

— Ne bouge pas, j'y vais, dit Mark à l'adresse de Shino, manifestement agacé par le jeune garçon.

Dans le silence qui suivit le rapide départ de Mark, Shino se sentit un peu mal à l'aise, ne sachant comment combler le vide.

— Les gravitons, c'est le liquide bleu dans le gros cylindre là-bas ? poursuivit Romain.

— Ce n'est pas tout à fait un liquide, mais peu importe. Oui, ce sont bien des gravitons.

— C'est vraiment ça qui a tout inversé ?

— C'est-à-dire ! C'est ça, mais en quantité infiniment plus grande. Une quantité phénoménale qui n'aurait jamais dû être produite.

— Pourquoi l'avez-vous fait alors ?

Shino s'apprêta à se défendre, cherchant dans un premier réflexe à affirmer son ignorance du programme Janus, mais un profond sentiment de culpabilité l'arrêta aussitôt. Face aux questions sans détour de cet adolescent, elle prenait conscience qu'elle ne pouvait totalement se dédouaner de ce qui s'était passé au Centre. Sans se soucier des conséquences éventuelles, ils avaient eux aussi poursuivi leurs recherches à l'abri des regards du monde entier. Et même si leur échelle d'expérimentation n'avait rien à voir avec celle du laboratoire Oméga, elle considérait à cet instant qu'en collaborant à l'équipe du professeur Pettit, son objectif, et donc sa responsabilité, était finalement la même.

— Je suis vraiment désolée pour tes parents. Tout ça n'aurait jamais dû arriver.

— Mes parents ?

— Eh bien ? Oui ! Ce sont bien eux qui sont… ?

— Ah ! Jack ! Non, c'était un type sympa, mais ce n'était pas mon père, lui est en Italie. Ma mère l'a juste secouru avant de nous retrouver avec Mattis et les autres. Il nous a bien aidés depuis New York.

— Vous avez fait tout ce chemin à l'extérieur depuis New York ?

Devant le soudain mutisme de Romain qui se contentait d'acquiescer en contenant son émotion, Shino comprit que poser trop de questions risquait de le replonger dans le désespoir.

— Vous avez réussi à joindre quelqu'un à la radio ? demanda Romain, cherchant à changer de sujet.

— Non, se découragea Shino. Pas le moindre signe de vie. Je ne sais même pas pourquoi je fais ça. J'ai peut-être juste besoin d'entendre une voix qui me confirme que l'humanité entière n'a pas disparu ; que nous ne sommes pas tout seuls, enfermés ici !

Enterrés vivants, pensa-t-elle.

35.

JOUR 4
Altitude : 12,7 km
Température : 6,1 °C
Gravité : g = – 4,37 N/kg

Jack était éreinté. Alors qu'il écartait le lourd rideau de velours rouge qui bloquait le froid extérieur, faisant pénétrer quelques gros flocons de neige avec lui, la douceur du refuge caressa son visage et lui procura aussitôt une sensation de confort. Hélène le suivait en silence. Dans un bruissement mat, il laissa retomber la lourde étoffe derrière son passage.

Le ventre chaleureux du paquebot s'ouvrit une nouvelle fois devant eux, et Jack, malgré sa fatigue, restait impressionné par le luxe du restaurant Britannia où la plupart des rescapés avaient décidé de se regrouper, afin de gérer les nombreux blessés dans l'organisation de leur survie quotidienne. L'immense salle en mezzanine était baignée de la lumière chaleureuse d'innombrables bougies qui brûlaient un peu partout. Derrière Hélène, Jack remonta le sol incliné d'un naufrage immobile. En aval de la pente, accumulé le long de la cloison qui fermait la salle, un amoncellement de chaises et de vaisselle brisée s'entassait, telle une longue barricade de débris se dressant sur la largeur de la coque. Bien qu'il s'y soit déjà un peu habitué, Jack sursauta au nouveau claquement de glace qui traversa soudainement l'épaisse coque d'acier. Ils débouchèrent sous un plafond à la hauteur démesurée, contournant de nombreux regroupements de personnes à même le sol qui s'entraidaient ou se reposaient. Sur les deux étages, les membres d'équipage aux uniformes défaits de la compagnie Cunard, fournissaient aux passagers les produits de première nécessité encore disponibles. Les plaintes contenues des blessés rompaient à peine le silence respectueux qui régnait, et Jack restait étonné de voir à quel point l'esprit de solidarité dominait ici, dans une complète opposition à la violence latente d'une population enfermée dans les stations du métro new-yorkais, prête à tout pour sa survie.

Hélène et Jack contournèrent une paire de longues colonnes blanches qui rejoignaient un immense plafond de verre art déco en partie brisé, puis se dirigèrent vers l'impressionnant escalier qui trônait au centre du vaste restaurant. Assis sur les marches de son large palier, Houston et Cooper les regardèrent s'approcher sur le sol en dévers. Derrière eux, une parfaite symétrie de courbes de verre et d'acajou habillait, d'un luxe ostentatoire, deux escaliers jumeaux qui s'élevaient et atteignaient la coursive de l'étage supérieur dans des mouvements opposés.

Jack quitta à la hâte son blouson trempé sous lequel il transpirait à grosses gouttes, puis l'étala sur la rambarde, à côté de ceux du groupe qui y séchaient déjà. Accablé de fatigue, il s'assit sans un mot à côté de Cooper. Dans la salle, seules les nombreuses tables rondes fixées au plancher étaient encore en place, donnant une étrange impression d'ordre au milieu du chaos. Suivant la perspective des colonnes qui s'alignaient de part et d'autre, Jack éleva son regard jusqu'à une haute fresque qui se dressait sur les deux étages, face à lui. L'immense peinture du Queen Mary 2 quittant la baie de l'Hudson avec Manhattan en arrière-plan dominait le centre du restaurant. Cette représentation stylisée d'un monde qui n'existait plus accabla un peu plus Jack qui laissa retomber lourdement ses coudes sur ses cuisses, dans une attitude de renoncement semblable à celle d'Hélène assise à sa droite.

Au sol, le clair-obscur des flammes faisait vaciller les ombres sur la moquette aux motifs de queue de paon. Jack repensa aux dernières heures qu'ils venaient de passer à frapper inutilement la glace sous la tente du campement improvisé ; un sentiment d'impuissance l'envahit devant l'évidence qu'ils ne pourraient jamais atteindre le module.

— On a creusé quoi, quatre heures ? s'agaça Hélène sans lever la tête. C'est comme si on avait à peine égratigné cette glace pourrie.

— Dans cette gravité, c'est comme si on creusait avec des jouets en plastique, ajouta Cooper. Il nous faudrait un engin, genre pelleteuse.

— Aucune chance qu'on trouve ça ici. Tout ce qui était un peu lourd doit être figé au cœur de la glace à l'heure qu'il est, rétorqua Houston.

— Ça vaut peut-être quand même le coup de chercher, non ? insista Cooper.

— Une chose est sûre, c'est qu'on n'y arrivera pas comme ça, affirma Hélène.

— En tout cas, pas avant que les batteries du module ne s'épuisent, précisa Houston.

— Je pense que nous avons accepté un peu vite le plan du Professeur Pettit, reprit Jack. Sans vraiment réfléchir.

— Que pouvions-nous faire d'autre ? Ce n'est pas comme si nous avions le choix, répondit Houston.

— Je ne sais pas. Il faudrait peut-être revoir le problème depuis le début.

— C'est-à-dire ?

— Nous sommes tous d'accord pour dire qu'on ne pourra pas récupérer ce module avec des pioches ou des piolets. Il faut donc que nous trouvions de nouvelles idées pour avoir une chance d'y arriver. Et nous nous devons d'y arriver ! Alors, voilà ce que je vous propose. Avec mes élèves, je faisais un exercice qui donnait souvent des résultats étonnants.

— On t'écoute, dit Hélène.

— Le principe, c'est que chacun dise à tour de rôle tout ce qui lui passe par la tête pour creuser dans cette glace, même ce qui peut paraître farfelu ou impossible ; on ne se met pas de limite, et on voit ce qui en sort.

— Ce n'est pas un peu ridicule ? lança Houston. On n'est pas sur les bancs de l'école là !

— En même temps, si on ne cherche pas, on ne risque pas de trouver ! s'impatienta Cooper.

Houston toisa son subordonné du regard, sans finalement réagir.

— Bien, qui attaque ? demanda Hélène.

— De la dynamite ! démarra Cooper.

— Ça commence fort, commenta Jack. Il faudra réfléchir à l'endroit où on peut trouver ce genre d'article.

— Un chalumeau, proposa Hélène.

— Un marteau piqueur, compléta Jack.

— Une bombe.

— De l'eau chaude.

— Une foreuse.

Jack, Hélène et Cooper enchaînèrent les propositions tandis que Houston semblait dépassée.

— Une A.E.D., lança-t-elle après un temps d'hésitation, provoquant aussitôt le silence.

— Une quoi ?

— Une arme à énergie dirigée. Je pensais en particulier aux lasers à haute énergie autonome. Avec ça, on pourrait découper la glace comme du beurre.

— Mais d'où sortez-vous des trucs pareils ? s'étonna Hélène.

— Et, on trouve ça où exactement ? demanda Jack.

— Je pense que vous n'allez pas aimer ma réponse. C'est secret défense, lâcha Houston après un court silence.

— Mais vous n'avez que ce mot à la bouche, ce n'est pas possible ! s'insurgea Hélène.

— Vous avez dit qu'on pouvait dire tout ce qui nous passait par la tête, se défendit Houston. Et puis, secret défense ou pas, cette arme est totalement hors de notre portée de toute façon.

— Si on reprend la théorie du petit monticule de Mattis, rien n'est…

— Ah ! Vous n'allez pas vous y mettre vous aussi ! s'agaça Houston. Il est positionné sur l'ISS. Ça vous va ça, comme petit monticule ?

— La station spatiale ? C'est vrai que c'est plutôt gros comme monticule ! tenta de plaisanter Jack.

— Je ne vous le fais pas dire. Et histoire de clore tout débat, même en imaginant que la station n'est pas déjà en train de dériver vers les confins du cosmos, nous n'aurions pas la moindre idée de comment contacter l'équipage. Votre petit jeu est parfaitement ridicule ! Tout ça ne nous aide pas !

« Moi je sais comment appeler l'ISS ! », lança une voix d'enfant dans leur dos.

Surpris, le groupe se retourna vers un jeune garçon appuyé sur la rambarde derrière eux. Malgré quelques contusions sur le visage et les vêtements sales qu'il portait, il arborait un large sourire et commença à se balancer sous la rampe.

— Écoute mon garçon, s'exaspéra Houston. C'est très malpoli d'écouter les conversations des grandes personnes.

L'enfant s'arrêta de jouer et regarda Houston comme si elle parlait une langue étrangère.

— Bonjour toi ! dit gentiment Hélène. Ne fais pas attention à elle, elle est un peu énervée. Moi, c'est Hélène. Et toi ?

— Matthew ! répondit le jeune garçon enthousiaste. Vous êtes nouveaux ?

— On peut dire ça !

— Parce que je ne vous ai jamais vu. Et, je connais tout le monde ici, et tout le monde me connaît ! ajouta-t-il fièrement.

— Bonjour Matthew, moi c'est Jack. Là-bas c'est Cooper et Houston.

Le caporal fit un petit signe de la main au garçon.

— Dis-moi Matthew, tu es avec tes parents ? demanda Hélène.

— Non, je les ai perdus après l'envol, répondit Matthew, toujours avec le sourire.

— Oh ! Je suis désolé ! répondit Hélène, gênée.

Comme elle, Jack était un peu dérouté par le ton enjoué que conservait le jeune garçon pour annoncer la disparition de ses parents.

— Mais non ! C'est pas ça ! Ils sont pas morts ! précisa Matthew.

— Ah ! Tant mieux ! répondit Jack. Mais, tu sais où ils sont ?

— C'est juste que, le Queen Mary est très grand, et je n'ai pas cherché partout. Ils sont quelque part, mais je ne les ai pas encore retrouvés, vous voyez ?

Jack et Hélène échangèrent un regard de doute. *Elle pense certainement la même chose que moi. Ce gamin est dans le déni total. Ses parents sont certainement morts.*

— Oui, bien sûr ! répondit Jack, après un temps.

— C'est qui le bonhomme en jaune qui parle avec le Professeur ? demanda Matthew en levant les yeux vers la mezzanine.

À l'étage, derrière la rambarde de verre, Pettit et Mattis semblaient en grande conversation.

— C'est le Professeur Mattis Magnusson, précisa Hélène. Ils ont l'air d'avoir beaucoup de choses à se dire tous les deux.

— Alors, c'est lui qui a fait la gravité obscure ?

— C'est un peu plus compliqué que ça mon garçon, rétorqua froidement Houston.

Sans se préoccuper de la réponse du major, Matthew se mit à genoux face à Jack et Hélène, projetant sur le sol le petit sac à dos qu'il portait. Il l'ouvrit rapidement et en sortit un plan qu'il déplia sur la moquette. Les treize ponts multicolores du Queen Mary 2 s'étalaient devant eux, affichant dans le moindre détail les innombrables cabines, bars et restaurants qui composaient l'immense paquebot. Méthodiquement tracées au feutre noir, de nombreuses zones hachurées recouvraient certaines parties du plan.

— Tous les endroits barrés, là, et là, et là ! C'est où j'ai déjà cherché. Vous voyez, il reste encore plein d'endroits où ils peuvent se trouver. Et puis ici, c'est l'avant et toute la partie sous la glace. J'ai pas encore commencé par là, parce que ça fait trop peur. Et puis, je fais pas ça toute la journée, j'aide aussi les gens à retrouver toutes sortes de choses.

— Quel âge as-tu Matthew ? demanda Hélène.

— J'ai presque dix ans, répondit-il fièrement.

Mon Dieu, pensa Jack, *il en paraît treize ou quatorze.*

— Alors ? Vous voulez savoir comment on appelle l'ISS ?

— Mais, bien sûr mon petit, ironisa Houston. Nous sommes impatients.

— En fait, ils ont une radio VHF à bord. On peut les appeler sur la fréquence 144,490 MHz, et on les écoute sur 145,800 MHz. Le problème c'est qu'on n'a pas de radio. On en a cherché une pour appeler la Terre, mais celle du bateau est à l'avant, dans la glace.

— Comment sais-tu tout ça Matthew ? s'étonna Jack.

— C'est avec le club radioamateur de l'école, à Ashford, c'est là qu'on habite avec mes parents. On a appelé la station avec notre radio, et j'ai tout retenu, parce que j'aimerais bien leur parler encore. Mais c'est pas facile, il faut prendre un rendez-vous.

— Ça, c'est notre meilleure chance, intervint Houston. Il y a une radio dans le secteur Janus. Les survivants s'y sont certainement réfugiés. Si nous arrivons à les contacter, avec Mattis et Pettit nous pourrions piloter à distance une nouvelle production de gravitons.

— Mais, comme l'a dit le gamin, nous n'avons pas de radio, rappela Cooper.

— Ça vaut peut-être quand même le coup de chercher ? ironisa

Houston à son tour.

— On peut peut-être en trouver une, intervint Jack. Il y a plusieurs marinas autour de New York. Si ce paquebot est encore en partie à la surface, il y a peut-être une chance que d'autres bateaux n'aient pas coulé. La plupart ont une radio à bord, et des batteries.

Tout à coup, Matthew replia en panique sa carte, attrapa son sac à dos et remonta quatre à quatre les marches de l'escalier, avant de disparaître à l'étage.

Surpris, Jack se demanda quelle mouche avait bien pu le piquer, lorsqu'il vit approcher l'imposante carrure de Mike dans son épaisse chemise à carreaux.

— J'vois qu'vous avez fait la connaissance de Matthew, lança-t-il avec son fort accent canadien.

— J'ai l'impression qu'il a peur de vous, dit Jack.

— C'est pas ça ! On s'entendait comme cul et chemise, lui et moi. Il est super débrouillard l'gamin, et personne ne connaît mieux qu'lui ce foutu rafiot. Je m'suis occupé de lui après notre naufrage — si on peut appeler ça comme ça — et je l'ai même pas mal aidé à chercher ses parents parmi les survivants, et les autres. Tout allait bien jusqu'à ce que j'essaie d'lui faire comprendre qu'il avait peu d'chance de les r'trouver. Il a totalement refusé d'entendre ça, et depuis, y m'fuit comme la peste.

— Il n'est pas un peu bizarre comme gamin ? demanda Houston.

— Il peut pas accepter qu'ses parents soient plus là, alors il s'invente une histoire pour tenir le coup. On peut pas lui en vouloir. Il est si jeune.

— C'est très triste, dit Hélène.

— Vous qui connaissez un peu mieux le coin que nous, est-ce que vous savez s'il y a d'autres bateaux échoués aux alentours ? interrogea Houston.

— On n'en a pas vu. Vous pensez récupérer une radio vous aussi ? répondit Mike.

— Vous êtes très perspicace.

— C'est juste que nous avons eu la même idée pour essayer de joindre quelqu'un sur Terre. Je me d'mande bien pourquoi d'ailleurs. Mais, on n'a rien trouvé à bord. Alors, on a envoyé une expédition il y a deux jours. Ils ne sont toujours pas revenus. J'aurais dû aller avec eux, ils ne connaissent pas la glace ces gars-là.

— Et le Professeur Pettit ? Vous avez une idée de comment il a atterri ici ?

— Et comment ma p'tite dame ! On peut dire qu'il a eu une chance de cocu celui-là ! J'l'ai retrouvé complètement congelé sur le pont arrière. Le paquebot n'était même pas encore stabilisé. Heureusement pour lui, j'suis né sur le Great Slave Lake dans la région de Yellow Life Bay, alors croyez-moi, les mecs congelés, j'sais ce que c'est. C'est ma fille qui a voulu absolument me sortir de mon lac pour faire cette croisière. Il fallait que je découvre le monde, qu'elle disait ; et voilà où on en est. Parce qu'elle a fait ses études aux États-Unis, ma p'tite crevette, elle est drôlement intelligente, vous savez.

— Dites-moi Mike ? Vous êtes toujours aussi bavard quand on vous pose une question ? lança Houston.

— Désolé, ma p'tite dame ! C'est vrai que j'ai tendance à m'étaler, c'est plus fort que moi. Ma p'tite Rose me l'disait tout l'temps ; paix à son âme. Bref ! Quand j'l'ai vu sur le pont, j'l'ai traîné à l'intérieur et j'ai fait c'qui fallait. C'est qu'il est coriace le vieux, je croyais vraiment qu'j'allais pas le ramener. Il a quand même fini par s'réveiller l'grand-père. Pourtant, j'y croyais plus trop. Après, dès qu'il a tenu d'bout, il nous a plus lâchés avec ses gravitons. Voilà, ma p'tite dame. Vous voyez, je peux faire court aussi.

— J'aimerais que vous cessiez de m'appeler ma p'tite dame, si c'était possible.

— Je vous aime bien vous. Vous savez parler aux hommes. Vous m'rappelez ma p'tite Rose. C'est quoi votre p'tit nom ?

Jack s'amusa intérieurement de la contenance que s'imposait Houston pour ne pas exploser, levant des yeux incrédules sur la silhouette massive de Mike qui la dominait.

— Rebecca, lâcha Houston, après une longue hésitation.

— Rebecca, c'est tout mignon ça. Je peux t'appeler Becky ?

— Non !

— Ah ! T'es coriace toi ! J'aime bien ! Bon, c'est pas l'tout, il faut que j'aille creuser si on veut sortir c'tabarnak de truc bleu sensé tous nous sauver. À plus tard Rebecca !

Houston fit un petit signe de tête en guise d'adieu, levant les yeux au ciel dans le dos de Mike qui s'éloignait vers le sas de sortie.

— Je crois bien que vous avez un ticket, s'amusa Jack.

— Revenons à ce qui nous intéresse, coupa Houston. Est-ce qu'on peut trouver une radio pour joindre le Centre ?

— Comme je l'ai dit, c'est dans la zone de New York qu'il y a le plus de bateaux.

— Moi, je pense que ça vaut le coup de tenter. On n'a rien à perdre, ajouta Cooper.

— Si on fait ça, il va falloir nous déplacer la nuit pour éviter le brouillard, précisa Hélène. Et puis, la glace est plus stable avec des températures plus basses.

— Cette radio est notre dernière chance, affirma Houston. Il n'y a qu'une nouvelle production de gravitons qui puisse nous sauver.

— Et l'ISS ? demanda Jack.

— On oublie cette histoire ridicule, conclut Houston.

36.

JOUR 3
Altitude : 163 km
Température : 113 °C
Gravité : g = – 2,11 N/kg

Depuis la mort d'Elena, il y avait bientôt dix ans, Serguï n'avait cessé de venir se réfugier dès qu'il l'avait pu dans ses missions sur l'ISS. Au vide que sa femme avait laissé dans sa vie, il avait substitué celui de l'espace qui lui permettait d'oublier, et il s'était maintes fois imaginé à la dérive dans le cosmos pour la rejoindre. Mais aujourd'hui que la situation se présentait, il n'était plus très sûr de ne pas vouloir prolonger encore un peu son séjour parmi les vivants.

Tandis qu'il surveillait sur ses écrans les données de vol de leur huitième abaissement d'orbite en presque vingt-quatre heures, il repensait à la proposition de Scott de venir passer du temps avec lui au Texas, et il se demanda si cette perspective n'avait pas eu une influence sur sa volonté de se raccrocher à la vie.

Seul à côté de lui dans le module Zvezda, Fiodor fixait de son visage dur et fermé les jauges de carburant qui se vidaient de manière alarmante. Ils avaient déjà brûlé deux tonnes d'ergol, l'équivalent de trois mois de consommation en temps normal, pensa Serguï. Et il restait encore vingt secondes d'allumage pour reprendre une trajectoire qui tangenterait une nouvelle fois la sphère de glace, à une altitude toujours plus haute pour limiter au mieux l'effet de fronde.

Après l'exposé de Nicole et Kim sur leur situation catastrophique, et la décision du commandant qui avait suivi de rester en observation, espérant un hypothétique retour à la normale de la gravité, Serguï tentait de réfléchir à sa propre position sur la gestion de leur survie.

Sans s'opposer franchement à l'inaction comme l'avaient fait Gordon et Fiodor, il n'était pas certain comme Tracy qu'attendre soit la meilleure des solutions. À l'instar de Maryam, il oscillait plutôt dans un entre-deux qui penchait légèrement en faveur de Scott, renouvelant sa confiance en son commandement, sans pour autant être totalement sûr que son choix soit le bon.

Mais les vrais changements de comportement étaient intervenus lorsque Scott avait annoncé les premières restrictions pour économiser leurs ressources en eau et en oxygène, dans une station qui n'avait pas été conçue pour accueillir dix membres d'équipage permanents. Chacun avait alors opéré un repli sur soi qui ne présageait rien de bon pour la suite.

La manœuvre terminée, Serguï rabattit sans ménagement l'écran d'ordinateur portable devant lequel il flottait à l'horizontale, conscient que leurs chances s'amenuisaient toujours plus. Lorsqu'il se retourna vers Fiodor, son compatriote lui lança un regard noir.

— *Quoi ? Qu'est-ce qu'il y a ?* demanda en russe Serguï, un peu agressif.

— *Tu sais très bien ce qu'il y a !* s'exaspéra Fiodor. *On ne peut pas continuer comme ça. La décision du Commandant d'attendre est absurde. Il ne se passera rien. Tu vois bien que ça ne fait qu'empirer d'heure en heure, et une fois le carburant épuisé, c'est terminé.*

Sachant parfaitement qu'elle était inévitable, Serguï redoutait le moment où cette discussion allait éclater. Lui qui avec l'âge n'aimait rien de plus que le calme et la sérénité craignait à présent de devoir affronter des conflits qui allaient surgir de toutes parts dans une ISS en perdition.

— *Combien de temps penses-tu encore le laisser faire sans réagir ?* insista Fiodor. *Sous commandement soviétique, ça ne se passerait pas comme ça !*

— *Et qu'est-ce que tu en sais ? Tu l'as connu, toi, l'Union soviétique ? Je ne crois pas non ! Sinon, tu arrêterais d'en faire sans cesse un idéal ; parce que crois-moi, ce n'en était pas un !*

— *C'était toujours mieux que cette décadence capitaliste !*

— *Épargne-moi tes messages de propagande, s'il te plaît ! Tout ça n'a rien à faire ici. ! Et puis, Scott n'a pas décidé de ne rien faire. Peut-être finira-t-on par contacter le sol. Et l'idée de surveiller la surface de glace pour trouver une brèche n'est pas si absurde. S'il y a une ouverture dans cette sphère, là nous pourrons éventuellement organiser une évacuation.*

Tout en disant cela, Serguï savait qu'il n'était pas tout à fait honnête. Contrairement à Scott et Tracy, il ne croyait plus vraiment à la possibilité qu'une base au sol soit toujours opérationnelle sous la couche de glace, et espérer que le phénomène s'inverse à nouveau, comme par miracle, lui paraissait dérisoire.

— *Mais, tu vois bien qu'il n'écoute plus personne. Il ne veut rien entendre.*

— *C'est une situation de crise. Il n'a le choix que de prendre des décisions difficiles. C'est à nous de l'écouter. Tu penses que c'est facile pour lui ?*

— *Toujours à le défendre ! Vous vous connaissez trop bien, ça altère ton jugement.*

— *Je te rappelle que c'est sa décision qui nous a sauvés d'une collision avec le Dragon qui aurait pu être dramatique. Et sans son choix de faire descendre la station à proximité de l'atmosphère, nous serions déjà en route pour la Lune. Tu oublies tout ça un peu vite.*

— *Alors, il ne nous reste plus qu'à faire comme Nicole : renoncer et attendre sans rien faire de crever asphyxiés.*

— *Je ne dis pas ça ! Mais pour l'instant, il faut laisser Scott commander, même si ses ordres ne nous conviennent pas. Je pense que lorsque cela deviendra nécessaire, il sera prêt à écouter ce que chacun a à proposer. Le pire serait d'attiser les divisions au sein de l'équipage. Rester unis est notre seule chance.*

Serguï conclut volontairement sur une notion à laquelle Fiodor adhérerait, dans son idéal obsessionnel d'union des peuples. Mais, s'il savait qu'il pouvait garder pour le moment un petit ascendant sur son jeune équipier, il avait également conscience que cela ne durerait qu'un temps. Face à la perspective d'être définitivement hors de portée de la Terre, sans aucune chance de la rejoindre un jour, il redoutait que l'instinct de survie finisse par libérer le vent de mutinerie qui commençait à souffler sur l'ISS.

37.

JOUR 4
Altitude : 12,7 km
Température : – 5,4 °C
Gravité : g = – 5,69 N/kg

Mattis plongea son regard dans les ténèbres qui avaient englouti quelques heures plus tôt la nouvelle expédition partie sans lui. Il avait parfaitement compris qu'on ne lui demande pas s'il voulait en faire partie, et d'ailleurs, il ne l'aurait souhaité pour rien au monde. L'idée de revenir sur leurs pas en quête d'une hypothétique radio perdue dans ce monde de glace imprévisible ne lui faisait vraiment pas envie. Cependant, savoir que Houston, Cooper, Hélène et Jack continuaient sans lui l'aventure ne le laissait pas indifférent. Une douce nostalgie le gagna peu à peu tandis qu'il s'abandonnait à ses pensées.

Depuis le balcon de sa cabine qui dominait la glace, seule la lumière diffuse des hublots sur la neige, quelques mètres plus bas, lui donnait un repère au milieu du noir d'encre qui l'encerclait. Après le coucher du soleil, la température avait rapidement chuté, dispersant le brouillard accumulé au long du jour, et la nuit immense, désormais baignée d'un air pur, restait parfaitement impénétrable. Au-dessus, les derniers incendies qui brûlaient il y a encore peu sur Terre s'étaient définitivement éteints, abandonnant sa surface au néant. *Est-ce vraiment la fin ?* Seule une petite lueur blanche continuait de briller sur la masse noire, comme une étoile solitaire que Mattis fixait comme un dernier espoir. Il redoutait à présent que cet ultime point lumineux qui lui parvenait depuis l'infrastructure éventrée du Centre ne s'éteigne à son tour.

Face à ses incertitudes, Mattis tenta de se raccrocher à quelque chose qui n'aurait pas été bouleversé par ses gravitons, quelque chose qui serait comme avant. Il se mit à imaginer le cosmos et les étoiles qui illuminaient toujours la Voie lactée sous ses pieds, derrière cette couche de glace qui constituait le dernier et frêle rempart les maintenant en vie. Il fut immédiatement pris d'un vertige à l'idée de cette banquise qui risquait de se briser à tout moment, l'engloutissant lui et l'humanité tout entière dans un vide sans fond ; et il tenta d'effacer aussitôt cette image angoissante.

Sur le sol, dans la lumière rasante, les tombes de neige se découpaient, froidement alignées le long de la coque dans leur multitude implacable.

— Ça ne vous intéresse pas ce que je raconte ? s'irrita Hubert Pettit.

Tiré de ses pensées, Mattis prit conscience qu'il n'avait pas écouté un traître mot de l'interminable monologue que « le vieux » débitait depuis un temps indéterminé, comme il aimait si bien le faire lorsqu'il parlait de son éminente personne. Il en avait presque oublié sa présence collante à côté de lui, accoudé à la rambarde.

— Hein ? Si, si, vous vous êtes vautré comme une merde sur le pont, tenta Mattis.

— Vous ne changerez donc jamais ! Mais, ça n'a pas d'importance ! Vous avez raison, les détails de ma chute jusqu'ici n'ont pas beaucoup d'intérêt. Parlons plutôt de Janus, puisque c'est ainsi que vous avez nommé notre unité de production.

Mattis préféra ne pas relever la volonté sournoise de Pettit de s'approprier Janus.

— Vous avez bien appelé notre cataclysme la Gravité Lugubre.

— Ne jouez pas avec moi, vous savez très bien que c'est la Gravité Obscure, et puis, je vous rappelle que c'est votre cataclysme.

— Si vous voulez, lâcha Mattis, résigné à ne plus lutter sur ce terrain. Mais, Janus est mon unité de production.

Depuis l'intérieur de la cabine derrière eux, la faible lueur d'une bougie découpait dans la nuit le visage ridé de Pettit. Mattis observa sa grosse barbe et ses longs cheveux blancs qui dépassaient sous le pull noué sur sa tête, et il lui prit une soudaine envie de rire tant son allure lui paraissait ridicule.

— Alors, nous sommes réellement en capacité de produire de telles quantités de gravitons ?

Dans le regard de Pettit, Mattis décela une lueur d'avidité irrépressible qui lui aurait fait presque peur si elle ne venait pas de sa face de père Noël.

— Malheureusement !

— Vous savez, personne ne vous obligeait à en produire autant en une seule fois. Depuis les mesures d'Aegis, nous savons pertinemment que l'exposition d'une trop grande quantité d'antimatière à la matière rend inévitable…

— … une réaction en chaîne, je suis au courant ! s'agaça Mattis. Ne me prenez pas pour un débile !

— Alors, pourquoi l'avoir fait ?

— C'était une connerie !

— Dieu soit loué ! Il me sera donné d'avoir entendu un jour Mattis Magnusson admettre s'être trompé !

— Ne bandez pas trop vite ! Au final ce n'est pas moi qui ai provoqué cette merde. Je n'étais même pas au Centre quand c'est arrivé.

— Maintenant que nous ne sommes que tous les deux, vous pouvez bien me révéler ce qui s'est réellement passé. Cela nous serait utile pour comprendre comment revenir en arrière.

— Je vous l'ai dit ! Je n'en sais rien ! mentit Mattis. Et nous ne pourrons jamais revenir en arrière. Parlez-moi plutôt de ce que vous comptiez faire de mon module une fois sorti de la glace, je suis certain que vous n'en avez aucune idée.

— Ce n'est pas le tout de savoir produire des gravitons, encore faut-il savoir quoi en faire !

— J'en étais sûr ! Tout ça, c'est du bluff !

— Pensez ce que vous voulez ! Mais, ne vous attendez pas à ce que je vous révèle l'avancée de mes connaissances, vous vous empresseriez de vous les approprier aux yeux de tous.

— C'est plutôt votre manière de faire ça, non ?

Mattis attendit une réaction exaspérée qui ne venait pas. Il pensa aussitôt que « le vieux » devait vraiment attendre quelque chose de lui pour rester ainsi silencieux à fixer le néant.

— Écoutez ! commença Pettit. Je vais reconnaître une fois, et ce sera la seule, votre modeste participation à ma découverte du graviton. J'admets que vous avez été un brillant étudiant sous ma direction et que certaines de vos idées m'ont inspiré.

— Inspiré, tu parles ! Vous m'avez tout pompé oui ! s'insurgea Mattis.

— C'est votre point de vue, et je ne le partage pas. Mais au lieu de nous diviser une nouvelle fois sur un passé qui n'est que source de désaccord, parlons plutôt de l'avenir de notre collaboration, puisque votre patronne nous a ordonné de travailler ensemble.

— Ce n'est pas ma patronne !

— Admettons ! Pouvez-vous quand même m'en dire plus sur Janus ? Comment avez-vous réussi à lui donner une telle puissance ? Dites-moi tout.

Percevoir cette fascination de Pettit pour ses recherches fit prendre un peu plus conscience à Mattis du fossé qui les séparait désormais. Cet intérêt malsain, qui semblait faire fi de toutes les conséquences de leurs découvertes, le dérangea d'autant plus que lui ne croyait plus vraiment à un retour en arrière, sachant que, quoi qu'ils fassent, ils n'auraient jamais le temps de produire suffisamment de gravitons pour inverser le processus.

— Vous savez que, vu le contexte, vous n'avez aucune chance de vous pavaner un jour devant cette machine.

— Ne soyez pas aussi négatif. Avec nos deux cerveaux qui travaillent de concert, et cette puissance phénoménale à notre disposition, nous allons réparer vos bêtises et recréer un monde nouveau.

— Rien que ça ! Non mais, vous croyez vraiment à ce que vous dites ? En fait, vous êtes totalement cinglé !

— Raillez tant que vous voudrez ! Je ne m'intéresse qu'à notre réussite et aux retombées scientifiques qui en découlent.

— Notre réussite ? Vous ne voyez pas que nous avons merdé sur toute la ligne.

— Parlez pour vous.

Mattis se sentit las. Il ne désirait plus se battre dans ce combat perdu d'avance. À bien y réfléchir, il était plus préoccupé par le sort de ses quatre coéquipiers qui avançaient en ce moment dans la nuit, que par celui d'une humanité à ses yeux condamnée. Finalement, il se prit à regretter de n'avoir pas imposé sa présence dans le groupe, même en sachant qu'il ne reviendrait pas. Quitte à mourir, autant que ce soit aux côtés de ceux dont il se sentait le plus proche aujourd'hui. Et, même s'il avait conscience qu'ils ne l'avaient pas fait que pour lui, il réalisait son attachement à ceux qui avaient tout accompli pour l'aider à atteindre son laboratoire ; ceux qui s'étaient battus pour le garder en vie ; qui avaient pris sur eux pour supporter son caractère de merde ; et il se laissa aller à imaginer un avenir impossible dans lequel il pourrait les appeler ses amis.

Mais pour l'heure, il était là, coincé avec le vieux schnock, et il avait pris sa décision : il allait lui dire tout ce qu'il voulait savoir à propos de ses recherches et de Janus. Il allait même lui parler de la tasse de café. Désormais, il se moquait éperdument de ce qu'il allait pouvoir faire de toute cette connaissance parfaitement inutile.

38.

JOUR 4
Altitude : 12,7 km
Température : – 3,6 °C
Gravité : g = – 5,74 N/kg

Houston ressassait ce qu'elle avait cru être les dernières images de sa vie qui défilaient, lorsqu'elle avait chuté sans fin à travers l'immensité gelée, certaine de sa mort imminente contre ce qu'elle savait maintenant être une surface de glace. Avec le recul, elle s'était étonnée de n'avoir pas pu revivre les plus beaux moments de sa courte existence, comme cela était censé se passer selon quelques miraculés dont les témoignages avaient fini par faire loi. Elle aurait aimé revoir le doux visage de sa mère penché sur elle, enfant ; ses premières vacances au bord de la mer ; le contact froid et vivifiant de l'eau dans laquelle ils n'arrivaient pas à entrer avec ses frères : ils avaient tant ri cet été-là. Elle aurait adoré revivre les images de ses premières amours, ou tout autre souvenir joyeux et coloré : mais ce ne fut pas le cas. Ce qui s'était imposé à elle pendant toute cette chute interminable avait été sa dernière confrontation avec son père.

Ce jour-là, elle portait fièrement son uniforme telle une insulte à l'autorité sexiste de celui qui s'était toujours fait appeler Sir. Ses quatre frères aussi étaient présents, debout sur la moquette élimée du salon de leur maison minable dans laquelle elle n'avait pas remis les pieds depuis sept ans ; elle voulait qu'ils soient tous là. De longues secondes après son entrée, ils affichaient encore sur leurs visages le choc de la découverte : oui, leur petite sœur était la première femme Major Général deux étoiles de l'armée américaine, et ils savaient tous désormais qu'elle était de loin leur supérieure hiérarchique, qu'ils ne pourraient plus jamais de leur vie lui donner un ordre ou l'humilier, comme ils se sont plu à le faire toutes ces années, depuis que sa mère avait quitté ce nid de machos réactionnaires pour une nouvelle liberté, pour un autre homme. « La salope », comme il la surnommait depuis son départ, les avait servis sans broncher des années durant, dans une coupable soumission, une faiblesse que Houston n'avait jamais comprise, ni supportée d'ailleurs. Elle s'était promis en silence de ne pas suivre son exemple, de ne jamais être ce genre de femme, attendant patiemment le jour de son émancipation.

Bien sûr, ses frères l'avaient félicitée, mais du rire amer de ceux qui savent qu'ils doivent plier le genou s'ils ne veulent pas être broyés : pas lui. Lui était resté assis dans son vieux fauteuil de velours vert sans dire un mot, à la fixer de son regard froid, alors que ses frères feignaient auprès d'elle une complicité qui n'avait jamais existé. Lui savait que c'était le jour de sa revanche ; il savait qu'elle venait lui cracher au visage l'insignifiance de sa petite vie de militaire minable à la retraite ; il savait que son uniforme n'était là que pour imposer à sa vue l'affront suprême de ce que pouvait accomplir une femme dans un univers d'hommes. Mais, il y avait une chose qu'il ignorait encore, et elle avait décidé de le lui révéler, comme un dernier coup de talon dans son sacro-saint honneur qu'elle était venue piétiner.

— Tu n'oublieras pas de prendre la poubelle en partant.

Ces quelques mots furent les seuls qu'il prononça après qu'elle ait dévoilé son homosexualité dans un ultime défi à ses valeurs conservatrices.

Elle avait été tellement surprise qu'elle n'avait pas su comment réagir, soudainement tétanisée par la douleur de cette lame d'acier qui pénétrait son cœur. Toutes ces années à préparer ce face à face, et elle se retrouvait en une seconde désarmée devant ce vieux croulant impassible. Les larmes s'étaient aussitôt mises à couler sans qu'elle ne puisse rien faire, et seule la fuite avait fait taire son rire abject qui lui transperçait le cerveau.

Ce rire sardonique résonnait encore à travers la nuit, tandis que Houston avançait péniblement dans une neige lourde et profonde, enfonçant depuis des heures ses pas dans ceux d'Hélène. Elle se demandait pourquoi elle n'arrivait pas à laisser une bonne fois pour toutes tout ça derrière elle. Son père était mort depuis deux ans, et elle ne pourrait jamais effacer le sentiment de frustration et d'injustice associé à son nom. *Alors, à quoi bon* ?

Au loin, devant la cordée, les premiers signes du lever du jour commencèrent à apparaître, découpant les formes sombres de collines erratiques qui se dressaient sur leur route. Depuis qu'ils avaient quitté la zone plus plate aux alentours du Queen Mary, les décombres des banlieues new-yorkaises s'accumulaient sur le sol de glace, formant d'innombrables obstacles qui rendaient leur progression toujours plus difficile. Alentour, quelques débris non identifiés persistaient à s'écraser, plus violemment, plus rarement aussi.

Dans la lumière de sa lampe frontale, Houston regarda Hélène gravir le nouvel amoncellement de briques et de lattes de bois multicolores qui jonchaient le sol, aggloméré en blocs compacts par le froid. Encerclée de ces montagnes de gravats, elle avait l'impression qu'ils avançaient au cœur d'une gigantesque décharge à ciel ouvert. Parfois, des morceaux intacts de bâtiment s'élevaient dans leur intégrité improbable, comme cette maison au bardage rouge et blanc qu'ils avaient croisée il y a moins d'une heure.

Elle se dressait là, parmi les décombres, parfaitement droite sur ses fondations, comme épargnée par une tempête qui aurait tout pulvérisé autour d'elle. L'épaisse couche de neige immaculée sur son toit, d'où pendaient de longues stalactites brillantes, lui donnait un air de dessin animé pour enfant, et ils étaient tous restés à l'arrêt, silencieux devant ce vestige miraculeux posé délicatement au centre d'un décor de désolation. Houston s'était laissée aller, une fraction de seconde, à imaginer quelqu'un apparaître sous le perron à colonnades pour les accueillir. « Je crois que cette maison vient de Jersey City », avait annoncé Jack. « Elle est assez typique de ce coin. Logiquement, nous ne devrions plus être très loin de New York. »

Houston n'avait pu s'empêcher d'entrer, comme attirée par ce que pourrait receler cette demeure insolite. L'impression de calme que le bâtiment donnait au-dehors fut aussitôt balayée par le chaos qui régnait à l'intérieur. Tout était sens dessus dessous, étalé sur le plancher, couvert d'un givre qui scintillait au passage du faisceau de sa lampe. Elle devinait, dans ce qu'elle réussissait à identifier, que cet intérieur était bien plus cossu que celui où elle avait passé son enfance, et elle avait tenté d'imaginer la manière dont vivaient ses occupants au moment du cataclysme. Inconsciemment, elle s'était rapidement projetée dans sa propre maison, à l'époque où la voix chantante de sa mère lui parvenait encore depuis la cuisine, et elle s'était représenté la panique qu'aurait été la sienne si elle avait commencé à quitter le sol sans raison. Un profond sentiment de culpabilité avait alors fait surface devant les restes en miettes de ce foyer anéanti. Elle s'était prise à regretter d'avoir accepté la direction des opérations au Centre. Sans son zèle maladif, peut-être que tout ça ne se serait jamais produit. « Houston ? Qu'est-ce que vous faites ? » l'avait appelé Hélène depuis l'extérieur. « Le jour va se lever, nous devons avancer. »

Alors qu'elle arrivait à la hauteur d'Hélène déjà debout au sommet de la colline de décombres, Houston se figea de stupeur. Bientôt rejointes par Jack et Cooper, ils découvrirent ensemble, à travers la brume du jour naissant, les restes fantomatique de ce que fût Manhattan.

Dominant une étendue presque plate sur plusieurs centaines de mètres, parsemée çà et là de bulles de glace allumées d'une lueur bleutée, les masses sombres et grises des gratte-ciel se découpaient dans le lointain, dans un enchevêtrement surréaliste. Recouverts d'une épaisse couche de neige, certains buildings n'étaient plus que des carcasses brisées, étalées tels des cadavres en décomposition de béton et d'acier. D'autres, presque inaltérés, laissaient émerger haut dans le ciel leurs fondations ou leur sommet, s'élevant du sol de glace selon des angles imposés par le hasard. D'autres encore étaient simplement couchés sur le flanc, intacts. Au cœur de ce décor post-apocalyptique, de longues colonnes de fumée montaient presque imperceptiblement au-dessus des tours inertes, révélant la présence de quelques survivants qui s'y étaient réfugiés.

Comme un cliché incontournable, Houston s'attendait à voir quelque part dans le paysage le buste de la statue de la Liberté recouvert de glace, à l'instar de l'affiche de ce film catastrophe dont le titre lui échappait. À cet instant, un doux parfum de feu de bois parvint jusqu'à ses narines, lui donnant la sensation presque animale de redécouvrir un odorat oublié dans un monde sans odeur. Houston inhala profondément pour mieux s'imprégner de cette senteur qui évoquait le réconfort du foyer qu'elle n'avait jamais connu, ou si peu.

— Je ne sais pas comment il peut y avoir des survivants après un cataclysme pareil, s'interrogea Jack.

— Nous sommes bien là, non ? répondit Hélène.

— C'est vrai.

— Il faudrait peut-être aller les voir ? ajouta Cooper.

— Pour faire quoi ? intervint Houston.

— Ils ont peut-être besoin d'aide ?

— Notre priorité Caporal, c'est de trouver une radio. Nous devons nous en tenir à notre recherche de bateaux.

— Et nous ne devons pas traîner ! enchaîna Hélène. Le brouillard monte plus rapidement qu'hier et nous ne pourrons bientôt plus rien chercher du tout.

Hélène attaqua la descente de la colline sans attendre, en direction de ce qui aurait pu être un lac gelé.

Depuis leur arrivée sur le continent de glace, Houston avait remarqué que la température augmentait toujours plus durant le jour, et les gros flocons de neige aériens qui les avaient accompagnés dans leur chute ne virevoltaient plus qu'au cœur de la nuit, au moment le plus froid. Le reste du temps, ils tombaient de plus en plus lourdement, terminant leur course en fondant sur le tissu déjà trempé de leurs blousons. Un peu partout sous la surface, des ruissellements inquiétants avaient également fait leur apparition, creusant dans la douceur du jour de petits cours d'eau qui serpentaient sous la banquise avant de disparaître, engloutis dans des failles qui n'allaient plus tarder à s'élargir. Hélène ne disait rien, mais Houston voyait dans son regard monter l'angoisse d'un dégel trop rapide, synonyme de catastrophe définitive pour eux, et pour le reste de l'humanité.

Sur le plat, le groupe avançait plus facilement, contournant les pentes chaotiques des débris accumulés qui plongeaient à côté d'eux dans le sol. Le jour était maintenant levé sous la glace, et ils pouvaient enfin éteindre leurs lampes frontales devenues superflues. Dans la faible lueur bleutée, Houston regardait défiler lentement, sur la rive en face, l'amas des bâtiments lugubres qui s'effaçait peu à peu derrière le brouillard.

— Là-bas ! lança soudain Jack.

Au détour d'une énorme cheminée d'immeuble qui se dressait, un voilier isolé apparut au-dessus de la neige, figé dans sa gîte.

Tandis qu'ils pressaient le pas dans sa direction, un second bateau émergea de la brume, puis un troisième. Une épaisse couche de glace soufflée par la tempête recouvrait leurs gréements et alourdissait leurs silhouettes aux allures de vaisseaux fantômes. Les mâts, les haubans, les barres de flèches, les filières, tout n'était plus que surface blanche et luisante.

— Nous y sommes, c'est la marina.

À l'arrière, Houston remarqua que Cooper restait à la traîne.

— Cooper ? Qu'est-ce que vous fichez ? Vous venez ? l'interpella Houston, poussant sa voix pour combler la distance.

Cooper parut hésiter, puis s'immobilisa.

— Major, je pense que je vais essayer de retrouver ma famille, si elle est là-bas.

— Qu'est-ce que vous racontez ? Les chances qu'ils aient survécu sont n… désolée Caporal ! Je ne voulais pas dire ça !

— Je comprends bien qu'il n'y a presque aucun espoir qu'ils soient toujours en vie, mais je me dois au moins d'essayer. S'ils sont dans ces ruines, quelque part, je ne peux pas les laisser tomber. Je pense qu'il est temps que chacun aille retrouver les siens.

— Au cas où vous ne l'auriez pas saisi, vous avez une mission, et vous devez vous y tenir !

— Sauf votre respect Major, il n'y plus rien que nous puissions faire pour changer le cours des choses. Je suis l'Alpha et l'Omega, le commencement et la fin. Vous ne comprenez pas ? Mattis et Pettit se sont pris pour Dieu, et Il va nous en faire payer le prix.

— Ce n'est vraiment pas le moment de nous asséner vos bondieuseries Caporal. Et puis, qu'est-ce qu'Alpha et Omega viennent faire là-dedans ?

— C'est dans l'apocalypse selon Saint-Jean, intervint Hélène, revenant sur ses pas. L'Alpha et l'Omega : le Tout-Puissant.

— Eh bien, pour moi, Alpha et Omega sont deux laboratoires ! Alors refermez votre putain de bible et suivez-nous tout de suite Caporal ! C'est un ordre !

Dans le paysage à la blancheur uniforme, Cooper fixa Houston un instant, en silence.

— Ce fut réellement un honneur Major, dit calmement Cooper.

Sans y croire, Houston le regarda se retourner et faire sa trace dans la neige vierge, en direction des gratte-ciel désormais à peine visibles.

— Je ne peux pas vous laisser faire ça, Cooper ! C'est un acte de désertion ! Vous comprenez ce que je dis ? Caporal !

Cooper continua de s'éloigner sans réagir. Comme par réflexe, Houston sortit son arme et tira aussitôt un coup de semonce dans les airs. La détonation traversa l'espace et alla se répercuter au loin, sur les façades des immeubles. Son écho mat et distant leur revint, déchirant le lourd silence de la stupeur générale.

— Caporal Cooper, je vous ordonne de rester ici !

Elle abaissa alors son bras et visa de ses deux mains la silhouette immobile vêtue de blanc.

— Rebecca ! Qu'est-ce que vous faites ? s'affola Hélène.

Après quelques secondes interminables, sans se retourner, Cooper reprit lentement sa progression, semant un peu plus la confusion dans la tête de Houston qui, pour la première fois depuis longtemps, ne savait plus comment gérer une situation. Elle sentait que tout lui échappait pour de bon, qu'elle perdait ce contrôle qui avait de tout temps fait sa force. Sans son autorité, elle devenait cette femme à la faiblesse coupable qu'elle s'était toujours refusé d'être. Pourtant, elle avait parfaitement conscience qu'elle ne pouvait pas loger une balle dans le dos d'un homme qui était resté à ses côtés toutes ces années : un de ses hommes. Une vague d'incertitudes et d'émotion l'envahit peu à peu, faisant trembler ses mains crispées sur son revolver. Perdue dans ses hésitations, elle finit par baisser lentement son arme et la laisser pendre lourdement au bout de son bras. Elle avait envie de pleurer.

— Cooper ! Soyez raisonnable ! Vous savez comme moi que la meilleure manière d'aider votre famille, c'est de trouver cette radio. On ne peut pas abandonner ! Vous ne pouvez pas nous laisser tomber. Nous avons tous besoin de vous. J'ai besoin de vous.

Mais la silhouette blanche de Cooper s'effaçait déjà dans les limbes de la brume montante, jusqu'à s'évaporer dans le néant immaculé.

— Bonne chance, Cooper ! lança Jack dans le vide.

Comme si ces mots scellaient une réalité qu'elle ne voulait pas concevoir, le sentiment de solitude qui l'accompagnait depuis l'enfance lui revint dans une souffrance trop longtemps enfouie sous sa rancœur ; et les larmes se mirent à couler toutes seules.

***

Houston avançait le cœur lourd au milieu du cimetière de bateaux disséminés au hasard dans un paysage désormais sans repère. Avec Hélène et Jack, ils ne s'étaient plus adressé la parole depuis le départ de Cooper. *Comment leur en vouloir ? Je n'aurais jamais dû sortir mon arme.*

Au début, elle s'était concentrée sur leurs recherches pour refouler la profonde sensation de vide ; mais cela n'avait duré qu'un temps. Elle avait eu beau tenter de planifier leur futur appel au Centre, d'organiser dans sa tête les instructions à donner à Pittman, rien n'y faisait. Quoi qu'elle fasse, l'image de Cooper s'effaçant dans le brouillard revenait la hanter, et elle perdit progressivement espoir. Elle n'y croyait plus.

Houston passa sans s'arrêter à côté d'un grand panneau en partie enfoui. Sur sa surface couverte de givre, elle devina les grosses lettres cursives dessinées sur fond bleu : « Liberty Landing Marina ». *Quelle ironie !* Un peu plus loin, les trois navires à moteur vers lesquels ils se dirigeaient se rapprochaient lentement. À côté, une large coque retournée et éventrée dépassait au-dessus de la neige, ajoutant une touche funèbre à ce lieu perdu. Soudain, sortant du trou béant ouvert dans le bordé, une compagnie de cinq manchots surgit, affolés, pour s'enfuir aussitôt en repoussant la poudreuse de leurs déhanchés comiques. Houston fut tellement surprise par ce petit groupe qui traversait le paysage qu'elle se mit à sourire.

— Qu'est-ce que c'est que ça ?

— On dirait que la nature reprend ses droits en toutes circonstances, ajouta Jack. Eux au moins, ils se sentent chez eux.

— Je suis sûre que ce sont les pingouins du zoo de Central Park, précisa Hélène. On y est allé la semaine dernière avec Romain.

À l'évocation de ce souvenir d'avant la catastrophe, le visage d'Hélène s'assombrit à nouveau. Houston réalisa à quel point il devait être difficile pour elle d'être ainsi séparée de son fils qu'elle savait bloqué là-haut, sur Terre. Puis, elle s'arrêta sur ces simples mots : la semaine dernière. L'idée qu'il y a quelques jours tout était encore normal lui semblait irréelle. *Ça paraît si loin.*

— Du coup, on a peut-être un nouveau problème ! enchaîna Hélène. À côté de l'enclos des manchots, il y avait celui de « Tundra », un ours polaire énorme.

Hélène avait à peine fini sa phrase qu'un grognement grave leur parvint à travers l'épais brouillard bleuté. Ils se retournèrent dans tous les sens, pris de panique, jusqu'à apercevoir la silhouette massive de l'ours blanc émerger. Il avançait lourdement, droit sur eux, de sa démarche nonchalante et assurée, écrasant la neige de ses larges pattes dans un bruit de tassement mat.

— Je le crois pas ça ! marmonna Houston entre ses dents.

Elle porta lentement la main à son arme et la pointe au-dessus de sa tête dans le but d'effrayer l'animal d'une détonation. Au choc métallique du percuteur sur la chambre vide du revolver, un frisson glacé lui traversa tout le corps.

— On fait quoi maintenant ? murmura Hélène.

— On recule doucement, on essaie de lui montrer que nous ne sommes pas agressifs, chuchota Jack.

— Et comment on fait ça ?

— Je n'en ai pas la moindre idée !

Tout en s'exécutant, Houston rangea son arme et se rapprocha instinctivement d'Hélène et Jack.

Tous les trois firent face à l'ours qui avançait toujours, leur barrant la route des bateaux dans lesquels ils pourraient se réfugier. Houston se tourna dans toutes les directions : aucun autre abri n'était visible au milieu du brouillard.

Dans un nouveau râle que Houston interpréta comme de l'agacement, l'ours s'arrêta et se dressa sur ses pattes arrière. Il poussa un puissant grognement qui ne laissait plus de doute sur son agressivité.

— Eh merde ! lâcha Houston.

Affolée, elle se mit à reculer plus vite, dépassant Hélène et Jack.

— Houston, ralentissez, demanda Jack. Il ne faut pas lui

montrer que nous avons peur.

— C'est facile à dire ça !

Devant, l'ours se reposa sur ses pattes avant et reprit sa marche dans leur direction, accélérant la cadence.

— Là, je crois qu'on n'a plus trop le choix, lança Hélène.

— On court ! cria Houston.

Elle se retourna et laissa sur place Jack et Hélène qui lui emboîtèrent le pas aussi vite qu'ils le purent.

Houston enjambait frénétiquement l'épaisseur de neige qui freinait sa course. Elle fixait la blancheur immaculée devant elle, espérant voir apparaître quelque chose, n'importe quoi, qui leur permettrait de se protéger de ce monstre à leurs trousses. Dans le silence angoissant qui les encerclait, elle n'entendait que le souffle rapide et saccadé de sa propre respiration, et elle n'osait pas regarder en arrière, de peur de trébucher et de perdre les précieuses secondes de son avance. Derrière, elle sentait l'animal les rattraper irrémédiablement.

— Houston, à droite, cria Hélène dans son dos.

Sur le côté, une silhouette plus sombre se dessinait à travers la brume. Houston changea aussitôt de direction. Hors d'haleine, elle fonça vers ce qui se révéla être un luxueux moteur-yacht de vingt ou trente mètres. À mesure qu'elle s'approchait, elle identifia comme point d'entrée sa plateforme de bain arrière penchée au-dessus de la neige. Face à ce nouvel objectif, ce nouvel espoir, elle eut l'impression soudaine de ne plus avancer. Elle sentait que, quels que soient les efforts qu'elle déployait, son but paraissait hors de portée. L'instant d'après, emportée par son élan, elle s'écrasait douloureusement sur l'angle de la plateforme recouverte de lattes de teck gelées. Paniquée, elle attrapa la rampe en inox et avala quatre à quatre les quinze marches qui menaient au premier pont, glissant sur le sol en dévers du navire à la gîte.

Alors qu'elle entendit monter à leur tour Jack et Hélène, Houston se retrouva devant une large baie vitrée qu'elle tenta aussitôt d'ouvrir, sans succès. Affolée par le grognement qui se rapprochait, elle asséna de violents coups de pied dans le verre fumé, criant de rages dans l'espoir de se donner la force de le briser.

— C'est bouclé, lança Houston à l'arrivée de Jack à sa hauteur.

En bas, l'ours grimpait déjà sur la plateforme de bain, marquant le bois précieux de ses griffes acérées. Houston vit alors Jack se précipiter sur le bastingage qui entourait le pont, ouvrant une à une les nombreuses trappes alignées sur la paroi au gelcoat reluisant.

— Aidez-moi à chercher, lança Jack. L'équipage de ce genre de yacht laisse souvent un double des clés dans les coffres.

Hélène et Houston imitèrent Jack, se débarrassant de leurs gants pour mieux attraper les loquets.

À genoux sur le pont, Houston parcourut du regard l'équipet qu'elle venait d'ouvrir. Elle n'aperçut que du matériel de nettoyage et se décala vers la porte suivante. Au passage, elle jeta un bref coup d'œil par-dessus le bastingage. En bas, l'ours hésitait à s'engager dans l'escalier. Il grogna de frustration, puis commença à monter.

— J'ai trouvé ! cria Hélène.

Tous les trois se rejoignirent devant la baie. Les mains d'Hélène tremblaient sur la première clé du trousseau. Son extrémité rebondit sur le barillet sans parvenir à entrer dans la serrure.

— Calme-toi ! dit Jack. Tu vas y arriver.

— J'aimerais t'y voir, merde !... c'est bon ! lança soudain Hélène.

Derrière eux, l'ours apparut en haut de l'escalier, tandis qu'Hélène fit violemment coulisser la baie vitrée. Ils s'engouffrèrent comme un seul homme à l'intérieur et refermèrent la paroi de verre sur l'ours qui chargeait.

Houston recula, effrayée à l'idée que cette fragile barrière se brise. La baie résista.

— Mais qu'est-ce que cet ours vient foutre ici ? Merde ! hurla-t-elle, comme un exutoire au stress accumulé.

À travers les larges vitres fumées, ils observèrent « Tundra » commencer à faire des allers et retours sur le pont.

— Restons positifs, tenta Jack. Au moins, dans un yacht de cette taille, on est sûrs de trouver une radio.

39.

JOUR 5
Altitude : 314 km
Température : 128 °C
Gravité : g = – 4,29 N/kg

L'écusson aux couleurs criardes ressortait avantageusement sur le tissu bleu foncé de la combinaison de vol du commandant Scott. Le numéro soixante-dix-sept de la mission s'y affichait en gros chiffres sur fond étoilé. Son pourtour en forme de diamant, surmonté des drapeaux américains et japonais, alignait sur une bande blanche les noms des membres d'équipage venus prendre la relève : « *Scott — Withman — Nakano* ». Sur le côté opposé, le dessin de la station faisait sortir ses immenses panneaux solaires hors du cadre de l'écusson, symbolisant un mouvement de rotation autour des deux chiffres sept côte à côte.

Ken Gordon se dit qu'il aurait aimé lui aussi avoir son nom affiché sur un écusson de ce genre, mais le sien aurait une planète orange en arrière-plan, et le numéro un brodé d'or. Il savait maintenant que son rêve d'être le premier homme à fouler le sol de Mars ne se réaliserait jamais, et ce n'était pas son seul regret. Même s'il trouvait cette station vraiment pourrie, l'idée de faire partie d'un véritable groupe, d'avoir des compagnons d'aventures avec qui partager, lui rappelait cruellement qu'avant de mourir, il n'aura connu que la voix synthétique de l'intelligence artificielle qui l'accompagne à bord de son Dragon III.

Sur l'épaule du commandant Scott, l'écusson disparut d'un coup derrière son bras levé qui cherchait à imposer le silence à un équipage de plus en plus hostile à ses décisions.

— Discuter ainsi ne permet pas de produire plus d'électricité que je sache, s'agaça Scott. Il faut encore réduire notre consommation : un point c'est tout !

Quand il regardait le visage dur et fermé de celui qui fut son héros, l'homme qui aurait pu être son Pygmalion, Ken ne pouvait s'empêcher d'être déçu par cet ancien militaire bas du front qui n'avait aucun respect pour lui. En même temps, il ne pouvait pas totalement lui en vouloir. Qu'avait-il fait, à part faire voyager des touristes dans l'espace pour chercher à augmenter ses chances d'être sélectionné sur le premier vol pour Mars ? Lorsqu'ils l'avaient embauché chez SpaceX, il était prêt à tout accepter pour faire partie de cette nouvelle conquête : les laisser utiliser son côté « beau gosse » à outrance dans les médias, se plier à toutes les pitreries devant les objectifs pour aider à véhiculer l'image de modernité qui devait coller à l'entreprise, mettre une croix sur une vie de famille, sur ses amis. Il savait au fond de lui qu'il valait bien mieux que ce rôle de faire-valoir, et il comprenait à présent qu'il s'était engagé dans une voie de garage qui n'avait fait que le mener jusqu'ici, sur cette station à la dérive, commandée par un vieux con qui se refusait obstinément à agir depuis presque deux jours.

— Mais dans quel but ? s'insurgea Nicole.

— Survivre ! Ça vous va comme raison, grinça Scott entre ses dents.

— Je crois que personne à part moi ne se rend bien compte de ce que cette sphère de glace signifie, insista Nicole. Aucun de vous ne peut appréhender ce que représente à l'échelle de la nature et du climat un tel cataclysme. J'ai observé toute ma vie les conséquences des catastrophes naturelles à grande échelle, et je peux vous dire qu'il n'y a aucune chance d'un retour en arrière. Non, mais vous croyez quoi ? Que ça va fondre ? Que la gravité va revenir à la normale et qu'on pourra rentrer tranquillement chez nous ? Nous sommes des morts en sursis, voilà ce que nous sommes !

— Alors on fait quoi ? Madame je-sais-tout-mieux-que-tout-le-monde, s'énerva Tracy. On ouvre le sas pour que ce soit plus rapide ?

— Dramatiser la situation ne va certainement pas nous aider, tempéra Maryam.

— Vous la touriste ! On ne vous a rien demandé ! l'agressa Tracy. Vous n'avez aucune autorité pour donner votre avis.

— Ma vie est aussi en jeu, il me semble.

— Bon, on se calme, intervint Serguï. Nous sommes tous coincés ici, et ça commence à être long pour tout le monde. Il est capital que nous gardions notre sang-froid.

— Moi, je suis très calme, dit Fiodor. Mais, on ne peut pas non plus attendre la mort sans tenter quelque chose.

Ken remarqua que Serguï lançait un regard de reproche à son compatriote.

— Pour le moment, nous n'avons encore repéré aucune brèche dans la sphère, précisa Scott. Je ne vois pas ce que nous pouvons faire de mieux que préserver nos ressources vitales le plus longtemps possible.

— Comme je l'ai dit, rappela Ken, il y a cinq places à bord du Dragon, et le système de propulsion peut très certainement nous permettre de regagner la surface de cette sphère. Ça résoudrait déjà le problème du surnombre, et en refaisant le plein sur la station, on pourrait même faire deux voyages. L'avantage avec cette gravité, c'est qu'on peut revenir jusqu'à l'ISS simplement en se laissant tomber, sans consommer de carburant.

— Ne dites pas n'importe quoi, s'agaça Scott. Comment voulez-vous vous arrimer à l'ISS dans ces conditions. Et avec vos talents de pilote, nous pouvons imaginer le résultat.

— Tu es injuste avec « le bleu », lâcha Serguï.

— « Le bleu » ? C'est comme ça que vous m'appelez ? Non, mais, vous vous prenez pour qui ?

— Désolé Capitaine ! Ça m'a échappé. Je cherchais seulement à vous défendre. Pour ma part, avec votre manque d'expérience, je trouve que vous ne vous en êtes pas si mal sorti.

— Je n'ai pas besoin qu'on me défende, et je ne manque pas d'expérience, s'insurgea Ken. Je suis peut-être un bleu à vos yeux, mais moi au moins, je suis aux manettes d'un vaisseau moderne et performant, l'avenir de la conquête spatiale.

— Rien que ça ? railla Tracy.

— Absolument, insista Ken. En tout cas, je ne fais pas partie du passé, et je ne commande pas un vieux tas de ferraille.

— L'ISS n'est pas un vieux tas de ferraille, se vexa Serguï.

— Le Capitaine Gordon a raison, intervint Fiodor. Nous devons tenter de descendre tant que nous pouvons encore le faire. Une fois la gravité trop forte, nous n'aurons plus aucune chance d'atteindre le sol.

— Oui, avec le bus, on doit regagner un « spawn safe » et rejoindre un « looter » si on veut s'en sortir, ajouta Liang.

— Qu'est-ce qu'il raconte celui-là ? demanda Fiodor.

— Aucune idée, répondit Tracy.

— Je le répète, c'est hors de question, coupa le commandant. Et vous, arrêtez de filmer !

Scarlett recula, mais continua de pointer son objectif sur lui.

— Je suis encore en charge de cette station que je sache, et je vous dis qu'on doit rester le plus longtemps possible ici en attendant une opportunité.

— Il serait peut-être temps d'étudier ce que chacun a à proposer ? dit Serguï. Il me semble que c'est le bon moment, non ?

— Quoi, toi aussi tu me lâches ?

— Mais pas du tout ! Mais, il pourrait être constructif de se concerter les uns les autres, tu ne crois pas ? Nous sommes tous concernés après tout. Il y a peut-être des solutions alternatives à trouver. Tu as bien ordonné de faire descendre l'ISS jusqu'aux limites de l'atmosphère alors que c'était de la folie, et pourtant nous t'avons suivi, nous t'avons fait confiance. Je pense qu'il est temps d'entendre ce que chacun a à proposer.

— Est-ce que c'est une demande officielle de relèvement du commandement ? se raidit Scott.

— Quoi ? Mais, non !

— Enfin, on peut se poser la question tout de même, lança Fiodor.

— Il faut laisser le Commandant commander, affirma Kim. Sinon, c'est l'anarchie.

Face à la confusion qui régnait dans le module Destiny, Ken s'abandonna à ses pensées négatives : *finalement, c'est peut-être Miss météo qui a raison ; on est foutus.* Il se mit à envisager sérieusement la possibilité d'organiser une évacuation sans demander son avis à Scott. En même temps, il prenait conscience qu'il ne saurait pas vraiment quoi faire une fois la sphère atteinte : que faire devant ce plafond de glace ? Comment s'y accrocher ? Comment réussir à débarquer ? Et pour aller où ?

Au moment où il conclut que c'était sans espoir, il crut discerner, au milieu du brouhaha des voix qui s'élevaient toujours plus haut, un bruit en provenance des modules voisins. Tendant l'oreille, il pensa d'abord s'être trompé, puis perçut un second bruit, semblable au premier.

— Vous entendez ?

Voyant que personne ne l'écoutait, il se déplaça légèrement, mais la discussion animée continuait à couvrir le son.

— Taisez-vous ! s'imposa-t-il avec autorité.

— Non, mais, vous vous prenez pour… commença Scott.

— Chuuut ! coupa aussitôt Ken, posant un index sur ses lèvres pour exiger le silence. Vous n'entendez rien ?

Devant sa détermination, ils finirent tous par se taire. Dans le calme retrouvé, du fond de l'alignement des modules qui s'étirait vers la partie russe de la station, un son irrégulier dominait le ronronnement permanent de la machinerie et parvenait jusqu'à eux. Par intermittence, le son se répétait, litanie grésillante et saccadée porteuse d'un nouvel espoir vers lequel Ken s'élança le premier, traversant l'impesanteur en direction du module Zvezda.

40.

JOUR 4
Altitude : 12,7 km
Température : 2,6 °C
Gravité : g = – 5,82 N/kg

Debout derrière un des larges hublots qui bordaient la coque du yacht, Hélène admirait sans se lasser l'ours blanc faire les cent pas dans la neige, de sa démarche majestueuse. Malgré le danger qu'il représentait, elle ne pouvait s'empêcher de le trouver magnifique dans la lumière déclinante encore brumeuse. Elle imaginait cette pauvre bête totalement perdue, retrouvant une banquise qu'elle n'avait peut-être jamais foulée, après s'être envolée du zoo où elle était enfermée. Contrairement à eux qui vivaient un cataclysme, « Tundra » profitait certainement de sa nouvelle liberté dans ce semblant de milieu naturel : mais pour combien de temps ?

Quand elle regardait l'eau s'écouler à travers la vitre, chutant en longs filets depuis le toit du yacht jusqu'à percuter le pont dans un clapotis sinistre, Hélène ne pouvait que constater l'accélération du réchauffement qui progressait un peu plus chaque jour. *Toute cette glace ne résistera pas éternellement.*

Hélène repensa au départ de Cooper. Elle aimait bien le caporal et sa discrétion tranquille. Elle savait que c'était un type sur qui l'on pouvait compter. Aussi, elle avait été surprise de sa décision de les quitter, même si elle avait compris sa motivation. Devant les évènements de ces derniers jours, il était difficile de ne pas penser à Dieu. Et bien qu'Hélène n'ait jamais remis les pieds dans une église depuis sa première communion, elle rejoignait d'une certaine façon Cooper dans son idée du châtiment divin.

Derrière elle, dans le froid ambiant, elle pouvait sentir le souffle chaud de la respiration de Rebecca effleurer sa nuque. Quelques minutes plus tôt, elle était venue rompre maladroitement le silence qui pesait entre elles, s'excusant de sa réaction face à la décision de Cooper de quitter le groupe. Elle regrettait d'avoir sorti son arme. *Ça avait été comme un réflexe,* s'était-elle justifiée. Hélène avait compris. Rien n'était facile dans un contexte sans repère où il fallait s'adapter à chaque instant. Soulagée qu'elle accepte ses excuses, elle s'était ensuite confiée sur sa peur viscérale de la solitude qui avait motivé en partie son geste, dévoilant ainsi pour la première fois l'existence d'une faiblesse dans sa carapace à l'apparence indestructible. Hélène avait alors partagé ses doutes sur l'utilité de leur quête : *ne faisaient-ils pas tout ça pour rien ?* Et Rebecca s'était montrée rassurante. Hélène leur avait déjà permis d'accomplir des miracles jusqu'à aujourd'hui, avait-elle dit avec une pointe d'admiration. Ce qui n'aurait pas de sens, ce serait de laisser tomber maintenant. L'espoir n'était-il pas la seule chose qui leur restait ? Durant tout leur échange, Hélène n'avait pas quitté l'ours blanc des yeux, bientôt rejointe par Rebecca qui s'était rapprochée, puis penchée par-dessus son épaule afin d'apercevoir elle aussi sa puissance animale.

Au bruit des pas de Jack qui descendait l'escalier depuis le pont supérieur, Hélène se retourna vers le centre du luxueux salon à la moquette rouge et au laiton parfaitement astiqué.

— Où en est notre ours ? Il est toujours là ?

— Toujours là ! Il ne semble pas vouloir lâcher sa proie aussi facilement, répondit Hélène.

Jack apparut avec un boîtier entre les mains, d'où pendaient quelques fils blanc et noir.

— Il faudrait que vous alliez voir l'instrumentation à la timonerie, du très haut de gamme ! Du coup, j'ai trouvé une super radio. Mais, j'ai eu du mal à la démonter : c'est une BLU.

— C'est quoi ça ?

— C'est comme une VHF, mais en plus puissant : exactement ce qu'il nous fallait.

Jack posa l'appareil à côté de deux grosses batteries qui attendaient déjà au sol.

— Il ne nous reste plus qu'à chercher un moyen de traîner ça sur la neige. Impossible de tout porter, c'est trop lourd.

— Il va surtout falloir nous débarrasser de notre nouveau copain, ironisa Hélène.

— On peut peut-être trouver des armes à bord ? On ne sait

jamais, lança Houston.

— En fait, je pensais plutôt à détourner son attention avec de la nourriture avant de chercher à le tuer. Je suppose que nous avons plus de chance de dénicher une cuisine qu'une armurerie dans un yacht de croisière.

— Ah ! Oui, bien sûr, répondit Houston, un peu gênée. Et, ça mange quoi un ours exactement ?

Depuis la descente du grand escalier qui menait au pont inférieur, Hélène mesura le luxe qui défilait dans le faisceau de sa lampe frontale. Au milieu de ce qui ressemblait à une scène de cambriolage sauvage où tout aurait été jeté sur le sol sans ménagement, les tableaux fixés aux cloisons en marqueterie d'acajou, les meubles designs qui décoraient chacune des nombreuses suites, les écrans géants de télévision, les canapés en cuir souple, tout n'était que faste et opulence. Dans la grande cabine où elle venait d'entrer, un large lit défait trônait dans son épaisseur confortable. Hélène se demanda ce qu'elle serait prête à donner pour s'allonger là un instant, tant elle était épuisée.

— Tu penses que c'est un yacht privé ? interrogea-t-elle.

« Ce ne serait pas étonnant, vu la déco », répondit Jack depuis la cabine en face.

— Qui peut se payer un truc pareil ? C'est complètement dingue.

Soudain, un vacarme d'avalanche d'objets leur parvient pendant plusieurs secondes.

Hélène et Jack se retrouvèrent rapidement dans le couloir.

— Houston ? Tout va bien ? cria Jack.

« Oui, oui, c'est bon. Je crois que j'ai trouvé ! » lança-t-elle depuis l'extrémité d'un long corridor.

Hélène et Jack entrèrent dans une véritable cuisine de restaurant suréquipée. Houston se tenait debout devant la porte ouverte d'un énorme réfrigérateur en inox. À ses pieds, un tas de boîtes de conserve, toutes identiques, étaient répandues en vrac sur le sol.

— On dirait qu'ils ne mangent pas très équilibré sur ce bateau, ironisa Houston.

Hélène se pencha et attrapa une des boîtes rondes. Sur son

pourtour, « ИКРА ЦАРСКАЯ » était écrit en lettres dorées sur fond bleu, au-dessus d'un dessin d'esturgeon.

— Ça ressemble à du russe. Vous pensez que c'est du caviar ?

— Ça m'en a tout l'air. À la réflexion, il y a probablement une armurerie sur ce yacht, si j'en crois tous les films que j'ai vus sur la mafia russe, s'amusa Jack.

— Vous en avez déjà mangé ? demanda Hélène.

— Des œufs de poisson crus ? Jamais de la vie ! répondit Houston.

— Je ne suis pas sûr que ça plaise à notre ours non plus.

À côté, Houston ouvrit un second réfrigérateur, identique au premier. À l'intérieur, des demi-saumons sous vide s'entassaient sur les clayettes.

— Ça en revanche, ça devrait lui plaire !

Autour du plan de travail en inox couvert de boîtes de conserve éventrées, Hélène faisait face à Houston et Jack, équipés comme elle de leur tenue chaude et de leur sac à dos, prêts à partir. Hélène leva son shot de vodka au-dessus de deux grands saladiers en cristal sculpté débordant de caviar et de saumon. Les trois mini-verres s'entrechoquent, renversant un peu de liquide froid sur ses doigts. De son autre main, elle tenait comme ses compagnons un petit blini recouvert d'une épaisse couche d'œufs noirs et gluants.

— Allez Houston ! Cul sec ! encouragea Jack.

— Je ne suis pas sûre que ce soit très raisonnable.

— Peut-être pas, mais ça nous donnera du courage pour la route.

Hélène avala d'un trait le liquide dont elle sentit descendre la brûlure sur chaque centimètre de sa gorge. Elle goûta aussitôt son toast de caviar pour le mélanger à l'alcool.

— On peut dire que ça change des barres de céréales, dit-elle. Mais, ce n'est pas mauvais.

— Je ne sais pas si je vais y arriver, dit Houston.

— Vous avez tort ! J'imagine qu'à bord d'un tel bateau, ils ont le meilleur caviar qu'on puisse goûter.

— Tant pis, une autre fois peut-être. Je n'ai pas faim de toute façon, dit Houston en reposant son toast. On y va ?

— On y va ! répondit Hélène.

Chargés des deux saladiers, ils reprirent le chemin des ponts supérieurs et regagnèrent la baie vitrée qui s'ouvrait sur une nuit presque noire. Sur la moquette épaisse du palier, une petite luge bricolée avec un plateau de cuisine les attendait, à côté des deux batteries et de la radio.

Ils se séparèrent pour tenter de repérer l'ours dans la pénombre, autour de la poupe : rien. Hélène sentit monter l'angoisse en elle. L'idée qu'il puisse surgir des ténèbres à n'importe quel moment lui semblait bien pire que de l'avoir devant elle.

— Il est peut-être parti, chuchota Houston.

— Ce serait trop beau, répondit Jack. Je vais sortir et aller voir vers l'avant. Vous me prévenez si vous le repérez.

— Et comment on fait, si tu es à l'avant ? demanda Hélène.

— Vous n'avez qu'à taper doucement sur le pont. Je vous entendrais.

— Okay !

Ils prirent tout leur temps pour faire coulisser sans bruit la porte de verre. Jack se faufila et disparut à pas de loup sur la passerelle tribord, emportant avec lui les deux saladiers en direction de la proue.

Dans l'interminable attente au silence pesant, Hélène aperçut les deux paires de gants qu'elle et Houston avaient abandonnées sur le pont extérieur. S'assurant que l'ours n'était toujours pas dans les parages, elle sortit à son tour par la porte restée ouverte, marchant au raz du sol, tête baissée. Trempée, humide, sa tenue laissait pénétrer le froid tandis qu'elle quittait le relatif confort de la douceur des cabines du yacht.

À l'instant où elle s'apprêta à saisir le premier gant, un violent choc la fit sursauter. Depuis la proue, des coups répétés se répercutèrent sur le pont. Hélène perçut alors le grognement de l'ours sur la neige, à proximité, derrière le bastingage bâbord. *Merde ! Il était juste là, depuis le début.* Elle l'entendit s'éloigner en galopant vers l'avant du yacht, attiré par le bruit.

— C'est Jack qui fait ce boucan ? chuchota Houston.

— Oui, il m'a fait trop peur ce con ! Il aurait pu prévenir ! En tout cas, ça a marché. L'ours est parti vers l'avant. On peut y aller.

Le cœur battant dans les tempes, Hélène souleva difficilement une des batteries et la descendit par l'escalier extérieur, jusqu'à la plage de bain arrière. Derrière, Houston la suivit de près avec la radio et le plateau en métal. Elles furent bientôt rejointes par Jack, chargé de la seconde batterie.

— Je crois qu'il a à manger pour un moment, murmura-t-il. Il a l'air d'aimer ça en tout cas.

— Tant mieux, je n'avais pas trop envie de lui servir de repas, répondit Houston.

Rapidement, ils installèrent le matériel sur le plateau et s'éloignèrent lentement, tirant derrière eux leur traîneau de fortune. Dans le froid de la nuit naissante, la neige avait commencé à geler et craquait bruyamment sous leurs pas. Au cœur du silence, Hélène avait l'impression qu'ils faisaient un vacarme d'enfer, alors qu'elle ne voyait déjà plus la masse imposante du yacht au bout de leurs traces qui disparaissaient dans l'obscurité.

À mesure qu'ils s'éloignaient, elle se sentit rassurée par la distance qui les séparait désormais de l'énorme animal, et elle réfléchissait déjà à retrouver leur chemin vers le Queen Mary, lorsqu'une grosse carcasse métallique s'écrasa dans le noir, non loin d'eux, dans un fracas infernal.

Hélène se figea en même temps que ses compagnons. Elle écouta le silence qui suivit, submergée d'angoisse. Tous les trois restèrent ainsi de longues secondes sans oser bouger, alors qu'au loin, ils entendirent un premier grognement suivi des tassements sourds d'un galop en approche.

Décidée à affronter la réalité en face, Hélène alluma sa frontale et la retourna en direction du bruit. Les yeux de l'ours s'illuminèrent dans la nuit, tandis que le faisceau se poursuivait jusqu'à la baie vitrée du yacht ; scintillement soudain d'un refuge désormais hors d'atteinte, mais finalement plus proche qu'elle l'imaginait.

Immobile devant ces deux billes de feux qui oscillaient dans le noir au rythme de la bête qui fonçait sur eux, Hélène n'avait plus le courage de fuir. Elle savait que c'était parfaitement inutile. Au bout du compte, elle ne finirait pas sa vie au pied d'une paroi de laquelle elle aurait dévissé, comme elle l'avait toujours cru. Elle se mit à penser à Romain. Comment s'en sort-il là-haut ? Autour d'elle, Houston et Jack hurlaient et la tiraient par le bras, en panique. Mais, elle ne voulait plus se battre. Elle était trop lasse. Elle allait rester là, à imaginer le visage de Romain qui lui souriait, en attendant que tout soit terminé. C'était mieux ainsi. Tandis qu'elle se laissait aller dans le doux confort du lâcher-prise, une détonation déchira l'espace et couvrit les appels désespérés de ses compagnons.

Devant Hélène, à quelques mètres, l'animal fit un bon de côté. Effrayé, il arrêta sa course dans une position défensive. Une seconde détonation déchira le silence et fit détaler l'ours qui s'effaça dans la nuit, comme s'il n'avait jamais existé.

Dans le silence revenu, des crissements de pas n'en finirent pas d'approcher sur la droite, puis une silhouette blanche se dessina progressivement dans la lumière crue qui balayait l'obscurité.

— Cooper ? lança Houston.

— J'ai cru que je ne vous retrouverais jamais. Ma lampe n'a plus de pile, répondit-il. Heureusement, j'ai repéré vos traces dans la neige avant qu'il fasse complètement nuit.

Houston s'avança vers lui et se jeta pratiquement dans ses bras. Elle tenta finalement de garder une certaine contenance.

— Caporal, je pense que je n'ai jamais été aussi heureuse de vous retrouver !

— Merci mon vieux ! dit Jack. Sans vous, je crois qu'on était foutus.

— Vous n'aviez plus de munition Major ?

— Plus une seule.

— J'imagine que vous avez dû regretter votre coup de semonce de ce matin.

— Plus que vous ne le pensez Cooper, plus que vous ne le pensez.

— Et votre famille ? Vous l'avez trouvée ? demanda Hélène.

Cooper attendit quelques secondes avant de répondre.

— Je n'ai pas eu le courage d'aller jusqu'aux ruines. Après mon départ, j'ai réfléchi à ce que vous avez dit Major, et je me suis vite rendu compte que vous aviez probablement raison. Si j'ai une chance de sauver les miens, ce n'est certainement pas en abandonnant tant qu'il reste un espoir de changer les choses. J'ai rapidement fait demi-tour, mais le brouillard avait déjà tout recouvert, et j'ai eu beaucoup de mal à retrouver vos traces. Je me suis perdu. J'ai même croisé des pingouins, figurez-vous !

— Sans blague ? ironisa Houston.

— Je vous le jure, il y en avait toute une compagnie.

— Je plaisante Cooper ! Nous les avons vus aussi.

— Ah bon ?

— Et Dieu dans tout ça ? demanda Hélène.

— Dieu ? Il attendra encore un peu ! répondit-il.

— Bien dit ! conclut Jack.

— Et si on allait appeler ce labo ? proposa Hélène. Je n'ai pas trop envie de savoir si cet ours va revenir vérifier si nous avons toujours des munitions.

— Entièrement d'accord, conclut Houston.

41.

JOUR 5

Altitude : – 97 m
Température : 7,9 °C
Gravité : g = – 8,84 N/kg

Devant le lavabo, Mark attrapa plusieurs serviettes en papier dans le distributeur et s'essuya les mains méticuleusement. Il détestait qu'il reste une seule trace d'eau ou de savon.

Après avoir jeté la boule chiffonnée dans la poubelle qui commençait à déborder, il profita de ses cheveux légèrement mouillés pour les recoiffer en arrière. Il releva le menton à la recherche de son meilleur profil, occultant sa calvitie naissante par la même occasion ; il voulait rester séduisant pour Shino.

Devant l'impossibilité de relancer sa production, il se consolait en se disant qu'au moins, cette situation les aura rapprochés. Depuis le temps qu'il souhaitait travailler avec elle. Shino avait toujours été si gentille avec lui. Bien sûr, ça n'avait pas été par choix, et il y avait eu cette petite révolte au début, lorsqu'elle avait découvert Janus. Elle devait se sentir un peu jalouse de ne pas avoir participé au projet dès le départ. Mais maintenant, grâce à lui, elle avait accès à tout, et elle mesurait à présent le niveau de responsabilité qui était le sien sur des recherches de cette envergure. Il était certain qu'elle prenait plaisir à collaborer avec quelqu'un comme lui.

Il réalisait qu'aux côtés de Shino, il avait comme un regain de vitalité, d'énergie ; il se sentait bien, tout simplement. Elle était vraiment géniale cette fille, et humble en plus ; elle savait rester à sa place. Comme la plupart des Asiatiques d'ailleurs.

Dommage qu'il y ait ce gamin, ce Romain qui était venu tout gâcher avec sa présence et ses questions assommantes. *De quoi se mêle-t-il ce merdeux ?* Depuis qu'ils l'avaient récupéré, il ne cessait de contrarier leur belle relation naissante. *Il faut toujours qu'il se place entre nous deux. C'est insupportable !*

Au point qu'il avait décidé de venir s'isoler ici pour échapper un peu à l'oppression qu'il ressentait face à ce petit Français hostile. *Si au moins il avait pu tomber avec les autres, on aurait été débarrassés !* Tout serait parfait sans lui. Il n'accaparerait pas sans cesse Shino avec ses jérémiades. Nous pourrions travailler sans qu'elle soit obligée de le pouponner.

Évidemment, il y avait aussi le froid et le manque d'oxygène qui commençaient à devenir inquiétants. Il se sentait essoufflé en permanence depuis un moment maintenant, et il espérait que ce phénomène ne serait qu'un effet secondaire provisoire de l'action des gravitons.

Mais, alors qu'il continuait à laisser errer ses pensées en peaufinant sa coiffure, il perçut la voix de Shino de l'autre côté de la porte. Sans pouvoir distinguer ses paroles étouffées, elles lui paraissaient enthousiastes. Intrigué, il décida malgré tout de prendre son temps avant de retourner sur la plateforme, comme pour faire durer le plaisir de découvrir ce qui rendait sa Shino si heureuse. Peut-être avait-elle eu une idée pour relancer la production ? À moins qu'elle n'ait fini sa réussite sur l'ordinateur ? Quelle qu'en soit la raison, Mark se délectait à l'idée de la savoir à nouveau joyeuse. Depuis un moment, elle avait la fâcheuse tendance à être tendue, voire morose, ce qui le chagrinait un peu. Il voyait bien qu'elle était plongée dans un doute permanent, et il allait continuer à tout faire pour la rassurer, pour qu'elle comprenne qu'avec lui, tout allait bien se passer. Elle devait savoir qu'elle était tout pour lui.

« Shino, mon petit, je vais vous demander maintenant que nous allions à l'essentiel. Et cessez d'appuyer sur le bouton du combiné avant que j'ai terminé de parler, s'il vous plaît. À vous. »

Lorsqu'il ouvrit la porte, Mark ne reconnut pas la voix émise depuis le haut-parleur grésillant de la radio, mais il la vécut comme un violent choc qui le plongea dans la confusion la plus totale. Pourtant, il croyait connaître cette voix, mais il ne pouvait que se tromper. Ça ne pouvait pas être lui.

— Excusez-moi Professeur ! Je suis tellement heureuse de vous savoir tous vivants, j'en perds un peu mes moyens. Ça ne se reproduira plus, je vous le promets ! J'attends vos instructions. À vous.

Alors qu'il longeait le mur de matériel qui le séparait de Shino, Mark ralentit le pas, pris d'une terreur soudaine. Qu'entendait-elle par tous vivants ? À qui pouvait-elle bien parler ? Est-ce que Pettit ne serait pas tombé finalement ? Et qu'était-elle prête à révéler du secteur Janus, maintenant qu'elle savait tout de son unité de production ? Elle ne pouvait pas faire ça. Elle n'avait pas le droit.

Il accéléra pour intervenir, puis s'arrêta aussitôt au retour de la voix.

« Magnusson, qui est à côté de moi, demande si Pittman est toujours avec vous. À vous. »

— Oui, il est là Professeur, répondit Shino. Il s'est absenté, mais il ne va pas tarder à revenir. À vous.

« Très bien mon petit. Nous avons parlé avec Magnusson d'une procédure qui pourrait vous permettre, avec l'aide de Pittman, de relancer une production de gravitons. Mais, il vous faut commencer par régler ce problème de puissance. »

À ces mots, Mark s'affola. Mattis et Pettit vivants ? C'était impossible. Il ne pouvait s'agir que de quelqu'un d'autre. Oui, c'était ça ; un usurpateur. Quelqu'un qui cherchait à profiter de l'innocente Shino pour prendre le contrôle de Janus. Alors que les interrogations se bousculaient, c'était le chaos dans sa tête. Un sifflement strident vint se mélanger à la voix. Il avait envie de hurler.

Lorsqu'il s'approcha du poste de radio d'où sortait la voix, Shino se retourna vers lui avec un large sourire, l'invitant, enthousiaste, à les rejoindre. Lui ne voulait pas écouter la voix ; il devait la faire taire. Il fallait que cessent ces mensonges qui menaçaient tout ce qu'il avait construit, ce monde dans lequel il commençait enfin à se sentir bien, tel qu'il était, tel qu'il devait surtout rester. Sans plus prêter attention aux mots venimeux de la voix, sans apercevoir le visage de Shino qui s'assombrit à son approche, il tenta de détacher de la console cette radio diabolique qui avait permis à la voix d'accéder à son monde. Il tira, il griffa, mais elle ne se taisait pas. Il sentit à peine sur son bras les mains du gamin qui s'efforçait de l'arrêter. De ses ongles, il trouva une prise. Il décolla, il saigna, il arracha. La voix hoqueta tandis qu'il tenait l'appareil à pleine main. La voix résista. Elle ne voulait pas lâcher. Il força de toute sa puissance et les fils qui transportaient la voix cédèrent enfin, d'un coup. Dans son mouvement de recul, l'angle de la radio vint percuter l'arcade du gamin qui s'ouvrit dans un jet de sang. La voix s'était définitivement tue. Il ne restait plus que le sifflement strident qui s'amenuisait peu à peu dans sa tête, laissant remonter à la surface de sa conscience les hurlements de Shino qui se jeta au sol pour protéger Romain.

— Pourquoi ? s'effondra Shino. Pourquoi tu as fait ça ? Pourquoi ?

Devant le désespoir de Shino, Mark était à nouveau déstabilisé. Ne comprenait-elle pas que tout ça était impossible ? Ils n'étaient pas réels. Ils ne pouvaient pas être vivants. Il faisait ça pour la protéger.

— Mais, répond espèce de cinglé ! hurla-t-elle. Pourquoi tu as fait ça ?

Voir le sang passer entre les doigts de Shino, comme s'ils se teintaient de rouge pour la première fois, lui provoqua une violente sensation de nausée. Il lâcha la radio qui percuta le sol de béton dans un bruit de ferraille creuse. Shino le fixa, d'un regard anéanti à travers lequel Mark pouvait apercevoir le reflet de son propre désespoir, et il ne le supporta pas. Tout allait s'arranger, tenta-t-il de se rassurer, il en était sûr. Ce n'était pas si grave que ça. Ce n'était qu'un accident finalement. Il ne l'avait pas fait exprès. Il était désolé. Ce n'était pas sa faute. Et les yeux brillants de larmes insistèrent. *Non ! Je ne suis pas un monstre. Ce n'est pas ce que je suis. Je vais tout arranger. Oui, c'est ça, tout arranger. Mais, il me faut un peu de temps. Elle ne peut pas me voir comme ça. Il faut fuir ce regard. Je dois réfléchir. Mais ce regard, ce sang !*

Paniqué, terrifié, Mark partit en courant et monta quatre à quatre les marches moulées dans la paroi circulaire du secteur Janus. Il ne pensait plus qu'à échapper à ces yeux qui le jugeaient et le poursuivaient sans pitié.

42.

JOUR 5

Altitude : 12,7 km
Température : 7,9 °C
Gravité : g = – 6,75 N/kg

Jack était heureux de voir Hélène rassurée. Depuis qu'elle avait pu parler à Romain au laboratoire, son regard avait retrouvé cet éclat de détermination qu'il avait perdu. Et même si la communication fut courte, les quelques mots qu'elle échangea avec son fils avaient suffi à lui redonner un peu d'espoir.

Après avoir enfin atteint le Queen Mary, ils s'étaient aussitôt installés avec les deux batteries et la BLU dans la cabine de Matthew. D'un commun accord, ils avaient décidé que ce serait une bonne façon de le remercier pour leur avoir suggéré l'idée de rechercher une radio. Le jeune garçon les avait fièrement guidés jusqu'au pont 9 où se situait la cabine double qu'il occupait avec ses parents. Pendant la montée à travers les nombreux et luxueux escaliers, il avait décrit à Hélène les nouveaux secteurs du paquebot qu'il avait exploré à la recherche de sa maman et de son papa, sans pour autant avoir retrouvé aucun d'eux. Une certaine complicité s'était installée entre eux, que Jack trouvait touchante. Matthew leur avait ouvert la porte en acajou avec cet enthousiasme qui ne le quittait pas. À la découverte du petit univers qu'il s'était constitué autour des affaires de sa famille, Jack avait remarqué l'émotion d'Hélène. Dans la grande suite, tout était arrangé avec soin, comme pour mieux accueillir le retour de ses parents, et leurs effets personnels, exposés tels des reliques, marquaient un peu plus le vide d'une absence que Matthew refusait d'accepter.

Tandis que le professeur Pettit continuait à parler à son assistante réfugiée dans le mystérieux secteur Janus, Jack observait le groupe concentré autour de la radio. Maintenant qu'ils tenaient un début de solution, tous attendaient la concrétisation de leurs derniers espoirs dans une tension palpable. Avec le recul, Jack prit conscience qu'il avait en face de lui deux des plus grands physiciens en train de travailler au sauvetage de l'humanité, et il tirait un semblant de fierté d'avoir participé à créer ce moment.

Assis à côté de la radio, les mains sur les genoux, seul Matthew paraissait absent. Un sourire aux lèvres, son regard perdu dans le vide, il écoutait la voix du professeur Pettit, comme il aurait écouté une histoire qu'on lui aurait raconté avant de s'endormir. *Il faudra bien un jour qu'il affronte la réalité,* se disait Jack. *Le déni de cet enfant est un véritable crève-cœur.*

— Shino, c'est à vous mon petit ! s'impatienta le professeur. Vous pouvez appuyer sur le bouton maintenant. Est-ce que vous m'avez bien reçu ? À vous. Mais ce qu'elle peut être gourde !

Devant le grésillement persistant de la radio, Jack sentit monter l'inquiétude générale. Le professeur réitéra plusieurs fois son appel, Houston fit vérifier qu'ils étaient toujours sur la fréquence du secteur Janus, Cooper inspecta les connexions, les batteries, même Matthew s'affaira autour du matériel pour tenter de trouver ce qui ne fonctionnait plus. À l'incompréhension succéda l'affolement, puis l'incrédulité gagna face au silence ininterrompu de la radio qui finit par ne plus laisser aucun doute : ils avaient perdu le contact avec le laboratoire.

— Je ne comprends pas, la communication était excellente ! s'indigna Pettit. Maladroite comme elle est, je suis sûr que Shino a dû toucher à quelque chose qu'il ne fallait pas.

— Attendons, elle va certainement reprendre contact, tenta de se rassurer Hélène.

— Nous avons assez perdu de temps comme ça ! pesta Pettit. Je savais que ça ne pouvait pas marcher avec vous Magnusson !

— Ça y est ! Ça va encore être de ma faute !

— Vous nous avez embrouillés avec vos idées de relancer une production, alors que nous avions tout ce qu'il fallait sous nos pieds. Nous n'aurions jamais dû arrêter de creuser. Nous serions peut-être déjà en possession du module à l'heure qu'il est.

— Vous étiez pourtant bien enthousiaste à l'idée de participer à cette production. Et puis, à quoi vous servirait mon module au final ?

— Notre problème est de le récupérer, pas ce que nous pouvons faire des gravitons, rétorqua Pettit. Ça, c'est facile !

— Cessez votre bluff Hubert ! Vous n'en avez pas la moindre idée ! Facile ? Personne ne peut croire à ça.

— Moi, je veux le croire, lança Houston. Quel espoir avons-nous sans cela ?

— Houston, pas vous, merde ! Ce vieux croulant ne sait rien faire de ses dix doigts. Vous ne pouvez pas lui faire confiance.

— Ce qui nous intéresse en l'occurrence, ce ne sont pas ses doigts, mais son cerveau.

— Bien dit Major ! se délecta Pettit. Je peux donc compter sur vous si nous parvenons à récupérer ces gravitons ?

— Absolument, affirma Houston. Mais, j'aimerais tout de même savoir comment vous comptez vous en servir.

— C'est très simple ! Il suffit de libérer les gravitons de leur piège de Penning. Comme la première fois. Les gravitons s'élèveront naturellement, par leurs seules propriétés physiques, déclenchant selon toute probabilité une nouvelle réaction en chaîne d'inversion gravitationnelle.

— Quoi ? Mais vous êtes complètement cinglé ? s'insurgea Mattis. Ne l'écoutez pas, il raconterait n'importe quoi pour se rendre important ! D'ailleurs, si c'est ça votre solution, pourquoi ne pas attendre simplement que les batteries du module s'épuisent ? Les gravitons se libéreraient tout seuls ! Or, c'est ce que nous voulons éviter depuis le début. Si vous faites ça, c'est exactement l'inverse qui va se produire. Les gravitons vont tomber dans la couche de glace, et cette banquise sera instantanément pulvérisée !

— Nous ne pouvons pas attendre que les batteries s'épuisent, car il y a justement trop de risques que la banquise se brise avant cette libération. Là, c'est vous qui racontez n'importe quoi, mon cher ! Mais, ce ne serait pas la première fois que vous vous trompez, n'est-ce pas ?

— Tu vas voir si je me trompe, espèce de…

— Je pense que votre conflit avec le Professeur Pettit vous aveugle, l'arrêta Houston. Quoi qu'il en soit, nous n'avons pas encore récupéré le module, donc vous brassez du vent pour rien tous les deux.

— Je suis parfaitement d'accord avec vous ! Ne perdons pas plus de temps, donc ! Je vais prévenir Mike que nous reprenons l'extraction. La plaisanterie a assez duré. Je vous laisse à votre radio Mattis : bon courage !

— Allez vous faire foutre Hubert ! grogna Mattis.

Après le départ de Pettit, une certaine tension s'était installée dans la cabine, et Mattis paraissait particulièrement affecté par les propos de Houston.

— Bon ! Qu'est-ce qu'on fait maintenant ? demanda Hélène. Bien que nous ayons très envie d'y croire, on sait très bien que la situation n'a pas changé. Même si l'atmosphère s'est réchauffée, on n'arrivera pas plus à briser cette glace qu'hier. Vous avez bien conscience de ça Rebecca, non ?

— Évidemment que je le sais ! s'agaça-t-elle. Mais nous n'avons aucune autre solution.

— Est-ce que je peux appeler l'ISS maintenant ? intervint Matthew.

— Écoute petit, tu es très mignon, mais n'en rajoute pas, s'il te plaît. C'est déjà assez compliqué comme ça !

— Essayons de voir la situation telle qu'elle est, dit Jack. Pour l'instant, nous n'avons plus d'autre piste que de réussir à récupérer le module. Espérer des nouvelles du labo ne doit pas nous empêcher de tout tenter par ailleurs.

— Si vous voulez poser les problèmes, posons les problèmes : la seule solution réaliste était de relancer une production depuis le secteur Janus. Or, ce n'est plus possible sans retrouver le contact avec le labo. Nous sommes dans une impasse.

— Moi, j'aimerais savoir ce que propose Mattis comme solution face à celle de Pettit, au cas où on récupérerait le module, lança Jack.

— Eh bien, que Mattis réponde alors ! s'impatienta Houston. Et ne dites pas qu'il y a d'autres petits monticules à passer avant, parce que je vous étrangle.

— Oh ! On se calme ma belle. De toute façon, je suis assez d'accord avec vous. Notre vrai espoir résidait surtout dans une nouvelle production au labo.

— Vous vous foutez de nous ? s'énerva Hélène. Pendant qu'on risquait nos vies, vous n'avez même pas essayé de réfléchir à une autre solution en cas d'échec.

— Si, bien sûr, tempéra Mattis. Mais le problème, c'est qu'on n'est pas au Centre. On est sur une putain de glace de merde, et je n'ai aucun matériel ! Qu'est-ce que vous voulez que je fasse ? Je ne suis pas magicien non plus. Il me faudrait au moins un autre module ou une capsule. Je pourrais transférer une partie des gravitons pour tenter l'expérience que nous devions réaliser sur l'avion de chasse, il y a cinq jours. Mais, on n'est même pas sûr du résultat.

— Et le module vide que j'ai vu tomber ? demanda Jack.

— Vous savez très bien qu'il est H.S., sinon nous ne serions pas là !

— Et ce n'est pas réparable ? interrogea Hélène.

— J'avoue que je ne me suis pas posé la question, admet Mattis. Devant un module sans graviton, je n'en voyais pas l'intérêt.

— Et si nous avions les gravitons ? demanda Cooper.

— Alors le problème serait différent. Il faudrait retourner sur place pour tenter de réinitialiser le système. Mais, je n'y crois pas trop.

— Quoi qu'il arrive, ce serait beaucoup trop compliqué de retourner là-bas ! réagit Houston. Et, je ne parle même pas de retrouver le module !

— Commençons par explorer toutes les possibilités pour extraire celui qui est sous nos pieds, lança Hélène.

— Si vous pensez encore à utiliser l'A.E.D sur l'ISS, laissez tomber. On ne pourra jamais le récupérer.

— Et pourquoi pas ? rétorqua Jack.

— Vous délirez ! Comment voulez-vous qu'ils puissent rejoindre la glace ? Et après, vous imaginez quoi ? Qu'ils vont atteindre le module par en dessous, depuis l'autre côté ?

— Ça, c'est leur putain de problème, répond Mattis.

— Ça ne coûte rien de leur poser la question, tempéra Cooper. Et puis, si on arrive à les contacter, ça nous permettra au moins d'être assurés que la radio fonctionne toujours.

— Ce n'est pas faux, dit Jack. Et ça ne nous empêche pas de continuer quand même à creuser. Je suis sûr que Matthew sera heureux de gérer les appels vers l'ISS : pas vrai Matthew ?

— Alors je peux les appeler ? s'enthousiasma-t-il.

— Non, répondit sèchement Houston. Nous devons rester sur la même fréquence au cas où le labo tenterait de reprendre contact.

— C'est pas un problème ça, rétorqua Matthew. Il y a une double veille sur cette radio. On les entendra s'ils rappellent !

— Faites comme vous voulez ! abandonna Houston. De toutes les manières, il n'arrivera pas à les joindre.

— Vous êtes toujours aussi chiante Houston ! lança Mattis. Chiante et décevante !

Sans attendre, Matthew plaça sa chaise devant la BLU et régla sa fréquence avec une assurance étonnante. Il attrapa le combiné et commença à émettre.

— NA-one-SS ici ICE-one, India-Charly-Echo-one est-ce que vous me recevez ? NA-one-SS ici ICE-one…

— ICE-one ? Sérieusement ? railla Houston avant de quitter la cabine.

43.

JOUR 5
Altitude : 315 km
Température : 159 °C
Gravité : g = – 4,30 N/kg

Le commandant Scott patientait depuis maintenant près de cinq minutes devant le vieux poste radio Pioneer, et cette attente lui paraissait interminable.

— Qu'est-ce qu'il fout ce gamin bon sang ? pesta-t-il.

Comme lui, tout l'équipage espérait, dans un silence nerveux, le retour rapide de cette voix d'enfant, preuve qu'ils n'étaient plus les seuls survivants de l'humanité. *Même la journaliste n'avait plus le cœur à filmer*, remarqua-t-il.

Lorsqu'ils avaient tous pénétré dans le module Svezda à la suite du capitaine Gordon, Scott n'avait pu que constater que « le Bleu » avait raison : c'était bien une voix qu'ils entendaient grésiller depuis l'enceinte fixée à la paroi.

« NA-one SS ici ICE-one India-Charlie-Echo-one, est-ce que vous me recevez ? Over », répétait la voix lointaine et enfantine.

— Je vous l'avais bien dit ! avait fièrement lancé Ken.

Au milieu des nombreux appareils photo aux téléobjectifs démesurés, des caméras vidéo et autres matériels dépassés, la petite radio amateur laissait flotter son combiné parmi un fatras de câbles blancs et de sachets en plastique transparent remplis de cartes mémoire. Scott avait attendu une seconde, le cœur battant d'émotion, avant d'oser prendre dans sa main le combiné pour répondre.

— Dieu merci, il y a des survivants ! avait-il lancé en portant l'appareil à sa bouche. ICE-one ici NA-one-SS November-Alpha-One-Sierra-Sierra. Je vous reçois faiblement. Over.

Sans réponse, le commandant Scott avait répété son message, puis tourné le petit bouton de volume à son maximum pour être certain d'entendre le retour. Un grésillement angoissant avait recouvert le silence de plomb qui régnait dans le module ; Scott en avait la boule au ventre.

« NA-one-SS ici ICE-one India-Charlie-Echo-one. Je vous reçois faible et haché, je répète, faible et haché. Over. » avait annoncé la voix d'enfant.

Tout l'équipage avait alors poussé un cri commun de soulagement, tandis que Scott serrait un poing victorieux devant son visage crispé de joie. Le silence était revenu aussitôt aux premiers mots de Scott.

— Ici le Commandant Andrew Scott sur la Station Spatiale Internationale, content d'entendre ta voix fillette. Over.

« Bonjour Commandant Scott, ici Matthew Anderson, d'Ashford School. Je suis un garçon. Over. »

Tous étaient partis dans un éclat de rire salvateur qui venait s'ajouter à l'espoir qui renaissait sur l'ISS. Sur les visages, les sourires avaient étouffé d'un coup le vent de rébellion qui commençait à souffler dangereusement sur la station, et Scott en était doublement soulagé.

— Désolé, mon garçon ! On te reçoit très mal ici. Est-ce qu'il y a des personnes avec toi ? Est-ce qu'il y a d'autres survivants sur Terre ? Over.

« Non, Commandant. Pour le moment, je suis tout seul dans ma cabine. Je vais aller chercher les autres. Over. »

— Parfait Matthew ! Et, peux-tu me dire où tu es en ce moment ? Over.

Mais Matthew n'avait plus répondu.

Après les longues minutes écoulées depuis que le gamin n'émettait plus, l'impatience de Scott commençait à se transformer en réelle inquiétude. *Et s'il ne revenait pas ?*

Cet espoir qu'il leur avait été donné d'un coup allait-il s'évanouir aussi vite qu'il était apparu ? En fixant la radio comme si cela allait accélérer le retour du jeune Matthew, Scott repensa à tous ces appels qu'il avait dû supporter, obligé de parler de banalité à des écoliers et autres radioamateurs boutonneux du monde entier dans le cadre du programme ARISS. Cette tâche l'avait toujours emmerdé au plus haut point. Il n'avait jamais compris l'intérêt de la NASA à accepter de réquisitionner du personnel hautement qualifié pour répondre à des questions plus débiles les unes que les autres ; toujours les mêmes en plus. « Est-ce qu'il fait nuit dans l'espace ? Et pourquoi on peut pas respirer ? Est-ce que je pourrai être cosmonaute moi aussi ? » Rien qu'à y repenser, il s'énervait tout seul : cosmonaute c'est russe ! Et si tu ne sais pas ça, tu ne seras jamais astronaute ! Mais aujourd'hui, cette voix d'enfant avait une tout autre résonance, et avec le recul, il réalisait mieux à quel point il avait un caractère de cochon.

« Ici le Major Rebecca Houston du Département de la Défense des États-Unis. Je suis bien en communication avec le Commandant Andrew Scott ? Over. »

Scott se sentit aussitôt soulagé de savoir que l'armée américaine dirigeait les opérations au sol, un peu surpris aussi qu'elle connaisse son nom : ce devait être le gamin qui le lui avait donné, pensa-t-il.

— Ici le Commandant Andrew Scott. Mes respect Major. Nous sommes heureux de savoir qu'il y a des survivants en bas. Pouvez-vous nous éclairer sur ce qui se passe au sol ? Nous sommes coupés de tout depuis cinq jours et nous aimerions connaître la situation. Over.

« Désolé Commandant, nous n'avons pas le temps de vous expliquer. Notre communication peut être interrompue d'une minute à l'autre, dès que vous aurez quitté notre champ d'émission. Donc, je vous demande d'être aussi bref que possible pour répondre à mes questions. Avez-vous un moyen pour regagner la surface de glace par vos propres moyens ? Over. »

Devant le ton péremptoire du major, Scott se sentit légèrement déstabilisé.

— Je comprends bien Major, mais comprenez également que nous sommes très inquiets ici, et nous avons vécu des moments très difficiles. Aussi, je vous serais reconnaissant de nous donner quelques nouvelles depuis la Terre. Over.

« Nous ne sommes pas à proprement parler sur Terre Commandant, et je peux vous garantir que vous n'êtes pas les seuls à avoir vécu des moments difficiles. Maintenant, répondez à ma question : avez-vous un moyen de regagner la couche de glace ou non ? Over. »

Scott fixa le combiné de la VHF en grimaçant. Il s'interrogeait sur qui pouvait bien être la harpie qui se cachait de l'autre côté de l'appareil.

— Écoutez Major Houston, se tendit Scott. C'est moi qui suis en charge de l'ISS, et en particulier de la vie de mon équipage. Je comprends bien les contraintes de l'armée, ayant fait moi-même partie des corps d'élite, mais si nous devons organiser ensemble une évacuation, j'aimerais en savoir un peu plus sur la situation. Over.

« Commandant, je connais parfaitement vos états de service et ceux de tout votre équipage. Ne croyez pas que j'envoie du personnel en mission sans savoir qui occupe le terrain. Je vous pense être un homme de devoir, et ce n'est vraiment pas le moment de changer. Je vais répondre à vos questions, mais dans le temps qui nous restera une fois que vous m'aurez fourni les informations capitales dont j'ai besoin. Est-ce que je suis bien claire ? Over. »

— Envoyer du personnel ? Mais de quoi elle parle ? s'interrogea Scott à voix haute.

— Commandant, le Dragon peut faire cet « ice docking ». Vous me dites juste où je dois positionner mon vaisseau. Je peux le faire ! déclara Ken.

— Nous n'en sommes pas là, Gordon ! répondit Scott.

— En tout cas, avec les Soyouz, ce n'est pas possible, affirma Fiodor.

— Et en réduisant encore notre vitesse ? demanda Maryam.

— Nous n'avons plus assez de carburant pour ça, précisa Sergui̇̈. Mais, ça ne changerait rien de toute façon : le Soyouz n'a pas de moyen de propulsion.

— Contrairement au Dragon III ! lança Ken.

« Commandant ? Vous êtes toujours là ? Over. »

Scott tenta de reprendre son calme avant de répondre.

— Oui, Major. Nous réfléchissons à ce que vous nous demandez. Nous avons peut-être un moyen d'atteindre la surface de glace, mais vous ne nous avez même pas dit à quoi cela allait servir. Over.

« Parfait ! Je vais vous expliquer notre problème le plus vite possible. Je ne pourrai certainement pas répondre à toutes les questions que ça va vous poser avant que nous soyons coupés : alors, écoutez-moi bien ! Nous avons sous nos pieds un module prisonnier de la glace que nous devons absolument récupérer pour avoir une chance d'inverser à nouveau la gravité. Nous n'avons rien ici qui nous permette de l'atteindre. À votre bord, vous avez du matériel militaire secret défense qui peut aider à creuser la glace pour atteindre ce module. J'ai pleinement conscience de la difficulté de ce que je vous demande Commandant, et de l'absence totale de protocole pour une telle mission, mais notre survie à tous en dépend. Aussi, je vous prie de bien y réfléchir. Je vous laisse organiser avec le lieutenant Whitman la récupération du matériel qu'elle supervise sur l'ISS. Over. »

Comme tout l'équipage de la mission 77, Scott se tourna vers Tracy qui esquissa un sourire embarrassé.

— Lieutenant Whitman ? Tracy, qu'est-ce que c'est que cette histoire ? s'indigna Scott.

— « Papillon » agent secret ! s'amusa Ken. Qui l'aurait cru ?

— Désolée Commandant ! lança timidement Tracy.

En la fixant, Scott revit rapidement les évènements qui avaient amené Tracy à bord de l'ISS. Il se souvint qu'elle était un peu sortie de nulle part, remplaçant au pied levé un autre membre d'équipage qui s'était effacé du jour au lendemain, sans raison. À l'époque, il n'y avait pas fait plus attention que ça. À cet instant, la relation complice qui s'était installée entre eux au fil des mois lui laissa le goût amer de la trahison.

— Tout ça n'était donc qu'une couverture, constata Scott.

— Non, pas tout Commandant ! se justifia Tracy.

— Nous reparlerons de ça plus tard, coupa Scott. Serguï, il faut faire un relevé visuel pour repérer leur position.

— J'y vais, lança-t-il.

Serguï s'éloigna rapidement en direction de la *Coupole*, tandis que Scott reprit le combiné.

— Major, si nous voulons avoir une chance de rejoindre votre module, il va falloir trouver un moyen de nous indiquer sa localisation précise. Over.

« Bien reçu Comman... le moment, nous n'avons... de solution. Nous allons-y.... Nous... vous faire part de nos réflexions à votre... passage... une heure trente, c'est bien ça ? Over. »

— Négatif Major. Notre temps de circonvolution est désormais de sept heures. Ça vous laisse plus de temps pour réfléchir. Je commence à vous recevoir haché. Avant que nous soyons totalement coupés, pouvez-vous nous dire ce qui s'est passé exactement ? D'où émettez-vous précisément ? Over.

« … Commandant… sur la glace… une chute… »

— Major, je ne vous reçois plus que par bribes. Rendez-vous dans sept heures pour la mise au point de la situation. Terminé.

Scott se sentit épuisé par le flot d'informations auquel il devait faire face à présent. Lui qui pensait pouvoir organiser une évacuation après avoir contacté le sol, se retrouvait maintenant avec la responsabilité d'une mission suicide avec un personnel qu'il avait l'impression de ne plus connaître. Conscient qu'il ne pouvait pas se laisser aller, il décida de reporter ses états d'âme à plus tard et d'affronter les problèmes par priorité. Il allait préparer cette mission, même si pour le moment, il n'était pas encore sûr de pouvoir la lancer ; ni même de le vouloir d'ailleurs.

— Tracy, tu vas me chercher immédiatement ce matériel dont a parlé le major, histoire qu'on voit déjà ce qu'on peut faire avec.

— C'est que… ce n'est pas si simple, hésita-t-elle.

— Quoi ? Il y a encore quelque chose que je devrais savoir ? Une nouvelle surprise peut-être ?

— Eh bien, l'A.E.D. est à l'extérieur de la station.

— Alors tu prépares tout de suite ton EVA pour la récupération. Il faut essayer d'être prêt pour notre prochaine communication dans sept heures.

— Bien Commandant ! répondit Tracy qui s'éloignait déjà.

— Et, Tracy ?

— Commandant ? s'arrêta-t-elle.

— Qu'est-ce que votre A.E.D. exactement ?

— Une Arme à Énergie Dirigée, précisa Fiodor. Un canon laser miniaturisé autonome si vous préférez Commandant. Ça sert, entre autres, à détruire les satellites militaires. Il a été placé au bout de la poutrelle tribord si vous voulez tout savoir.

Devant le silence incrédule de Tracy et de Scott, Fiodor décida de poursuivre.

— Rien de ce que fait le gouvernement américain n'a de secret pour le mien, pas même un secret défense, s'enorgueillit Fiodor. D'ailleurs, étant donnée la situation, et comme cela semble utile pour régler notre problème de gravité, sachez que nous avons un laser plus gros que le vôtre sur la poutrelle bâbord.

— On ne t'a jamais dit que ce n'est pas la taille qui compte, mais la puissance ? provoqua gentiment Tracy.

— Question puissance, nous avons tout ce qu'il faut, rassure-toi ! s'amusa Fiodor.

— Oh, mais, je ne suis pas inquiète ! répondit Tracy en fixant Fiodor d'un regard de braise.

Scott se sentait totalement dépassé.

— C'est bon, j'ai le relevé ! annonça Serguï dans son dos. Ce n'est pas très précis, mais au moins on sait dans quelle zone ils se situent.

Scott le regarda flotter dans sa direction sans dire un mot. Il ne parvenait plus à réfléchir tant la situation lui paraissait confuse.

— J'ai raté quelque chose ? demanda Serguï.

— Écoute ! Je te raconterai ça plus tard, si tu veux bien. En attendant, allez rapidement vous préparer tous les deux pour l'EVA, chaque minute compte à présent. Étant donné que ça va nous obliger à absorber encore un peu plus d'oxygène, il va falloir trouver un moyen de restreindre notre consommation.

— Pourquoi ils font une EVA ? demanda Serguï.

— Plus tard, Serguï !

— Je suggère que nous utilisions les combinaisons russes, dit Fiodor.

— Fiodor, là ce n'est vraiment pas le moment de me faire chier avec ta guerre froide à la con ! s'emporta Scott.

— Si le but est d'aller vite, Fiodor a raison, dit Serguï. Le temps d'oxygénation des combinaisons Orlan est nettement plus court que celui des Emu américaines. Tracy peut prendre la mienne. Là, ce n'est pas une question de supériorité, c'est une question de pression.

Scott n'avait plus envie de discuter. Il n'avait qu'une chose en tête : voir avec le capitaine Gordon si cette mission était réalisable.

— Serguï, je te laisse gérer ça avec eux. Avec Nicole, vous les aiderez à préparer leur sortie. Capitaine Gordon ? Allons voir votre appareil. Nous allons vérifier ensemble s'il est vraiment capable de faire cet « ice docking », comme vous dites.

— À vos ordres Commandant ! s'enthousiasma Ken.

— Et nous, on fait quoi ? demanda Scarlett.

— Arrêtez de respirer, ça économisera notre oxygène ! lança Scott en quittant le module.

— Très drôle !

Alors qu'il s'assura que Ken le suivait bien en direction de la zone d'arrimage du Dragon, Scott voyait un large sourire de satisfaction illuminer son visage.

— Si j'étais vous Gordon, je modérerais mon enthousiasme. Faire cette mission risque de ne pas être une partie de plaisir.

— Non, c'est juste que, la vie sur votre vieille station est bien plus trépidante que je ne l'avais imaginée.

44.

JOUR 5
Altitude : – 97 m
Température : 6,4 °C
Gravité : g = – 8,82 N/kg

Shino serra un peu plus fort le bandage qui commençait à se tacher de rouge sur l'arcade sourcilière de Romain. En l'absence de possibilité de faire des points de suture, elle tenta de compresser la plaie pour limiter le saignement. *Encore une chance que j'ai trouvé cette petite armoire à pharmacie,* se dit-elle. *Au moins, on peut désinfecter la blessure.*

Après la fuite incompréhensible de Mark, elle s'était effondrée de désespoir, certaine qu'à ce moment, rien ne pourrait plus les sauver. Pourtant, elle y avait tellement cru. Lorsqu'elle avait réalisé que c'était bien la voix du professeur Pettit qu'elle entendait à la radio, elle avait éprouvé un soulagement immense. C'est vrai qu'elle avait d'abord pensé à une blague, mais devant son incrédulité, Pettit s'était rapidement agacé, et c'était un peu à ça qu'elle l'avait reconnu. Il avait toujours eu bien peu de patience avec elle, mais elle ne lui en voulait pas : elle avait tant appris à ses côtés.

Après la surprise et le choc de les savoir tous vivants, Shino s'était prise à croire que tout était encore possible. Devant ce véritable miracle, elle ressentait comme une certitude que tout allait bien se passer à présent. Avec Pettit et Mattis ensemble, il y avait toutes les raisons d'espérer, et le simple fait d'assister aux retrouvailles de Romain et de sa mère l'avait émues aux larmes ; il était tellement bouleversé de la savoir en vie. Et puis, Mark était arrivé.

Au début, transportée de joie, elle n'avait pas remarqué ce regard creux, ce visage vide de toute expression. Elle n'écoutait que le professeur qui lui fournissait toutes les informations dont ils avaient besoin pour relancer une production de gravitons, lui redonnant ainsi une espérance qu'elle avait totalement perdue. Ce qu'elle n'imaginait pas alors, c'est que Mark ne les entendait pas. Il s'était avancé tel un automate, un zombie effrayant, puis tout avait basculé. Que s'était-il passé ? La situation sans issue dans laquelle ils étaient depuis cinq jours l'avait-elle rendu fou ?

Alors qu'elle nouait fermement le bandage autour de la tête de Romain, Shino n'arrivait toujours pas à comprendre. Mark n'avait cessé d'être gentil, prévenant. Puis, ses doutes étaient revenus la hanter. Peut-être ne lui avait-il pas tout dit sur ce qui s'était passé au laboratoire Oméga. Aurait-il quelque chose à cacher, quelque chose qu'il aurait occulté sur les raisons de la catastrophe ? Il était resté toujours très évasif dès qu'il s'était agi d'évoquer la panne qui avait provoqué la libération des gravitons. Avant de s'enfuir du secteur Janus, il avait clairement exprimé ses regrets, mais Shino avait eu l'étrange impression qu'il ne parlait pas que de la blessure qu'il avait infligée à Romain ; il devait y avoir autre chose.

— Là ! Ça devrait aller comme ça. Tu n'as pas trop mal ?

— Ça va.

Assise face à lui sur une chaise de bureau, elle regarda son visage en partie couvert de sang. Elle tentait de se figurer l'ascenseur émotionnel qu'il venait de vivre, retrouvant sa mère revenue d'entre les morts, pour qu'elle lui soit aussitôt arrachée une seconde fois. *Ce garçon est extrêmement courageux.*

— J'imagine que tu as été soulagé de parler à ta mère ?

— Ça m'a fait un peu bizarre au début, hésita Romain. Tout ça paraît tellement impossible. J'avais lu une fois l'histoire d'un aviateur, pendant une vieille guerre, qui avait fait une chute de quatre ou six mille mètres, je ne sais plus, et qui s'en était sorti en tombant dans les sapins et la neige. Mais, il était cassé de partout. Ma mère avait l'air d'aller parfaitement bien.

— Ce qui est étrange c'est qu'ils soient tous en vie. Ça ne peut pas être que de la chance comme dans le cas de ton aviateur. Il y a obligatoirement une autre explication. À mon avis, la force répulsive de la gravité doit être fortement dégressive à mesure qu'on s'écarte de sa source ; leur chute a dû être ralentie alors qu'ils s'éloignaient de la Terre. C'est un peu fou d'imaginer ça, mais c'est la seule hypothèse qui paraisse logique.

— Est-ce que ça veut dire qu'on peut sauter pour les rejoindre ?

— Je crains que ce ne soit pas très prudent. La gravité a continué à augmenter depuis qu'ils sont tombés. Il est très probable qu'à présent nous nous écraserions sur ces océans gelés. Mais l'essentiel, c'est qu'ils soient en vie, non ?

— C'est sûr ! En même temps, à quoi bon ? Nous ne pourrons plus jamais être réunis. Et puis, cette couche de glace, combien de temps va-t-elle résister ?

— Ça, on ne sait pas ! Mais ce n'est pas une raison pour baisser les bras maintenant. Nous avons une nouvelle piste, et je vais avoir besoin de toi. Avant qu'on parle de ça, je pense que tu devrais aller te nettoyer un peu le visage. Tu veux que je t'aide à te lever ?

— Merci, ça va aller.

Alors qu'elle le regardait s'éloigner, Shino aperçut les débris de la radio qui gisaient sur le sol de béton. *Il va peut-être falloir qu'on tente de la réparer. Mais ce n'est pas la priorité pour le moment.* Elle savait qu'elle devait se concentrer sur ce que lui avait dit Pettit pour essayer de résoudre leur problème de puissance électrique. Malheureusement, elle n'avait pas pu entendre tous les détails avant que Mark arrache la radio du pupitre. Cependant, elle avait saisi l'essentiel : une puissante pile à combustible alimentait l'ancien accélérateur de particules et se trouvait toujours dans cette partie désaffectée du Centre. Elle supposait que Pettit voulait lui expliquer comment la relier à Janus. Tant pis, elle improvisera. Il fallait commencer par remonter jusqu'à ce niveau : qui sait à quelle profondeur le tunnel avait été enfoui ? Elle avait eu l'occasion de travailler une année au CERN, dans le grand collisionneur de Hadrons. Elle se souvenait des kilomètres que faisait l'anneau du LHC, et elle s'inquiétait de savoir si l'accélérateur du Centre était aussi gigantesque.

Shino sentit l'air glacé sur ses jambes et se motiva en se convainquant que, plus profond dans les entrailles de la Terre, il ferait un peu moins froid. Elle se leva et se mit à marcher rapidement sur l'immense plateforme pour tenter de se réchauffer un peu. Si elle parvenait à trouver cette source d'énergie, elle savait qu'elle devrait aussi retrouver Mark. Elle se demanda ce qu'elle allait bien pouvoir lui dire ; comment allait-elle pouvoir l'aborder après ce qui s'était passé ? Peu importe. Elle ne pouvait pas faire fonctionner Janus sans lui, elle ferait donc ce qu'il fallait pour qu'il l'aide à nouveau ; quitte à lui laisser croire qu'elle pouvait lui pardonner. *La possibilité de relancer une production l'aidera peut-être à reprendre le chemin de la raison,* tenta-t-elle de se rassurer. *Mais, chaque chose en son temps.*

45.

JOUR 5
Altitude : 12,7 km
Température : 9,1 °C
Gravité : g = – 7,13 N/kg

Hélène se laissait entraîner par la main, légèrement essoufflée de gravir la longue pente qui remontait dans le sombre couloir du pont 9. Devant, Jack ouvrait la route du faisceau de sa lampe, faisant étinceler de reflets le vernis miroir des enfilades de portes et de cloisons d'acajou. Sur l'épaisse moquette rouge qui surgissait dans la lumière par intermittence, leurs pas précipités étaient étouffés dans un son mat, chaleureux et réconfortant.

— Où m'emmènes-tu comme ça ? demanda Hélène.

— Tu verras bien ! répondit Jack sans se retourner. C'est une surprise !

Hélène rit. Elle avait toujours aimé les surprises. Sauf évidemment la dernière que lui avait réservée son italien de mari qu'elle avait retrouvé au lit avec sa collègue de travail : quel cliché ! Elle se demandait pourquoi elle se mettait à penser à ça. Elle avait eu beau hurler sa rage, elle savait qu'il n'avait pas tout à fait tort lorsqu'il avait tenté de se justifier en argumentant dans la cuisine, une fois la salope rhabillée et éjectée. C'est vrai qu'Hélène était toujours à courir le monde avec ses expéditions, sans cesse en quête de nouveaux sommets à défier ; que son absence était de plus en plus pesante à la maison pour lui et pour Romain ; qu'elle fuyait une vie de famille qu'elle ne parvenait pas à assumer. Mais tout ça était si loin à présent.

Au bout du corridor, Jack s'engagea dans un étroit couloir qui bifurquait vers la droite. Au fond, une unique porte luxueusement ornée, comme l'étaient toutes les portes qu'ils avaient croisées jusqu'ici. Jack entra sans hésitation.

— Comment savais-tu que ce serait ouvert ?

— Sans électricité, les lecteurs de carte ne peuvent pas fonctionner. Toutes les cabines sont déverrouillées.

— Attends ! dit-elle à voix basse. Et s'il y avait quelqu'un ?

Jack sembla s'amuser qu'Hélène soit soudain aussi timorée.

— Où est passé ton côté aventurière intrépide ?

— Non, mais, là c'est gênant, hésita-t-elle.

Elle avait toujours eu horreur de déranger les autres, alors faire irruption chez eux : certainement pas.

Au bout d'un petit vestibule, un amoncellement de chaises, de fauteuils et de tables accumulés leur barrait le passage. Jack entreprit de les déplacer. Hélène n'osait pas entrer.

— Allez ! Viens. Il n'y a personne, tu vois bien.

Devant l'ouverture qu'il avait dégagée, Jack l'invita à avancer d'un large geste du bras.

— *Madame, bienvenue dans le suite Balmoral* ! lança-t-il avec emphase, en français.

Derrière ce qui ressemblait à une barricade formée d'objets de luxe s'ouvrait une immense pièce vide en rotonde. Tous les meubles étaient tombés dans le sens de la pente et s'entassaient à présent le long de la cloison. Au centre, un cercle rouge dessiné sur la moquette à motifs beige et gris laissait penser qu'un salon devait y être disposé, avant d'aller flotter en apesanteur. Un peu plus loin, un magnifique escalier, paré d'un garde-corps en verre sablé art déco, montait en courbe vers l'étage. Impressionnée, Hélène avança dans la vaste pièce en direction d'une large baie vitrée qui étalait ses vantaux derrière les marches à claire-voie.

— Viens ! l'arrêta Jack en lui reprenant la main. On aura une meilleure vue d'en haut !

Et il l'entraîna une nouvelle fois, l'aidant à s'élever rapidement le long des majestueux vitrages qui se dressaient sur les deux niveaux de l'imposant duplex. Arrivés sur la mezzanine, dominant le salon de toute sa largeur, ils s'appuyèrent aussitôt sur le laiton lustré de la rambarde, face à la verrière. À droite, sur une partie plus large du balcon, un vélo elliptique attendait son sportif immobile. Plus près d'eux, sur un trépied ancien en bois, une grosse paire de jumelles invitait à scruter l'horizon.

— Éteins ta lampe, demanda Hélène.

Après quelques secondes, elle commença à apercevoir l'extérieur baigné d'une nuit bleutée, semblable à un soir de pleine lune. Derrière les vitres, les lourds flocons de neige s'écrasaient et se transformaient en gouttes d'eau, avant de dégouliner par à-coups. À travers l'eau, déformé par la diffraction, elle pouvait entrevoir le pont inférieur avec sa piscine et ses multiples jacuzzis. Figée dans le bassin gelé, une grosse bouée en forme de flamant rose témoignait que des enfants devaient jouer ici au moment de la catastrophe.

C'est alors qu'elle sentit Jack se placer derrière elle et l'enlacer tendrement. Elle éprouva tout le réconfort que lui procuraient ses bras. Elle se sentit tout de suite bien, presque en sécurité, pensa-t-elle en penchant sa tête sur l'épaule de Jack. Un sentiment mêlé de plénitude et de tristesse envahit Hélène. Elle tenta d'imaginer les riches propriétaires de cette suite certainement hors de prix, observer depuis cette même place les gens s'amuser dans l'eau, isolés des cris d'enfants par les épais doubles vitrages, sans se douter de ce qui allait arriver. Elle laissa courir son regard jusqu'à la poupe bombée qui culminait au-dessus du pont. Le pavillon qui hier encore semblait battre au vent sur sa hampe, figé dans son mouvement blanc de givre, ne ressemblait plus à présent qu'à un chiffon détrempé qui pendait lourdement. Hélène réalisa qu'il ne leur restait plus beaucoup de temps avant que le réchauffement ne détruise la fragile couche de glace qui les maintenait tous en vie. Elle se sentait impuissante.

— Pourquoi m'as-tu amenée jusqu'ici ?

— J'ai toujours trouvé très romantique le film de Cameron, et j'avais envie de voir ce que ça faisait de regarder le pont depuis la plus belle suite d'un paquebot. En quelques sortes, nous aussi nous sommes en plein naufrage. Et puis, le héros s'appelle Jack !

Hélène se retourna doucement et lui passa les bras autour du cou. Son visage presque collé au sien, elle observa ses traits fins découpés par les ombres et les reflets projetés par la pluie de neige depuis la verrière. La faible lumière semblait dégouliner le long de sa peau en innombrables larmes de saphir.

— Oh ! Mais, je me souviens très bien du film, Monsieur le héros ! ironisa Hélène. Donc, si je comprends bien, tu m'as amenée jusqu'ici juste pour me dessiner nue ?

Surpris par son ton très direct, Jack parut gêné et Hélène s'en amusa.

— Il fait un peu froid pour ça non ? tenta-t-il de plaisanter. En fait, je pensais qu'on pourrait se reposer en discutant, pour mieux faire connaissance. Normalement, il y a un grand lit très confortable derrière la cloison dans mon dos.

Comme si elle ne l'avait pas écouté, Hélène déposa un baiser sur les lèvres de Jack.

— Tu es trop mignon ! Allez ! Va pour une petite sieste !

Hélène s'écarta de Jack et s'arrêta devant une double porte qui épousait la courbure du mur derrière lui.

— Euh ! Ce n'est pas ce que j'ai dit.

Elle attrapa les deux poignées. Dans une symétrie parfaite, les deux portes à galandage se séparèrent dans un léger roulement feutré, avant de disparaître dans les cloisons. Elle découvrit une chambre richement décorée au centre de laquelle trônait un grand lit double.

— Ça devrait faire l'affaire ! dit-elle.

Hélène se retourna et fit un pas vers Jack qui était resté en arrière, comme figé sur place.

— Allez, viens ! lui dit-elle en le prenant par la main. On va discuter !

***

La tête au pied du lit, ses chaussettes de laine posées sur l'oreiller, Hélène profitait de cette parenthèse que lui offrait Jack, bien calée sur le lit, dans l'inclinaison du Queen Mary. Allongée sur le dos à côté de lui, elle scrutait le grand tableau accroché au mur, au-dessus de la tête de lit. Dans le faisceau de la lampe que tenait Jack, ils fixaient tous les deux, sans vraiment le voir, un couple sans visage habillé pour une soirée de gala, dansant probablement une valse, au milieu de couleurs criardes étalées dans un style pseudomoderne.

— À moi aussi il me fait de la peine, enchaîna Hélène. Tu penses que ses parents ont une chance d'être encore en vie ?

— J'aimerais y croire comme lui, mais franchement, je ne vois pas comment ce serait possible. Tous les survivants se sont regroupés au même endroit. Ils les auraient retrouvés depuis le temps. Ou alors, ils sont bloqués quelque part, ce qui reviendrait à peu près au même.

— C'est tellement triste !

— Tu as raison, changeons de sujet. Parlons un peu de toi. Tu n'habites donc pas Paris ?

— Pourquoi diable les Américains que je rencontre pensent que les Français habitent tous Paris ?

— Et tu rencontres beaucoup d'Américains ?

— Ce n'est pas ce que je voulais dire. Idiot ! Non, je viens d'un petit village au pied du Mont-Blanc — c'est une grosse montagne en Europe — qui s'appelle le Champel. C'est là que j'ai grandi, au cœur des Alpes, dans la ferme d'alpage de mes parents.

— Ça devait être beau, sauvage.

— Bien sûr ! Mais nous étions aussi très isolés. Pas facile pour l'école et les petits copains.

— Tu as quand même fini par descendre de ta montagne pour rencontrer le père de Romain.

— Oui, et ce n'est pas ce que j'ai fait de mieux ! répliqua Hélène, soudain sur la défensive.

— Désolé, je n'aurais peut-être pas dû parler de ça. Ça ne me regarde pas.

— Non, ce n'est pas ça. C'est d'évoquer Romain qui est difficile. Pour le reste, j'étais si jeune. Je voulais absolument trouver un moyen de quitter mon trou paumé, quand je suis tombée enceinte. Là, c'est sûr, je l'avais mon ticket pour la vallée. Je me suis retrouvée en Italie, au bord de la mer. Fini les crêtes enneigées. Mais, ça n'a pas duré. On ne renonce pas à la montagne comme ça. Dès qu'il a pu marcher, Romain a été mon prétexte pour regagner les sommets. Je l'emmenais tant que je le pouvais, voir mes parents d'abord, puis rapidement, il s'est pris au jeu, et nous passions de plus en plus de temps à escalader tous les deux : Sergio, lui, a toujours eu le vertige. Alors, il nous laissait partir sans lui ; c'était notre moment à nous. Pendant des années, jusqu'à l'adolescence en fait, nous avons partagé cette passion, et puis ça a été fini.

— Qu'est-ce qui s'est passé ?

— C'est de ma faute. J'ai été trop confiante et je l'ai emmené sur une voie qui était au-dessus de son niveau. Pour couronner le tout, nous avons été pris dans une tempête qui a débarqué sans crier gare. Nous sommes restés bloqués deux jours, en mode survie. Il a eu très peur et m'en a voulu à mort. La confiance était rompue. Plus question d'escalade avec maman. À partir de là, nos rapports sont devenus plus distants. J'essaie depuis de recoller les morceaux, mais la séparation d'avec son père n'a pas facilité les choses. Mes absences répétées non plus d'ailleurs.

— Tu vas peut-être me dire que ça ne me regarde toujours pas, mais je crois que tu devrais lui faire plus confiance. Ce n'est plus un enfant, tu sais !

— Tu as peut-être raison ! J'ai un peu de mal à le voir grandir aussi vite. Ça doit être un côté maman poule inconscient.

Hélène songea alors au bonheur qu'elle avait éprouvé d'avoir pu parler à Romain à la radio, quelques heures auparavant. Elle était apaisée de penser qu'il allait bien, qu'il n'était pas seul, à l'abri dans ce secteur Janus. Elle n'imaginait pas qu'elle entendrait à nouveau la voix de son fils, et ce simple souvenir soulageait un peu la douleur de savoir qu'elle ne le reverrait plus. Même s'ils étaient tous les deux vivants, un vide immense les séparait désormais, un vide qu'elle savait impossible à combler. Elle aurait souhaité pouvoir lui parler plus longtemps, lui dire à quel point elle l'aimait, qu'il sache combien elle regrettait de n'avoir pas veillé sur lui comme elle aurait dû. Mais elle ne pouvait pas en vouloir à Houston de lui avoir repris le combiné des mains pour le donner à Pettit. Il y avait plus urgent à traiter que le déchirement d'une mère arrachée à son fils, même si au final, ils n'avaient pas réussi à relancer leur production de gravitons.

— Tu y crois toi, à cette mission depuis l'ISS ? demanda-t-elle.

— Plus que de continuer à creuser en tout cas. D'ailleurs, je ne comprends pas vraiment Pettit. Il devrait savoir que ça ne sert à rien. Ça semblait nettement plus réaliste d'opérer directement avec le Centre. Mais, avons-nous le choix ? Je deviens un peu fataliste sur ce coup-là.

— Pareil ! Et Pettit, tu en penses quoi ?

— C'est un très grand physicien, certainement le plus grand physicien contemporain ; avec Mattis.

— Je ne te parle pas de son curriculum vitae, mais humainement, tu le trouves comment ?

— Disons que, je ne le pensais pas aussi égocentrique. Il ne correspond pas à l'image qu'il veut bien donner de lui dans la presse. C'est vrai que, quand tu le vois poser, une craie à la main, devant son grand tableau noir, tu l'imagines plus comme le gentil prof de physique que tu aurais rêvé d'avoir au lycée. Mais, derrière sa barbe et ses longs cheveux blancs, j'ai été un peu surpris de trouver quelqu'un qui ramène tout à lui en permanence. Avec Mattis, on peut dire qu'ils font la paire !

— En attendant, moi je ne lui ferais pas autant confiance que Houston. Pour une fois, j'aurais tendance à me ranger du côté de Mattis pour cette histoire de graviton.

— Je ne sais pas. Je pense qu'elle cherche plus à ne fermer aucune porte qu'à lui faire réellement confiance. Ils me semblent l'un comme l'autre tout aussi dépassés par la situation. J'aurais bien du mal à dire qui des deux a la bonne solution.

Hélène et Jack restèrent de longues secondes silencieux, les yeux perdus sur la toile au mur.

— Tu sais, j'ai l'impression que ce peintre a réussi à fourguer ses croûtes dans tout le paquebot, enchaîna Hélène après un moment. J'ai vu un peu les mêmes peintures dans les escaliers tout à l'heure.

— Tu as raison, c'est plutôt moche !

Hélène pivota et se redressa au-dessus du visage de Jack.

— Je voudrais te remercier pour ce moment. J'en avais vraiment besoin, je crois. Un peu de légèreté, ça fait du bien.

Jack lui renvoya un sourire tendre.

— Pour en revenir à ta passion pour *Titanic,* il nous reste encore deux heures avant de recontacter l'ISS, alors je suggère qu'on passe tout de suite à la scène sur la banquette arrière, dans la voiture ; avec la buée, tout ça !

Alors qu'il s'apprêtait à répondre, Hélène étouffa ses paroles d'un baiser ardent.

46.

JOUR 5
Altitude : 382 km
Température : 109 °C
Gravité : g = – 4,78 N/kg

Sur les images en noir et blanc des deux écrans de contrôle du module Svezda, Serguï scrutait les petites formes blanches qui paraissaient immobiles dans l'espace, à chaque extrémité de la poutrelle principale de la station. Derrière les combinaisons spatiales de Tracy et Fiodor qui effectuaient des mouvements imperceptibles dans le vide, il cherchait à distinguer ces fameuses A.E.D. dont il ignorait tout. Il avait beau pencher la tête — sachant très bien que ça ne servait à rien — il ne parvenait pas à apercevoir la moindre partie de ces mystérieuses armes.

— On peut dire qu'ils les ont bien cachées ! s'agaça Serguï. Impossible de voir quoi que ce soit d'ici.

— Un peu de patience Serguï, ils finiront bien par revenir avec, lança Scott, à côté de lui. Et puis, tu ne voudrais quand même pas qu'ils les aient mises sous notre nez.

— Mais, elles étaient sous notre nez !

— Je sais ! Je suis d'accord avec toi : c'est très vexant. Mais, qu'est-ce que tu veux, nos gouvernements doivent nous trouver trop vieux jeu pour assumer un programme secret-défense comme celui-là.

— Tu es bien tolérant tout à coup. Pour ma part, je n'aurais jamais accepté une mission aussi hypocrite. Il n'y a vraiment plus aucune morale. Moi qui pensais qu'il n'y avait plus de guerre froide depuis longtemps.

— En tout cas, pour Fiodor et Tracy, ça n'a pas l'air de poser de problème. Sûrement une question de génération !

Le commandant Scott attrapa le combiné qui flottait devant lui au bout de son long fil blanc tordu.

— Tracy ? Fiodor ? Vous en êtes où dehors ?

« Je commence à attaquer l'appareil, ça risque d'être un peu long », répondit la voix grésillante de Tracy depuis l'enceinte murale.

« Je viens de remonter la jupe. Je démarre le déboulonnage », dit Fiodor.

« Dis donc, tu es du genre rapide ! »

« Mais, je sais aussi prendre mon temps lorsque c'est nécessaire ! »

« C'est bien noté ! »

Scott regarda Serguï en levant les yeux au ciel.

— On les arrête plus ces deux-là ! lâcha-t-il.

— Ça t'étonne ? Depuis le temps que ça couvait ! Laisse-les un peu s'amuser. Ça ne peut pas leur faire de mal dans le contexte. On ne sait pas ce que nous réservent les prochaines heures.

— Je suppose que tu as raison.

— Tu as pu voir avec Gordon pour le Dragon ? Tu penses qu'il peut le faire ?

— Pour Gordon, j'ai des doutes, mais son vaisseau est techniquement une merveille, je ne peux pas dire le contraire. Il semble avoir la puissance nécessaire pour atteindre la surface et s'y stabiliser, mais avec quelqu'un comme toi, moi ou Fiodor aux commandes, nous aurions une meilleure chance de réussite.

« Depuis combien de temps es-tu sur cette mission ? » demanda la voix de Fiodor depuis l'enceinte murale.

— Tu ne devrais pas sous-estimer ses capacités de pilote, enchaîna Serguï, sans plus prêter attention au dialogue que Tracy et Fiodor entamaient depuis l'espace. Si une entreprise comme SpaceX a décidé d'en faire son astronaute vedette, je ne veux pas croire que c'est juste pour son physique avenant. Je te rappelle que son objectif est quand même d'aller sur mars, ce n'est pas rien !

— C'est vrai, mais les intentions ne font pas le pilote. Il va falloir lui faire confiance malgré tout. Tu sais, quelque part, je l'envie un peu de pouvoir agir quand je ne fais que subir les évènements les uns après les autres. Lui au moins peut faire quelque chose d'utile, au lieu de passer son temps à dire qu'on doit attendre passivement que ça s'améliore.

Serguï savait à quel point son ami était frustré. Lui qui n'aimait rien tant que l'action se voyait obligé de confier cette mission à un Ken Gordon dans la force de l'âge, aux commandes d'un vaisseau qui embarquait toutes les dernières technologies pour la conquête spatiale. Scott devait, plus que jamais, souffrir du sentiment que son temps était désormais passé, comme lui-même le ressentait.

— Tu es injuste avec toi-même Andrew. Tu ne cesses de prendre des décisions difficiles, inédites. Jusqu'à présent, tu t'en sors très bien. Tu n'as rien à te reprocher. On est tous vivants, non ? Si j'ai bien compris la situation, tout le monde ne peut pas en dire autant.

« Ça fait un moment. Mais, je croyais qu'on n'était pas censés parler de nos missions ? Ah ! Je n'arrive pas à maintenir cette saleté de boulon ! » s'impatienta Tracy.

« Oui, il faut pas mal de doigté pour ça ! »

« Oh ! Mais, je n'en manque pas ! »

— Du coup, tu as décidé si tu allais lancer la mission ?

— J'attends de savoir ce que va me dire cette major Houston. Nous avons trop peu d'éléments pour le moment. On ne sait toujours pas vraiment ce qui s'est passé en bas.

— Écoute ! Je ne l'ai encore dit à personne, mais lorsque j'ai relevé la position de la station par rapport à la sphère, il m'a semblé voir par endroit des structures qui dépassaient de la glace : j'ai eu l'impression que c'était des buildings.

— Quoi ? Comment ça des buildings ?

— C'était difficile d'en être certain, tout était presque recouvert de blanc là-dessous, mais je te jure que ça ressemblait à des immeubles qui émergeaient de la surface.

— Bon, on ira regarder ça tout à l'heure. Elle ne devrait plus tarder maintenant. Ça fait bientôt sept heures.

« Ça y est, je la tiens ! »

« Ce n'est pas trop tôt ! »

« Ça va, Monsieur l'impatient ! J'aime prendre mon temps, figure-toi. Je suis pour le travail bien fait. »

« Ça nous fait un point commun de plus dans ce cas ! »

— Si jamais tu décides de lancer la mission. Tu as déjà une idée de qui tu vas envoyer ?

— Tracy, Fiodor et Ken sont une évidence. Pour les deux places restantes, je pensais à Kim et Nicole. Ils ne nous seront plus d'une grande utilité sur la station, et leurs connaissances scientifiques pourraient être un atout au sol. En imaginant qu'ils y parviennent un jour. Pour l'instant, je vois plutôt ça comme une mission suicide.

« Et quels sont nos autres points communs selon toi ? »

« Je ne sais pas, nous aimons les mêmes choses toi et moi, non ? »

« C'est-à-dire ? »

Scott attrapa vivement le combiné devant lui.

— Bon ! Ce n'est pas le moment de batifoler tous les deux ! s'agaça Scott. Votre EVA n'a pas été vraiment préparée et vous savez le danger supplémentaire que cela représente. Alors, prenez votre foutu engin et rentrez avec le plus vite possible.

« Vos désirs sont des ordres, Commandant », lança joyeusement Fiodor.

« Je n'attends rien d'autre ! Est-ce qu'il a dit batifoler ? » se moqua Tracy.

Serguï s'amusa de la mine outrée de Scott devant le jeu de sous-entendus de Tracy et Fiodor.

« NA1S… S… cevez-vous ? NA1SS ici IC… recevez-vous ? » répéta la voix du jeune garçon depuis la VHF de l'ISS.

— Ici le Commandant Scott, répondit-il immédiatement. Je vous reçois haché. Je répète, je vous reçois haché. Over.

« Ici …jor Houston. Conten… ous entendre à nouveau Comman… Où en êtes-vous de… récupération du matériel ? Over. »

— L'opération est en cours Major. Ils ont presque fini de les démonter. Nous n'avons que quelques minutes de communication, aussi, si vous pouviez rapidement nous briefer sur ce que vous attendez de nous. De notre côté, nous ne pouvons pas vraiment nous permettre un nouveau cycle de sept heures. Nous sommes bientôt à court de carburant. Over.

« Les démonter ? De quoi parlez-vous ? Nous n'avons qu'un matériel sur l'ISS. Over. »

Serguï vit Maryam et Ken apparaître l'un après l'autre dans l'ouverture circulaire du module pour venir assister au second contact avec le sol. Ils arrêtèrent leur vol en silence à côté de Scott, attrapant les barres d'aluminium fixées aux parois. Scott réalisa alors à quel point « les touristes » avaient fait du chemin depuis cinq jours, et leurs gestes, au début maladroits dans l'impesanteur, avaient à présent atteint une précision routinière.

— Eh bien, maintenant il y en a deux ! répondit Scott. Nous vous expliquerons ça si nous en avons le temps. Que devons-nous faire avec ces armes ? Nous n'avons pas pu avoir les dernières informations sur votre localisation, et nous avons du mal à comprendre ce que vous attendez de nous, à part qu'il y a un module à récupérer dans la glace. Over.

« Deux lasers seront mieux qu'un. C'est plutôt une première bonne nouvelle. De notre côté, nous avons réfléchi aux problèmes que vous pourrez rencontrer pour remonter jusqu'au module. À commencer par sa localisation. Matthew nous a parlé d'un système assez simple qu'il a appelé la « chasse au renard » qu'il pratiquait avec son club de radioamateurs. Je vous donne tout de suite les informations que vous devez connaître. Depuis notre campement, nous allons émettre un signal sonore continu que vous capterez avec une antenne de réception sur la fréquence 145,475 MHz. Ne me demandez pas pourquoi, Matthew a l'air sûr de lui. Le signal radio ne doit pas pouvoir dépasser les trente, quarante miles de portée, aussi, il faudra que vous soyez assez près pour le recevoir. La force du signal vous indiquera si vous vous approchez ou si vous vous éloignez du module. »

— Ils veulent que nous utilisions la radiogoniométrie, chuchota Maryam.

« J'imagine que vous savez déjà que nous nous situons dans les environs de New York, vers l'ouest. D'après Matthew, ce type d'antenne de réception est très simple à construire. Je pense que vous n'aurez aucun mal à la fabriquer avec les cerveaux et le matériel dont vous disposez à bord de l'ISS. Over. »

— Bien reçu Major. Nous n'avons pas encore décidé s'il était possible de lancer la mission, mais nous allons tout faire pour qu'elle puisse être prête le cas échéant, pour notre prochain passage. Nos ressources en ergol sont plus que limitées, aussi, nous n'aurons droit qu'à un seul essai. Over.

« Je suis navrée d'apprendre ça Commandant. Je comprends parfaitement votre situation, mais effectuer cette mission ne peut en aucun cas être considéré comme une option. Nous devons à tout prix récupérer ce module. C'est l'unique solution qu'il nous reste pour inverser la gravité. Nous resterons en veille pour attendre votre prochain appel. J'espère que vous nous apporterez de bonnes nouvelles. Over. »

— Une dernière question Major. Lors de notre précédente communication, vous nous avez dit que vous n'étiez pas vraiment sur Terre. Nous n'avons pas bien reçu votre réponse. Que vouliez-vous dire exactement par, pas vraiment sur Terre ? Over.

— Vous allez avoir du mal à le croire Commandant. Nous sommes à environ une dizaine de kilomètres de la surface terrestre, de l'autre côté de la couche de glace que vous devez certainement apercevoir depuis l'espace. Nous sommes… tombés. Je sais, c'est difficile à imaginer. Over.

— Major, dites-moi que c'est une plaisanterie ! Over.

— Est-ce que j'ai l'air de plaisanter Commandant ? Over.

Dans le module, Serguï et Scott restèrent interdits.

« Est-ce que quelqu'un peut nous ouvrir le sas ? Il commence à faire une chaleur à crever ici ! » lança la voix grésillante de Tracy.

47.

JOUR 5
Altitude : – 188 m
Température : 11 °C
Gravité : g = – 8,93 N/kg

Lorsque Mark avait entendu Shino et le gamin arriver dans le tunnel de l'ancien accélérateur, il avait d'abord cru qu'ils étaient venus pour lui. Il était certain qu'ils avaient compris que ce n'était qu'un banal accident, que ça ne se reproduirait plus. Plein d'espoir, il s'était alors extrait du trou sombre et humide dans lequel il s'était terré après avoir fui le secteur Janus, grimpant jusqu'à l'épuisement les barreaux de l'échelle de secours, pour finir par atteindre, hors d'haleine, le niveau le plus profondément enfoui du Centre.

Sans notion du temps, il y avait ruminé la manière dont il allait s'expliquer auprès de Shino, et les pensées s'étaient bousculées dans sa tête. Ça n'était pas de sa faute après tout. Tout le monde voulait lui faire porter le chapeau, mais il n'y était pour rien. Jamais Mattis ne lui avait donné les responsabilités qu'il méritait. Ils étaient tous tellement jaloux de lui. Mais, lui n'était pas un moins que rien, non, certainement pas ; et Shino le savait. On l'avait toujours considéré comme un sous-fifre : pas elle. Et puis, ce Romain n'avait rien à faire là. C'est lui qui s'était cogné à l'appareil. *Mais, qu'est-ce que j'ai fait ?* De toute façon, Pettit ne pouvait pas être vivant ; ça aussi Shino allait finir par le comprendre. Tous ces câbles au sol, ils n'auraient pas dû être là non plus. Personne ne pouvait survivre à une telle chute dans le vide. Il les avait vus disparaître dans la nuit. Si seulement quelqu'un l'avait mis en garde. *Ils sont tous morts, et ce n'est pas de ma faute.*

Dans sa volonté d'échapper à la torture mentale qu'il s'infligeait, il avait fini par se convaincre que Shino le comprendrait, qu'elle lui pardonnerait. Aussi, au moment où il avait entendu sa belle voix résonner dans l'immense couloir, appelant son nom, il était certain que tout allait s'arranger. « Mark ? Mark, tu es là ? Mark ? »

Sortant du noir, il était entré dans la lumière crue du tunnel sans fin qui tournait en suivant l'alignement des tubes au néon sur le sol. Dans les flaques d'eau, il pouvait apercevoir au loin les deux silhouettes de dos qui commençaient à s'éloigner vers la partie opposée du souterrain. Il avait cherché à les rejoindre, longeant le pipeline argenté et poussiéreux de l'accélérateur qui défilait au plafond. Il était prêt à appeler à son tour, à lui dire qu'il était là, qu'il n'attendait qu'elle. C'est à cet instant, alors qu'il approchait sans être vu, qu'il avait surpris leur conversation.

Ils n'étaient pas du tout venus pour lui. Il était le cadet de leurs soucis. Seul Janus les intéressait. Ils convoitaient son unité de production, prévoyant de la faire fonctionner sans lui. Ils voulaient tous la même chose, et Shino n'était pas différente finalement.

Un sentiment de trahison s'était soudain emparé de lui, se transformant rapidement en une amertume haineuse. Son premier réflexe avait été de s'effacer à nouveau dans l'ombre d'un renfoncement moulé dans le béton, et il avait quitté la lumière juste avant que Shino ne se retourne en croyant avoir entendu quelque chose derrière elle. Elle l'avait appelé une nouvelle fois, mais il était resté sans bouger, jusqu'à ce qu'ils aient repris leur chemin, attendant son heure.

Tandis qu'il rongeait son frein, Mark les entendit revenir du fond de l'accélérateur, quelques heures plus tard, et il éprouvait une volonté féroce de les détruire tous les deux. Il avait accumulé tant de haine à présent, qu'il se sentait prêt à exploser. Il ne les laisserait pas faire. Ces traîtres ne lui prendront jamais Janus. *Jamais !* Mais il devait d'abord comprendre ce qu'ils faisaient avec ce gros câble qu'ils tiraient et qu'ils entassaient au sol, devant les portes ouvertes des monte-charge. *Et si c'était un piège ?* Il se méfiait. Aussi, il resta tapi dans le noir, prêt à surgir le moment venu.

— Je pense qu'on a assez de longueurs, dit Shino, essoufflée par l'effort et le manque d'oxygène. Ça devrait suffire pour atteindre Janus. De toute façon, je n'en peux plus. Ce câble pèse un âne mort.

— Tu crois que ça va marcher ? demanda Romain.

— Je l'espère. La pile à combustible a l'air de toujours fonctionner. Cela dit, je n'ai pas la moindre idée de la manière dont on va connecter ça à l'unité de production. Mais, on verra ça plus tard. Notre premier problème est de faire descendre ce câble sans qu'il tombe dans la cage d'ascenseur. On ne pourra jamais retenir un poids pareil.

— T'en fais pas pour ça, on peut utiliser ces poteaux pour créer une chicane qui va le freiner, un peu comme pour un rappel. Tu n'auras plus qu'à le laisser glisser tranquillement sans le lâcher. Moi, je peux aller le réceptionner en bas pendant ce temps. Mais, je t'avoue que je ne suis pas très rassuré avec Mark dans les parages.

— Je pense qu'on ne craint rien de lui. Il n'est pas méchant, tu sais. Je me demande encore ce qui lui a pris. Peut-être une crise de panique, mais je ne crois pas qu'il voulait te blesser. Il ne l'a certainement pas fait exprès. Et puis, nous avons absolument besoin de lui pour la production. Il n'y a plus que lui qui connaisse son fonctionnement.

À ces mots, la haine que Mark éprouvait quelques secondes plus tôt fut aussitôt balayée par le flux de bonheur de se savoir à nouveau aimé. Au fond de lui, il n'avait jamais douté de Shino. Il était évident qu'elle n'avait aucunement l'intention de le déposséder de Janus. Elle n'était pas comme les autres. Au contraire. Depuis le début, elle cherchait une solution afin qu'ils puissent accomplir ensemble ce pour quoi ils avaient été réunis. Elle n'attendait maintenant que son retour pour reprendre leur collaboration là où ils l'avaient laissée. Mark se sentit prêt à s'élancer pour déclarer à Shino qu'il la comprenait aussi bien qu'elle le comprenait.

— Moi, je pense que ce type est dangereux, dit Romain.

— Tu dis ça parce que tu ne le connais pas. Quoi qu'il en soit, il faudra qu'on le retrouve à un moment ou à un autre.

Les derniers mots de Romain stoppèrent net l'euphorie naissante de Mark. Tant que ce petit pleurnichard de Français sera entre eux, se dit-il, il ne pourra pas parler à Shino comme il aimerait le faire. Il doit attendre encore un peu. Quand elle sera seule, il pourra enfin lui dire à quel point il l'aime. *C'est ça !*

Lorsqu'elle saura, tout s'arrangera. Mais pas tout de suite. Tout va bien se passer maintenant.

48.

JOUR 5
Altitude : 12,7 km
Température : – 2,3 °C
Gravité : g = – 7,61 N/kg

— Et où les avez-vous trouvées ces jumelles ? demanda Cooper qui peinait à porter la batterie.

— Dans une suite où nous sommes passés pendant notre visite du paquebot, répondit Jack à côté de lui.

Houston aperçut le petit sourire complice que s'échangèrent discrètement Hélène et Jack. *Visite du paquebot, mon œil !* pensa-t-elle. Ils s'étaient absentés plus de deux heures avant que le commandant Scott ne rappelle pour confirmer qu'il lançait une partie de son équipage dans cette mission de sauvetage absurde. Elle serait très étonnée qu'ils n'aient fait qu'admirer les boiseries. Elle avait d'ailleurs fini par un peu s'inquiéter de ne pas les voir revenir à l'approche de l'heure de contact avec l'ISS, même si elle se doutait qu'ils prenaient du bon temps.

Devant Houston, au milieu du paysage plongé dans la nuit, le campement de toiles tendues projetait la lumière orangée et réconfortante d'un feu de bois. Une pluie continue avait remplacé les flocons, et la neige fondue, plus lourde que jamais, l'obligeait à lever haut les pieds à chaque pas. Dans une douceur qui progressait sans cesse, l'eau glacée pénétrait à présent ses chaussures et son blouson.

— Est-ce qu'on peut faire une petite pause ? demanda Jack. Je commence à tétaniser là !

Aussitôt, Hélène étala au sol les épaisses couvertures qu'elle portait pour protéger le matériel. Jack y déposa son fardeau, bientôt imité par Cooper qui lâcha un râle de soulagement. Derrière eux, la silhouette sombre et massive du Queen Mary, tachetée de quelques hublots allumés, se découpait dans la nuit pure, débarrassée de ses brumes.

— Je me demande bien qui a pu voler notre luge, pesta Cooper.

C'est quand même dingue, on se croirait en plein Bronx !

— Quelqu'un a dû l'emprunter, tempéra Hélène. Ou peut-être un gamin qui voulait jouer avec.

— En attendant, elle nous manque bien ! insista-t-il.

— Nous avons déjà fait la moitié du chemin, c'est bientôt terminé, dit Houston.

— Combien de temps nous reste-t-il pour installer tout ça ? demanda Jack.

— Ils ne devraient pas lancer la mission avant une bonne heure. Tout devrait être prêt au campement, et il valait mieux attendre le dernier moment pour sortir les batteries dans le froid. J'espère qu'elles tiendront le coup.

— Une radio consomme peu d'énergie. On devrait pouvoir émettre pendant de nombreuses heures sans difficulté.

— Ça fait toujours ça d'assuré !

— Vous pensez qu'ils vont y arriver ? s'inquiéta Hélène.

— Je ne sais pas. Pour ce qui est de rejoindre la surface de glace, le commandant Scott avait l'air assez confiant sur la capacité du vaisseau de Space X. Remonter ensuite jusqu'au module va être un autre problème. En tout cas, j'espère que cette histoire de « chasse au renard » n'est pas qu'un jeu irréaliste tout droit sorti de la tête de Matthew.

Tout en disant cela, Houston savait très bien que sa vraie préoccupation était ailleurs. Même si elle avait conscience que l'A.E.D. pouvait aider la mission à traverser la glace pendant un temps, elle redoutait également que cette arme n'ait pas l'autonomie suffisante pour leur permettre d'ouvrir un passage jusqu'à eux, une fois déconnectée de sa source d'alimentation sur l'ISS. Si le lieutenant Whitman parvenait avec son équipe à atteindre la couche de glace, il y avait toutes les chances qu'ils finissent bloqués au milieu de cette immense banquise. Restait le laser russe ; pour une fois elle aimerait bien voir leur technologie plus avancée que celle des Américains. Préférant ne pas démoraliser le groupe, elle décida de garder ses réflexions pessimistes pour elle.

— Ne pensons pas au pire, intervint Cooper devant un début d'abattement général. Je ne sais pas vous, mais moi j'ai hâte d'atteindre la proximité de ce feu pour y sécher mes os.

— Tout à fait d'accord, répondit Jack, hissant la batterie dans ses bras.

Les toiles du campement ployaient lourdement sous la pluie, donnant un air triste au décor. Houston pouvait apercevoir à présent Mike et les autres redresser le dernier des quatre poteaux qui, reliés en carré par des câbles, leur serviraient d'antenne. Du fond du puits, la lueur bleue des gravitons projetait des reflets aquatiques qui ondulaient et s'agitaient sur le plafond de tissus. Depuis que la fonte s'était accélérée, le trou n'avait cessé de se remplir de toujours plus d'eau, les obligeant à arrêter de creuser. Ils avaient alors mis en place un système d'évacuation de fortune à l'aide d'un tuyau de lance à incendie et d'une pompe à main récupérée sur le Queen Mary. Les hommes se relayaient sans cesse et l'eau extraite se déversait plus loin, dans une crevasse qui plongeait profondément dans la glace. Malgré leurs efforts, ils avaient de plus en plus de mal à maintenir un niveau suffisamment bas pour reprendre le travail au fond du puits, particulièrement pendant les phases de jour qui voyaient la température augmenter dramatiquement. Houston y percevait la fin de leurs espoirs. Ils n'avaient toujours aucun contact avec le Centre et ils ne pouvaient plus creuser. *Et cette histoire absurde de mission ! Comment pouvaient-ils tous y croire ?* À moins qu'ils ne pensent comme elle qu'on ne peut pas regarder le monde s'écrouler sans rien faire ; en pleine conscience que ce qu'ils étaient en train de tenter était probablement inutile.

Arrivée sous la tente, Houston aperçut Matthew qui courrait vers eux. Le pauvre gamin était trempé lui aussi, sans que cela affecte le moins du monde son énergie inépuisable.

— Vous pouvez tout poser là ! indiqua Matthew. Sur les caisses. C'est l'endroit le plus à l'abri.

Houston sortit la radio de la bâche en plastique dans laquelle elle l'avait enroulée. Lorsqu'elle regarda l'installation faite de bric et de broc, elle douta plus que jamais.

— Tu es sûr que ça va marcher Matthew ? s'inquiéta Houston. Tu sais, ce n'est pas un jeu. Les vies de femmes et d'hommes vont dépendre de ton signal.

Houston vit alors le sourire de Matthew s'effacer un peu pour la première fois.

— C'est que… pour le signal, ça, c'est sûr, je sais comment

faire. Mais, d'habitude, la « chasse au renard », on fait ça en forêt. Je l'ai encore jamais fait sur la glace.

— Je crois que ce n'est vraiment pas le moment d'embêter notre Matthew avec ça, intervint Hélène. Vous ne pensez pas Rebecca ?

Houston vit le regard noir que lui lançait Hélène, alors qu'elle protégeait les batteries de ses couvertures. *Elle cherche à préserver le gamin. Elle a certainement raison. Il ne faut pas qu'il se mette à douter ; pour ce que ça change de toute façon !*

— Oui, bien sûr ! Ne t'inquiète pas Matthew, je suis certaine que tout va bien se passer. Nous te faisons confiance, tu sais.

— D'accord ! se réjouit Matthew. Vous me direz quand tout est branché pour qu'on fasse un essai. Je vais aller chercher un talkie-walkie sur le bateau.

Tous regardèrent Matthew quitter la tente et s'éloigner dans la neige en courant, en direction du paquebot.

— Lui, au moins, il ne perd jamais le moral, lança Cooper.

— Moi, je trouve que c'est un bon exemple à suivre, ajouta Jack.

— De nier la réalité ? ironisa Houston. Je ne suis pas certaine que ce soit d'une grande aide dans notre cas.

— Sans vouloir nier la réalité, garder un esprit positif ne peut pas faire de mal, rétorqua Hélène.

À présent que la radio était en place, et dans l'attente du retour de Matthew, Houston rejoignit Cooper à l'autre extrémité de la tente. À l'abri de la pluie, il scrutait la Terre aux jumelles.

— Vous voyez quelque chose ? demanda Houston dans son dos.

Elle se pencha et aperçut, sous la toile qui gouttait, le dernier point lumineux qui brillait encore sur la surface terrestre.

— Ces jumelles sont fantastiques. On devine clairement le dôme du labo et les lumières à l'intérieur. En même temps, c'est étrange ; ça semble si proche et à la fois hors d'atteinte.

— Tant qu'on voit de la lumière, on sait au moins que les piles de secours fonctionnent toujours. Rien d'autre ?

— Non, je ne vois rien bouger en tout cas. Vous voulez regarder ?

— Pourquoi pas.

Houston fut surprise par le poids des jumelles. Elle n'arriva pas tout de suite à viser la lumière, et vit plusieurs fois un trait blanc passer dans son champ de vision, avant de parvenir à se stabiliser sur le laboratoire Oméga. Par l'ouverture du dôme éventré, les points lumineux des éclairages brillaient intensément au cœur des ténèbres. Mais elle avait beau fouiller, tenter d'apercevoir un infime signe de vie, tout restait désespérément figé.

— Qu'avez-vous pensé de l'opposition de Mattis à l'idée de libérer les gravitons du module comme le suggère Pettit ? demanda Cooper. Êtes-vous certaine de vouloir lui faire confiance ?

— Je ne sais pas. Pettit a l'air sûr de lui, et vu les évènements, j'ai tendance à ne plus trop croire Mattis. Il le déteste tellement. Je réalise qu'à ce niveau, il est incapable d'objectivité.

Houston laissa retomber les lourdes jumelles qui commençaient à peser, continuant à fixer la faible lueur qui brillait au-dessus de leurs têtes.

— Je n'ai pas eu l'occasion de vous remercier Cooper.

— Major ?

— Je mesure parfaitement le sacrifice que représente votre choix de finalement nous rejoindre pour finir la mission. J'imagine qu'il n'a pas été facile de laisser derrière vous l'espoir de revoir votre famille. Je vous en suis très reconnaissante. J'aimerais que vous sachiez que, quel que soit ce qui nous attend, ça n'aura pas été en vain. Votre décision aura des conséquences qu'aucun de nous ne peut encore évaluer.

— Je vous remercie, lâcha Cooper après quelques secondes de silence. Mais, Dieu nous a mis à l'épreuve, et en cherchant à retrouver les miens, je ne me rendais pas compte que je Lui tournais le dos, que je refusais de me confronter à Sa volonté. Il m'était impossible de faire preuve d'autant de lâcheté.

Houston était toujours étonnée de parler à un croyant, et jusqu'à aujourd'hui, elle avait tendance à les trouver plutôt ridicules. Dans sa vision purement matérialiste du monde, il n'y avait aucune place pour quelque bondieuserie que ce soit. Mais, à cet instant, comprendre la conviction du caporal ne lui paraissait plus inconcevable. Cette force qu'il parvenait à tirer d'une idée, c'était peut-être ça aussi, finalement : la foi.

— Et puis, en réalité, je n'ai réussi qu'à faire fuir un ours, ironisa Cooper.

49.

JOUR 5
Altitude : 169 km
Température : 86 °C
Gravité : g = – 6,13 N/kg

Seule dans son compartiment de repos, Tracy se laissa glisser lentement dans une douce léthargie. Bercée de son ronronnement monotone, elle accueillait le souffle chaud du ventilateur sur son visage perlé de sueur, comme la caresse réconfortante d'un alizé venu d'horizons lointains.

Sur le point de s'endormir en impesanteur, immobilisée dans son lit-sarcophage, elle perçut le froissement du mince rideau qui l'isolait du reste de l'équipage. Fiodor pénétra sans bruit dans l'espace restreint et posa aussitôt un index sur sa bouche entrouverte. Flottant face à elle, il fit glisser sans hésitation le zip de sa combinaison de vol, avant d'en sortir entièrement nu. L'habit vide remonta mollement derrière ce corps d'athlète révélé qui avança et se serra contre elle. De ses yeux brillants, elle l'observa descendre lentement la longue fermeture du sac de couchage qui l'enfermait, et elle se sentit désormais comme une collégienne libérée, prête à braver tous les interdits. Le long de ses jambes consentantes, les mains viriles du jeune Russe la débarrassèrent sensuellement de ses sous-vêtements, avant que son corps tout entier ne vienne se coller au sien, resté figé dans un désir immobile.

À présent vêtue de son seul débardeur kaki, elle éprouva la douceur du contact de leurs peaux, tandis que Fiodor approcha son visage à quelques millimètres de ses lèvres, sans jamais les toucher.

— Tracy ! murmura Fiodor.

Elle sentit l'haleine chaude de son appel troublant.

— Tracy !

Ses mains remontèrent et caressèrent avec insistance le tatouage de papillon dessiné très bas dans son dos.

— Tracy !

La voix devint soudain moins suave.

— Tracy !

La voix se fit étrangement métallique, légèrement désagréable.

— Tracy !

Elle ne reconnaissait plus la voix de Fiodor, tandis qu'une multitude de bruits inconnus envahirent sa cabine. Elle voyait son visage, mais ses traits s'effaçaient dans une déformation angoissante.

« Tracy ! » appela la voix de Ken dans l'intercom.

Tracy se réveilla en sursaut derrière la vitre arrondie et embuée du scaphandre de sa combinaison spatiale. Elle avait chaud et se demanda une seconde où elle se trouvait.

Face à elle, une série de grands écrans haute définition affichaient d'innombrables données au graphisme coloré. L'impression d'être dans un décor futuriste était accentuée par la combinaison que portait Ken, assis à sa gauche. SpaceX avait vraiment un goût très prononcé pour le style, pensa-t-elle. Ces tenues blanches et beige très près du corps semblaient tout droit sorties d'un film de science-fiction. La combinaison Orlan de Fiodor paraissait bien anachronique au milieu de toute cette technologie de dernière génération. Son sommeil devait être extrêmement profond tant son songe était réaliste, se mit-elle un peu à regretter.

— Eh bien, « Papillon » ! Il avait l'air sympa ton rêve, se moqua Ken à travers l'intercom de son casque.

— Pourquoi, qu'est-ce que j'ai dit ? s'inquiéta Tracy.

— Pas grand-chose, mais ton rythme cardiaque s'est pas mal affolé juste avant ton réveil.

À la base du grand écran central, Tracy aperçut ses données physiologiques affichées sous son nom, à côté de ceux des quatre autres membres d'équipage embarqués à bord du Dragon III. *Kondiatrev - Gordon - Whitman - Price - Zeng,* s'alignaient dans l'ordre de leur place à l'intérieur de la cabine. Elle remarqua aussitôt les pulsations très lentes de Ken et Fiodor, puis celles très élevées de Liang. *Il doit être terrorisé.*

— Un petit cauchemar peut-être ? s'amusa Ken.

— C'est ça ! mentit Tracy.

— Pas étonnant. Je ne sais même pas comment tu fais pour t'endormir à quelques minutes du largage. On peut dire que tu as un sacré sang-froid.

— Ou bien que je suis totalement épuisée, rétorqua Tracy qui réalisait qu'elle n'avait presque pas dormi depuis quatre jours.

— Je me souviens qu'à West Point, tu étais déjà comme ça ; jamais peur de rien. Ça doit-être aussi pour ça que l'armée t'a sélectionnée.

— Nous pourrions peut-être nous concentrer sur notre mission, intervint Fiodor.

À en croire le regard noir qu'il lui lançait depuis l'autre bout de la rangée de sièges, Fiodor n'avait pas l'air de goûter les souvenirs de Ken la concernant. *Serait-il du genre jaloux ?* s'interrogea Tracy. Elle préférait nettement la version onirique de son futur amant.

Reprenant ses réflexes militaires, elle vérifia que son canon laser était bien sanglé à côté d'elle, avant un départ qu'elle savait imminent. Elle contrôla une dernière fois qu'elle avait bien désactivé l'arme pour préserver sa batterie. L'ISS ne devrait plus tarder à atteindre son périgée, et ils allaient bientôt être lâchés seuls dans l'espace, pour partir à l'assaut de cette sphère de glace. À bien y réfléchir, c'est vrai qu'elle n'avait pas peur. Malgré le peu de chance qu'ils avaient de s'en sortir, elle restait concentrée avant tout sur la mission, comme elle l'avait toujours fait.

Se retournant difficilement dans sa combinaison, elle pivota vers Liang et Scarlett qui attendaient en silence sur les deux sièges arrière de la grande cabine circulaire du Dragon. Scarlett était enfin débarrassée de sa fichue caméra et portait devant elle le sac de matériel qui devait les aider à évoluer sur la glace. À côté d'elle, Liang se cramponnait fermement aux éléments qui serviraient à construire la précieuse antenne censée les guider jusqu'au module qu'ils devaient retrouver. Tracy avait du mal à imaginer ces bouts de plastique, de métal et de scotch les aider à trouver quoi que ce soit. Elle considérait ce matériel bien peu technologique au regard de ce qui les entourait dans ce vaisseau ultramoderne.

Pourquoi Scott avait-il choisi ces deux-là pour les accompagner ? se demanda-t-elle. Le refus catégorique de Kim de quitter l'ISS et l'insistance de la réalisatrice pour rester au cœur de l'action expliquaient sa présence. Cependant, Scarlett n'avait pas pensé alors que son matériel ne pourrait pas effectuer de sortie dans l'espace, et elle avait dû laisser sa caméra à bord de l'ISS. Depuis, elle faisait la gueule. *Au moins, on ne l'entend plus.*

Ce qu'elle comprenait moins bien, c'était pourquoi Liang, au lieu de Maryam ou Nicole. Ce geek passionné de jeux vidéo ne lui paraissait pas être le plus pertinent pour cette expédition. Bien qu'elle lui fasse entièrement confiance, Tracy ne saisissait pas toujours les raisonnements du commandant depuis le changement de gravité.

Au-delà de sa mission sur l'ISS, elle s'était prise d'une véritable affection pour Scott, et l'idée de le quitter définitivement en si mauvais termes lui brisait le cœur. Depuis qu'il avait appris le but réel de sa présence sur la station, il ne lui avait plus adressé la parole que pour lui donner des instructions en vue de son embarquement sur le Dragon. Jusqu'au dernier moment, il avait tout fait pour ne pas lui laisser une chance de s'expliquer, de lui dire à quel point elle était désolée d'avoir été obligée de lui mentir. Et maintenant, c'était trop tard. Elle savait qu'elle ne le reverrait plus, consciente que l'ISS courait à sa perte en brûlant ses ultimes réserves d'ergol pour effectuer leur largage à proximité de la sphère. Après ça, la station allait être catapultée par la gravité répulsive vers les confins de l'espace, sans qu'ils ne puissent plus rien faire.

« Capitaine Gordon, nous approchons de la zone de largage, soyez paré pour la manœuvre », annonça la voix de Scott à travers l'intercom.

— Bien reçu Commandant. Nous attendons votre décompte.

« Il nous reste encore un peu de temps, aussi, Capitaine, je tenais à vous dire, si cela avait la moindre valeur pour vous, à quel point j'étais navré de vous avoir si mal jugé à votre arrivée sur l'ISS. Je suis certain que, si les circonstances n'avaient pas été ce qu'elles sont, vous auriez sans aucun doute compté pour les futures explorations spatiales, et je vous admire pour ça. Avec un soupçon de jalousie, je l'admets volontiers. Mais surtout, ne sous-estimez pas ce que vous vous apprêtez à accomplir. Même si parcourir les quelques kilomètres qui nous séparent de la surface de cette sphère de glace peut paraître bien peu de choses au regard de la conquête de Mars, il n'en reste pas moins que ce petit saut dans l'espace sera peut-être un des plus courts, mais également un des plus importants dans l'histoire de l'humanité. J'aimerais que vous en ayez pleinement conscience. Mais, je vous fais confiance pour ça, et pour le reste aussi. »

— Reçu cinq sur cinq Commandant Scott. Mais ne vous réjouissez pas trop vite, une fois que tout ça sera terminé, je reviendrai chercher cet autographe que vous m'avez si gentiment promis.

« C'est d'accord Capitaine », s'amusa Scott.

Malgré la volonté de Ken d'afficher une certaine désinvolture en choisissant l'ironie pour répondre, Tracy vit bien qu'il était ému par ce témoignage d'admiration que venait de lui faire Scott. Ce regain d'attention du commandant la faisait se sentir un peu plus délaissée par celui qu'elle considérait depuis le début comme son mentor. Elle aimerait tellement qu'il lui dise quelques mots à elle aussi, avant la fin, au lieu de la laisser affronter ce silence qui s'éternisait dans la radio de son scaphandre.

« Et Tracy ! » démarra calmement Scott. « Je t'en veux terriblement, tu sais. Mais, le commandement dans l'armée, je connais ; et j'ai conscience que tu n'avais pas le choix. J'espère seulement qu'il n'y a pas eu que des mensonges dans notre relation que je veux croire sincère. Elle l'était pour moi en tout cas. Sache que je n'en garderai que le meilleur. Nous n'avons plus tellement le temps pour la rancœur. Ton rire me manque déjà. Je vous souhaite bonne chance à tous. »

La gorge serrée, Tracy fut incapable de répondre.

« Désarrimage dans, dix, neuf, huit… » enchaîna la voix de Scott.

À travers ses yeux embués, Tracy vit Ken tapoter de son index l'écran tactile qui lui faisait face.

« Quatre, trois, deux, un… désarrimage. Dragon III, vous êtes maintenant libéré. Bonne chance, Capitaine, bonne chance à tous ! »

— Merci Commandant, lança Ken. Mais la chance n'a rien à voir là-dedans.

« Bien dit, Capitaine. Mon équipage est entre de bonnes mains. »

Après un bref claquement perceptible à l'intérieur de la cabine, tous regardèrent sur les écrans les images muettes du sas circulaire s'éloigner doucement derrière les petits nuages de gaz des moteurs d'orientation. Projetée par la lumière crue du soleil, l'ombre du Dragon III recula et se détacha lentement de la surface blanche de la station. Sur les images de la caméra latérale, les hublots de la *Coupole* apparurent progressivement, révélant les visages de Scott, Serguï, Maryam et Nicole qui suivaient leur départ derrière l'épaisseur de verre. Tracy aperçut alors Scott placer le combiné devant sa bouche.

« Faites bon usage de ce magnifique vaisseau Gordon ! Et Fiodor, tu prends soin de Tracy. Elle est plus fragile qu'elle ne veut bien le laisser paraître. »

— C'est promis Commandant. *Adieu Serguï Malenchenko*, conclut Fiodor en Russe.

« *Adieu Fiodor Kondiatrev* », répondit Serguï. « *Dieu te garde*. Dieu vous garde tous. »

Dans le lourd silence qui avait gagné la cabine, l'équipage regarda s'éloigner la masse de l'ISS dans le vide spatial. Tracy se sentit soudain oppressée et elle se força à respirer profondément pour conserver son contrôle. La station disparut vers le haut de l'écran, alors que Ken engagea le Dragon dans une manœuvre de rotation qui plaça son ogive en direction de la sphère de glace.

— Initialisation de la phase de propulsion, annonça Ken. J'espère que vous ne vous êtes pas plantée dans vos calculs.

« Nous l'espérons tous Capitaine », répondit après quelques secondes la voix de Maryam.

— Nous allons le savoir très rapidement, lança Fiodor.

Ken tapota quelques instructions sur l'écran ; les chiffres du compte à rebours s'affichèrent et se mirent à défiler.

— Cinq secondes avant allumage.

À travers le hublot ovale, Tracy aperçut la surface blanche qui s'étalait et dominait l'horizon. *Elle paraît si proche*, pensa-t-elle. *On ne sait même pas ce qu'on va y trouver, c'est dingue !* Elle répéta mentalement les gestes qu'elle allait devoir effectuer pour le débarquement : déboucler la ceinture, dessangler l'A.E.D., attendre que Fiodor soit sorti ; puis moi, Liang et la journaliste. Ken fermera l'évacuation.

Au zéro du compte à rebours, un ronflement sourd fit vibrer la cabine et Tracy ressentit une légère pression qui la colla à son siège. Leur montée vers la sphère de glace avait commencé.

***

Les multiples caméras du Dragon III diffusaient différentes vues de la surface au-dessus de laquelle le vaisseau dérivait rapidement. Tracy regarda ce paysage chaotique, difficilement identifiable dans sa blancheur, défiler sur plusieurs axes. Sous les images qui semblaient en noir et blanc s'alignaient les chiffres élevés des rythmes cardiaques de l'équipage, à côté de l'altitude : *1047 m*.

Depuis que l'ISS avait définitivement quitté la zone de transmission, Tracy savait qu'ils devraient à présent se débrouiller seuls et naviguer à vue. Comme prévu, la station s'était éloignée après sa prise d'élan dans le champ gravitationnel répulsif, et les derniers adieux avaient été déchirants. Heureusement, les puissants propulseurs du Dragon avaient empêché les larmes de Tracy de flotter en impesanteur au milieu de son scaphandre, et elles avaient simplement coulé le long de ses joues.

Tracy apercevait à présent une concentration de reliefs émerger de la glace. *Est-ce ce dont parlait Serguï, lorsqu'il évoquait New York* ? Sur l'écran de gauche, devant Fiodor, la jauge verticale de carburant baissait rapidement. *Et toujours pas de signal.* Tracy commençait à se demander ce qu'ils allaient faire s'ils ne captaient rien. Pourraient-ils rejoindre l'ISS ? Elle en doutait.

Derrière, Scarlett et Liang, figés sur leur siège, ne quittaient pas des yeux le dossier devant eux. Ken faisait quelques manipulations pour affiner la trajectoire du vol lorsqu'un petit bip retentit faiblement dans le scaphandre de Tracy.

— Vous avez entendu ? dit-elle.

— Affirmatif, répondit Fiodor. Je pense que c'est le signal.

Rapidement, un second bip retentit, plus nettement. À mesure que le signal s'amplifiait, le capitaine Gordon compensait la dérive du vaisseau à l'approche de la zone.

— Je vais être obligé de rejoindre la surface maintenant, annonça Ken. Je n'ai plus assez de carburant pour aller plus loin.

— Mais, nous nous approchons à peine du signal, protesta

Fiodor. Qui sait à quelle distance nous nous trouvons encore ?

— Peut-être, mais si je ne manœuvre pas rapidement, nous n'atteindrons jamais cette sphère de glace. La gravité augmente bien plus que prévu. Il va falloir beaucoup plus d'ergol que ce que je pensais pour pouvoir nous y stabiliser. On ne peut plus attendre.

— C'est à vous de décider, concéda Fiodor.

— Nous devrons aller très vite, prévint Ken. Que chacun se tienne près. Gardez bien en tête votre ordre de sortie. À partir de maintenant, tout le monde doit chercher une possible zone de débarquement, sur les écrans ou directement par les hublots. Comme nous l'avons évoqué lors de la préparation, nous n'aurons pas beaucoup de temps pour trouver un endroit où évacuer sur ce plafond de glace.

Le Dragon III se stabilisa en vol géostationnaire et toutes les images des différents paysages se figèrent sur les écrans. Le grondement des moteurs se fit plus puissant, la cabine se mit à trembler. Par le hublot, Tracy observa l'horizon d'où descendaient les pics acérés de stalactites gigantesques qui finirent par occulter entièrement son champ de vision de leurs jaillissements pétrifiés.

— J'engage la dépressurisation, informa le capitaine Gordon.

Dans son scaphandre, le bip de localisation avait été recouvert par les multiples alarmes qui se déclenchèrent les unes après les autres. Ken les éteignit aussitôt pour ne pas se laisser déconcentrer.

Le vaisseau remontait lentement au milieu des obstacles, et Tracy distingua des parties plus sombres au cœur de la blancheur éclatante. À cet instant une titanesque paroi de glace vint occulter le soleil en descendant derrière l'ouverture de son hublot. Elle se tourna alors vers les écrans à la recherche d'un potentiel point de chute. *Comment trouver quoi que ce soit dans ces images indéchiffrables* ? Les nuances de gris et de blanc s'entremêlaient sans qu'elle parvienne à identifier aucune forme connue. Elle avait l'impression de ne voir qu'un paysage chaotique se rapprocher irrémédiablement, sans aucune solution à offrir pour leur évacuation.

— À onze heures Capitaine ! Le bâtiment qui dépasse de la surface, lança soudain Fiodor, dans une concision froide toute militaire.

À l'instar de Ken, Tracy tenta aussitôt de trouver sur les écrans ce que Fiodor pouvait apercevoir sur bâbord, depuis son hublot. Elle mit quelques secondes à comprendre ce qu'elle n'aurait pu imaginer. La base déchiquetée d'un immeuble pendait dans le vide, sortant de la glace au-dessus d'eux. Couvert d'un épais givre, Tracy n'avait pu identifier la forme du bâtiment qu'au moment soudain où la partie intacte de ses vitres avait réfléchi brièvement les rayons du soleil, projetant un vif éclat dans leur direction. Incrédule, elle resta pétrifiée d'effroi devant la vingtaine d'étages qui descendaient dans le vide, de travers, telle une tour de Pise post-apocalyptique. Par-delà le béton et l'acier tordu des fondations arrachées, Tracy devinait la masse sombre du bâtiment s'enfoncer loin dans la transparence de glace. Elle réalisa pour la première fois le cataclysme qu'avait représenté sur Terre cette gravité qui n'avait cessé de les repousser plus loin dans l'espace. Par réflexe, elle se mit à chercher aussitôt d'autres ruines qu'elle pourrait apercevoir.

— On va faire avec ça ! décida le capitaine Gordon. J'ai l'impression qu'il y a un décroché vers le haut du bâtiment. Vous me confirmez ça pendant l'approche. On devrait atteindre notre cible dans moins de deux minutes.

Devant la rigueur de Ken et de Fiodor, Tracy savait qu'il n'y avait pas de temps pour l'effarement : *la mission, rien que la mission,* se força-t-elle à penser pour effacer les images d'horreur qu'elle commençait à imaginer.

Tracy vit Ken jeter un bref coup d'œil à la jauge de carburant qui s'affichait désormais en rouge. Il ne releva pas. En pilotage manuel depuis qu'ils remontaient au milieu des obstacles, Tracy observait ses gestes d'une précision chirurgicale. *Il maîtrise parfaitement son vaisseau. C'est un bon, pas de doute là-dessus.* À l'autre bout de la rangée de sièges, elle croisa le regard de Fiodor qui semblait penser comme elle : *ils pouvaient lui faire confiance.*

— Dépressurisation complète, annonça le capitaine Gordon. Commencez à détacher vos ceintures et préparez-vous. Je bascule l'ogive pour l'ouverture du sas.

Tracy tourna le mécanisme sur sa poitrine et libéra son harnais de sécurité, puis elle se pencha pour défaire la sangle qui fixait son encombrant laser au fauteuil. Dans son mouvement, elle sentit aussitôt le poids de la gravité alourdir ses gestes. C'était la première fois depuis qu'elle avait rejoint l'ISS qu'elle quittait le confort d'une impesanteur auquel son corps s'était habitué. Elle appréhendait le moment où elle allait devoir se lever et escalader les sièges pour atteindre le sas de sortie au plafond de la cabine. À cet instant, elle ne regrettait pas d'avoir poussé ses entraînements physiques sur la station bien au-delà de ce qui était préconisé dans le manuel. Avec Fiodor, ils s'étaient motivés mutuellement pour multiplier les séances, se défiant en permanence l'un l'autre, jusqu'à agacer le reste de l'équipage. Heureusement, les touristes n'auraient pas ce problème après seulement cinq jours dans l'espace.

— Je confirme, lança Fiodor. Il y a bien un décroché vers le haut du bâtiment. Profondeur : entre cinq et dix mètres. Comme une large terrasse qui fait le tour.

— C'est là que nous débarquerons, affirma le capitaine Gordon. Je vais m'appuyer sur le côté. Dès que c'est stabilisé, vous montez. Démarrez l'ouverture du sas.

Tandis que le bâtiment s'approchait sur les écrans, Fiodor se leva et grimpa sur son siège. Tracy vit tout le mal qu'il avait à se redresser pour atteindre le volant de déverrouillage au-dessus de sa tête.

Avant le départ pour la sphère de glace, ils avaient répété inlassablement tous ces gestes jusqu'à ce qu'ils deviennent automatiques. Mais l'entraînement n'était pas la réalité, et les mouvements de Fiodor étaient beaucoup plus lents à présent. La large trappe finit par basculer à l'intérieur de la cabine, ouvrant son œil circulaire pour la première fois sur l'extérieur. À travers, Tracy pouvait apercevoir l'immeuble et le plafond de glace en approche.

À côté d'elle, Ken était plongé dans une concentration extrême, alors qu'il engageait la remontée du Dragon le long de la façade de verre couverte de givre. Par le hublot tribord, Tracy regarda défiler les étages qui semblaient proches à toucher ; étrange vision depuis la cabine d'un vaisseau spatial.

Soudain, ils percutèrent l'immeuble, poussant Scarlett à laisser échapper un cri de terreur qui résonna dans tous les casques. Déséquilibré, Fiodor se rattrapa au volant de la trappe. Après le choc qui s'était répercuté à travers toute sa structure, le Dragon parut stabilisé.

— Go, go, go, ordonna le capitaine Gordon.

Aussitôt, Fiodor se hissa avec difficulté et disparut à travers l'ouverture circulaire, emportant avec lui le laser russe fixé sur sa poitrine. Au moment de se lever, Tracy sentit son propre poids la retenir dans chacun de ses gestes. Elle força ses muscles à obéir, occultant la douleur de l'effort au moment où la main gantée de Fiodor apparut dans le sas pour l'aider à monter à son tour. À partir de là, tout alla très vite. Elle exécuta mécaniquement ces gestes maintes fois répétés ; attraper le bras de Fiodor ; se stabiliser à l'extérieur au sommet du Dragon III ; baisser la visière pare-soleil du scaphandre ; saisir l'antenne que lui tendait Liang ; l'aider à monter et à se stabiliser ; rejoindre Fiodor sur le point de débarquement avec l'antenne ; sécuriser les lasers et l'antenne ; vérifier que Liang n'avait pas besoin d'aide pour faire monter Scarlett ; avec l'aide de Fiodor attraper Liang qui s'avançait jusqu'à eux.

Au moment où Scarlett hésita à se lancer dans les bras de Tracy et Fiodor qui lui ordonnaient de les rejoindre sans attendre, le Dragon descendit subitement d'un mètre, déchirant son fuselage en grinçant sur le béton. Scarlett hurla de terreur, et s'accrocha plus fermement encore au nez de l'appareil.

« Scarlett, bon sang ! Il faut sauter maintenant ! » cria Ken dans l'intercom. « La propulsion va s'éteindre. »

Mais la journaliste resta agrippée à l'ogive.

« Je passe en auto », annonça le capitaine Gordon avant d'apparaître rapidement à travers l'ouverture du sas. À cet instant, le vaisseau fit une seconde embardée, descendant un peu plus sous le niveau de la terrasse où Tracy, Fiodor et Liang exhortaient désespérément Scarlett à se lancer. Sans hésitation, Ken empoigna la combinaison de Scarlett, l'obligeant à se décrocher de l'ogive, puis la projeta dans le vide en direction de l'immeuble.

« Et merde ! » entendit Tracy dans son scaphandre, tandis qu'elle retenait Scarlett avec l'aide de Fiodor par-dessus la rambarde de sécurité. Le calme de la voix de Ken l'inquiéta aussitôt. Elle se tourna vers lui. Il était figé, à genoux sur le nez de l'appareil, au moment où les propulseurs donnèrent de nouveaux signes de faiblesse. Tracy aperçut alors avec effroi la cuisse de Ken accrochée à une lame métallique qui dépassait du fuselage défoncé. Une déchirure apparaissait dans sa béance dans le tissu blanc. Impuissante, elle vit le vide spatial pénétrer la combinaison. Ken releva la tête dans sa direction.

— Désolé « papillon », toi et moi, ce sera dans une autre vie, lança Ken comme un dernier défi. Avec un peu de chance, je vais dériver jusqu'à Ma…

Les yeux, puis le visage de Ken bleuirent et se couvrirent de givre en une fraction de seconde, se figeant définitivement derrière la vitre de son scaphandre, dans une expression de stupeur effrayante. Tracy regarda ce visage, encore plein de vie il y a quelques secondes, retomber vers l'intérieur du Dragon III, alors que son système de propulsion agonisait. Le vaisseau recula et chuta dans la nuit étoilée, emportant avec lui son capitaine dont le corps fut comme englouti à l'intérieur de l'habitacle.

— Faites-moi remonter, merde ! hurla Scarlett au-dessus du vide.

Mais Tracy ignora les gesticulations hystériques de la journaliste. Elle suivit la chute du Dragon jusqu'à ce que sa blancheur finisse par se confondre avec celle des étoiles. Elle hissa alors Scarlett, sans se préoccuper de ses protestations.

Enfin débarrassée de cette chipie vociférante partie se réfugier le plus loin possible du vide, elle s'attarda devant le paysage qui les surplombait. Depuis le rebord de la terrasse suspendue au-dessus de la voûte céleste, elle laissa courir un regard triste et résigné sur le plafond de glace qui s'étendait à l'infini. D'innombrables jaillissements d'eau figés en stalactites titanesques pointaient les étoiles de leurs pics acérées, telles les dents d'une mâchoire prête à engloutir l'univers tout entier. Dans ce chaos à la blancheur éblouissante, elle pouvait apercevoir dépasser de nombreux gratte-ciel dont les ruines, couvertes de givre, pendaient dans le vide. *Serguï avait donc raison : voilà tout ce qui reste de New York !* Devant ce cimetière de béton, d'acier et de glace, Tracy réalisa que sa famille, ses amis, tout ce qu'elle avait connu, et qu'elle avait quitté en s'envolant pour l'espace, avaient probablement disparu au cœur des océans gelés. Elle fondit en larmes.

« Tracy ? Nous ne pouvons pas perdre plus de temps. »

Dans l'intercom de son scaphandre, le timbre chaleureux de la voix de Fiodor vint rompre le lourd silence qui s'était installé depuis quelques minutes.

« Nous devons y aller. »

Tracy se retourna, tentant de masquer son émotion. Fiodor, Scarlett et Liang étaient debout, au pied de la façade de verre qui disparaissait dans la glace, une trentaine de mètres au-dessus de leurs têtes. Elle les rejoignit, sans un mot, consciente que, même s'ils n'avaient rien révélé aux « touristes », leurs réserves d'oxygènes étaient limitées à six heures, peut-être moins. Fiodor avait parfaitement raison de le lui rappeler discrètement.

— On va essayer de remonter à l'intérieur de l'immeuble pour commencer, enchaîna Fiodor. Plus haut on pourra grimper, moins on aura à utiliser nos lasers. Nous assemblerons l'antenne quand nous aurons plus de chance de capter à nouveau le signal ; il ne faut pas qu'elle nous encombre pour le moment.

Avant de suivre le groupe qui s'engouffrait déjà à l'intérieur du bâtiment par une fenêtre brisée, Tracy se retourna une dernière fois vers le paysage désolé. À l'horizon, le soleil s'apprêtait à disparaître derrière la masse hérissée de la sphère de glace, et Tracy prit conscience qu'elle contemplait peut-être pour la dernière fois ses rayons réconfortants.

50.

JOUR 6
Altitude : – 188 m
Température : 10 °C
Gravité : g = – 9,01 N/kg

Shino laissait filer devant elle l'épais câble électrique qu'elle avait récupéré avec l'aide de Romain, au cœur de l'ancien accélérateur de particules. La pesante gaine noire glissait sur le béton jusqu'à passer, une dizaine de mètres plus loin, entre les portes d'ascenseur entrouvertes, avant de descendre dans le vide en direction du secteur Janus.

L'idée de Romain d'utiliser les deux piliers qui reliaient le sol au plafond fonctionnait parfaitement. Elle s'étonnait de freiner aussi facilement le poids du câble qui pendait entre son étage et celui où le jeune garçon attendait de réceptionner le câble ; *il y a au moins cent mètres. Jamais je ne pourrais retenir un tel poids sans son ingénieux système.*

Dans la relative douceur souterraine, Shino répétait machinalement son geste. La gaine qu'elle enserrait dans ses paumes écorchées la tractait un peu plus à présent, et la résistance qu'elle devait opposer suffisait à la faire se sentir essoufflée. Elle peinait à respirer normalement dans cette atmosphère où l'oxygène se raréfiait, tandis qu'elle sentait, parvenant des tréfonds du tunnel, un courant d'air tiède passer sur ses jambes. Il transportait avec lui cette persistante odeur de moisi qui partait s'engouffrer dans la cage d'ascenseur, aspiré par un froid extérieur qu'elle imaginait extrême. Shino réalisa, seule dans l'immensité du souterrain, qu'elle tenait entre ses mains leur dernier espoir de relancer une production de gravitons ; *si seulement la pile à combustible est assez puissante pour alimenter Janus,* s'inquiéta-t-elle.

Avec Romain, ils avaient suivi l'interminable tube bardé d'électroaimants qui courait au plafond, à l'intérieur duquel les particules étaient lancées à une vitesse proche de la lumière, à l'époque où l'ancien accélérateur était toujours exploité. Son anneau faisait des kilomètres, et Shino avait été impressionnée par la taille de cette infrastructure gardée secrète aux yeux du monde, encore aujourd'hui. *Était-ce ici que Pettit avait découvert le graviton ?* Si c'était le cas, elle ne se souvenait pas qu'il lui en ait jamais parlé. Pourtant, le fait d'évoquer l'accélérateur à la radio prouvait qu'il en connaissait bien l'existence.

Une demi-heure plus tard, ils atteignaient enfin le centre de contrôle, et ils avaient fini par trouver non loin, l'énorme pile à combustible qui alimentait toujours ce lieu désaffecté et poussiéreux. Comparé à la modernité futuriste du secteur Janus, tout ici paraissait vieillot et dépassé, à l'image d'un décor à la technologie datée. Face aux dimensions du générateur, elle avait pourtant repris un peu espoir : *avec de la chance, il pourra fournir la puissance manquante à Janus pour fonctionner.*

Mais, même si trouver comment acheminer cette source électrique supplémentaire jusqu'à l'unité de production était un nouveau problème à surmonter, elle savait que ce ne serait ni le dernier ni le plus compliqué : il fallait encore retrouver Mark. À la réflexion, elle se demandait comment elle allait réagir face à lui ; sera-t-elle capable de dissimuler qu'elle n'avait plus confiance en lui ? Qu'elle avait peur de lui ?

« Stop ! » cria la voix lointaine de Romain, depuis le fond de la cage d'ascenseur. « C'est bon, je l'ai. Tu peux laisser filer doucement. »

Bien campée sur ses jambes pour contrer la traction plus forte du câble, Shino ne comprenait toujours pas quelle folie avait poussé Mark à détruire une radio qui leur apportait peut-être une solution. Elle voulait croire que ce n'était qu'un coup de sang dû au stress de leur situation extrême : elle ne voyait d'ailleurs pas d'autre explication rationnelle. Mais, quelle que soit la raison de son acte, et peu importe les craintes qu'elle avait à présent à son égard, elle allait avoir besoin de lui pour faire fonctionner Janus. Quant à Romain, il allait être plus dur à convaincre. Au moment de redescendre par l'échelle de secours, il avait montré toute son appréhension de croiser Mark au détour d'un couloir. Shino s'était voulue rassurante, mais elle n'était elle-même plus très certaine de savoir qui était Mark

Pittman.

« Shino ? »

Au son de la voix dans son dos, Shino sentit un frisson traverser son corps, et elle poussa un cri de surprise qu'elle ne put réfréner. Elle tourna d'un coup la tête, autant qu'elle le pouvait, arrêtée par le câble qui occupait ses mains. Mark se tenait debout, quelques mètres derrière elle. Depuis le sol, l'éclairage creusait les traits de son visage crasseux, au point de les rendre inquiétants.

— Mark, merde ! s'agaça Shino. Tu m'as fichu une de ces trouilles ! J'ai failli tout lâcher. Tu étais passé où bon sang ?

— Je suis désolé. Je n'ai jamais voulu ça, tu sais.

— C'est peut-être un peu tard maintenant, tu ne crois pas ? Mais qu'est-ce qui t'a pris ?

— Ce n'était pas de ma faute. Ça n'aurait jamais dû arriver.

— Là, je suis bien d'accord avec toi. Mais je ne vois pas ce que nous pouvons faire pour revenir en arrière. Ce qui est fait est fait. Bon, écoute, on oublie tout ça. On va dire que c'était un accident ? Viens plutôt m'aider à tenir ça, j'ai les mains en sang.

— Mais c'était un accident ! s'énerva Mark avant de se calmer aussitôt. Si ce fichu câble n'avait pas été là, rien ne se serait passé. Tout se déroulait parfaitement bien.

— Quoi ? Pourquoi tu me parles de câble tout à coup ? Je ne comprends rien de ce que tu me dis. Viens m'aider, s'il te plaît. On oublie l'histoire de la radio. De toute façon, je pense que Pettit voulait qu'on trouve cette source d'alimentation pour Janus, alors…

— Au diable Pettit ! hurla Mark. Il est mort, comme les autres : ils sont tous morts ! Il n'y a plus que nous. Nous, tu comprends ?

Shino se tendit. Face au câble immobilisé, elle n'osait plus bouger. L'instabilité de Mark commençait à l'inquiéter sérieusement.

— Oui, bien sûr ! mentit Shino.

— Excuse-moi, se calma Mark. Je m'emporte parfois, c'est vrai. Je suis si fatigué. Nous sommes tous très fatigués. C'était juste un café. Je les avais pourtant prévenus de ne pas les laisser traîner au sol. S'ils m'avaient écouté, pour une fois, rien ne se serait passé.

À ces mots, le sang de Shino se glaça. Elle se souvenait de la remarque ironique de Mattis à propos de café, et elle réalisa que Mark lui parlait de tout autre chose que de l'incident de la radio. Mais, bien qu'elle devinait ce que cherchait à révéler son discours incohérent, elle ne pouvait pas se résoudre à l'accepter.

— Tu parles de quoi exactement ? demanda Shino, tentant de contrôler sa voix chevrotante.

— Tu sais, durant toutes ces années au Centre, mon moment préféré a toujours été nos rendez-vous à la cafète. Tu comptes pour moi Shino. À chaque fois que je repense à ces moments avec toi… j'ai bien senti qu'il y avait quelque chose de spécial entre nous.

Incrédule, Shino se retourna plusieurs fois vers Mark qui se tenait toujours à distance. Son ton de petit garçon timide contrastait avec son visage ciselé par la lumière crue.

— Mark ! Est-ce que c'est toi qui as libéré les gravitons ?

En posant directement la question, Shino n'était plus très sûr de vouloir entendre une réponse qu'elle ne pourrait supporter.

— Tu l'as dit toi-même, c'était un accident.

Dos à Mark, Shino resta tétanisée, sous le choc, sans pouvoir contenir ses larmes silencieuses. Elle tenta comme elle le put de dissimuler sa détresse de se trouver là, retenue par ce câble qu'elle ne devait pas lâcher, en présence d'un monstre qu'elle avait côtoyé tout ce temps sans le savoir.

— Tu n'as pas à avoir peur de moi, tu sais ? Je t'aime. Je t'ai toujours aimée.

Dévastée, Shino se retrouva submergée de sensations contradictoires qui finirent par lui faire perdre son contrôle. Cette déclaration d'amour au fond de ce tunnel glauque lui sembla tout à coup tellement ridicule, qu'elle sentit bientôt monter en elle, comme un spasme, une irrépressible envie d'éclater de rire. Elle se retint tant qu'elle le put, mais son rire tonitruant finit par déchirer le lourd silence qui s'était installé entre eux.

— Tu m'aimes ? s'amusa Shino. Le monde est en train de s'écrouler, l'humanité tout entière va disparaître par ta faute. Et toi, tu me fais ta déclaration ?

— Ce n'était pas de ma faute, dit doucement Mark. Presque dans un murmure. Ne fais pas ça, Shino. Pas toi. Toi, tu m'aimes, enchaîna-t-il entre ses dents serrées.

Entre rires et larmes, Shino ne parvenait plus à se contrôler. Le monde sembla basculer autour d'elle. Elle perdait tout espoir.

— Excuse-moi ! C'est plus fort que moi.

— S'il te plaît !

— Mais toi, tu m'aimes ! se moqua-t-elle, cherchant à imiter la voix de Mark.

Le rire de Shino résonna en échos dans l'immense tunnel, donnant l'impression qu'une foule toujours plus nombreuse s'amusait aux dépens de Mark.

— Oui, c'est ça ! Je t'aime ! enchaîna-t-elle.

— Arrête ça, tout de suite ! menaça Mark.

Shino reprit un peu son contrôle.

— Désolée !

— Finalement, tu es comme eux, lâcha froidement Mark après un interminable silence. Il n'y a que Janus qui t'intéresse. Ce n'est pas grave.

Soudain, Shino sentit la main de Mark écarter ses longs cheveux noir de jais pour dévoiler sa nuque. Elle se dégagea d'un coup de menton sec en se retournant.

— Mark ? Qu'est-ce que tu fais ?

Juste derrière elle, Mark avait reculé sa main d'un geste qui resta suspendu à côté de son visage souriant. Sa tête penchée sur le côté, il prit son temps pour la contempler à sa guise.

Shino n'avait plus du tout envie de rire. Agrippée au câble qui l'empêchait de se défendre, elle se sentait à sa merci. Mark tendit son bras une nouvelle fois pour soulever sa chevelure.

— Mark ! Arrête ça tout de suite ! cria-t-elle.

Shino secoua frénétiquement la tête, comme pour se débarrasser d'un insecte dangereux qui tournerait autour d'elle.

— Ou sinon ?

Le calme de Mark terrorisa Shino. Elle comprit que la situation était en train de déraper. Il revint à la charge, et cette fois, elle avait ressenti le contact intenable du revers de ses doigts crasseux caresser le duvet de son cou. Dans un réflexe instinctif, elle se retourna pour lui décrocher une gifle de toutes ses forces, relâchant le câble qui, sous son propre poids, reprit aussitôt sa descente dans la cage d'ascenseur.

Sous la violence du choc, Mark vacilla sur le côté et s'arrêta, plié en deux, comme pour mieux comprendre ce qui lui arrivait.

La gaine noire avança sur plusieurs mètres avant que Shino, entraînée par sa masse, ne parvienne à stopper sa chute, au prix de terribles efforts. Elle poussa un cri de douleur tant ses mains la brûlaient à présent.

— Mark ! Merde ! Qu'est-ce qui te prend ? Si je lâche ce câble, tout est perdu. C'est notre dernier espoir, tu comprends ?

À quelques mètres, Mark se redressa lentement en se tenant la joue, un sourire glaçant sur les lèvres.

— Oui, je comprends. Tu sais, tout au long de ma vie, j'ai attendu. Attendu un ordre, un accord, un assentiment qui me permettraient de réaliser ce que je rêve de faire depuis si longtemps. Mais, je n'attendrai plus.

Mark avança calmement vers Shino. Elle avait le sentiment de n'être plus qu'une proie emprisonnée dans le regard paralysant de son prédateur.

— Mark, tu me fais peur !

Elle se tourna en tout sens, à la recherche d'une solution impossible.

« Shino ? Tout va bien là-haut ? » monta la voix de Romain depuis l'obscurité de la cage d'ascenseur.

Mark fondit comme un éclair sur Shino.

— Romain ! Au sec…

Le cri de Shino fut maté par un violent coup du revers de la main. Elle se sentit projetée en arrière et heurter lourdement le sol de béton. Sonnée, elle ne pensa qu'à une chose ; retenir le câble qui avait repris sa course. Elle s'y accrocha de toutes ses forces, se fit traîner sur le dos sur plusieurs mètres, jusqu'à s'arrêter net, peu avant de percuter le premier des deux piliers qui servait de frein. Shino savait que ce n'était pas elle qui avait stoppé ainsi le câble. Les deux bras tendus au-dessus de sa tête, elle se redressa difficilement pour apercevoir la silhouette de Mark, debout, retenant sous son pied la gaine noire rectiligne. Il regardait Shino d'un air satisfait, supérieur.

« Shino ? Ça va beaucoup trop vite là ! Je n'arrive pas à suivre », s'affolait Romain. « Qu'est-ce que tu fous ? »

Dans la panique, Shino mit un certain temps à réaliser qu'elle se tenait les cuisses écartées, ouvrant largement son entrejambe au regard de Mark. Elle joignit ses genoux dans un impuissant réflexe de pudeur, et tenta d'une main de replacer le tissu de sa jupe par-dessus sa culotte. Mark releva alors son pied pour libérer le câble, obligeant aussitôt Shino à le reprendre de ses deux mains. Gémissant sous l'effort, elle glissa un peu plus loin, avant de s'arrêter à nouveau.

— Mark, arrête, pleurnicha-t-elle. S'il te plaît.

— Il faut me promettre d'être très gentille alors !

Mark relâcha doucement le câble pour s'assurer que Shino parvenait à le retenir, puis il s'approcha en dégrafant la ceinture de son pantalon à pinces.

— Qu'est-ce que tu fais ? Non. S'il te plaît, s'il te plaît. Ne fais pas ça. Non !

Shino se tortilla comme un ver au soleil. Elle ne savait plus quoi faire, n'arrivait plus à penser. Elle ne parvenait qu'à pleurer, au moment où il se mit à genoux devant elle. Sur ses chevilles, elle sentit se refermer les mains de Mark, tels deux étaux d'acier froid.

— Non ! supplia Shino d'un long cri déchirant venu du tréfonds de son être.

Elle était écartelée entre le câble et Mark. Il lui sépara les jambes avec une force inimaginable pour un homme comme lui. Au bout du supplice, avant que s'accomplisse l'impensable, Shino libéra ses mains qui se mirent à griffer, arracher, déchirer le visage de son tortionnaire maintenant penché sur elle. Mark commença à saigner, sans pour autant affaiblir ses ardeurs. Il se mit à lui cogner lourdement les tempes de son poing, reprenant sans cesse son élan, haut dans les airs, jusqu'à ce que Shino ne sente plus rien ; seulement sa tête percutée qui tournait d'un côté, puis de l'autre ; le goût de fer du sang qui coulait dans sa bouche ; ses bras trop pesants pour être soulevés ; les acouphènes qui sifflaient et transperçaient son cerveau. Elle perçut malgré tout, à travers les brumes de sa semi-inconscience, la gaine noire prendre de la vitesse et filer définitivement vers le vide. Impuissante, comme sous l'effet d'une drogue qui la rendait incapable du moindre mouvement, elle sentit ses jambes et son bassin soumis aux secousses bestiales de Mark qui lui arrachait sa culotte. Telle une poupée désarticulée, il la pliait à volonté dans la position de ses désirs, pour finir par se redresser entre ses cuisses, terminant de se préparer. Résignée, elle observa Mark abaisser à la hâte son pantalon. Avant de perdre totalement connaissance, Shino crut apercevoir derrière lui, un grand serpent noir tournoyer violemment dans les airs. L'extrémité du câble, lancé dans une chute à la vitesse prodigieuse, vint percuter l'arrière du crâne de Mark, dans un claquement de fouet. Elle sentit sa masse molle s'effondrer lourdement sur son corps inerte ; puis les ténèbres.

51.

JOUR 6
Altitude : 15,3 km
Température : – 82 °C
Gravité : g = – 7,93 N/kg

Dans le faisceau du projecteur de son scaphandre, Tracy fixait l'escalier de béton défiler devant elle. Elle faisait un effort inouï pour supporter son poids et suivre Fiodor qui gravissait, marche après marche, l'interminable cage d'escalier à travers laquelle leurs lourds pas résonnaient. Malgré le harnais qu'elle s'était fabriqué à bord de l'ISS pour porter plus facilement l'A.E.D. dans son dos, son poids lui sciait déjà les épaules. Elle se sentait comme écrasée au sol.

Libérant son esprit afin d'oublier ses muscles endoloris par des mois d'inactivité, elle ne put s'empêcher de songer à Ken, immobile, flottant au milieu de la cabine de son Dragon, baigné de la lumière rouge de l'éclairage de sécurité. Elle imagina son vaisseau fantôme dériver vers les confins de l'espace, peut-être en direction de l'ISS, où de Mars, comme il l'aurait souhaité ; il en parlait avec tellement d'enthousiasme à West Point. Tracy se rappela de son très court séjour — il n'avait vraiment pas la rigueur militaire dans le sang — mais suffisant pour marquer l'ensemble du personnel féminin de l'école ; et elle n'avait pas fait exception. Il avait sans vergogne cherché à la séduire, mais elle avait alors senti tout le danger de se laisser distraire, et, après un petit flirt sans conséquence, elle lui avait laissé entendre qu'elle devait se concentrer sur sa formation, qu'elle n'avait pas de temps à lui consacrer. Beau perdant, il avait très bien accepté sa défaite et s'était aussitôt rabattu vers une autre fille de sa chambrée, avant d'être renvoyé définitivement.

C'est en découvrant son portrait en couverture de *GQ*, deux ans plus tard, qu'elle avait compris qu'il n'avait pas eu besoin de la prestigieuse West Point pour tracer son chemin jusqu'à la conquête spatiale. *Qui sait ce qu'aurait été sa carrière si cette satanée gravité ne s'en était pas mêlée, et si cette petite idiote de journaliste n'avait pas hésité à sauter !*

— J'en peux plus de monter ! se plaignit Scarlett derrière Tracy. On ne peut pas faire une pause ? Ça fait au moins cent étages qu'on enchaîne sans s'arrêter.

— Cinquante-quatre exactement, rectifia Liang qui fermait la marche.

— C'est pareil !

— Il faut voir ça comme une aubaine, intervint Fiodor de sa voix essoufflée à travers l'intercom. Plus le gratte-ciel s'enfonce haut dans la glace, plus on se rapproche rapidement de la surface.

La surface ! Lorsque Tracy y pensait, elle prenait conscience des océans gelés qui emprisonnaient ce gratte-ciel de leur masse infinie, et elle réalisait à quel point ils risquaient d'être écrasés à tout moment. Elle se força à évacuer aussitôt cette idée. *La mission avant tout !*

— Mais, vous allez être contente, on va devoir s'arrêter, ajouta Fiodor.

En tournant sur un dernier palier, le groupe fit face à une cascade de glace qui descendait des étages supérieurs, leur barrant le passage. La lumière blanche des lampes traversa un amas de perles translucides agglutinées les unes aux autres, dont les ondulations étranges formaient des langues figées qui semblaient vouloir les atteindre.

— On va en profiter pour refaire un essai de contact. Liang ?

Quelques marches plus bas, Liang alluma le boîtier d'alimentation accroché à sa ceinture. Visiblement motivé par son rôle, il plaça devant lui l'antenne de détection qu'ils avaient montée peu après avoir attaqué leur ascension. En observant Liang balayer consciencieusement l'espace autour de lui avec cette espèce d'antenne râteau rafistolée au scotch, Tracy douta qu'ils parviennent jamais à capter un signal avec un tel assemblage. D'ailleurs, leur premier essai n'avait rien donné. Dans son casque, quelques souffles parasites à l'intensité variable rompirent le silence. Toujours pas de signal.

— Je pense qu'à partir d'ici nous avons intérêt à attaquer la glace directement par l'extérieur, suggéra Tracy. Ce sera certainement moins difficile que d'ouvrir un passage dans cet escalier.

— Tu as raison, admit Fiodor. On va redescendre d'un étage. Nous devons trouver un endroit donnant accès à la glace.

— On ne peut pas s'arrêter un peu plus longtemps, se plaignit Scarlett. J'ai mal aux cuisses, moi !

Tracy baissa son regard vers la journaliste qui leur tournait le dos, assise plus bas sur les marches. Elle regrettait amèrement que Scott n'ait pas décidé de la garder sur l'ISS.

— Vous faites comme tout le monde : vous serrez les dents et surtout, vous la fermez ! lâcha Tracy.

— Oh ! Ça va ! Moi, j'ai pas un entraînement commando comme vous. C'est facile pour vous !

— Vous faites comme vous voulez, précisa Fiodor qui descendit vers l'étage inférieur. Nous, on avance !

Tracy le suivit sans rien dire de plus, se retenant de ne pas étrangler cette idiote. Derrière, elle vit Liang lui tendre la main pour l'aider à se relever.

— Allez, viens ! Tu ne peux pas rester là.

— Non, mais, tu les as vus ? Ils seraient prêts à me laisser crever ici.

En quittant l'escalier de secours, ils découvrirent la luxueuse décoration du large couloir de l'étage. *Certainement un immeuble de la cinquième avenue,* pensa aussitôt Tracy en foulant le moelleux de l'épaisse moquette. Sur le laiton brillant des deux portes d'ascenseurs du palier se reflétait une console ancienne qui leur faisait face. Surmonté d'un tableau classique représentant une scène de chasse, le meuble richement marqueté de noir et d'or introduisait, à l'attention de chaque visiteur, le luxe ostentatoire qui habillait ce cinquante-troisième niveau inscrit en gros chiffres dorés sur le mur. *La déco doit être solidement ancrée pour être toujours en place,* pensa Tracy.

Avançant dans le couloir en dévers, ils tentèrent d'ouvrir une à une les quelques portes en bois moulurées qui s'alignaient sur leur droite. La quatrième n'était pas verrouillée. Ils furent cependant obligés de la pousser à plusieurs reprises pour réussir à dégager les objets qui la bloquaient. Derrière s'étendait un immense appartement totalement dévasté. Tout ce qui composait son intérieur jonchait le sol, dans un chaos indescriptible. Ils enjambèrent ainsi des lampes au pied sculpté, des coussins, des plantes vertes brûlées par le froid, une multitude d'objets précieux qui craquèrent sous leurs talons, se mélangeant pêle-mêle aux débris de verre étalés sur le parquet de chêne d'un spacieux salon.

Le ventre noué, Tracy se rappela être entrée une fois dans un appartement de ce genre, invitée par son petit ami de l'époque. Elle repensa à son émerveillement devant les hautes fenêtres vitrées qui dominaient Central Park, faisant face aux innombrables gratte-ciel illuminés de Manhattan. La vue y était magnifique. Ce souvenir de jeunesse ne faisait que rendre plus tristes encore les ténèbres qui avaient recouvert ce monde quitté quelques mois plus tôt, et qui n'était désormais plus que ruines.

Au bout d'un couloir, une seconde porte ouvrait sur une très grande chambre où se répétait le même chaos. Depuis une pièce-dressing qui apparaissait derrière le lit retourné contre un mur, une quantité improbable de vêtements s'étalait sur la moquette, recouvrant toute la pièce. Comme dans le salon, une couche de givre tapissait la surface de toute chose et faisait étinceler le fatras d'effets personnels dans les lumières qui balayaient l'espace de faisceaux aléatoires. Soudain, sortant des habits entassés, de fines mains crispées aux ongles longs parfaitement vernis apparurent dans le faisceau de la lampe de Tracy. Dans le prolongement des avant-bras figés dans un mouvement de défense, elle devina un corps dénudé dépasser d'un fin déshabillé, probablement en soie. Fragile statue de glace, sa peau couverte de givre scintillait d'un velouté bleuté, doux et cristallin, donnant l'impression qu'elle pourrait se briser au premier souffle.

— Mon Dieu ! murmura Tracy, pour elle-même. *Comment tout ça a pu arriver ?*

— Ne traînons pas ! dit Fiodor, après quelques secondes. Nous allons en croiser d'autres. On le savait. Ou en tout cas, on pouvait s'en douter.

— Ça ne te fait rien à toi ? s'indigna Tracy.

— Ce n'est pas le problème. Notre temps est compté, et tu le sais très bien.

Tracy ne broncha pas. C'était la seconde fois qu'il lui rappelait indirectement que leur réserve d'oxygène était limitée.

— De quoi vous parlez ? interrogea Scarlett. Pourquoi vous dites que notre temps est compté ?

— Parce que si on traîne trop, cette fichue glace va exploser, mentit à moitié Tracy.

Sans se soucier des protestations incessantes de la journaliste, Tracy quitta la chambre pour rejoindre une porte à galandage qu'elle fit coulisser à l'intérieur de sa cloison. De l'autre côté, dominant la pente au sol qui descendait jusqu'à ses pieds, elle fit face à une succession de vitrages qui s'étalaient sur toute la largeur d'une plus petite pièce : *peut-être un boudoir ?* Derrière la baie vitrée, la glace noire d'encre paraissait plus inquiétante que lorsqu'ils l'avaient quittée au bas de l'immeuble, encore baignée de la lumière du jour. *Le soleil est couché à présent. On va faire toute cette traversée dans le noir complet,* s'angoissa Tracy, au moment où un claquement gigantesque rompit le silence.

— C'était quoi ça ? s'affola Liang.

— Je pense que c'est la glace, répondit Tracy. Elle doit se fendre sous la pression.

— Cette fois, on y est ! lâcha Fiodor. On va attaquer par là. Chacun se souvient bien de ce qu'il a à faire ?

— On ne risque pas de l'oublier : vous, vous appuyez sur la gâchette et nous on s'épuise à ramasser les gravats, râla Scarlett.

— C'est à peu près ça, répondit Fiodor. On va commencer par se mettre à l'abri sur le côté de la pièce. Les débris devraient tomber tout seuls dans la pente en direction de la chambre. Liang, vous faîtes bien attention de protéger l'antenne ; sans elle, on est aveugle.

— Pas de problème.

— Tracy ? On y va ?

Tracy pouvait enfin soulager ses épaules écrasées sous le poids de son arme.

Au moment de préparer leur expédition, Fiodor lui avait proposé qu'elle commence à creuser pour être la première à se débarrasser de son fardeau, une fois la batterie de son A.E.D. vidée. Ils continueraient ensuite d'avancer avec le laser russe, en espérant qu'il tienne jusqu'à ce qu'ils aient atteint leur but. Elle avait un peu protesté, lui affirmant qu'elle était aussi résistante que lui, mais à présent, elle lui était reconnaissante de son attention.

Sans hésiter, Tracy enclencha l'alimentation de son laser et pointa le gros tube blanc en direction de la vitre la plus éloignée. Au moment où elle appuya sur le bouton d'activation manuelle, un fin trait rouge relia, une fraction de seconde, l'arme à la baie vitrée, illuminant la pénombre d'un flash coloré. Le verre explosa instantanément sous le choc thermique, projetant ses éclats sur les visières des scaphandres, alors qu'une partie de la masse de glace, également touchée par le rayon, s'effondra dans un fracas infernal vers la pièce voisine. Une cavité béante s'était ouverte dans la paroï de glace.

— Putain ! C'est quoi ce truc ? hurla Scarlett. Non, mais, vous avez vu le trou que ça a fait. Mais, c'est dingue !

Sans rien laisser paraître, Tracy était elle-même très étonnée des dégâts provoqués par son arme. Bien qu'elle restait angoissée à l'idée de s'engager dans cette masse de glace ténébreuse, elle se sentit un peu rassurée : ils allaient pouvoir avancer plus rapidement qu'elle ne l'avait imaginé.

— Alors ? lança Tracy à Fiodor, comme un défi. Tu es toujours aussi sûr de ta puissance ?

— Toujours ! Mais je te montrerai ça plus tard, répondit Fiodor. Scarlett, c'est le moment de distribuer l'équipement.

— C'est pas trop tôt ! J'en pouvais plus de le porter.

Du sac posé au sol, Tracy sortit le matériel qu'ils avaient fabriqué avec les pièces en aluminium qu'ils avaient pu trouver sur la station. Au moment où Scott avait pris la décision de lancer cette mission, ils savaient qu'ils allaient traverser presque exclusivement de la glace, aussi, chacun avait cherché des solutions qui les aideraient à sécuriser leur progression. Il en était sorti ces semelles rectangulaires aux pointes découpées et tordues, qu'elle tentait à présent de sangler autour des bottes de sa combinaison, ainsi que des pseudopiolets tout autant bricolés.

— On va essayer de percer en gardant une pente maximale. Nous devons monter le plus vite possible vers la surface. On évacuera également plus facilement les gros blocs comme ça.

— Ça ne risque pas de s'écrouler ? s'angoissa Liang.

Quelques minutes plus tard, ils regardèrent s'effondrer au fond de la pièce les dizaines de mètres cubes qui explosaient à chaque tir de Tracy. Rapidement, l'espace se remplit de glace et un tunnel se forma devant eux, avançant assez profondément pour leur permettre de poser un premier pas au cœur de la sphère.

Après que le tunnel se soit refermé définitivement derrière le groupe, bouché par les éboulements successifs, Tracy eut pleinement conscience qu'ils ne pourraient plus faire marche arrière. Elle avait beau savoir que c'était déjà le cas avant même de quitter l'ISS, le fait de se tenir debout, à l'intérieur de cette grotte ténébreuse, enfermée dans une banquise à l'épaisseur inconnue, lui donnait l'impression terrifiante d'être emmurée vivante.

La première heure, ils avaient tâtonné prudemment pour chercher la meilleure façon d'avancer, sans trop risquer d'être pris dans les avalanches de glace. Dans le balai psychédélique des flashs rouges, de la vapeur d'eau et des explosions cristallines, à force d'essais, ils avaient fini par mettre au point une sorte de routine où chacun tenait son rôle, sans plus avoir à se parler. À présent plus efficaces, ils remontaient à un rythme soutenu à travers la nuit qui paraissait s'être solidifiée autour d'eux, croisant sans cesse sur leur route de nouveaux vestiges qui témoignaient du cataclysme qui s'était produit sur Terre. D'innombrables voitures, des camions, des panneaux publicitaires, des grues, des morceaux de pont, quelquefois des corps dont ils préfèrent ignorer les visages effroyables, tout ce qu'une ville comme New York avait pu laisser tomber apparaissait dans la transparence du sol, du plafond, de toutes les parois du tunnel.

Parfois, un amas de ruines leur barrait le passage, les obligeant à changer de direction. Au cœur de cette Pompéi de l'ère glaciaire, ils avaient de temps en temps la chance de croiser un nouveau building qui leur permettait de gagner de précieux mètres vers la surface, tout en économisant la batterie du laser qui commençait à s'épuiser. Mais pour Tracy qui transpirait à grosses gouttes derrière la vitre de son scaphandre, il était de plus en plus difficile de quitter les murs rassurants des bâtiments pour plonger à nouveau au cœur de la glace.

Malgré leurs multiples tentatives de capter le signal qui les guiderait vers leur objectif, Liang ne braquait sa ridicule antenne que face à des parois qui restaient désespérément muettes.

Alors que Tracy visait machinalement le fond du tunnel pour reprendre leur route, le laser s'éteignit définitivement entre ses mains, à bout de batterie. Plus que jamais, elle se sentait perdue au cœur de cette sphère ténébreuse et sans vie.

52.

JOUR 6
Altitude : – 188 m
Température : 8 °C
Gravité : g = – 9,26 N/kg

Shino descendait lentement vers la large plateforme de l'unité de production. Chacune de ses respirations était une souffrance qui se matérialisait dans la lumière crue, en un épais nuage de vapeur d'eau exhalé avec difficulté. Dans le silence oppressant, son souffle forcé exprimait bruyamment sa quête d'un oxygène raréfié. Sur ses mains brûlées par le frottement du câble, sa peau lui apparut plus blanche, mais, tout comme son visage tuméfié, elles ne lui faisaient plus mal. *Le froid peut-être ?* Bien qu'une fine couche de givre ait recouvert les pupitres de contrôles et les ordinateurs, elle ne ressentait pas plus l'air glacé que ses nombreuses blessures. À la place, une boule d'angoisse de se retrouver maintenant seule, face à l'immense porte circulaire qui ouvrait le passage jusqu'à Janus.

Immobile, les bras ballants le long du corps, le tunnel lui semblait beaucoup plus long que dans son souvenir, plus sombre aussi. Au fond, dans l'obscurité, elle pouvait apercevoir la lueur bleue du cœur de la machine. Alors qu'elle n'en avait aucune envie, elle descendit la rampe d'accès et pénétra dans le tunnel-sarcophage. Cette fois, elle en était certaine ; l'endroit était beaucoup plus haut. Elle avait comme l'impression qu'il s'était resserré autour d'elle. Pourtant, elle ne s'en étonna pas réellement et elle poursuivit sa progression.

Derrière Shino, la lumière blanche du centre de contrôle s'estompait rapidement sur la paroi, lui permettant de mieux distinguer les détails dans l'obscurité. En y prêtant plus attention, elle s'aperçut qu'il n'y a pas une, mais deux lueurs bleutées tapies dans la pénombre ; comme deux yeux prédateurs qui semblaient la fixer.

Shino se retourna. L'entrée circulaire était déjà trop lointaine pour espérer un retour en arrière. L'angoisse qui l'accompagnait se mua en une terreur qui la gagna doucement et la paralysa. Elle remarqua alors un assemblage insolite, découpé dans le contre-jour distant. Sur ses quatre pieds métalliques, la table du laboratoire Alpha était comme collée contre le plafond voûté. Sous son plateau brillant, Shino remarqua la balle de tennis de leur expérience ratée, qui se maintenait au-dessus du vide. Sans prêter plus d'attention à cette étrange vision, elle se tourna à nouveau vers le fond du tunnel.

Janus était là, à quelques mètres ; ses yeux lumineux, incandescents, la fixaient de son regard acéré. Autour de sa masse qui s'élevait dans une effrayante symétrie, des tubes d'acier luisant de condensation s'entremêlaient tels des intestins gluants. Par endroit, les fines stries rouges des nappes de connexion apparaissaient et rappelaient le derme mis à nu d'un écorché vif. Dominant Shino, cette accumulation monstrueuse semblait respirer, d'un souffle infrabasse, lointain et agonisant.

Cramponnée aux parois de ses pattes métalliques, elle semblait prête à bondir du fond des ténèbres sur Shino qui étouffait. Tout autour de la machine, des fumées s'échappaient dans l'air glacé, donnant un peu plus l'impression qu'elle flottait au-dessus du sol sur lequel elle répandait une sécrétion gluante qui entoura lentement les baskets de Shino.

Gagnée d'effroi, Shino se pencha pourtant afin de découvrir ce qui provoquait ce bruit flasque et répétitif sous la machine. Derrière Janus, un épais et long cordon organique apparut au milieu d'un nuage de vapeur bleu. L'appendice pendait mollement jusqu'au sol où il se prolongeait en serpentant. À travers sa chair translucide, Shino aperçut une succession de cocons lumineux qui avançaient par à-coups spasmodiques. À l'extrémité de l'organe indécent, son orifice se dilatait et déposait sur le béton détrempé, une capsule gluante gavée de gravitons. Chaque nouvelle progéniture venait s'ajouter aux innombrables autres, formant une colonne illuminée de bleu qui s'étendait jusqu'à se perdre dans une nuit infinie.

Dominant Shino, Janus entre-ouvrit son immense gueule d'acier, alors que l'air se mit à vibrer d'une fréquence grave et assourdissante.

Shino se réveilla en sursaut. En pleine panique, elle se découvrit allongée au sol, dans les bras de Romain, à l'intérieur de l'ancien accélérateur de particules. Effrayée, elle le repoussa violemment pour que cesse le contact répugnant de ses mains qui la touchaient. Elle partit se réfugier à reculons contre un pilier, quelques mètres plus loin. Regroupant ses jambes ensanglantées contre son buste, elle se mit à pleurer.

Les douleurs physiques, inexistantes dans son cauchemar, la submergèrent. Il n'était pas un endroit de son corps qui ne souffrait pas. Elle se mit à trembler, ignorant qui, de sa propre terreur ou du froid saisissant, était le responsable de ses soubresauts incontrôlés. Dans une confusion totale, elle mélangea indistinctement les images qui l'assaillirent ; Mark qui fondait sur elle, la machine qui pondait ses immondes capsules, les coups sur ses tempes, ses ongles qui crissaient sur le câble qui s'échappait, le regard lubrique et fou de Mark qui s'allumait du bleu des gravitons. Shino étouffa entre ses dents un cri désespéré.

— Shino ! C'est moi, c'est Romain. Tu n'as rien à craindre.

Romain essaya de s'approcher, mais la seule idée d'une proximité physique était insupportable à Shino. Elle l'implora de ne pas s'avancer. Elle voyait bien qu'il ne cherchait qu'à l'aider, mais il devait lui laisser un peu de temps.

Après quelques minutes, elle reprit lentement son contrôle, sans parvenir toutefois à faire cesser ses tremblements. Elle décida malgré tout d'affronter la réalité en se tournant vers le corps de son tortionnaire qu'elle se souvenait s'être écroulé sur elle. Mais, alors qu'elle se penchait avec appréhension pour regarder derrière Romain, elle découvrit à l'endroit de son agression une flaque de sang, mais aucune trace de Mark.

Devant l'expression terrorisée de Shino, Romain s'efforça une nouvelle fois de la rassurer.

— Ne t'inquiète pas Shino ! Ce n'est pas ton sang. J'ai vérifié, tu n'as pas de plaie assez importante pour en perdre autant. Calme-toi !

L'idée que Mark ait pu quitter les lieux replongea Shino dans une panique incontrôlée. Elle se tourna dans tous les sens, s'attendant à le voir resurgir comme le prédateur dangereux qu'il était ; mais le tunnel demeura vide. Pourtant, ce monstre était bien là ; elle était sûre d'avoir aperçu le câble fracasser le crâne de ce porc par la faute duquel il ne leur restait plus aucun espoir. Avec tout ce sang répandu au sol, elle espérait qu'il était allé crever dans un coin.

Shino mit un long moment à se faire à l'idée que Mark n'était plus dans les parages. Est-ce qu'il avait eu le temps de la violer ? Elle pensait que non, mais son corps perclus de douleurs ne lui permettait pas d'en être certaine. Elle avait tellement mal à la tête. Elle savait pourtant qu'elle devait faire l'effort de dépasser sa situation pour revenir à la seule chose vraiment importante.

— Le câble ?

— Je n'ai rien pu faire. Il est tombé dans la cage d'ascenseur. C'était trop lourd, se désespéra Romain. Je ne pouvais pas l'arrêter.

— Je sais. Ne t'inquiète pas, ce n'est pas de ta faute.

Cette fois, elle en était certaine, ils ne pourraient plus relancer à temps une nouvelle production de gravitons. Le froid était en train de gagner les couches profondes de la Terre, le manque d'oxygène n'allait bientôt plus leur permettre de respirer. Elle savait désormais que leurs heures étaient comptées.

— Qu'est-ce qu'on va faire maintenant ? s'inquiéta Romain. Est-ce qu'on ne devrait pas retourner chercher un câble ?

Hagarde, le regard vide, Shino mit longtemps à répondre.

— Nous n'avons plus le temps Romain. Je suis désolée : c'est terminé.

53.

JOUR 6

Altitude : 13,9 km
Température : – 35 °C
Gravité : g = – 7,99 N/kg

Tracy avait été soulagé que l'A.E.D. russe fonctionne ; *avec leur matériel, on ne savait jamais !*

Elle avait abandonné derrière elle son arme pesante devenue inutile, dans une étrange impression mélangée de délivrance et d'oppression. L'épais tube blanc avait fini par disparaître sous les éboulements de glace, alors que le rayon violet du laser de Fiodor illuminait le tunnel dans lequel ils avaient repris leur lente progression. Tout autour, la noirceur nocturne semblait figée pour l'éternité et Tracy se demandait si le soleil allait jamais se lever un jour. Peu à peu, son angoisse de rester pour toujours prisonnière au cœur de la sphère de glace avait été supplantée par celle d'être à court d'oxygène. Sans présence du signal, ils n'avaient aucune idée de la distance qui les séparait encore de la surface, et la tension devenait palpable au sein du groupe. À force d'avancer sans le moindre signe d'un quelconque progrès vers leur objectif, Tracy avait fini par douter de son existence même. Cette histoire de module censé sauver l'humanité lui paraissait de plus en plus invraisemblable, et bien qu'elle connaissait tout le sérieux du major Houston, elle se souvenait aussi de la réaction du professeur Nakano quand il avait appris la supposée découverte du graviton : il n'y croyait pas une seule seconde. Hors de lui, Kim était parti s'isoler dans la partie japonaise de la station ; elle ne l'avait jamais vu s'emporter ainsi.

À présent, chacun continuait d'accomplir sa tâche en silence, mais Tracy devinait, dans les regards baissés, qu'ils avaient tous plus ou moins compris qu'ils ne s'en sortiraient pas.

Soudain, Scarlett cria et s'écarta d'un bon du bloc qu'elle faisait rouler vers le fond de la cavité. Tracy la vit trébucher en arrière et tenter de retrouver son équilibre, emportée vers une chute inéluctable. À bout de course, elle alla percuter de son dos la paroi qui se brisa comme du verre sous son poids. Scarlett disparut, littéralement aspirée dans le trou qu'elle venait d'ouvrir dans le mur du tunnel.

Alors qu'elle se précipitait pour lui porter secours, Tracy passa à proximité du bloc de glace que la journaliste déplaçait. Dans sa transparence, elle aperçut rapidement un avant-bras tronçonné net par le laser.

À travers la trouée, Tracy balaya l'obscurité du faisceau de son projecteur, à la recherche de Scarlett. Devant elle, le trait de lumière se perdait dans le vide insondable d'un espace sans aucune limite visible.

« Putain ! J'en ai marre, » pleurnicha la voix de Scarlett dans l'intercom.

Sans pouvoir déterminer d'où provenait le son, Tracy se dit qu'au moins, Scarlett était vivante. Tandis que Fiodor et Liang la rejoignirent devant l'ouverture, l'un d'eux braqua sa lampe vers le sol. Scarlett était là, allongée sur le dos, une vingtaine de mètres en contrebas d'une pente qui démarrait à leurs pieds.

— C'est bon ! J'en peux plus là ! s'énerva soudain Scarlett. Là, c'est trop !

Malgré leur situation dramatique, Tracy eut envie de rire maintenant qu'elle la savait hors de danger.

— Qu'est-ce que c'est que cet endroit ? interrogea Liang.

— Comment le saurait-on ? rétorqua Fiodor.

— En tout cas, ça a l'air immense.

— Mais, on s'en fout, merde ! cria Scarlett. Venez me chercher !

— On arrive, s'amusa Tracy.

Tandis qu'ils descendaient prudemment, elle tenta d'éclairer l'espace. Derrière eux un gigantesque mur de glace, à la hauteur sans limite, disparaissait de part et d'autre dans l'obscurité.

— Je ne vois pas ce qu'il y a drôle ! s'agaça Scarlett. J'aurais pu mourir. La spéléo, c'est vraiment pas mon truc ; encore moins le froid.

Tracy s'arrêta devant Scarlett allongée sur le sol.

— À force de vous entendre, on se demande ce que c'est votre truc ! ironisa Tracy.

— Ah ah ! C'est ça, foutez-vous de ma gueule ! En tout cas,

vous, le vôtre, on le connaît !

— Ah oui ? Et c'est quoi mon truc exactement selon vous ? menaça Tracy.

— Oh ! Fiodor, oui ! Encore, Fiodor, imita Scarlett, d'une voix pseudoérotique.

— Espèce de petite conne, je vais te…

— Mesdemoiselles ! intervint Fiodor. Vous pensez vraiment que le moment est bien choisi pour vous crêper le chignon ?

— Alors toi ! Tes remarques de macho sexiste, tu peux te les garder, rétorqua Tracy.

— Écoutez ! Écoutez ! les coupa Liang.

Dans son casque, noyé dans les souffles d'interférences, Tracy perçut un faible bip aigu.

— Le signal ! C'est le signal ! s'enthousiasma-t-il. On est sauvés.

À côté de Fiodor, Liang balaya légèrement de gauche à droite l'antenne devant lui.

— Ça vient de là-bas ! lança-t-il, figé face au noir impénétrable.

— Essaie de viser plus vers le haut, voir ce que ça donne, demanda Fiodor.

Alors qu'il s'exécutait, le bip se fit un peu plus net.

— Bingo ! lança Fiodor. Maintenant, on sait quelle direction nous devons prendre.

— Et on va peut-être pouvoir profiter de cette cavité pour avancer sans utiliser ton laser.

— Tu as raison.

Fiodor désactiva aussitôt son arme.

— Mais merde ! Ça dérangerait quelqu'un de m'aider à me relever ? s'agaça Scarlett dans leur dos.

***

Depuis une heure qu'ils étaient guidés par le signal à travers l'obscurité, Tracy n'arrivait toujours pas à se faire une idée du lieu à l'intérieur duquel ils évoluaient. La seule chose dont elle était sûre, c'est que le sol montait légèrement en direction du petit bip qui leur avait redonné le moral. Même Scarlett était devenue moins insupportable. Pourtant, le fait qu'ils avançaient à présent vers leur objectif ne suffisait pas à rassurer Tracy. Elle savait que leur réserve d'oxygène pouvait se tarir à tout moment, et ils n'avaient toujours aucune estimation de la distance qu'il leur restait à parcourir avant d'atteindre la surface.

Sous les crampons fixés à ses bottes qui s'accrochaient à la glace vive, elle commença à percevoir la lumière du jour monter progressivement. L'idée d'enfin sortir de cette nuit interminable la rassura un peu.

En quelques minutes, la faible lueur se propagea et s'intensifia rapidement autour du groupe. Tracy découvrit avec stupeur la faille de glace monumentale au cœur de laquelle ils n'étaient que de petits points perdus. Au-dessus de leurs têtes, une voûte luisante culminait à une centaine de mètres et se prolongeait, de part et d'autre, sur des kilomètres. Derrière eux, suivant une déclivité toujours plus escarpée, la faille s'enfonçait et disparaissait dans les ténèbres d'un puits sans fond prêt à les engloutir. Devant, le tunnel démesuré semblait monter à l'infini, empruntant des pentes plus au moins raides, jusqu'à s'évanouir dans l'obscurité lointaine. Tout autour, la densité de glace donnait à Tracy l'impression qu'elle s'était solidifiée ici depuis des millions d'années.

À mesure que la lumière s'intensifia, de nombreuses formes se dessinèrent à contre-jour, dans la transparence des parois. Tout ce qu'ils avaient pu croiser, au fur et à mesure de leur progression à travers la sphère, apparaissait dans sa globalité monstrueuse. Les énormes masses rectangulaires des gratte-ciel éparpillés en tous sens ; la multitude des véhicules arrachés au sol ; et puis ces innombrables petites ombres tordues. Parfois agglutinés en grappes, parfois isolés tels des insectes figés dans la résine d'une inclusion monstrueuse, les cadavres parsemaient l'immensité de leur présence lilliputienne et terrifiante. Dans le profond silence de la cavité colossale, Tracy pouvait encore entendre leurs cris d'épouvante. Submergée par cette vision de l'enfer, elle eut comme une impression de déjà-vu ; puis elle se souvint vaguement de ce tableau moyenâgeux d'un peintre européen qu'elle avait détesté.

— Je… je n'arrive plus à respirer, constata Liang, incrédule.

Ce que craignait Tracy depuis le début se produisait finalement. Avec son stress quasi permanent, elle se doutait que

Liang serait le premier à consommer son oxygène. Le choc de cette dernière vision d'horreur avait dû accélérer encore un peu l'épuisement de ses réserves. Gardant son calme, presque sereine, elle accepta de se dire qu'il ne leur restait plus beaucoup de temps. Scarlett allait certainement suivre, puis ce serait son tour. Le sang-froid de Fiodor allait à coup sûr lui faire gagner de précieuses minutes, sans qu'il puisse s'en sortir pour autant. Tandis qu'il lui retourna son regard résigné, confirmant ainsi qu'il avait lui aussi conscience que leur courte histoire s'arrêtait là, Tracy ne put retenir ses larmes.

— Qu'est-ce que je dois faire ? paniqua Liang. J'étouffe, je vous dis. Aidez-moi !

— Mais qu'est-ce que vous foutez ? s'insurgea Scarlett. Il est en train d'étouffer, vous ne voyez pas ?

— Désolé ! lâcha tristement Fiodor. Il n'y a plus rien que nous puissions faire.

— Quoi ? Non, mais, vous rigolez ou quoi ? Il est hors de question que je crève ici moi ! Ce n'est pas possible.

Devant l'absence de réaction de Tracy et Fiodor, Scarlett se mit à paniquer. Elle pleura, vint frapper la poitrine de Fiodor qui finit par lui bloquer les mains.

— Vous feriez mieux d'économiser votre oxygène.

— Je peux plus… il faut que je respire, suffoqua Liang.

Sans chercher à intervenir, Tracy le regarda déverrouiller la vitre de son scaphandre, dans un dernier réflexe d'instinct de survie, imaginant qu'il y avait encore une issue. Le verre bombé disparut à l'intérieur du casque. Tracy s'attendit à voir le visage du jeune Chinois se figer, comme elle avait vu se figer celui de Ken, quelques heures plus tôt. N'y tenant plus, Liang prit à pleins poumons une longue inspiration qui le soulagea aussitôt de son asphyxie.

Essoufflé, mais vivant, Liang haleta à quatre pattes sur la glace.

— Oh la vache… il fait super froid ! lâcha-t-il, dans un gros nuage de vapeur d'eau.

Stupéfaite, Tracy comprit que la cavité dans laquelle ils se trouvaient était alimentée en oxygène ; *nous ne sommes plus dans l'espace* ! Alors que ses larmes coulaient toujours, elle se met à rire, d'un rire nerveux de soulagement qui se mêla à ceux de Fiodor et Scarlett.

***

Gonflé du nouvel espoir qu'ils atteindraient la surface, le groupe reprit son ascension, tentant d'ignorer autant que possible les silhouettes fantomatiques qui ornaient cette monumentale catacombe.

Parfois, l'immense paroi dressait des pans entiers d'une glace pure percée de motifs aléatoires finement ciselés, telle la façade sculptée d'une cathédrale gothique démesurée et translucide. Plus loin, le long bras métallique d'une grue de chantier émergeait et traversait l'espace de sa structure tordue.

Depuis un moment, Tracy avait remarqué qu'un petit cours d'eau s'était formé au creux de la faille. Longeant leur cheminement, le ruisseau s'élargissait et commençait à creuser son sillon. À mesure qu'ils progressaient, la pente se fit plus raide et la température augmenta. Ils finirent par être obligés d'utiliser le laser pour tailler des marches dans la paroi gelée.

Avec la fatigue et le risque de chuter devenu omniprésent, le moral retomba peu à peu, et bien que le signal gagna encore en puissance, ils n'avaient toujours aucun signe concret qu'ils approchaient réellement de leur but.

Derrière le groupe, l'aplat d'où ils avaient débuté leur longue ascension avait maintenant disparu dans le lointain de la faille, et Tracy forçait pour hisser ses lourdes jambes sur chacune des marches. *Même si les combinaisons SpaceX sont bien plus ergonomiques que les EMU, elles ne sont vraiment pas faites pour pratiquer l'escalade ! Encore moins sur de la glace !* se dit-elle.

Le cours d'eau dévalait à présent en cascade à côté d'eux, disparaissant et jaillissant à nouveau au gré des cavités creusées dans sa chute. Par endroit, Tracy pouvait apercevoir le flot se précipiter derrière la transparence d'une fine couche cristalline, dans le vacarme tumultueux d'un torrent de montagne à la fonte des neiges. Ce bouillonnement atténué à travers l'épaisseur de son scaphandre lui évoquait de joyeux souvenirs d'été avec ses parents, lorsqu'ils s'arrêtaient pour pique-niquer à proximité d'un ruisseau, et cette pensée l'apaisa un peu.

Avec la nuit qui retombait progressivement et la faille qui se resserrait autour d'eux, un nouvel abattement oppressa le groupe. Aussi, lorsque Liang trébucha et manqua de dévisser, lâchant l'antenne pour se rattraper, tous regardèrent, résignés, le précieux assemblage glisser dans la pente. L'antenne prit de la vitesse jusqu'à se disloquer au loin en percutant violemment le sol.

Scarlett s'était aussitôt mise à l'insulter, accablant sa maladresse maladive depuis le début de son tournage. Sans l'intervention posée de Fiodor pour lui faire comprendre que c'était déjà un miracle qu'ils soient encore vivants, cette hystérique serait certainement toujours en train de vociférer contre le pauvre Liang qui n'avait de cesse de demander pardon.

— Arrêtez de vous excuser maintenant ! Ce n'est pas réellement votre faute, tenta de le rassurer Tracy. On va trouver un moyen de continuer sans cette fichue antenne. En attendant, je pense que nous devrions nous reposer un peu avant de repartir.

— Je suis d'accord, ajouta Fiodor. Mais, il faut qu'on quitte cette pente ; ça devient trop dangereux.

Fiodor se mit alors à creuser une cavité dans la paroi qui bordait la faille. Le mur explosa en blocs qui partirent rejoindre l'antenne, dévalant par vague le long de la dénivellation abrupte et sans fin.

Quelques minutes plus tard, ils étaient tous les quatre assis en silence sur un sol plat et rassurant. Tandis que l'obscurité se refermait définitivement sur eux, l'attention de Tracy fut attirée par un halo persistant et lointain, au cœur de la glace qui les entourait. Faible, mais bien présente, une lumière bleue rayonnait à travers les ténèbres, comme celle d'un phare qui désormais les guiderait vers un rivage plus sûr, une lueur d'espoir.

54.

JOUR 6
Altitude : 12,7 km
Température : 1,5 °C
Gravité : g = – 8,54 N/kg

Assis à côté de Matthew pour leur tour de veille devant la radio du campement, le professeur Pettit ressentait à peine l'humidité qui pénétrait ses vêtements, tant il était préoccupé par cette histoire de second module, tombé comme le premier depuis le laboratoire Oméga. Il entendait, sans vraiment l'écouter, le jeune garçon lui parler avec son enthousiasme irritant.

Pettit était certain que Mattis ne cherchait qu'à tirer la couverture à lui en affirmant qu'il pouvait tenter un transfert de gravitons d'un piège de Penning à l'autre, précisant, dans son infinie arrogance, qu'il n'avait pas besoin de lui pour cela. Heureusement, cette militaire était assez intelligente pour comprendre qu'ils ne pouvaient pas se passer d'un grand scientifique comme lui. En plus, ils n'étaient même pas sûrs que ce second module soit en état de fonctionner : *tout ça est encore une perte de temps !*

En attendant, Mattis a en partie réussi son coup ! pesta-t-il intérieurement. Le major Houston avait fini par décider de lui donner sa chance, et ils devaient désormais acheminer les gravitons extraits de la glace jusqu'au second module : *sur une luge !* ironisa mentalement Pettit. Il ne comprenait pas ce revirement. Et puis, il n'avait aucune envie de participer à une expédition aussi pénible que dangereuse sur cette banquise, alors qu'ils pourraient libérer simplement les gravitons sur place, comme il le suggérait.

Mais non ! Il faut toujours que Mattis obtienne ce qu'il veut ! Pettit se dit qu'il ne pouvait pas faire autrement que de les accompagner, ne serait-ce que pour se délecter de la déconfiture de Mattis Magnusson dans sa tentative désespérée de ne pas perdre la face. Car lui, il l'avait fait sur une balle de tennis, le transfert que projetait Mattis ; et ça avait été un échec. *Mais ça ! Il ne le savait pas encore,* se réjouit-il. Dès lors que ce petit gros vulgaire aurait lamentablement échoué, lui aurait les mains libres pour relâcher les gravitons dans l'atmosphère : et c'est lui qui sauverait alors l'humanité.

À l'extérieur de la tente détrempée, pour la première fois, la température plus douce de la nuit n'avait pas permis de faire entièrement s'évanouir la brume accumulée au cours de la journée. La pluie avait presque totalement cessé et la neige piétinée autour du campement n'était plus qu'une soupe glacée dans laquelle ils pataugeaient.

— En plus, s'il n'y avait pas eu cette catastrophe, mes parents n'auraient pas disparu, conclut tristement Matthew.

— Tu sais Matthew, comme disait Hannah Arendt, le progrès et la catastrophe sont l'envers et le revers d'une même médaille.

— C'est qui Hanna Arendt ?

— C'était une grande philosophe. Mais, là n'est pas la question. Vois-tu Matthew, lorsque tu découvres une nouvelle technologie, tu fais naître dans le même temps le risque de la catastrophe qui y est liée. C'est la marche normale du progrès. Quand l'homme a imaginé l'avion, il a permis l'existence du crash. Il en va de même pour toute recherche scientifique. Faut-il arrêter le cours de la science pour autant ? Je ne le pense pas.

— Mais, c'est vous qui avez inventé le graviton, non ? demanda Matthew.

Pettit se tourna vers lui. Dans la lumière bleue qui émanait du puits, le visage passionné du jeune garçon se découpait, de ses traits parfaits.

— Pas inventé, Matthew : découvert. Et, je vois où tu veux en venir. J'ai peut-être découvert le graviton, mais je ne suis pas responsable de la disparition de tes parents : c'est Magnusson, le véritable coupable dans tout cela. Mais, il faut garder espoir, nous allons nous en sortir.

— Vous pensez vraiment qu'ils vont réussir à traverser la glace jusqu'à nous ? Les astronautes, je veux dire.

— Mais évidemment ! Ils ne peuvent pas échouer, affirma Pettit. Tu sais, je ne suis pas croyant au sens littéral du terme — quel scientifique peut l'être véritablement ! — mais je suis convaincu qu'une force supérieurement intelligente régit les lois de l'univers. L'humanité a de tout temps appelé cette force Dieu, et pour ma part, je suis persuadé que la science est le lien qui relie cette intelligence supérieure à l'homme. J'ai toujours eu une confiance absolue en cette énergie, cette entité qui a conçu la vie, notre vie. Tu imagines bien que cette force, incompréhensible à l'échelle humaine, ne laissera pas s'éteindre sa création, et toutes les connaissances qui vont avec, pour une vulgaire tasse de café : ce serait absurde !

— Pourquoi une tasse de café ?

— Oh ! Oui. En fait, ce n'est qu'une parabole, se défila Pettit.

— C'est quoi une parabole ?

Pettit dévisagea Matthew en silence, comme s'il se rendait compte tout à coup qu'il n'était qu'un enfant. Agacé par ses questions idiotes, il se dit qu'il n'était peut-être finalement pas aussi intelligent que tout le monde voulait bien le penser.

— Bon ! Écoute, mon garçon. La seule chose que tu dois retenir, c'est que tu ne dois jamais perdre ta foi en la science ; quelles que soient les catastrophes qu'elle peut occasionnellement provoquer. Il faudra toujours des hommes comme moi, et peut-être un jour comme toi, pour améliorer sans cesse le sort de l'humanité. Notre rôle est de l'aider à trouver son chemin vers un monde meilleur, un monde où la connaissance et la technologie la libéreront, parfois malgré elle, de sa médiocre condition.

— ICE-o…, me rece… vous ? grésilla la radio d'une voix lointaine et saccadée.

— Tu vois ! Qu'est-ce que je te disais ! lâcha Pettit comme une évidence qui arrivait à point nommé. Il faut garder confiance. Et maintenant, va répondre.

Matthew se précipita sur le combiné de la BLU.

— Nous allons enfin savoir à quoi ressemble ce module de gravitons ! conclut Pettit, les yeux brillants d'impatience.

55.

JOUR 6

Altitude : 972 km
Température : 139 °C
Gravité : g = – 6,93 N/kg

Maryam tentait de se reposer un peu, isolée derrière ses paupières fermées. Depuis que Scott lui avait fait revêtir la combinaison spatiale de Tracy pour mieux affronter l'arrêt de la climatisation de la station, elle regrettait le confort sur mesure du modèle de Space X. Au froid saisissant du premier passage de l'ISS à l'ombre de la Terre succédait à présent une chaleur accablante. Elle sentait les gouttes de sueur perler sur son visage, mais elle retardait au maximum l'activation du système de réfrigération de la combinaison pour économiser ses réserves d'énergie, comme le lui avait conseillé le commandant. Dans l'espoir d'une nouvelle inversion de gravité, chaque minute gagnée dans leur survie pouvait compter, et elle attendait le dernier moment pour enfiler son scaphandre.

Afin de mieux supporter la température, elle avait décidé de tenter ce truc de l'auto-hypnose qu'elle avait lu quelque part avant de venir mourir ici. Ainsi, elle s'imagina dans la chaleur purificatrice d'un sauna au parfum d'eucalyptus, au fin fond d'un pays d'Europe du Nord couvert de neige. Elle chercha à survoler mentalement les fiords qui s'enfonçaient loin au cœur de montagnes aux rondeurs rassurantes, et la magnificence de ces paysages lui permit de s'évader un peu, jusqu'au moment où elle aperçut, dans la pureté du ciel, les étoiles dominer les sommets. La profondeur insondable de l'espace dans lequel ils étaient en train de sombrer se rappela à elle, pulvérisant d'un coup les douces images qui l'aidaient à s'apaiser. Petite, elle avait toujours associé à la mort cette impossibilité intellectuelle de se figurer l'infinité de l'univers sans être aussitôt prise d'un vertige indicible.

Elle repensa alors à l'instant où le sas s'était refermé sur l'équipage du Dragon III, avant qu'il soit largué pour sa mission vers la sphère de glace. Elle revit le sourire et le petit clin d'œil que lui avait lancés Ken juste au moment de disparaître derrière l'épaisse trappe ronde, et ses larmes la gagnèrent une nouvelle fois, comme quelques minutes auparavant. Pourtant, elle n'appréciait pas particulièrement le capitaine Gordon. En dehors des heures d'entraînement qu'ils avaient passées ensemble, à préparer leur vol pour l'ISS, elle n'était pas réellement proche de lui. Elle n'arrivait pas à comprendre pourquoi elle s'émouvait avec autant de facilité. *C'est idiot !* se dit-elle. *Ça doit être l'épuisement.* Normalement, ça avait toujours été son problème : ressentir de vraies émotions. Et là, elle se mettait à pleurer comme une madeleine pour tout, alors qu'elle n'avait pas versé une larme aux funérailles de son propre père ; on le lui avait assez reproché.

Aurait-elle peur de la mort ? Serait-elle en train de s'apitoyer sur son sort tout en cherchant d'autres raisons à cette sensiblerie inédite pour elle ? À moins que ce ne soit l'extrême sentiment de solitude qui la gagnait en l'absence de tout contact extérieur depuis le départ de la mission. Aussi, elle était la dernière de l'équipe du Dragon encore à bord d'une ISS dont elle ne connaissait finalement pas vraiment l'équipage, même si ce qu'ils avaient traversé ensemble depuis le changement de gravité les avait naturellement rapprochés.

Maryam s'efforça une nouvelle fois de faire le vide, se concentrant sur le calme qui régnait à l'intérieur du module, maintenant que la plupart des appareils de la station étaient désactivés. Sans son ronronnement permanent, l'ISS lui semblait flotter plus légèrement dans son impesanteur silencieuse, et cette sensation l'aida à atteindre un certain bien-être physique pendant quelques minutes. Elle se força à contrôler sa respiration pour tenter de pousser un peu plus loin ce début de quiétude, lorsqu'elle éprouva soudain le froid sur sa peau trempée de sueur. *On est en train d'entrer dans l'ombre de la Terre*, réalisa Maryam. Et ce constat la replongea aussitôt dans ses idées noires.

Elle ne croyait pas vraiment à une inversion de la gravité ; encore moins à la possibilité d'un retour. Ils allaient continuer à dériver indéfiniment, sans que rien ne puisse les arrêter, et cette pensée noua son ventre d'angoisse. Une boule douloureuse se forma soudain dans sa gorge, et elle ne parvint pas à endiguer un nouveau flot de larmes qu'elle laissa s'échapper en silence.

Maryam jugea alors que ses tentatives de méditations étaient inutiles, et elle décida d'ouvrir les yeux.

Devant son visage, ses larmes flottaient en innombrables billes d'eau miniatures, perles rubis suspendues dans la lumière d'urgence qui baignait désormais l'ensemble de la station d'un rouge monochrome. Émerveillée, elle observa le lent ballet des petites sphères liquides qui composaient ce micro-univers formé face à elle. Dans leurs mouvements anarchiques, certaines se croisaient, d'autres semblaient tourner sur elles-mêmes en se déformant, d'autres encore entraient en collision et s'assemblaient à la manière d'un fusionnement cellulaire. Elle s'amusa un instant à se voir comme le Grand Créateur admirant son œuvre s'animer sous ses yeux omniscients, au moment où elle aperçut Scott s'approcher.

Maryam balaya précipitamment du revers de la main son petit univers de larmes qui s'écrasa sur sa peau. Embarrassée, elle tâcha d'afficher une certaine contenance. Elle n'avait pas l'habitude d'être surprise dans ses rares moments de faiblesse. Mais, alors qu'elle s'essayait à un large sourire au moment où Scott arrivait à sa hauteur, elle perçut à son expression gênée l'échec de sa tentative de lui donner le change.

— Oh ! Désolé ! lâcha Scott.

— Désolé de quoi ? se défendit-elle, regrettant aussitôt un ton trop agressif.

— Je… je reviendrai, poursuivit-il.

Le commandant pivota dans l'impesanteur et s'apprêta à rebrousser chemin, lorsque Maryam, comme par réflexe, attrapa vivement sa main qui dépassait de la manche de sa combinaison.

— Non ! Restez ! Je suis désolée.

Maryam s'essuya les yeux de sa main libre.

— J'ai beaucoup de mal à contenir mes émotions ces derniers temps, ajouta-t-elle, feignant d'en rire.

Scott restait immobile. Elle savait que ce premier contact physique entre eux le mettait mal à l'aise, mais elle était bien décidée à ne pas lui lâcher la main : *il fera avec !* À cet instant, elle avait besoin de sa présence rassurante.

Depuis qu'elle avait posé les pieds dans la station, Andrew Scott représentait une véritable énigme pour elle. Il avait beau faire tout ce qu'il pouvait pour se montrer horripilant dans presque toutes les situations, collectionner la plupart des défauts qu'elle pouvait trouver chez un homme : elle se sentait irrésistiblement attirée par ce vieil ours mal léché. Elle ne pouvait pas comprendre pourquoi. Il n'avait vraiment rien des hommes qu'elle aimait séduire « dans la vraie vie ». Depuis le début, il affichait un machisme et une assurance crasse qui la feraient fuir ou se révolter avec n'importe qui d'autre. Cependant, elle ne percevait chez lui que la fragilité qu'il tâchait de dissimuler, et ça la touchait profondément, au point qu'elle ne se reconnaissait plus elle-même. Ce n'était pourtant pas son genre d'attendre quelque chose de ses semblables, mais là, elle s'accrochait, presque suppliante, à une main qui ne cherchait qu'à se délivrer d'une étreinte devenue gênante par son insistance.

— Je vois bien que le moment est mal choisi. Je vais vous laisser tranquille, insista Scott.

Maryam sentit qu'il tentait plus que jamais d'échapper au piège dans lequel il s'était lui-même jeté. Mais au lieu de le libérer, elle l'attira à elle. Scott flotta devant elle, un peu plus près.

— Vous vouliez me parler ? demanda Maryam pour rompre le silence gênant qui ponctuait presque systématiquement leurs discussions.

— Euh ! Non, enfin si ! C'est-à-dire. Mais, je vois bien que vous n'êtes pas bien. Je reviendrai plus tard, je vous assure !

— Même si nous avons l'infini devant nous, je ne suis pas certaine que dans notre cas, « plus tard » soit vraiment une option. Dans la mesure où vous n'avez plus de mission à organiser, plus d'arme secrète à récupérer, plus de trajectoire à rectifier, nous devrions prendre un peu de temps pour nous, vous ne pensez pas ?

Scott était tétanisé. Mais cette fois, elle n'allait pas l'aider. *Il faut bien qu'il se mouille lui aussi !* Peu importe ce que durera cette attente silencieuse ; Maryam patienta, le fixant avec bienveillance.

— J'étais simplement venu vous remercier d'avoir accepté si

facilement de rester avec nous sur la station. Vous n'étiez pas obligée de faire ça.

Un peu déçue par cette politesse très protocolaire, Maryam décida malgré tout de se laisser porter par cette conversation qui ne pouvait que lui faire du bien.

— C'est gentil de votre part, mais c'est tout naturel. Vous aviez besoin de moi pour calculer une nouvelle entrée dans l'atmosphère. Je n'allais pas vous abandonner. Vous pensez qu'ils ont réussi à atteindre la sphère ? enchaîna-t-elle.

Maryam savait qu'elle posait cette question plus pour le retenir que pour entendre une réponse qu'elle devinait déjà. Depuis le désarrimage du Dragon, ils n'avaient plus eu aucun contact avec Ken ou la base au sol. À présent, l'ISS était trop éloignée pour communiquer sans l'aide de satellites relais. La probabilité qu'ils s'en soient sortis était si faible qu'elle ne se faisait pas beaucoup d'illusion.

— J'ai entièrement confiance dans les capacités du Capitaine Gordon. Et, avec des éléments comme Tracy et Fiodor, ils ont toutes les chances de leur côté : même si on ne peut jurer de rien.

Dans le froid qui gagnait rapidement le module, la chaleur de la main de Scott se faisait plus présente. Bien qu'elle ait envie de faire durer ce contact, elle décida de mettre fin à ce qui semblait être un véritable calvaire pour lui.

— Si je libère votre main, vous me promettez de ne pas vous envoler tout de suite ?

— C'est promis, lâcha Scott, après un temps de réflexion. Mais, je trouve ma main parfaitement bien où elle est : si vous n'y voyez pas d'inconvénient.

Maryam dévisagea Scott dont le regard clair et fuyant témoignait de sa timidité irrésistible.

— Vous savez, je crois que c'est la première fois que nous avons un échange à peu près censé depuis cinq jours, ironisa Maryam.

Le rire entier de Scott la réconforta.

— J'imagine que si vous avez trouvé le courage de venir me parler — personnellement, je veux dire — c'est que notre situation est vraiment désespérée, s'assombrit un peu Maryam.

— J'aimerais qu'il en soit autrement, croyez-le bien.

— Alors, pourquoi vous ne me le demandez pas ?

— Je… quoi donc ?

— Eh bien, si j'accepte de vous accompagner dans ce petit restaurant que vous aimez bien, et où nous pourrions faire mieux connaissance.

Interdit, Scott ne comprit pas tout de suite où Maryam cherchait à l'emmener.

— Ah ! Oui. Bien sûr. Ce restaurant-là !

Maryam acquiesça pour l'encourager.

— Vous aimez les *spare ribs* ? démarra Scott avec sérieux.

— Pas vraiment, rétorqua-t-elle.

— Ah ! s'inquiéta aussitôt Scott.

— Mais ce n'est pas grave, ils y servent bien d'autres plats, non ? Dans votre restaurant !

Maryam se laissa doucement porter au cœur d'une soirée dont ils se racontèrent les moindres détails. Ils s'y délectèrent de mets délicieux qu'ils ne goûteraient jamais ; râlèrent après le serveur qui tardait à apporter leur seconde bouteille de vin qui s'avérera bouchonnée ; prirent deux desserts, parce que ceux-là ne les feraient pas grossir ; puis ils ressortirent dans la charmante petite ruelle en riant, alors que la devanture du restaurant s'éteignait d'un coup derrière eux. Maryam le remercia pour cette merveilleuse soirée. Il l'invita à boire un verre dans le bar voisin ; le patron était un ami. Elle accepta avec joie, même si ce n'était pas très raisonnable, oubliant pour un temps l'ISS, la sphère de glace, la gravité.

56.

JOUR 6

Altitude : 12,7 km
Température : 2,5 °C
Gravité : g = – 8,96 N/kg

Houston se pencha prudemment au-dessus du puits. Elle se retenait à un des trois montants du treuil qui avait permis de tracter les deux premiers astronautes hors de la glace.

Le trou était à présent beaucoup plus large. Au fond, une vingtaine de mètres plus bas, les gravitons reposaient à l'intérieur de la cavité creusée par l'A.E.D. du pilote russe, brillants comme jamais. De part et d'autre, le lieutenant Whitman et ce Fiodor, dont elle ignorait le grade, attrapèrent les sangles qui arrivaient à leur portée pour amarrer le module.

Elle n'en revenait pas qu'ils aient réalisé ce qu'elle croyait impensable. Dans quelques minutes, ils allaient, contre toute attente, atteindre l'objectif pour lequel ils se battaient tous depuis la catastrophe ; et elle se surprit à espérer.

Gonflée d'une certaine fierté de cette réussite collective, Houston porta à sa bouche le talkie-walkie que lui avait trouvé le jeune Matthew.

— Lieutenant, je tiens une nouvelle fois à vous féliciter, vous et Fiodor, pour le succès de cette mission. Ce que vous avez accompli est vraiment remarquable.

« Je vous remercie Major », répondit la voix de Tracy dans l'appareil. « Mais il reste à extraire le matériel de ce trou, et nous avec. Je ne vous cache pas que j'ai hâte de sortir d'ici. »

— Je comprends. Ne vous en faites pas, ça ne va plus être long. Nous sommes tous prêts là-haut.

En disant cela, Houston se retourna vers l'autre bout de la corde tendue. Hélène, Jack, Cooper, Mike, Matthew et même Mattis accompagnaient une trentaine de rescapés venus aider à remonter le module. Ils étaient tous alignés le long du filin, parés à le tracter jusqu'à la surface. Cette vision renforçait l'idée qu'ensemble, ils allaient peut-être réussir à modifier le cours des choses.

« Je voulais vous demander Major, de votre côté, comment avez-vous fait pour vous retrouver ici ? Pour survivre sur cette glace ? » interrogea Tracy.

— C'est une longue histoire. Disons qu'en résumé, nous avons trouvé refuge dans un paquebot échoué un peu plus loin.

« Un paquebot ? »

— Oui ! Je sais, c'est surprenant.

« Vous savez Major, après ce que nous avons vu emprisonné dans cette glace, peu de choses peuvent encore me surprendre. À ce propos, est-ce normal qu'il y ait un F35 juste à côté du module ? »

— C'est également une longue histoire Lieutenant. Mais oui, il était dans notre laboratoire au moment de l'inversion.

— Ne pourrait-on pas accélérer un peu ? s'impatienta le professeur Pettit, penché lui aussi au-dessus du vide. Les gravitons devraient déjà être en notre possession. Nous aurions dû commencer par ça : c'est notre priorité après tout.

Lorsqu'elle le regardait fixer la lumière au fond du puits, son visage creusé de rides, Houston se posa des questions sur les réelles motivations de Pettit pour ce module. Depuis qu'il avait été dégagé de la glace, le professeur semblait ne pas pouvoir le quitter des yeux, comme s'il exerçait une sorte de fascination sur lui. Avec le recul, elle se demanda comment on avait pu laisser autant de puissance entre les mains d'hommes comme lui et Mattis.

« C'est bon, vous pouvez y aller ! » annonça Tracy.

— Ce n'est pas trop tôt ! conclut Pettit.

Houston se dirigea vers la cordée qui attendait, lorsqu'elle vit Pettit rester sur place.

— Vous ne venez pas nous aider ?

— Vous savez ce que c'est. À mon âge, il faut que je ménage mon dos, dit Pettit, sans détourner le regard de la lueur bleutée. Surtout si je dois vous accompagner par la suite.

Sans répondre, Houston rejoignit les autres pour compléter la cordée. *Finalement, s'il choisit de ne pas faire partie du groupe, c'est son problème !*

En place dans la file, elle donna le signal de départ. Comme un seul homme, ils se mirent à tirer sur la corde qu'ils entraînèrent sans effort, reculant rapidement dans la neige détrempée. Devant Houston, même le petit Matthew y allait de sa détermination, tandis que, un peu plus loin, Pettit prodiguait ses instructions.

— C'est vous qui lui avez cédé le commandement Houston ? ironisa Mattis.

— Je ne peux pas céder ce que je ne possède pas, répondit-elle.

— En tout cas, il semble l'avoir pris, ajouta Jack.

Houston profita de cette ambiance bon enfant qui s'installait le long de la cordée, au moment où un grondement sourd et puissant recouvrit soudainement les rires moqueurs. Le sol commença à trembler violemment, déstabilisant le groupe. Houston pensa aussitôt au lieutenant Whitman et à Fiodor. Malgré sa quasi-certitude que tout allait s'effondrer, elle encouragea tout le monde à redoubler d'efforts pour continuer à extraire le module, alors que l'effondrement de glace l'entraînait vers le fond du puits. Pettit se retrouva à genoux et cria son angoisse de voir les gravitons rester définitivement prisonniers. Dans l'affolement général, Houston entendit des hurlements de frayeur en provenance du Queen Mary. Sans cesser de tirer de toutes ses forces, elle aperçut le paquebot s'enfoncer lentement dans la banquise. Aussitôt, Matthew lâcha la corde et partit en courant dans sa direction.

— Matthew non ! cria Hélène.

Mais, le jeune garçon ne s'arrêta pas.

— C'est beaucoup trop dangereux, insista Hélène. Reviens ! On ira chercher tes parents plus tard.

— Mais ce sera trop tard ! pleura Matthew sans cesser de courir.

— Matthew, ils sont morts ! lâcha Hélène. Tes parents sont morts ! Je t'interdis d'aller là-bas !

Matthew s'arrêta d'un coup et se retourna vers Hélène.

— Menteuse ! hurla Matthew. Tu n'es qu'une menteuse ! T'es comme Mike, et comme tous les autres ! Je te déteste !

Tandis que Matthew reprenait sa course désespérée à travers la brume, Houston aperçut les survivants évacuer le navire qui continuait de sombrer, sautant sur la glace depuis les balcons et les hublots.

— *Et merde !* lança Hélène qui resta fermement agrippée à la corde.

Entraîné par le poids, le groupe arriva malgré tout à résister, gardant l'équilibre sur un sol qui tremblait et se fendait de partout. Au prix de terribles efforts, ils parvinrent à reprendre le sens de la remontée. Le module de gravitons sortit de la glace, illuminant les alentours de son halo bleuté.

Quelques secondes plus tard, la banquise cessa d'osciller. Houston se précipita vers le puits. Bientôt rejointe par Hélène, Jack, Mattis, Cooper, ainsi que les deux touristes dans leurs combinaisons spatiales. Ils ne purent que constater que le sol s'était définitivement refermé sur le lieutenant Whitman et son compagnon.

— Je suis navrée, dit Hélène. Mais, il n'y a plus rien que l'on puisse faire pour eux. Je dois aller chercher Matthew avant qu'il ne disparaisse dans le paquebot.

— Et l'expédition ? s'étonna Jack. Tu ne vas pas nous laisser y aller sans toi ?

— Écoute ! Je ne peux pas abandonner ce gamin, tu comprends ? Vous avez Mike. Il connaît la glace bien mieux que moi. Vous y arriverez très bien sans moi. Si ce n'est pas trop tard, j'essaierais de vous rattraper. Je suis désolée !

Sans se retourner, Hélène partit en courant à la poursuite de Matthew. Houston ne chercha pas à la retenir. Devant elle, dressée dans une position plus verticale, la silhouette du Queen Mary s'était immobilisée dans la brume.

— Bon sang de bois Mattis, comment avez-vous réussi un prodige pareil ? s'émerveilla Pettit devant le module.

Houston le regarda caresser le verre derrière lequel les gravitons flottaient au milieu du champ magnétique.

— Vous n'avez donc aucune décence ? s'offusqua-t-elle. Deux personnes viennent de mourir pour nous faire parvenir ce module. Avez-vous seulement un cœur pour autre chose que vos fichus gravitons ?

— En tant que militaire, vous devriez comprendre mieux que tout le monde que dans une guerre, il y a toujours des victimes collatérales, rétorqua froidement Pettit. Moi, je ne perds pas de vue notre unique objectif, qui est de sauver le peu de survivants qu'il reste après l'apocalypse provoquée par Mattis sous votre autorité.

Houston prit la violence de cette vérité implacable comme un coup qui la mit KO.

— Espèce de vieux croulant, je t'interdis de…

— Mattis, taisez-vous ! l'arrêta Houston avec fermeté. Aussi dur que cela puisse nous paraître, il a raison. L'important maintenant est de savoir de combien de temps nous disposons pour rejoindre le second module.

Houston fut surprise de voir Mattis se diriger vers la console de commande sans broncher, comme si lui aussi avait compris que ce n'était plus le moment de nier leur implication dans ce chaos. En silence, il tapa sur l'écran qui s'illumina d'informations multicolores.

— Il reste un peu moins de six pour cent de charge, annonça Mattis.

— Nous n'avons donc pas de temps à perdre. On met tout de suite le module sur le traîneau, ordonna Houston.

— Sans vouloir insister, intervient Pettit. Il serait quand même plus simple de libérer les gravitons sur place, comme je le propose depuis le début. Traîner cette masse énorme sur une glace au bord de s'effondrer ne me paraît pas une entreprise très raisonnable. Vous ne pensez pas ?

— Professeur, je veux bien accepter ma part de responsabilité dans ce cataclysme, mais je ne suis pas encore assez désespérée pour vous laisser jouer à l'apprenti sorcier avec une quantité de gravitons que vous n'avez jamais eu entre les mains. Nous allons faire ce que nous avons prévu. Si nous ne retrouvons pas le second module, ou si Mattis échoue dans sa tentative, vous aurez tout loisir de faire ce que bon vous semble avec ces gravitons. Vous serez notre ultime recours : ça devrait vous plaire ça, non ?

— Ça, c'est ma Houston, se réjouit Mattis.

— Mike, vous saurez nous ouvrir la route ?

— Ça, ma p'tite Becky, c'est vraiment mon rayon, t'sais. J'suis quasi né sur s'te tabarnak de glace, c'est pour t'dire !

— Donc, c'est oui ?

— Risque d'y avoir d'la misère, mais tu peux compter sur moi.

— Est-ce qu'on peut vous aider nous aussi ?

Houston se retourna vers cette étrange vision anachronique de deux astronautes, debout dans leur combinaison spatiale futuriste.

— Si on a bien compris, ajouta Scarlett, c'est ce truc bleu qu'on a récupéré qui a provoqué tout ça. Avec Liang, on en a discuté, on voudrait continuer cette mission jusqu'au bout, si on peut être utile.

— Merci, toutes les bonnes volontés sont les bienvenues. Allez ! On charge ! lança-t-elle à tous les volontaires présents.

Le groupe fit rouler l'énorme cylindre de verre et de métal jusqu'à le monter sur le traîneau bricolé de ce qu'ils avaient pu trouver à bord du Queen Mary. Les lanières se tendirent, l'étrange attelage s'ébranla, Mike en tête, pataugeant dans la neige fondue. Alignés sur deux colonnes, ils tractèrent le module tel un cortège emportant dans le brouillard leur divinité lumineuse qui rayonnait dans l'obscurité.

57.

JOUR 6
Altitude : – 97 m
Température : – 5,1 °C
Gravité : g = – 9,35 N/kg

Soulagé d'arriver enfin, Romain rejoignit Shino sur le palier métallique surplombant le vide. Très essoufflé, il sentit que le froid était ici nettement plus mordant qu'il ne l'était dans le tunnel de l'accélérateur, et il comprit mieux de quoi parlait sa mère, lorsqu'elle lui racontait la difficulté que représentait le manque d'oxygène sur les sommets de l'Himalaya.

À travers le grillage sous ses pieds, l'échelle de secours s'étirait jusqu'à disparaître dans l'obscurité. Romain se demandait quelle température il pouvait bien faire tout en bas, à l'extérieur. Mais, ce qu'il aimerait avant tout savoir, c'est ce qu'ils étaient venus faire ici.

Sans attendre, Shino s'engouffra à travers l'ouverture circulaire qui menait à l'unité de production. Elle ne lui avait pas dit ce qui s'était réellement passé, pendant qu'il regardait, impuissant, le câble dégringoler dans la cage d'ascenseur. Il avait dû se projeter en arrière pour ne pas être frappé par les coups de fouet qui déchiquetaient les parois de métal sur son passage. Puis le fracas infernal avait cessé au moment où le câble avait disparu dans le vide.

Romain savait parfaitement que Shino n'avait pas fait exprès de laisser tomber ce câble, mais il ne pouvait s'empêcher de penser qu'elle devait quand même avoir une part de responsabilité. *Ils avaient mis tant de temps et d'énergie pour l'acheminer jusqu'aux portes des monte-charges.*

Et puis, depuis qu'elle s'était réveillée, il n'arrivait plus à la comprendre. Un coup, elle était désespérée, *en bad* complet, impossible de l'approcher, plus aucune espérance de rien ; et soudain, elle se levait d'un bond, comme possédée, en affirmant qu'elle avait la solution : *trop flippant !*

Dans la mesure où elle avait subi un choc apparemment terrible, il ne voulait pas la perturber davantage, et il la suivit sans discuter. Jusqu'à maintenant, elle ne lui avait pas dit grand-chose de cohérent. Elle n'arrêtait pas de parler de ce cauchemar qu'elle avait fait. Il se demanda sérieusement si la situation ne lui avait pas fait perdre la boule : *comme à l'autre taré !*

Romain se sentit plus seul que jamais. Il aurait aimé que tout redevienne normal, que tout ça ne soit jamais arrivé. Il se raccrocha à l'idée que sa mère était vivante, quelque part. Même séparé d'elle, le simple fait de la savoir toujours là l'aidait à garder espoir. Elle lui manquait terriblement à cet instant.

Derrière Shino, il traversa rapidement le long couloir qui débouchait sur le secteur Janus. Il avait beau connaître l'endroit, Romain restait impressionné par la dimension invraisemblable de ce tunnel.

Une fois sur la plateforme, il remarqua le givre qui commençait à recouvrir les appareils et les écrans d'ordinateur, au pied desquels gisaient les débris éparpillés de la radio. Depuis le lointain plafond, l'éclairage donnait des signes de faiblesse, preuves que les générateurs ne tiendraient plus bien longtemps.

Devant lui, Shino traversa la grande dalle de béton et alla décrocher du mur une sorte de petit conteneur de métal et de verre. Tandis qu'elle revenait vers la console de commande qui trônait au centre de la pièce, Romain s'impatienta.

— Est-ce que tu vas me dire enfin ce qu'on est venus faire ici ?

— Je vais te montrer.

Elle le guida alors jusque sous l'immense porte circulaire ouverte sur l'unité de production. Là, ils s'arrêtèrent face à l'entrée du long tunnel. Tout au fond, dans l'obscurité, le cœur de l'énorme machine rayonnait de sa lumière bleutée. Romain sentit à ce moment le gant que portait Shino attraper sa main et la serrer fort, malgré les plaies qu'il savait la faire souffrir.

— Viens avec moi.

Alors qu'elle l'entraînait, serrant plus fort encore son étreinte, Romain comprit qu'elle avait besoin de lui pour entrer dans ce tunnel. Tendue, elle surveillait l'espace de tous côtés ; elle se retournait, s'arrêtait, fixait le plafond, reprenait sa route. Il la sentait très nerveuse, mais il n'osait pas lui demander ce qui lui faisait aussi peur. Peut-être n'avait-il pas envie de le savoir.

Contrairement à Shino, à présent tétanisée devant l'immense unité de production, Romain était réconforté par la chaleur que dégageait la machine dans le froid ambiant. Derrière la paroi de verre du module fixé à Janus, la boule luminescente de gravitons flottait toujours, perdue au centre de l'énorme volume.

— Alors ? Tu me dis ce qu'on fait là ?

— Nous sommes venus récupérer ces gravitons.

Au même moment, Shino s'avança et enclencha à l'arrière du module la capsule qu'elle avait apportée.

— Tu m'avais affirmé qu'on ne pouvait rien faire avec une si petite quantité.

Shino se plaça devant la console de commande lumineuse et enleva un de ses gants, grimaçant de douleur. Elle semblait chercher à comprendre ce qu'elle lisait sur l'écran.

— Tu es sûre de savoir ce que tu fais ?

— Aussi sûre qu'on peut l'être dans un contexte comme celui-là.

Après avoir fait dérouler quelques menus, Shino tapa une dernière fois sur la surface tactile, puis recula. À l'intérieur du module, Romain vit alors la boule de gravitons s'allonger progressivement et commencer à se déplacer lentement vers l'une des extrémités du module. Il observa s'opérer le transfert de la matière bleutée qui pénétra dans la capsule.

— Quand je disais qu'on ne pouvait rien faire avec si peu, je parlais de l'inversion de la gravité. Ces gravitons vont nous servir à tout autre chose. Tu vois ce module ? Eh bien, d'après l'appel radio que nous avons reçu, le Professeur Pettit affirme qu'ils en ont retrouvé un comme celui-là, à l'endroit où ils sont tombés. La différence avec celui-ci, c'est que le leur est plein de gravitons. C'est ce genre de quantité phénoménale qui peut nous permettre de changer à nouveau la gravité.

— Alors, c'est ça qui s'est passé ? Mattis a laissé s'échapper tous ces gravitons ?

— En réalité, c'est Mark qui les a libérés apparemment. Ça ne veut pas dire pour autant que Mattis n'est pas responsable.

À l'instant où Shino constata que le petit cylindre était plein, elle l'attrapa énergiquement entre ses deux gants. Elle le fit pivoter d'un quart de tour pour le désengager, délivrant un bruit de décompression. Son visage grimaça une nouvelle fois de douleur.

— Mais alors, on va en faire quoi ?

— On va déjà commencer par sortir d'ici.

Sa capsule lumineuse dans les mains, Shino se précipita vers l'entrée du tunnel, comme si elle voulait fuir quelque chose. Dépité, Romain la suivit, bien déterminé à obtenir des explications plus claires.

— Je suis désolée, Romain. Tout ça est un peu chaotique pour toi, j'imagine. Mais, chaque minute compte à présent, il faut que l'on se dépêche.

Shino remonta la rampe d'accès jusqu'à la console de commande de Janus, puis traversa la grande dalle de béton. Elle semblait soulagée d'être sortie du tunnel.

— Je t'ai déjà décrit ce cauchemar que j'ai fait lorsque j'étais inconsciente, et que je ne cesse de revoir en boucle. Ce dont je ne t'ai pas encore parlé, parce que jusque là je n'en mesurais pas l'importance, c'est ce détail étrange qui y est apparu. Vois-tu, juste avant la catastrophe, avec le professeur Pettit, nous avons testé l'action des gravitons sur une balle de tennis, et ce que nous attendions ne s'est pas produit. Ou plutôt, nous avons cru que ça ne s'était pas produit. En réalité, ce que nous ne savions pas, c'est qu'au même moment, la gravité commençait à s'inverser.

Shino s'assit devant un des nombreux pupitres alignés en y déposant la capsule, puis elle ôta douloureusement ses gants.

— Eh bien, cette balle de tennis était dans mon cauchemar. Elle était là, au plafond du tunnel, sur la table qui a servi à notre expérience : exactement comme elle l'était lorsque je suis revenue au labo avec Mark, quelques heures après l'inversion. Mais dans la mesure où tout ça se passait dans mon subconscient, cette présence ne me paraissait pas plus étrange que ça.

Tout en parlant, Shino ouvrit un à un les tiroirs du pupitre.

— Mais cette image m'obsédait, et j'ai voulu savoir pourquoi. J'ai fini par comprendre ce que je n'avais pas réalisé alors, et qui était pourtant évident : c'est la balle qui maintenait la table au plafond ! conclut victorieusement Shino.

— Je ne saisis pas vraiment en quoi ça va nous aider.

— Pour ça, il faut prendre les faits tels qu'ils sont. On sait — ou en tout cas on suppose fortement — que pour inverser la gravité, nous avons besoin de faire remonter le module que ta mère, Pettit et les autres ont retrouvé en bas. Si nous parvenons à répandre dans le sol terrestre ce stock de gravitons, on peut espérer que ça provoquera une réaction en chaîne inverse de celle qui a mené à ce cataclysme : c'est ici qu'intervient ma balle de tennis.

Romain avait du mal à savoir ce qu'il devait penser du raisonnement de Shino. Il savait qu'elle était une scientifique, mais, s'il avait bien compris, elle n'était finalement que l'assistante du professeur Pettit. Il se dit qu'elle n'était peut-être pas si calée qu'elle voulait bien le dire. D'ailleurs, il n'était même pas certain qu'elle ait encore toute sa tête.

— Le fait qu'une masse aussi faible que cette balle puisse maintenir au plafond une table aussi lourde prouve que deux gravités inversées par les gravitons s'attirent très, très fortement.

Shino finit par sortir des tiroirs une feuille et un stylo. Elle se mit aussitôt à écrire.

— Nous devons absolument faire parvenir cette capsule de gravitons au Professeur Pettit. Avec les informations que je lui adresse, il saura comment s'en servir pour modifier la polarité gravitationnelle du module.

Sa lettre terminée, Shino la plia en quatre. Sur le dos du papier, elle inscrivit : « Pr Pettit ».

— Et qu'est-ce que ça change ?

— Mais, le module va se transformer en balle de tennis évidemment ! Il va venir s'écraser sur Terre. Tiens, aide-moi à chercher une pochette plastique et du scotch pour protéger ma note.

Dubitatif, Romain se mit à fouiller les tiroirs remplis de dossiers indéchiffrables.

— Et comment tu comptes lui envoyer ?

— On va utiliser les nouvelles lois de la physique : on laisse monter la capsule jusqu'à eux. Le vrai problème, c'est qu'ils la trouvent. Il faut prier pour qu'ils ne soient pas trop loin du point de chute pour la voir descendre dans le noir.

— Mais ça ne risque pas de se briser en percutant le sol ?

— Aucune chance. Le matériau qui la compose a une résistance Vickers de plus de cent cinquante gigapascals.

— Sans blague ? ironisa Romain.

— Oui, bon, bref ! C'est extrêmement solide. Avec sa faible masse, la capsule devrait rester intacte. Espérons que ce ne sera pas le cas du module.

— J'ai trouvé ! annonça Romain, un rouleau de scotch à la main.

Rapidement, Shino sortit une pochette plastique dans laquelle elle glissa sa note. Elle la fixa à la paroi cylindrique en faisant de nombreux tours de scotch.

— Bien ! Nous n'avons plus qu'à descendre au labo lancer ça.

— Pourquoi on ne la laisse pas simplement tomber dans la cage d'ascenseur ? Le plafond a été arraché par les cabines. C'est ouvert sur l'extérieur. Ça éviterait qu'on finisse congelés.

— La capsule risque de rester coincée quelque part. À cette distance, on ne peut pas être certains qu'elle tombe parfaitement droit. Nous n'aurons pas de seconde chance. C'est dans la coupole du laboratoire Oméga qu'il y a la plus grande ouverture. Là-bas, nous serons sûrs que rien n'arrêtera sa chute.

— Mais, il doit faire moins trente ou moins quarante dehors ! Équipée comme tu es, tu ne supporteras pas de températures aussi basses.

— Dès que ce sera fait, on pourra remonter se réchauffer. Tu sais, si on échoue, avoir froid sera le cadet de nos soucis.

Elle attrapa la capsule sur la console et la tendit à Romain.

— Tiens, mets ça dans ton sac à dos. Je suis désolée, mais c'est toi qui vas la porter.

— Pas de problème, ce n'est pas si lourd que ça.

Tandis que Romain s'exécutait, Shino roula en arrière sur sa chaise de bureau. Au moment de se lever, elle resta figée, les yeux rivés au sol. Romain aperçut alors les traînées rouges laissées par les roulettes de sa chaise. Comme elle, il suivit du regard les gouttes qui s'étalaient sur le béton jusqu'à la porte des sanitaires. La poignée argentée était elle aussi couverte de sang. *Mark est là !* pensa Romain.

Devant lui, Shino était terrorisée. Elle se redressa et recula lentement, sans quitter des yeux la porte ensanglantée. Ensemble, ils traversèrent à reculons l'immense plateforme, jusqu'à gravir les marches vers l'issue de secours. Lorsqu'ils fuirent le secteur Janus en direction de la surface, Romain s'attendait à voir surgir Mark à tout moment.

58.

JOUR 6
Altitude : 12,7 km
Température : 2,8 °C
Gravité : g = – 9,07 N/kg

Hélène aperçut Matthew disparaître au loin, à contre-courant de la foule qui évacuait le paquebot en panique. Depuis que la glace avait cessé de trembler, la masse du Queen Mary s'était stabilisée après s'être enfoncée de plusieurs mètres dans la banquise. Sans arrêter de courir, Hélène songea à Jack et à ceux qu'elle laissait derrière elle, le cœur serré. Mais, elle ne se donnait pas le choix : *ça pourrait être Romain !*

Lorsqu'elle arriva au pied de la coque, les survivants affolés la bousculèrent sans ménagement. Elle vit alors, à travers la ligne de hublots du pont inférieur qui plongeait et disparaissait dans la glace, la tête de Matthew passer à vive allure en direction de la proue du navire. *Mon Dieu ! Il se dirige vers la partie immergée,* pensa-t-elle.

Hélène constata rapidement que l'écoutille par laquelle ils entraient se trouvait à présent une quinzaine de mètres plus bas, inatteignable, au fond d'une crevasse sans fond ouverte le long de la coque. La lumière du jour lui parvenait dans la transparence de l'abîme, baignant le flanc du navire d'une clarté irréelle. Elle chercha un nouvel accès pour contourner le flot des survivants qui l'empêchait d'avancer. Un balcon au-dessus du vide était presque à sa portée. Elle regarda vers le bas — elle savait pourtant qu'il ne fallait jamais regarder en bas — puis sauta sans plus réfléchir. Elle se rattrapa à la rambarde qui surplombait la crevasse, se hissa par-dessus le garde-corps, regrettant un instant que la gravité l'alourdisse autant. Sur la petite terrasse encombrée de deux chaises longues, elle fit coulisser la baie vitrée, traversa une chambre qui lui parut minuscule, pour déboucher dans un étroit couloir plongé dans l'obscurité. À travers le silence feutré, elle perçut sur sa droite, en amont de l'inclinaison du plancher, le brouhaha lointain et étouffé de l'évacuation.

Hélène récupéra sa lampe frontale dans la poche de son blouson et s'équipa rapidement. Sur sa gauche, la moquette rouge semblait s'abîmer à l'infini vers les ténèbres. *C'est cette direction qu'a prise Matthew,* s'angoissa-t-elle en reprenant sa course.

À mesure qu'elle s'enfonçait dans le couloir, un calme mat, presque palpable, envahit l'espace. Elle déboucha enfin sur le palier de l'étage et s'arrêta quelques secondes pour reprendre son souffle devant le plan d'orientation du navire. Dans le faisceau de sa lampe, les treize ponts du Queen Mary 2 s'étalaient dans une complexité colorée censée faciliter la lecture. *On n'a pas idée de construire un rafiot aussi gigantesque !* s'agaça Hélène. Totalement perdue, elle finit par apercevoir la petite pastille rouge qui affichait son message circulaire et rassurant : *vous êtes ici.* Elle était donc *Pont 6.* Matthew était dans les étages inférieurs, mais elle ne savait plus du tout où il pouvait se trouver à présent. Ce gamin connaissait tellement bien le bateau qu'elle réalisa qu'elle n'avait que peu de chance de le retrouver dans un labyrinthe pareil.

Elle tenta malgré tout d'imaginer l'itinéraire que pourrait emprunter Matthew pour accéder à la proue du navire. Elle repéra alors l'énorme salle de théâtre étalant ses nombreux fauteuils sur deux niveaux : la partie la plus avancée. *C'est certainement là qu'il se rend,* se dit Hélène. *Là où il n'a encore jamais osé s'aventurer.*

— Matthew ! appela Hélène à travers la cage d'escalier, sans réel espoir d'une réponse. Matthew, soit raisonnable ! Il ne faut pas rester ici, c'est trop dangereux !

Dans le silence persistant, elle décida de descendre.

Deux étages plus bas, la pression de la glace sur la coque se faisait plus présente. Des grincements angoissants se diffusaient à travers l'acier qui semblait plier. *Ça y est, je suis arrivée sous la surface, s'inquiéta Hélène.* Tout autour, de violents claquements la firent sursauter, et elle s'attendait à tout moment à être écrasée par une banquise devenue instable.

Elle arpenta le pont, traversa un large palier, remonta par la coursive tribord. Les couloirs s'enchaînaient, identiques, déserts, sombres. Hélène avait l'impression de tourner en rond. Puis, elle crut entendre des pas à l'étage supérieur. Elle courut, grimpa quatre à quatre les marches, s'arrêta et écouta : un lourd silence. Elle était à nouveau perdue. Elle chercha un plan, mais n'en trouva pas.

— Matthew ! Je sais que tu es là ! tenta Hélène. Je suis désolée ! Je ne voulais pas te faire de peine. Je ne pensais pas ce que je disais.

Soudain, venant de l'étage inférieur, Hélène entendit la voix de Matthew, étonnamment proche.

— Menteuse ! Tu n'es qu'une menteuse. Je te croirai plus jamais !

En bas des marches, Hélène vit passer furtivement le faisceau d'une lampe, puis entendit des pas s'éloigner rapidement. Elle dévala l'escalier et s'arrêta sur le palier suivant. La course de Matthew frappait la moquette dans son dos. Elle se retourna pour remonter dans un large et profond couloir. Tout en haut de la pente, la lumière disparut sur la gauche. Elle redoubla d'efforts. À son passage, les portes miroir de six ascenseurs reflétèrent de part et d'autre sa course-poursuite effrénée. Elle longea sans les voir d'imposantes fresques en bas-relief qui habillaient les murs, avant de stopper sa course sur la rambarde d'un balcon en rotonde, surplombant un vaste hall. Au-dessus, l'élévation se prolongeait sur trois niveaux, pour atteindre un plafond rectangulaire richement mouluré. Face à elle, une accumulation de colonnades empilées formait un alignement vertical qui accentuait encore l'effet de perspective. De chaque côté, une coursive en mezzanine menait à deux escaliers dont les courbes descendaient, dans une symétrie opposée, jusqu'à toucher le sol d'une salle circulaire. Hélène embrassa brièvement l'ensemble de ce pompeux décor sans repérer aucune trace de Matthew.

— Matthew ! Je voudrais juste te parler ! mentit-elle.

Ne sachant plus quelle direction prendre, Hélène emprunta l'escalier de gauche, observant au passage le fronton moulé qui trônait aux pieds du balcon central : *Grand Lobby*, pouvait-elle lire en lettres faussement sculptées. En bas, le clavier d'un piano à queue sortait d'une langue de glace qui recouvrait une partie du motif moderne dessiné sur la moquette. Dans le hall, des panneaux de signalisation pointaient en direction de larges portes d'accès totalement bouchées par le flot puissant figé en plein mouvement : *Royal Court Theatre,* indiquait la flèche. *Il n'a pas pu aller dans la salle de spectacle.*

Angoissée, Hélène fit le tour de la pièce du regard dans l'espoir d'apercevoir un signe de la présence de Matthew. Par les hublots alignés derrière les nombreux tapis verts des tables de casino, les profondeurs de la banquise translucide laissaient parvenir une lueur un peu rassurante, comme une aube longtemps attendue.

Soudain, elle vit Matthew apparaître entre deux colonnes et foncer droit sur elle. Hélène eut un léger mouvement de recul tant elle fut surprise lorsque Matthew lui attrapa fermement la manche et la tira sans ménagement.

— Viens vite ! lança-t-il, affolé. J'ai retrouvé mes parents !

59.

JOUR 6
Altitude : 12,7 km
Température : 3,6 °C
Gravité : g = – 9,27 N/kg

Au-dessus du convoi qui traînait péniblement sa charge depuis de nombreuses heures, Jack observait le brouillard se désagréger enfin au cœur de la nuit. Il aperçut alors, esseulée sur la masse noire de la Terre, une ultime lueur blanche qui continuait à briller par intermittence, telle une étoile orpheline refusant de mourir. Jack vit dans cette lumière qui leur parvenait du Centre un espoir que tout n'était pas perdu, et son éclat fébrile rappela à son souvenir sa chute impossible dans les bras d'Hélène. Avec le recul, il ne songea à ces longues minutes à tournoyer dans le vide avec elle que comme à un moment parfaitement romantique, conscient qu'il minimisait la dimension dramatique d'une mort qu'il pensait alors certaine. Mais, tout ça lui paraîssait si loin.

Dans l'air toujours plus doux, Jack avait trop chaud. Il descendit légèrement la fermeture éclair de son blouson pour y laisser pénétrer un peu de fraîcheur. Il s'inquiétait pour Hélène. La connaissant, elle ne lâcherait pas Matthew tant qu'elle ne l'aurait pas retrouvé. Il espérait juste qu'à l'heure qu'il était, ils auraient quitté le paquebot sains et saufs. Jack avait beau comprendre qu'elle tenait à secourir ce garçon, il lui en voulait de les avoir laissés tomber aussi facilement. Il avait conscience qu'elle ne leur devait rien, mais il ne put s'empêcher de se sentir un peu trahi. *Heureusement, ils ont Mike,* se dit Jack.

À l'avant du convoi, les dômes de glace qui balisaient au début leur chemin s'étaient depuis longtemps éteints, remplacés par le seul rayonnement du module qui projetait son éclat bleuté sur la surface de neige immaculée. D'un geste du bras, Mike les arrêta une nouvelle fois pour leur faire contourner une crevasse.

— C'est encore loin ? se plaignit le professeur Pettit.

— Comment voulez-vous qu'on le sache ! s'agaça Houston, placée derrière lui le long de la sangle. Ce n'est pas comme si nous avions un relevé GPS ! Je l'ai déjà dit : notre meilleur repère, ce sont les pylônes électriques qui devraient toujours être visibles au-dessus de la neige. C'est dans cette zone que nous sommes tombés.

Après deux nouvelles heures de marche à zigue-zaguer entre les obstacles, les énormes structures disloquées des pylônes apparurent enfin. Leurs enchevêtrements de poutrelles d'acier, couvertes d'une épaisseur de neige alourdie par le dégel, s'élevaient au-dessus du sol, laissant pendre de nombreuses stalactites qui gouttaient à un rythme rapide et régulier dans les faisceaux des lampes.

Houston ne pensait pas qu'ils mettraient autant de temps à arriver sur place. Ce retard ne faisait que rendre toujours plus palpable la crainte de chacun de voir la couche de glace céder définitivement sous la pression d'une gravité qui, selon Mattis, n'était plus très loin d'atteindre l'inversion complète. Aussi, personne n'avait discuté les instructions du major lorsqu'elle avait organisé leur recherche, demandant à chacun de prendre une direction différente pour maximiser leurs chances de retrouver le second module.

À présent, Jack s'éloignait du traîneau en tournant le dos à tous les autres membres de l'expédition. Sur la banquise immaculée, toutes les traces de leur dernier passage avaient été effacées par les chutes de neige, et, bien qu'il aimerait le revoir, il savait que le trou qu'ils avaient laissé en atterrissant ici était depuis longtemps rebouché. *Ce doit être également le cas pour le module,* pensa-t-il. En conséquence, il s'attarda sur le moindre dôme qui dépassait du sol, s'attendant, à chaque fois qu'il plongeait sa main dans la poudreuse collante, à ressentir la surface dure du métal ou du verre. Mais, son gant traversait désespérément une neige profonde et sans obstacle, pour en ressortir un peu plus alourdi d'eau que la fois précédente.

Découragé, il s'arrêta un instant. Autour de lui, l'espace était sans limite, et la distance qui le séparait désormais des autres cercles de lumière qui s'agitaient frénétiquement dans l'obscurité ne faisait que renforcer le sentiment qu'ils ne trouveraient jamais ce qu'ils cherchaient.

Un peu plus loin, Jack observa une cassure dans le sol. Il avança prudemment jusqu'au bord, craignant qu'il s'agisse d'une nouvelle crevasse. Il découvrit alors une sorte de cratère effondré, avec en son creux, les dizaines de mètres d'un épais câble noir entassé en vrac. Jack remarqua que ni la neige ni le givre ne recouvraient sa surface. Il en déduit aussitôt qu'il devait être tombé depuis peu. *Peut-être vient-il du Centre ?* pensa-t-il. Par réflexe, Jack leva les yeux vers le point de lumière, comme pour s'assurer du réalisme de son hypothèse. La dernière lueur qui brillait encore sur Terre il y a peu s'était définitivement éteinte, abandonnant le monde aux ténèbres glacées.

Malgré son abattement, Jack tenta de se rassurer. Si ce câble vient du laboratoire, il en déduit que le module ne doit pas être très loin. Plus déterminé que jamais, il balaya la nuit alentour et finit par immobiliser sa lampe sur une calotte proéminente, de l'autre côté du cratère. Il parcourut rapidement la distance, habité par la crainte d'une nouvelle déception.

Son poing s'arrêta net sur le métal. Sous le choc, la neige glissa en plaques sur la paroi en verre bombé. Une partie du module vide se dévoila à ses yeux incrédules.

Ils avaient très vite dégagé, puis remis d'aplomb l'énorme piège de Penning resté indemne de sa chute. Dans l'enthousiasme et la fébrilité générale, Mattis avait particulièrement remercié Jack de sa découverte, même si, pour sa part, il était d'accord avec le professeur Pettit pour dire que ce n'était que de la chance.

— Bien ! conclut solennellement Mattis, devant la console de commande éteinte du module. Je crois que cette fois, nous y sommes. Nous allons enfin sa…

— Mais, bon sang, Mattis ! le coupa Pettit. Vous n'allez quand même pas nous pondre un discours. Nous n'avons pas de temps à perdre avec vos salamalecs !

— Hubert, je pense que je n'ai jamais eu autant envie de vous étrangler, répondit calmement Mattis.

— Allez-y ! l'encouragea Houston, encore plus tendue que les autres.

Mattis enleva un gant et toucha plusieurs fois la surface lisse de la console, s'attardant à certains endroits plus qu'à d'autres : le large rectangle brillant resta éteint.

— Je suis désolé ! finit par capituler Mattis. Pour une fois, Pittman a vraiment fait du bon boulot.

— Vous êtes sûr qu'il n'y a plus rien que vous puissiez faire ? insista Houston.

— Plus rien !

— Bon ! Maintenant que vous avez prouvé une bonne fois pour toutes votre incompétence, est-ce que vous allez me laisser faire à présent ? ironisa Pettit.

— Il va tous nous tuer Houston, murmura Mattis.

— Nous sommes morts quoiqu'il arrive si nous ne faisons rien, répondit Houston, résignée. Nous n'avons pas le choix. Il faut juste prier pour qu'il ait raison.

— Regardez ! Il y a un truc qui tombe là-haut !

Jack se tourna vers la jeune femme en combinaison spatiale qui levait la tête vers la Terre. Dans l'alignement de son regard, il aperçut une lueur vive et bleutée se détacher dans le noir. La lumière se déplaça d'abord lentement, puis prit de la vitesse à mesure qu'elle s'approchait du sol et se décalait sur le côté. Dans les dernières centaines de mètres, elle sembla accélérer, traversant l'obscurité telle une étoile filante, pour finir par s'éteindre plus loin, après le bref choc mat de son impact sur la banquise.

60.

JOUR 6

Altitude : – 15 m
Température : – 47 °C
Gravité : g= – 9,41 N/kg

Tout le temps de leur descente précipitée, Shino n'avait cessé de se penser poursuivie par Mark dans l'obscurité insondable du profond puits de béton. Ni le froid, plus mordant à chaque barreau de l'interminable échelle de secours, ni ses douleurs aux mains, ni le manque d'oxygène, n'avaient ralenti un seul instant sa course effrénée vers la surface.

À présent qu'ils avaient atteint avec Romain les longs couloirs blancs du secteur Oméga, Shino n'était plus certaine d'être physiquement capable de rejoindre la percée dans le toit du laboratoire, tant la température commençait déjà à la paralyser. *Romain avait raison, il fait bien trop froid.*

À chacune de ses inspirations, elle ressentait l'air glacé gagner l'intérieur de son corps, tandis que la brûlure sur ses jambes devenait insupportable. Ses premiers frissons avaient cependant disparu et elle s'efforça de se focaliser sur la simplicité de sa tâche : lancer la capsule dans le vide. Elle ne pouvait s'empêcher, malgré sa détermination, de prendre conscience que, quoi qu'il arrive, elle n'aurait jamais la force de refaire l'ascension jusqu'au secteur Janus ; elle était bien trop épuisée pour ça. Mais, au lieu de rebrousser chemin, elle accéléra encore le pas pour atteindre au plus vite l'extrémité d'un couloir qui lui paraîssait sans fin.

À travers tout l'étage, l'éclairage chaotique d'une alimentation à bout de souffle plongeait irrégulièrement le lieu dans le noir complet, pour se rallumer en flashs éblouissants et imprévisibles. Cet effet stroboscopique renforçait la confusion de Shino qui peinait à se repérer. Partout dans l'infrastructure géante du Centre, les infiltrations d'eau s'étaient figées en épaisses coulées de glace ou en longues stalactites rejoignant parfois le sol. Contournant les obstacles, ils atteignirent enfin le nœud de distribution et sa multitude de couloirs, au moment où la lumière s'éteignit une dernière fois.

— Tu peux ressortir ta lampe ? articula difficilement Shino. J'ai l'impression que cette fois, c'est la panne.

— Plus de pile ; désolé ! répondit Romain, grelottant.

— Okay ! On va se servir des gravitons. On ne peut pas avancer dans cette obscurité.

Quelques secondes plus tard, le halo de lumière repoussa un peu plus loin les ténèbres depuis l'intérieur du sac à dos ouvert au sol. Devant Shino, l'épais nuage de vapeur d'eau de sa respiration douloureuse s'illuminait de bleu dans l'air glacé. Elle regarda Romain se pencher pour saisir la capsule, lorsqu'elle réalisa qu'il ne portait pas de gants.

— Attends ! l'arrêta-t-elle brusquement. Je vais le prendre. Avec ce froid, tu vas rester collé au métal. À moins que tu ne veuilles récupérer tes gants.

— T'inquiète ! Tu en as plus besoin que moi.

Romain fit alors disparaître ses mains à l'intérieur des manches de son blouson, s'écartant pour laisser Shino attraper la capsule.

Shino tenait le cylindre serré contre l'épaisseur de sa doudoune pour éviter d'être éblouie par son éclat. Devant elle, le couloir s'ouvrit enfin sur l'immense laboratoire Oméga. À leurs pieds, la large coupole avait résisté à la pression de la gravité, alors que les derniers appareils, qui pendaient encore dans le vide lorsqu'elle était ici avec Mark, avaient fini par se décrocher, venant s'ajouter au fatras des carcasses électroniques hors d'usage qui jonchaient déjà la structure métallique du toit. Tout au fond, le trou béant par lequel était tombé le module était ouvert sur la nuit. Le simple fait de pouvoir apercevoir l'extérieur, après des jours d'enfermement dans les sous-sols, procura à Shino un infime sentiment de liberté. Toutes les surfaces étaient tapissées de givre, et les cours d'eau qui ruisselaient vers le centre de la coupole s'étaient solidifiés. Shino remarqua que, dans le froid extrême, l'odeur nauséabonde de la vase putride qui l'avait saisie la première fois avait disparu. Évitant méticuleusement les parties gelées, elle fit quelques pas prudents sur la pente du toit.

— Shino, attends ! Je vais y aller, proposa Romain. Je vais

descendre.

Shino s'arrêta et se retourna vers Romain qui la dominait.

— Ce n'est pas à toi de faire ça.

— Mais, tu risques de glisser ! protesta Romain. C'est plus facile pour moi, je suis équipé pour la montagne et j'ai l'habitude.

Malgré le froid qui la transperçait, Shino prit quelques secondes pour s'expliquer.

— Écoute ! Je te remercie pour tout ce que tu as fait jusqu'à maintenant, mais tu n'es pas responsable comme je le suis de ce qui s'est passé.

— Qu'est-ce que tu racontes ? Tu m'as dit que c'était l'autre fou qui avait tout provoqué.

— Peut-être, mais toutes ces années, je ne me suis pas suffisamment interrogée sur les conséquences que nos recherches pouvaient avoir. C'est le moment pour moi d'essayer de rattraper ça.

— Shino, on perd du temps là ! Je serais beaucoup plus rapide que toi. Alors, tu me passes les gants, j'y vais, je jette ce truc, et on remonte vite se réchauffer ; avant qu'il ne soit trop tard.

À cet instant, alors que Romain s'apprêtait à descendre pour la rejoindre, les éclairages posés sur la toiture se rallumèrent et irradièrent l'espace. Shino se protégea les yeux de son avant-bras et crut apercevoir une ombre dans le dos de Romain. Dans la blancheur éblouissante, elle distingua la silhouette terrifiante de Mark armer une barre qu'il abattit sur le flanc du jeune garçon. Figée d'effroi, Shino vit Romain s'effondrer au sol dans un râle de douleur contenu par son souffle coupé.

Mark se tenait là, dominant Shino. Son visage couvert de sang devint presque noir au moment où la lumière s'éteignit à nouveau, faisant ressortir, dans la seule lueur des gravitons, le blanc de ses yeux insanes. Ses cheveux collés paraîssaient d'une raideur acérée, tandis que, dégoulinant de ses épaules, une cascade sinistre s'étalait le long de sa blouse rigidifiée.

— Tu pensais vraiment que j'allais te laisser partir ? menaça-t-il. Avec mes gravitons ?

Shino ne savait plus si elle était paralysée par le froid ou par la terreur que lui inspirait cette abomination qui se tenait devant elle.

— Mark, s'il te plaît !

— Mark, s'il te plaît ! se moqua-t-il, imitant ses sanglots d'angoisse.

Il enjamba Romain qui se tordait de douleur.

— Tu n'as pas compris que notre seule chance, c'est moi ! Je suis ta seule chance Shino !

Mais, alors qu'il s'élançait pour la saisir, Mark s'arrêta, presque à portée de Shino, un rictus d'étonnement sur le visage. Au sol, Romain s'était fermement agrippé à sa jambe, l'empêchant d'avancer. Pour Shino, ce fut comme un électrochoc. Elle se retourna et dévala le dénivelé du toit sans plus se poser de question, occultant autant que possible les chocs mous et sourds des coups portés à Romain.

— Shino ! hurla Mark, d'un cri rageur.

Affolée, elle se focalisa sur l'ouverture vers l'extérieur et franchit un premier montant de la structure du toit. Dans sa précipitation, elle glissa sur une coulée de glace. Elle roula dans la pente, se cogna les genoux sur l'acier, s'agrippa à la capsule, avant d'être violemment arrêtée par la poutrelle suivante. Shino ne sentait plus rien. Elle posa sa main gantée devant sa bouche de pierre pour retarder le plus possible le moment où ses poumons allaient geler. Sous les multiples couches de tissus, ses joues et son nez n'étaient plus que des pièces de bois étrangères à son visage ; *le froid a commencé à faire son œuvre,* pensa-t-elle.

Péniblement, elle se releva. Derrière, Mark s'était arraché à l'emprise de Romain qui gisait sur le sol. Il partit à sa poursuite.

— Je te vois ! lança Mark d'une petite voix sadique.

Paniquée, Shino enjamba une seconde poutrelle. Elle courut, trébucha, glissa, se cogna encore et encore. Elle avait l'impression de percuter tous les obstacles qui se dressaient sur son passage. Elle savait qu'elle était en train de perdre sa coordination, mais elle lutta mentalement pour s'efforcer de garder le contrôle de ses jambes.

— Shino, donne-moi ces gravitons ! poursuivit Mark.

Dans la résonance du laboratoire, Shino n'arriva plus à déterminer d'où lui parvenait la voix de Mark. À bout de souffle, elle s'arrêta une seconde pour tenter de le localiser : elle ne le voyait plus. Elle s'aperçut alors qu'elle n'était plus très loin du vide ouvert dans l'immense structure hémisphérique, et ce constat l'aida à rassembler ses dernières forces pour s'élancer sur les quelques mètres qui lui restaient à parcourir.

Sans plus aucun contrôle, comme dans un cauchemar, Shino se sentit alors chuter en avant. Elle s'étala violemment de tout son long. Sous le choc, elle laissa s'échapper la capsule qui rebondit plus loin sur le toit métallique.

Presque aussitôt, Mark passa à côté d'elle, marchant avec la raideur d'un automate. Elle comprit qu'il venait de la faire tomber. Elle voulut à tout prix l'empêcher de s'emparer des gravitons. Elle se redressa, attrapa le premier appareil qu'elle trouva au sol et le lança en poussant un ultime cri de rage. Surpris, Mark se retourna. L'angle de l'oscilloscope percuta sa tête de plein fouet. Il s'écroula.

Shino se précipita vers la capsule aussi vite qu'elle le put. Le vide était là, juste derrière Mark qui se releva lentement, se dressant sur son passage. Une partie de son visage gelé s'était brisé, emporté par le choc avec l'appareil. Un trou noir avait remplacé son nez et laissait apparaître en partie les dents blanches de sa mâchoire inférieure. Il paraissait cependant ne pas s'en rendre compte, totalement anesthésié comme elle par le froid létal.

Tel un robot, Shino avança en direction du vide. L'abomination lui ouvrit les bras, comme pour l'accueillir. Elle s'arrêta. Elle ne savait plus quoi faire. Sans plus aucune force pour lutter physiquement, elle ne voyait plus qu'une solution, une dernière chance.

Comme si elle faisait une gentille passe à un enfant dans une cour de récréation, elle lança directement la capsule vers Mark qui la réceptionna, surpris. Il commença à émettre alors un son obscène et gluant avec ce qui lui restait de bouche. Ce bruit, que Shino supposa être un ricanement triomphant, cessa au moment où Mark réalisa ce que Shino savait déjà : ses mains étaient collées au métal du piège de Penning. Malgré la terreur qu'il lui inspirait, c'est ce court instant de stupéfaction que choisit Shino pour foncer sur lui et le pousser avec toute l'énergie dont elle disposait encore.

Déstabilisé, Mark tenta de retrouver son équilibre à reculons, ne faisant qu'accélérer sa course vers la trouée où le projetait Shino, dans une rage victorieuse. Allumé de l'éclat des gravitons, le regard incrédule de Mark disparut derrière son corps raidi qui bascula dans le vide. Du bord de l'abîme, Shino fixa la lueur bleutée s'éloigner dans le néant glacé. À bout de force, elle s'affaissa doucement le long de la structure qui se dressait dans son dos, parfaitement consciente que le froid était en train de la tuer. Elle commença à s'endormir, lorsqu'elle entendit la voix de Romain qui l'appelait de loin ; de trop loin.

61.

JOUR 6
Altitude : 12,7 km
Température : – 1,8 °C
Gravité : g = – 9,07 N/kg

Hélène était désemparée. Matthew avait l'air tellement certain d'avoir retrouvé ses parents que c'en était un vrai déchirement.

Au milieu du *Grand Lobby*, indécise, elle hésitait entre prendre son temps pour lui expliquer calmement qu'il devait accepter que ses parents ne soient plus là, ou le faire remonter de force sans lui demander son avis. Pourtant, devant ces yeux brillants d'un authentique bonheur, elle en venait presque à douter.

— Mais viens ! l'encouragea Matthew. Ils sont juste là, derrière la coque.

— Comment ça derrière la coque ? s'étonna Hélène.

Devant cette nouvelle lubie sortie de l'imagination débordante de Matthew, Hélène perdit son sang-froid. Elle lui attrapa fermement le poignet pour l'empêcher de disparaître une seconde fois.

— Matthew, maintenant ça suffit ! cria Hélène. On remonte : un point c'est tout.

Sans plus attendre, elle le tira en direction du grand escalier, mais Matthew résista. De sa main libre, il frappait le bras d'Hélène pour la faire lâcher. Il pleurait, il se débattait ; il était hystérique. Sans céder, Hélène s'étonna de la force qu'il était capable de déployer.

Alors qu'elle n'avait réussi à le traîner qu'aux pieds des escaliers, elle comprit qu'elle ne parviendrait jamais à l'emmener ainsi à travers les longs couloirs qu'ils allaient devoir traverser pour remonter jusqu'à l'extérieur. Elle n'avait pas d'autre choix que de le convaincre de l'accompagner de son plein gré. Relâchant son étreinte, elle le laissa détaler sans chercher à l'arrêter.

Comme Hélène l'espérait, Matthew s'immobilisa après

quelques mètres. Elle attendit, consciente que s'il était revenu la trouver, il devait avoir besoin d'elle. Embarrassé, Matthew la fixa, il paraissait hésiter.

— Tu dois venir avec moi ! finit-il par lancer. Je pourrais pas les faire rentrer tout seul.

Hélène garda le silence encore quelques secondes afin qu'il comprenne que c'était elle qui décidait.

— Il faut que tu me croies ! implora Matthew. Ils sont juste là ! T'as qu'à venir voir si tu me crois pas.

— Très bien, Matthew, répondit posément Hélène. Je vais t'accompagner et tu vas me montrer où tu penses avoir vu tes parents. Mais je veux que tu me promettes quelque chose.

— Oui, c'est d'accord, tout ce que tu veux !

— Tu me promets que si cette fois, on ne les retrouve pas, tu remontes avec moi sans discuter.

— Oui, oui ! C'est promis ! Allez, viens !

— Et ! poursuivit Hélène. Tu me promets que, même si c'est très dur, tu accepteras l'idée que tu ne les retrouveras plus : que tu arrêteras de les chercher !

— Oui, je te le jure ! Tu viens maintenant ?

Alors qu'elle se laissait entraîner entre deux des hautes colonnes blanches qui soutenaient la mezzanine, Hélène restait étonnée de cette confiance inébranlable qui habitait Matthew. Elle se préparait malgré tout à affronter le moment cruel où il faudrait lui faire accepter qu'il n'y avait pas eu de miracle : que ses parents étaient bien morts, comme elle subsistait à le penser.

Ils passèrent devant un bar dont toutes les bouteilles s'étaient déversées sur la moquette, pour déboucher au milieu des tables de Black Jack, de roulette et de Craps restées en place dans le large casino du navire. Au fond, le long de la coque, une rangée de hublots rectangulaires, habillés de courts rideaux de soie maintenus par leurs embrasses, diffusaient la faible lumière du jour qui traversait la glace, découpant chaque objet d'un contre-jour froid.

Matthew poursuivit sa course effrénée le long des machines à sous éteintes et silencieuses qui alignaient, sur les faces des tambours immobiles, leurs icônes enfantines désordonnées.

Après avoir contourné une dernière piste de dés au velours rouge, isolée dans une partie plus étroite de la pièce, Matthew se précipita vers une large fresque qui tapissait le mur jusqu'au plafond. Sur la peinture aux couleurs criardes, une représentation de la société anglaise en smokings et robes de soirée s'étalait, dans des attitudes aristocratiques surannées, au milieu d'un décor orientaliste grandeur nature censé prolonger la salle. Matthew colla sa tête sans ménagement sur la toile, au niveau d'un couple qui se tenait par le bras.

— Ils sont là ! s'enthousiasma Matthew.

Hélène se sentit dévastée. Le voir ainsi tenter de s'agripper à ce couple mal peint qu'il ne pouvait enlacer lui brisa le cœur.

— Tu entends ? insista-t-il.

Au milieu des grincements de la pression sur la coque et des claquements de la glace, Hélène crut percevoir un son bref et sourd. Elle n'y prêta d'abord pas vraiment attention, lorsque le bruit se répéta, un instant plus tard. Tendant l'oreille, elle se rapprocha de la toile, tandis qu'un troisième choc retentit. Véritablement intriguée, elle se colla à la peinture, non loin de Matthew. Elle entendit cette fois plus distinctement le coup qui lui parvint à travers l'acier. Hélène sentit comme un frisson la parcourir : il y avait bien quelqu'un ou quelque chose qui frappait sur la coque à l'extérieur. Hélène recula d'un coup et fixa la fresque comme si elle pouvait regarder au travers.

— Viens ! On doit trouver d'où provient ce bruit exactement, lança-t-elle à Matthew.

— Tu vois ! Je te l'avais dit que je les avais retrouvés, s'enthousiasma Matthew.

Hélène retourna en courant vers les hublots du casino. Elle tenta d'éclairer à travers leur vitre épaisse, mais la glace collée à la paroi ne lui permettait pas d'apercevoir quoi que ce soit.

— Il nous faut un accès vers l'extérieur, plus en hauteur. Tu as une idée ? demanda Hélène.

— Les cabines avec balcon sont à partir du pont quatre.

— Parfait ! Je te suis.

Matthew entraîna Hélène à toute allure à travers le *Grand Lobby*. Ils refirent rapidement le chemin inverse de celui qu'elle avait emprunté pour traverser les étages, rejoignant, par de nombreux escaliers, un couloir où s'alignaient sans limites des portes qui remontaient vers la poupe. Une vingtaine de mètres plus loin, Matthew entra sans hésiter dans une cabine. Devant

Hélène, il rasa le pied de lit de l'étroite chambre pour atteindre une petite baie vitrée. Sans ménagement, il fit coulisser son vantail pour accéder au balcon. Hélène le vit se jeter littéralement sur le rebord de la fenêtre rectangulaire découpée dans l'acier de la coque.

— Matthew ! Fais attention ! Tu risques de tomber.

Dès qu'elle le rejoignit, elle l'enserra de ses deux bras.

— Mais, je vois rien ! s'impatienta Matthew.

— Attends ! Je vais éclairer.

Le long de la coque noire du paquebot qui plongeait vers la lumière du jour, la paroi de glace se dressait, toute proche. Tenant fermement Matthew, Hélène se pencha à son tour vers le fond de la faille qui se resserrait à mesure qu'elle descendait. Le faisceau de sa lampe frontale scruta l'abysse, lorsqu'elle entendit un nouveau coup donné sur l'acier.

Hélène éclaira aussitôt en direction de la zone d'où était parvenu le son.

— Il y a quelqu'un ? appela Hélène qui ne voyait toujours que de la glace.

« On est là ! » répondit-on faiblement. « Ici ! »

Guidé par la voix, le faisceau se refléta soudain sur une surface brillante qui lui renvoya son éclat. Hélène arrêta son mouvement. Une quinzaine de mètres plus bas, assise à même la glace, une femme blonde tenait au bout de son bras le casque avec lequel elle frappait la coque. Allongé sur ses jambes, un homme en combinaison spatiale paraissait inconscient. Hélène comprit tout de suite qu'il s'agissait des deux astronautes de l'ISS qui s'étaient fait ensevelir. À côté d'elle, Matthew fondit en larmes et partit se réfugier dans la cabine. Hélène décida de le laisser tranquille. Reprenant aussitôt ses réflexes de guide, elle chercha à évaluer la situation.

— Je vous vois maintenant. Vous êtes deux c'est ça ?

— Oui, nous sommes deux. Mais mon collègue est inconscient. Un choc traumatique à la tête.

— Bien ! Et vous ? Vous êtes blessée ?

— Non, ça ira.

— Vous pouvez me rappeler votre nom ?

— Tracy, et lui c'est Fiodor.

— Très bien Tracy ! Avec Matthew, nous allons vous sortir de là ! J'ai un peu de matériel avec moi, mais ce serait plus facile si nous trouvions un accès plus proche de vous. Je vais vous demander de patienter encore un peu le temps que je cherche la meilleure solution. C'est d'accord Tracy ?

— Pas de problème. On vous attend. Merci d'être là…

— Hélène.

— Merci Hélène.

Le cœur serré, elle entra dans la cabine. La tête enfouie dans ses bras, Matthew était allongé sur le lit, en larmes. Elle s'assit à côté de lui, puis posa doucement une main dans son dos. Elle le laissa pleurer un moment avant de lui parler.

— Je suis désolée, Matthew. Je ne connaissais pas tes parents, mais je suis certaine qu'ils étaient formidables, comme leur fils est formidable. Tu te rends compte que c'est grâce à toi que ces deux astronautes ont réussi à venir jusqu'ici. Et c'est aussi grâce à toi que nous avons récupéré ce module qui va peut-être tout remettre à l'endroit. En fait, tu n'as jamais cessé d'aider le monde autour de toi. Je pense que tes parents devaient être très fiers de leur fils. En tous cas, moi, je suis très fière de te connaître. Mais tu sais, j'ai besoin de toi pour sauver ces deux astronautes. Je ne peux pas y arriver toute seule. Est-ce que tu voudrais bien m'aider à les sortir de là ?

Sans qu'il change de position sur le lit, lentement, les pleurs de Matthew devinrent sanglots.

— D'accord ! finit-il par répondre, la gorge nouée.

— Tu es très courageux Matthew. Très courageux.

62.

JOUR 6
Altitude : 12,7 km
Température : 3,8 °C
Gravité : g = – 9,32 N/kg

Mattis courait dans la neige pour tenter de rattraper le reste du groupe déjà loin devant lui. Il levait les jambes aussi haut qu'il le pouvait pour franchir l'épaisseur qui le ralentissait, maudissant plus que jamais sa condition physique déplorable ; *même ce vieux croulant va plus vite que moi,* pesta-t-il intérieurement. Il voulait à tout prix laisser le moins longtemps possible Pettit seul avec les autres. Le connaissant, il craignait qu'il ne trouve encore un moyen de s'approprier les gravitons qu'ils venaient de voir tomber au sol.

Le groupe n'était plus qu'à une cinquantaine de mètres, mais Mattis fut obligé de s'arrêter tant il était hors d'haleine. Appuyé sur ses genoux, il soufflait comme une forge. Dès qu'il le put, il se redressa pour faire les derniers mètres en marchant lourdement.

Devant lui, il pouvait déjà apercevoir les silhouettes sombres rassemblées autour de la lueur bleutée qui émanait du sol.

— Ah ! Mais, qu'est-ce que c'est que ça ? C'est dégueulasse ! lança Mattis, au moment où il compléta le cercle.

Au fond d'un cratère, un cadavre informe et couvert de sang tenait dans ses mains une capsule qui éclairait alentour. Ce corps tordu dans une position impossible fumait comme s'il sortait d'une cuve d'azote liquide.

— Il doit faire un froid extrême sur Terre pour que ce pauvre gars soit dans cet état, dit Jack.

Mattis regarda avec dégoût la tête défigurée et méconnaissable.

— Le froid ne peut pas expliquer à lui seul son état. Je me demande bien ce qui a pu se passer là-haut ? Et, qu'est-ce que ce type fait avec cette capsule entre les mains ?

Mattis aperçut alors l'écusson du laboratoire Oméga sur le col de la blouse ensanglantée.

— Je crois bien que c'est votre petit protégé, annonça Mattis.

— Pittman ? s'étonna Houston.

— Ouais ! Et on dirait que pour une fois, il nous aura été utile.

— Mais, vous êtes vraiment ignoble ! s'offusqua Houston.

— Regardez ! Il y a quelque chose fixé au tube, remarqua le jeune Asiatique en combinaison spatiale.

Mattis aperçut à son tour une pochette plastique scotchée au verre. Houston descendit aussitôt dans le cratère la récupérer.

— Professeur Pettit, il semble que cela vous soit adressé, annonça Houston en lui tendant le papier.

— Vous avez une drôle de manière de recevoir votre courrier, ironisa Mattis.

Tandis qu'il observait Pettit déplier la feuille, puis parcourir son contenu dans le silence et l'attitude détachée du grand professeur qu'il pensait être, Mattis s'inquiéta de la tournure que prenaient les évènements. Il sentait que la situation était en train de lui échapper.

— Alors ! s'impatienta Mattis. Tu vas cracher le morceau où on doit continuer à t'admirer jusqu'à ce que le monde s'écroule définitivement ?

Pettit replia consciencieusement la lettre et la rangea dans l'une de ses poches, arborant un rictus satisfait que Mattis ne connaissait que trop bien. *Là, il est vraiment content de lui !* s'inquiéta-t-il.

— Ce n'est pas très important. C'est seulement mon assistante qui précise m'adresser ces gravitons en espérant que je saurais comment les utiliser. Ce qui est le cas, évidemment.

— Ben voyons ! Tu serais prêt à raconter n'importe quoi pour te faire mousser ! s'offusqua Mattis. Et puis, moi aussi, je sais quoi faire de ces gravitons. C'est même exactement ce dont j'avais besoin pour tenter d'inverser la polarité gravitationnelle du module.

— Mon cher Mattis ! Vous avez eu votre chance, et je ne suis pour rien dans le fait que vous ayez échoué, ajouta Pettit. Maintenant, c'est mon tour. Vous savez, il y a une chose que vous ignorez me concernant. Au moment où vous provoquiez la catastrophe que l'on connaît, eh bien moi, dans mon petit laboratoire Alpha, je dirigeais également une expérimentation à l'aide d'une capsule identique à celle-ci. Il se trouve que ce fût un grand succès, et que son résultat va nous permettre de renvoyer le module sur Terre le plus simplement du monde.

— Mais bien sûr ! Tu oublies que cette capsule vient de mon unité de production.

— Je comprends parfaitement que vous soyez amer Mattis. Mais, à votre place, je serais heureux que quelqu'un soit capable de réparer vos erreurs. Voire peut-être de sauver l'humanité !

— Rien que ça ! se moqua Mattis. Et « Sa Grandiosité » pourrait-elle avoir l'obligeance d'informer les pauvres ignorants que nous sommes de la manière dont elle compte accomplir un tel putain de miracle ?

— Chaque chose en son temps, poursuivit Pettit sur le même ton condescendant. Il faut avant tout répondre à la première question qui se pose.

Tous attendirent une suite qui tardait à arriver.

— Là, Professeur, je suis d'accord avec Mattis : vous commencez à être chiant ! s'agaça Houston.

— Mais enfin ! Qui s'occupe de décoller les mains de ce cadavre immonde de ma capsule ? lança Pettit comme une évidence.

63.

JOUR 6

Altitude : 12,7 km
Température : 4,01 °C
Gravité : g = – 9,67 N/kg

Tracy fixa le visage contusionné de Fiodor qui vacillait dans la lumière des flammes. Allongé dans ses bras, son front bandé d'un tissu blanc, il paraissait dormir paisiblement.

Cela faisait maintenant plusieurs heures qu'ils étaient ressortis du paquebot pour venir se réfugier sous les toiles d'un campement improvisé, et Fiodor était toujours dans le coma. Alors que Tracy restait là, à guetter le moindre mouvement annonciateur d'un hypothétique retour à la vie, les images claustrophobes qui avaient précédé leur sauvetage ne cessaient de s'imposer à elle.

L'avalanche de glace ; l'aile salvatrice du F35 ; Fiodor en sang ; sa jambe coincée ; le couteau ; le bloc qui éclate en glaçons sans desserrer son étreinte. À cet instant, incapable de se dégager, Tracy se revit accepter l'idée de mourir ici, avec lui. Mais l'eau avait alors commencé à s'accumuler dans le fond du minuscule espace à l'intérieur duquel ils étaient enfermés, son niveau montant rapidement. Le souvenir du stage commando qui l'avait conduite à se noyer dans un lac gelé canadien avait agi comme un électrochoc. Il était pour elle hors de question d'éprouver une seconde asphyxie, dont seule son hypothermie extrême avait permis de la ranimer. Ici, il n'y aurait personne pour la ressusciter. Gonflée d'une ultime rage de vivre, Tracy avait dès lors redoublé d'efforts pour briser le bloc qui retenait sa jambe. Les coups de couteau frénétiques ; le fluide glacial qui pénétrait par le col de sa combinaison ; sa main freinée dans l'épaisseur du liquide ; puis, pour finir, la libération. Suffocante, à moitié immergée, Tracy s'était précipitée vers la mince faille qu'elle avait repérée dans la paroi derrière elle, quelques instants plus tôt. Centimètre par centimètre, elle avait traîné la masse inerte de Fiodor à travers la fente horizontale qui s'élevait lentement au-dessus du niveau de l'eau. Dans l'angoisse d'être rattrapée, elle s'était débattue comme une forcenée pour avancer dans la faille qui se prolongeait, jusqu'à buter, après une fuite interminable, sur le mur d'acier noir qui se dressait en direction de la surface. Plus haut, inatteignable, des hublots et des balcons ; le choc répété du scaphandre sur le métal ; l'épuisement ; le froid ; la voix de l'enfant : « Papa ! Maman ! » ; les pleurs ; la lumière.

Tracy quitta pour la première fois depuis longtemps le visage serein de Fiodor. Aux alentours du campement, les survivants étaient rassemblés par petits groupes autour de feux qui découpaient leurs silhouettes accablées dans la nuit. Les multiples points orangés allumaient au loin une couche de brume qui semblait s'évanouir progressivement. Hélène lui avait expliqué qu'ils étaient tous venus se réfugier ici au moment où la banquise s'était mise à trembler, de peur que le Queen Mary ne les engloutisse avec lui.

À quelques mètres, Hélène et Matthew étaient là, de dos, tournés vers un horizon dont Tracy ignorait tout. Un bras réconfortant posé sur ses épaules, le jeune garçon semblait avoir fini de sécher ses larmes. Malgré la chaleur du feu, Tracy ne parvenait pas à se réchauffer et elle décida de bouger un peu pour tenter de relever sa température corporelle. Elle se dégagea doucement et plaça avec délicatesse la tête de Fiodor sur un oreiller improvisé. Après avoir remonté la couverture sur lui, elle rejoignit ses deux sauveurs.

Au sortir de la tente, Tracy leva les yeux vers la masse sombre de la Terre. Elle n'arrivait toujours pas à comprendre comment elle pouvait être debout sur cette banquise, à plus de dix kilomètres de la surface terrestre. Hélène avait eu beau lui résumer rapidement ce qui avait mené à cette situation impossible, elle ne parvenait pas réellement à accepter cet état de fait ; et encore moins l'idée qu'on pourrait revenir en arrière. Devant l'ampleur d'un tel cataclysme, elle était certaine que leur mission n'avait servi à rien.

— Comment va votre ami ? demanda Hélène, sans quitter des yeux l'horizon.

— Toujours inconscient, mais son état a l'air stable.

— Et vous ? Ça va ?

— Je ne sais pas trop. Tout ça est tellement étrange.

Hélène resta silencieuse, comme si tout commentaire était superflu.

— Vous venez vraiment de l'ISS ? Vous êtes une vraie astronaute ? interrogea Matthew qui lui parlait pour la première fois.

— Oui, tout ce qu'il y a de plus vraie. Tu vois, j'ai même un super costume, tenta de plaisanter Tracy.

Le jeune garçon la regarda, la mine dévastée. Elle n'avait jamais été très douée avec les enfants, mais cette fois, elle sentit un véritable malaise devant ce garçon dont elle ne savait rien.

— Mais, il paraît que c'est toi le héros, d'après ce que m'a dit ta maman. C'est toi qui…

— Non, non ! paniqua Hélène. Matthew n'est pas mon…

— Non, elle c'est Hélène ! précisa tristement Matthew. Mes parents, ils sont… ils ont disparu quand on s'est envolés.

Hélène resserra alors son étreinte sur l'épaule de Matthew. Tracy était plus gênée que jamais.

— Oh ! Je… je suis désolée. En tout cas, je te remercie beaucoup Matthew.

— De rien, conclut-il en se tournant à nouveau vers le lointain.

— Est-ce que le major Houston est là-bas aussi ? demanda Tracy après un temps.

— Oui, et je devrais être avec eux également ! regretta Hélène. Mais, ça ne sert plus à rien que je les rejoigne à présent.

— Vous attendez quoi au juste ?

— Je ne sais pas trop. Mattis et Pettit doivent tenter de renvoyer le module sur Terre si j'ai bien compris. Mais, personne n'y croit plus vraiment. Ça fait trop longtemps qu'il aurait dû se passer quelque chose. Ils ne sont peut-être même jamais arrivés sur place.

— Regardez ! cria Matthew.

Sortant du banc de brume, une boule lumineuse, d'un bleu intense, s'éleva dans l'air pur de la nuit. Avec la lenteur apparente d'une fusée au décollage, son vif éclat éclaira la couche de nuage tandis qu'elle accélérait en direction de la Terre.

— Ils ont réussi ! Ils ont réussi ! lança Hélène, euphorique.

Tracy la regarda prendre Matthew dans ses bras pour tournoyer de bonheur, tandis qu'un brouhaha victorieux gagna l'ensemble des survivants. Partout, c'était la même explosion de joie. Tournés comme un seul homme vers la lueur qui accélérait encore, les gens riaient, applaudissaient, dansaient. Tracy participa sans émotion à ce moment qu'elle ne pouvait pas réellement partager, esseulée au milieu de personnes qu'elle ne connaissait pas.

Sous la tente, Fiodor n'avait pas bougé. Une forme de mélancolie s'empara d'elle. Elle repensa à ceux qui étaient restés sur l'ISS : Scott, Serguï, Kim, Nicole, Maryam, qu'elle savait sacrifiés pour la réussite de ce à quoi elle était en train d'assister. Elle revit également le visage figé de Ken, parti dériver vers les confins de l'univers à bord de son vaisseau fantôme.

Embrasant les ténèbres, la lueur parut s'intensifier alors qu'elle atteignit rapidement une vitesse prodigieuse. Un trait bleu se dessina une fraction de seconde dans le ciel, comme la queue d'une comète qui s'éteignit d'un coup en frappant la surface terrestre. Tracy crut apercevoir une onde de choc légèrement lumineuse se propager aussitôt en cercles concentriques, avant de disparaître.

Trente-deux secondes plus tard, dans l'obscurité retrouvée, l'impact sourd et lointain de la déflagration parvenait jusqu'au campement.

64.

JOUR 7
Altitude : 1027 km
Température : – 156 °C
Gravité : g = – 3,01 N/kg

Kim flottait seul au centre du spacieux module Kibo. Habillé de sa combinaison spatiale, il observait défiler à travers la visière de son scaphandre les parois recouvertes de givre des appareils désormais éteints de son laboratoire. Ce matériel sans vie, qui scintillait dans la lumière rouge de l'éclairage de secours, lui renvoyait le vide de ses années de recherches pour lesquelles il avait fait tant de sacrifices. Tout ce savoir accumulé dans l'espoir d'une hypothétique découverte majeure qu'il ne fera jamais. Accablé, il sentait toute la vacuité de son travail au moment où l'humanité allait disparaître. Il n'avait jamais réalisé à quel point l'existence de la science était fondamentalement indissociable de celle de l'homme. Sans lui, cette richesse immatérielle n'avait plus aucune sorte de réalité. Pourtant, il regrettait à présent de ne pas avoir rassemblé l'ensemble de ses recherches sur un support qu'il aurait laissé derrière lui, dans le fol espoir qu'il soit retrouvé un jour. *Mais que vaut l'intégralité de mon travail en comparaison de la découverte du graviton ?* s'interrogea-t-il.

Depuis qu'il avait appris l'existence du graviton, son univers scientifique s'était complètement désintégré. Il avait passé sa carrière, comme la plupart des physiciens, à nier la réalité d'un tel boson. Et voilà que soudain, il venait anéantir l'humanité, en même temps que la totalité de son savoir. Abattu, il en conclut que sa vie entière avait été vaine.

Malgré son désespoir, Kim appréciait la chaleur réconfortante du chauffage interne de sa combinaison : *pour combien de temps encore ?*

À la merci de ses pensées négatives, il regardait sans les voir deux cercles de lumière blanche dessinés sur les parois. Projetés par le soleil à travers les deux hublots circulaires positionnés de part et d'autre du sas JEM, les ronds éclatants, d'abord figés, se mirent à se déplacer en parallèle sur les équipements du laboratoire. Il suivit du regard leur lent cheminement, avant de réaliser que la station venait de sortir enfin de la zone d'ombre de la Terre. La température intérieure remonta rapidement et fit fondre le givre qui se regroupa par capillarité en gouttes d'eau sur les appareils. Dans l'impesanteur, d'innombrables petites billes liquides se détachèrent des parois et commencèrent à flotter dans tout le module. Intrigué, il constata que les rayons du soleil accéléraient leurs mouvements, comme si la station était en train de manœuvrer.

Le cœur de Kim s'emballa soudain : *serait-ce possible ?* se prit-il à espérer. Il saisit de son épais gant la première main-courante à sa portée et se projeta vers le fond du module, en direction d'un des deux hublots d'observation.

La visière de son scaphandre percuta sèchement la vitre circulaire, tandis qu'il tentait de repérer le positionnement de l'ISS par rapport à la Terre. À l'extérieur, au-dessus de la plateforme d'expérimentation qui se prolongeait dans le vide spatial, la sphère de glace ensoleillée était bien là. Cette fois, Kim en était certain : la station avait changé de trajectoire. Ils étaient à nouveau attirés par l'attraction terrestre.

Sans plus attendre, il fit demi-tour et se propulsa de ses deux jambes vers le sas de sortie. Euphorique, il amorça un virage un peu trop rapide et heurta la paroi de son épaule, avant de repartir en direction de Nicole, Serguï, Scott et Maryam rassemblés plus loin, dans le module Destiny. Dans sa précipitation, il alla littéralement se jeter dans les bras de Scott.

— Nous avons changé de trajectoire ! s'enthousiasma-t-il à travers l'intercom de son scaphandre. Ils ont réussi ! La mission a réussi !

— Calmez-vous Nakano ! le reprit Scott. De quoi parlez-vous ?

— La gravité ! Elle est en train de s'inverser ! annonça-t-il avec ferveur. L'ISS regagne son orbite autour de la Terre.

— Vous êtes sûr de ce que vous dites ? interrogea sérieusement Scott.

— C'est incontestable ! confirma Kim. Notre repositionnement ne laisse pas place au doute. Nous allons pouvoir planifier notre évacuation.

Mais, alors que Nicole et Maryam s'enthousiasmaient de la nouvelle, Kim remarqua une certaine retenue dans l'attitude de Serguï et du commandant.

— Notre évacuation ? Comme vous y allez, Professeur, tempéra Scott. Nous n'en sommes pas encore là, malheureusement.

— Mais, si nous perdons à nouveau de l'altitude, il faut tout de même nous préparer au plus vite ! intervint Nicole.

— Je suis d'accord ! poursuivit Kim. D'autant plus que nous ne connaissons rien de la façon dont va s'opérer ce nouveau changement de gravité. Plus vite nous nous organiserons, plus grandes seront nos chances de trouver la meilleure manière d'évacuer la station.

— Je pense qu'il est temps de leur dire Andrew, dit gravement Serguï.

Kim observa la mine défaite de Scott à l'intérieur de son scaphandre. L'hésitation du commandant à se lancer fit l'effet d'une douche froide au sein du groupe.

— Est-ce qu'il y a quelque chose que nous devrions savoir ? s'inquiéta Kim.

— Étant donné le changement de situation, commença difficilement Scott, il y a une information qu'il n'était pas nécessaire de vous révéler jusqu'à présent, mais que nous ne pouvons plus garder pour nous plus longtemps. Lors de notre première descente vers les couches hautes de l'atmosphère, nous avons subi des dégâts plus importants que ce que nous vous avons annoncé.

— Quoi ? Quels dégâts, bon sang ? lança Nicole, fébrile.

— En plus des panneaux solaires dont vous étiez au courant, un des deux Soyouz s'est décroché de la station sous la pression atmosphérique. Nous l'avons perdu.

— Donc, nous n'avons plus qu'une capsule Soyouz de trois places pour évacuer cinq personnes, résuma froidement Maryam.

— C'est exactement ça ! conclut Scott.

— Et on fait quoi maintenant ? s'emporta Nicole. On tire à la courte paille. Comment avez-vous pu nous dissimuler une information pareille ?

— À quoi aurait servi d'ajouter cette réalité à tous les

problèmes que nous avions déjà à résoudre ? se défendit Serguï. Ça n'aurait fait que saper un peu plus le moral de tout l'équipage.

— Vous n'auriez pas dû nous cacher cette information malgré tout, affirma calmement Kim.

— Est-ce que vous avez imaginé une solution ? interrogea Maryam.

— Absolument ! enchaîna Serguï. Avec le Commandant, nous avons pris, d'un commun accord, la décision de rester tous les deux sur la station.

— Et comment en êtes-vous arrivé à cette conclusion ? Sans même nous consulter ! se braqua Kim.

— La question de l'évacuation de Nicole et de Maryam ne se pose évidemment pas, précisa Scott. Elles sont naturellement du voyage. Avec Serguï, nous sommes les plus âgés de cette mission, et étant donné notre expérience, il nous revient de prendre cette responsabilité.

Un moment de flottement laissa à Kim le temps d'encaisser le fait d'être ainsi sciemment mis à l'écart. Il éprouva comme une profonde trahison, une véritable humiliation que ses collègues de vol n'aient pas cru bon lui demander son avis.

— C'est n'importe quoi ! s'insurgea Maryam.

— Votre sens du devoir vous honore tous les deux, la coupa Kim, mais je considérerais comme une offense personnelle de ne pas faire partie de ceux qui restent sur la station. Je ne sais pas comment vous avez imaginé un retour sur Terre, mais ce ne sera certainement pas de tout repos, et je pense que cela nécessitera une grande maîtrise de pilotage pour avoir une chance de réussite. Je n'ai pour ma part aucune expérience dans ce domaine. Ma place n'est donc pas dans ce Soyouz.

— Écoutez Kim ! Ce n'est pas le moment de tout compliquer avec votre code de l'honneur à la con ! s'agaça Scott. C'est moi le Commandant, c'est moi qui décide ! Vous irez dans le Soyouz, un point c'est tout !

— Avec tout le respect que je vous dois Commandant, vous ne pourrez pas m'obliger à monter dans cette capsule, répondit calmement Kim.

— Nom de Dieu Nakano ! Qu'est-ce qui vous prend ? s'emporta Scott. Vous avez juré de me faire ch…

— Excusez-moi Commandant, l'arrêta Nicole, mais Kim a raison. S'il ne veut pas y aller, vous n'arriverez pas à le faire entrer dans le Soyouz : pas sans son accord.

— Et alors on fait quoi ? s'énerva Scott.

— Eh bien, nous tirons à la courte paille comme l'a suggéré Nicole. Celui qui perd évacue avec les femmes.

— Non, mais, écoutez-moi ces gros machos ! s'insurgea Maryam. À vous entendre, nous n'avons pas notre mot à dire. Je ne sais pas à quel siècle vous vivez, mais les choses ont bien changé depuis…

— Ah ! Ce n'est vraiment pas le moment d'ajouter vos revendications féministes à ce merdier ! s'emporta Scott.

— Mes revendications féministes ? s'offusqua Maryam. Sérieusement ?

Sans répondre, le commandant se tourna vers Kim et Serguï.

— Très bien ! Nous allons laisser le sort décider duquel de nous trois évacue. Mais le perdant ne discute pas ! menaça Scott.

— Ça me va, dit Serguï.

— Je suis d'accord, ajouta Kim.

— Hors de question que j'assiste à ça ! s'écœura Maryam. Vous êtes pathétiques !

Alors que Maryam s'éloignait à moitié en larmes vers la partie russe de la station, Kim perçut dans le regard du commandant toute sa détresse de la voir ainsi lui tourner le dos.

Lorsque Serguï présenta les trois pailles à tirer au sort, dépassant du gros gant de sa combinaison, Scott et Kim attrapèrent chacun avec difficulté une des petites tiges de plastique. La boule au ventre, Kim ne put que constater que le hasard confirmait la décision de Scott : il allait bel et bien quitter l'ISS à bord du Soyouz.

— Évidemment, lorsque je parlais de finir mes vieux jours aux côtés de mon ami Serguï, je pensais plus à la pêche aux Bahamas qu'à nous désintégrer dans l'espace, lança Scott pour tenter de faire redescendre la pression.

Devant l'absence de réaction, le commandant enchaîna.

— Bien ! Maintenant que nous savons ce que l'on savait déjà, nous avons pas mal de travail. En premier lieu, il va falloir rappeler Maryam. Nous allons encore avoir besoin d'elle pour calculer le meilleur moyen de nous poser sur la sphère de glace.

— Quoi ? Comment ça nous poser sur la sphère de glace ? s'inquiéta Nicole.

— Eh bien, oui. Même si la gravité s'inverse rapidement, la sphère ne va pas se briser tout de suite. Nous allons nous adapter en fonction de l'évolution, mais il y a peu de chance que ce bouclier de glace ait disparu avant notre évacuation.

— Le Commandant a raison, confirma Kim. De plus, si la gravité répulsive baisse suffisamment, nous pouvons bénéficier d'une fenêtre pendant laquelle nous serons proches d'une véritable apesanteur. Avec notre vitesse réduite, il deviendra alors possible d'atteindre la surface en s'écrasant relativement en douceur.

— Mais, c'est de la folie ! s'angoissa Nicole.

— Écoutez ! Chaque chose en son temps. Pour le moment, notre priorité est de réorienter les panneaux solaires de la station afin de remettre en route notre climatisation et notre production d'oxygène. Pour la stratégie d'évacuation, nous étudierons ça tous ensemble.

65.

JOUR 7
Altitude : 12,7 km
Température : – 3,9 °C
Gravité : g = – 2,68 N/kg

Encordé derrière Houston, Jack tentait de protéger son visage de son gant, luttant contre le vent glacial qui soufflait face à eux depuis qu'ils avaient pris le chemin du retour vers le Queen Mary. Mike en tête, ils progressaient en file indienne, à un rythme soutenu, à travers ce qui ressemblait de plus en plus à une tempête de neige au cœur du Grand Nord.

Peu après l'incroyable envol du module et sa désintégration sur le sol terrestre, ils avaient tous ressenti l'affaiblissement de la gravité qui les maintenait sur la banquise. Alors que Pettit se voulait rassurant, Mattis avait fait part de son inquiétude devant la rapidité avec laquelle ce changement s'opérait. Mais, gonflé de son triomphe, Pettit s'était naturellement érigé en incontestable maître du savoir, et personne n'avait souhaité retenir la vision pessimiste de Mattis.

Après plusieurs heures à avancer avec une difficulté grandissante face à un vent toujours plus violent, Jack devait se rendre à l'évidence : c'était bien Mattis qui avait raison. La gravité décroissait à un rythme infiniment plus rapide qu'au moment de la première inversion, et la masse de glace sous leurs pas résonnait de ce changement dans d'effroyables claquements assourdissants. Cependant, ce n'était plus la crainte de voir la banquise s'ouvrir sous leurs pieds qui préoccupait le plus Jack ; finalement, il avait cette angoisse depuis le début, et il avait fini par s'y habituer, reléguant ce risque dans la catégorie des possibilités futures. Pour la première fois, il redoutait de ne pas réussir à atteindre le Queen Mary avant d'être arraché du sol dans une gravité qui s'amenuisait chaque minute qu'ils passaient à lutter contre les éléments. Ce qui avait constitué jusqu'ici un avantage facilitant leur progression représentait à présent un véritable danger.

Frigorifié dans sa tenue trempée, il sentait le tissu se raidir comme du carton dans une température en chute libre. Lorsqu'il se retournait vers l'arrière de la cordée, il pouvait apercevoir Scarlett et Liang, bien protégés dans leurs combinaisons spatiales ; Pettit qui arborait un air des plus satisfaits ; puis Cooper qui fermait la marche, derrière un Mattis qui faisait franchement la gueule. *Il n'a manifestement pas encore digéré la réussite de Pettit,* pensa Jack.

— Est-ce qu'on est toujours dans la bonne direction ? cria-t-il à Houston, pour couvrir le sifflement du vent.

— Je n'en sais rien, répondit Houston, le visage enfoui dans sa capuche au motif camouflage. On ne peut plus se fier à la boussole. Le champ magnétique a une nouvelle fois changé avec l'inversion. C'est Mike notre boussole à présent.

Depuis qu'ils avaient quitté les carcasses des pylônes électriques, Jack n'avait plus aperçu aucun repère identifiable dans le paysage, et il avait définitivement l'impression qu'ils étaient totalement perdus. Fataliste, il tenta de se rassurer un peu en se rappelant qu'ils avaient réussi l'impossible. Grâce à eux, peut-être qu'Hélène, Romain, Matthew et d'autres survivants s'en sortiraient. À bien y réfléchir, arriver jusqu'ici était déjà une prolongation en ce qui le concernait, et il se résigna à accepter son sort. Cependant, l'idée de ne plus revoir Hélène l'accablait d'un profond regret. Il aurait tant aimé mieux la connaître. Si seulement il avait pu la rencontrer plus tôt. *Cette femme est fantastique !* Il n'imaginait pas en la regardant courir à la poursuite de Matthew, que ce serait la dernière image qu'il emporterait d'elle.

Après les heures de lutte, la lassitude et l'épuisement gagnèrent progressivement la cordée, alors que la gravité devenait si faible qu'il leur était impossible de rester plus longtemps debout dans la tempête. Désormais à quatre pattes, cramponné à la glace, Jack voyait défiler devant lui les traces creusées dans la neige par Mike et Houston. Avec le lever du jour, le sol s'allumait lentement par endroit. Il s'accrochait tant qu'il le pouvait à la moindre aspérité pour ne pas décoller sous la pression du vent, acceptant l'idée qu'ils n'atteindraient jamais le Queen Mary, leur seul et ultime refuge.

— Là ! Regardez ! cria Pettit.

Au cœur des éléments en furie, un morceau de toile provenant de leur campement traversa la tempête. Dans la lumière des lampes, le tissu tournoya violemment dans l'air le long de la cordée, avant de disparaître dans l'obscurité.

— Accrochez-vous ! encouragea Mike de sa voix de stentor. Ça n'doit plus être guère loin.

Tandis que leur guide engageait un virage sur sa droite pour prendre la direction d'où était venue la toile, Jack leva prudemment la tête. À travers les flocons de neige qui fonçaient dans le faisceau de sa lampe frontale, il ne parvenait pas à apercevoir la silhouette du navire. Soudain, une rafale plus forte que les autres profita de la prise au vent qu'offrait son visage pour lui arracher les mains du sol. Jack décolla, aussitôt arrêté par la corde. Ballotté dans la tempête au-dessus de la cordée, il craignit d'emporter tout le monde avec lui. Mais Houston et Mike résistèrent. Tant bien que mal, Jack parvint à se hisser jusqu'à la glace.

— Désolé ! lance-t-il en reprenant sa place dans la cordée.

— On peut le faire ! cria Houston pour motiver le groupe. Ce n'est pas le moment de faiblir.

Lentement, la cordée avançait comme une chenille cramponnée de ses multiples pattes. Centimètres après centimètres, ils finirent par atteindre ce qui subsistait du campement. Ils passèrent le long des structures dénudées qui ployaient dans la tempête. Il leur restait toujours une centaine de mètres à parcourir et Jack devinait déjà qu'ils n'y arriveraient pas, tant il se sentait sur le point d'être une nouvelle fois arraché du sol.

Derrière lui, la corde se tendit d'un coup sous le poids de Scarlett qui venait de lâcher en jurant. Comme Mike et Houston l'avaient fait pour lui, il résista et permit à Scarlett de redescendre. *Ce ne sera pas encore pour cette fois !* se dit Jack.

Profitant d'une brève accalmie, la cordée accéléra jusqu'à apercevoir enfin, à travers les projections de neige, une lumière chaude qui leur parvenait depuis les hublots du navire.

— Tenez bon, cria Mike. Il est juste là !

Jack n'osait pas relever la tête, de peur d'être à nouveau emporté. Dans le vent qui tourbillonnait, ils avancèrent encore de quelques mètres au moment où Cooper se décrocha à l'arrière, entraînant avec lui Mattis et Liang. Tous résistèrent quelques secondes à la traction exercée par les trois pantins gesticulants dans le vide, puis ce fut au tour de Pettit de lâcher. Dans un ultime râle de douleur, Scarlett n'eut pas la force de supporter les quatre masses qui l'entraînèrent à son tour.

Jack fut tiré d'un coup. Comme si cela pouvait l'aider à tenir, il lança un regard désespéré à la coque du Queen Mary. Il lui semblait si proche et si loin à la fois. Épaulé de Mike et Houston, il parvint à résister un court instant, lorsqu'il aperçut une forme se déplacer à proximité du navire. Il reconnut alors la silhouette d'Hélène qui apparut dans la tempête de neige. Elle avançait rapidement dans leur direction, agrippée comme eux à la banquise. *Pourquoi fait-elle ça ? Elle est folle ! C'est trop tard !* se dit Jack à l'instant où ses gants s'arrachèrent de la glace. Devant lui, Houston ne put que crier de rage en venant s'ajouter au balai des corps qui se débattaient dans le vide. Seul, Mike retint de sa force phénoménale la longue cordée dressée à travers les bourrasques glacées. Mais, le bloc auquel il était accroché se détacha du sol et lui resta entre les mains.

Jack ressentit la libération soudaine de la cordée qui s'envola, emportée par le vent. Il aperçut une dernière fois Hélène progresser toujours plus rapidement dans leur direction. *À quoi bon ?* s'interrogea-t-il. Jack se sentit flotter parmi les autres dans la tempête, alors qu'au sol, il vit Hélène se regrouper sur la neige comme un animal prêt à bondir. Contre toute attente, elle se propulsa de ses deux jambes dans les airs, en direction du groupe en perdition. Dans l'incompréhension totale de ce geste désespéré, il la regarda littéralement voler sur une vingtaine de mètres pour atterrir violemment dans les bras de Mike qui s'agrippa à elle. Alors qu'elle s'éloignait désormais avec eux dans le courant de la tempête, la silhouette du Queen Mary s'effaça derrière le rideau de neige.

À cet instant où tout semblait perdu, Jack vit Hélène verrouiller un mousqueton au baudrier de Mike. Une fraction de seconde plus tard, la cordée fut stoppée net dans son envolée. Subissant les mouvements anarchiques qu'imposait la microgravité, la corde se tendit et se relâcha plusieurs fois, avant de se stabiliser, étirée dans le lit du vent.

Par-dessus l'épaule de Mike, Hélène fixa Jack de son regard intense où brillait cette lueur de détermination qu'il admirait tant. C'est alors qu'il aperçut, fuyant dans son dos, une longue sangle s'éloigner dans le brouillard, en direction du paquebot invisible. Il comprit qu'Hélène venait de les sauver, et il sentait déjà les mouvements saccadés et réguliers des personnes à l'autre bout du filin qui les tractaient vers le sol. Durant toute la descente qui les mena jusqu'à l'écoutille ouverte dans le bordé du Queen Mary, Jack ne quitta plus des yeux le visage souriant d'Hélène.

En pénétrant dans le couloir rassurant du paquebot, Jack découvrit une longue file de rescapés, Matthew en tête, les aider à regagner l'intérieur de la coque protectrice de Queen Mary. À l'abri des rafales qui sifflaient au-dehors, tous les membres de l'expédition furent accueillis en véritables héros. Gentiment bousculé de multiples tapes dans le dos, Jack tenta de défaire son baudrier au moment où Hélène se jeta violemment à son cou, l'emportant avec elle dans l'apesanteur naissante. Il se sentit partir en arrière, flottant dans la pièce au milieu de la foule qui s'écarta sur leur passage.

Tandis qu'elle l'embrassait tendrement, il décida de se laisser porter. Peu importait les sarcasmes de Mattis, l'impatience de Pettit, le regard envieux de Houston, et les nombreux visages rieurs qui les entouraient : Jack profita pleinement de cet instant volé. Il aurait aimé que le temps s'arrête ici, que ce moment qu'il ne pensait jamais revivre dure pour l'éternité. Enlacé dans le vide pour la seconde fois dans les bras d'Hélène, il était certain qu'elle ferait désormais partie de sa vie, pour toujours.

66.

JOUR 7
Altitude : 236 km
Température : – 93 °C
Gravité : g = – 1,81 N/kg

Le commandant Scott s'apprêtait à refermer définitivement l'écoutille sur Kim, Nicole et Maryam, installés côte à côte dans l'habitacle exigu du Soyouz paré pour l'évacuation. Il tenta une dernière fois de capter le regard de Maryam, mais elle resta figée sur son siège, les yeux rivés sur l'instrumentation, le visage fermé. Depuis qu'il l'avait obligée à faire partie de l'équipage sans tenir compte de ses protestations, elle ne lui avait plus adressé la parole. Scott aurait préféré qu'elle garde de lui une autre image que celle d'un macho réactionnaire, mais il savait que c'était le prix à payer pour qu'elle ait une chance de survie. Leur histoire avait mal commencé, elle se terminait mal : *ça devait être écrit !*

— Bonne chance à tous, lâcha-t-il timidement.

— Merci Commandant, répondit Kim.

Le cœur lourd, Scott regarda disparaître derrière le métal de la trappe les trois astronautes en tenues de vol. Tandis qu'il verrouillait l'accès, il se concentra aussitôt sur ce qu'il restait à faire, conscient que, même si l'opération de séparation d'un Soyouz faisait partie de la routine, il savait que dans ce contexte farci d'inconnues, la plus simple manœuvre pouvait rapidement devenir problématique.

Il vola au plus vite vers le module Svezda où l'attendait déjà Serguï pour superviser le désarrimage, et il sentait sa transpiration continuer à couler le long de son visage. Malgré le redémarrage de la climatisation, il faisait encore une chaleur étouffante à bord de l'ISS, mais, avec Serguï, ils avaient préféré conserver leur combinaison spatiale en cas de nouvelle défaillance matérielle.

— Tout est paré ? interrogea Scott.

— Check-up terminé, dit Serguï. Tout est okay.

— Parfait ! Kim, nous allons commencer la procédure, annonça Scott dans l'intercom.

« Commandant, je pense que j'ai un problème ici. Le commutateur de largage n'a pas l'air de répondre », s'inquiéta la voix de Kim.

Scott s'arrêta face à l'écran pour vérifier les données.

— Vous êtes sûr ? Nous n'avons aucune anomalie signalée, s'étonna Scott. Pouvez-vous refaire un essai ?

« Toujours rien. Je ne comprends pas. C'est peut-être une panne que nous n'avons pas détectée. »

Préoccupé, Scott se tourna vers Serguï.

— Je ne pense pas que Nakano soit capable d'effectuer le diagnostic, dit Serguï, comme s'il avait anticipé la question que Scott s'apprêtait à poser. Tu ferais mieux d'y aller.

— Bordel ! Il ne va pas y avoir un moment où les choses se déroulent correctement ! s'agaça-t-il.

Scott reprit aussitôt la direction du sas, repassant dans sa tête toutes les causes probables listées dans le manuel de procédures pour ce genre de panne. Il savait qu'il devait aller vite. Ils avaient déjà perdu beaucoup d'altitude.

Derrière l'épaisseur de l'écoutille qu'il tira à lui, Kim était prêt à sortir pour libérer l'espace.

— Désolé Commandant ! s'excusa Kim. J'ignore quoi faire.

— Ce n'est sans doute rien, répondit Scott. Vous allez pouvoir partir dans quelques minutes.

Jambe en avant, Scott se laissa descendre dans l'habitacle jusqu'au siège de Kim, sur la partie tribord du Soyouz. Sur sa gauche, Nicole paraissait toujours aussi tendue, tandis que Maryam restait invisible à l'autre bout de la rangée. Aussitôt assis, il testa la commande en panne.

— Vous vous foutez de moi Nakano ! s'étonna Scott. Elle fonctionne parfaitement cette commande.

En disant cela, Scott eut un mauvais pressentiment, tout de suite confirmé par l'arrivée de son scaphandre qui descendit vers lui dans l'habitacle. Au-dessus, la trappe se referma devant le visage grave de Kim. Scott se précipita pour l'empêcher de verrouiller le sas, mais c'était déjà trop tard.

— Nom de Dieu Kim ! Qu'est-ce que vous foutez ? lança Scott.

Devant l'absence de retour, il se mit à frapper sur le métal.

— Kim bordel ! C'est une blague ? Dites-moi que c'est une blague ?

« Désolé Andrew ! » dit calmement la voix de Serguï dans l'intercom.

— Ne me dis pas que c'est toi qui as eu l'idée de cette mascarade minable ?

« Tu sais ce que c'est : le sens de l'honneur de ces fichus japonais, » ironisa Serguï. « Mais, j'étais d'accord avec lui de toute façon. Tu seras bien mieux à essayer de repeupler la Terre avec Maryam, qu'à finir en tête à tête avec un vieux Russe comme moi. »

À l'autre bout de la rangée, Scott aperçut Maryam baisser la tête en esquissant un sourire.

— Arrête de raconter n'importe quoi et ouvre-moi ce sas tout de suite, menaça Scott. Peu importe vos bonnes intentions, c'est de l'insubordination ! De toutes les manières, je ne déclencherai pas le largage.

« Comme vous voudrez Commandant, » enchaîna Kim. « Mais alors, nous finirons par nous écraser tous ensemble, parce que je n'ouvrirai pas cette trappe. Sachez tout de même que plus vous retardez votre départ et plus vous augmentez vos chances de rater la fenêtre d'apesanteur indispensable à votre atterrissage sur la sphère de glace. La gravité inversée baisse à une vitesse prodigieuse : il vous reste donc très peu de temps. Si vous voulez donner à vos deux passagères un espoir de s'en sortir, vous devriez enfiler votre scaphandre et vous concentrer sur votre appareillage, au lieu de vous demander de quelle manière vous allez pouvoir nous étrangler, Serguï et moi. »

Dans la tête de Scott, c'était l'apocalypse. Toute sa vie il s'était préparé à mourir en mission : que ce soit aux commandes d'un prototype de jet, lors d'un combat aérien, pendant le décollage de la navette spatiale, et même à la dérive dans l'espace comme dans ce film avec Georges Clooney. Tout, mais pas finir en lâche, abandonnant sa station, ses hommes, son ami.

Il se remit à frapper de toutes ses forces sur le métal qui lui meurtrit les mains.

— Ouvre tout de suite, espèce de sale « niacoué » ! C'est un ordre, tu m'entends ?

« Je suis japonais Commandant, pas vietnamien », répondit calmement Kim.

— On s'en fout ! Les bridés, les ruskofs, vous n'êtes que des communistes. On aurait dû tous vous finir au napalm !

« Ne vous fatiguez pas Commandant. Nous ne nous laisserons pas berner par vos provocations », conclut Kim. « Nous savons parfaitement que vous ne pensez pas un traître mot de ce que vous dites. »

Scott comprit très vite qu'il ne parviendrait plus à changer le piège dans lequel il s'était naïvement laissé enfermer.

— Comment as-tu pu me faire ça Serguï ?

« Je sais, ce n'est pas très sympa ! Mais, figure-toi que je m'apprête à faire encore bien pire. Avec Kim, on va siroter tout le bourbon que tu caches dans ta cabine. Eh oui ! Il va falloir que tu vives avec ça ! Ça t'apprendra à être désagréable ! »

Au lieu de lui arracher un sourire, la tentative de dédramatiser de Serguï ne faisait que rendre plus cruelle à Scott la séparation qui lui était imposée. Il serra la mâchoire et enfila son scaphandre d'un geste précis et déterminé, avant de verrouiller les deux sangles croisées de son harnais de sécurité. Sans réfléchir, il valida rapidement de son index le lancement de la procédure de largage sur le panneau de commande écrit en cyrillique.

— Paré au désengagement, annonça sèchement Scott, comme pour se débarrasser au plus vite de cette souffrance qui le taraudait.

« Capsule désarmée », confirma Serguï. « Bonne chance, Andrew, bonne chance à tous ! »

À côté de lui, Scott remarqua que Nicole ne parvenait pas à contenir ses larmes.

« Commandant ? » enchaîna Kim. « Je vous ai laissé une clé scotchée sur la console. »

Scott aperçut devant lui une croix de scotch argenté, gonflée d'une forme oblongue.

« J'y ai consigné toutes les recherches que j'ai pu effectuer durant mes années de travail. Je vous serais très reconnaissant, malgré notre dernier différent, de faire en sorte que ce savoir ne soit pas perdu, au cas où il serve un jour. »

Sans répondre, Scott fixa le petit écran en noir et blanc qui lui faisait face. Il regarda s'éloigner la trappe qui se refermait sur lui quelques minutes plus tôt, parfaitement dans l'axe de la mire de visée. L'ombre du Soyouz s'écarta de la station, laissant la place aux rayons du soleil qui illuminèrent depuis l'est le module Rassvet. Il fixa ainsi l'écran un long moment, avant d'oser se tourner vers la *Coupole* qui montait doucement à travers la vitre du hublot.

Avant même de les voir, il était certain que ses compagnons s'y trouvaient déjà pour les regarder s'éloigner, et faire un dernier trait d'humour cathartique dont Serguï avait le secret. Bien qu'il soit trop loin pour observer en détail les deux silhouettes derrière les hublots trapézoïdaux, c'est comme si Scott pouvait apercevoir parfaitement leurs deux têtes souriantes et moqueuses. Serguï brandissant comme un trophée sa bouteille de Buffalo Trace et versant dans le vide entre lui et Kim une partie de son précieux contenu. Une grosse bulle de bourbon ambré flotta et se déforma dans l'impesanteur. Kim montra ostensiblement qu'il offrait une paille à Serguï, à la manière de l'assistante d'un magicien qui préparait son tour.

« Kampaï Commandant ! » lança Kim à travers l'intercom.

« Na sdorovie Andrew ! »

Les deux hommes portèrent les pailles à leur bouche et les plantèrent dans la bulle de bourbon stabilisée en une sphère parfaite. Ils aspirèrent la boule d'alcool qui rétrécit devant leurs yeux agrandis d'un plaisir emphatique.

— Commandant ? Je pense que nous devrions nous positionner.

Comme réveillé d'un coup par la voix de Nicole dans l'intercom de son scaphandre, Scott réalisa qu'il était resté perdu dans ses pensées un temps qu'il ne saurait déterminer. Bien que la voix sarcastique de Serguï le hantait encore, il ne parvenait pas à se rappeler totalement les dernières paroles de son ami. Il se tourna une nouvelle fois vers le hublot circulaire du Soyouz. À l'extérieur, seule la nuit spatiale les accompagnait désormais dans leur descente vers la sphère de glace.

— Bien sûr ! Désolé ! s'excusa Scott après un long silence.

Il reprit rapidement sa concentration et afficha l'angle d'entrée calculé par Maryam pour aider à freiner la capsule dans l'hypothétique atmosphère censée subsister, selon Nicole. *Il y a beaucoup trop de paramètres inconnus pour que cette mission se termine bien,* s'inquiéta Scott. Il n'avait jamais trop fait confiance à la chance. Peut-être parce qu'il n'en avait jamais beaucoup eu ? pensa-t-il.

Les micros-fusées du Soyouz s'allumèrent tour à tour et positionnèrent le bouclier de la capsule face à sa descente. Au moment où les premiers signes de friction se firent ressentir sur le fuselage, Scott se tourna vers Maryam. Il la trouva penchée en avant, en train de le regarder, un sourire bienveillant sur les lèvres. Derrière elle, la surface blanche de la sphère défilait lentement à travers le hublot bâbord.

Alors qu'un ronflement sourd montait progressivement dans la cabine, le freinage de la capsule plaqua le scaphandre de Scott sur l'appui-tête de son siège. D'un coup d'œil, il vérifia les données sur les instruments. *Tout semble se dérouler comme prévu.*

À l'extérieur, la traînée que laissait le Soyouz dans la mésosphère commençait à apparaître derrière la vitre du hublot en filets gris pâle. Rien à voir cependant avec les formations de plasma que Scott avait observées lors de ses nombreuses rentrées dans la véritable atmosphère terrestre. Mais, malgré leur faible vitesse, la capsule se mit à vibrer, amenant Nicole à resserrer plus fermement sa ceinture de sécurité. Comme par mimétisme, Scott ne put s'empêcher de vérifier la sienne.

Sans plus aucune évolution depuis plusieurs minutes, la descente paraissait interminable à Scott. Il en venait à se demander si la gravité négative n'était pas toujours en train de les repousser de cette sphère qu'ils semblaient ne jamais devoir atteindre. *Peut-être Kim s'est-il trompé dans ses observations ?* s'interrogea-t-il.

Soudain, la violence du choc, puis aussitôt, le frottement qui reprit son ronronnement de chaudière sur le fuselage. Ils avaient certainement percuté une de ces stalagmites géantes qui hérissent la surface, pensa Scott, alors que la capsule se mit à tournoyer sur elle-même. Par les hublots, la blancheur immaculée de la sphère et le noir spatial alternaient à une vitesse fulgurante. Les rayons du soleil traversaient l'habitacle, éblouissant les visages à chaque rotation. Scott avait l'impression de se retrouver dans la centrifugeuse de la Cité des Étoiles, au moment d'intensité maximum de leur entraînement. Ses tempes frappaient l'intérieur de son scaphandre, les sangles écrasaient puis relâchaient son torse, ses bras montaient et retombaient sur les accoudoirs en même temps que ceux de Nicole et de Maryam.

— Il faut libérer le parachute ! paniqua la climatologue.

Mais, Scott savait que tant qu'ils tournaient ainsi, les parachutes ne pourraient pas s'ouvrir correctement. Il décida d'utiliser les moteurs d'orientation, sans réussir à contrer la giration trop rapide du Soyouz. Lorsqu'un second obstacle non identifié les percuta, Nicole poussa un cri de terreur. Scott vit aussitôt que le choc avait ralenti leur rotation. Il en profita pour reprendre la maîtrise de la capsule qu'il parvint à équilibrer. Le bouclier à nouveau dans le sens de la marche, il désactiva les moteurs de contrôle d'orientation pour préserver les suspentes de la corrosion du carburant, avant de déclencher l'éjection du parachute stabilisateur. Après quelques soubresauts, le Soyouz se mit à l'aplomb. Vingt secondes plus tard, l'ouverture du parachute principal provoqua un intense freinage qui écrasa Scott dans son siège. *Pas plus de deux G,* minimisa-t-il intérieurement.

Les bruits de frottement cessèrent, remplacés par un silence angoissant, jusqu'au premier choc. Dans la quasi-apesanteur, le Soyouz ricocha sur la surface de glace et s'éleva à nouveau dans le vide. Après le second rebond, une succession de secousses chaotiques suivirent, aléatoires, violentes, interminables. Scott eut le sentiment qu'ils ne se poseraient jamais. Pourtant, les soubresauts faiblirent progressivement tandis que la capsule semblait flotter plus légèrement. Dans le dos de la rangée de sièges du Soyouz, une longue caresse étira son délicat bruissement de glissade qui s'évanouit en douceur dans un silence de plomb.

Scott attendit quelques secondes avant de conclure qu'ils étaient à l'arrêt sur la glace. Sans avoir la moindre idée de ce qui s'était réellement passé à l'extérieur, il vérifia aussitôt l'absence d'avarie majeure ; seuls quelques voyants étaient au rouge, sans conséquence.

— Est-ce que tout le monde va bien ? demanda-t-il.

— On est encore vivants ! lança Nicole.

— Je vais bien, dit Maryam.

À travers le hublot, le paysage s'étendait dans sa blancheur chaotique. Scott pouvait apercevoir une petite partie de la toile de leur parachute rouge et blanc étalé plus loin sur la glace, totalement inerte. C'est alors qu'il ressentit une légère pesanteur le coller à son siège. Pour la première fois depuis près de six mois, son corps était posé.

— Vous pensez vraiment que cette glace va s'effondrer ? demanda Maryam.

— Je ne vois pas comment elle pourrait résister à la gravité ! répondit Scott.

67.

JOUR 7

Altitude : 12,7 km
Température : – 18,3 °C
Gravité : g = 0,00 N/kg

Le major Houston admirait avec quelle aisance le lieutenant Whitman évoluait dans l'apesanteur devant elle, s'élançant en dosant chacun de ses appuis avec la précision de gestes devenus routiniers après six mois de mission sur l'ISS. Elle n'en revenait toujours pas d'avoir aperçu Tracy Whitman dans la colonne des survivants qui les tractait à l'intérieur du paquebot, peu après avoir cru que tout était perdu. Whitman avait eu beau lui présenter son parcours sous la banquise comme une action pour laquelle elle avait été entraînée, Houston restait stupéfaite de ce qu'avait accompli sa recrue depuis qu'elle avait quitté la station spatiale.

Beaucoup moins à l'aise qu'elle, Houston se tenait fermement à la main courante laitonnée qui bordait le couloir. Elle tentait à tout prix de ne pas être aussi ridicule que Mattis qui tournait dans le vide, la tête en bas, pestant contre « cette gravité de merde » qu'il avait lui-même créée. À travers les hublots qu'elle longeait, elle aperçut des cristaux de glace recouvrir rapidement les vitres, et tout autour, le bruit de l'acier de la coque qui se rétractait, signe supplémentaire de la vague de froid létal qui recouvrait tout à l'extérieur. Malgré ses difficultés à avancer, Houston finit tant bien que mal par atteindre l'entrée du restaurant Britannia.

Elle n'en crut pas ses yeux : dans l'immense salle en mezzanine, les centaines de rescapés s'affairaient à préparer le moment irrémédiable où le Queen Mary se décrocherait de la banquise sous l'effet d'un retour de l'attraction terrestre. Comme le lui avait expliqué Hélène, tout le monde était venu se réfugier dans le paquebot, dès qu'ils avaient ressenti les premiers signes du changement de gravité. À présent, certains n'hésitaient pas à s'élancer en volant à travers la pièce pour rejoindre plus rapidement le balcon en face ; d'autres escaladaient sans distinction les murs et le plafond ; d'autres encore s'amusaient simplement de la possibilité de voler sans risque, dans une ultime volonté d'insouciance. Dans ce décor d'un autre temps, où la notion de haut et de bas n'avait plus de sens, les hommes, les femmes, les enfants se croisaient dans toutes les dimensions possibles, et voir le lieutenant Whitman et les deux touristes se mélanger à ce flot, habillés de leurs combinaisons spatiales, ajoutait encore au surréalisme de la scène.

À présent que le « grand retour sur Terre » tant désiré était lancé, Houston constatait qu'il était tout autant redouté. Une inquiétude sourde se lisait derrière chaque visage qui affichait un apparent enthousiasme. Au cœur de ce fatalisme enjoué, les gens s'amarraient à la moindre structure qui leur paraissait solide, avec des lances à incendie, des draps, des cordes parfois : tout ce qu'ils pouvaient dénicher afin d'être prêts au moment de l'appareillage du navire vers l'inconnu. *Qu'allaient-ils trouver là-haut ?* s'interrogea Houston. *Là-haut ! Sur Terre !* Houston prit conscience qu'elle avait déjà intégré l'inversion comme un fait, une nouvelle réalité, presque une normalité. Entre les hommes revenus à l'état de bêtes sauvages, la famine, les maladies, le froid : *restera-t-il encore des survivants ?*

Perdue dans ses questionnements, Houston remarqua un peu plus loin Hélène rire en admirant Matthew s'envoler sans hésiter vers le plafond, tandis que Jack arrivait derrière elle pour l'enlacer tendrement. *Ils ont tout l'air de la petite famille idéale !* se dit-elle, à l'instant où elle vit Mattis s'approcher. Cramponné à la balustrade à laquelle elle se tenait, il s'aidait de ses mains pour avancer prudemment dans sa direction, sans réussir à empêcher son corps de basculer sans cesse. La crasse qui salissait sa combinaison jaune canari rappela à Houston tout ce qu'ils avaient traversé, tous ensemble, pour parvenir jusqu'ici. Alors qu'elle aperçut derrière lui Cooper rejoindre Matthew pour participer à son jeu aérien, elle réalisa à quel point elle se sentait attachée à ce groupe qui n'existait pas il y a tout juste une semaine. Plus elle y repensait, et plus les moments intenses qu'ils avaient partagés la ramenaient à l'idée qu'ils formaient à présent une sorte de famille qu'elle n'avait jamais eu la chance d'avoir ;

et cette idée fit monter en elle une émotion qu'elle parvint difficilement à contenir. Gonflée de la sensation nouvelle de ne plus se sentir seule au monde, elle se prit à sourire en songeant qu'elle avait fini par s'attacher, malgré tout, à ce sale type misogyne et vulgaire qui parvint à se stabiliser maladroitement à côté d'elle.

— Vous ne seriez pas en train de vous foutre de ma gueule ? interrogea Mattis.

— Un peu.

— Vous avez raison ! J'aimerais être aussi à l'aise que votre petite lieutenante dans cette microgravité, mais il faut se rendre à l'évidence : ce n'est pas le cas. Je préfère de loin la terre ferme.

— Pareil pour moi. Avec le recul, je me demande d'ailleurs ce qui m'a pris d'accepter de diriger un programme qui consistait à supprimer la gravité.

— Votre amour pour moi peut-être ?

— Ne rêvez pas trop !

— J'ai toujours su que vous étiez une grande sentimentale Houston.

— Vous seriez bien le premier.

— Ça vous étonne ?

Sans répondre, Houston continua à s'imprégner de ce moment qu'elle savait éphémère, où le temps semblait s'être enfin arrêté.

— Si nous nous en sortons, que comptez-vous faire de Janus ? interrogea Houston après un long silence. Nous savons tous les deux qu'il est probablement toujours opérationnel.

— Et vous ? rétorqua Mattis.

— Ce n'est pas de mon ressort, ce n'est pas ma création.

— Ah ! Vous n'allez pas recommencer à tout me remettre sur le dos, se braqua Mattis. Alors voilà ! Maintenant que l'autre fou a réussi son coup de bluff, je redeviens le vilain petit canard !

— Ce n'est absolument pas ce que je dis, tempéra-t-elle. J'ai parfaitement conscience que Pettit est un opportuniste et qu'il a profité de la situation. Mais Janus est votre création, c'est donc à vous de décider de ce que vous voulez en faire.

— Je pense qu'on ne peut pas prendre le risque que ça recommence. Si nous nous sortons de ce merdier, il va falloir le détruire, comme nous avons promis de le faire.

— Je suis d'accord. Mais, je préférais vous l'entendre dire.

Lorsqu'Hélène avait posé cette condition pour continuer à nous aider, vous n'étiez pas très enthousiaste à l'idée si je me souviens bien.

— Les choses ont changé ! En revanche, c'est Pettit qui ne va pas être content !

— Ça devrait vous faire plaisir, non ?

— Pas vraiment. Vous voyez, je sais ce qu'est une vie consacrée exclusivement à la recherche, et nous n'avons pas tous la même capacité à renoncer. Je pense que Pettit en est incapable. Le graviton est sa découverte après tout, c'est certainement la seule chose qui donne un sens à son existence : ce n'est pas mon cas.

Houston préféra ne pas relever que pour la première fois, Mattis reconnaissait que la paternité du graviton n'était pas de lui.

— Et alors ? Qu'est-ce qui donne un sens à votre vie à présent ?

— Votre petite lieutenante là ! La blonde.

— Whitman ?

— Oui, la cosmonaute. Vous ne voulez pas me la présenter ? Elle est super sexy, et je me suis jamais fait une cosmonaute !

— D'abord, je suis désolée d'être obligée d'apprendre à un scientifique comme vous qu'elle est une astronaute et non une cosmonaute. Ensuite, d'après ce qu'elle m'a dit, elle est arrivée avec un cosmonaute — Russe donc — des forces spéciales, très grand et très musclé. Ça vous tente toujours ? ironisa Houston.

— Okay ! Je crois que je vais plutôt draguer l'assistante de Pettit, quand on sera au labo : la petite Asiatique. Ce sera moins risqué, et puis elle a l'air de m'apprécier. Je suis sûr que vous l'avez repérée vous aussi !

Houston leva les yeux au plafond. *Il ne fallait pas trop rêver : Mattis restait Mattis !*

— En plus, ça va faire chier le vieux ! ajouta-t-il.

— Je vous aime bien Mattis ; vous êtes drôle. Mais, je pense qu'il est temps que nous allions rejoindre les autres pour aller nous amarrer quelque part, étant donné ce qui nous attend.

— Je ne sais pas vraiment ce qui nous attend, mais l'idée de m'attacher quelque part avec vous… j'en suis tout chose !

— Vous êtes trop con Mattis ! s'amusa Houston.

***

Fermement ligotée entre Cooper et Mike à la rambarde de la cage d'escalier, Houston vérifia une dernière fois que ses liens ne risquaient pas de lâcher.

Lorsqu'ils s'étaient tous retrouvés pour décider de l'endroit le mieux protégé du navire, ils étaient tous tombés d'accord pour choisir le palier principal, au niveau du pont 7, au cœur du Queen Mary.

La légère insouciance qui régnait encore quelques heures auparavant s'était peu à peu transformée en une chape de plomb qui marquait les visages de ses compagnons. Le doux confort de l'apesanteur s'éloignait toujours plus, et Houston éprouvait le douloureux carcan de ses liens l'empêcher de tomber vers l'avant. Assise à même la moquette, elle avait l'impression d'être suspendue au-dessus du vide, regrettant de ne pas avoir choisi l'autre versant du palier, en face d'elle, où s'alignaient Hélène, Jack et Matthew, confortablement calés sur le mur qui leur servait de dossier.

Houston se tourna vers Mike qui avait imposé sa présence à ses côtés, prétextant qu'il la protégerait jusqu'à son dernier souffle : ça avait d'ailleurs bien fait marrer Mattis ! Mais le visage du massif bûcheron était maintenant aussi tendu que ceux de tout le groupe. À côté de lui, Mattis semblait perdu dans ses pensées, tandis que derrière, le lieutenant Whitman veillait sur son collègue russe encore dans le coma. Installé dans l'escalier avec les deux autres astronautes, le professeur Pettit avait enfin cessé de leur asséner ses certitudes sur la manière dont ils allaient tranquillement être déposés sur Terre par la gravité décroissante. Même si elle avait très envie de le croire, Houston pensait comme Mattis que leur descente n'allait pas du tout se passer aussi paisiblement qu'il l'affirmait.

Dehors, la tempête faisait rage. Malgré leur éloignement de tout accès direct avec l'extérieur, le sifflement des rafales leur parvenait en atteignant des notes aiguës effrayantes, faisant vibrer jusqu'à la structure même du paquebot. La banquise exerçait d'incessants mouvements sur la coque, mais, en dépit de l'attraction qui devenait intenable, le Queen Mary ne se décrochait toujours pas du continent de glace.

Soudain, le cri déchirant et grinçant du frottement sur l'acier couvrit le hurlement du vent. Houston se sentit comme lâchée d'un coup dans le vide, pour aussitôt être arrêtée, quelques mètres plus bas. Sans pour autant lâcher prise, la glace libéra ainsi le navire par à-coups successifs, secouant ses occupants sans ménagement.

— Il ne va pas finir par décoller ce putain de rafiot ? marmonna nerveusement Mattis entre ses dents.

Au milieu du tumulte, pendant des secondes interminables, la longue plainte de l'acier qui se tordait sous la contrainte annonçait lugubrement une attente qui touchait à sa fin.

Houston tenta de se figurer la scène depuis l'extérieur, imaginant le Queen Mary redressé en position verticale par la puissance de l'attraction, comme tiré en arrière par un fil invisible. L'immense paquebot s'extrayant de la banquise d'où d'énormes icebergs se décrochaient, à la manière d'un vaisseau spatial anachronique quittant une planète de glace.

Un silence soudain accompagna le relâchement brutal des liens de Houston, au moment où le Queen Mary plongea dans le vide qui le séparait de la Terre. La chute libre abyssale qui suivit lui provoqua un haut-le-cœur, la faisant revenir d'un coup à la réalité de la cage d'escalier dans laquelle elle était enfermée. Depuis les couloirs, elle pouvait entendre les cris lointains des autres passagers monter jusqu'à elle, tandis qu'elle sentit la tempête les entraîner dans son flux.

L'énorme masse du paquebot mit un certain temps à subir la poussée des rafales, mais, comme l'avait prédit Mattis, la zone de microgravité qu'ils finirent par rejoindre métamorphosa le Queen Mary en un vulgaire fétu de paille emporté dans l'atmosphère déchaînée.

À l'intérieur, un manège infernal démarra. Le palier se transforma en une véritable centrifugeuse. Aux rotations qui s'accéléraient succédèrent des chocs inouïs sur des blocs inconnus et forcément immenses. S'en suivirent de violents changements de direction qui projetèrent les corps en tous sens. Houston eut tout le mal du monde à empêcher sa tête de heurter la rambarde.

Une nouvelle fois, elle tenta de se figurer à quoi pouvait ressembler cette folie qui se déchaînait au-dehors. Les gigantesques plaques tectoniques qui s'étaient décrochées dans l'implosion de la banquise se percutaient au rythme lent de leurs masses continentales, se pulvérisant mutuellement dans des collisions destructrices desquelles étaient éjectées des cataractes de débris et de glace mélangés. Des gratte-ciel, des camions, des trains venaient s'entremêler et tournoyer avec eux dans la tempête. Houston redoutait à chaque instant d'être broyée entre deux parois titanesques.

Au cœur de ce chaos indescriptible, un choc d'une violence inédite traversa brusquement la structure du paquebot. Houston sentit aussitôt un vent glacial s'engouffrer dans le bâtiment. Les flashs des éclairs qui déchiraient le ciel atteignirent le palier et dévoilèrent, par fragments, les expressions terrifiées ou résignées de ses compagnons. *Une partie du navire a dû être arrachée,* pensa Houston.

Tandis que le Queen Mary s'enfonçait irrémédiablement au cœur de la tempête rugissante, elle aperçut à côté d'elle, son visage découpé dans la lumière stroboscopique de l'orage, Cooper prier les yeux fermés.

68.

JOUR 7
Altitude : 15,8 km
Température : – 124 °C
Gravité : g = 3,93 N/kg

Maryam regarda par le hublot la couche immaculée se fendre en deux dans un claquement colossal et écœurant. Ce qu'ils attendaient avec angoisse depuis des heures était en train de s'accomplir.

Sous le Soyouz, un gouffre abyssal s'ouvrit dans l'affaissement de la sphère. La capsule plongea lentement vers la nuit, entraînant ses trois parachutes déchirés derrière elle.

Maryam ne put contenir ses larmes au moment où l'ombre de la falaise de glace bleutée vint effacer les derniers rayons du soleil qui baignaient la cabine d'une clarté rassurante.

Comme si les portes de l'Enfer s'ouvraient soudain, le minuscule vaisseau disparut au centre d'un effondrement dantesque ; insignifiant point blanc s'éteignant dans les ténèbres.

69.

JOUR 7
Altitude : 35 m
Température : – 32 °C
Gravité : g = 4,81 N/kg

Hélène sentait tous ses muscles douloureux, à la limite de la tétanie, tant elle était restée crispée à encaisser les mouvements invraisemblables qu'avait subi le paquebot tout au long de sa descente infernale : mais c'était terminé !

Tout s'était arrêté après une dernière glissade du navire sur son flanc, sur une distance qu'Hélène ne saurait estimer, mais qui lui avait paru interminable. Durant ce long crash, des projections de terre et de glace broyées étaient remontées jusqu'à la cage d'escalier, puis tout avait fini par enfin retomber. Couché sur son bordé bâbord, le Queen Mary 2 gisait quelque part sur Terre.

Dans le silence revenu, Hélène lâcha la main de Jack qu'elle n'avait cessé d'écraser tout le temps de leur « putain de croisière de merde ! », comme l'avait aussitôt baptisée Mattis.

— Jack, Matthew ? Ça va ? Vous n'êtes pas blessé ?

— À part ma main gauche, tu veux dire ? tenta Jack. Non, tout va bien, et Matthew aussi. Pas vrai, Matthew ?

— Ça va ! Mais j'ai eu peur quand même !

— On a tous eu très peur tu sais, répondit Hélène.

En regardant les visages de Jack et Matthew, Hélène réalisa que quelque chose avait changé. Dans l'obscurité, elle pouvait apercevoir leurs traits sans avoir à allumer sa lampe : *la lumière est différente !* Tout autour, elle distingua l'ensemble du palier. Dans cette étrange lueur qui leur parvenait depuis la poupe, elle fit un rapide tour de la situation. Cooper, Houston, Mike et Mattis étaient toujours en face d'elle, Mattis ironisant sur les prédictions d'atterrissage en douceur de Pettit. Au niveau des escaliers, Pettit rétorqua qu'ils étaient vivants et c'était tout ce qui importait, sans remarquer l'absence du jeune Liang à l'endroit des liens vides qui pendaient à côté de lui ; seule la journaliste demeurait amarrée à côté du professeur. Elle semblait pleurer nerveusement derrière la vitre de son scaphandre. À l'opposé, Tracy soutenait toujours la tête de son compagnon dans ses bras, comme elle l'avait fait depuis leur étrange appareillage.

Hélène constata que la position du bateau, couché sur le côté, allait rendre leur évacuation périlleuse. Depuis le palier, tous pendaient au-dessus de ce qui était un large hall menant à la coursive bâbord, et qui s'était transformé en un vide profond d'une vingtaine de mètres, au fond duquel s'entassait un amas hérissé de débris d'acier acérés, de boue et de glace. Hélène conclut qu'ils ne pourraient pas descendre par là et chercha du regard une autre issue.

Après avoir promis de revenir au plus vite avec une solution, Hélène s'était détachée et avait endossé son matériel, avant de quitter le palier par la cage d'escalier dont les marches se dressaient à la verticale. Malgré la proposition de Jack de l'accompagner, Hélène avait préféré partir seule en éclaireur pour ne pas laisser tout le monde trop longtemps accroché inconfortablement.

Tous les espaces qu'elle traversait avaient été plusieurs fois envahis d'eau pendant leur descente, et le froid extrême qu'ils avaient rejoint avait figé le liquide sur toutes les surfaces devenues glissantes. *Il doit facilement faire moins vingt degrés,* pensa Hélène en jaugeant l'épaisseur de la fumée qui sortait de sa bouche. Cependant, elle progressait rapidement et atteignit le Pont 3.

En face d'elle, quelques mètres plus haut, le large accès vers l'arrière du paquebot était hors d'atteinte. Une source lumineuse plus intense émanait de son ouverture, inondant le palier d'une douceur spectrale.

Dans la gravité encore faible, elle escalada sans difficulté la pièce, et, alors qu'elle effectuait un dernier rétablissement pour se hisser dans le profond couloir, Hélène sentit le froid extérieur souffler dans un courant d'air glacé. Au bout du corridor, après les portes d'ascenseurs qui se succédaient au sol et au plafond, le jour semblait s'être levé. Hélène avança lentement vers la lumière tandis que quelques flocons de neige se mirent à virevolter devant elle, recouvrant progressivement d'une fine couche scintillante le long bas-relief qu'elle foulait de ses pas. Au bord du vide, elle s'arrêta face à l'espace qui s'ouvrait sur le restaurant Britannia.

Hélène dominait la vaste salle, ou plutôt ce qu'il en restait. À ses pieds, les balcons et les deux majestueux escaliers jumeaux qui trônaient en son centre s'étaient effondrés. Disloqués, mélangés aux corps, aux gravats, à la terre, à la glace, ils étalaient tout en bas leurs carcasses décomposées le long du bordé bâbord dont toutes les vitres des hublots avaient volé en éclats. À sa droite, l'immense plafond de verre art déco était entièrement détruit, tandis qu'à sa gauche, la moquette aux motifs queue de paon se dressait comme un mur, alignant ses tables circulaires toujours fixées pour la plupart, comme si elles ne subissaient pas le retour de la gravité. Ça et là, quelques corps accrochés pendaient mollement dans le vide, jamais très loin de ceux qui avaient survécu. Hélène dirigea son regard en direction du fond de la salle. La haute fresque qui ornait le centre du restaurant avait disparu, emportée avec tout l'arrière du paquebot qui n'était plus qu'une béance ouverte sur l'extérieur. Hélène pensa aussitôt aux nombreux survivants qui s'étaient réfugiés dans cette partie du navire, et qui s'étaient volatilisés avec elle.

Dehors, le vent paraissait s'être un peu calmé. Un tourbillon glacé faisait entrer dans le bâtiment un flot d'épais flocons de neige qui retombaient lentement à l'intérieur, recouvrant doucement ce qui subsistait de la luxueuse décoration.

Dans l'encadrement de l'énorme ouverture en lambeaux, Hélène put apercevoir, comme un long sillage tracé dans un océan de terre, le profond labour laissé dans le sol par la masse du Queen Mary. Au loin, la neige tombait dru et effaçait déjà la large tranchée lugubre, seul relief repérable dans la blancheur immaculée.

Hélène n'aurait pu dire si c'était encore la nuit, mais il faisait bien trop sombre pour que ce soit le jour. L'étrange lumière qui baignait le paysage monochrome était pourtant différente de celle qui régnait sur Terre au début de la catastrophe. *Là, ce serait plutôt comme un soir de pleine lune, en plus glauque, en plus gris,* constata-t-elle. *Que vont-ils trouver dehors ?*

À cette pensée, Hélène fut soudain prise d'une bouffée d'angoisse à l'idée que Romain était là-bas, quelque part. *A-t-il réussi à survivre ?* Malgré les larmes qui coulaient le long de ses joues, Hélène se reprit. *Ce n'est pas le moment de t'apitoyer sur ton sort ! Romain est un battant, comme son père. Il s'en est forcément sorti !* tenta-t-elle de se convaincre. Elle savait qu'elle devait avant tout aider les rescapés à évacuer cette épave, mais ensuite, elle se concentrerait sur la seule chose qui comptait à présent : retrouver son fils.

***

Hélène se chauffa une dernière fois les mains aux flammes d'un des feux qu'ils avaient allumés pour les survivants, à l'arrière du paquebot. Mettre tout le monde en sécurité sur la terre ferme avait pris des heures, mais le plus pénible avait été de redescendre les corps inertes un à un, depuis les multiples recoins où ils étaient encore attachés. À présent, ils étaient tous alignés dans la neige à l'extérieur, en attendant d'être enterrés lorsque le sol serait moins dur. Il y avait également de nombreux blessés qu'ils avaient allongés à l'abri, sur des lits récupérés dans les cabines, mais ceux-là s'estimaient chanceux, quelle que soit la gravité de leurs blessures. Hélène se demandait combien il restait de survivants : *pas beaucoup plus d'une centaine, c'est sûr !*

Debout à côté d'elle, Jack était lui aussi prêt à partir, son sac sur le dos. Elle avait été heureuse qu'il tienne à l'accompagner pour retrouver le Centre et Romain : rien ne l'y obligeait. Elle se souvenait du fardeau qu'il avait représenté au moment où elle avait croisé sa route dans le parking de cet immeuble, déjà à la recherche de son fils. *Les choses avaient bien changé !* C'est lui à présent qui l'aidait à avancer, lui qui lui insufflait la folle espérance d'un possible lendemain.

De l'autre côté du feu, le regard planté dans les flammes, le professeur Pettit attendait impatiemment le départ. Lorsque Houston et Mattis avaient annoncé à Hélène qu'ils devaient l'accompagner au Centre pour neutraliser Janus, Pettit s'était imposé dans l'expédition, prétextant que lui aussi devait sauver ce qui pouvait l'être de son travail au laboratoire Alpha. Malgré les protestations fleuries de Mattis, Houston ne s'était pas opposée à sa venue, consciente que des scientifiques comme lui seraient importants pour reconstruire le monde de demain. En observant l'embrasement se refléter dans ses pupilles sombres, Hélène réalisa qu'elle n'aimait pas Pettit. Avec sa tête de « grand-père idéal », quelque chose chez lui la dérangeait depuis le début.

— Je suis contente pour le lieutenant Whitman, son collègue russe a repris connaissance, annonça Houston en s'approchant derrière Jack. Elle a vraiment l'air de tenir beaucoup à lui : ça fait plaisir à voir.

— Voilà une bonne nouvelle, dit Hélène.

— Mattis n'est pas encore revenu ? s'étonna Houston.

— Et je me demande bien ce qu'il fiche ! s'impatienta Hélène. C'est toujours lui qu'on attend, non ?

— Toujours ! confirma Jack.

— Oui, et, je me souviens que lorsqu'il travaillait encore pour moi, c'était déjà le cas ! intervint Pettit.

Sans vraiment savoir pourquoi, Hélène trouva la remarque de Pettit déplacée.

— Alors ça y est ? C'est le grand départ ? lança Cooper qui s'approcha à son tour.

— Vous êtes toujours sûr de ne pas vouloir nous accompagner ? lui demanda Houston.

— Vous n'avez pas réellement besoin de moi pour retrouver le Centre. Et puis, pour ce qui est de vous y mener, on peut faire confiance à Hélène. Je serais nettement plus utile ici pour aider à organiser la survie : ça va prendre beaucoup de temps, mais je pense qu'on y arrivera.

— Et votre famille ?

Cooper mit un moment à répondre.

— Vous savez, s'ils en ont réchappé jusqu'à maintenant, je suis certain qu'ils subsisteront quelques jours de plus sans moi. Je crois qu'on ne peut plus se permettre, au point où nous en sommes, de ne pas considérer dorénavant chaque vie comme infiniment précieuse : qu'elle porte notre nom ou pas. J'ignore si nous sommes les derniers rescapés de ce cataclysme, ou même si nous nous en sortirons, mais il nous appartient, plus que jamais, de préserver ceux qui restent.

— Vous allez beaucoup me manquer Cooper, vraiment ! s'émut

Houston en lui donnant une chaleureuse accolade.

— Vous aussi Major. Vous allez tous me manquer. Mais, vous allez revenir, n'est-ce pas ?

— Nous allons tout faire pour ! assura Hélène, alors qu'elle aperçut Mattis escalader maladroitement les débris accumulés le long de la coque.

— Vous voilà enfin ! l'interpella Houston.

— J'aimerais vous y voir. Pas facile de trouver un coin tranquille dans tout ce bordel. Et puis, il n'y a pas moyen de se soulager confortablement avec ces combinaisons pourries. Encore un truc qui m'a toujours fait détester la montagne. Lorsque j'étais gamin, c'était impossible que les manches ne traînent pas sur le sol des toilettes quand j'allais faire la grosse com…

— C'est bon ! On a compris l'idée ! le coupa Houston. Épargnez-nous les détails !

— Bien, maintenant que tout le monde est là, on peut peut-être y aller ? s'impatienta Pettit.

— Eh bien, salut Cooper ! lança Jack.

— Jack ! Hélène ! salua Cooper d'un signe de tête. Prenez soin de vous, et surtout, retrouvez Romain.

— Cooper ne vient pas avec nous ? s'étonna Mattis.

— Non ! Je vous expliquerai en route, rétorqua Houston. Allez ! On est partis !

Hélène, Jack, Houston, Mattis et le professeur Pettit sortirent aux pieds de l'immense trou béant laissé à l'arrière du Queen Mary. Repoussant la couche immaculée, ils firent leurs premiers pas dans un paysage triste et sans couleur, avec l'étrange impression qu'ils foulaient pour la première fois le territoire d'une planète inconnue. Dans la pesanteur en devenir, Hélène apprécia comme jamais de pouvoir marcher normalement sur le sol terrestre, comme ça ne lui était plus arrivé depuis sept jours. Devant, atténués par le rideau de neige, quelques éclairs illuminaient le ciel et rompaient le silence de grondements lointain.

Hélène se retourna vers l'énorme carcasse d'acier devant laquelle les silhouettes de Mike, Matthew et Cooper paraissaient bien petites. Le jeune garçon avait tenu à les voir partir, après avoir fait promettre une dernière fois à Hélène qu'elle reviendrait très vite : et elle avait promis.

Après un ultime signe de la main, Hélène s'engagea aux côtés de ses compagnons au creux de la profonde tranchée dont les parois sombres se prolongeaient vers un horizon encore invisible. Comme eux, elle n'avait aucune idée d'où ils se trouvaient à cet instant, mais la seule certitude de se savoir sur Terre lui suffisait pour se convaincre qu'elle avait toutes les raisons de garder espoir. Avec le temps, les rivières couleraient à nouveau dans leurs lits, et la vie reprendrait ses droits, en dépit de l'inconscience des hommes.

ÉPILOGUE

Au cœur des ruines enneigées qu'ils traversaient depuis plus de vingt-quatre heures, ils finirent par s'arrêter au pied d'un portique encore en place au-dessus d'une portion d'autoroute intacte et recouverte d'une épaisse couche blanche immaculée. Un unique panneau de signalisation routière avait résisté à la tempête et pendait sur un de ses angles en grinçant au gré du vent, prêt à se décrocher. Sur sa surface défoncée par de multiples chocs avec des projectiles inconnus, on pouvait toujours lire, clairement écrit en lettres blanches sur fond vert vif :

Booton Exits
Main St 1
Wootton St 1 1/4

En dehors de Jack, personne n'avait la moindre idée d'où se situait *Booton,* et Hélène ressortit la carte de *New York et ses environs* qui baignait au fond de son sac. Le morceau de papier plié n'était plus qu'un rectangle compact de pâte détrempée et gelée qu'elle eut tout le mal du monde à déployer sans qu'il se décompose. Sans en être totalement certain, Jack estima que la ville était localisée au nord-ouest de New York, et c'est Mattis qui trouva le premier le nom sur la carte, heureux de devancer Pettit qui affirma l'avoir vu avant lui.

Ils savaient désormais qu'ils allaient dans la mauvaise direction, et ils avaient une trentaine de kilomètres à parcourir avant d'atteindre le Centre. Ils revinrent ainsi sur leurs pas creusés dans la neige, avant de bifurquer en contournant la vaste cuvette presque vide d'un lac dont le fond sombre accueillait les jaillissements de quelques minuscules ruisseaux souterrains qui le remplissaient lentement.

Dans le paysage dévasté, où plus un grand bâtiment ne dépassait à l'horizon, le retour de la gravité alourdissait, heure après heure, chacun de leurs pas. Autour du groupe, les fondations alignées des maisons de banlieue se répétaient inlassablement au rythme régulier des dessins qu'elles traçaient sur le sol, telles les ruines sans fin de quelque civilisation antique. Des quartiers entiers s'étalaient ainsi, comme nettoyés par une tornade gigantesque qui n'aurait rien épargné, abandonnant les rues dans une propreté impeccable et angoissante, tandis qu'à quelques centaines de mètres, un chaos de débris entassés recouvrait tout, formant de lointaines collines semblables à d'immenses décharges d'ordures.

Au moment où le plafond de nuages décida d'enfin s'élever, laissant une meilleure visibilité revenir progressivement, ils découvrirent avec stupeur les dimensions titanesques des montagnes de glace qui parsemaient le paysage, et dont les sommets se perdaient dans le brouillard en altitude. Les océans gelés, à la surface desquels ils survécurent, avaient implosé en innombrables blocs venus se redéposer sur le sol terrestre, et, de loin en loin, ces icebergs monumentaux les obligèrent à effectuer de grands détours qui ne faisaient que les éloigner un peu plus de leur objectif. Par mesure de sécurité, Hélène demanda que l'on restât à distance des masses les plus importantes pour parer aux avalanches qui n'allaient pas manquer de se déclencher à mesure que la pesanteur se ferait plus forte, que la température se ferait plus douce.

Ils contournèrent ainsi ces géants inquiétants dont les parois sans limites laissèrent parfois entrevoir ce qui demeurait figé à l'intérieur. Mais, alors que chacun devina rapidement ce qu'étaient ces petites formes tordues et pétrifiées dans la transparence, personne n'osa parler de ces corps esseulés ou en grappes qui jonchèrent leur parcours. Comme s'ils traversaient un cimetière dans un silence lourd et respectueux, ils marchèrent encore une nuit et une journée avant de s'arrêter devant le bassin vide du lac de *Dekorte Park*.

Depuis leur départ, la lumière s'était encore intensifiée à travers les nuages, et ils pouvaient tous apercevoir clairement le dôme bombé du laboratoire Oméga, dont le trou béant en son sommet avait comme ravalé une partie des câbles et des appareils qui pendaient dans le vide quelques jours plus tôt. Devant ce bâtiment sans vie au fond d'un cratère lugubre, le ventre d'Hélène se serra. Romain était là-dessous, pensa-t-elle, soudain désespérée à l'idée d'arriver trop tard.

Ils décidèrent d'un commun accord qu'il serait plus prudent

d'emprunter cette fois « l'entrée officielle » du Centre, à l'autre bout du lac. Mais, face à la galerie d'accès totalement effondrée, ils durent à nouveau rebrousser chemin. Comme lors de leur première expédition le long des lignes à haute tension, Hélène aida le groupe à regagner l'intérieur du bâtiment en escaladant la coupole jusqu'à son ouverture. Un à un, ils descendirent plus ou moins facilement la longue corde de rappel qui leur permit d'atteindre le sol du laboratoire, au centre du large plateau circulaire d'où tout était parti.

Sous l'immense toiture d'acier, les quelques éclairages disparates qui fonctionnaient encore, illuminant par endroit l'obscurité de leur lumière crue, firent dire à Houston que les groupes de sécurité avaient redémarré. Pour Hélène, il fut compliqué de reconnaître un lieu qu'elle n'avait jamais vu à l'endroit et elle éprouva beaucoup de difficulté à se repérer. L'ensemble du matériel qui n'avait pas disparu dans le vide était retombé en vrac, encombrant à présent la dalle de béton blanc à côté des câbles noirs qui les avaient retenus. Hélène appela plusieurs fois Romain à travers l'immense espace qui demeura silencieux. Devant son inquiétude, Houston s'était voulue rassurante : Romain aura certainement trouvé refuge dans les profonds sous-sols du complexe, lui avait-elle suggéré. C'est ce qu'elle aurait fait à sa place.

Habitués à l'obscurité, ils contournèrent la clarté des éclairages pour rester dans la pénombre et regagner l'énorme tunnel qui s'enfonçait dans les entrailles du Centre. Peu avant d'atteindre les hautes portes entrouvertes des deux ascenseurs, Hélène aperçut sur sa gauche un nouveau couloir dont le plafond éventré ouvrait sur l'extérieur. Elle mit cependant quelques secondes à réaliser que de là était partie sa chute dans les bras de Jack, en direction du continent de glace. Comme par réflexe, elle se tourna vers lui et croisa son regard complice ; sans qu'ils eussent besoin d'un mot, ils surent que leurs pensées se rejoignaient.

— Et merde ! Il va falloir utiliser l'issue de secours, pesta Mattis, penché au-dessus du vide de la cage d'ascenseur.

— Vous ne pensiez tout de même pas qu'ils allaient encore fonctionner ? lança Houston.

— On s'en fout de ce que je pensais ! Vous avez une idée d'où se trouve l'escalier ?

Ils finirent par repérer l'accès derrière une porte ouverte dans le mur du large palier circulaire.

— Je crois que ça ne va pas vous plaire ! s'amusa Houston en apercevant l'échelle de secours qui s'éloignait dans le noir.

— Devons-nous vraiment descendre par là ? interrogea Pettit.

— Rien ne t'y oblige Hubert ! rétorqua Mattis.

Hélène appela une nouvelle fois son fils, et seul l'écho de sa voix lui revint des profondeurs du puits. Plus angoissée que jamais, elle s'engagea la première sur les échelons rouillés, dans le but d'accélérer le mouvement.

Sans que Mattis parvienne à se débarrasser du professeur, ils descendirent la centaine de mètres qui les séparaient du dernier endroit où Hélène gardait l'espoir de retrouver Romain vivant.

Lorsqu'ils pénétrèrent dans l'immense espace du secteur Janus, Hélène, Jack et Pettit furent éblouis quelques secondes par l'éclairage, avant de découvrir les dimensions hors-norme du lieu.

— Bon sang Mattis ! Comment avez-vous pu me cacher une structure pareille ? s'étonna Pettit, les yeux brillants d'envie.

Sur la large plateforme qu'ils dominaient du haut de l'escalier, Hélène chercha avidement Romain du regard, scrutant le moindre recoin. Elle n'aperçut que le matériel abandonné du laboratoire qui ne fit que rendre plus criante l'absence de son fils. Sans plus avoir la force d'appeler, Hélène fondit en larmes dans les bras de Jack.

— On va le retrouver ! lui dit-il doucement. Le Centre est immense, il est forcément quelque part.

Après un temps nécessaire à Hélène pour se reprendre, ils rejoignirent les autres sur la plateforme, alors que Mattis et Houston s'affairaient déjà devant un large pupitre aux multiples écrans. Dans son dos, Pettit ne cessa de harceler Mattis de questions sur le fonctionnement de son unité de production, tandis que celui-ci tapait sur un clavier de la console. Le professeur était dans un tel état d'excitation qu'il parvenait difficilement à se contrôler, et Mattis, par ses réponses évasives, prenait un malin plaisir à jouer avec ses nerfs.

En s'approchant, Hélène et Jack découvrirent ensemble le tunnel démesuré qui s'enfonçait dans le noir, derrière la gigantesque porte circulaire basculée au-dessus du groupe.

« Maman ? »

La voix faible et tremblante de Romain était venue du fond du tunnel, là où une lueur bleue, semblable à celle des gravitons, brillait encore. Quelques instants plus tard, il était sorti de l'obscurité, hébété, un bandage ensanglanté sur le front, mais bien vivant. Hélène sauta de la plateforme pour le rejoindre en contrebas et lui tomber dans les bras. Bientôt rattrapés par Jack, Houston et Mattis, ils partagèrent avec elle le bonheur de leurs retrouvailles.

Les premiers moments d'émotions passés, Romain leur raconta qu'il avait aidé Shino à remonter jusqu'ici, après la chute de Mark avec la capsule. Ils étaient venus se réfugier à proximité de la chaleur dégagée par l'unité de production pour survivre au froid extrême qui régnait alors.

Dans le même temps, fasciné par ce qu'il découvrait, Pettit avança dans le long tunnel en direction de Janus, sans réellement prêter attention à Romain qu'il ne connaissait pas. Près de la machine, Shino se remit difficilement debout pour l'accueillir et lui manifester son soulagement de le revoir vivant. Elle le félicita également d'avoir réussi à renvoyer le module sur Terre. Prenant le compliment comme il venait, et après un bref échange de politesse, Pettit se tourna vers Janus et questionna son assistante sur ce qu'elle savait de son fonctionnement.

Tout à son bonheur d'avoir retrouvé Romain, Hélène resta avec son fils et Jack à l'entrée du tunnel, et elle entendit de loin la boutade de Mattis lorsqu'il s'approcha de l'immense machine accrochée à la paroi circulaire.

— Shino mon petit ! Qu'est-ce qui vous est arrivé bordel ? Vous êtes passée sous un train ou quoi ?

En toute logique, Hélène supposa que cet énorme tas de ferraille était ce qui avait permis de fabriquer les gravitons, mais elle s'en moquait ; elle savait que Houston et Mattis feraient le nécessaire pour qu'un tel cataclysme ne puisse plus se reproduire.

Comme une confirmation à ses réflexions, elle les vit ressortir du tunnel, soutenant Shino pour l'aider à marcher. Seul Pettit traînait les pieds derrière, frustré de n'avoir pas eu de meilleures réponses à ses questions sur Janus.

Hélène s'avança aussitôt vers la jeune femme qui lui avait permis de retrouver Romain, et elle la remercia chaleureusement, s'inquiétant immédiatement de la gravité des engelures qui donnaient à son visage un teint blanc et cireux. Shino lui avait montré à son tour toute sa gratitude, affirmant qu'en réalité c'était son fils qui lui avait sauvé la vie, et non l'inverse.

Lorsqu'ils ressortirent du tunnel, Mattis et Houston assirent Shino sur un des fauteuils, devant la console, puis retournèrent effectuer une dernière saisie sur les claviers du pupitre. Avant de valider, dans un même geste, leur ultime ligne de commande, ils échangèrent un regard dont Hélène ne comprit que quelques instants plus tard la signification.

Au moment où l'immense porte circulaire commença à se refermer lentement sur l'entrée du tunnel, faisant vibrer la plateforme, le professeur Pettit s'alarma. Il exigea une explication sur ce qu'ils étaient en train de faire, et Mattis lui expliqua ; il ne pouvait plus être question de laisser à qui que ce soit la possibilité de détenir une puissance telle qu'était susceptible de fournir Janus ; l'unité de production allait être définitivement scellée dans son sarcophage de béton et d'acier, et personne ne pourrait plus jamais l'utiliser ; les scientifiques devaient être capables d'apprendre de leurs erreurs, et c'est ce que Mattis avait compris en acceptant de sacrifier sa vie de recherches.

— C'est impossible ! avait aussitôt protesté Pettit. Vous mentez ! Jamais vous ne pourriez détruire votre propre création. Je ne vous crois pas !

Mais, devant l'absence de réaction et le sourire satisfait de Mattis, Pettit s'affola. Il se tourna dans toutes les directions, comme s'il pouvait trouver une solution autour de lui.

— Arrêtez ça tout de suite ! avait-il hurlé.

— C'est un processus automatisé, rien ne peut plus l'arrêter. C'est terminé Hubert !

Dans un geste désespéré, le professeur Pettit s'était alors soudain jeté au bas de la plateforme sans que personne n'ait le temps d'intervenir. Il avait aussitôt roulé sous l'épaisse porte juste avant qu'elle se referme derrière lui. Tous entendirent au même moment, parcourant la bague d'acier qui entourait l'immense surface de béton désormais close, un bruit de métal en fusion qui fit le tour de la paroi en quelques secondes, libérant par endroit des volutes de fumée noire qui se dissipèrent rapidement : l'accès était désormais scellé. Ce n'est qu'à ce moment qu'Hélène remarqua le bas-relief rond qui ornait le centre de la porte du sarcophage, comme une énorme pièce de monnaie à double visage.

Mattis et Houston se précipitèrent vers le large hublot d'observation découpé à hauteur d'homme dans le gigantesque mur. Ils virent en contrebas la silhouette de Pettit apparaître dans le noir et leur faire de grands gestes en leur parlant, sans qu'aucun son ne leur parvienne.

— Hubert pauvre fou ! Qu'as-tu fait ? avait lâché tristement Mattis.

Il retourna alors à la console et appuya sur un bouton. La voix satisfaite de Pettit résonna depuis les enceintes du pupitre. Il clamait, victorieux, qu'ils allaient bien être obligés d'ouvrir le tunnel maintenant ; provoquant Mattis en l'accusant d'être incapable de maîtriser seul la puissance de Janus ; affirmant que grâce à lui, l'humanité allait pouvoir se relever dans une nouvelle ère où la pénurie d'énergie aura définitivement disparu…

Mattis coupa le son pour laisser place à un silence pesant. Après que Houston ait confirmé qu'il était parfaitement impossible de rouvrir le sarcophage et qu'il n'y avait aucun moyen de communiquer avec Pettit pour le lui annoncer, Hélène constata, peut-être pour la première fois, que Mattis en était profondément affecté.

Ils mirent longtemps à prendre la difficile décision de quitter les lieux pour retrouver la surface, et personne n'osa s'approcher du large hublot avant de monter les escaliers vers la sortie de secours, conscient que le professeur Pettit avait très probablement réalisé à présent le sort qui l'attendait.

Lorsqu'ils abandonnèrent définitivement le secteur Janus, Mattis jeta un dernier regard à ce lieu où une part de lui-même allait rester enterrée. Au moment où Houston lui passa un bras autour des épaules pour l'aider à s'arracher à ce qui fut sa vie, Hélène crut apercevoir quelques larmes glisser sur son visage accablé.

Dans une pesanteur redevenue normale, la remontée fut longue et pénible, et ils durent faire de nombreuses pauses, en particulier pour Shino qui était encore très faible. En observant Romain l'assister autant qu'il le pouvait à gravir chaque échelon, Hélène se sentit touchée par sa sollicitude.

Au prix d'ultimes efforts, ils atteignirent le niveau du laboratoire Oméga et sortirent du Centre par le plafond effondré du couloir, plus facile d'accès que la haute coupole par où ils étaient arrivés.

À l'extérieur, ils furent aussitôt éblouis par la vive lumière qui irradiait à travers des nuages devenus presque blancs.

Le cœur plus léger, ils gravirent la pente glissante du profond lac jusqu'à rejoindre ensemble la berge.

La neige avait cessé de tomber sur le paysage et leurs regards portaient maintenant loin à l'horizon. Les innombrables montagnes de glace dévoilèrent leurs sommets vertigineux, tandis que leur ombre se dessinait plus nettement sur le sol. Tout autour, tout n'était plus que ruines à perte de vue, pourtant, Hélène sentit que le pire s'éloignait. Le seul bonheur de savoir Romain près d'elle lui donnait le sentiment qu'elle pourrait désormais tout affronter.

Elle le regarda tenter de consoler Shino de la disparition de Pettit, et elle comprit toute la complicité qui s'était installée entre eux dans les sous-sols du Centre. Romain n'était plus un enfant, et peut-être qu'un jour, il reviendrait sur cet épisode de sa vie dont elle ne savait rien, pour lui raconter la manière dont ensemble ils avaient survécu.

Arrivant dans son dos, Jack lui enlaça la taille et susurra à son oreille quelques mots réconfortants, tandis que Mattis et Houston scellaient leur amitié naissante sur la rive enneigée du lac.

C'est alors que les nuages se déchirèrent, et tous purent admirer la trouée de ciel bleu qui s'ouvrit, laissant passer les premiers rayons de soleil qui se projetèrent au loin sur les ruines.

Hélène ignorait ce qui les attendait, mais pour le moment, elle se contenta de vivre l'instant présent qu'elle savait devoir apprécier comme un véritable miracle.

***

Au même moment, de l'autre côté de l'Atlantique, assis sur le fuselage crasseux du Soyouz, le commandant Scott levait les yeux vers un spectacle identique, à côté de Maryam qui lui tenait la main. Debout dans la foule un peu plus loin, Nicole fixait elle aussi le ciel. Cela faisait deux jours qu'ils avaient atterri, mais seulement quelques heures qu'ils avaient été extraits de leur capsule par un groupe de Français qui les avaient retrouvés, enfouis sous les décombres déposés par la tempête.

Soulagés de ne pas être restés bloqués dans le minuscule habitacle, Nicole, Maryam et Scott avaient découvert qu'ils étaient retombés en France, non loin de la tour Eiffel, dont seuls quelques morceaux de la structure demeuraient accrochés aux fondations qui reposaient toujours devant la Seine vidée de son eau. Dans un accès d'humour libérateur, Maryam avait félicité Scott : choisir Paris pour leur premier voyage faisait définitivement de lui un incorrigible romantique. Scott avait alors légèrement grogné.

Au milieu des autres survivants criant leur joie de voir enfin percer le ciel bleu à travers les nuages, le cœur de Scott se serra à l'instant où il aperçut une longue traînée de feu traverser l'azur. Il ignorait si ce qu'il regardait se consumer était l'ISS ou un des nombreux débris qui entraient dans l'atmosphère en retombant, mais cela ne faisait aucune différence. L'espoir d'un retour à la vie avait un goût amer pour Scott, et tout le réconfort que Maryam tentait de lui prodiguer atténuait bien peu son douloureux sentiment d'avoir abandonné ses compagnons.

***

Pour tous ceux qui sortirent les premiers de la carcasse du Queen Mary pour assister au retour du soleil, le trait de flammes qui s'étirait en altitude n'avait pas la même signification funeste.

Tracy et Scarlett avaient mis du temps à rejoindre la

cinquantaine de personnes qui s'était regroupées dehors, ralenties par les bras pesants de Fiodor sur leurs épaules. Le pilote russe s'était réveillé depuis peu, mais il avait tenu à constater par lui-même qu'ils étaient bien de retour sur Terre, et Tracy avait fini par céder.

Lorsqu'ils découvrirent le ciel en grande partie dégagé, Tracy fondit rapidement en larmes sur l'épaule de Fiodor, persuadée comme ses deux compagnons que Scott, Serguï, Kim, Nicole et Maryam se trouvaient toujours à bord de la station qui se désintégrait sous leurs yeux. Prise d'une irrépressible envie de vivre, toujours en larmes, elle se mit à embrasser Fiodor dans le cou, puis remonta progressivement jusqu'à sa bouche. Il la serra fort et ils restèrent ainsi de longues minutes à s'étreindre. Dans ses bras, Tracy ne voulait plus penser à rien d'autre qu'à tout l'amour qu'elle comptait lui donner.

***

Sur la berge du lac de *Dekorte Park*, le soleil brillait désormais plus fort et Hélène sentait déjà les prémisses d'un dégel imminent, signe d'un retour à la vie, mais aussi de nouveaux dangers à venir. Avec le redoux, les géants amas de glace allaient finir par s'effondrer, puis par fondre, provoquant de gigantesques inondations qui dureraient tout le temps que les océans mettraient à regagner leurs territoires naturels. Sans attendre, Hélène avait annoncé qu'ils devaient à présent rejoindre les survivants du Queen Mary pour les aider à atteindre les plus hautes montagnes possibles. Jack avait parlé de *Slide Mountain* plus au nord. S'ils marchaient assez vite, ils pourraient peut-être faire un détour par les ruines de New York avant le dégel, vérifier si quelques rescapés s'y trouvaient encore. Et ils reprirent leur route à travers le paysage enneigé.

JOUR 7

Altitude : 32 m
Température : – 5,1 °C
Gravité : g = 9,81 N/kg

FIN

Si vous souhaitez suivre l'actualité de Christian Clément
rendez-vous sur :

@christianclementofficiel

facebook.com / christian.clement.auteur

Christian
Clément.com
www.christianclement.com

Chère lectrice, cher lecteur,

Si vous lisez cette note, vous avez terminé la lecture de *Dark gravity,* et je tiens à vous remercier d'avoir eu la curiosité de découvrir l'univers de ce premier roman. J'espère que vous avez aimé être accompagné par tous mes personnages en impesanteur.

Ce roman a représenté trois ans de travail avec toujours un seul objectif : le plaisir du lecteur. C'est évidemment à vous de dire si cet objectif a été atteint.

Malgré les nombreux retours parfois très flatteurs de grandes maisons d'édition, aucun éditeur n'a souhaité s'engager à ce jour dans la publication de *Dark gravity,* ayant pour la plupart du mal à classer le roman dans un genre littéraire qui corresponde à leurs collections.

Je me suis donc lancé dans l'aventure de l'auto-édition, rendant le processus de publication plus difficile et surtout plus solitaire.

Sans les moyens et l'expérience d'une maison d'édition, il est très difficile de faire parler du livre… on est obligé de faire tout soi-même.

Heureusement, il reste les lecteurs ! En l'occurrence vous.

Aujourd'hui, vous avez le pouvoir de changer le destin de ce roman, et ce, de plusieurs façons.

Vous pouvez en parler autour de vous. Le bouche-à-oreille reste une arme sans pareil pour faire connaître une œuvre.

Vous pouvez surtout laisser un avis (les fameuses étoiles), si vous avez acheté *Dark gravity* sur une libraire en ligne, ou simplement intervenir sur un groupe littéraire pour dire aux autres membres ce que vous avez pensé du livre.

Aussi, si vous avez apprécié la lecture de *Dark gravity* et que vous pensez que ce roman mérite de se faire connaître, je vous serais extrêmement reconnaissant de prendre quelques minutes pour laisser votre commentaire par le canal de votre choix.

Christian Clément

Je tiens à remercier ceux qui m'ont inspiré et aidé à imaginer l'univers de « Dark gravity ».

Le physicien Jean-Pierre Petit, pour ses recherches passionnantes sur son modèle cosmologique Janus à Univers jumeaux. Frédéric Henry-Couannier, pour ses recherches sur la théorie de la gravité obscure. La revue Science & Vie pour ses nombreux articles sur la gravitation et l'anti-matière. Et enfin, le spationaute Thomas Pesquet pour son formidable travail photographique à bord de l'ISS qui a permis la réalisation du site internet www.ISS360.ovh, source de documentation inestimable.

Dépôt légal : avril 2023

Christian Clément
Lieu dit Kerdoualen - 29350 Moëlan s/mer